„BÜCHER SIND WIE FALLSCHIRME.
SIE NÜTZEN UNS NICHTS, WENN
WIR SIE NICHT ÖFFNEN."

Gröls Verlag

Redaktionelle Hinweise und Impressum

Das vorliegende Werk wurde zugunsten der Authentizität sehr zurückhaltend bearbeitet. So wurden etwa ursprüngliche Rechtschreibfehler *nicht* systematisch behoben, denn kleine Unvollkommenheiten machen das Buch – wie im Übrigen den Menschen – erst authentisch. Mitunter wurden jedoch zum Beispiel Absätze behutsam neu getrennt, um den Lesefluss zu erleichtern.

Um die Texte zu rekonstruieren, werden antiquarische Bücher von Lesegeräten gescannt und dann durch eine Software lesbar gemacht. Der so entstandene Text wird von Menschen gegengelesen und korrigiert – hierbei treten auch Fehler auf. Wenn Sie ebenfalls antiquarische Texte einreichen möchten, finden Sie weitere Informationen auf www.groels.de

Viel Freude bei der Lektüre wünscht Ihnen das Team des Gröls-Verlags.

Adressen

Verleger: Sophia Gröls, Im Borngrund 26, 61440 Oberursel

Externer Dienstleister für Distribution & Herstellung: BoD, In de Tarpen 42, 22848 Norderstedt

Unsere „Edition | Werke der Weltliteratur" hat den Anspruch, eine der größten und vollständigsten Sammlungen klassischer Literatur in deutscher Sprache zu sein. Nach und nach versammeln wir hier nicht nur die „üblichen Verdächtigen" von Goethe bis Schiller, sondern auch Kleinode der vergangenen Jahrhunderte, die – zu Unrecht – drohen, in Vergessenheit zu geraten. Wir kultivieren und kuratieren damit einen der wertvollsten Bereiche der abendländischen Kultur. Kleine Auswahl:

Francis Bacon • Neues Organon • **Balzac** • Glanz und Elend der Kurtisanen • **Joachim H. Campe** • Robinson der Jüngere • **Dante Alighieri** • Die Göttliche Komödie • **Daniel Defoe** • Robinson Crusoe • **Charles Dickens** • Oliver Twist • **Denis Diderot** • Jacques der Fatalist • **Fjodor Dostojewski** • Schuld und Sühne • **Arthur Conan Doyle** • Der Hund von Baskerville • **Marie von Ebner-Eschenbach** • Das Gemeindekind • **Elisabeth von Österreich** • Das Poetische Tagebuch • **Friedrich Engels** • Die Lage der arbeitenden Klasse • **Ludwig Feuerbach** • Das Wesen des Christentums • **Johann G. Fichte** • Reden an die deutsche Nation • **Fitzgerald** • Zärtlich ist die Nacht • **Flaubert** • Madame Bovary • **Gorch Fock** • Seefahrt ist not! • **Theodor Fontane** • Effi Briest • **Robert Musil** • Über die Dummheit • **Edgar Wallace** • Der Frosch mit der Maske • **Jakob Wassermann** • Der Fall Maurizius • **Oscar Wilde** • Das Bildnis des Dorian Grey • **Émile Zola** • Germinal • **Stefan Zweig** • Schachnovelle • **Hugo von Hofmannsthal** • Der Tor und der Tod • **Anton Tschechow** • Ein Heiratsantrag • **Arthur Schnitzler** • Reigen • **Friedrich Schiller** • Kabale und Liebe • **Nicolo Machiavelli** • Der Fürst • **Gotthold E. Lessing** • Nathan der Weise • **Augustinus** • Die Bekenntnisse des heiligen Augustinus • **Marcus Aurelius** • Selbstbetrachtungen • **Charles Baudelaire** • Die Blumen des Bösen • **Harriett Stowe** • Onkel Toms Hütte • **Walter Benjamin** • Deutsche Menschen • **Hugo Bettauer** • Die Stadt ohne Juden • **Lewis Caroll** • *und viele mehr….*

Kosmos.

Band I

1845

Entwurf

einer physischen Weltbeschreibung

von

Alexander von Humboldt

Inhalt

Erster Band

Vorrede

Ich übergebe am späten Abend eines vielbewegten Lebens dem deutschen Publikum ein Werk, dessen Bild in unbestimmten Umrissen mir fast ein halbes Jahrhundert lang vor der Seele schwebte. In manchen Stimmungen habe ich dieses Werk für unausführbar gehalten: und bin, wenn ich es aufgegeben, wieder, vielleicht unvorsichtig, zu demselben zurückgekehrt. Ich widme es meinen Zeitgenossen mit der Schüchternheit, die ein gerechtes Mißtrauen in das Maaß meiner Kräfte mir einflößen muß. Ich suche zu vergessen, daß lange erwartete Schriften gewöhnlich sich minderer Nachsicht zu erfreuen haben.

Wenn durch äußere Lebensverhältnisse und durch einen unwiderstehlichen Drang nach verschiedenartigem Wissen ich veranlaßt worden bin mich mehrere Jahre und scheinbar ausschließlich mit einzelnen Disciplinen: mit beschreibender Botanik, mit Geognosie, Chemie, astronomischen Ortsbestimmungen und Erd-Magnetismus als Vorbereitung zu einer großen Reise-Expedition zu beschäftigen; so war doch immer der eigentliche Zweck des Erlernens ein höherer. Was mir den Hauptantrieb gewährte, war das Bestreben die Erscheinungen der körperlichen Dinge in ihrem allgemeinen Zusammenhange, die Natur als ein durch innere Kräfte bewegtes und belebtes Ganzes aufzufassen. Ich war durch den Umgang mit hochbegabten Männern früh zu der Einsicht gelangt, daß ohne den ernsten Hang nach der Kenntniß des Einzelnen alle große und allgemeine Weltanschauung nur ein Luftgebilde sein könne. Es sind aber die Einzelheiten im Naturwissen ihrem inneren Wesen nach fähig wie durch eine aneignende Kraft sich gegenseitig zu befruchten. Die beschreibende Botanik, nicht mehr in den engen Kreis der Bestimmung von Geschlechtern und Arten festgebannt, führt den Beobachter, welcher ferne Länder und hohe Gebirge durchwandert, zu der Lehre von der geographischen Vertheilung der Pflanzen über den Erdboden nach Maaßgabe der Entfernung vom Aequator und der senkrechten Erhöhung des Standortes. Um nun wiederum die verwickelten Ursachen dieser Vertheilung aufzuklären, müssen die Gesetze der Temperatur-Verschiedenheit der Klimate wie der meteorologischen Processe im Luftkreise erspähet werden. So führt den wißbegierigen Beobachter jede Classe von Erscheinungen zu einer anderen, durch welche sie begründet wird oder die von ihr abhängt.

Es ist mir ein Glück geworden, das wenige wissenschaftliche Reisende in gleichem Maaß mit mir getheilt haben: das Glück, nicht bloß Küstenländer, wie auf den Erdumseglungen, sondern das Innere zweier Continente in weiten Räumen und zwar da zu sehen, wo diese Räume die auffallendsten Contraste der alpinischen Tropen-Landschaft von Südamerika mit der öden Steppennatur des nördlichen Asiens darbieten. Solche Unternehmungen mußten, bei der eben geschilderten Richtung meiner Bestrebungen, zu allgemeinen Ansichten aufmuntern, sie mußten den Muth beleben unsre dermalige Kenntniß der siderischen und tellurischen Erscheinungen des Kosmos in ihrem empirischen Zusammenhange in einem einigen Werke abzuhandeln. Der bisher unbestimmt aufgefaßte Begriff einer *physischen Erdbeschreibung* ging so durch erweiterte Betrachtung, ja, nach einem vielleicht allzu kühnen Plane, durch das Umfassen alles Geschaffenen im Erd- und Himmelsraume in den Begriff einer *physischen Weltbeschreibung* über.

Bei der reichen Fülle des Materials, welches der ordnende Geist beherrschen soll, ist die Form eines solchen Werkes, wenn es sich irgend eines litterarischen Vorzugs erfreuen soll, von großer Schwierigkeit. Den Naturschilderungen darf nicht der Hauch des Lebens entzogen werden, und doch erzeugt das Aneinanderreihen bloß allgemeiner Resultate einen eben so ermüdenden Eindruck als die Anhäufung zu vieler Einzelheiten der Beobachtung. Ich darf mir nicht schmeicheln so verschiedenartigen Bedürfnissen der Composition genügt; Klippen vermieden zu haben, die ich nur zu bezeichnen verstehe. Eine schwache Hoffnung gründet sich auf die besondere Nachsicht, welche das deutsche Publikum einer kleinen Schrift, die ich unter dem Titel *Ansichten der Natur* gleich nach meiner Rückkunft aus Mexico veröffentlicht, lange Zeit geschenkt hat. Diese Schrift behandelte einzelne Theile des Erdelebens (Pflanzengestaltung, Grasfluren und Wüsten) unter generellen Beziehungen. Sie hat mehr durch das gewirkt, was sie in empfänglichen, mit Phantasie begabten jungen Gemüthern erweckt hat, als durch das, was sie geben konnte. In dem *Kosmos*, an welchem ich jetzt arbeite, wie in den *Ansichten der Natur* habe ich zu zeigen gesucht, daß eine gewisse Gründlichkeit in der Behandlung der einzelnen Thatsachen nicht unbedingt Farbenlosigkeit in der Darstellung erheischt.

Da öffentliche Vorträge ein leichtes und entscheidendes Mittel darbieten, um die gute oder schlechte Verkettung einzelner Theile einer Lehre zu prüfen, so habe ich viele Monate lang erst zu Paris in französischer Sprache und später zu Berlin in unserer vaterländischen Sprache fast gleichzeitig in der großen Halle der Singakademie und in einem der Hörsäle der Universität Vorlesungen über die *physische Weltbeschreibung*, wie ich die Wissenschaft aufgefaßt, gehalten. Bei freier Rede habe ich in Frankreich und Deutschland nichts über meine Vorträge schriftlich aufgezeichnet. Auch die Hefte, welche durch den Fleiß aufmerksamer Zuhörer entstanden sind, blieben mir unbekannt, und wurden daher bei dem jetzt erscheinenden Buche auf keine Weise benutzt. Die ersten vierzig Seiten des ersten Bandes abgerechnet, ist alles von mir in den Jahren 1843 und 1844 zum ersten Male niedergeschrieben. Wo der jetzige Zustand des Beobachteten und der Meinungen (die zunehmende Fülle des ersteren ruft unwiederbringlich Veränderungen in den letzteren hervor) geschildert werden soll, gewinnt, glaube ich, diese Schilderung an Einheit, an Frische und innerem Leben, wenn sie an eine bestimmte Epoche geknüpft ist. Die *Vorlesungen* und der *Kosmos* haben also nichts mit einander gemein als etwa die Reihenfolge der Gegenstände, die sie behandelt. Nur den „einleitenden Betrachtungen" habe ich die Form einer Rede gelassen, in die sie theilweise eingeflochten waren.

Den zahlreichen Zuhörern, welche mit so vielem Wohlwollen meinen Vorträgen in dem Universitäts-Gebäude gefolgt sind, ist es vielleicht angenehm, wenn ich als eine Erinnerung an jene längst verfloßne Zeit, zugleich aber auch als ein schwaches Denkmal meiner Dankgefühle hier die Vertheilung der einzeln abgehandelten Materien unter die Gesammtzahl der Vorlesungen (vom 3 November 1827 bis 26 April 1828, in 61 Vorträgen) einschalte: Wesen und Begrenzung der physischen Weltbeschreibung, allgemeines Naturgemälde 5 Vorträge; Geschichte der Weltanschauung 3, Anregungen zum Naturstudium 2, Himmelsräume 16; Gestalt, Dichte, innere Wärme, Magnetismus der Erde und Polarlicht 5; Natur der starren Erdrinde, heiße Quellen, Erdbeben, Vulcanismus 4; Gebirgsarten, Typen der Formationen 2; Gestalt der Erdoberfläche, Gliederung der Continente, Hebung auf Spalten 2; tropfbar-flüssige Umhüllung: Meer 3, elastisch-flüssige Umhüllung, Atmosphäre, Wärme-Vertheilung 10; geographische Vertheilung der Organismen im allgemeinen 1; Geographie der Pflanzen 3, Geographie der Thiere 3, Menschenracen 2.

Der erste Band meines Werkes enthält: *Einleitende Betrachtungen über die Verschiedenartigkeit des Naturgenusses und die Ergründung der Weltgesetze, Begrenzung und wissenschaftliche Behandlung der physischen Weltbeschreibung; ein allgemeines Naturgemälde als Uebersicht der Erscheinungen im Kosmos.* Indem das allgemeine Naturgemälde von den fernsten Nebelflecken und kreisenden Doppelsternen des Weltraums zu den tellurischen Erscheinungen der Geographie der Organismen (Pflanzen, Thiere und Menschenracen) herabsteigt, enthält es schon das, was ich als das Wichtigste und Wesentlichste meines ganzen Unternehmens betrachte: die innere Verkettung des Allgemeinen mit dem Besonderen; den Geist der Behandlung in Auswahl der Erfahrungssätze, in Form und Styl der Composition. Die beiden nachfolgenden Bände sollen die *Anregungsmittel zum Naturstudium* (durch Belebung von Naturschilderungen, durch Landschaftmalerei und durch Gruppirung exotischer Pflanzengestalten in Treibhäusern); die *Geschichte der Weltanschauung,* d. h. der allmäligen Auffassung des Begriffs von dem Zusammenwirken der Kräfte in einem Naturganzen; und das *Specielle der einzelnen Disciplinen* enthalten, deren gegenseitige Verbindung in dem *Naturgemälde* des ersten Bandes angedeutet worden ist. Ueberall sind die bibliographischen Quellen, gleichsam die Zeugnisse von der Wirklichkeit und dem Werthe der Beobachtungen, da wo es mir nöthig schien sie in Erinnerung zu bringen, von dem Texte getrennt und mit Angabe der Seitenzahl in Anmerkungen an das Ende eines jeden Abschnittes verwiesen. Von meinen eigenen Schriften, in denen ihrer Natur nach die Thatsachen mannigfaltig zerstreut sind, habe ich immer vorzugsweise nur die Original-Ausgaben angeführt, da es hier auf große Genauigkeit numerischer Verhältnisse ankam und ich in Beziehung auf die Sorgfalt der Uebersetzer von großem Mißtrauen erfüllt bin. Wo ich in seltenen Fällen kurze Sätze aus den Schriften meiner Freunde entlehnt habe, ist die Entlehnung durch den Druck selbst zu erkennen. Ich ziehe nach der Art der Alten die Wiederholung derselben Worte jeder willkührlichen Substituirung uneigentlicher oder umschreibender Ausdrücke vor. Von der in einem friedlichen Werke so gefahrvoll zu behandelnden Geschichte der ersten Entdeckungen wie von vielbestrittenen Prioritätsrechten ist in den Anmerkungen selten die Rede. Wenn ich bisweilen des classischen Alterthums und der glücklichen Uebergangs-Periode des durch große geographische Entdeckungen wichtig gewordenen funfzehnten und sechzehnten Jahrhunderts erwähnt habe, so ist es nur geschehen, weil in dem Bereich allgemeiner Ansichten der Natur es dem Menschen ein Bedürfniß ist sich von Zeit zu Zeit dem Kreise streng dogmatisirender moderner Meinungen zu entziehen und sich in das freie, phantasiereiche Gebiet älterer Ahndungen zu versenken.

Man hat es oft eine nicht erfreuliche Betrachtung genannt, daß, indem rein litterarische Geistesproducte gewurzelt sind in den Tiefen der Gefühle und der schöpferischen Einbildungskraft, alles, was mit der Empirie, mit Ergründung von Naturerscheinungen und physischer Gesetze zusammenhängt, in wenigen Jahrzehenden, bei zunehmender Schärfe der Instrumente und allmäliger Erweitrung des Horizonts der Beobachtung, eine andere Gestaltung annimmt; ja daß, wie man sich auszudrücken pflegt, veraltete naturwissenschaftliche Schriften als unlesbar der Vergessenheit übergeben sind. Wer von einer ächten Liebe zum Naturstudium und von der erhabenen Würde desselben beseelt ist, kann durch nichts entmuthigt werden, was an eine künftige Vervollkommnung des menschlichen Wissens erinnert. Viele und wichtige Theile dieses Wissens, in den Erscheinungen der Himmelsräume wie in den tellurischen Verhältnissen, haben bereits eine feste, schwer zu erschütternde Grundlage erlangt. In anderen Theilen werden allgemeine Gesetze an die Stelle der particulären treten, neue Kräfte ergründet, für einfach gehaltene Stoffe vermehrt oder zergliedert werden. Ein Versuch, die Natur lebendig und in ihrer erhabenen Größe zu schildern, in dem wellenartig wiederkehrenden Wechsel physischer Veränderlichkeit das Beharrliche aufzuspüren, wird daher auch in späteren Zeiten nicht ganz unbeachtet bleiben.

Potsdam im November 1844.

Einleitende Betrachtungen

über

die Verschiedenartigkeit des Naturgenusses

und eine

wissenschaftliche Ergründung der Weltgesetze.

(Vorgetragen am Tage der Eröffnung der Vorlesungen in der großen Halle der Singakademie zu Berlin. – Mehrere Einschaltungen gehören einer späteren Zeit an.)

Wenn ich es unternehme, nach langer Abwesenheit aus dem deutschen Vaterlande, in freien Unterhaltungen über die Natur die allgemeinen physischen Erscheinungen auf unserem Erdkörper und das Zusammenwirken der Kräfte im Weltall zu entwickeln, so finde ich mich mit einer zwiefachen Besorgniß erfüllt. Einestheils ist der Gegenstand, den ich zu behandeln habe, so unermeßlich und die mir vorgeschriebene Zeit so beschränkt, daß ich fürchten muß in eine encyclopädische Oberflächlichkeit zu verfallen oder, nach Allgemeinheit strebend, durch aphoristische Kürze zu ermüden. Anderentheils hat eine vielbewegte Lebensweise mich wenig an öffentliche Vorträge gewöhnt; und in der Befangenheit meines Gemüths wird es mir nicht immer gelingen mich mit der Bestimmtheit und Klarheit auszudrücken, welche die Größe und die Mannigfaltigkeit des Gegenstandes erheischen. Die Natur aber ist das Reich der Freiheit; und um lebendig die Anschauungen und Gefühle zu schildern, welche ein reiner Natursinn gewährt, sollte auch die Rede stets sich mit der Würde und Freiheit bewegen, welche nur hohe Meisterschaft ihr zu geben vermag.

Wer die Resultate der Naturforschung nicht in ihrem Verhältniß zu einzelnen Stufen der Bildung oder zu den individuellen Bedürfnissen des geselligen Lebens, sondern in ihrer großen Beziehung auf die gesammte Menschheit betrachtet; dem bietet sich, als die erfreulichste Frucht dieser Forschung, der Gewinn dar, durch Einsicht in den Zusammenhang der Erscheinungen den Genuß der Natur vermehrt und veredelt zu sehen. Eine solche Veredlung ist aber das Werk der Beobachtung, der Intelligenz und der Zeit, in welcher alle Richtungen der Geisteskräfte sich reflectiren. Wie seit Jahrtausenden das Menschengeschlecht dahin gearbeitet hat, in dem ewig wiederkehrenden Wechsel der Weltgestaltungen das Beharrliche des Gesetzes aufzufinden und so allmälig durch die Macht der Intelligenz den weiten Erdkreis zu erobern, lehrt die Geschichte den, welcher den uralten Stamm unseres Wissens durch die tiefen Schichten der Vorzeit bis zu seinen Wurzeln zu verfolgen weiß. Diese Vorzeit befragen heißt dem geheimnißvollen Gange der Ideen nachspüren, auf welchem dasselbe Bild, das früh dem inneren Sinne als ein harmonisch geordnetes Ganzes, *Kosmos*, vorschwebte, sich zuletzt wie das Ergebniß langer, mühevoll gesammelter Erfahrungen darstellt.

In diesen beiden Epochen der Weltansicht, dem ersten Erwachen des Bewußtseins der Völker und dem endlichen, gleichzeitigen Anbau aller Zweige der Cultur, spiegeln sich zwei Arten des Genusses ab. Den einen erregt, in dem offenen kindlichen Sinne des Menschen, der Eintritt in die freie Natur und das dunkle Gefühl des Einklangs, welcher in dem ewigen Wechsel ihres stillen Treibens herrscht. Der andere Genuß gehört der vollendeteren Bildung des Geschlechts und dem Reflex dieser Bildung auf das Individuum an: er entspringt aus der Einsicht in die Ordnung des Weltalls und in das Zusammenwirken der physischen Kräfte. So wie der Mensch sich nun Organe schafft, um die Natur zu befragen und den engen Raum seines flüchtigen Daseins zu überschreiten; wie er nicht mehr bloß beobachtet, sondern Erscheinungen unter bestimmten Bedingungen hervorzurufen weiß: wie endlich die Philosophie der Natur, ihrem alten dichterischen Gewande entzogen, den ernsten Charakter einer denkenden Betrachtung des Beobachteten annimmt: treten klare Erkenntniß und Begrenzung an die Stelle dumpfer Ahndungen und unvollständiger Inductionen. Die dogmatischen Ansichten der vorigen Jahrhunderte leben dann nur fort in den Vorurtheilen des Volks und in gewissen Disciplinen, die, in dem Bewußtsein ihrer Schwäche, sich gern in Dunkelheit hüllen. Sie erhalten sich auch als ein lästiges Erbtheil in den Sprachen, die sich durch symbolisirende Kunstwörter und geistlose Formen verunstalten. Nur eine kleine Zahl sinniger Bilder der Phantasie, welche, wie vom Dufte der Urzeit umflossen, auf uns gekommen sind, gewinnen bestimmtere Umrisse und eine erneuerte Gestalt.

Die Natur ist für die denkende Betrachtung Einheit in der Vielheit, Verbindung des Mannigfaltigen in Form und Mischung, Inbegriff der Naturdinge und Naturkräfte, als ein lebendiges Ganzes. Das wichtigste Resultat des sinnigen physischen Forschens ist daher dieses: in der Mannigfaltigkeit die Einheit zu erkennen; von dem Individuellen alles zu umfassen, was die Entdeckungen der letzteren Zeitalter uns darbieten; die Einzelheiten prüfend zu sondern und doch nicht ihrer Masse zu unterliegen: der erhabenen Bestimmung des Menschen eingedenk, den Geist der Natur zu ergreifen, welcher unter der Decke der Erscheinungen verhüllt liegt. Auf diesem Wege reicht unser Bestreben über die enge Grenze der Sinnenwelt hinaus; und es kann uns gelingen, die Natur begreifend, den rohen Stoff empirischer Anschauung gleichsam durch Ideen zu beherrschen.

Wenn wir zuvörderst über die verschiedenen Stufen des Genusses nachdenken, welchen der Anblick der Natur gewährt; so finden wir, daß die erste unabhängig von der Einsicht in das Wirken der Kräfte, ja fast unabhängig von dem eigenthümlichen Charakter der Gegend ist, die uns umgiebt. Wo in der Ebene, einförmig, gesellige Pflanzen den Boden bedecken und auf grenzenloser Ferne das Auge ruht; wo des Meeres Wellen das Ufer sanft bespülen und durch Ulfen und grünenden Seetang ihren Weg bezeichnen: überall durchdringt uns das Gefühl der freien Natur, ein dumpfes Ahnden ihres „Bestehens nach inneren ewigen Gesetzen". In solchen Anregungen ruht eine geheimnißvolle Kraft; sie sind erheiternd und lindernd, stärken und erfrischen den ermüdeten Geist, besänftigen oft das Gemüth, wenn es schmerzlich in seinen Tiefen erschüttert oder vom wilden Drange der Leidenschaften bewegt ist. Was ihnen ernstes und feierliches beiwohnt, entspringt aus dem fast bewußtlosen Gefühle höherer Ordnung und innerer Gesetzmäßigkeit der Natur; aus dem Eindruck ewig wiederkehrender Gebilde, wo in dem Besondersten des Organismus das Allgemeine sich spiegelt; aus dem Contraste zwischen dem sittlich Unendlichen und der eigenen Beschränktheit, der wir zu entfliehen streben. In jedem Erdstriche, überall wo die wechselnden Gestalten des Thier- und Pflanzenlebens sich darbieten, auf jeder Stufe intellectueller Bildung sind dem Menschen diese Wohlthaten gewährt.

Ein anderer Naturgenuß, ebenfalls nur das Gefühl ansprechend, ist der, welchen wir, nicht dem bloßen Eintritt in das *Freie* (wie wir tief bedeutsam in unserer Sprache sagen), sondern dem individuellen Charakter einer Gegend, gleichsam der physiognomischen Gestaltung der Oberfläche unseres Planeten verdanken. Eindrücke solcher Art sind lebendiger, bestimmter und deshalb für besondere Gemüthszustände geeignet. Bald ergreift uns die Größe der Naturmassen im wilden Kampfe der entzweiten Elemente oder, ein Bild des Unbeweglich-Starren, die Oede der unermeßlichen Grasfluren und Steppen, wie in dem gestaltlosen Flachlande der Neuen Welt und des nördlichen Asiens: bald fesselt uns, freundlicheren Bildern hingegeben, der Anblick der bebauten Flur, die erste Ansiedelung des Menschen, von schroffen Felsschichten umringt, am Rande des schäumenden Gießbachs. Denn es ist nicht sowohl die Stärke der Anregung, welche die Stufen des individuellen Naturgenusses bezeichnet, als der bestimmte Kreis von Ideen und Gefühlen, die sie erzeugen und welchen sie Dauer verleihen.

Darf ich mich hier der eigenen Erinnerung großer Naturscenen überlassen: so gedenke ich des Oceans, wenn in der Milde tropischer Nächte das Himmelsgewölbe sein planetarisches, nicht funkelndes Sternenlicht über die sanftwogende Wellenfläche ergießt: oder der Waldthäler der Cordilleren, wo mit kräftigem Triebe hohe Palmenstämme das düstere Laubdach durchbrechen und als Säulengänge hervorragen, „ein Wald über dem Walde" Dieser Ausdruck ist einer schönen Waldbeschreibung in Bernardin's de St. Pierre Paul et Virginie entlehnt.; oder des Pics von Teneriffa, wenn horizontale Wolkenschichten den Aschenkegel von der unteren Erdfläche trennen, und plötzlich durch eine Oeffnung, die der aufsteigende Luftstrom bildet, der Blick von dem Rande des Kraters sich auf die weinbekränzten Hügel von Orotava und die Hesperidengärten der Küste hinabsenkt. In diesen Scenen ist es nicht mehr das stille, schaffende Leben der Natur, ihr ruhiges Treiben und Wirken, die uns ansprechen: es ist der individuelle Charakter der Landschaft, ein Zusammenfließen der Umrisse von Wolken, Meer und Küsten im Morgendufte der Inseln; es ist die Schönheit der Pflanzenformen und ihrer Gruppirung. Denn das Ungemessene, ja selbst das Schreckliche in der Natur, alles was unsere Fassungskraft übersteigt, wird in einer romantischen Gegend zur Quelle des Genusses. Die Phantasie übt dann das freie Spiel ihrer Schöpfungen an dem, was von den Sinnen nicht vollständig erreicht werden kann; ihr Wirken nimmt eine andere Richtung bei jedem Wechsel in der Gemüthsstimmung des Beobachters. Getäuscht, glauben wir von der Außenwelt zu empfangen, was wir selbst in diese gelegt haben.

Wenn nach langer Seefahrt, fern von der Heimath, wir zum ersten Male ein Tropenland betreten, erfreut uns, an schroffen Felswänden, der Anblick derselben Gebirgsarten (des Thonschiefers oder des basaltartigen Mandelsteins), die wir auf europäischem Boden verließen und deren Allverbreitung zu beweisen scheint, es habe die alte Erdrinde sich unabhängig von dem äußeren Einfluß der jetzigen Klimate gebildet; aber diese wohlbekannte Erdrinde ist mit den Gestalten einer fremdartigen Flora geschmückt. Da offenbart sich uns, den Bewohnern der nordischen Zone, von ungewohnten Pflanzenformen, von der überwältigenden Größe des tropischen Organismus und einer exotischen Natur umgeben, die wunderbar aneignende Kraft des menschlichen Gemüthes. Wir fühlen uns so mit allem Organischen verwandt, daß, wenn es anfangs auch

14

scheint, als müsse die heimische Landschaft, wie ein heimischer Volksdialekt, uns zutraulicher, und durch den Reiz einer eigenthümlichen Natürlichkeit uns inniger anregen als jene fremde üppige Pflanzenfülle, wir uns doch bald in dem Palmen-Klima der heißen Zone eingebürgert glauben. Durch den geheimnißvollen Zusammenhang aller organischen Gestaltung (und unbewußt liegt in uns das Gefühl der Nothwendigkeit dieses Zusammenhangs) erscheinen unserer Phantasie jene exotischen Formen wie erhöht und veredelt aus denen, die unsere Kindheit umgaben. So leiten dunkle Gefühle und die Verkettung sinnlicher Anschauungen, wie später die Thätigkeit der combinirenden Vernunft, zu der Erkenntniß, welche alle Bildungsstufen der Menschheit durchdringt, daß ein gemeinsames, gesetzliches und darum ewiges Band die ganze lebendige Natur umschlinge.

Es ist ein gewagtes Unternehmen, den Zauber der Sinnenwelt einer Zergliederung seiner Elemente zu unterwerfen. Denn der großartige Charakter einer Gegend ist vorzüglich dadurch bestimmt, daß die eindrucksreichsten Naturerscheinungen gleichzeitig vor die Seele treten, daß eine Fülle von Ideen und Gefühlen gleichzeitig erregt werde. Die Kraft einer solchen über das Gemüth errungenen Herrschaft ist recht eigentlich an die Einheit des Empfundenen, des Nicht-Entfalteten geknüpft. Will man aber aus der objectiven Verschiedenheit der Erscheinungen die Stärke des Totalgefühls erklären, so muß man sondernd in das Reich bestimmter Naturgestalten und wirkender Kräfte hinabsteigen. Den mannigfaltigsten und reichsten Stoff für diese Art der Betrachtungen gewährt die landwirthschaftliche Natur im südlichen Asien oder im Neuen Continent: da, wo hohe Gebirgsmassen den Boden des Luftmeers bilden und wo dieselben vulkanischen Mächte, welche einst die lange Andes-Mauer aus tiefen Erdspalten emporgehoben, jetzt noch ihr Werk zum Schrecken der Anwohner oft erschüttern.

Naturgemälde, nach leitenden Ideen an einander gereihet, sind nicht allein dazu bestimmt unseren Geist angenehm zu beschäftigen: ihre Reihenfolge kann auch die Graduation der Natureindrücke bezeichnen, deren allmälig gesteigerten Intensität wir aus der einförmigen Leere pflanzenloser Ebenen bis zu der üppigen Blüthenfülle der heißen Zone gefolgt sind. Wenn man als ein Spiel der Phantasie den Pilatus auf das Schreckhorn, oder unsere Sudetische Schneekoppe auf den Montblanc aufthürmt, so hat man noch nicht eine der größten Höhen der Andeskette, den Chimborazo, die doppelte Höhe des Aetna erreicht: wenn man auf den Chimborazo den Rigi oder den Athos thürmt, so schaffen wir uns ein Bild von dem höchsten Gipfel des Himalaya-Gebirges, dem Dhawalagiri. Obgleich das indische Gebirge in der Größe seiner colossalen, jetzt durch wiederholte Messung wohl bestimmten Massen die Andeskette weit übertrifft, so gewährt ihr Anblick doch nicht die Mannigfaltigkeit der Erscheinungen, welche die Cordilleren von Südamerika charakterisiren. Höhe allein bestimmt nicht den Eindruck der Natur. Die Himalaya-Kette liegt schon weit außerhalb der Grenze tropischer Klimate. Kaum verirrt sich eine Palme bis in die schönen Thäler der Vorgebirge von Nepaul und Kumaon. Unter dem 28ten und 34ten Grade der Breite, am Abhange des alten Paropamisus, entfaltet die vegetabilische Natur nicht mehr die Fülle baumartiger Farnkräuter und Gräser, großblüthiger Orchideen und Bananen-Gewächse, welche unter den Wendekreisen bis zu den Hochebenen hinaufsteigen. Unter dem Schatten der cederartigen Deodwara-Fichte und großblättriger Eichen bedecken das granitartige Gestein europäische und nord-asiatische Pflanzenformen. Es sind nicht dieselben Arten, aber ähnliche Gebilde: Wachholder, Alpen-Birken, Gentianen, Parnassien und stachlige Ribes-Arten.Ribes nubicola, R. glaciale, R. grossularia. Den Charakter der Himalaya-Vegetation bezeichnen acht Pinus-Arten, trotz eines Ausspruchs der Alten über „das östliche Asien" (*Strabo* lib. XI p. 510 Cas.), 25 Eichen, 4 Birken, 2 Aesculus (der, hundert Fuß hohe, wilde Kastanienbaum von Kaschmir wird bis 33° nördl. Breite von einem großen weißen Affen, mit schwarzem Gesichte, bewohnt; Carl von *Hügel, Kaschmir* 1840 Bd. II. S. 249), 7 Ahorn, 12 Weiden, 14 Rosen, 3 Erdbeer-Arten, 7 Alpenrosen (Rhododendra), deren eine 20 Fuß hoch, und viele andere nordische Gestalten. Unter den Coniferen ist Pinus Deodwara oder Deodara (eigentlich im Sanskrit dêwa-dâru, Götter-Bauholz) dem Pinus Cedrus nahe verwandt. Nahe am ewigen Schnee prangen mit großen Blüthen Gentiana venusta, G. Moorcroftiana, Swertia purpurascens, S. speciosa, Parnassia armata, P. Nubicola, Paeonia Emodi, Tulipa stellata; ja selbst neben den dem indischen Hochgebirge eigenthümlichen Arten europäischer *Pflanzengattungen* finden sich auch ächt europäische *Species:* wie Leontodon taraxacum, Prunella vulgaris, Galium Aparine, Thlaspi arvense. Das Heidekraut, dessen schon Saunders in Turner's Reise erwähnt und das man sogar mit Calluna vulgaris verwechselt hat, ist eine Andromeda: ein Factum, das für die Geographie der asiatischen Pflanzen von großer Wichtigkeit ist. Wenn ich mich in dieser Note des unphilosophischen Ausdrucks: *europäische Formen oder europäische Arten, wildwachsend in Asien,* bediene; so geschieht es als Folge des alten botanischen Sprachgebrauchs, welcher der Idee der räumlichen Verbreitung oder vielmehr der Coexistenz des

Organischen die geschichtliche Hypothese einer Einwanderung sehr dogmatisch unterschiebt, ja aus Vorliebe für europäische Cultur die Wanderung von Westen nach Osten voraussetzt. Dem Himalaya fehlen die wechselnden Erscheinungen thätiger Vulkane, welche in der indischen Inselwelt drohend an das innere Leben der Erde mahnen. Auch fängt, wenigstens an seinem südlichen Abhange, wo die feuchtere Luft Hindustans ihren Wassergehalt absetzt, der ewige Schnee meist schon in der Höhe von eilf- bis zwölftausend Fuß an, und setzt so der Entwicklung des organischen Lebens eine frühere Grenze als in den Aequinoctial-Gegenden von Südamerika, wo der Organismus fast zweitausend sechshundert Fuß höher verbreitet ist.Schneegrenze an dem südlichen Abfall der Himalaya-Kette 2030 T. (12180 Fuß) über der Meeresfläche; am nördlichen Abfall, oder vielmehr in den Gipfeln, die sich auf dem tübetanischen (tartarischen) Plateau erheben, 2600 T. (15600 Fuß) in 30°½ bis 32° Breite: wenn unter dem Aequator in der Andeskette von Quito die Schneegrenze 2470 T. (14820 Fuß) hoch liegt. Dies ist das Resultat, welches ich aus der Zusammenstellung vieler Angaben von Webb, Gerard, Herbert und Moorcroft gezogen. S. meine beiden *Mémoires sur les Montagnes de l'Inde* von 1816 und 1820 in den *Annales de Chimie et de Physique* T. III. p. 303; T. XIV. p. 6, 22, 50. Die größere Höhe, zu der sich am tübetanischen Abfall die ewige Schneegrenze zurückzieht, ist eine gleichzeitige Folge der Wärmestrahlung der nahen Hochebene, der Heiterkeit des Himmels, der Seltenheit der Schneebildung in sehr kalter und trockener Luft (*Humboldt, Asie centrale* T. III. p. 281–326). Das Resultat der Schneehöhe auf beiden Abfällen des Himalaya, welches ich als das wahrscheinlichere angegeben, hatte für sich Colebrooke's große Autorität. „Auch ich finde", schrieb er mir im Junius 1824, „die Höhe des ewigen Schnees nach den Materialien, die ich besitze, an dem südlichen Abfall unter dem Parallelkreis von 31° zu 13000 engl. Fußen (2033 T.). Webb's Messungen würden mir 13500 engl. Fuß (2111 T.), also 500 Fuß mehr als Capitän Hodgson's Beobachtungen, geben. Gerard's Messungen bestätigen vollkommen Ihre Angabe, daß die Schneelinie nördlich höher als südlich liegt." Erst in diesem Jahre (1840) haben wir endlich durch Herrn Lloyd den Abdruck des gesammelten Tagebuches beider Brüder Gerard erhalten (*Narrative of a Journey from Caunpoor to the Boorendo Pass in the Himalaya by Capt. Alexander Gerard and John Gerard, edited by George Lloyd.* Vol. I. p. 281, 311, 320, 327 und 341). Vieles über einzelne Localitäten ist zusammengedrängt im *Visit to the Shatool, for the purpose of determining the line of perpetual snow on the southern face of the Himalaya, in Aug. 1822*; aber leider verwechseln die Reisenden immer die Höhe, in der sporadisch Schnee fällt, mit dem Maximum der Höhe, zu welcher die Schneelinie über der tübetanischen Hochebene sich erhebt. Cap. Gerard unterscheidet die Gipfel *in der Mitte der Hochebene*, deren ewige Schneegrenze er zu 18000 bis 19000 engl. F. (2815 bis 2971 T.) bestimmt, und die nördlichen Abfälle der Himalaya-Kette, welche den Durchbruch des Sutledge begrenzen und wo die Hochebene tief durchfurcht ist und also wenig Wärme strahlen kann. Das Dorf Tangno wird nur zu 9300 engl. Fuß oder 1454 T. angegeben, während das Plateau um den heiligen See Manasa 17000 engl. F. oder 2658 T. hoch liegen soll. Bei dem Durchbruch der Kette findet Cap. Gerard den Schnee an dem nördlichen Abfall sogar um 500 engl. F. (78 T.) niedriger als am südlichen, gegen Indien gekehrten Abfall. An letzterem wird die Schneegrenze von ihm zu 15000 engl. Fuß (2346 T.) geschätzt. Die Vegetations-Verhältnisse bieten die auffallendsten Unterschiede zwischen der tübetanischen Hochebene und dem südlichen, indischen Abhange der Himalaya-Kette dar. In letzterem steigt die Feldernte, bei der der Halm aber oft noch grün abgemäht wird, nur zu 1560 T., die obere Waldgrenze mit noch hohen Eichen und Dewadaru-Tannen zu 1870 T., niedere Zwergbirken zu 2030 T. Auf der Hochebene sah Cap. Gerard Weideplätze bis 2660 T.; Cerealien gedeihen bis 2200, ja bis 2900 T., Birken in hohen Stämmen bis 2200 T., kleines Buschwerk, als Brennholz dienend, bis 2660 T., d. i. 200 T. höher als die ewige Schneegrenze unter dem Aequator in Quito. Es ist überaus wünschenswerth, daß von neuem, und zwar von Reisenden, die an allgemeine Ansichten gewöhnt sind, sowohl die *mittlere* Höhe des tübetanischen Tafellandes, die ich zwischen dem Himalaya und Kuen-lün nur zu 1800 T. annehme, wie auch das Verhältniß der Schneehöhen an dem nördlichen und südlichen Abfalle erforscht werde. Man hat bisher oft Schätzungen mit wirklichen Messungen, die Höhen einzelner über dem Tafellande hervorragender Gipfel mit der umgebenden Ebene verwechselt (vgl. Carl Zimmermann's scharfsinnige hypsometrische Bemerkungen in seiner *geographischen Analyse der Karte von Inner-Asien* 1841 S. 98). Lord macht auf einen Gegensatz aufmerksam zwischen den Höhen des ewigen Schnees an den beiden Abfällen des Himalaya und der Alpenkette Hindukusch. „Bei der letzteren Kette", sagt er, „liegt das Tafelland in Süden, und deshalb ist die Schneehöhe am südlichen Abhange größer: umgekehrt als am Himalaya, der von warmen Ebenen in Süden, wie der Hindukusch in Norden, begrenzt ist." So viel auch noch im einzelnen die hier behandelten hypsometrischen Angaben kritischer Berichtigungen bedürfen, so steht doch die Thatsache fest, daß die wunderbare Gestaltung eines Theils der Erdoberfläche in Inner-Asien dem

Menschengeschlechte verleihet: Möglichkeit der Verbreitung, Nahrung, Brennstoffe, und Ansiedelung in einer Höhe über der Meeresfläche, die in fast allen anderen Theilen beider Continente (doch nicht in dem dürren, schneearmen Bolivia, wo Pentland die Schneegrenze unter 16°–17°¾ südlicher Breite im Jahr 1838 in einer Mittelhöhe von 2450 T. fand) ewig mit Eis bedeckt ist. Die mir wahrscheinlichen Unterschiede der nördlichen und südlichen Abhänge der Himalaya-Kette in Hinsicht auf den ewigen Schnee sind auch durch die Barometer-Messungen von Victor Jacquemont, welcher so früh ein unglückliches Opfer seiner edeln und rastlosen Thätigkeit wurde, vollkommen bestätigt worden (s. dessen *Correspondance pendant son Voyage dans l'Inde* 1833 T. I. p. 291, und *Voyage dans l'Inde* pendant les années 1828 à 1832, livr. 23, p. 290, 296, 299). "Les neiges perpétuelles", sagt Jacquemont, "descendent plus bas sur la pente méridionale de l'Himalaya que sur les pentes septentrionales, et leur limite s'élève constamment à mesure que l'on s'éloigne vers le nord de la chaîne qui borde l'Inde. Sur le Col de Kioubrong, à 5581 mètres (2863 t.) de hauteur selon le Capitaine Gerard, je me trouvai encore bien audessous de la limite des neiges perpétuelles, que dans cette partie de l'Himalaya je croirais (wohl viel zu hoch geschätzt!) de 6000 mètres ou 3078 t." Zu welcher Höhe, sagt der benannte Reisende, man sich auf dem nördlichen Abfall erhebe: immer behält das Klima denselben Charakter, dieselbe Abtheilung der Jahreszeiten wie in den indischen Ebenen. „Das Sommer-Solstitium führt dort dieselben Regengüsse herbei, welche ohne Unterbrechung bis zum Herbst-Aequinoctium dauern. Erst von Kaschmir an, das ich 5350 engl. Fuß" (837 T., also fast wie die Städte Merida und Popayan) „gefunden, beginnt ein neues, ganz verschiedenartiges Klima." (*Jacquemont, Corresp.* T. II. p. 58 und 74.) Die Moussons treiben, wie Leopold von Buch scharfsinnig bemerkt, die feuchte und warme Seeluft des indischen Tieflandes nicht über die Vormauer des Himalaya hinaus in das jenseitige tübetanische Gebiet von Ladak und Hlassa. Carl von Hügel schätzt die Höhe des Thales von Kaschmir über der Meeresfläche, nach dem Siedepunkt des Wassers bestimmt, (Bd. II. S. 155 und *Journal of the Georgr. Soc.* Vol. 6. p. 215) zu 5818 engl. Fuß oder 910 T. In diesem ganz windstillen und fast gewitterlosen Thale, unter 34° 7' Breite, liegt der Schnee vom December bis März mehrere Fuß hoch.

Die dem Aequator nahe Gebirgsgegend hat einen anderen, nicht genugsam beachteten Vorzug: es ist der Theil der Oberfläche unseres Planeten, wo im engsten Raume die Mannigfaltigkeit der Natureindrücke ihr *Maximum* erreicht. In der tiefgefurchten Andeskette von Neu-Granada und Quito ist es dem

Menschen gegeben alle Gestalten der Pflanzen und alle Gestirne des Himmels gleichzeitig zu schauen. Ein Blick umfaßt Heliconien, hochgefiederte Palmen, Bambusen, und über diesen Formen der Tropenwelt: Eichenwälder, Mespilus-Arten und Dolden-Gewächse, wie in unserer deutschen Heimath; ein Blick umfaßt das südliche Kreuz, die Magelhanischen Wolken und die leitenden Sterne des Bären, die um den Nordpol kreisen. Dort öffnen der Erde Schooß und beide Hemisphären des Himmels den ganzen Reichthum ihrer Erscheinungen und verschiedenartigen Gebilde; dort sind die Klimate, wie die durch sie bestimmten Pflanzen-Zonen schichtenweise über einander gelagert; dort die Gesetze abnehmender Wärme, dem aufmerksamen Beobachter verständlich, mit ewigen Zügen in die Felsenwände der Andeskette, am Abhange des Gebirges, eingegraben. Um diese Versammlung nicht mit Ideen zu ermüden, die ich versucht habe in einem eigenen Werke über die *Geographie der Pflanzen* bildlich darzustellen, hebe ich hier nur einige wenige Erinnerungen aus dem „Naturgemälde der Tropengegend" hervor. Was in dem Gefühle umrißlos und duftig, wie Bergluft, verschmilzt, kann von der, nach dem Causalzusammenhang der Erscheinungen grübelnden Vernunft nur in einzelne Elemente zerlegt, als Ausdruck eines individuellen Naturcharakters, begriffen werden. Aber in dem wissenschaftlichen Kreise, wie in den heiteren Kreisen der Landschaft-Dichtung und Landschaftmalerei, gewinnt die Darstellung um so mehr an Klarheit und objectiver Lebendigkeit, als das Einzelne bestimmt aufgefaßt und begrenzt ist.

Sind die tropischen Länder eindrucksreicher für das Gemüth durch Fülle und Ueppigkeit der Natur, so sind sie zugleich auch (und dieser Gesichtspunkt ist der wichtigste in dem Ideengange, den ich hier verfolge) vorzugsweise dazu geeignet, durch einförmige Regelmäßigkeit in den meteorologischen Processen des Luftkreises und in der periodischen Entwicklung des Organismus, durch scharfe Scheidung der Gestalten bei senkrechter Erhebung des Bodens, dem Geiste die gesetzmäßige Ordnung der Himmelsräume, wie abgespiegelt in dem Erdeleben, zu zeigen. Mögen wir einige Augenblicke bei diesem Bilde der Regelmäßigkeit, die selbst an Zahlenverhältnisse geknüpft ist, verweilen!

In den heißen Ebenen, die sich wenig über die Meeresfläche der Südsee erheben, herrscht die Fülle der Pisang-Gewächse, der Cycadeen und Palmen; ihr folgen, von hohen Thalwänden beschattet, baumartige Farnkräuter und, in üppiger Naturkraft, von kühlem Wolkennebel unaufhörlich getränkt und erfrischt, die Cinchonen, welche die lange verkannte, wohlthätige Fieberrinde geben. Wo der hohe Baumwuchs aufhört, blühen, gesellig an einander gedrängt,

Aralien, Thibaudien und myrtenblättrige Andromeden. Einen purpurrothen Gürtel bildet die Alpenrose der Cordilleren, die harzreiche Befaria. Dann verschwinden allmälig, in der stürmischen Region der Paramos, die höheren Gesträuche und die großblüthigen Kräuter. Rispen tragende Monocotyledonen bedecken einförmig den Boden: eine unabsehbare Grasflur, gelb leuchtend in der Ferne; hier weiden einsam das Kameel-Schaf und die von den Europäern eingeführten Rinder. Wo die nackten Felsklippen trachytartigen Gesteins sich aus der Rasendecke emporheben, da entwickeln sich, bei mangelnder Dammerde, nur noch Pflanzen niederer Organisation: die Schaar der Flechten, welche der dünne, kohlenstoffarme Luftkreis dürftig ernährt; Parmelien, Lecideen und der vielfarbige Keimstaub der Leprarien. Inseln frisch gefallenen Schnees verhüllen hier die letzten Regungen des Pflanzenlebens, bis, scharf begrenzt, die Zone des ewigen Eises beginnt. Durch die weißen, wahrscheinlich hohlen, glockenförmigen Gipfel streben, doch meist vergebens, die unterirdischen Mächte auszubrechen. Wo es ihnen gelungen ist durch runde, kesselförmige Feuerschlünde oder langgedehnte Spalten mit dem Luftkreise in bleibenden Verkehr zu treten; da stoßen sie, fast nie Laven, aber Kohlensäure, Schwefel-Hydrate und heiße Wasserdämpfe aus.

Ein so erhabenes Schauspiel konnte bei den Bewohnern der Tropenwelt, in dem ersten Andrange roher Naturgefühle, nur Bewunderung und dumpfes Erstaunen erregen. Der innere Zusammenhang großer, periodisch wiederkehrender Erscheinungen, die einfachen Gesetze, nach denen diese Erscheinungen sich zonenweise gruppiren, bieten sich dort allerdings dem Menschen in größerer Klarheit dar; aber bei den Ursachen, welche in vielen Theilen dieses glücklichen Erdstrichs dem localen Entstehen hoher Gesittung entgegentreten, sind die Vortheile eines leichteren Erkennens jener Gesetze (so weit geschichtliche Kunde reicht) unbenutzt geblieben. Gründliche Untersuchungen der neuesten Zeit haben es mehr als zweifelhaft gemacht, daß der eigentliche Ursitz indischer Cultur, einer der herrlichsten Blüthen des Menschengeschlechts, deren südöstlichste Verbreitung Wilhelm von Humboldt in seinem großen Werke "über die Kawi-Sprache" entwickelt hat, innerhalb der Wendekreise gewesen sei. Airyana Vaedjô, das alte Zendland, lag im Nordwesten des oberen Indus; und nach dem religiösen Zwiespalt, dem Abfall der Iranier vom brahmanischen Institute und ihrer Trennung von den Indern hat bei diesen die ursprünglich gemeinschaftliche Sprache ihre eigenthümliche Gestaltung, wie das bürgerliche Wesen seine Ausbildung im MagadhaUeber den eigentlichen Madhyadêśa s. *Lassen's* vortreffliche *Indische Alterthumskunde* Bd. I. S. 92. Bei den Chinesen ist Mo-kie-thi das südliche Bahar: der Theil, welcher im Süden des Ganges liegt. S. *Foe-koue-ki* par *Chy-Fa-Hian* 1836 p. 256. Djambu-dwipa ist ganz Indien, begreift aber auch bisweilen einen der vier buddhistischen Continente. oder Madhya Desa, zwischen der kleinen Vindhya-Kette und dem Himalaya, erlangt.

Tiefere Einsicht in das Wirken der physischen Kräfte hat sich (trotz der Hindernisse, welche, unter höheren Breiten, verwickelte örtliche Störungen in den Naturprocessen des Dunstkreises oder in der klimatischen Verbreitung organischer Gebilde dem Auffinden allgemeiner Gesetze entgegenstellen) doch nur, wenn gleich spät, bei den Volksstämmen gefunden, welche die gemäßigte Zone unserer Hemisphäre bewohnen. Von daher ist diese Einsicht in die Tropen-Region und in die ihr nahen Länder durch Völkerzüge und fremde Ansiedler gebracht worden: eine Verpflanzung wissenschaftlicher Cultur, die auf das intellectuelle Leben und den industriellen Wohlstand der Colonien, wie der Mutterstaaten, gleich wohlthätig eingewirkt hat. Wir berühren hier den Punkt, wo, in dem Contact mit der Sinnenwelt, zu den Anregungen des Gemüthes sich noch ein anderer Genuß gesellt, ein Naturgenuß, der aus Ideen entspringt: da, wo in dem Kampf der streitenden Elemente das Ordnungsmäßige, Gesetzliche nicht bloß geahndet, sondern vernunftmäßig erkannt wird; wo der Mensch, wie der unsterbliche Dichter:

> Aber im stillen Gemach entwirft bedeutende Zirkel
> Sinnend der Weise, beschleicht forschend den schaffenden Geist;
> Prüft der Stoffe Gewalt, der Magnete Hassen und Lieben;
> Folgt durch die Lüfte dem Klang, folgt durch den Aether dem Strahl;
> Sucht das vertraute Gesetz in des Zufalls grausenden Wundern,
> Sucht den ruhenden Pol in der Erscheinungen Flucht.
> sagt:

> „sucht den ruhenden Pol in der Erscheinungen Flucht".

Um diesen Naturgenuß, der aus Ideen entspringt, bis zu seinem ersten Keime zu verfolgen, bedarf es nur eines flüchtigen Blicks auf die Entwickelungsgeschichte der Philosophie der Natur oder der alten Lehre vom Kosmos.

Ein dumpfes, schauervolles Gefühl von der Einheit der Naturgewalten, von dem geheimnißvollen Bande, welches das Sinnliche und Uebersinnliche verknüpft, ist allerdings (und meine eigenen Reisen haben es bestätigt) selbst wilden Völkern eigen. Die Welt, die sich dem Menschen durch die Sinne offenbart, schmilzt, ihm selbst fast unbewußt, zusammen mit der Welt, welche er, inneren Anklängen folgend, als ein großes Wunderland, in seinem Busen aufbaut. Diese aber ist nicht der reine Abglanz von jener; denn so wenig auch noch das Aeußere von dem Inneren sich loszureißen vermag, so wirkt doch schon unaufhaltsam, bei den rohesten Völkern, die schaffende Phantasie und die symbolisirende Ahndung des Bedeutsamen in den Erscheinungen. Was bei einzelnen mehr begabten Individuen sich als Rudiment einer Naturphilosophie, gleichsam als eine Vernunft-Anschauung darstellt, ist bei ganzen Stämmen das Product instinctiver Empfänglichkeit. Auf diesem Wege, in der Tiefe und Lebendigkeit dumpfer Gefühle, liegt zugleich der erste Antrieb zum Cultus, die Heiligung der erhaltenden wie der zerstörenden Naturkräfte. Wenn nun der Mensch, indem er die verschiedenen Entwicklungsstufen seiner Bildung durchläuft, minder an den Boden gefesselt, sich allmälig zu geistiger Freiheit erhebt, genügt ihm nicht mehr ein dunkles Gefühl, die stille Ahndung von der Einheit aller Naturgewalten. Das zergliedernde und ordnende Denkvermögen tritt in seine Rechte ein; und wie die Bildung des Menschengeschlechts, so wächst gleichmäßig mit ihr, bei dem Anblick der Lebensfülle, welche durch die ganze Schöpfung fließt, der unaufhaltsame Trieb, tiefer in den ursächlichen Zusammenhang der Erscheinungen einzudringen.

Schwer ist es, einem solchem Triebe schnelle und doch sichere Befriedigung zu gewähren. Aus unvollständigen Beobachtungen und noch unvollständigeren Inductionen entstehen irrige Ansichten von dem Wesen der Naturkräfte: Ansichten, die, durch bedeutsame Sprachformen gleichsam verkörpert und erstarrt, sich, wie ein Gemeingut der Phantasie, durch alle Classen einer Nation verbreiten. Neben der wissenschaftlichen Physik bildet sich dann eine andere, ein System ungeprüfter, zum Theil gänzlich mißverstandener Erfahrungs-Kenntnisse. Wenige Einzelheiten umfassend, ist diese Art der Empirik um so anmaßender, als sie keine der Thatsachen kennt, von denen sie erschüttert wird. Sie ist in sich abgeschlossen, unveränderlich in ihren Axiomen, anmaßend wie alles Beschränkte: während die wissenschaftliche Naturkunde, untersuchend und darum zweifelnd, das fest Ergründete von dem bloß Wahrscheinlichen trennt, und sich täglich durch Erweiterung und Berichtigung ihrer Ansichten vervollkommnet.

Eine solche rohe Anhäufung physischer Dogmen, welche ein Jahrhundert dem andern überliefert und aufdringt, wird aber nicht bloß schädlich, weil sie einzelne Irrthümer nährt, weil sie hartnäckig wie das Zeugniß schlecht beobachteter Thatsachen ist; nein, sie hindert auch jede großartige Betrachtung des Weltbaus. Statt den *mittleren* Zustand zu erforschen, um welchen, bei der scheinbaren Ungebundenheit der Natur, alle Phänomene innerhalb enger Grenzen osciliren, erkennt sie nur die Ausnahmen von den Gesetzen; sie sucht andere Wunder in den Erscheinungen und Formen als die der geregelten und fortschreitenden Entwickelung. Immer ist sie geneigt die Kette der Naturbegebenheiten zerrissen zu wähnen, in der Gegenwart die Analogie mit der Vergangenheit zu verkennen; und spielend, bald in den fernen Himmelsräumen, bald im Innern des Erdkörpers, die Ursach jener erdichteten Störungen der Weltordnung aufzufinden. Sie führt ab von den Ansichten der vergleichenden Erdkunde, die, wie *Carl Ritter's* großes und geistreiches Werk bewiesen hat, nur dann Gründlichkeit erlangt, wenn die ganze Masse von Thatsachen, die unter verschiedenen Himmelsstrichen gesammelt worden sind, mit Einem Blicke umfaßt, dem combinirenden Verstande zu Gebote steht.

Es ist ein besonderer Zweck dieser Unterhaltungen über die Natur, einen Theil der Irrthümer, die aus roher und unvollständiger Empirie entsprungen sind und vorzugsweise in den höheren Volksclassen (oft neben einer ausgezeichneten litterarischen Bildung) fortleben, zu berichtigen und so den Genuß der Natur durch tiefere Einsicht in ihr inneres Wesen zu vermehren. Das Bedürfniß eines solchen veredelten Genusses wird allgemein gefühlt; denn ein eigener Charakter unseres Zeitalters spricht sich in dem Bestreben aller gebildeten Stände aus, das Leben durch einen größeren Reichthum von Ideen zu verschönern. Der ehrenvolle Antheil, welchen meinen Vorträgen in zwei Hörsälen dieser Hauptstadt geschenkt wird, zeugt für die Lebendigkeit eines solchen Bestrebens.

Ich kann daher der Besorgniß nicht Raum geben, zu welcher Beschränkung oder eine gewisse sentimentale Trübheit des Gemüths zu leiten scheinen: der Besorgniß, daß, bei jedem Forschen in das innere Wesen der Kräfte, die Natur von ihrem Zauber, von dem Reize des Geheimnißvollen und Erhabenen verliere. Allerdings wirken Kräfte, im eigentlichen Sinne des Worts, nur dann magisch, wie im Dunkel einer geheimnißvollen Macht, wenn ihr Wirken außerhalb des Gebietes allgemein erkannter Naturbedingungen liegt. Der Beobachter, der durch ein Heliometer oder einen prismatischen Doppelspath den Durchmesser der Planeten bestimmt, Jahre lang die Meridianhöhe desselben Sternes mißt, zwischen dichtgedrängten Nebelflecken telescopische Cometen erkennt; fühlt (und es ist ein Glück für den sichern Erfolg dieser Arbeit) seine Phantasie nicht mehr angeregt als der beschreibende Botaniker, so lange er die Kelch-Einschnitte und die Staubfäden einer Blume zählt, und in der Structur eines Laubmooses die einfachen oder doppelten, die freien oder ringförmig verwachsenen Zähne der Saamenkapsel untersucht; aber das Messen und Auffinden numerischer Verhältnisse, die sorgfältigste Beobachtung des Einzelnen bereitet zu der höheren Kenntniß des Naturganzen und der Weltgesetze vor. Dem Physiker, welcher (wie Thomas Young, Arago und Fresnel) die ungleich langen Ströme der durch Interferenz sich vernichtenden oder verstärkenden Lichtwellen mißt; dem Astronomen, der mittelst der raumdurchdringenden Kraft der Fernröhre nach den Monden des Uranus am äußersten Rande unseres Sonnensystems forscht, oder (wie Herschel, South und Struve) aufglimmende Lichtpunkte in farbige Doppelsterne zerlegt; dem eingeweihten Blick des Botanikers, welcher die chara-artig kreisende Bewegung der Saftkügelchen in fast allen vegetabilischen Zellen, die Einheit der Gestaltung, das ist die Verkettung der Formen in Geschlechtern und *natürlichen Familien*, erkennt: gewähren die Himmelsräume, wie die blüthenreiche Pflanzendecke der Erde, gewiß einen großartigeren Anblick als dem Beobachter, dessen Natursinn noch nicht durch die Einsicht in den Zusammenhang der Erscheinungen geschärft ist. Wir können daher dem geistreichen Burke nicht beipflichten, wenn er behauptet, daß „aus der Unwissenheit von den Dingen der Natur allein die Bewunderung und das Gefühl des Erhabenen entstehe".

Während die gemeine Sinnlichkeit die leuchtenden Gestirne an ein krystallenes Himmelsgewölbe heftet, erweitert der Astronom die räumliche Ferne; er begrenzt unsere Weltengruppe, nur um jenseits andere und andere ungezählte Gruppen (eine aufglimmende Inselflur) zu zeigen. Das Gefühl des Erhabnen, in so fern es aus der einfachen Naturanschauung der Ausdehnung zu entspringen scheint, ist der feierlichen Stimmung des Gemüths verwandt, welche dem Ausdruck des Unendlichen und Freien in den Sphären ideeller Subjectivität, in dem Bereich des Geistigen angehört. Auf dieser Verwandtschaft, dieser Bezüglichkeit der sinnlichen Eindrücke beruht der Zauber des *Unbegrenzten:* sei es auf dem Ocean und im Luftmeere, wo dieses eine isolirte Bergspitze umgiebt; sei es im Weltraume, in den die nebelauflösende Kraft großer Fernröhre unsere Einbildungskraft tief und ahndungsvoll versenkt.

Einseitige Behandlung der physikalischen Wissenschaften, endloses Anhäufen roher Materialien konnten freilich zu dem, nun fast verjährten Vorurtheile beitragen, als müßte nothwendig wissenschaftliche Erkenntniß das Gefühl erkälten, die schaffende Bildkraft der Phantasie ertödten und so den Naturgenuß stören. Wer in der bewegten Zeit, in der wir leben, noch dieses Vorurtheil nährt; der verkennt, bei dem allgemeinen Fortschreiten menschlicher Bildung, die Freuden einer höheren Intelligenz: einer Geistesrichtung, welche Mannigfaltigkeit in Einheit auflöst und vorzugsweise bei dem Allgemeinen und Höheren verweilt. Um dies Höhere zu genießen, müssen in dem mühsam durchforschten Felde specieller Naturformen und Naturerscheinungen die Einzelheiten zurückgedrängt und von dem selbst, der ihre Wichtigkeit erkannt hat und den sie zu größeren Ansichten geleitet, sorgfältig verhüllt werden.

Zu den Besorgnissen über den Verlust eines freien Naturgenusses unter dem Einfluß denkender Betrachtung oder wissenschaftlicher Erkenntniß gesellen sich auch die, welche aus dem, nicht Allen erreichbaren Maaße dieser Erkenntniß oder dem Umfange derselben geschöpft werden. In dem wundervollen Gewebe des Organismus, in dem ewigen Treiben und Wirken der lebendigen Kräfte führt allerdings jedes tiefere Forschen an den Eingang neuer Labyrinthe. Aber gerade diese Mannigfaltigkeit unbetretener, vielverschlungener Wege erregt auf allen Stufen des Wissens freudiges Erstaunen. Jedes Naturgesetz, das sich dem Beobachter offenbart, läßt auf ein höheres, noch unerkanntes schließen; denn die Natur ist, wie Carus trefflich sagt, und wie das Wort selbst dem Römer und dem Griechen andeutete, „das ewig Wachsende, ewig im Bilden und Entfalten Begriffene". Der Kreis der organischen Typen erweitert sich, je mehr die Erdräume auf Land- und Seereisen durchsucht, die lebendigen Organismen mit den abgestorbenen verglichen, die Microscope vervollkommnet und verbreitet werden. In der Mannigfaltigkeit und im periodischen Wechsel der Lebensgebilde erneuert sich unablässig das Urgeheimniß aller Gestaltung, ich sollte sagen: das von Göthe so glücklich behandelte Problem der Metamorphose; eine Lösung, die dem Bedürfniß nach einem idealen Zurückführen der Formen auf gewisse Grundtypen entspricht. Mit wachsender Einsicht vermehrt sich das Gefühl von der Unermeßlichkeit des Naturlebens; man erkennt, daß auf der Feste, in der Lufthülle, welche die Feste umgiebt, in den Tiefen des Oceans, wie in den Tiefen des Himmels, dem kühnen wissenschaftlichen Eroberer*Plut. in vita Alex. Magni* cap. 7., auch nach Jahrtausenden, nicht „der Weltraum fehlen wird".

Allgemeine Ansichten des Geschaffenen (sei es der Materie, zu fernen Himmelskörpern geballt; sei es der uns nahen tellurischen Erscheinungen) sind nicht allein anziehender und erhebender als die speciellen Studien, welche abgesonderte Theile des Naturwissens umfassen: sie empfehlen sich auch vorzugsweise denen, die wenig Muße auf Beschäftigungen dieser Art verwenden können. Die naturbeschreibenden Disciplinen sind meist nur für gewisse Lagen geeignet; sie gewähren nicht dieselbe Freude zu jeder Jahreszeit, in jedem Lande, das wir bewohnen.

Der unmittelbaren Anschauung der Naturkörper, die sie erheischen, müssen wir in unserer nördlichen Zone oft lange entbehren; und ist unser Interesse auf eine bestimmte Classe von Gegenständen beschränkt, so gewähren uns selbst die trefflichsten Berichte reisender Naturforscher keinen Genuß, wenn darin gerade solche Gegenstände unberührt bleiben, auf welche unsere Studien gerichtet sind.

Wie die *Weltgeschichte*, wo es ihr gelingt den wahren ursächlichen Zusammenhang der Begebenheiten darzustellen, viele Räthsel in den Schicksalen der Völker und ihrem intellectuellen, bald gehemmten, bald beschleunigten Fortschreiten löst; so würde auch eine *physische Weltbeschreibung*, geistreich und mit gründlicher Kenntniß des bereits Entdeckten aufgefaßt, einen Theil der Widersprüche heben, welche die streitenden Naturkräfte in ihrer zusammengesetzten Wirkung dem ersten Anschauen darbieten. Generelle Ansichten erhöhen den Begriff von der Würde und der Größe der Natur; sie wirken läuternd und beruhigend auf den Geist, weil sie gleichsam den Zwiespalt der Elemente durch Auffindung von Gesetzen zu schlichten streben: von Gesetzen, die in dem zarten Gewebe irdischer Stoffe, wie in dem Archipel dichtgedrängter Nebelflecke und in der schauderhaften Leere weltenarmer Wüsten walten. Generelle Ansichten gewöhnen uns jeden Organismus als Theil des Ganzen zu betrachten: in der Pflanze und im Thier minder das Individuum oder die abgeschlossene Art als die mit der Gesammtheit der Bildungen verkettete Naturform zu erkennen; sie erweitern unsere geistige Existenz und setzen uns, auch wenn wir in ländlicher Abgeschiedenheit leben, in Berührung mit dem ganzen Erdkreise. Durch sie erhält die Kunde von dem, was durch Seefahrten nach dem fernen Pole oder auf den neuerlichst fast unter allen Breiten errichteten Stationen über das gleichzeitige Eintreten *magnetischer Ungewitter* erforscht wird, einen unwiderstehlichen Reiz; ja wir erlangen ein Mittel schnell den Zusammenhang zu errathen, in dem die Resultate neuer Beobachtungen mit den früher erkannten Erscheinungen stehen.

Wer kann, um eines Gegenstandes im Weltraume zu erwähnen, der in den letztverflossenen Jahren die allgemeinste Aufmerksamkeit auf sich zog, ohne generelle Kenntniß von dem gewöhnlichen Cometenlaufe einsehen, wie folgenreich Encke's Entdeckung sei, nach der ein Comet, welcher in seiner elliptischen Bahn nie aus unserem Planetensysteme heraustritt, die Existenz eines seine Wurfkraft hemmenden Fluidums offenbart? Bei einer sich schnell verbreitenden Halbcultur, welche wissenschaftliche Resultate in das Gebiet der geselligen Unterhaltung, aber entstellt, hinüberzieht, nimmt die alte Besorgniß über ein gefahrdrohendes Zusammentreffen von Weltkörpern oder über kosmische Ursachen in der vermeinten Verschlechterung der Klimate eine veränderte und darum noch trügerischere Gestalt an. Klare Ansicht der Natur, wenn auch nur eine historische, bewahrt vor den Anmaßungen einer dogmatisirenden Phantasie. Sie lehrt, daß der Enckische Comet, der schon in 1200 Tagen seinen Lauf vollendet, wegen der Gestalt und der Lage seiner Bahn, harmlos für die Erdbewohner, harmlos wie der große sechsundsiebenzigjährige Halley'sche Comet von 1759 und 1835 ist; daß ein anderer Comet von kurzer (sechsjähriger) Umlaufzeit, der Biela'sche, allerdings die Erdbahn schneidet, doch nur dann uns nahe kommen kann, wenn seine Sonnennähe in die Zeit des Winter-Solstitiums fällt.

Die Quantität Wärme, welche ein Weltkörper empfängt und deren Vertheilung die großen meteorologischen Processe des Luftkreises bestimmt, wird zugleich durch die lichtentbindende Kraft der Sonne (die Beschaffenheit ihrer Oberfläche) und die relative Lage der Sonne und des Planeten modificirt; aber die periodischen Veränderungen, welche, nach den allgemeinen Gesetzen der Gravitation, die Gestalt der Erdbahn und die Schiefe der Ekliptik (die Neigung der Erdachse gegen die Ebene der Erdbahn) erleiden, sind so langsam und in so enge Grenzen eingeschlossen, daß die Wirkungen kaum nach mehreren tausend Jahren unseren jetzigen wärmemessenden Instrumenten erkennbar sein würden. Kosmische Ursachen der Temperatur-Abnahme, der Wasserverminderung und der Epidemien, deren in neueren Zeiten, wie einst im Mittelalter, Erwähnung geschieht, liegen daher ganz außerhalb des Bereichs unserer wirklichen Erfahrung.

Soll ich andere Beispiele der physischen Astronomie entlehnen, welche ohne generelle Kenntniß des bisher Beobachteten kein Interesse erregen können, so erwähne ich der elliptischen Bewegung mehrerer Tausende von ungleichfarbigen Doppelsternen um einander oder vielmehr um ihren gemeinschaftlichen Schwerpunkt; der periodischen Seltenheit der Sonnenflecken; des seit so vielen Jahren regelmäßigen Erscheinens zahlloser Sternschnuppen: die wahrscheinlich planetenartig kreisen und in ihren Bahnen am 12ten oder 13ten November, ja, wie man später erkannt hat, auch gegen das Fest des heiligen Laurentius, am 10ten oder 11ten August, unsere Erdbahn schneiden.

Auf ähnliche Weise werden nur generelle Ansichten des Kosmos den Zusammenhang ahnden lassen zwischen der durch Bessel's Scharfblick vollendeten Theorie der Pendelschwingung im luftvollen Raume und der inneren Dichtigkeit, ich könnte sagen der Erstarrungsstufe, unseres Planeten; zwischen der Erzeugung körniger Gebirgsarten in bandartigen Lavaströmen, am Abhange noch jetzt thätiger Vulkane, und den endogenen granit-, porphyr- und serpentinstein-artigen Massen, welche, aus dem Innern der Erde hervorgeschoben, einst die Flözgebirge durchbrochen und mannigfaltig (erhärtend, verkieselnd, dolomitisirend, krystall-erzeugend) auf sie eingewirkt haben; zwischen der Hebung von Inseln und Kegelbergen durch elastische Kräfte und der Hebung ganzer Bergketten und Continente: ein Zusammenhang, der von dem größten Geognosten unserer Zeit, Leopold von Buch, erkannt und durch eine Reihe geistreicher Beobachtungen dargethan worden ist. Solches Emportreiben von körnigen Gebirgsmassen und Flözschichten (wie noch neuerlichst, am Meeresufer von Chili, bei einem Erdbeben, in weiter Erstreckung) läßt die Möglichkeit einsehen, daß Petrefacte von Seemuscheln, welche ich mit Bonpland in 14000 Fuß Höhe, auf dem Rücken der Andeskette, gesammelt, nicht durch eine allgemeine Wasserbedeckung, sondern durch *vulkanische* Hebungskräfte in diese Lage gekommen sind.

Vulcanismus nenne ich aber im allgemeinsten Sinne des Worts, sei es auf der Erde oder auf ihrem Trabanten, dem Monde, die Reaction, welche das Innere eines Planeten auf seine Rinde ausübt. Wer die Versuche über die mit der Tiefe zunehmende Wärme nicht kennt (Versuche, nach welchen berühmte Physiker vermuthen, daß 5 geographische Meilen unter der Oberfläche eine granitschmelzende Glühhitze herrsche): dem müssen viele neuere Beobachtungen über die Gleichzeitigkeit vulkanischer Ausbrüche, die eine große Länderstrecke trennt, über die Grenzen der Erschütterungskreise bei Erdbeben, über die Beständigkeit der Temperatur heißer Mineralquellen, wie über die Temperatur-Verschiedenheit artesischer Brunnen von ungleicher Tiefe, unverständlich bleiben. Und doch wirft diese Kenntniß der inneren Erdwärme ein dämmerndes Licht auf die Urgeschichte unseres Planeten. Sie zeigt die Möglichkeit einstmaliger allverbreiteter tropischer Klimate, als Folge offener, Wärme ausströmender Klüfte in der neu erhärteten oxydirten Erdrinde. Sie erinnert an einen Zustand, in dem die Wärme des Luftkreises mehr von diesen Ausströmungen, von der Reaction des Innern gegen das Aeußere, als von der Stellung des Planeten gegen einen Centralkörper (die Sonne) bedingt ward.

Mannigfaltige Producte der Tropenwelt, in ihren Grabstätten verborgen, offenbart die kalte Zone dem forschenden Geognosten: Coniferen, aufgerichtete Stämme von Palmenholz, baumartige Farnkräuter, Goniatiten und Fische mit rhomboidalen Schmelzschuppen in dem alten Kohlen-GebirgeDas classische Werk über die Fische der Vorwelt von Ludwig *Agassiz: rech. sur les Poissons fossiles* 1834 Vol. I. p. 38; Vol. II. p. 3, 28, 34; Addit. p. 6. Das ganze Geschlecht Amblypterus Ag., mit Palaeoniscus (einst Palaeothrissum) nahe verwandt, liegt unterhalb der Jura-Formation vergraben, im alten Steinkohlen-Gebirge. Schuppen, die sich in einzelnen Lagen gleich den Zähnen bilden und mit Schmelz bedeckt sind, aus der Familie der Lepidoiden (Ordnung der Ganoiden), gehören nach den Placoiden zu den ältesten Gestalten vorweltlicher Fische, deren noch lebende Repräsentanten sich in zwei Geschlechtern, Bichir (Nil und Senegal) und Lepidosteus (Ohio), finden.; colossale Gerippe von Crocodilen, langhalsigen Plesiosauren, Schalen von Planuliten und Cycadeen-Stämme im Jura-Kalkstein; Polythalamien und Bryozoen in der Kreide, zum Theil identisch mit noch lebenden Seethieren; Agglomerate fossiler Infusionsthiere, wie sie Ehrenberg's allbelebendes Microscop entdeckt, in mächtigen Schichten von Polirschiefer, Halb-Opal und Kieselguhr; Knochen von Hyänen, Löwen und elephantenartigen Pachydermen in Höhlen zerstreut oder von dem neuesten Schuttlande bedeckt. Bei vollständiger Kenntniß anderer Naturerscheinungen bleiben diese Producte nicht ein Gegenstand der Neugierde und des Erstaunens: sie werden, was unserer Intelligenz würdiger ist, eine Quelle vielseitigen Nachdenkens.

In der Mannigfaltigkeit der Gegenstände, die ich hier geflissentlich zusammengedrängt habe, bietet sich von selbst die Frage dar: ob generelle Ansichten der Natur zu einer gewissen Deutlichkeit gebracht werden können ohne ein tiefes und ernstes Studium einzelner Disciplinen, sei es der beschreibenden Naturkunde oder der Physik oder der mathematischen

Astronomie? Man unterscheide sorgfältig zwischen dem Lehrenden, welcher die Auswahl und die Darstellung der Resultate übernimmt; und dem, der das Dargestellte, als ein Gegebenes, nicht selbst Gesuchtes, empfängt. Für jenen ist die genaueste Kenntniß des Speciellen unbedingt nothwendig; er sollte lange das Gebiet der einzelnen Wissenschaften durchwandert sein, selbst gemessen, beobachtet und experimentirt haben, um sich mit Zuversicht an das Bild eines Naturganzen zu wagen. Der Umfang von Problemen, deren Untersuchung der physischen Weltbeschreibung ein so hohes Interesse gewährt, ist vielleicht nicht ganz zu vollständiger Klarheit zu bringen da, wo specielle Vorkenntnisse fehlen; aber auch ohne Voraussetzung dieser können die meisten Fragen befriedigend erörtert werden. Sollte sich nicht in allen einzelnen Theilen das große Naturgemälde mit scharfen Umrissen darstellen lassen, so wird es doch wahr und anziehend genug sein, um den Geist mit Ideen zu bereichern und die Einbildungskraft lebendig und fruchtbar anzuregen.

Man hat vielleicht mit einigem Rechte wissenschaftlichen Werken unserer Litteratur vorgeworfen, das Allgemeine nicht genugsam von dem Einzelnen, die Uebersicht des bereits Ergründeten nicht von der Herzählung der Mittel zu trennen, durch welche die Resultate erlangt worden sind. Dieser Vorwurf hat sogar den größten Dichter unserer Zeit zu dem humoristischen Ausruf verleitet: „die Deutschen besitzen die Gabe die Wissenschaften unzugänglich zu machen". Bleibt das Gerüste stehen, so wird uns durch dasselbe der Anblick des Gebäudes entzogen. Wer kann zweifeln, daß das physische Gesetz in der Vertheilung der Continental-Massen, welche gegen Süden hin eine pyramidale Form annehmen, indem sie sich gegen Norden in der Breite ausdehnen (ein Gesetz, welches die Vertheilung der Klimate, die vorherrschende Richtung der Luftströme, das weite Vordringen tropischer Pflanzenformen in die gemäßigte südliche Zone so wesentlich bedingt), auf das klarste erkannt werden kann, ohne die geodätischen Messungen und die astronomischen Ortsbestimmungen der Küsten zu erläutern, durch welche jene Pyramidal-Formen in ihren Dimensionen bestimmt worden sind? Eben so lehrt uns die physische Weltbeschreibung, um wie viel Meilen die Aequatorial-Achse unseres Planeten größer als die Polar-Achse ist; daß die südliche Hemisphäre keine größere Abplattung als die nördliche hat: ohne daß es nöthig ist speciell zu erzählen, wie durch Gradmessungen und Pendel-Versuche die wahre Gestalt der Erde, als eines nicht regelmäßigen, elliptischen Revolutions-Sphäroids, gefunden ist; und wie diese Gestalt in der Bewegung des Mondes, eines Erd-Satelliten, sich abspiegelt.

Unsere Nachbaren jenseits des Rheins besitzen ein unsterbliches Werk, *Laplace's Entwickelung des Weltsystems*, in welchem die Resultate der tiefsinnigsten mathematisch-astronomischen Untersuchungen verflossener Jahrhunderte, abgesondert von den Einzelheiten der Beweise, vorgetragen werden. Der Bau des Himmels erscheint darin als die einfache Lösung eines großen Problems der Mechanik. Und wohl noch nie ist die *Exposition du Système du Monde*, ihrer Form wegen, der Ungründlichkeit beschuldigt worden. Die Trennung ungleichartiger Ansichten, des Allgemeinen von dem Besondern, ist nicht bloß zur Klarheit der Erkenntniß nützlich: sie giebt auch der Behandlung der Naturwissenschaft einen erhabenen und ernsten Charakter. Wie von einem höheren Standpunkte, übersieht man auf einmal größere Massen. Wir ergötzen uns, geistig zu fassen, was den sinnlichen Kräften zu entgehen droht. Wenn die glückliche Ausbildung aller Zweige des Naturwissens, der sich die letzten Decennien des verflossenen Jahrhunderts erfreuten, besonders dazu geeignet ist das Studium specieller Theile (der chemischen, physikalischen und naturbeschreibenden Disciplinen) zu erweitern, so wird durch jene Ausbildung in noch höherem Grade der Vortrag allgemeiner Resultate abgekürzt und erleichtert.

Je tiefer man eindringt in das Wesen der Naturkräfte, desto mehr erkennt man den Zusammenhang von Phänomenen, die lange, vereinzelt und oberflächlich betrachtet, jeglicher Anreihung zu widerstreben schienen; desto mehr werden Einfachheit und Gedrängtheit der Darstellung möglich. Es ist ein sicheres Criterium der Menge und des Werthes der Entdeckungen, die in einer Wissenschaft zu erwarten sind, wenn die Thatsachen noch unverkettet, fast ohne Beziehung auf einander dastehen; ja wenn mehrere derselben, und zwar mit gleicher Sorgfalt beobachtete, sich zu widersprechen scheinen. Diese Art der Erwartungen erregt der Zustand der Meteorologie, der neueren Optik und besonders, seit *Melloni's* und *Faraday's* herrlichen Arbeiten, der Lehre von der Wärmestrahlung und vom Electro-Magnetismus. Der Kreis glänzender Entdeckungen ist hier noch nicht durchlaufen, ob sich gleich in der Voltaischen Säule schon ein bewundernswürdiger Zusammenhang der electrischen, magnetischen und chemischen Erscheinungen offenbart hat. Wer verbürgt uns, daß auch nur die Zahl der lebendigen, im Weltall wirkenden Kräfte bereits ergründet sei? In meinen Betrachtungen über die wissenschaftliche Behandlung einer allgemeinen Weltbeschreibung ist nicht die Rede von Einheit durch Ableitung aus wenigen, von der Vernunft gegebenen Grundprincipien. Was ich physische Weltbeschreibung nenne (die vergleichende Erd- und Himmelskunde), macht daher keine Ansprüche auf den Rang einer *rationellen Wissenschaft der Natur;* es ist die denkende Betrachtung der durch Empirie gegebenen Erscheinungen, als eines Naturganzen. In dieser Beschränktheit allein konnte dieselbe, bei der ganz objectiven Richtung meiner Sinnesart, in den Bereich der Bestrebungen treten, welche meine lange wissenschaftliche Laufbahn ausschließlich erfüllt haben. Ich wage mich nicht auf ein Feld, das mir fremd ist und vielleicht von Anderen erfolgreicher bebaut wird. Die Einheit, welche der Vortrag einer physischen Weltbeschreibung, wie ich mir dieselbe begrenze, erreichen kann, ist nur die, welcher sich geschichtliche Darstellungen zu erfreuen haben. Einzelheiten der Wirklichkeit: sei es in der Gestaltung oder Aneinanderreihung der Naturgebilde, sei es in dem Kampfe des Menschen gegen die Naturmächte, oder der Völker gegen die Völker; alles, was dem Felde der Veränderlichkeit und realer Zufälligkeit angehört: können nicht aus Begriffen abgeleitet (construirt) werden. Weltbeschreibung und Weltgeschichte stehen daher auf derselben Stufe der Empirie; aber eine denkende Behandlung beider, eine sinnvolle Anordnung von Naturerscheinungen und von historischen Begebenheiten durchdringen tief mit dem Glauben an eine alte innere Nothwendigkeit, die alles Treiben geistiger und materieller Kräfte, in sich ewig erneuernden, nur periodisch erweiterten oder verengten Kreisen, beherrscht. Sie führen (und diese Nothwendigkeit ist das Wesen der Natur, sie ist die Natur selbst in beiden Sphären ihres Seins, der materiellen und der geistigen) zur Klarheit und Einfachheit der Ansichten, zu Auffindung von Gesetzen, die in der *Erfahrungs-Wissenschaft* als das letzte Ziel menschlicher Forschung erscheinen.

Das Studium jeglicher neuen Wissenschaft, besonders einer solchen, welche die ungemessenen Schöpfungskreise, den ganzen Weltraum umfaßt, gleicht einer Reise in ferne Länder. Ehe man sie in Gemeinschaft unternimmt, fragt man, ob sie ausführbar sei; man mißt seine eigenen Kräfte, man blickt mißtrauisch auf die Kräfte der Mitreisenden: in der vielleicht ungerechten Besorgniß, sie möchten lästige Zögerung erregen. Die Zeit, in der wir leben, vermindert die Schwierigkeit des Unternehmens. Meine Zuversicht gründet sich auf den glänzenden Zustand der Naturwissenschaften selbst: deren Reichthum nicht mehr die Fülle, sondern die Verkettung des Beobachteten ist. Die *allgemeinen Resultate*, die jedem gebildeten Verstande Interesse einflößen, haben sich seit dem Ende des 18ten Jahrhunderts wundervoll vermehrt. Die Thatsachen stehen minder vereinzelt da; die Klüfte zwischen den Wesen werden ausgefüllt. Was in einem engeren Gesichtskreise, in unserer Nähe, dem forschenden Geiste lange unerklärlich blieb, wird oft durch Beobachtungen aufgehellt, die auf einer Wanderung in die entlegensten Regionen angestellt worden sind. Pflanzen- und Thier-Gebilde, die lange isolirt erschienen, reihen sich durch neu entdeckte Mittelglieder oder durch Uebergangsformen an einander. Eine allgemeine Verkettung: nicht in einfacher linearer Richtung, sondern in netzartig verschlungenem Gewebe, nach höherer Ausbildung oder Verkümmerung gewisser Organe, nach vielseitigem Schwanken in der relativen Uebermacht der Theile; stellt sich allmälig dem forschenden Natursinn dar. Schichtungs-Verhältnisse von trachytartigem Syenit-Porphyr, von Grünstein und Serpentin, welche im gold- und silberreichen Ungarn, oder im Platin-Lande des Urals, oder tiefer in Asien, im südwestlichen Altai, zweifelhaft blieben; werden durch geognostische Beobachtungen in den Hochebenen von Mexico und Antioquia, in den Flußthälern des Choco unerwartet aufgeklärt. Die Materialien, welche die allgemeine Erdkunde anwendet, sind nicht zufällig aufgehäuft. Unser Zeitalter erkennt, nach der Tendenz, die ihm seinen individuellen Charakter giebt, daß Thatsachen nur dann fruchtbringend werden, wenn der Reisende den dermaligen Zustand und die Bedürfnisse der Wissenschaft kennt, deren Gebiet er erweitern will; wenn Ideen, d. h. Einsicht in den Geist der Natur, das Beobachten und Sammeln vernunftmäßig leiten.

Durch diese Richtung des Naturstudiums, durch diesen glücklichen, aber oft auch allzu leicht befriedigten Hang zu allgemeinen Resultaten kann ein beträchtlicher Theil des Naturwissens das Gemeingut der gebildeten Menschheit werden; ein gründliches Wissen erzeugen: nach Inhalt und Form, nach Ernst und Würde des Vortrags ganz von dem verschieden, das man bis zum Ende des letzten Jahrhunderts dem *populären Wissen* genügsam zu bestimmen pflegte. Wem daher seine Lage es erlaubt sich bisweilen aus den engen Schranken des bürgerlichen Lebens heraus zu retten, erröthend, „daß er lange fremd geblieben der Natur und stumpf über sie hingehe"; der wird in der Abspiegelung des großen und freien Naturlebens einen der edelsten Genüsse finden, welche erhöhte Vernunftthätigkeit dem Menschen gewähren kann. Das Studium der allgemeinen Naturkunde weckt gleichsam Organe in uns, die lange geschlummert haben. Wir treten in einen innigeren Verkehr mit der Außenwelt; bleiben nicht untheilnehmend an dem, was gleichzeitig das industrielle Fortschreiten und die intellectuelle Veredlung der Menschheit bezeichnet.

Je klarer die Einsicht ist, welche wir in den Zusammenhang der Phänomene erlangen, desto leichter machen wir uns auch von dem Irrthume frei, als wären für die Cultur und den Wohlstand der Völker nicht alle Zweige des Naturwissens gleich wichtig: sei es der messende und beschreibende Theil, oder die Untersuchung chemischer Bestandtheile, oder die Ergründung allgemein verbreiteter physischer Kräfte der Materie. In der Beobachtung einer anfangs isolirt stehenden Erscheinung liegt oft der Keim einer großen Entdeckung. Als Galvani die sensible Nervenfaser durch Berührung ungleichartiger Metalle reizte, konnten seine nächsten Zeitgenossen nicht hoffen, daß die Contact-Electricität der Voltaischen Säule uns in den Alkalien silberglänzende, auf dem Wasser schwimmende, leicht entzündliche Metalle offenbaren; daß die Säule selbst das wichtigste Instrument für die zerlegende Chemie, ein Thermoscop und ein Magnet werden würde. Als Huygens die Lichterscheinungen des Doppelspaths zu enträthseln anfing, ahndete man nicht, daß durch den bewunderungswürdigen Scharfsinn eines Physikers unserer Zeit farbige Polarisations-Phänomene dahin leiten würden, mittelst des kleinsten Fragments eines Minerals zu erkennen, ob das Licht der Sonne aus einer festen Masse oder aus einer gasförmigen Umhüllung ausströme, ob Cometen selbstleuchtend sind oder fremdes Licht wiedergeben.

Gleichmäßige Würdigung aller Theile des Naturstudiums ist aber vorzüglich ein Bedürfniß der gegenwärtigen Zeit, wo der materielle Reichthum und der wachsende Wohlstand der Nationen in einer sorgfältigeren Benutzung von Naturproducten und Naturkräften gegründet sind. Der oberflächlichste Blick auf den Zustand des heutigen Europa's lehrt, daß bei ungleichem Weltkampfe oder dauernder Zögerung nothwendig partielle Verminderung und endlich Vernichtung des National-Reichthums eintreten müsse; denn in dem Lebensgeschick der Staaten ist es wie in der Natur: für die, nach dem sinnvollen Ausspruche Göthe's*Göthe, Aphoristisches über die Natur* (*Werke* Bd. L. S. 4)., „es im Bewegen und Werden kein Bleiben giebt und die ihren Fluch gehängt hat an das Stillestehen." Nur ernste Belebung chemischer, mathematischer und naturhistorischer Studien wird einem von dieser Seite einbrechenden Uebel entgegentreten. Der Mensch kann auf die Natur nicht einwirken, sich keine ihrer Kräfte aneignen, wenn er nicht die Naturgesetze, nach Maaß- und Zahl-Verhältnissen, kennt. Auch hier liegt die Macht in der volksthümlichen Intelligenz. Sie steigt und sinkt mit dieser. Wissen und Erkennen sind die Freude und die *Berechtigung* der Menschheit; sie sind Theile des National-Reichthums, oft ein Ersatz für die Güter, welche die Natur in allzu kärglichem Maaße ausgetheilt hat. Diejenigen Völker, welche an der allgemeinen industriellen Thätigkeit, in Anwendung der Mechanik und technischen Chemie, in sorgfältiger Auswahl und Bearbeitung natürlicher Stoffe zurückstehen; bei denen die Achtung einer solchen Thätigkeit nicht alle Classen durchdringt: werden unausbleiblich von ihrem Wohlstande herabsinken. Sie werden es um so mehr, wenn benachbarte Staaten, in denen Wissenschaft und industrielle Künste in regem Wechselverkehr mit einander stehen, wie in erneuerter Jugendkraft vorwärts schreiten.

Die Vorliebe für Belebung des Gewerbfleißes und für die Theile des Naturwissens, welche unmittelbar darauf einwirken (ein charakteristisches Merkmal unseres Zeitalters), kann weder den Forschungen im Gebiete der Philosophie, der Allerthumskunde und der Geschichte nachtheilig werden, noch den allbelebenden Hauch der Phantasie den edlen Werken bildender Künste entziehen. Wo, unter dem Schutze weiser Gesetze und freier Institutionen, alle Blüthen der Cultur sich kräftig entfalten, da wird im friedlichen Wettkampfe kein Bestreben des Geistes dem andern verderblich. Jedes bietet dem Staate eigene, verschiedenartige Früchte dar: die nährenden, welche dem Menschen Unterhalt und Wohlstand gewähren; und die Früchte schaffender Einbildungskraft, welche, dauerhafter als dieser Wohlstand selbst, die rühmliche Kunde der Völker auf die späteste Nachwelt tragen. Die Spartiaten beteten, trotz der Strenge dorischer Sinnesart: „die Götter möchten ihnen das Schöne zu dem Guten verleihen".

Wie in jenen höheren Kreisen der Ideen und Gefühle: in dem Studium der Geschichte, der Philosophie und der Wohlredenheit, so ist auch in allen Theilen des Naturwissens der erste und erhabenste Zweck geistiger Thätigkeit ein *innerer*: nämlich das Auffinden von Naturgesetzen, die Ergründung ordnungsmäßiger Gliederung in den Gebilden, die Einsicht in den nothwendigen Zusammenhang aller Veränderungen im Weltall. Was von diesem Wissen in das industrielle Leben der Völker überströmt und den Gewerbfleiß erhöht, entspringt aus der glücklichen Verkettung menschlicher Dinge, nach der das Wahre, Erhabene und Schöne mit dem Nützlichen, wie absichtslos, in ewige Wechselwirkung treten. Vervollkommnung des Landbaus durch freie Hände und in Grundstücken von minderem Umfang, Aufblühen der Manufacturen, von einengendem Zunftzwange befreit, Vervielfältigung der Handelsverhältnisse, und ungehindertes Fortschreiten in der geistigen Cultur der Menschheit wie in den bürgerlichen Einrichtungen stehen (das ernste Bild der neuen Weltgeschichte dringt diesen Glauben auch dem Widerstrebendsten auf) in gegenseitigem, dauernd wirksamen Verkehr mit einander.

Ein solcher Einfluß des Naturwissens auf die Wohlfahrt der Nationen und auf den heutigen Zustand von Europa bedurfte hier nur einer flüchtigen Andeutung. Die Laufbahn, welche wir zu vollenden haben, ist so unermeßlich, daß es mir nicht geziemen würde, von dem Hauptziele unseres Bestrebens, der Ansicht des Naturganzen, abschweifend, das Feld geflissentlich zu erweitern. An ferne Wanderungen gewöhnt, habe ich ohnedies vielleicht den Mitreisenden den Weg gebahnter und anmuthiger geschildert, als man ihn finden wird. Das ist die Sitte derer, die gern Andere auf den Gipfel der Berge führen. Sie rühmen die Aussicht, wenn auch ganze Theile der Gegend in Nebel verhüllt bleiben. Sie wissen, daß auch in dieser Verhüllung ein geheimnißvoller Zauber liegt, daß eine duftige Ferne den Eindruck des Sinnlich-Unendlichen hervorruft: ein Bild, das (wie ich schon oben erinnert habe) im Geist und in den Gefühlen sich ernst und ahndungsvoll spiegelt. Auch von dem hohen Standpunkte aus, auf den wir uns zu einer allgemeinen, durch wissenschaftliche Erfahrungen begründeten *Weltanschauung* erheben, kann nicht allen Anforderungen genügt werden. In dem Naturwissen, dessen gegenwärtigen Zustand ich hier entwickeln soll, liegt noch manches unbegrenzt; vieles (wie sollte ich es, bei dem Umfange einer solchen Arbeit, nicht gern eingestehen!) wird nur darum unklar und unvollständig erscheinen, weil Befangenheit dem Redenden dann doppelt nachtheilig wird, wenn er sich des Gegenstandes in seiner Einzelheit minder mächtig fühlt.

Der Zweck dieses einleitenden Vortrages war nicht sowohl, die Wichtigkeit des Naturwissens zu schildern: welche allgemein anerkannt ist und längst schon jedes Lobes entbehren kann; es lag mir vielmehr ob zu entwickeln, wie, ohne dem gründlichen Studium specieller Disciplinen zu schaden, den naturwissenschaftlichen Bestrebungen ein höherer Standpunkt angewiesen werden kann, von dem aus alle Gebilde und Kräfte sich als ein, durch innere Regung belebtes Naturganzes offenbaren. Nicht ein todtes Aggregat ist die Natur: sie ist „dem begeisterten Forscher (wie Schelling in der trefflichen Rede über die bildenden Künste sich ausdrückt) die heilige, ewig schaffende Urkraft der Welt, die alle Dinge aus sich selbst erzeugt und werkthätig hervorbringt". Der bisher so unbestimmt aufgefaßte Begriff einer *physischen Erdbeschreibung* geht durch erweiterte Betrachtung und das Umfassen alles

Geschaffenen im Erd- und Himmelsraume in den Begriff einer *physischen Weltbeschreibung* über. Eine dieser Benennungen ist nach der anderen gebildet. Es ist aber die Weltbeschreibung oder Lehre vom *Kosmos*, wie ich sie auffasse, nicht etwa ein encyclopädischer Inbegriff der allgemeinsten und wichtigsten Resultate, die man einzelnen naturhistorischen, physikalischen und astronomischen Schriften entlehnt. Solche Resultate werden in der *Weltbeschreibung* nur als Materialien und in so fern theilweise benutzt, als sie das Zusammenwirken der Kräfte im Weltall, das gegenseitige sich Hervorrufen und Beschränken der Naturgebilde erläutern. Die räumliche und klimatische Verbreitung organischer Typen (Geographie der Pflanzen und Thiere) ist so verschieden von der beschreibenden Botanik und Zoologie, als die geognostische Kenntniß des Erdkörpers verschieden ist von der Oryctognosie. Eine physische Weltbeschreibung darf daher nicht mit der sogenannten *Encyclopädie der Naturwissenschaften* (ein weitschichtiger Name für eine schlecht umgrenzte Disciplin) verwechselt werden. In der Lehre vom Kosmos wird das Einzelne nur in seinem Verhältniß zum Ganzen, als Theil der Welterscheinungen betrachtet; und je erhabener der hier bezeichnete Standpunkt ist, desto mehr wird diese Lehre einer eigenthümlichen Behandlung und eines belebenden Vortrags fähig.

Gedanken und *Sprache* stehen aber in innigem alten Wechselverkehr mit einander. Wenn diese der Darstellung Anmuth und Klarheit verleiht, wenn durch ihre angestammte Bildsamkeit und ihren organischen Bau sie das Unternehmen begünstigt, die *Totalität der Natur-Anschauung* scharf zu begrenzen; so ergießt sie zugleich, und fast unbemerkt, ihren belebenden Hauch auf die Gedankenfülle selbst. Darum ist das *Wort* mehr als Zeichen und Form, und sein geheimnißvoller Einfluß offenbart sich am mächtigsten da, wo er dem freien Volkssinn und dem eigenen Boden entsprießt. Stolz auf das Vaterland, dessen intellectuelle Einheit die feste Stütze jeder Kraftäußerung ist, wenden wir froh den Blick auf diese Vorzüge der Heimath. Hochbeglückt dürfen wir den nennen, der bei der lebendigen Darstellung der Phänomene des Weltalls aus den Tiefen einer Sprache schöpfen kann, welche seit Jahrhunderten so mächtig auf alles eingewirkt hat, was durch Erhöhung und ungebundene Anwendung geistiger Kräfte, in dem Gebiete schöpferischer Phantasie, wie in dem der ergründenden Vernunft, die Schicksale der Menschheit bewegt.

Begrenzung und wissenschaftliche Behandlung einer physischen Weltbeschreibung

In den allgemeinen Betrachtungen, mit denen ich die *Prolegomenen* zur *Weltanschauung* eröffnet habe, wurde entwickelt und durch Beispiele zu erläutern gesucht, wie der Naturgenuß, verschiedenartig in seinen inneren Quellen, durch klare Einsicht in den Zusammenhang der Erscheinungen und in die Harmonie der belebenden Kräfte erhöht werden könne. Es wird jetzt mein Bestreben sein den Geist und die leitende Idee der nachfolgenden wissenschaftlichen Untersuchungen specieller zu erörtern, das Fremdartige sorgfältig zu scheiden, den Begriff und den Inhalt der *Lehre vom Kosmos*, wie ich dieselbe aufgefaßt und nach vieljährigen Studien unter mancherlei Zonen bearbeitet, in übersichtlicher Kürze anzugeben. Möge ich mir dabei der Hoffnung schmeicheln dürfen, daß eine solche Erörterung den unvorsichtigen Titel meines Werkes rechtfertigen und ihn von dem Vorwurfe der Anmaßung befreien werde! Die *Prolegomenen* umfassen in vier Abtheilungen nach der einleitenden Betrachtung über die Ergründung der Weltgesetze:

1. den *Begriff* und die Begrenzung der *physischen Weltbeschreibung*, als einer eigenen und abgesonderten Disciplin;
2. den objectiven *Inhalt:* die reale, empirische Ansicht des *Natur-Ganzen* in der wissenschaftlichen Form eines *Natur-Gemäldes;*
3. den Reflex der Natur auf die Einbildungskraft und das Gefühl, als *Anregungsmittel zum Naturstudium* durch begeisterte Schilderungen ferner Himmelsstriche und naturbeschreibende Poesie (einen Zweig der modernen Litteratur), durch veredelte Landschaftmalerei, durch Anbau und contrastirende Gruppirung exotischer Pflanzenformen;
4. die *Geschichte der Weltanschauung:* d. h. der allmäligen Entwickelung und Erweiterung des Begriffs vom *Kosmos*, als einem Natur-Ganzen.

Je höher der Gesichtspunkt gestellt ist, aus welchem in diesem Werke die Naturerscheinungen betrachtet werden, desto bestimmter muß die zu begründende Wissenschaft umgrenzt und von allen verwandten Disciplinen geschieden werden. *Physische Weltbeschreibung* ist Betrachtung alles Geschaffenen, alles Seienden im Raume (der *Natur-Dinge* und *Natur-Kräfte*) als eines gleichzeitig bestehenden *Natur-Ganzen*. Sie zerfällt für den Menschen, den Bewohner der Erde, in zwei Hauptabtheilungen: den *tellurischen* und *siderischen* (uranologischen) Theil. Um die wissenschaftliche Selbstständigkeit der physischen Weltbeschreibung festzustellen und ihr Verhältniß zu anderen Gebieten: zur eigentlichen *Physik* oder *Naturlehre*, zur *Naturgeschichte* oder speciellen Naturbeschreibung, zur *Geognosie* und *vergleichenden Geographie* oder Erdbeschreibung; zu schildern, wollen wir zunächst bei dem *tellurischen* (irdischen) Theile der physischen Weltbeschreibung verweilen. So wenig als die Geschichte der Philosophie in einer rohen Aneinanderreihung verschiedenartiger philosophischer Meinungen besteht, eben so wenig ist der tellurische Theil der Weltbeschreibung ein *encyclopädisches* Aggregat der oben genannten Naturwissenschaften. Die Grenzverwirrungen zwischen so innigst verwandten Disciplinen sind um so größer, als seit Jahrhunderten man sich gewöhnt hat Gruppen von Erfahrungs-Kenntnissen mit Namen zu bezeichnen, die bald zu eng, bald zu weit für das Bezeichnete sind; ja im classischen Alterthume, in den Sprachen, denen man sie entlehnte, eine ganz andere Bedeutung als die hatten, welche wir ihnen jetzt beilegen. Die Namen einzelner Naturwissenschaften: der *Anthropologie*, *Physiologie*, *Naturlehre*, *Naturgeschichte*, *Geognosie* und *Geographie;* sind entstanden und allgemein gebräuchlich geworden, bevor man zu einer klaren Einsicht über die Verschiedenartigkeit der Objecte und ihre möglichst strenge Begrenzung, d. i. über den Eintheilungsgrund selbst, gelangt war. In der Sprache einer der gebildetsten Nationen Europa's ist sogar, nach einer tief eingewurzelten Sitte, Physik kaum von der Arzneikunde zu trennen: während daß technische Chemie, Geologie und Astronomie, ganz empirisch behandelt, zu den *philosophischen* Arbeiten (transactions) einer mit Recht weltberühmten Akademie gezählt werden.

Umtausch alter, zwar unbestimmter, aber allgemein verständlicher Namen gegen neuere ist mehrfach, aber immer mit sehr geringem Erfolge, von denen versucht worden, die sich mit der Classification aller Zweige des menschlichen Wissens beschäftigt haben: von der großen Encyclopädie (Margarita philosophica) des Carthäuser-Mönchs Gregorius Reisch an bis Baco, von Baco bis d'Alembert und, um der neuesten Zeit zu gedenken, bis zu dem scharfsinnigen Geometer und Physiker Ampère*Ampère, Essai sur la Phil. des Sciences* 1834 p. 25; *Whewell, Induct. Phil.* T. II. p. 277; *Park, Pantology* p. 87. Die wenig glückliche Wahl einer gräcisirenden Nomenclatur hat dem Unternehmen vielleicht mehr noch als die zu große dichotomische Zerspaltung und Vervielfältigung der Gruppen geschadet.

Die *physische Weltbeschreibung*, indem sie die Welt „als Gegenstand des äußeren Sinnes" umfaßt, bedarf allerdings der allgemeinen Physik und der Naturgeschichte als Hülfswissenschaften; aber die Betrachtung der körperlichen Dinge unter der Gestalt eines, durch innere Kräfte bewegten und belebten *Naturganzen* hat als abgesonderte Wissenschaft einen ganz eigenthümlichen Charakter. Die Physik verweilt bei den allgemeinen Eigenschaften der Materie, sie ist eine Abstraction von den Kraftäußerungen der Stoffe; und schon da, wo sie zuerst begründet wurde, in den acht Büchern der *physischen Vorträge* des AristotelesAlle Veränderungen im Zustande der Körperwelt werden auf *Bewegung* reducirt. *Aristot. Phys. ausc.* III, 1 und 4 p. 200 und 201 Bekker; VIII, 1, 8 und 9 p. 250, 262 und 265; *de gener. et corr.* II, 10 p. 336; *Pseudo-Aristot. de Mundo* cap. 6 p. 398., sind alle Erscheinungen der Natur als bewegende Lebensthätigkeit einer allgemeinen Weltkraft geschildert. Der *tellurische* Theil der physischen Weltbeschreibung, dem ich gern die alte ausdrucksvolle Benennung der *physischen Erdbeschreibung* lasse, lehrt die Vertheilung des Magnetismus auf unserem Planeten nach Verhältnissen der Intensität und der Richtung; nicht die Gesetze magnetischer Anziehung und Abstoßung oder die Mittel, mächtige electromagnetische Wirkungen bald vorübergehend, bald bleibend hervorzurufen. Die physische Erdbeschreibung schildert in großen Zügen die Gliederung der Continente und die Vertheilung ihrer Massen in beiden Hemisphären: eine Vertheilung, welche auf die Verschiedenheit der Klimate und die wichtigsten meteorologischen Processe des Luftkreises einwirkt; sie faßt den herrschenden Charakter der tellurischen Gebirgszüge auf, wie sie, in gleichlaufenden oder sich rostförmig durchschneidenden Reihen erhoben, verschiedenen Zeitepochen und Bildungs-Systemen angehören; sie untersucht die *mittlere* Höhe der Continente über der jetzigen Meeresfläche oder die Lage des Schwerpunktes ihres Volums, das Verhältniß der höchsten Gipfel großer Ketten zu ihrem Rücken, zur Meeresnähe oder zur mineralogischen Natur der Gebirgsarten; sie lehrt, wie diese Gebirgsarten thätig und bewegend (*durchbrechend*), oder leidend und bewegt, unter mannigfaltiger Neigung ihrer Schichten, *aufgerichtet* und *gehoben* erscheinen; sie betrachtet die Reihung oder Isolirtheit der Vulkane, die Beziehung ihrer gegenseitigen Kraftäußerung, wie die Grenzen ihrer Erschütterungskreise, die im Lauf der Jahrhunderte sich erweitern oder verengen. Sie lehrt, um auch einige Beispiele aus dem Kampf des Flüssigen mit dem Starren anzuführen, was allen großen Strömen gemeinsam ist in ihrem oberen und unteren Laufe: wie Ströme einer *Bifurcation* (einer Unabgeschlossenheit des Stromgebietes) in beiden Theilen ihres Laufes fähig sind; wie sie bald colossale Bergketten rechtwinklig durchschneiden, bald ihnen parallel laufen: sei es längs dem nahen Abfall oder in beträchtlicher Ferne, als Folge des Einflusses, den ein gehobenes Bergsystem auf die Oberfläche ganzer Länderstrecken, auf den söhligen Boden der anliegenden Ebene ausgeübt hat. Nur die Hauptresultate der *vergleichenden Orographie* und *Hydrographie* gehören in die Wissenschaft, die ich hier umgrenze: nicht Verzeichnisse von Berghöhen, von jetzt thätigen Vulkanen oder von Größen der Stromgebiete; alles dies bleibt, nach meinen Ansichten, der speciellen Länderkunde und den mein Werk erläuternden Noten vorbehalten. Die Aufzählung gleichartiger oder nahe verwandter Naturverhältnisse, die generelle Uebersicht der tellurischen Erscheinungen in ihrer räumlichen Vertheilung oder Beziehung zu den Erdzonen ist nicht zu verwechseln mit der Betrachtung von Einzeldingen der Natur (irdischen Stoffen, belebten Organismen, physischen Hergängen des Erdenlebens): einer Betrachtung, in der die Objecte bloß nach ihren inneren Analogien systematisch geordnet werden.

Specielle Länderbeschreibungen sind allerdings das brauchbarste Material zu einer allgemeinen physischen Geographie; aber die sorgfältigste Aneinanderreihung dieser Länderbeschreibungen würde eben so wenig das charakteristische Bild des tellurischen Naturganzen liefern, als die bloße Aneinanderreihung aller einzelnen *Floren* des Erdkreises eine *Geographie der Pflanzen* liefern würde. Es ist das Werk des combinirenden Verstandes, aus den Einzelheiten der organischen Gestaltung (*Morphologie, Naturbeschreibung* der Pflanzen und Thiere) das Gemeinsame in der klimatischen Vertheilung herauszuheben, die numerischen Gesetze (die fixen Proportionen in der Zahl gewisser Formen oder natürlicher Familien zu der Gesammtzahl der Thiere und Pflanzen höherer Bildung) zu ergründen; anzugeben, in welcher Zone jegliche der Hauptformen ihr *Maximum* der Artenzahl und der organischen Entwickelung erreicht: ja wie der landschaftliche Eindruck, den die Pflanzendecke unseres Planeten in verschiedenen Abständen vom Aequator auf das Gemüth macht, großentheils von den Gesetzen der Pflanzen-Geographie abhängt.

Die systematisch geordneten Verzeichnisse aller organischen Gestaltungen, die wir ehemals mit dem allzu prunkvollen Namen von *Natur-Systemen* bezeichneten, bieten eine bewundernswürdige Verkettung nach inneren Beziehungen der Form-Aehnlichkeit (Structur), nach *Vorstellungsweisen* von allmäliger Entfaltung (Evolution) in Blatt und Kelch, in farbigen Blüthen und Früchten, dar: nicht eine Verkettung nach räumlicher Gruppirung, d. i. nach Erdstrichen, nach der Höhe über der Meeresfläche, nach Temperatur-Einflüssen, welche die ganze Oberfläche des Meeres erleidet. Der höchste Zweck der *physischen Erdbeschreibung* ist aber, wie schon oben bemerkt worden, Erkenntniß der Einheit in der Vielheit, Erforschung des Gemeinsamen und des inneren Zusammenhanges in den tellurischen Erscheinungen. Wo der Einzelheiten erwähnt wird, geschieht es nur, um die Gesetze der *organischen Gliederung* mit denen der *geographischen Vertheilung* in Einklang zu bringen. Die Fülle der lebendigen Gestaltungen erscheint, nach diesem Gesichtspunkte geordnet, mehr nach *Erdzonen*, nach Verschiedenheit der Krümmung isothermer Linien, als nach der inneren Verwandtschaft, oder nach dem, der ganzen Natur inwohnenden Principe der *Steigerung* und sich *individualisirenden* Entfaltung der Organe. Die *natürliche* Reihenfolge der Pflanzen- und Thierbildungen wird daher hier als etwas Gegebenes, der beschreibenden Botanik und Zoologie Entnommenes betrachtet. So ist es die Aufgabe der physischen Geographie, nachzuspüren, wie auf der Oberfläche der Erde sehr verschiedenartige Formen, bei scheinbarer Zerstreuung der Familien und Gattungen, doch in geheimnißvoller genetischer Beziehung zu einander stehen (Beziehungen des gegenseitigen *Ersatzes* und *Ausschließens*); wie die Organismen, ein tellurisches Naturganzes bilden, durch Athmen und leise Verbrennungs-Processe den Luftkreis modificiren und, vom Lichte in ihrem Gedeihen, ja in ihrem Dasein prometheisch bedingt, trotz ihrer geringen Masse, doch auf das ganze äußere Erde-Leben (das Leben der *Erdrinde*) einwirken.

Die Darstellungsweise, welche ich hier, als der *physischen Erdbeschreibung* ausschließlich geeignet, schildere, gewinnt an Einfachheit, wenn wir sie auf den uranologischen Theil des *Kosmos*, auf die physische Beschreibung des *Weltraums* und der *himmlischen Weltkörper*, anwenden. Unterscheidet man, wie es der alte Sprachgebrauch thut, wie aber, nach tieferen Natur-Ansichten, einst nicht mehr zu thun erlaubt sein wird, *Naturlehre* (Physik): die allgemeine Betrachtung der Materie, der Kräfte und der Bewegung; von der *Chemie:* der Betrachtung der verschiedenen Natur der Stoffe, ihrer *stöchiologischen* Heterogeneität, ihrer Verbindungen und Mischungs-Veränderungen nach eigenen, nicht durch bloße Massen-Verhältnisse erklärbaren Ziehkräften; so erkennen wir in den tellurischen Räumen *physische* und *chemische Processe* zugleich. Neben der Grundkraft der Materie, der Anziehung aus der Ferne (*Gravitation*), wirken um uns her, auf dem Erdkörper, noch andere Kräfte in unmittelbarer Berührung oder unendlich kleiner Entfernung der materiellen Theile: Kräfte sogenannter *chemischer Verwandtschaft*, die, durch Electricität, Wärme und eine *Contact*-Substanz mannigfach bestimmt, in der unorganischen Natur wie in den belebten Organismen unausgesetzt thätig sind. In den Himmelsräumen bieten bisher sich unserer Wahrnehmung nur *physische Processe*, Wirkungen der Materie dar, die von der Massen-Vertheilung abhangen, und die sich als den dynamischen Gesetzen der reinen Bewegungslehre unterworfen darstellen lassen. Solche Wirkungen werden als unabhängig von qualitativen Unterschieden (von Heterogeneität oder *specifischer* Verschiedenheit) der Stoffe betrachtet.

Der Erdbewohner tritt in Verkehr mit der geballten und ungeballt zerstreuten Materie des fernen Weltraumes nur durch die Phänomene des Lichts und den Einfluß der allgemeinen Gravitation (Massen-Anziehung). Die Einwirkungen der Sonne oder des Mondes auf die periodischen Veränderungen des tellurischen Magnetismus sind noch in Dunkel gehüllt. Ueber die qualitative Natur der Stoffe, die in dem Weltall kreisen oder vielleicht denselben erfüllen, haben wir keine unmittelbare Erfahrung, es sei denn durch den Fall der *Aërolithen:* wenn man nämlich (wie es ihre Richtung und ungeheure Wurfgeschwindigkeit mehr als wahrscheinlich macht) diese erhitzten, sich in Dämpfe einhüllenden Massen für kleine Weltkörper hält, welche, auf ihrem Wege durch die himmlischen Räume, in die Anziehungs-Sphäre unseres Planeten kommen. Das *heimische* Ansehen ihrer Bestandtheile, ihre mit unseren tellurischen Stoffen ganz gleichartige Natur sind sehr auffallend. Sie können durch Analogie zu Vermuthungen über die Beschaffenheit solcher Planeten führen, die zu Einer Gruppe gehören, unter der Herrschaft Eines Central-Körpers sich durch Niederschläge aus kreisenden Ringen dunstförmiger Materie gebildet haben. Bessel's Pendel-Versuche, die von einer noch unerreichten Genauigkeit zeugen, haben dem Newtonischen Axiom, daß Körper von der verschiedenartigsten Beschaffenheit (Wasser, Gold, Quarz, körniger Kalkstein, Aërolithen-Massen) durch die Anziehung der Erde eine völlig gleiche Beschleunigung der Bewegung erfahren, eine neue Sicherheit verliehen; ja mannigfaltige rein astronomische Resultate: z. B. die fast gleiche Jupitersmasse aus der Einwirkung des Jupiter auf seine Trabanten, auf Encke's Cometen, auf die kleinen Planeten (Vesta, Juno, Ceres und Pallas): lehren, daß überall nur die Quantität der Materie die Ziehkraft derselben bestimmt.

Diese Ausschließung von allem Wahrnehmbaren der *Stoff-Verschiedenheit* vereinfacht auf eine merkwürdige Weise die *Mechanik des Himmels:* sie unterwirft das ungemessene Gebiet des Weltraums der alleinigen Herrschaft der Bewegungslehre; und der *astrognostische* Theil der physischen Weltbeschreibung schöpft aus der fest begründeten theoretischen Astronomie, wie der *tellurische* Theil aus der *Physik,* der *Chemie* und der *organischen Morphologie.* Das Gebiet der letztgenannten Disciplinen umfaßt so verwickelte und theilweise den mathematischen Ansichten widerstrebende Erscheinungen, daß der tellurische Theil der Lehre vom Kosmos sich noch nicht derselben Sicherheit und Einfachheit der Behandlung zu erfreuen hat, welche der astronomische möglich macht. In den hier angedeuteten Unterschieden liegt gewissermaßen der Grund, warum in der früheren Zeit griechischer Cultur die pythagoreische Naturphilosophie dem *Weltraume* mehr als den *Erdräumen* zugewandt war; warum sie durch Philolaus, und in spätern Nachklängen durch Aristarch von Samos und Seleucus den Erythräer für die wahre Kenntniß unseres Sonnensystems in einem weit höheren Grade fruchtbringend geworden ist, als die ionische Naturphilosophie es der Physik der Erde sein konnte. Gleichgültiger gegen die specifische Natur des Raum-Erfüllenden, gegen die qualitative Verschiedenheit der Stoffe, war der Sinn der italischen Schule mit dorischem Ernste allein auf geregelte Gestaltung, auf Form und Maaß gerichtet.: während die ionischen Physiologen bei dem Stoffartigen, seinen geahndeten Umwandlungen und genetischen Verhältnissen vorzugsweise verweilten. Es war dem mächtigen, ächt philosophischen und dabei so praktischen Geiste des Aristoteles vorbehalten, mit gleicher Liebe sich in die Welt der Abstractionen und in die unermeßlich reiche Fülle des Stoffartig-Verschiedenen der organischen Gebilde zu versenken.

Mehrere und sehr vorzügliche Werke über physische Geographie enthalten in der Einleitung einen astronomischen Theil, in dem sie die Erde zuerst in ihrer planetarischen Abhängigkeit, in ihrem Verhältniß zum Sonnensystem betrachten. Dieser Weg ist ganz dem entgegengesetzt, den ich mir vorgezeichnet habe. In einer Weltbeschreibung muß der astrognostische Theil, den Kant die *Naturgeschichte des Himmels* nannte, nicht dem tellurischen untergeordnet erscheinen. Im *Kosmos* ist, wie schon der alte Kopernikaner, Aristarch der Samier, sich ausdrückte, die Sonne (mit ihren Gefährten) ein Stern unter den zahllosen Sternen. Eine allgemeine Weltansicht muß also mit den, den Weltraum füllenden, himmlischen Körpern beginnen: gleichsam mit dem Entwurf einer graphischen Darstellung des Universums, einer eigentlichen *Weltkarte,* wie zuerst mit kühner Hand sie Herschel der Vater gezeichnet hat. Wenn, trotz der Kleinheit unseres Planeten, der tellurische Theil in der Weltbeschreibung den größeren Raum einnimmt und am ausführlichsten behandelt wird, so geschieht dies nur in Beziehung auf die ungleiche Masse des Erkannten, auf die Ungleichheit des empirisch Zugänglichen. Jene Unterordnung des uranologischen Theils finden wir übrigens schon bei dem großen Geographen Bernhard Varenius in der Mitte des 17ten Jahrhunderts. Er unterscheidet sehr scharfsinnig *allgemeine* und *specielle* Erdbeschreibung; und theilt die erstere wieder in die *absolut tellurische* und die *planetarische* ein: je nachdem man betrachtet die Verhältnisse der Erdoberfläche in den verschiedenen Zonen, oder das solarisch-lunare Leben der Erde, die Beziehung unseres Planeten zu Sonne und Mond. Ein bleibender Ruhm für Varenius ist es, daß die Ausführung eines solchen Entwurfes der *allgemeinen* und *vergleichenden* Erdkunde *Newton's* Aufmerksamkeit in einem hohen Grade auf sich gezogen hatte; aber bei dem mangelhaften Zustande der Hülfswissenschaften, aus denen Varenius schöpfte, konnte die Bearbeitung nicht der Größe des Unternehmens entsprechen. Es war unserer Zeit vorbehalten, die *vergleichende Erdkunde* in ihrem weitesten Umfange, ja in ihrem Reflex auf die Geschichte der Menschheit, auf die Beziehungen der Erdgestaltung zu der Richtung der Völkerzüge und der Fortschritte der Gesittung, meisterhaft bearbeitet*Carl Ritter's Erdkunde im Verhältniß zur Natur und zur Geschichte des Menschen, oder allgemeine vergleichende Geographie.* zu sehen.

Die Aufzählung der vielfachen Strahlen, die sich in dem gesammten Naturwissen wie in einem Brennpunkte vereinigen, kann den Titel des Werks rechtfertigen, das ich, am späten Abend meines Lebens, zu veröffentlichen wage. Dieser Titel ist vielleicht kühner als das Unternehmen selbst: in den Grenzen, die ich mir gesetzt habe. In speciellen Disciplinen hatte ich bisher, so viel als möglich, neue Namen zur Bezeichnung allgemeiner Begriffe vermieden. Wo ich Erweiterungen der Nomenclatur versuchte, waren sie auf die Einzeldinge der

Thier- und Pflanzenkunde beschränkt gewesen. Das Wort: physische *Weltbeschreibung*, dessen ich mich hier bediene, ist dem längst gebräuchlichen: physische *Erdbeschreibung* nachgebildet. Die Erweiterung des Inhalts, die Schilderung eines Naturganzen von den fernen Nebelflecken an bis zur klimatischen Verbreitung der organischen Gewebe, die unsere Felsklippen färben, machen die Einführung eines neuen Wortes nothwendig. So sehr auch in dem Sprachgebrauch, bei der früheren Beschränktheit menschlicher Ansichten, die Begriffe Erde und Welt sich verschmelzen (ich erinnere an die Ausdrücke: Weltumseglung, Weltkarten, Neue Welt), so ist doch die wissenschaftliche Absonderung von Welt und Erde ein allgemein gefühltes Bedürfniß. Die schönen und richtiger gebildeten Ausdrücke: *Weltgebäude, Weltraum, Weltkörper, Weltschöpfung* für den Inbegriff und den Ursprung aller Materie, der irdischen, wie der fernsten Gestirne; rechtfertigen diese Absonderung. Um dieselbe bestimmter, ich könnte sagen feierlicher und auf alterthümliche Weise anzudeuten, ist dem Titel meines Werkes das Wort *Kosmos* vorgesetzt: das ursprünglich, in der Homerischen Zeit, *Schmuck* und *Ordnung* bedeutete, später aber zu einem philosophischen Kunstausdrucke, zur wissenschaftlichen Bezeichnung der *Wohlgeordnetheit der Welt*, ja der ganzen Masse des Raum-Erfüllenden, d. i. des *Weltalls* selbst, umgeprägt ward.

Bei der Schwierigkeit, in der steten Veränderlichkeit irdischer Erscheinungen das Geregelte oder Gesetzliche zu erkennen, wurde der Geist der Menschen vorzugsweise und früh von der gleichförmigen, harmonischen Bewegung der Himmelskörper angezogen. Nach dem Zeugnisse des Philolaus, dessen ächte Bruchstücke Böckh so geistreich bearbeitet hat, nach dem einstimmigen Zeugniß des ganzen Alterthums hat Pythagoras zuerst das Wort *Kosmos* für *Weltordnung*, *Welt* und *Himmelsraum* gebraucht. Aus der philosophischen italischen Schule ist das Wort in die Sprache der Dichter der Natur (Parmenides und Empedocles), später endlich und langsamer in die Prosaiker übergegangen. Daß, nach pythagoreischen Ansichten, dasselbe Wort in der Mehrzahl bisweilen auch auf einzelne *Weltkörper* (Planeten), die um den *Heerd der Welt* eine kreisförmige Bahn beschreiben, oder auf Gruppen von Gestirnen (*Weltinseln*) angewendet wurde; ja daß Philolaus sogar einmal *Olymp*, *Kosmos* und *Uranos* unterscheidet: ist hier nicht zu erörtern. In meinem Entwurfe einer Weltbeschreibung ist *Kosmos*, wie der allgemeinste Gebrauch in der nachpythagoreischen Zeit es gebietet und wie der unbekannte

Verfasser des Buches *de Mundo*, das lange dem Aristoteles zugeschrieben wurde, das Wort definirt hat, für den Inbegriff von Himmel und Erde, für die ganze Körperwelt genommen. Durch Nachahmungssucht der spät philosophirenden Römer wurde das Wort mundus, welches bei ihnen *Schmuck*, nicht einmal *Ordnung*, bezeichnete, zu der Bedeutung von *Weltall* umgestempelt. Die Einführung eines solchen Kunstausdruckes in die lateinische Sprache, die wörtliche Uebertragung des griechischen *Kosmos*, in zwiefachem Sinne gebraucht, ist wahrscheinlich dem Ennius zuzuschreiben: einem Anhänger der italischen Schule, dem Uebersetzer pythagoreischer Philosopheme des Epicharmus oder eines Nachahmers desselben.

Wie eine physische *Weltgeschichte*, wenn die Materialien dazu vorhanden wären, im weitesten Sinne des Worts die Veränderungen schildern sollte, welche im Laufe der Zeiten der Kosmos durchwandert hat: von den neuen Sternen an, die am Firmamente urplötzlich aufgelodert, und den Nebelflecken, die sich auflösen oder gegen ihre Mitte verdichten, bis zum feinsten Pflanzengewebe, das die nackte, erkaltete Erdrinde oder ein gehobenes Corallenriff allmälig und fortschreitend bedeckt; so schildert dagegen die physische *Weltbeschreibung* das Zusammen-Bestehende im Raume, das gleichzeitige Wirken der Naturkräfte und der Gebilde, die das Product dieser Kräfte sind. Das *Seiende* ist aber, im Begreifen der Natur, nicht von dem *Werden* absolut zu scheiden; denn nicht das Organische allein ist ununterbrochen im Werden und Untergehen begriffen: das ganze Erdenleben mahnt, in jedem Stadium seiner Existenz, an die früher durchlaufenen Zustände. So enthalten die über einander gelagerten Steinschichten, aus denen der größere Theil der äußeren Erdrinde besteht, die Spuren einer fast gänzlich untergegangenen Schöpfung: sie verkünden eine Reihe von Bildungen, die sich gruppenweise ersetzt haben; sie entfalten dem Blick des Beobachters gleichzeitig im Raume die *Faunen* und *Floren* der verflossenen Jahrtausende. In diesem Sinne wären *Naturbeschreibung* und *Naturgeschichte* nicht gänzlich von einander zu trennen. Der Geognost kann die Gegenwart nicht ohne die Vergangenheit fassen. Beide durchdringen und verschmelzen sich in dem Naturbilde des Erdkörpers, wie, im weiten Gebiete der Sprachen, der Etymologe in dem dermaligen Zustande grammatischer Formen ihr Werden und progressives Gestalten, ja die ganze sprachbildende Vergangenheit in der Gegenwart abgespiegelt findet. In der materiellen Welt aber ist diese Abspiegelung des Gewesenen um so klarer, als wir analoge Producte unter unseren Augen sich bilden sehen. Unter den Gebirgsarten, um ein Beispiel der Geognosie zu entlehnen, beleben Trachytkegel, Basalt, Bimsstein-Schichten und schlackige Mandelsteine auf eigenthümliche Weise die Landschaft. Sie wirken auf unsere Einbildungskraft wie Erzählungen aus der Vorwelt. Ihre Form ist ihre Geschichte.

Das Sein wird in seinem Umfang und inneren Sein vollständig erst als ein *Gewordenes* erkannt. Von dieser ursprünglichen Verschmelzung der Begriffe zeugt das classische Alterthum in dem Gebrauche des Worts: *Historie* bei Griechen und Römern. Wenn auch nicht in der Definition, die Verrius Flaccus giebt, so ist doch in den zoologischen Schriften des Aristoteles *Historie* eine Erzählung von dem Erforschten, dem sinnlich Wahrgenommenen. Die physische Weltbeschreibung des älteren Plinius führt den Titel einer *Historia naturalis*; in den Briefen des Neffen wird sie edler eine „Geschichte der Natur" genannt. Im classischen Alterthum trennen die frühesten Historiker noch wenig die Länderbeschreibung von der Darstellung der Begebenheiten, deren Schauplatz die beschriebenen Länder gewesen sind. Physische Geographie und Geschichte erscheinen lange anmuthig gemischt, bis das wachsende politische Interesse und ein vielbewegtes Staatsleben das erste Element verdrängten, das nun in eine abgesonderte Disciplin überging.

Die Vielheit der Erscheinungen des *Kosmos* in der Einheit des Gedankens, in der Form eines rein rationalen Zusammenhanges zu umfassen, kann, meiner Einsicht nach, bei dem jetzigen Zustande unseres empirischen Wissens nicht erlangt werden. Erfahrungs-Wissenschaften sind nie vollendet, die Fülle sinnlicher Wahrnehmungen ist nicht zu erschöpfen; keine Generation wird je sich rühmen können die Totalität der Erscheinungen zu übersehn. Nur da, wo man die Erscheinungen *gruppenweise* sondert, erkennt man in einzelnen gleichartigen Gruppen das Walten großer und einfacher Naturgesetze. Je mehr die physikalischen Wissenschaften sich ausbilden, desto mehr erweitern sich auch die Kreise dieses Waltens. Glänzende Beweise davon geben die neuerlangten Ansichten der Processe, welche sowohl im festen Erdkörper als in der Atmosphäre von electromagnetischen Kräften, von der strahlenden Wärme oder der Fortpflanzung der Lichtwellen abhangen; glänzende Beweise die Evolutions-Bildungen des Organismus, in denen alles Entstehende vorher *angedeutet* ist, wo gleichsam aus einerlei Hergang in der Vermehrung und Umwandlung von Zellen das Gewebe der Thier- und Pflanzenwelt entsteht. In der Verallgemeinerung der Gesetze, die anfangs nur engere Kreise, isolirte

Gruppen von Phänomenen zu beherrschen scheinen, giebt es mannigfaltige Abstufungen. Die Herrschaft der erkannten Gesetze gewinnt am Umfang, der ideelle Zusammenhang an Klarheit, so lange die Forschungen auf gleichartige, unter sich verwandte Massen gerichtet sind. Wo aber die dynamischen Ansichten, die sich dazu nur auf bildliche atomistische Voraussetzungen gründen, nicht ausreichen, weil die specifische Natur der Materie und ihre Heterogeneität im Spiel sind; da gerathen wir, nach Einheit des Begreifens strebend, auf Klüfte von noch unergründeter Tiefe. Es offenbart sich dort das Wirken einer eigenen Art von Kräften. Das Gesetzliche numerischer Verhältnisse, welches der Scharfsinn der neueren Chemiker so glücklich und glänzend, doch aber ebenfalls nur unter einem uralten Gewande, in den Symbolen atomistischer Vorstellungsweisen erkannt hat, bleibt bis jetzt isolirt, ununterworfen den Gesetzen aus dem Bereich der reinen Bewegungslehre.

Die Einzelheiten, auf welche sich alle unmittelbare Wahrnehmung beschränkt, können logisch in Classen und Gattungen geordnet werden. Solche Anordnungen führen, wie ich schon oben tadelnd bemerkte, als ein naturbeschreibender Theil, den anmaßenden Titel von *Natur-Systemen*. Sie erleichtern freilich das Studium der organischen Gebilde und ihrer linearen Verkettung unter einander, aber als Verzeichnisse gewähren sie nur ein formelles Band; sie bringen mehr Einheit in die Darstellung als in die Erkenntniß selbst. Wie es Graduationen giebt in der Verallgemeinerung der Naturgesetze, je nachdem sie größere oder kleinere Gruppen von Erscheinungen, weitere oder engere Kreise organischer Gestaltung und Gliederung umfassen: so giebt es auch Abstufungen im empirischen Forschen. Es beginnt dasselbe von vereinzelten Anschauungen, die man gleichartig sondert und ordnet. Von dem *Beobachten* wird fortgeschritten zum *Experimentiren*: zum Hervorrufen der Erscheinungen unter bestimmten Bedingnissen, nach leitenden Hypothesen, d. h. nach dem Vorgefühl von dem inneren Zusammenhange der Natur-Dinge und Natur-Kräfte. Was durch Beobachtung und Experiment erlangt ist, führt, auf Analogien und Induction gegründet, zur Erkenntniß empirischer Gesetze. Das sind die Phasen, gleichsam die Momente, welche der beobachtende Verstand durchläuft und die in der Geschichte des Naturwissens der Völker besondere Epochen bezeichnen.

Zwei Formen der Abstraction beherrschen die ganze Masse der Erkenntniß: *quantitative*, Verhältniß-Bestimmungen nach Zahl und Größe; und *qualitative*, stoffartige Beschaffenheiten. Die erstere, zugänglichere Form gehört dem mathematischen, die zweite dem chemischen Wissen an. Um die Erscheinungen dem Calcül zu unterwerfen, wird die Materie aus Atomen (Moleculen) construirt, deren Zahl, Form, Lage und Polarität die Erscheinungen bedingen soll. Die Mythen von imponderablen Stoffen und von eigenen Lebenskräften in jeglichem Organismus verwickeln und trüben die Ansicht der Natur. Unter so verschiedenartigen Bedingnissen und Formen des Erkennens bewegt sich träge die schwere Last unseres angehäuften und jetzt so schnell anwachsenden empirischen Wissens. Die grübelnde Vernunft versucht muthvoll und mit wechselndem Glücke die alten Formen zu zerbrechen, durch welche man den widerstrebenden Stoff, wie durch mechanische Constructionen und Sinnbilder, zu beherrschen gewohnt ist.

Wir sind noch weit von dem Zeitpunkte entfernt, wo es möglich sein könnte alle unsere sinnlichen Anschauungen zur Einheit des Naturbegriffs zu concentriren. Es darf zweifelhaft genannt werden, ob dieser Zeitpunkt je herannahen wird. Die Complication des Problems und die Unermeßlichkeit des *Kosmos* vereiteln fast die Hoffnung dazu. Wenn uns aber auch das Ganze unerreichbar ist, so bleibt doch die theilweise Lösung des Problems, das Streben nach dem *Verstehen* der Welterscheinungen, der höchste und ewige Zweck aller Naturforschung. Dem Charakter meiner früheren Schriften, wie der Art meiner Beschäftigungen treu, welche Versuchen, Messungen, Ergründung von Thatsachen gewidmet waren: beschränke ich mich auch in diesem Werke auf eine *empirische Betrachtung*. Sie ist der alleinige Boden, auf dem ich mich weniger unsicher zu bewegen verstehe. Diese Behandlung einer empirischen Wissenschaft, oder vielmehr eines Aggregats von Kenntnissen, schließt nicht aus die Anordnung des Aufgefundenen nach leitenden Ideen, die Verallgemeinerung des Besonderen, das stete Forschen nach *empirischen Naturgesetzen*. Ein denkendes Erkennen, ein vernunftmäßiges Begreifen des Universums würden allerdings ein noch erhabneres Ziel darbieten. Ich bin weit davon entfernt Bestrebungen, in denen ich mich nicht versucht habe, darum zu tadeln, weil ihr Erfolg bisher sehr zweifelhaft geblieben ist. Mannigfaltig mißverstanden, und ganz gegen die Absicht und den Rath der tiefsinnigen und mächtigen Denker, welche diese schon dem Alterthum eigenthümlichen Bestrebungen wiederum angeregt: haben naturphilosophische Systeme, eine kurze Zeit über, in unserem Vaterlande, von den ernsten und mit dem materiellen Wohlstande der Staaten so nahe verwandten Studien mathematischer und physikalischer Wissenschaften abzulenken gedroht. Der berauschende Wahn des errungenen

Besitzes; eine eigene, abenteuerlich-symbolisirende Sprache; ein Schematismus, enger, als ihn je das Mittelalter der Menschheit angezwängt: haben, in jugendlichem Mißbrauch edler Kräfte, die heiteren und kurzen Saturnalien eines rein ideellen Naturwissens bezeichnet. Ich wiederhole den Ausdruck: Mißbrauch der Kräfte; denn ernste, der Philosophie und der Beobachtung gleichzeitig zugewandte Geister sind jenen Saturnalien fremd geblieben. Der Inbegriff von Erfahrungs-Kenntnissen und eine in allen ihren Theilen ausgebildete *Philosophie der Natur* (falls eine solche Ausbildung je zu erreichen ist) können nicht in Widerspruch treten, wenn die Philosophie der Natur, ihrem Versprechen gemäß, das vernunftmäßige Begreifen der wirklichen Erscheinungen im Weltall ist. Wo der Widerspruch sich zeigt, liegt die Schuld entweder in der Hohlheit der Speculation oder in der Anmaßung der Empirie, welche mehr durch die Erfahrung erwiesen glaubt, als durch dieselbe begründet ward.

Man mag nun die *Natur* dem Bereich des *Geistigen* entgegensetzen, als wäre das Geistige nicht auch in dem Naturganzen enthalten: oder man mag die *Natur* der *Kunst* entgegenstellen, letztere in einem höheren Sinne als den Inbegriff aller geistigen Productionskraft der Menschheit betrachtet; so müssen diese Gegensätze doch nicht auf eine solche Trennung des Physischen vom Intellectuellen führen, daß die *Physik der Welt* zu einer bloßen Anhäufung empirisch gesammelter Einzelheiten herabsinke. Wissenschaft fängt erst an, wo der Geist sich des Stoffes bemächtigt, wo versucht wird die Masse der Erfahrungen einer Vernunft-Erkenntniß zu unterwerfen; sie ist der Geist, zugewandt zu der Natur. Die Außenwelt existirt aber nur für uns, indem wir sie in uns aufnehmen, indem sie sich in uns zu einer *Naturanschauung* gestaltet. So geheimnißvoll unzertrennlich als *Geist* und *Sprache*, der Gedanke und das befruchtende Wort sind: eben so schmilzt, uns selbst gleichsam unbewußt, die Außenwelt mit dem Innersten im Menschen, mit dem Gedanken und der Empfindung zusammen. „Die äußerlichen Erscheinungen werden so", wie Hegel sich in der *Philosophie der Geschichte* ausdrückt, „in die innerliche Vorstellung übersetzt". Die objective Welt, von uns gedacht, in uns reflectirt, wird den ewigen, nothwendigen, alles bedingenden Formen unserer geistigen Existenz unterworfen. Die intellectuelle Thätigkeit übt sich dann an dem durch die sinnliche Wahrnehmung überkommenen Stoffe. Es ist daher schon im Jugendalter der Menschheit, in der einfachsten Betrachtung der Natur, in dem ersten Erkennen und Auffassen eine Anregung zu naturphilosophischen

Ansichten. Diese Anregung ist verschieden, mehr oder minder lebhaft, nach der Gemüthsstimmung, der nationalen Individualität und dem Culturzustande der Völker. Eine *Geistesarbeit* beginnt, sobald, von innerer Nothwendigkeit getrieben, das Denken den Stoff sinnlicher Wahrnehmungen aufnimmt.

Die Geschichte hat uns die vielfach gewagten Versuche aufbewahrt, die Welt der physischen Erscheinungen in ihrer Vielheit zu *begreifen;* eine einige, das ganze Universum durchdringende, bewegende, entmischende *Weltkraft* zu erkennen. Diese Versuche steigen in der classischen Vorzeit zu den *Physiologien* und Urstoff-Lehren der ionischen Schule hinauf: wo bei wenig ausgedehnter Empirie (bei einem dürftigen Material von Thatsachen) das ideelle Bestreben, die Natur-Erklärungen aus reiner Vernunft-Erkenntniß, vorherrschten. Je mehr aber während einer glänzenden Erweiterung aller Naturwissenschaften das Material des sicheren empirischen Wissens anwuchs, desto mehr erkaltete allmälig der *Trieb,* das Wesen der Erscheinungen und ihre Einheit, als ein Naturganzes, durch Construction der Begriffe aus der Vernunft-Erkenntniß abzuleiten. In der uns nahen Zeit hat der mathematische Theil der Naturphilosophie sich einer großen und herrlichen Ausbildung zu erfreuen gehabt. Die Methoden und das Instrument (die Analyse) sind gleichzeitig vervollkommnet worden. Was so auf vielfachen Wegen durch sinnige Anwendung atomistischer Prämissen, durch allgemeineren und unmittelbareren Contact mit der Natur, durch das Hervorrufen und Ausbilden neuer Organe errungen worden ist; soll: wie im Alterthume, so auch jetzt, ein gemeinsames Gut der Menschheit, der freiesten Bearbeitung der Philosophie in ihren wechselnden Gestaltungen nicht entzogen werden. Bisweilen ist freilich die Unversehrtheit des Stoffes in dieser Bearbeitung einige Gefahr gelaufen; und in dem steten Wechsel ideeller Ansichten ist es wenig zu verwundern, wenn, wie so schön im *Bruno*Schelling's Bruno über das göttliche und natürliche Princip der Dinge S. 181.gesagt wird, „viele die Philosophie nur meteorischer Erscheinungen fähig halten und daher auch die größeren Formen, in denen sie sich geoffenbart hat, das Schicksal der Cometen bei dem Volke theilen: das sie nicht zu den bleibenden und ewigen Werken der Natur, sondern zu den vergänglichen Erscheinungen feuriger Dünste zählt."

Mißbrauch oder irrige Richtungen der Geistesarbeit müssen aber nicht zu der, die Intelligenz entehrenden Ansicht führen, als sei die Gedankenwelt, ihrer Natur nach, die Region phantastischer Truggebilde; als sei der so viele Jahrhunderte hindurch gesammelte überreiche Schatz empirischer Anschauung von der Philosophie, wie von einer feindlichen Macht, bedroht. Es geziemt nicht dem Geiste unserer Zeit, jede Verallgemeinerung der Begriffe, jeden, auf Induction und Analogien gegründeten Versuch, tiefer in die Verkettung der Naturerscheinungen einzudringen, als bodenlose Hypothese zu verwerfen; und unter den edeln Anlagen, mit denen die Natur den Menschen ausgestattet hat, bald die nach einem Causalzusammenhang grübelnde Vernunft, bald die regsame, zu allem Entdecken und Schaffen nothwendige und anregende Einbildungskraft zu verdammen.

Naturgemälde

Allgemeine Uebersicht der Erscheinungen

Wenn der menschliche Geist sich erkühnt die Materie, d. h. die Welt physischer Erscheinungen zu beherrschen; wenn er bei denkender Betrachtung des Seienden die reiche Fülle des Naturlebens, das Walten der freien und der gebundenen Kräfte zu durchdringen strebt: so fühlt er sich zu einer Höhe gehoben, von der herab, bei weit hinschwindendem Horizonte, ihm das Einzelne nur gruppenweise vertheilt, wie umflossen von leichtem Dufte erscheint. Dieser bildliche Ausdruck ist gewählt, um den Standpunkt zu bezeichnen, aus dem wir hier versuchen das Universum zu betrachten und in seinen beiden Sphären, der himmlischen und der irdischen, anschaulich darzustellen. Das Gewagte eines solchen Unternehmens habe ich nicht verkannt. Unter allen Formen der Darstellung, denen diese Blätter gewidmet sind, ist der Entwurf eines allgemeinen *Naturgemäldes* um so schwieriger, als wir der Entfaltung gestaltenreicher Mannigfaltigkeit nicht unterliegen, und nur bei großen, in der Wirklichkeit oder in dem subjectiven Ideenkreise geschiedenen Massen verweilen sollen. Durch Trennung und Unterordnung der Erscheinungen, durch ahndungsvolles Eindringen in das Spiel dunkel waltender Mächte, durch eine Lebendigkeit des Ausdrucks, in dem die sinnliche Anschauung sich naturwahr spiegelt, können wir versuchen das All (τὸ πᾶν) zu umfassen und zu beschreiben, wie es die Würde des großartigen Wortes *Kosmos:* als *Universum,* als *Weltordnung*, als *Schmuck* des Geordneten, erheischt. Möge dann die unermeßliche Verschiedenartigkeit der Elemente, die in ein Naturbild sich zusammendrängen, dem harmonischen Eindruck von Ruhe und Einheit nicht schaden, welcher der letzte Zweck einer jeden litterarischen oder rein künstlerischen Composition ist.

Wir beginnen mit den Tiefen des Weltraums und der Region der fernsten Nebelflecke: stufenweise herabsteigend durch die Sternschicht, der unser Sonnensystem angehört, zu dem luft- und meerumflossenen Erdsphäroid, seiner Gestaltung, Temperatur und magnetischen Spannung; zu der Lebensfülle, welche, vom Lichte angeregt, sich an seiner Oberfläche entfaltet. So umfaßt ein Weltgemälde in wenigen Zügen die ungemessenen Himmelsräume, wie die microscopischen kleinen Organismen des Thier- und Pflanzenreichs, welche unsere stehenden Gewässer und die verwitternde Rinde der Felsen bewohnen. Alles Wahrnehmbare, das ein strenges Studium der Natur nach jeglicher Richtung bis zur jetzigen Zeit erforscht hat, bildet das Material, nach welchem die Darstellung zu entwerfen ist; es enthält in sich das Zeugniß ihrer Wahrheit und Treue. Ein beschreibendes Naturgemälde, wie wir es in diesen Prolegomenen aufstellen, soll aber nicht bloß dem Einzelnen nachspüren; es bedarf nicht zu seiner Vollständigkeit der Aufzählung aller Lebensgestalten, aller Naturdinge und Naturprocesse. Der Tendenz endloser Zersplitterung des Erkannten und Gesammelten widerstrebend, soll der ordnende Denker trachten der Gefahr der empirischen Fülle zu entgehn. Ein ansehnlicher Theil der qualitativen Kräfte der Materie oder, um naturphilosophischer zu reden, ihrer qualitativen Kraftäußerungen ist gewiß noch unentdeckt. Das Auffinden der Einheit in der Totalität bleibt daher schon deshalb unvollständig. Neben der Freude an der errungenen Erkenntniß liegt, wie mit Wehmuth gemischt, in dem aufstrebenden, von der Gegenwart unbefriedigten Geiste die Sehnsucht nach noch nicht aufgeschlossenen, unbekannten Regionen des Wissens. Eine solche Sehnsucht knüpft fester das Band, welches, nach alten, das Innerste der Gedankenwelt beherrschenden Gesetzen, alles Sinnliche an das Unsinnliche kettet; sie belebt den Verkehr zwischen dem, „was das Gemüth von der Welt erfaßt, und dem, was es aus seinen Tiefen zurückgiebt".

Ist demnach die Natur (Inbegriff der Naturdinge und Naturerscheinungen), ihrem *Umfang* und *Inhalte* nach, ein Unendliches; so ist sie auch für die intellectuellen Anlagen der Menschheit ein nicht zu fassendes, und in allgemeiner *ursachlicher* Erkenntniß von dem Zusammenwirken *aller* Kräfte ein unauflösbares Problem. Ein solches Bekenntniß geziemt da, wo das Sein und Werden nur der unmittelbaren Forschung unterworfen bleibt, wo man den empirischen Weg und eine strenge inductorische Methode nicht zu verlassen wagt. Wenn aber auch das ewige Streben, die Totalität zu umfassen, unbefriedigt bleibt, so lehrt uns dagegen *die Geschichte der Weltanschauung*, welche einem anderen Theile dieser Prolegomenen vorbehalten bleibt, wie in dem Lauf der Jahrhunderte die Menschheit zu einer *partiellen Einsicht* in die relative Abhängigkeit der Erscheinungen allmälig gelangt ist. Meine Pflicht ist es, das gleichzeitig Erkannte nach dem Maaß und in den Schranken der Gegenwart übersichtlich zu schildern. Bei allem Beweglichen und Veränderlichen im Raume sind *mittlere Zahlenwerthe* der letzte Zweck, ja der Ausdruck physischer Gesetze; sie zeigen uns das Stetige in dem Wechsel und in der Flucht der Erscheinungen; so ist z. B. der Fortschritt der neueren messenden und wägenden Physik vorzugsweise nach Erlangung und Berichtigung der mittleren Werthe gewisser Größen bezeichnet: so treten wiederum, wie einst in der italischen Schule, doch in erweitertem Sinne, die einzigen in unsrer Schrift übrig gebliebenen und weit verbreiteten hieroglyphischen Zeichen, die *Zahlen*, als Mächte des Kosmos auf.

Den ernsten Forscher erfreut die Einfachheit numerischer Verhältnisse, durch welche die Dimensionen der Himmelsräume, die Größe der Weltkörper und ihre periodische Störungen, die dreifachen Elemente des Erd-Magnetismus, der mittlere Druck des Luftmeeres, und die Menge der Wärme bezeichnet werden, welche die Sonne in jedem Jahre und in jedem Theile des Jahres über die einzelnen Punkte der festen oder flüssigen Oberfläche unsers Planeten ergießt. Unbefriedigter bleibt der Naturdichter, unbefriedigt der Sinn der neugierigen Menge. Beiden erscheint heute die Wissenschaft wie verödet, da sie viele der Fragen mit Zweifel oder gar als unauflöslich zurückweist, die man ehemals beantworten zu können wähnte. In ihrer strengeren Form, in ihrem engeren Gewande ist sie der verführerischen Anmuth beraubt, durch welche früher eine dogmatische und symbolisirende Physik die Vernunft zu täuschen, die Einbildungskraft zu beschäftigen wußte. Lange vor der Entdeckung der Neuen Welt glaubte man, von den canarischen Inseln oder den Azoren aus, Länder im Westen zu sehen. Es waren Trugbilder: nicht durch eine ungewöhnliche Brechung der Lichtstrahlen, nur durch Sehnsucht nach der Ferne, nach dem Jenseitigen erzeugt. Solchen Reiz täuschender Luftgebilde bot die Naturphilosophie der Griechen, die Physik des Mittelalters, und selbst die der späteren Jahrhunderte, in reichem Maaße dar. An der Grenze des beschränkten Wissens, wie von einem hohen Inselufer aus, schweift gern der Blick in ferne Regionen. Der Glaube an das Ungewöhnliche und Wundervolle giebt bestimmte

Umrisse jedem Erzeugniß idealer Schöpfung; und das Gebiet der Phantasie, ein Wunderland kosmologischer, geognostischer und magnetischer Träume, wird unaufhaltsam mit dem Gebiete der Wirklichkeit verschmolzen.

Natur, in der vielfachen Deutung des Wortes: bald als Totalität des Seienden und Werdenden, bald als innere, bewegende Kraft, bald als das geheimnißvolle Urbild aller Erscheinungen aufgefaßt; offenbart sich dem einfachen Sinn und Gefühle des Menschen vorzugsweise als etwas Irdisches, ihm näher Verwandtes. Erst in den Lebenskreisen der organischen Bildung erkennen wir recht eigentlich unsere Heimath. Wo der Erde Schooß ihre Blüthen und Früchte entfaltet, wo er die zahllosen Geschlechter der Thiere nährt, da tritt das Bild der Natur lebendiger vor unsre Seele. Es ist zunächst auf das Tellurische beschränkt; der glanzvolle Sternenteppich, die weiten Himmelsräume gehören einem *Weltgemälde* an, in welchem die Größe der Massen, die Zahl zusammengedrängter Sonnen oder aufdämmernder Lichtnebel unsere Bewunderung und unser Staunen erregen; dem wir uns aber, bei scheinbarer Verödung, bei völligem Mangel an dem unmittelbaren Eindruck eines organischen Lebens, wie entfremdet fühlen. So sind denn auch nach den frühesten physikalischen Ansichten der Menschheit Himmel und Erde, räumlich ein Oben und Unten, von einander getrennt geblieben. Sollte demnach ein Naturbild bloß den Bedürfnissen sinnlicher Anschauung entsprechen, so müßte es mit der Beschreibung des heimischen Bodens beginnen. Es schilderte zuerst den Erdkörper in seiner Größe und Form, in seiner, mit der Tiefe zunehmenden Dichtigkeit und Wärme, in seinen über einander gelagerten, starren und flüssigen Schichten; es schilderte die Scheidung von Meer und Land, das Leben, das in beiden als zelliges Gewebe der Pflanzen und Thiere sich entwickelt; den wogenden, stromreichen Luft-Ocean, von dessen Boden waldgekrönte Bergketten wie Klippen und Untiefen aufsteigen. Nach dieser Schilderung der rein tellurischen Verhältnisse erhöbe sich der Blick zu den Himmelsräumen; die Erde, der uns wohlbekannte Sitz organischer Gestaltungs-Processe, würde nun als Planet betrachtet. Er träte in die Reihe der Weltkörper, die um einen der zahllosen selbstleuchtenden Sterne kreisen. Diese Folge der Ideen bezeichnet den Weg der ersten sinnlichen Anschauungsweise: sie mahnt fast noch an die alte „meerumflossene Erdscheibe", welche den Himmel trug; sie geht von dem Standort der Wahrnehmung, von dem Bekannten und Nahen zum Unbekannten und Fernen über. Sie entspricht der in mathematischer Hinsicht zu empfehlenden Methode unsrer astronomischen Lehrbücher, welche von den scheinbaren Bewegungen der Himmelskörper zu den wirklichen übergeht.

In einem Werke aber, welches das bereits Erkannte, selbst das, was in dem dermaligen Zustande unseres Wissens für gewiß oder nach verschiedenen Abstufungen für wahrscheinlich gehalten wird, aufzählen; nicht die Beweise liefern soll, welche die erzielten Resultate begründen: ist ein anderer Ideengang vorzuziehen. Hier wird nicht mehr von dem subjectiven Standpunkte, von dem menschlichen Interesse ausgegangen. Das Irdische darf nur als ein Theil des Ganzen, als diesem untergeordnet erscheinen. Die Natur-Ansicht soll allgemein, sie soll groß und frei; nicht durch Motive der Nähe, des gemüthlicheren Antheils, der relativen Nützlichkeit beengt sein. Eine physische Weltbeschreibung, ein *Weltgemälde* beginnt daher nicht mit dem Tellurischen: sie beginnt mit dem, was die Himmelsräume erfüllt. Aber indem sich die Sphären der Anschauung räumlich verengen, vermehrt sich der individuelle Reichthum des Unterscheidbaren, die Fülle physischer Erscheinungen, die Kenntniß der qualitativen Heterogeneität der Stoffe. Aus den Regionen, in denen wir nur die Herrschaft der Gravitations-Gesetze erkennen, steigen wir dann zu unserem Planeten, zu dem verwickelten Spiel der Kräfte im Erdenleben herab. Die hier geschilderte naturbeschreibende Methode ist der, welche Resultate begründet, entgegengesetzt. Die eine zählt auf, was auf dem anderen Wege erwiesen worden ist.

Durch Organe nimmt der Mensch die Außenwelt in sich auf. Lichterscheinungen verkünden uns das Dasein der Materie in den fernsten Himmelsräumen. Das Auge ist das Organ der Weltanschauung. Die Erfindung des telescopischen Sehens hat seit drittehalb Jahrhunderten den späteren Generationen eine Macht verliehen, deren Grenze noch nicht erreicht ist. Die erste und allgemeinste Betrachtung im Kosmos ist die des *Inhalts der Welträume*, die Betrachtung der Vertheilung der Materie: des *Geschaffenen*, wie man gewöhnlich das Seiende und Werdende zu nennen pflegt. Wir sehen die Materie theils zu rotirenden und kreisenden Weltkörpern von sehr verschiedener Dichtigkeit und Größe geballt, theils selbstleuchtend dunstförmig als Lichtnebel zerstreut. Betrachten wir zuerst die Nebelflecke, den in bestimmte Formen geschiedenen Weltdunst, so scheint derselbe in steter Veränderung seines Aggregat-Zustandes begriffen. Er tritt auf, scheinbar in kleinen Dimensionen: als runde oder elliptische Scheibe, einfach oder gepaart, bisweilen durch einen Lichtfaden verbunden; bei größerem Durchmesser ist er vielgestaltet, langgestreckt, oder in mehrere Zweige auslaufend, als Fächer oder scharf begrenzter Ring mit dunklem Inneren. Man glaubt diese Nebelflecke mannigfaltigen, fortschreitenden Gestaltungs-Processen unterworfen, je nachdem sich in ihnen der Weltdunst um einen oder um mehrere Kerne nach Attractions-Gesetzen verdichtet. Fast drittehalbtausend solcher *unauflöslichen* Nebelflecke, in denen die mächtigsten Fernröhre keine Sterne unterscheiden, sind bereits aufgezählt und in ihrer örtlichen Lage bestimmt worden.

Die genetische Entwickelung, die perpetuirliche Fortbildung, in welcher dieser Theil der Himmelsräume begriffen scheint, hat denkende Beobachter auf die Analogie organischer Erscheinungen geleitet. Wie wir in unsern Wäldern dieselbe Baumart gleichzeitig in allen Stufen des Wachsthums sehen, und aus diesem Anblick, aus dieser Coexistenz den Eindruck fortschreitender Lebens-Entwicklung schöpfen, so erkennen wir auch in dem großen *Weltgarten* die verschiedensten Stadien allmäliger Sternbildung. Der Proceß der Verdichtung, den Anaximenes und die ganze ionische Schule lehrte, scheint hier gleichsam unter unsern Augen vorzugehen. Dieser Gegenstand des Forschens und Ahndens ist vorzugsweise anziehend für die Einbildungskraft. Was in den Kreisen des Lebens und aller inneren treibenden Kräfte des Weltalls so unaussprechlich fesselt, ist minder noch die Erkenntniß des *Seins* als die des *Werdens:* sei dies Werden auch nur (denn vom eigentlichen Schaffen als einer Thathandlung, vom Entstehen, als „Anfang des Seins nach dem Nichtsein", haben wir weder Begriff noch Erfahrung) ein neuer Zustand des schon materiell Vorhandenen.

Nicht bloß durch Vergleichung der verschiedenen Entwicklungs-Momente, in denen sich die gegen ihr Inneres mehr oder minder verdichteten Nebelflecke zeigen: auch durch unmittelbare auf einander folgende Beobachtungen hat man geglaubt, zuerst in der Andromeda, später im Schiffe Argo und in dem isolirten faserigen Theile des Orion-Nebels wirkliche Gestalt-Veränderungen zu bemerken. Ungleichheit der Lichtstärke in den angewandten Instrumenten, verschiedene Zustände unseres Luftkreises, und andere optische Verhältnisse machen freilich einen Theil der Resultate als wahrhaft *historische* Ergebnisse zweifelhaft.

Mit den eigentlichen vielgestalteten *Nebelflecken,* deren einzelne Theile einen ungleichen Glanz haben und die mit abnehmendem Umfang sich vielleicht zuletzt in Sterne concentriren; mit sogenannten *planetarischen Nebeln,* deren runde, etwas eiförmige Scheiben in allen Theilen eine völlig gleiche milde Intensität des Lichtes zeigen: sind nicht die *Nebelsterne* zu verwechseln. Hier projiciren sich nicht etwa zufällig Sterne auf fernem nebligem Grunde; nein, die dunstförmige Materie, der Lichtnebel bildet Eine Masse mit dem von ihm umgebenen Gestirn. Bei der oft sehr beträchtlichen Größe ihres scheinbaren Durchmessers und der Ferne, in der sie aufglimmen, müssen beide, die planetarischen Nebelflecke sowohl als die Nebelsterne, ungeheure Dimensionen haben. Neue und scharfsinnige Betrachtungen über den sehr verschiedenen Einfluß der Entfernung auf die Intensität des Lichtes einer Scheibe von meßbarem Durchmesser oder eines einzelnen selbstleuchtenden Punktes machen es nicht unwahrscheinlich, daß die planetarischen Nebelflecke sehr ferne Nebelsterne sind, in denen der Unterschied zwischen dem Centralsterne und der ihn umgebenden Dunsthülle selbst für unser telescopisches Sehen verschwunden ist.

Die prachtvollen Zonen des südlichen Himmels zwischen den Parallelkreisen von 50° und 80° sind besonders reich an Nebelsternen und zusammengedrängten, nicht aufzulösenden Nebelflecken. Von den zwei Magelhanischen Wolken, die um den sternleeren, verödeten Südpol kreisen, erscheint besonders die größere, nach den neuesten Untersuchungen"Die beiden Magelhanischen Wolken, Nubecula major und minor, sind höchst merkwürdige Gegenstände. Die größere Wolke ist eine Zusammenhäufung von Sternen: und besteht aus Sternhaufen von unregelmäßiger Gestalt, aus kugelförmigen Haufen und aus Nebelsternen von verschiedener Größe und Dichtigkeit. Es liegen dazwischen große, nicht in Sterne aufzulösende Nebelflecke, die wahrscheinlich Sternenstaub (star-dust) sind, und selbst mit dem zwanzigfüßigen Telescop nur als eine allgemeine Helligkeit des Gesichtsfeldes erscheinen und einen glänzenden Hintergrund bilden, auf dem andere Gegenstände von sehr auffallender und unbegreiflicher Gestalt zerstreut sind. An keinem anderen Theile des Himmels sind auf einem so kleinen Raume so viele Nebel und Sternhaufen zusammengedrängt wie in dieser Wolke. Die Nubecula minor ist viel weniger schön; sie zeigt mehr unauflösliches, nebliges Licht, und die darin befindlichen Sternhaufen sind geringer an Zahl und schwächer." (Aus einem *Briefe* von Sir John *Herschel*, Feldhuysen am Cap der guten Hoffnung, 13 Jun. 1836.), „als ein wundersames Gemenge von *Sternschwärmen*, von theils kugelförmigen Haufen von Nebelsternen verschiedener Größe, und von unauflöslichen Nebelflecken, die, eine allgemeine

Helligkeit des Gesichtsfeldes hervorbringend, wie den Hintergrund des Bildes darstellen." Der Anblick dieser Wolken, des lichtstrahlenden Schiffes Argo, der Milchstraße zwischen dem Scorpion, dem Centaur und dem Kreuze, ja die *landschaftliche* Anmuth des ganzen südlichen Himmels haben mir einen unvergeßlichen Eindruck zurückgelassen. Das Zodiacallicht, das pyramidenförmig aufsteigt (ebenfalls in seinem milden Glanze der ewige Schmuck der Tropennächte), ist entweder ein großer zwischen der Erde und Mars rotirender Nebelring oder, doch mit minderer Wahrscheinlichkeit, die äußerste Schicht der Sonnen-Atmosphäre selbst. Außer diesen Lichtwolken und Nebeln von bestimmter Form verkündigen noch genaue und immer mit einander übereinstimmende Beobachtungen die Existenz und die allgemeine Verbreitung einer wahrscheinlich nicht selbst leuchtenden, unendlich fein zertheilten Materie, welche, *Widerstand leistend*, in dem Encke'schen und vielleicht auch in dem Biela'schen Cometen durch Verminderung der Excentricität und Verkürzung der Umlaufszeit sich offenbart. Diese hemmende ätherische und kosmische Materie kann als bewegt, trotz ihrer ursprünglichen Tenuität als gravitirend, in der Nähe des großen Sonnenkörpers verdichtet, ja seit Myriaden von Jahren, durch ausströmenden Dunst der Cometenschweife, als vermehrt gedacht werden.

Gehen wir nun von der dunstartigen Materie des unermeßlichen Himmelsraumes (οὐρανοῦ χόρτος, wie sie bald formlos zerstreut und unbegrenzt, ein kosmischer Welt-Aether, bald in Nebelflecke verdichtet ist, zu dem *geballten*, starren Theile des Universums über; so nähern wir uns einer Classe von Erscheinungen, die ausschließlich mit dem Namen der Gestirne oder der Sternenwelt bezeichnet wird. Auch hier sind die Grade der Starrheit oder Dichtigkeit der geballten Materie verschieden. Unser eigenes Sonnensystem bietet alle Stufen *mittlerer Dichtigkeit* (des Verhältnisses des *Volums* zur *Masse*) dar. Wenn man die Planeten von Merkur bis Mars mit der Sonne und mit Jupiter, und dann diese letzteren zwei Gestirne mit dem noch undichteren Saturn vergleicht, so gelangt man, in absteigender Stufenleiter, um an irdische Stoffe zu erinnern, von der Dichtigkeit des Antimon-Metalles zu der des Honigs, des Wassers und des Tannenholzes. In den Cometen, die den zahlreichsten Theil der *individualisirten Naturformen* unsers Sonnensystems ausmachen, läßt selbst noch der concentrirtere Theil, welchen wir den *Kopf* oder *Kern* zu nennen pflegen, das Sternenlicht ungebrochen durch. Die *Masse der Cometen* erreicht vielleicht nie den fünftausendsten Theil der *Erdmasse*. So verschiedenartig zeigen sich die Gestaltungs-Processe in dem ursprünglichen und vielleicht fortschreitenden Ballen der Materie. Von dem Allgemeinsten ausgehend, war es vorzugsweise nöthig hier diese Verschiedenartigkeit zu bezeichnen: nicht als ein Mögliches, sondern als ein Wirkliches, im Weltraume Gegebenes.

Was Wright, Kant und Lambert, nach Vernunftschlüssen, von der allgemeinen *Anordnung des Weltgebäudes*, von der räumlichen Vertheilung der Materie geahndet, ist durch Sir William Herschel auf dem sichreren Wege der Beobachtung und der Messung ergründet worden. Der große, begeisterte und doch so vorsichtig forschende Mann hat zuerst das Senkblei in die Tiefen des Himmels geworfen, um die Grenzen und die Form der abgesonderten Sternschicht zu bestimmen, die wir bewohnen; er hat zuerst gewagt die Verhältnisse der Lage und des Abstandes ferner Nebelflecke zu unserer Sternschicht aufzuklären. Wilhelm Herschel hat (so sagt die schöne Grabschrift zu Upton) die Schranken des Himmels durchbrochen (caelorum perrupit claustra); wie Columbus, ist er vorgedrungen in ein unbekanntes Weltenmeer, Küsten und Inselgruppen erblickend, deren letzte wahre Ortsbestimmung kommenden Jahrhunderten vorbehalten bleibt.

Betrachtungen über die verschiedene Lichtstärke der Sterne und über ihre relative Zahl, d. i. über die numerische Seltenheit oder Anhäufung in gleich großen Feldern der Fernröhre, haben auf die Annahme ungleicher Entfernung und räumlicher Vertheilung in den durch sie gebildeten Schichten geleitet. Solche Annahmen, in so fern sie zu einer Begrenzung der einzelnen Theile des Weltbaus führen sollen, können allerdings nicht denselben Grad mathematischer Gewißheit darbieten, der in allem erreicht wird, was unser Sonnensystem, was das Kreisen der Doppelsterne mit ungleicher Geschwindigkeit um einen gemeinsamen Schwerpunkt, was die scheinbare oder wirkliche Bewegung aller Gestirne betrifft. Man würde geneigt sein die physische Weltbeschreibung, wenn sie von den fernsten Nebelflecken anhebt, mit dem mythischen Theile der Weltgeschichte zu vergleichen. Beide Disciplinen beginnen im Dämmerlichte der Vorzeit, wie des unerreichbaren Raumes; und wo die Wirklichkeit zu entschwinden droht, ist die Phantasie zwiefach angeregt, aus eigener Fülle zu schöpfen und den unbestimmten, wechselnden Gestalten Umriß und Dauer zu geben.

Vergleicht man den Weltraum mit einem der inselreichen Meere unseres Planeten, so kann man sich die Materie *gruppenweise* vertheilt denken: bald in unauflösliche Nebelflecke von verschiedenem Alter, um einen oder um mehrere

Kerne verdichtet; bald schon in Sternhaufen oder isolirte Sporaden geballt. Unser Sternhaufen: die *Weltinsel*, zu der wir gehören, bildet eine linsenförmig abgeplattete, überall abgesonderte Schicht, deren große Axe zu sieben- bis achthundert, die kleine zu hundert und funfzig Siriusweiten geschätzt wird. In der Voraussetzung daß die Parallaxe des Sirius nicht größer ist als die genau bestimmte des glänzendsten Sternes im Centaur (0",9128), durchläuft das Licht eine Siriusweite in drei Jahren: während ans Bessel's vortrefflicher früheren Arbeit über die Parallaxe des merkwürdigen 61ten Sternes im Schwan (0",3483), dessen beträchtliche eigene Bewegung auf eine große Nähe hätte schließen lassen, folgt, daß von diesem Sterne das Licht zu uns erst in 9¼ Jahren gelangt. Unsere Sternschicht, eine Scheibe von geringer Dicke, ist zu einem Drittel in zwei Arme getheilt; man glaubt, wir stehen dieser Theilung nahe, ja der Gegend des Sirius näher als dem Sternbild des Adlers: fast in der Mitte der körperlichen Ausdehnung der Schicht, ihrer Dicke oder kleinen Axe nach.

Dieser Ort unsres Sonnensystems und die Gestaltung der ganzen Linse sind aus *Stern-Aichungen*, d. h. aus jenen Sternzählungen geschlossen, deren ich oben bereits erwähnte und die sich auf gleich große Abtheilungen des telescopischen Gesichtsfeldes beziehn. Die zu- und abnehmende Sternmenge mißt die *Tiefe* der Schicht nach verschiedenen Richtungen hin. So geben die Aichungen die Länge der Visionsradien: gleichsam die jedesmalige Länge des ausgeworfenen Senkbleies, wenn dasselbe den *Boden* der Sternschicht oder richtiger gesprochen, da hier kein oben und unten ist, die äußere Begrenzung erreichen soll. Das Auge sieht in der Richtung der Längen-Axe, da wo die meisten Sterne hinter einander liegen, die letzteren dicht zusammengedrängt, wie durch einen milchfarbenen Schimmer (Lichtdunst) vereinigt; und an dem scheinbaren Himmelsgewölbe, in einem dasselbe ganz umziehenden Gürtel, perspectivisch dargestellt. Der schmale und in Zweige getheilte Gürtel, von prachtvollem, doch ungleichem und durch dunklere Stellen unterbrochenem Lichtglanze, weicht an der hohlen Sphäre nur um wenige Grade von einem *größten Kreise* ab, weil wir uns nahe bei der Mitte des ganzen Sternhaufens und fast in der Ebene selbst der Milchstraße befinden. Stände unser Planetensystem fern *außerhalb* des Sternhaufens, so würde die Milchstraße dem bewaffneten Auge als ein Ring und, in noch größerer Ferne, als ein auflöslicher, scheibenförmiger Nebelfleck erscheinen.

Unter den vielen selbstleuchtenden, ihren Ort verändernden Sonnen (irrthümlich sogenannten Fixsternen), welche unsere Weltinsel bilden, ist unsere Sonne die einzige, die wir als *Centralkörper* durch wirkliche Beobachtung in dem Verhältniß zu der von ihr unmittelbar abhängigen, um sie kreisenden *geballten* Materie (in mannigfacher Form von Planeten, Cometen und aërolithenartigen Asteroiden) kennen. In den *vielfachen* Sternen (Doppelsonnen oder Doppelsternen), so weit sie bisher ergründet sind, herrscht nicht dieselbe planetarische Abhängigkeit der relativen Bewegung und Erleuchtung, welche unser Sonnensystem charakterisirt. Zwei oder mehrere selbstleuchtende Gestirne, deren Planeten und Monde (falls sie vorhanden sind) unsrer jetzigen telescopischen Sehkraft entgehen, kreisen allerdings auch hier um einen gemeinschaftlichen Schwerpunkt; aber dieser Schwerpunkt fällt in einen vielleicht mit ungeballter Materie (Weltdunst) ausgefüllten Raum, während derselbe bei unserer Sonne oft in der innersten Begrenzung eines *sichtbaren* Centralkörpers enthalten ist. Wenn man Sonne und Erde oder Erde und Mond als *Doppelsterne,* unser ganzes planetarisches Sonnensystem als eine vielfache Sterngruppe betrachtet, so erstreckt sich die Analogie, welche eine solche Benennung hervorruft, nur auf die, *Attractions-Systemen verschiedener Ordnung* zukommenden, von den Lichtprocessen und der Art der Erleuchtung ganz unabhängigen Bewegungen.

Bei dieser Verallgemeinerung kosmischer Ansichten, welche dem Entwurf eines Natur- oder Weltgemäldes zukommt, kann das *Sonnensystem,* zu dem die Erde gehört, in zwiefacher Beziehung betrachtet werden: zunächst in Beziehung auf die verschiedenen Classen individualisirter geballter Materie, auf die Größe, die Gestaltung, die Dichtigkeit und den Abstand der Weltkörper desselben Systems; dann in Beziehung auf andre Theile unseres Sternhaufens, auf die Ortsveränderung der Sonne innerhalb desselben.

Das *Sonnensystem,* d. h. die um die Sonne kreisende, sehr verschiedentlich geformte Materie, besteht nach unsrer jetzigen Kenntniß aus eilf *Hauptplaneten,* achtzehn Monden oder *Nebenplaneten,* und Myriaden von *Cometen,* deren drei (*planetarische*) das enge Gebiet der Hauptplaneten nicht verlassen. Mit nicht geringer Wahrscheinlichkeit dürfen wir auch dem Gebiete unserer Sonne, der unmittelbaren Sphäre ihrer Centralkraft, zuzählen: erstens einen rotirenden *Ring* dunstartiger Materie, vielleicht zwischen der Venus- und Marsbahn gelegen, gewiß die Erdbahn überschreitend und uns in Pyramidalform als *Zodiacallicht* sichtbar; zweitens eine Schaar von sehr kleinen *Asteroiden,* deren Bahnen unsre Erdbahn schneiden oder ihr sehr nahe kommen, und die Erscheinungen von Aërolithen und fallenden *Sternschnuppen* darbieten.

Umfaßt man die Complication von Gestaltungen, die in so verschiedenen, mehr oder weniger excentrischen Bahnen um die Sonne kreisen; ist man nicht geneigt, mit dem unsterblichen Verfasser der Mécanique céleste die größere Zahl der Cometen für Nebelsterne zu halten, die von einem Centralsysteme zum anderen *Laplace* a. a. O. p. 396 und 414. schweifen; so muß man bekennen, daß das vorzugsweise so genannte *Planetensystem*, d. h. die Gruppe der Weltkörper, welche in wenig excentrischen Bahnen sammt ihrem Mondgefolge um die Sonne kreisen, nicht der Masse, aber der Zahl der Individuen nach, einen kleinen Theil des ganzen Systems ausmacht.

Die *telescopischen Planeten*: Vesta, Juno, Ceres und Pallas, mit ihren unter sich verschlungenen, stark geneigten und mehr excentrischen Bahnen, hat man versucht als eine scheidende Zone räumlicher Abtheilungen in unsrem Planetensysteme, gleichsam als eine *mittlere Gruppe* zu betrachten. Nach dieser Ansicht bietet die *innere* Planetengruppe (Merkur, Venus, Erde und Mars) in Vergleich mit der *äußeren* (Jupiter, Saturn und Uranus) mehrere auffallende Contraste *Littrow, Astronomie* Th. II. 1825 S. 107; *Mädler, Astr.* 1841 S. 212 (*Laplace* a. a. O. S. 210). dar. Die inneren, sonnennäheren Planeten sind von mäßiger Größe, dichter, ziemlich gleich und langsam rotirend (in fast 24stündiger Umdrehungszeit), minder abgeplattet, und bis auf einen gänzlich mondlos. Die äußeren, sonnenfernen Planeten sind mächtig größer, fünfmal undichter, mehr als zweimal schneller in der Umdrehungszeit um ihre Achse, stärker abgeplattet, und mondreicher im Verhältniß von 17 zu 1, wenn dem Uranus wirklich sechs Satelliten zukommen.

Diese allgemeinen Betrachtungen über gewisse charakteristische Eigenschaften ganzer Gruppen lassen sich aber nicht mit gleichem Rechte auf die einzelnen Planeten jeglicher Gruppe anwenden; nicht auf die Verhältnisse des *Abstandes von dem Centralkörper* zu der absoluten Größe, zu der Dichtigkeit, zu der Umdrehungszeit, zu der Excentricität, zu der Neigung der Bahnen und Achsen kreisender Weltkörper. Wir kennen bisher keine innere Nothwendigkeit, kein mechanisches Naturgesetz, welches (wie das schöne Gesetz, das die Quadrate der Umlaufszeiten an die Würfel der großen Axen bindet) die eben genannten sechs Elemente der Planetenkörper und der Form ihrer Bahnen von einander oder von den mittleren Entfernungen abhängig machte. Der sonnenfernere Mars ist kleiner als die Erde und Venus, ja unter allen längstbekannten, größeren Planeten dem sonnennahen Merkur in dem Durchmesser am nächsten; Saturn ist kleiner als Jupiter und doch viel größer als

Uranus. Die Zone der, im Volum so unbedeutenden, telescopischen Planeten liegt in einer Abstandsreihe, die von der Sonne anhebt, unmittelbar vor Jupiter, dem mächtigsten aller planetarischen Weltkörper; und doch haben mehrere dieser kleinen Asteroiden, deren Scheiben wenig meßbar sind, kaum die Hälfte mehr Oberfläche als Frankreich, Madagascar oder Borneo. So auffallend auch die äußerst geringe Dichtigkeit aller der colossalen Planeten ist, welche der Sonne am fernsten liegen, so läßt sich auch hier keine regelmäßige Folge erkennen. Uranus scheint wieder dichter als Saturn zu sein, selbst wenn man Lamont's kleinere Masse $\frac{1}{24605}$ annimmt; und trotz der unbeträchtlichen Dichtigkeits-Verschiedenheit der innersten PlanetengruppeS. für die Zusammenstellung der Massen *Encke* in *Schum. astron. Nachr.* 1843 No. 488 S. 114. finden wird doch, zu beiden Seiten der Erde, Venus und Mars undichter als sie selbst. Die Rotationszeit nimmt im ganzen freilich in der Sonnenferne ab; doch ist sie im Mars größer als bei der Erde, im Saturn größer als im Jupiter. Die stärkste Excentricität unter allen Planeten haben die elliptischen Bahnen der Juno, der Pallas und des Merkur; die kleinste Venus und die Erde, zwei unmittelbar auf einander folgende Planeten. Merkur und Venus bieten demnach dieselben Contraste dar, als man in den vier, in ihren Bahnen eng verschlungenen Asteroiden bemerkt. Die unter sich sehr gleichen Excentricitäten der Juno und Pallas sind jede dreimal stärker als die der Ceres und Vesta. Eben so ist es mit der Neigung der Planetenbahnen gegen die Projectionsebene der Ekliptik und mit der Stellung der Umdrehungs-Achsen auf ihren Bahnen: einer Stellung, von welcher mehr noch als von der Excentricität die Verhältnisse des Klima's, der Jahreszeiten und Tageslängen abhangen. Die Planeten, welche die gedehnteste elliptische Bahn zeigen: Juno, Pallas und Merkur, haben auch, aber nicht in demselben Verhältniß, die stärksten Neigungen der Bahnen gegen die Ekliptik. Die der Pallas ist cometenartig, fast 26mal größer als die Neigung des Jupiter: während daß die kleine Vesta, welche der Pallas so nahe ist, den Neigungswinkel der Jupitersbahn kaum sechsmal übertrifft. Die Achsenstellungen der wenigen (4 bis 5) Planeten, deren Rotationsebene wir mit einiger Gewißheit kennen, bieten ebenfalls keine regelmäßige Reihenfolge dar. Nach der Lage der Uranus-Trabanten zu urtheilen, deren zwei (der zweite und vierte) in den neuesten Zeiten mit Sicherheit wieder gesehen worden sind, ist die Achse des äußersten aller Planeten vielleicht kaum 11° gegen seine Bahn geneigt; und Saturn befindet sich mitten zwischen Jupiter, dessen Rotations-Achse fast senkrecht steht, und dem Uranus, in welchem die Achse fast mit der Bahn zusammenfällt.

Die Welt der Gestaltungen wird in dieser Aufzählung räumlicher Verhältnisse geschildert als etwas thatsächliches, als ein Daseiendes in der Natur: nicht als Gegenstand intellectueller Anschauung, innerer, ursachlich ergründeter Verkettung. Das Planetensystem in seinen Verhältnissen von absoluter Größe und relativer Achsenstellung, von Dichtigkeit, Rotationszeit und verschiedenen Graden der Excentricität der Bahnen hat für uns nicht mehr Naturnothwendiges als das Maaß der Vertheilung von Wasser und Land auf unserem Erdkörper, als der Umriß der Continente oder die Höhe der Bergketten. Kein allgemeines Gesetz ist in dieser Hinsicht in den Himmelsräumen oder in den Unebenheiten der Erdrinde aufzufinden. Es sind *Thatsachen* der Natur, hervorgegangen aus dem Conflict vielfacher, einst unter unbekannten Bedingungen wirkender Kräfte. *Zufällig* aber erscheint dem Menschen in der Planetenbildung, was er nicht genetisch zu erklären vermag. Haben sich die Planeten aus einzelnen um die Sonne kreisenden Ringen dunstförmiger Stoffe gebildet; so können die verschiedene Dicke, die ungleichförmige Dichtigkeit, die Temperatur und die electromagnetische Spannung dieser Ringe zu den verschiedensten Gestaltungen der geballten Materie, wie das Maaß der Wurfgeschwindigkeit und kleine Abänderungen in der Richtung des Wurfes zu den mannigfaltigsten Formen und Neigungen der elliptischen Bahnen Anlaß gegeben haben. Massen-Anziehungen und Gravitationsgesetze haben gewiß hier, wie in den geognostischen Verhältnissen der Continental-Erhebungen, gewirkt; aber aus der gegenwärtigen Form der Dinge ist nicht auf die ganze Reihe der Zustände zu schließen, welche sie bis zu ihrer Entstehung durchlaufen haben. Selbst das sogenannte Gesetz der Abstände der Planeten von der Sonne: die Progression, aus deren fehlendem Gliede schon Kepler die Existenz eines die Lücke ausfüllenden Planeten zwischen Mars und Jupiter ahndete; ist als numerisch ungenau für die Distanzen zwischen Merkur, Venus und Erde, und, wegen des supponirten ersten Gliedes, als gegen die Begriffe einer Reihe streitend befunden worden.

Die eilf bisher entdeckten, um unsere Sonne kreisenden Hauptplaneten finden sich gewiß von 14, wahrscheinlich von 18 Nebenplaneten (Monden, Satelliten) umgeben. Die Hauptplaneten sind also wiederum Centralkörper für untergeordnete Systeme. Wir erkennen hier in dem Weltbau gleichsam denselben Gestaltungs-Proceß, den uns so oft die Entfaltung des organischen Lebens, bei vielfach zusammengesetzten Thier- und Pflanzengruppen, in der typischen Formwiederholung *untergeordneter Sphären* zeigt. Die

Nebenplaneten oder Monde werden häufiger in der äußeren Region des Planetensystems, jenseits der in sich verschlungenen Bahnen der sogenannten kleinen Planeten. Diesseits sind alle Hauptplaneten mondlos, die einzige Erde abgerechnet: deren Satellit verhältnißmäßig sehr groß ist, da sein Durchmesser den vierten Theil des Erd-Durchmessers ausmacht, während daß der größte aller bekannten Monde, der sechste der Saturnstrabanten, vielleicht $\frac{1}{17}$;; und der größte aller Jupiterstrabanten, der dritte, dem Durchmesser nach, nur $\frac{1}{26}$ ihres Hauptplaneten oder Centralkörpers sind. Die mondreichsten Planeten findet man unter den fernsten: welche zugleich die größern, die sehr undichten und sehr abgeplatteten sind. Nach den neuesten Messungen von Mädler hat Uranus die stärkste aller planetarischen Abplattungen, $\frac{1}{9,92}$. Bei der Erde und ihrem Monde, deren mittlere Entfernung von einander 51800 geographische Meilen beträgt, ist die Differenz der Massen und der Durchmesser beider Weltkörper weit geringer, als wir sie sonst bei Haupt- und Nebenplaneten und Körpern verschiedener Ordnung im Sonnensysteme anzutreffen gewohnt sind. Während die Dichtigkeit des Erdtrabanten $\frac{5}{9}$ geringer als die der Erde selbst ist; scheint, falls man den Bestimmungen der Größen und Massen hinlänglich trauen darf, unter den Monden, welche den Jupiter begleiten, der zweite dichter als der Hauptplanet zu sein.

Von den 14 Monden, deren Verhältnisse mit einiger Gewißheit ergründet worden sind, bietet das System der sieben Saturnstrabanten die Beispiele des beträchtlichsten Contrastes in der absoluten Größe und in den Abständen von dem Hauptplaneten dar. Der sechste Saturns-Satellit ist wahrscheinlich nicht viel kleiner als Mars, während unser Erdmond genau nur den halben Durchmesser dieses Planeten hat. Am nächsten steht, dem Volum nach, den beiden äußersten (dem sechsten und siebenten) Saturnstrabanten der dritte und hellste unter den Jupitersmonden. Dagegen gehören die durch das 40füßige Telescop im Jahr 1789 von Wilhelm Herschel entdeckten, von John Herschel am Vorgebirge der guten Hoffnung, von Vico zu Rom und von Lamont zu München wiedergesehenen zwei innersten Saturnstrabanten, vielleicht neben den so fernen Uranusmonden, zu den kleinsten und nur unter besonders günstigen Umständen in den mächtigsten Fernröhren sichtbaren Weltkörpern unseres Sonnensystems. Alle Bestimmungen der *wahren* Durchmesser der Satelliten, ihre Herleitung aus der Messung der scheinbaren Größe kleiner Scheiben sind vielen optischen Schwierigkeiten unterworfen; und die rechnende Astronomie, welche die Bewegungen der Himmelskörper, wie sie sich uns von unserm irdischen Standpunkte aus darstellen werden, numerisch vorherbestimmt, ist allein um Bewegung und Masse, wenig aber um die Volume bekümmert.

Der *absolute* Abstand eines Mondes von seinem Hauptplaneten ist am größten in dem äußersten oder siebenten Saturnstrabanten. Seine Entfernung vom Saturn beträgt über eine halbe Million geographischer Meilen, zehnmal so viel als die Entfernung unseres Mondes von der Erde. Bei dem Jupiter ist der Abstand des äußersten (vierten) Trabanten nur 260000 Meilen; bei dem Uranus aber, falls der sechste Trabant wirklich vorhanden ist, erreicht er 340000 Meilen. Vergleicht man in jedem dieser untergeordneten Systeme das Volum des Hauptplaneten mit der Entfernung der äußersten Bahn, in welcher sich ein Mond gebildet hat, so erscheinen ganz andere numerische Verhältnisse. In Halbmessern des Hauptplaneten ausgedrückt, sind die Distanzen der letzten Trabanten bei Uranus, Saturn und Jupiter wie 91, 64 und 27. Der äußerste Saturnstrabant erscheint dann nur um ein Geringes ($1/_{15}$) vom Centrum des Saturn entfernter als unser Mond von der Erde. Der einem Hauptplaneten nächste Trabant ist zweifelsohne der erste oder innerste des Saturn, welcher dazu noch das einzige Beispiel eines Umlaufes von weniger als 24 Stunden darbietet. Seine Entfernung vom Centrum des Hauptplaneten beträgt nach Mädler und Wilhelm Beer, in Halbmessern des Saturn ausgedrückt, 2,47; in Meilen 20022. Der Abstand von der Oberfläche des Hauptplaneten kann daher nur 11870, der Abstand von dem äußersten Rande des Ringes nur 1229 Meilen betragen. Ein Reisender versinnlicht sich gern einen so kleinen Raum, indem er an den Ausspruch eines kühnen Seemannes, Capitän Beechey, erinnert, der erzählt, daß er in drei Jahren 18200 geographische Meilen zurückgelegt habe. Wenn man nicht die absoluten Entfernungen, sondern die Halbmesser der Hauptplaneten zum Maaße anwendet; so findet man, daß selbst der erste oder nächste Jupitersmond, welcher dem Centrum des Planeten 6500 Meilen ferner als der Mond der Erde liegt, von dem Centrum seines Hauptplaneten nur um 6 Jupiters-Halbmesser absteht, während der Erdmond volle $60\frac{1}{3}$ Erd-Halbmesser von uns entfernt ist.

In den untergeordneten Systemen der Trabanten oder Nebenplaneten spiegeln sich übrigens, ihrer Beziehung nach, zum Hauptplaneten und unter einander, alle Gravitations-Gesetze ab, welche in dem, die Sonne umkreisenden Hauptplaneten walten. Die 12 Monde des Saturn, Jupiter und der Erde bewegen sich alle, wie die Hauptplaneten, von Westen nach Osten, und in elliptischen Bahnen, die überaus wenig von Kreisbahnen abweichen. Nur der Erdmond und wahrscheinlich der erste und innerste Saturnstrabant (0,068) haben eine Excentricität, welche größer ist als die des Jupiter; bei dem von Bessel so genau beobachteten sechsten Saturnstrabanten (0,029) überwiegt sie die Excentricität der Erde. An der äußersten Grenze des Planetensystems, wo die Centralkraft der Sonne in 19 Erdweiten schon beträchtlich gemindert ist, zeigt das, freilich noch wenig ergründete System der Uranusmonde die auffallendsten Contraste. Statt daß alle anderen Monde, wie die Planetenbahnen, wenig gegen die Ekliptik geneigt sind und sich, die Saturnsringe (gleichsam verschmolzene oder ungetheilte Trabanten) nicht abgerechnet, von Westen nach Osten bewegen; stehen die Uranusmonde fast senkrecht auf der Ekliptik, bewegen sich aber, wie Sir John Herschel durch vieljährige Beobachtungen bestätigt hat, rückläufig von Osten nach Westen. Wenn Haupt- und Nebenplaneten sich durch Zusammenziehung der alten Sonnen- und Planeten-Atmosphären aus rotirenden Dunstringen gebildet haben; so muß in den Dunstringen, die um den Uranus kreisen, es sonderbare, uns unbekannte Verhältnisse der Retardation oder des Gegenstoßes gegeben haben, um genetisch eine solche der Rotation des Centralkörpers entgegengesetzte Richtung der Umlaufsbewegung in dem zweiten und vierten Uranus-Trabanten hervorzurufen.

Bei *allen* Nebenplaneten ist höchst wahrscheinlich die Rotations-Periode der Periode des Umlaufs um den Hauptplaneten gleich, so daß sie alle immerdar dem letzteren dieselbe Seite zuwenden. Ungleichheiten als Folge kleiner Veränderungen im Umlaufe verursachen indeß *Schwankungen* von 6 bis 8 Grad (eine scheinbare Libration) sowohl in Länge als in Breite. So sehen wir z. B. nach und nach vom Erdmonde mehr als die Hälfte seiner Oberfläche: bald etwas mehr vom östlichen und nördlichen, bald etwas mehr vom westlichen oder südlichen Mondrande. Durch die Libration werden uns sichtbarer das Ringgebirge Malapert, welches bisweilen den Südpol des Mondes bedeckt, die arctische Landschaft um den Kraterberg Gioja, wie die große graue Ebene nahe dem Endymion, welche in Flächeninhalt das Mare Vaporum übertrifft. Ueberhaupt bleiben $3/7$ der Oberfläche gänzlich und, wenn nicht neue, unerwartet störende Mächte eindringen, auf immer unseren Blicken entzogen. Diese kosmischen Verhältnisse mahnen unwillkührlich an fast gleiche in der intellectuellen Welt, an die Ergebnisse des Denkens: wo in dem Gebiete der tiefen Forschung über die dunkele Werkstätte der Natur und die schaffende Urkraft es ebenfalls abgewandte, unerreichbar scheinende Regionen giebt, von denen sich seit

Jahrtausenden dem Menschengeschlechte, von Zeit zu Zeit, bald in wahrem, bald in trügerischem Lichte erglimmend, ein schmaler Saum gezeigt hat.

Wir haben bisher betrachtet, als Producte Einer Wurfkraft und durch enge Bande der gegenseitigen Anziehung an einander gefesselt: die Hauptplaneten, ihre Trabanten und die Gewölbsformen concentrischer Ringe, die wenigstens einem der äußersten Planeten zugehören. Es bleibt uns noch übrig unter den um die Sonne in eigenen Bahnen kreisenden und von ihr erleuchteten Weltkörpern die ungezählte Schaar der *Cometen* zu nennen. Wenn man eine gleichmäßige Vertheilung ihrer Bahnen, die Grenze ihrer Perihelien (Sonnennähen), und die Möglichkeit ihres Unsichtbarbleibens für die Erdbewohner nach den Regeln der Wahrscheinlichkeits-Rechnung abwägt; so findet man eine Zahl von Myriaden, über welche die Einbildungskraft erstaunt. Schon Kepler sagt mit der ihm eigenen Lebendigkeit des Ausdrucks: es gebe in den Welträumen mehr Cometen als Fische in den Tiefen des Oceans. Indeß sind der berechneten Bahnen kaum noch 150: wenn die Zahl der Cometen, über deren Erscheinung und Lauf durch bekannte Sternbilder man mehr oder minder rohe Andeutungen hat, auf sechs- oder siebenhundert geschätzt werden kann. Während die sogenannten classischen Völker des Occidents, Griechen und Römer, wohl bisweilen den Ort angeben, wo ein Comet zuerst am Himmel gesehen ward: nie etwas über seine scheinbare Bahn; so bietet die reiche Litteratur der naturbeobachtenden, alles aufzeichnenden Chinesen umständliche Notizen über die Sternbilder dar, welche jeglicher Comet durchlief. Solche Notizen reichen bis mehr denn fünf Jahrhunderte vor der christlichen Zeitrechnung hinauf, und viele derselben werden noch heute von den Astronomen benutzt.

Von allen planetarischen Weltkörpern erfüllen die Cometen, bei der kleinsten Masse (nach einzelnen bisherigen Erfahrungen wahrscheinlich weit unter $^1/_{5000}$ der Erdmasse), mit ihren oft viele Millionen Meilen langen und weit ausgebreiteten Schweifen den größten Raum. Der lichtreflectirende Dunstkegel, den sie ausstrahlen, ist bisweilen (1680 und 1811) so lang gefunden worden als die Entfernung der Erde von der Sonne: eine Linie, welche zwei Planetenbahnen, die der Venus und des Merkur, schneidet. Es ist selbst wahrscheinlich, daß in den Jahren 1819 und 1823 unsre Atmosphäre mit dem Dunst der Cometenschweife gemischt war.

Die Cometen selbst zeigen so mannigfaltige Gestalten, oft mehr dem Individuum als der Art angehörend, daß die Beschreibung einer dieser reisenden *Lichtwolken* (so nannten sie schon Xenophanes und Theon von

Alexandrien, der Zeitgenosse des Pappus) nur mit Vorsicht auf eine andere angewendet werden kann. Die schwächsten telescopischen Cometen sind meist ohne sichtbaren Schweif, und gleichen den Herschelschen *Nebelsternen*. Sie bilden rundliche, matt schimmernde Nebel, mit concentrirterem Lichte gegen die Mitte. Das ist der einfachste Typus: aber darum eben so wenig ein rudimentärer Typus als der eines durch Verdampfung erschöpften, alternden Weltkörpers. In den größeren Cometen unterscheidet man den *Kopf* oder sogenannten *Kern*, und einen einfachen oder vielfachen *Schweif*, den die chinesischen Astronomen sehr charakteristisch den Besen (sui) nennen. Der Kern hat der Regel nach keine bestimmte Begrenzung, ob er gleich in seltenen Fällen wie ein Stern erster und zweiter Größe, ja bei den großen Cometen von 1402, 1532, 1577, 1744 und 1843 selbst am Tage bei hellem Sonnenschein, ist leuchtend gesehen worden. Dieser letztere Umstand zeugt demnach bei einzelnen Individuen für eine dichtere, intensiver Licht-Reflexion fähige *Masse*. Auch erschienen in Herschel's großen Telescopen nur zwei Cometen, der in Sicilien entdeckte von 1807 wie der schöne von 1811, als *wohlbegrenzte* Scheiben: die eine unter einem Winkel von 1″, die andere von 0″,77: woraus sich der wirkliche Durchmesser von 134 und 107 Meilen ergeben würde. Die minder bestimmt umgrenzten Kerne der Cometen von 1798 und 1805 gaben gar nur 6 bis 7 Meilen Durchmesser. Bei mehreren genau untersuchten Cometen, besonders bei dem eben genannten und so lange gesehenen von 1811, war der Kern und die neblige Hülle, welche ihn umgab, durch einen dunkleren Raum vom Schweife gänzlich getrennt. Die Intensität des Lichtes im Kerne der Cometen ist nicht gleichmäßig bis in das Centrum zunehmend; stark leuchtende Zonen sind mehrfach durch concentrische Nebelhüllen getrennt. Die Schweife haben sich gezeigt bald einfach, bald doppelt: doch dies selten, und (1807 und 1843) von sehr verschiedener Länge der beiden Zweige; einmal sechsfach, 1744 (bei 60° Oeffnung); gerade oder gekrümmt: sei es zu beiden Seiten, nach außen (1811), oder convex gegen *die* Seite hin (1618), wohin der Comet sich bewegt; auch wohl gar flammenartig geschwungen. Sie sind, wie (nach Eduard Biot) die chinesischen Astronomen schon im Jahr 837 bemerkten, in Europa aber Fracastoro und Peter Apian erst im sechzehnten Jahrhunderte auf eine bestimmtere Weise verkündigten, stets von der Sonne dergestalt abgewandt, daß die verlängerte Achse durch das Centrum der Sonne geht. Man kann die Ausströmungen als conoidische Hüllen von dickerer oder dünnerer Wandung betrachten: eine Ansicht, durch welche sehr auffallende optische Erscheinungen mit Leichtigkeit erklärt werden.

Die einzelnen Cometen sind aber nicht bloß ihrer Form nach so charakteristisch verschieden (ohne allen sichtbaren Schweif, oder mit einem von 104° Länge, wie im dritten des Jahres 1618); wir sehen sie auch in schnell auf einander folgenden, veränderlichen Gestaltungs-Processen begriffen. Dieser Formenwechsel ist am genauesten und vortrefflichsten an dem Cometen von 1744 von Heinsius in Petersburg, und an dem Halley'schen Cometen bei seiner letzten Wieder-Erscheinung im Jahr 1835 von *Bessel* in Königsberg beschrieben worden. An dem der Sonne zugekehrten vorderen Theile des Kerns wurde eine mehr oder minder büschelförmige Ausströmung sichtbar. Die rückwärts gekrümmten Strahlen bildeten einen Theil des Schweifes. „Der Kern des Halley'schen Cometen und seine Ausströmungen gewährten das Ansehen einer brennenden Rakete, deren Schweif durch Zugwind seitwärts abgelenkt wird." Die vom Kopf ausgehenden Strahlen haben wir, Arago und ich, auf der Pariser Sternwarte in auf einander folgenden Nächten sehr verschiedenartig gestaltet gesehn. Der große Königsberger Astronom schloß aus vielfältigen Messungen und theoretischen Betrachtungen: „daß der ausströmende Lichtkegel sich von der Richtung nach der Sonne sowohl rechts als links beträchtlich entfernte: immer aber wieder zu dieser Richtung zurückkehrte, um auf die andere Seite derselben überzugehen; daß der ausströmende Lichtkegel daher, so wie der Körper des Cometen selbst, der ihn ausstößt und erzeugt, eine drehende oder vielmehr eine schwingende Bewegung in der Ebene der Bahn erlitt." Er findet, „daß die gewöhnliche Anziehungskraft der Sonne, die sie auf schwere Körper ausübt, zur Erklärung solcher Schwingungen nicht hinreiche; und ist der Ansicht, daß dieselben eine Polarkraft offenbaren, welche Einen Halbmesser des Cometen der Sonne zuwendet, den entgegengesetzten von ihr abzuwenden strebt. Die magnetische Polarität, welche die Erde besitze, biete etwas analoges dar; und sollten sich die Gegensätze dieser tellurischen Polarität auf die Sonne beziehen, so *könne* sich ein Einfluß davon in der Vorrückung der Nachtgleichen zeigen." Es ist hier nicht der Ort die Gründe näher zu entwickeln, auf welche Erklärungen gestützt worden sind, die den Erscheinungen entsprechen; aber so denkwürdige Beobachtungen, so großartige Ansichten über die wunderbarste Classe aller Weltkörper, die zu unserm Sonnensystem gehören, durften in diesem Entwurf eines allgemeinen Naturgemäldes nicht übergangen werden.

Ohnerachtet der Regel nach die Cometenschweife in der Sonnennähe an Größe und Glanz zunehmen und von dem Centralkörper abgewendet liegen, so hat doch der Comet von 1823 das denkwürdige Beispiel von zwei Schweifen gegeben: deren einer der Sonne zu, der andere von ihr abgewandt war, und die unter einander einen Winkel von 160° bildeten. Eigene Modificationen der Polarität und die ungleichzeitige Vertheilung und Leitung derselben können in diesem seltenen Falle zweierlei, ungehindert fortgesetzte Ausströmungen der nebligen Materie verursacht haben*Bessel* in den *astr. Nachr.* 1836 No. 302 S. 231 (*Schum. Jahrb.* 1837 S. 175). Vergl. auch *Lehmann über Cometenschweife* in *Bode's astron. Jahrb.* für 1826 S. 168..

In der Naturphilosophie des Aristoteles wird durch solche *Ausströmungen* die Erscheinung der Cometen mit der Existenz der Milchstraße in eine sonderbare Verbindung gebracht. Die zahllose Menge von Sternen, welche die Milchstraße bilden, geben eine sich selbst entzündende (leuchtende) Masse her. Der Nebelstreif, welcher das Himmelsgewölbe theilt, wird daher von dem Stagiriten wie ein großer Comet betrachtet, der sich unaufhörlich von neuem erzeugt.

Bedeckungen der Fixsterne durch den sogenannten Kern eines Cometen oder seine nächsten dunstförmigen Hüllen können Licht über die physische Beschaffenheit dieser wunderbaren Weltkörper verbreiten; aber es fehlt an Beobachtungen, welche die sichere Ueberzeugung*Olbers* in den *astr. Nachr.* 1828 S. 157 und 184; *Arago* de la constitution physique des comètes im *Annuaire* pour 1832 p. 203-208. Schon den Alten war es auffallend, daß man durch die Cometen wie durch eine Flamme sehen kann. Das älteste Zeugniß von den durch Cometen gesehenen Sternen ist das des Democritus (*Aristot. Meteor.* I. 6, 11). Diese Angabe führt Aristoteles zu der nicht unwichtigen Bemerkung, daß er selbst die Bedeckung eines der Sterne der Zwillinge durch Jupiter beobachtete. *Seneca* erwähnt bestimmt nur der Durchsichtigkeit des Schweifes. „Man sieht", sagt er, „Sterne durch den Cometen, wie durch ein Gewölk (*Nat. Quaest.* VII. 18); man sieht aber nicht durch den Körper selbst des Cometen, sondern durch die Strahlen des Schweifes: non in ea parte qua sidus ipsum est spissi et solidi ignis, sed qua rarus splendor occurrit et in crines dispergitur. Per intervalla ignium, non per ipsos, vides" (VII, 26). Der letzte Zusatz ist überflüssig, da man allerdings, wie schon Galilei im *Saggiatore* (Lettera a Monsignor Cesarini 1619) untersuchte, durch eine Flamme sieht, wenn sie nicht eine zu große Dicke hat. gewähren, daß die Bedeckung vollkommen central gewesen sei: denn, wie wir bereits oben bemerkt, in dem dem Kerne nahe liegenden Theile der Hülle wechseln concentrische Schalen von dichtem und sehr undichtem Dunste. Dagegen ist es keinem Zweifel unterworfen, daß am 29 September 1835, nach Bessel's sorgfältigsten Messungen, das Licht eines Sternes zehnter Größe, der in 7'',78 Entfernung von dem Mittelpunkt des Kopfes des Halley'schen Cometen durch einen sehr dichten Nebel durchging, während dieses Durchganges durch alle Theile des Nebels nicht von seiner geradlinigen Bewegung *Bessel* in den *astron. Nachr.* 1836 No. 301 S. 204–206; Struve in den *Actes de la Séance publique de l'Acad. de S. Pétersb.* 1835, p. 140–143 und *astr. Nachr.* 1836 No. 303 S. 238. „Für Dorpat stand der Stern in der Conjunction nur 2'',2 vom hellsten Punkt des Cometen ab. Der Stern blieb unausgesetzt sichtbar, und ward nicht merklich geschwächt, während der Kern des Cometen vor dem Glanze des kleinen Sterns (9–10ter Größe) zu verlöschen schien." abgelenkt wurde. Ein solcher Mangel von strahlenbrechender Kraft, wenn er wirklich dem Centrum des Kernes zukommt, macht es schwer den Cometenstoff für eine gasförmige Flüssigkeit zu halten. Ist derselbe alleinige Folge der fast unendlichen Dünnigkeit einer Flüssigkeit? oder besteht der Comet „aus getrennten Theilchen": ein *kosmisches Gewölk* bildend, das den durchgehenden Lichtstrahl nicht mehr afficirt als die Wolken unsrer Atmosphäre, welche ebenfalls nicht die Zenith-Distanzen der Gestirne oder der Sonnenränder verändern? Bei dem Vorübergange der Cometen vor einem Sterne ist oft eine mehr oder minder beträchtliche Schwächung ihres Lichts bemerkt worden. Man schreibt sie mit vielem Rechte dem hellen Grunde zu, von dem während der Bedeckung die Sterne sich abzuheben scheinen.

Die wichtigste und entscheidendste Beobachtung, welche über die Natur des Cometenlichtes gemacht worden, verdanken wir *Arago's* Polarisations-Versuchen. Sein Polariscop belehrt uns über die physische Constitution der Sonne, wie über die der Cometen; das Instrument deutet an, ob ein Lichtstrahl, der aus einer Entfernung von vielen Millionen Meilen zu uns gelangt, directes oder reflectirtes Licht ist, ob im ersten Falle die Lichtquelle ein fester und tropfbar-flüssiger oder ein gasförmiger Körper ist. Es wurden auf der Pariser Sternwarte in demselben Apparat das Licht der Capella und das Licht des großen Cometen von 1819 untersucht. Das letztere zeigte polarisirtes, also zurückgeworfenes Licht: während der Fixstern sich, wie zu vermuthen stand, als eine selbstleuchtende Sonne erwies. Das Dasein des polarisirten Cometenlichtes verkündigte sich aber nicht bloß durch Ungleichheit der Bilder: es wurde bei der Wieder-Erscheinung des Halley'schen Cometen im Jahr 1835 noch sicherer durch den auffallenderen Contrast der Complementar-Farben, nach der von Arago im Jahr 1811 entdeckten *chromatischen* Polarisation, begründet. Ob außer diesem reflectirten Sonnenlichte die Cometen nicht auch eigenes Licht haben, bleibt durch jene schönen Versuche noch unentschieden. Auch in eigentlichen Planeten, der Venus z. B., ist eine selbstständige Lichtentwicklung sehr wahrscheinlich.

Die veränderliche Lichtstärke der Cometen ist nicht immer aus der Stellung in ihrer Bahn und aus ihrer Entfernung von der Sonne zu erklären. Sie deutet gewiß bei einzelnen Individuen auf innere Processe der Verdichtung und erhöhten oder geminderten Reflexionsfähigkeit des erborgten Lichtes. Bei dem Cometen von 1618, wie bei dem von dreijährigem Umlauf haben Hevelius und, nach langer Nichtbeachtung des merkwürdigen Phänomens, der talentvolle Astronom Valz in Nismes den Kern in der Sonnennähe verkleinert, in der Sonnenferne vergrößert gefunden. Die Regelmäßigkeit der Veränderung des Volums nach Maaßgabe des Abstandes von der Sonne ist überaus auffallend. Die physische Erklärung der Erscheinung darf wohl nicht in den bei größerer Sonnennähe condensirteren Schichten des Welt-Aethers gesucht werden, da es schwierig ist sich die Dunsthülle des Cometenkerns blasenartig, dem Welt-Aether undurchdringlich vorzustellen.

Die so verschiedenartige Excentricität der elliptischen Cometenbahnen hat in neueren Zeiten (1819) zu einer glänzenden Bereicherung unserer Kenntniß des Sonnensystems geleitet. Encke hat die Existenz eines Cometen von so kurzer Umlaufszeit entdeckt, daß er ganz innerhalb unserer Planetenbahnen bleibt, ja seine größte Sonnenferne schon zwischen der Bahn der kleinen Planeten und der Jupitersbahn erreicht. Seine Excentricität ist demnach 0,845, wenn die der Juno (die größte Excentricität unter allen Planetenbahnen) 0,255 ist. Encke's Comet ist mehrmals, wenn gleich schwierig, (in Europa 1819, in Neu-Holland nach Rümker 1822) dem bloßen Auge sichtbar geworden. Seine Umlaufszeit ist ungefähr von $3\frac{1}{3}$ Jahren; aber aus der sorgfältigen Vergleichung der Wiederkehr zum Perihel hat sich die merkwürdige Thatsache ergeben, daß die Umläufe von 1786 bis 1838 sich auf die regelmäßigste Weise von Umlauf zu Umlauf verkürzt haben: nämlich in einem Zeitraum von 52 Jahren um $1^8/_{10}$ Tage. Eine so merkwürdige Erscheinung hat, um nach der sorgfältigsten Beachtung aller planetarischen Störungen Beobachtung und Rechnung in Einklang zu bringen, zu der sehr wahrscheinlichen Annahme einer in den Welträumen verbreiteten, Widerstand leistenden, dunstförmigen Materie geleitet. Die Tangentialkraft wird vermindert, und mit ihr die große Axe der Cometenbahn. Der Werth der Constante des Widerstandes scheint dazu etwas verschieden vor und nach dem Durchgang durch das Perihel: was vielleicht der in der Sonnennähe veränderten

Form des kleinen Nebelsternes und der Einwirkung der ungleich dichten Schichten des Welt-Aethers zuzuschreiben ist. Diese Thatsachen und ihre Ergründung gehören zu den interessantesten Ergebnissen der neueren Sternkunde. Wenn außerdem der *Comet von Encke* früher den Anstoß gegeben hat die, für alle Störungsrechnungen so wichtige Masse Jupiters einer schärferen Prüfung zu unterwerfen, so hat uns auch sein Lauf später die erste, wiewohl nur genäherte, Bestimmung einer verminderten Merkursmasse verschafft.

Zu dem ersten Cometen von *kurzer Umlaufszeit*, Encke's Cometen von $3\frac{1}{3}$ Jahren, hat sich bald, 1826, ein zweiter, ebenfalls planetarischer, gesellt, dessen Sonnenferne jenseits Jupiters, doch weit diesseits der Saturnbahn liegt. *Biela's* Comet hat eine Umlaufzeit von $6\frac{3}{4}$ Jahren. Er ist noch lichtschwächer als der von Encke, und rechtläufig in seiner Bewegung, wie dieser: während der Halley'sche Comet der Richtung aller eigentlichen Planeten entgegen kreist. Er hat das erste sichere Beispiel eines unsere Erdbahn schneidenden Cometen dargeboten. Die Bahn des Biela'schen Cometen ist daher eine Bahn, die Gefahr bringen kann, wenn man jedes außerordentliche, in historischen Zeiten noch nicht erlebte und in seinen Folgen nicht mit Gewißheit zu bestimmende Naturphänomen gefahrbringend nennen soll. Kleine Massen, mit ungeheurer Geschwindigkeit begabt, können allerdings eine beträchtliche Kraft ausüben; aber wenn Laplace erweist, daß dem Cometen von 1770 eine Masse zuzuschreiben ist, die $\frac{1}{5000}$ der Masse der Erde noch nicht erreicht, so setzt er sogar im allgemeinen die *mittlere* Masse der Cometen mit einer gewissen Wahrscheinlichkeit tief unter $\frac{7}{100000}$ der Erdmasse (ungefähr $\frac{1}{1200}$ der Mondmasse) herab. Man muß den Durchgang von Biela's Cometen durch unsere Erdbahn nicht mit einem Zusammentreffen mit der Erde oder seiner Nähe zu derselben verwechseln. Als am 29 October 1832 der Durchgang erfolgte, brauchte die Erde noch einen vollen Monat, um an den Durchschnittspunkt beider Bahnen zu gelangen. Die zwei Cometen von kurzer Umlaufszeit schneiden sich auch unter einander in ihren Bahnen; und man hat mit Recht bemerkt*Littrow, beschreibende Astr.* 1835 S. 274. Ueber den neuerlichst von Herrn Faye auf der Pariser Sternwarte entdeckten inneren Cometen, dessen Excentricität 0,551, perihelische Distanz 1,690 und aphelische Distanz 5,832 sind, s. *Schum. astron. Nachr.* 1844 No. 495. (Ueber die vermuthete Identität des Cometen von 1766 mit dem dritten Cometen von 1819 s. *astr. Nachr.* 1833 No. 239; über die Identität des Cometen von 1743 und des vierten Cometen von 1819 s. ebendas. No. 237.), daß bei den vielen Störungen, welche so kleine Weltkörper von den Planeten erleiden, sie *möglicherweise*, wenn die Begegnung sich um die Mitte des Octobers ereignen sollte, dem Erdbewohner das wunderbare kosmische Schauspiel des Kampfes: d. h. einer wechselseitigen Durchdringung, oder einer Agglutination, oder einer Zerstörung durch erschöpfende Ausströmung, gewähren *könnten*. Solche Ereignisse, Folgen der Ablenkung durch störende Massen oder sich primitiv kreuzender Bahnen, mag es seit Millionen von Jahren in der Unermeßlichkeit ätherischer Räume viele gegeben haben: – isolirte Begebenheiten, so wenig allgemein wirkend oder weltumgestaltend, als es in den engen irdischen Kreisen der Ausbruch oder Einsturz eines Vulkanes sind.

Ein dritter innerer Comet von kurzer Umlaufszeit ist der im vorigen Jahre (22 November 1843) auf der Pariser Sternwarte von *Faye* entdeckte. Seine elliptische Bahn kommt der kreisförmigen weit näher als die irgend eines bisher bekannten Cometen. Sie ist eingeschlossen zwischen den Bahnen von Mars und Saturn. *Faye's Comet*, der nach Goldschmidt noch über die Jupitersbahn hinausgeht, gehört also zu den sehr wenigen, deren Sonnennähe jenseits des Mars gefunden worden ist. Seine Umlaufszeit ist von $7^{29}/_{100}$ Jahren, und die Form seiner jetzigen Bahn verdankt er vielleicht seiner großen Annäherung an den Jupiter zu Ende des Jahres 1839.

Wenn wir die Cometen in ihren geschlossenen elliptischen Bahnen als Glieder unseres Sonnensystems nach der Länge der großen Axe, nach dem Maaße ihrer Excentricität und der Dauer ihres Umlaufs betrachten, so stehen wahrscheinlich den drei planetarischen Cometen von Encke, Biela und Faye in der Umlaufszeit am nächsten: der von Messier entdeckte Comet von 1766, den Clausen für identisch mit dem dritten Cometen von 1819 hält; und der vierte desselben Jahres, welcher, durch Blanpain entdeckt, aber von Clausen für identisch mit dem Cometen von 1743 gehalten, wie der Lexell'sche, große Veränderungen seiner Bahu durch Nähe und Anziehung des Jupiter erlitten hat. Diese zwei letztgenannten Cometen scheinen ebenfalls eine Umlaufszeit von nur 5 bis 6 Jahren zu haben, und ihre Sonnenfernen fallen in die Gegend der Jupitersbahn. Von 70- bis 76jährigem Umlaufe sind der für Theorie und physische Astronomie so wichtig gewordene Halley'sche Comet: dessen letzte Erscheinung (1835) weniger glänzend war, als man nach den früheren hätte vermuthen dürfen; der Comet von Olbers (6 März 1815), und der im Jahr 1812 von Pons entdeckte, dessen elliptische Bahn von Encke bestimmt ward. Beide letztere sind dem bloßen Auge unsichtbar geblieben. Von dem großen Halley'schen Cometen kennen wir nun schon mit Gewißheit die neunmalige Wiederkehr: da durch Laugier's Rechnungen neuerlich erwiesen worden ist, daß in der von Eduard Biot gelieferten chinesischen Cometentafel die Bahn des Cometen von 1378 mit der des Halley'schen identisch ist. Die Umlaufszeit des letzteren hat von 1378 bis 1835 geschwankt zwischen 74,91 und 77,58 Jahren: das Mittel war 76,1.

Mit den eben genannten Weltkörpern contrastirt eine Schaar anderer Cometen, welche mehrere tausend Jahre zu ihrem, nur schwer und unsicher zu bestimmenden Umlauf brauchen. So bedarf der schöne Comet von 1811 nach Argelander 3065, der furchtbar große von 1680 nach Encke über 8800 Jahre. Diese Weltkörper entfernen sich also von der Sonne 21- und 44mal weiter als Uranus, d. i. 8400 und 17600 Millionen Meilen. In so ungeheurer Entfernung wirkt noch die Anziehungskraft der Sonne; aber freilich legt der Comet von 1680 in der Sonnennähe 53 Meilen (über zwölfmal hunderttausend Fuß), d. i. dreizehnmal mehr als die Erde: in der Sonnenferne kaum 10 Fuß in der Secunde zurück. Das ist nur dreimal mehr als die Geschwindigkeit des Wassers in unsern trägsten europäischen Flüssen; es ist die halbe Geschwindigkeit, welche ich in einem Arm des Orinoco, dem Cassiquiare, gefunden habe. Unter der zahllosen Menge unberechneter oder nicht aufgefundener Cometen giebt es höchst wahrscheinlich viele, deren große Bahn-Axe die des Cometen von 1680 noch weit übertrifft. Um sich nun einigermaßen durch Zahlen einen Begriff zu machen, ich sage nicht von dem Attractionskreise, sondern von der räumlichen Entfernung eines Fixsternes, einer andern Sonne, von dem Aphelium des Cometen von 1680 (des Weltkörpers unsres Systems, der sich nach unserer jetzigen Kenntniß am weitesten entfernt): muß hier erinnert werden, daß nach den neuesten Parallaxen-Bestimmungen der uns nächste Fixstern noch volle 250mal weiter von unserer Sonne absteht als der Comet in seiner Sonnenferne. Diese beträgt nur 44 Uranusweiten: wenn α des Centauren 11000, und mit noch größerer Sicherheit, nach Bessel, 61 des Schwans 31000 Uranusweiten abstehen.

Nach der Betrachtung der größten Entfernung der Cometen von dem Centralkörper bleibt uns übrig, die Beispiele der bisher gemessenen größten Nähe anzuführen. Den geringsten Abstand eines Cometen von der Erde hat der durch die Störungen, die er von Jupiter erlitten, so berühmt gewordene Lexell-Burkardt'sche Comet von 1770 erreicht. Er stand am 28 Junius nur um sechs Mondfernen von der Erde ab. Derselbe Comet ist zweimal, 1767 und 1779, durch das System der vier Jupitersmonde gegangen, ohne die geringste merkbare Veränderung in ihrer, so wohl ergründeten Bahn hervorzubringen. Acht- bis neunmal näher, als der Lexell'sche Comet der Erde kam, ist aber der große Comet von 1680 in seinem Perihelium der Oberfläche der Sonne gekommen. Er stand am 17 December nur um den sechsten Theil des Sonnendurchmessers ab, d. i. $7/_{10}$ einer Mond-Distanz. Perihele, welche die Marsbahn überschreiten, sind wegen Lichtschwäche ferner Cometen für den Erdbewohner überaus selten zu beobachten; und von allen bisher berechneten Cometen ist der von 1729 der einzige, welcher in die Sonnennähe trat mitten zwischen der Pallas- und Jupitersbahn: ja bis jenseits der letzteren beobachtet werden konnte.

Seitdem wissenschaftliche Kenntnisse, einige gründliche neben vielen unklaren Halbkenntnissen in größere Kreise des geselligen Lebens eingedrungen sind, haben die Besorgnisse vor den, wenigstens möglichen Uebeln, mit denen die Cometenwelt uns bedroht, an Gewicht zugenommen. Die Richtung dieser Besorgnisse ist eine bestimmtere geworden. Die Gewißheit, daß es innerhalb der bekannten Planetenbahnen wiederkehrende, unsere Regionen in kurzen Zeitabschnitten heimsuchende Cometen giebt; die beträchtlichen Störungen, welche Jupiter und Saturn den Bahnen hervorbringen: wodurch unschädlich scheinende in gefahrbringende Weltkörper verwandelt werden können; die unsere Erdbahn schneidende Bahn von Biela's Cometen; der kosmische Nebel, der als widerstrebendes, hemmendes Fluidum alle Bahnen zu verengen strebt; die individuelle Verschiedenheit der Cometenkörper, welche beträchtliche Abstufungen in der Quantität der Masse des Kernes vermuthen läßt: ersetzen durch Mannigfaltigkeit der Motive reichlich, was die früheren Jahrhunderte in der vagen Furcht vor *brennenden Schwerdtern*, vor einem durch *Haarsterne* zu erregenden allgemeinen *Weltbrande* zusammenfaßten.

Da die Beruhigungsgründe, welche der Wahrscheinlichkeits-Rechnung entnommen werden, allein auf die denkende Betrachtung, auf den Verstand, nicht auf die dumpfe Stimmung der Gemüther und auf die Einbildungskraft wirken; so hat man der neueren Wissenschaft nicht ganz mit Unrecht vorgeworfen, daß sie Besorgnisse zu zerstören bemüht ist, die sie selbst erregt hat. Es liegt tief in der trüben Natur des Menschen, in einer ernsterfüllten Ansicht der Dinge, daß das Unerwartete, Außerordentliche nur Furcht, nicht Freude oder Hoffnung, erregt. Die Wundergestalt eines großen Cometen, sein matter Nebelschimmer, sein plötzliches Auftreten am Himmelsgewölbe sind unter allen Erdzonen und dem Volkssinne fast immer als eine neue, grauenvolle, der alten Verkettung des Bestehenden feindliche Macht erschienen. Da das Phänomen nur an eine kurze Dauer gebunden ist, so entsteht der Glaube, es müsse sich in den Weltbegebenheiten, den gleichzeitigen oder den nächstfolgenden, abspiegeln. Die Verkettung dieser Weltbegebenheiten bietet dann leicht etwas dar, was man als das verkündete Unheil betrachten kann. Nur in unserer Zeit hat sich seltsamerweise eine andere und heitrere Richtung des Volkssinnes offenbart. Es ist in deutschen Gauen, in den anmuthigen Thälern des Rheins und der Mosel einem jener lange geschmähten Weltkörper etwas Heilbringendes, ein wohlthätiger Einfluß auf das Gedeihen des Weinstocks, zugeschrieben worden. Entgegengesetzte Erfahrungen, an denen es in unserer cometenreichen Zeit nicht mangelt, haben den Glauben an jene meteorologische Mythe, an das Dasein wärmestrahlender Irrsterne nicht erschüttern können.

Ich gehe von den Cometen zu einer andern, noch viel räthselhafteren Classe geballter Materie: zu den kleinsten aller Asteroiden über, welche wir in ihrem fragmentarischen Zustande, und in unserer Atmosphäre angelangt, mit dem Namen der *Aërolithen* oder *Meteorsteine* bezeichnen. Wenn ich bei diesen, wie bei den Cometen, länger verweile, und Einzelheiten aufzähle, die einem allgemeinen Naturgemälde fremd bleiben sollten, so ist dies nur mit Absicht geschehen. Der ganz individuellen Charakter-Verschiedenheit der Cometen ist schon früher gedacht worden. Nach dem Wenigen, was wir bis jetzt von ihrer physischen Beschaffenheit wissen, ist es schwer, in einer Darstellung, wie sie hier gefordert wird, von wiederkehrenden, aber mit sehr ungleicher Genauigkeit beobachteten Erscheinungen das Gemeinsame aufzufassen, das Nothwendige von dem Zufälligen zu trennen. Nur die messende und rechnende Astronomie der Cometen hat bewundernswürdige Fortschritte gemacht. Bei diesem Zustande unserer Kenntnisse muß eine wissenschaftliche Betrachtung sich auf die physiognomische Verschiedenheit der Gestaltung in Kern und Schweif, auf die Beispiele großer Annäherung zu andern Weltkörpern, auf die Extreme in dem räumlichen Verhältniß der Bahnen und in der Dauer der Umlaufszeiten beschränken. Naturwahrheit ist bei diesen Erscheinungen wie bei den nächstfolgenden nur durch Schilderung des Einzelnen und durch den lebendigen, anschaulichen Ausdruck der Wirklichkeit zu erreichen.

Sternschnuppen, Feuerkugeln und *Meteorsteine* sind mit großer Wahrscheinlichkeit als kleine, mit planetarischer Geschwindigkeit sich bewegende Massen zu betrachten, welche im Weltraume nach den Gesetzen der allgemeinen Schwere in Kegelschnitten um die Sonne kreisen. Wenn diese Massen in ihrem Laufe der Erde begegnen und, von ihr angezogen, an den Grenzen unserer Atmosphäre leuchtend werden; so lassen sie öfters mehr oder minder erhitzte, mit einer schwarzen glänzenden Rinde überzogene, steinartige Fragmente herabfallen. Bei aufmerksamer Zergliederung von dem, was in den Epochen, wo *Sternschnuppenschwärme* periodisch fielen (in Cumana 1799, in Nordamerika 1833 und 1834), beobachtet wurde, bleibt es nicht erlaubt die Feuerkugeln von den Sternschnuppen zu trennen. Beide Phänomene sind oft nicht bloß gleichzeitig und gemischt, sie gehen auch in einander über: man möge die Größe der Scheiben, oder das Funkensprühen, oder die Geschwindigkeiten der Bewegung mit einander vergleichen. Während die platzenden, Rauch ausstoßenden, selbst in der Tropenhelle des Tages alles erleuchtenden Feuerkugeln bisweilen den scheinbaren Durchmesser des Mondes übertreffen; sind dagegen auch Sternschnuppen in zahlloser Menge von solcher Kleinheit gesehen worden, daß sie in der Form fortschreitender Punkte sich nur wie *phosphorische Linien*Nach dem Berichte von Denison *Olmsted,* Prof. an Yale College zu New-Haven (Connecticut). S. *Poggend. Annalen der Physik* Bd. XXX. S. 194. *Kepler:* der „Feuerkugeln und Sternschnuppen aus der Astronomie verbannt, weil es nach ihm Meteore sind, die, aus den Ausdünstungen der Erde entstanden, sich dem hohen Aether beimischen"; drückt sich im ganzen sehr vorsichtig über sie aus. Stellae *cadentes,* sagt er, sunt materia viscida inflammata. Earum aliquae inter cadendum absumuntur, aliquae verè in terram cadunt, pondere suo tractae. Nec est dissimile vero, quasdam conglobatas esse ex materia foeculentâ, in ipsam auram aetheream immixta: exque aetheris regione, tractu rectilineo, per aërem trajicere, ceu minutos cometas, occultâ causa motus utrorumque. *Kepler, Epit. Astron. Copernicanae* T. I. p. 80. sichtbar machten. Ob übrigens unter den vielen leuchtenden Körpern, die am Himmel als sternähnliche Funken fortschießen, nicht auch einige ganz verschiedenartiger Natur sind, bleibt bis jetzt unentschieden. Wenn ich gleich nach meiner Rückkunft aus der Aequinoctial-Zone von dem Eindruck befangen war, als sei mir unter den Tropen: in den heißesten Ebenen, wie auf Höhen von zwölf- oder funfzehntausend Fuß, der Fall der Sternschnuppen häufiger, farbiger und mehr von langen glänzenden Lichtbahnen begleitet erschienen wie in der gemäßigten und kalten Zone; so lag der Grund dieses Eindruckes wohl nur in der herrlichen Durchsichtigkeit der Tropen-Atmosphäre selbst. Man sieht dort tiefer in den Dunstkreis hinein. Auch Sir Alexander Burnes rühmt in Bokhara, als Folge der Reinheit des Himmels: „das entzückende, immer wiederkehrende Schauspiel der vielen farbigen Sternschnuppen".

Der Zusammenhang der Meteorsteine mit dem größeren und glänzenderen Phänomen der *Feuerkugeln*, ja daß jene aus diesen niederfallen und bisweilen 10 bis 15 Fuß tief in die Erde eindringen: ist unter vielen anderen Beispielen durch die wohl beobachteten Aërolithenfälle zu Barbotan im Departement des Landes (24 Juli 1790), zu Siena (16 Juni 1794), zu Weston in Connecticut (14 December 1807) und zu Juvenas im Ardèche-Departement (15 Juni 1821) erwiesen worden. Andere Erscheinungen der Steinfälle sind die, wo die Massen aus einem sich bei heiterem Himmel plötzlich bildenden kleinen, sehr dunkeln Gewölke, unter einem Getöse, das einzelnen Kanonenschüssen gleicht, herabgeschleudert werden. Ganze Landesstrecken finden sich bisweilen durch ein solches fortziehendes Gewölk mit Tausenden von Fragmenten, sehr ungleicher Größe, aber gleicher Beschaffenheit, bedeckt. In seltneren Fällen, wie vor wenigen Monaten bei dem großen Aërolithen, der unter donnerartigem Krachen (16 Sept. 1843) zu Kleinwenden, unweit Mühlhausen, fiel, war der Himmel helle und es entstand kein Gewölk. Die nahe Verwandtschaft zwischen *Feuerkugeln* und *Sternschnuppen* zeigt sich auch dadurch, daß die ersten, Meteorsteine zur Erde herabschleudernd, bisweilen (9 Juni 1822 zu Angers) kaum den Durchmesser der kleinen römischen Lichter in unseren Feuerwerken hatten.

Was die formbildende Kraft, was der physische und chemische Proceß in diesen Erscheinungen ist; ob die Theilchen, welche die dichte Masse des Meteorsteins bilden, ursprünglich, wie in dem Cometen, dunstförmig von einander entfernt liegen, und sich erst dann, wenn sie für uns zu leuchten beginnen, innerhalb der flammenden Feuerkugeln zusammenziehen; was in der schwarzen Wolke vorgeht, in der es minutenlang donnert, ehe die Steine herabstürzen; ob auch aus den kleinen Sternschnuppen wirklich etwas Compactes, oder nur ein höherauch-artiger, eisen- und nickelhaltiger *Meteorstaub* niederfällt: das alles ist bis jetzt in großes Dunkel gehüllt. Wir kennen das räumlich Gemessene: die ungeheure, wundersame, ganz *planetarische* Geschwindigkeit der Sternschnuppen, der Feuerkugeln und der Meteorsteine; wir kennen das Allgemeine und in dieser Allgemeinheit Einförmige der Erscheinung: nicht den genetischen kosmischen Vorgang, die Folge der Umwandlungen. Kreisen die Meteorsteine schon geballt zu dichtenDas specifische Gewicht der Aërolithen schwankt zwischen 1,9 (Alais) und 4,3 (Tabor). Die gewöhnlichere Dichte ist 3: das Wasser zu 1 gesetzt. Was die in dem Texte angegebenen wirklichen Durchmesser der Feuerkugeln betrifft, so beziehen sich die Zahlen auf die wenigen einigermaßen sicheren Messungen, welche man sammeln kann. Diese Messungen geben für die Feuerkugel von Weston (Connecticut 14 Dec. 1807) nur 500, für die von le Roi beobachtete (10 Juli 1771) etwa 1000, für die von Sir Charles Blagden geschätzte (18 Jan. 1783) an 2600 Fuß im Durchmesser. *Brandes* (*Unterhaltungen* Bd. I. S. 42) giebt den Sternschnuppen 80–120 Fuß, mit leuchtenden Schweifen von 3–4 Meilen Länge. Es fehlt aber nicht an optischen Gründen, welche es wahrscheinlich machen, daß die *scheinbaren* Durchmesser der Feuerkugeln und Sternschnuppen sehr überschätzt worden sind. Mit dem Volum der Ceres (sollte man auch diesem Planeten nur „70 englische Meilen Durchmesser" geben wollen) ist das Volum der Feuerkugeln wohl nicht zu vergleichen. S. die, sonst immer so genaue und vortreffliche Schrift: *on the Connexion of the Physical Sciences* 1835 p. 411. – Ich gebe hier zur Erläuterung dessen, was über den großen, noch nicht wieder aufgefundenen Aërolithen im Flußbette bei Narni gesagt ist, die von *Pertz* bekannt gemachte Stelle aus dem Chronicon *Benedicit*, monachi Sancti Andreae in Monte Soracte: einem Documente, das in das zehnte Jahrhundert gehört und in der Bibliothek Chigi zu Rom aufbewahrt wird. Die barbarische Schreibart der Zeit bleibt unverändert. "Anno – 921 – temporibus domini Johannis Decimi pape, in anno pontificatus illius 7. visa sunt signa. Nam iuxta urbem Romam lapides plurimi de coelo cadere visi sunt. In civitate quae vocatur Narnia tam diri ac tetri, ut nihil aliud credatur, quam de infernalibus locis deducti essent. Nam ita ex illis lapidibus unus omnium maximus est, ut decidens in flumen Narnus, ad mensuram unius cubiti super aquas fluminis usque hodie videretur. Nam et ignitae faculae de coelo plurimae omnibus in hac civitate Romani populi visae sunt, ita ut pene terra contingeret. Aliae cadentes etc." (*Pertz, Monum. Germ. hist. Scriptores* T. III. p. 715.) Ueber den Aërolithen bei Aegos Potamoi, dessen Fall die Parische Chronik in Ol. 78,1 setzt (*Böckh, corp. Inscr. graec.* T. II. p. 302, 320 und 340), vergl. *Aristot. Meteor.* I, 7 (Ideler, Comm. T. I. p. 404–407); *Stob. Ecl. phys.* I, 25 p. 508, Heeren; *Plut. Lys.* c. 12; *Diog. Laert.* II, 10. Nach einer mongolischen Volkssage soll nahe an den Quellen des gelben Flusses im westlichen China in einer Ebene ein 40 Fuß hohes schwarzes Felsstück vom Himmel gefallen sein; *Abel-Rémusat* in *Ducrotay de Blainville, Journ. de Phys.* T. 88. 1819 p. 363. Massen (doch minder dicht als die mittlere Dichtigkeit der Erde), so müssen sie im Innersten der Feuerkugeln, aus deren Höhe und scheinbarem Durchmesser man bei den größeren auf einen *wirklichen* Durchmesser von 500 bis 2600 Fuß schließen kann, nur einen sehr geringen, von entzündlichen

Dämpfen oder Gas-Arten umhüllten Kern bilden. Die größten Meteormassen, die wir bisher kennen: die brasilianische von Bahia und die von Otumpa im Chaco, welche Rubi de Celis beschrieben; haben 7 bis 7½ Fuß Länge. Der in dem ganzen Alterthum so berühmte, schon in der Parischen Marmor-Chronik bezeichnete Meteorstein von Aegos Potamoi (gefallen fast in dem Geburtsjahre des Socrates) wird sogar als von der Größe zweier Mühlsteine und dem Gewicht einer vollen Wagenlast beschrieben. Trotz der vergeblich angewandten Bemühungen des afrikanischen Reisenden Browne, habe ich nicht die Hoffnung aufgegeben, man werde einst diese, so schwer zerstörbare, thracische Meteormasse in einer den Europäern jetzt sehr zugänglichen Gegend (nach 2312 Jahren) wieder auffinden. Der im Anfang des 10ten Jahrhunderts in den Fluß bei Narni gefallene ungeheure Aërolith ragte, wie ein von Pertz aufgefundenes Document bezeugt, eine volle Elle hoch über dem Wasser hervor. Auch ist zu bemerken, daß alle diese Massen alter und neuer Zeit doch eigentlich nur als Hauptfragmente von dem zu betrachten sind, was in der Feuerkugel oder in dem dunkeln Gewölk durch Explosion zertrümmert worden ist. Wenn man die, mathematisch erwiesene, ungeheure Geschwindigkeit erwägt, mit welcher die Meteorsteine von den äußersten Grenzen der Atmosphäre bis zur Erde gelangen, oder als Feuerkugeln auf längerem Wege durch die Atmosphäre und deren dichtere Schichten hinstreichen; so wird es mir mehr als unwahrscheinlich, daß erst in diesem kurzen Zeitraume die metallhaltige Steinmasse mit ihren eingesprengten, vollkommen ausgebildeten Krystallen von Olivin, Labrador und Pyroxen sollte aus dem dunstförmigen Zustande zu einem festen Kerne zusammengeronnen sein.

Was herabfällt, hat übrigens, selbst dann, wenn die innere Zusammensetzung chemisch noch verschieden ist, fast immer den eigenthümlichen Charakter eines Fragments; oft eine prismatoidische oder verschobene Pyramidal-Form, mit breiten, etwas gebogenen Flächen und abgerundeten Ecken. Woher aber diese, von Schreibers zuerst erkannte Form eines *abgesonderten Stückes* in einem rotirenden planetarischen Körper? Auch hier, wie in der Sphäre des organischen Lebens, ist alles dunkel, was der Entwickelungsgeschichte angehört. Die Meteormassen fangen an zu leuchten und sich zu entzünden in Höhen, die wir fast als luftleer betrachten müssen, oder die nicht $^1/_{100000}$ Sauerstoff enthalten. Biot's neue Untersuchungen über das wichtige Crepuscular-Phänomen erniedrigen sogar beträchtlich die Linie, welche man, vielleicht etwas gewagt, die *Grenze der Atmosphäre* zu nennen pflegt; aber *Lichtprocesse* können ohne

Gegenwart des umgebenden Sauerstoffs vorgehen, und Poisson dachte sich die Entzündung der Aërolithen weit jenseits unseres luftförmigen Dunstkreises. Nur das, was der Berechnung und einer geometrischen Messung zu unterwerfen ist, führt uns bei den Meteorsteinen, wie bei den größeren Weltkörpern des Sonnensystems, auf einen festen und sichreren Boden. Obgleich Halley schon die große Feuerkugel von 1686, deren Bewegung der Bewegung der Erde in ihrer Bahn entgegengesetzt war*Philos. Transact. Vol. XXIX. p. 161–163.*, für ein kosmisches Phänomen erklärte; so ist es doch erst Chladni gewesen, welcher in der größten Allgemeinheit (1794) den Zusammenhang zwischen den Feuerkugeln und den aus der Atmosphäre herabgefallenen Steinen, wie die Bewegung der ersteren im Weltraume*Die erste Ausgabe von Chladni's wichtiger Schrift: über den Ursprung der von Pallas gefundenen und anderer Eisenmassen erschien zwei Monate vor dem Steinregen in Siena und zwei Jahre früher als Lichtenberg's Behauptung im Göttinger Taschenbuche: „daß Steine aus dem allgemeinen Weltraume in unsere Atmosphäre gelangen". Vergl. auch Olbers Brief an Benzenberg vom 18 Nov. 1837 in des Letzteren Schrift von den Sternschnuppen S. 186.*, auf das scharfsinnigste erkannt hat. Eine glänzende Bestätigung der Ansicht des kosmischen Ursprungs solcher Erscheinungen hat Denison Olmsted zu New-Haven (Massachusetts) dadurch geliefert, daß er erwiesen hat, wie bei dem so berühmt gewordenen Sternschnuppenschwarme in der Nacht vom 12 zum 13 November 1833, nach dem Zeugniß aller Beobachter, die Feuerkugeln und Sternschnuppen insgesammt von einer und derselben Stelle am Himmelsgewölbe, nahe bei γ Leonis, ausgingen: und von diesem Ausgangspunkte nicht abwichen, obgleich der Stern während der langen Dauer der Beobachtung seine scheinbare Höhe und sein Azimuth veränderte. Eine solche Unabhängigkeit von der Rotation der Erde bewies, daß die leuchtenden Körper *von außen*, aus dem Weltraume, in unsre Atmosphäre gelangten. Nach Encke's Berechnung.

Im October 902, in der Todesnacht des Königs Ibrahim ben Ahmed, ein großer Sternschnuppenfall, „einem feurigen Regen gleich". Das Jahr ward deshalb das Jahr *der Sterne* genannt. (*Conde, hist. de la domin. de los Arabes* p. 346.)

Am 19 Oct. 1202 schwankten die Sterne die ganze Nacht hindurch. „Sie fielen wie Heuschrecken". (*Comptes rendus* T. IV. 1837 p. 294 und *Frähn* im *Bull. de l'Acad. de St.-Pétersbourg* T. III. p. 308.)

Am 21 Oct. a. St. 1366, *die sequente* post festum XI millia Virginum, ab hora matutina usque ad horam primam visae sunt quasi stellae de caelo cadere continuo, et in tanta *multitudine,* quod nemo narrara *sufficit.* Diese merkwürdige Notiz, von der noch weiter unten im Texte die Rede sein wird, hat Herr von *Boguslawski* der Sohn in *Benesse's* (de Horowic) de *Weitmil* oder *Weithmül Chronicon Ecclesiae Pragensis* p. 389 aufgefunden. Die Chronik steht auch im zweiten Theile der *Scriptores rerum Bohemicarum* von *Pelzel* und *Dobrowsky* 1784 (*Schum. astr. Nachr.* Dec. 1839).

Nacht vom 9–10 Nov. 1787: viele Sternschnuppen von *Hemmer* im südlichen Deutschlande. besonders in Manheim, beobachtet (*Kämtz, Meteorol.* Bd. III. S. 237).

Nach Mitternacht am 12 Nov. 1799 der ungeheure Sternschnuppenfall in Cumana, den *Bonpland* und ich beschrieben haben und der in einem großen Theil der Erde beobachtet worden ist (*Relat. hist.* T. I. p. 519–527).

Vom 12–13 Nov. 1822 wurden Sternschnuppen mit Feuerkugeln gemengt in großer Zahl von *Klöden* in Potsdam gesehen (*Gilbert's Ann.* Bd. LXXII. S. 219).

13 Nov. 1831 um 4 Uhr Morgens ein großer Sternschnuppenfall gesehen vom Cap. *Bérard* an der spanischen Küste bei Cartagena del Levante (*Annuaire* pour 1836 p. 297).

In der Nacht vom 12–13 Nov. 1833 das denkwürdige von Denison Olmsted in Nordamerika so vortrefflich beschriebene Phänomen.

In der Nacht vom 13–14 Nov. 1834 derselbe Schwarm, aber von etwas geringerer Stärke, in Nordamerika (*Poggend. Ann.* Bd. XXXIV. S. 129).

Am 13 Nov. 1835 wurde von einer sporadisch gefallenen Feuerkugel bei Belley, im Depart. de l'Ain, eine Scheune entzündet (*Annuaire* pour 1836 p. 296).

Im Jahr 1838 zeigte der Strom sich auf das bestimmteste in der Nacht vom 13 zum 14 Nov. (*astron. Nachr.* 1838 No. 372).

sämmtlicher Beobachtungen, die in den Vereinigten Staaten von Nordamerika zwischen den Breiten von 35° und 42° angestellt worden sind, kamen sie alle aus dem Punkte des Weltraums, auf welchen zu derselben Epoche die Bewegung der Erde gerichtet war. Auch in den wiederkehrenden Sternschnuppenschwärmen des Novembers von 1834 und 1837 in Nordamerika, wie in dem analogen 1838 zu Bremen beobachteten, wurden der allgemeine Parallelismus der Bahnen und die Richtung der Meteore aus dem Sternbild des Löwen erkannt. Wie bei periodischen Sternschnuppen überhaupt eine mehr parallele Richtung als bei den gewöhnlichen sporadischen, so glaubt man auch in dem periodisch wiederkehrenden August-Phänomen (Strom des heil. Laurentius) bemerkt zu haben, daß die Meteore 1839 größtentheils von einem Punkte zwischen dem Perseus und dem Stier kamen; gegen das letztere Sternbild bewegte sich damals die Erde. Diese Eigenheit des Phänomens (der Richtung *rückläufiger* Bahnen im November und im August) verdient besonders durch künftige recht genaue Beobachtungen bekräftigt oder widerlegt zu werden.

Die Höhe der Sternschnuppen, d. h. des Anfangs und Endes ihrer Sichtbarkeit, ist überaus verschieden, und schwankt zwischen 4 und 35 Meilen. Dies wichtige Resultat und die ungeheure Geschwindigkeit der problematischen Asteroiden sind zuerst von Benzenberg und Brandes durch gleichzeitige Beobachtungen und Parallaxen-Bestimmungen, an den Endpunkten einer Standlinie von 46000 Fuß Länge, gefunden worden. Die relative *Geschwindigkeit* der Bewegung ist 4½ bis 9 Meilen in der Secunde, also der der Planeten gleich. Eine solche planetarische GeschwindigkeitDie planetarische Translations-Geschwindigkeit, das Fortrücken in der Bahn, ist bei Merkur 6,6; bei Venus 4,8; bei der Erde 4,1 Meilen in der Secunde., wie auch die oft bemerkte Richtung der Feuerkugel- und Sternschnuppen-Bahnen, der Bewegungs-Richtung der Erde entgegengesetzt, werden als Hauptmomente in der Widerlegung des Ursprungs der Aërolithen aus sogenannten, noch thätigen *Mondvulkanen* betrachtet. Die Annahme einer mehr oder minder großen vulkanischen Kraft aus einem kleinen, von keinem Luftkreise umgebenen Weltkörper ist aber, ihrer Natur nach, numerisch überaus willkührlich. Es kann die Reaction des Inneren eines Weltkörpers gegen seine Rinde zehn-, ja hundertmal kräftiger gedacht werden als bei unsern jetzigen Erdvulkanen. Auch die Richtung der Massen, welche von einem west-östlich umlaufenden Satelliten ausgeschleudert werden, kann dadurch rückläufig scheinen, daß die Erde in ihrer Bahn später an den Punkt derselben gelangt, den jene Massen berühren. Wenn man indeß den Umfang der Verhältnisse erwägt, die ich schon in diesem Naturgemälde habe aufzählen müssen, um dem Verdacht unbegründeter Behauptungen zu entgehen, so findet man die Hypothese des selenitischen Ursprunges der Meteorsteine von einer Mehrzahl von Bedingungen abhängig, deren zufälliges Zusammentreffen allein das bloß Mögliche als ein Wirkliches gestalten kann. Einfacher und anderen Vermuthungen über die Bildung des Sonnensystems analoger scheint die Annahme eines ursprünglichen Daseins kleiner planetarischer Massen im Weltraume.

Es ist sehr wahrscheinlich, daß ein großer Theil dieser kosmischen Körper die Nähe unseres Dunstkreises unzerstört durchstreichen, um ihre, durch Anziehung der Erdmasse nur in der Excentricität veränderte Bahn um die Sonne fortzusetzen. Man kann glauben, daß dieselben uns nach mehreren Umläufen und vielen Jahren erst wieder sichtbar werden. Die sogenannten *aufwärts steigenden* Sternschnuppen und Feuerkugeln, welche Chladni nicht glücklich durch *Reflexion* stark zusammengepreßter Luft zu erklären suchte, erschienen auf den ersten Anblick als die Folge einer räthselhaften, die Körper von der Erde entfernenden Wurfgeschwindigkeit; aber Bessel hat theoretisch erwiesen und durch Feldt's sorgfältige Rechnungen bestätigt gefunden, daß bei dem Mangel an vollkommener Gleichzeitigkeit des beobachteten Verschwindens unter den veröffentlichten Beobachtungen keine vorkomme, welche der Annahme des Aufsteigens eine Wahrscheinlichkeit gäbe, und erlaubte sie als ein Resultat der Beobachtungen anzusehen. Ob, wie Olbers glaubt, das Zerspringen von Sternschnuppen und rauchend flammenden, nicht immer geradlinig bewegten Feuerkugeln die Meteore nach Raketenart in die Höhe treiben, und ob es in gewissen Fällen auf die Richtung ihrer Bahn einwirken *könne:* muß der Gegenstand neuer Beobachtungen werden.

Die Sternschnuppen fallen entweder vereinzelt und selten, also *sporadisch:* oder in *Schwärmen* zu vielen Tausenden; die letzteren Fälle (arabische Schriftsteller vergleichen sie mit Heuschrecken-Schaaren) sind *periodisch* und bewegen sich in *Strömen* von meist paralleler Richtung. Unter den *periodischen Schwärmen* sind bis jetzt die berühmtesten geworden das sogenannte *November-Phänomen* (12–14 November), und das des Festes des heil. Laurentius (10 August): dessen „feuriger Thränen" in England schon längst in einem Kirchen-Calender wie in alten Traditionen als einer wiederkehrenden meteorologischen Begebenheit gedacht wird. Ohnerachtet bereits in der Nacht vom 12–13 November 1823 nach Klöden in Potsdam, und 1832 in ganz Europa: von Portsmouth bis Orenburg am Ural-Flusse, ja selbst in der südlichen Hemisphäre in Ile de France, ein großes Gemisch von Sternschnuppen und Feuerkugeln der verschiedensten Größe gesehen worden war; so leitete doch eigentlich erst der ungeheure Sternschnuppenschwarm, den Olmsted und Palmer in Nordamerika am 12–13 November 1833 beobachteten und in dem an Einem Orte, wie Schneeflocken zusammengedrängt, während neun Stunden wenigstens 240000 fielen, auf die *Periodicität* der Erscheinung: auf die Idee, daß große Sternschnuppenschwärme an gewisse Tage geknüpft sind. Palmer in New-Haven erinnerte sich des Meteorfalls von 1799, den Ellicot und ich zuerst beschrieben haben*Humb. Rel. hist.* T. I. p. 519–527; *Ellicot* in den*transact. of the Amer. Philos. Soc.* 1804 Vol. VI. p. 29. *Arago* sagt vom November-Phänomen: "Ainsi se confirme de plus en plus à nous l'existence d'une zone composée de millions de petits corps dont les orbites rencontrent le plan de l'écliptique vers le point que la terre va occuper tous les ans, du 11 au 13 novembre. C'est un nouveau monde planétaire qui commence à se révéler à nous." (*Annuaire* pour l'an 1836 p. 296.); und von dem durch die Zusammenstellung des Beobachteten, welche ich gegeben, erwiesen worden ist, daß er im Neuen Continent gleichzeitig vom Aequator bis zu Neu-Herrnhut in Grönland (Br. 64° 14') zwischen 46° und 82° der Länge gesehen wurde. Man erkannte mit Erstaunen die Identität der Zeitepoche. Der Strom, der am ganzen Himmelsgewölbe am 12–13 November 1833 von Jamaica bis Boston (Br. 40° 21') gesehen wurde, wiederholte sich 1834 in der Nacht vom 13–14 November in den Vereinigten Staaten von Nordamerika, doch mit etwas geringerer Intensität. In Europa hat sich seine Periodicität seitdem mit großer Regelmäßigkeit bestätigt.

Ein zweiter, eben so regelmäßig eintretender Sternschnuppenschwarm, als das November-Phänomen, ist der des August-Monats, *der Strom des heil. Laurentius* (14 August). Muschenbroek hatte schon in der Mitte des vorigen Jahrhunderts auf die Häufigkeit der Meteore im August-Monat aufmerksam gemacht; aber ihre periodische sichere Wiederkehr um die Epoche des Laurentius-Festes haben erst Quetelet, Olbers und Benzenberg erwiesen. Man wird mit der Zeit gewiß noch andere periodisch wiederkehrende Ströme*Am 25 April 1095 „sahen unzählbare Augen in Frankreich die Sterne so dicht wie Hagel vom Himmel fallen" (ut grando, nisi lucerent, pro densitate putaretur; *Baldr*. p. 88); und dieses Ereigniß wurde schon vor dem Concilium von Clermont als eine Vorbedeutung der großen Bewegung in der Christenheit betrachtet (*Wilken, Gesch. der Kreuzzüge* Bd. I. S. 75). Am 22 April 1800 ward ein großer Sternschnuppenfall in Virginien und Massachusetts gesehen; es war „ein Raketenfeuer, das zwei Stunden dauerte". *Arago* hat zuerst auf diese traînée d'astéroïdes als eine wiederkehrende aufmerksam gemacht (*Annuaire* pour 1836 p. 297). Merkwürdig sind auch die Aërolithenfälle im Anfang des Monats December. Für ihre periodische Wiederkehr als Meteorstrom sprechen die alte Beobachtung von *Brandes* in der Nacht vom 6–7 December 1798 (wo er 2000 Sternschnuppen zählte) und vielleicht der ungeheure Aërolithenfall vom 11 December 1836 in Brasilien am Rio Assu bei dem Dorfe Macao (*Brandes,*

Unterhalt. für Freunde der Physik 1825 Heft 1. S. 65, und Comptes rendus T. V. p. 211). *Capocci* hat von 1809 bis 1839 zwölf wirkliche Aërolithenfälle zwischen dem 27–29 Nov.; andere am 13 Nov., 10 August und 17 Juli aufgefunden (*Comptes rendus* T. XI. p. 357). Es ist auffallend, daß in dem Theil der Erdbahn, welcher den Monaten Januar und Februar, vielleicht auch März entspricht, bisher keine *periodischen* Sternschnuppen- oder Aërolithenströmungen bemerkt worden sind; doch habe ich in der Südsee den 15 März 1803 auffallend viel Sternschnuppen beobachtet, wie auch ein Schwarm derselben in der Stadt Quito kurz vor dem ungeheuren Erdbeben von Riobamba (4 Februar 1797) gesehen ward. Besondere Aufmerksamkeit verdienen demnach bisher die Epochen:

22–25 April,
17 Julius (17–26 Jul.?) (*Quet. Corr.* 1837 p. 435),
10 *August,*
12–14 *November,*
27–29 November,
6–12 December.

Die Frequenz dieser Strömungen darf, so groß auch die Verschiedenheit ist zwischen isolirten Cometen und mit Asteroiden gefüllten Ringen, nicht in Erstaunen setzen, wenn man der Raumerfüllung des Universums durch Myriaden von Cometen gedenkt.

entdecken: vielleicht um den 22–25 April, wie zwischen dem 6–12 December, und wegen der von Capocci aufgezählten wirklichen Aërolithenfälle am 27–29 November oder 17–Julius.

So unabhängig sich auch alle bisher beobachtete Erscheinungen von der Polhöhe, der Luft-Temperatur und andern klimatischen Verhältnissen gezeigt haben, so ist doch dabei eine, vielleicht nur zufällig *begleitende* Erscheinung nicht ganz zu übersehen. Das Nordlicht war von großer Intensität während der prachtvollsten aller dieser Naturbegebenheiten, während der, welche Olmsted (12–13 November 1833) beschrieben hat. Es wurde auch in Bremen 1838 beobachtet, wo aber der periodische Meteorfall minder auffallend als in Richmond bei London war. Ich habe auch in einer andern Schrift der sonderbaren und mir oft mündlich bestätigten Beobachtung des Admirals Wrangel erwähnt: der an den sibirischen Küsten des Eismeers, während des Nordlichtes, gewisse Regionen des Himmelsgewölbes, die nicht leuchteten, sich stets entzünden und dann fortglühen sah, wenn eine Sternschnuppe sie durchstrich.

Die verschiedenen Meteorströme, jeder aus Myriaden kleiner Weltkörper zusammengesetzt, schneiden wahrscheinlich unsere Erdbahn, wie es der Comet von Biela thut. Die Sternschnuppen-Asteroiden würde man sich nach dieser Ansicht als einen geschlossenen Ring bildend und in demselben einerlei Bahn befolgend vorstellen können. Die sogenannten *kleinen* Planeten zwischen Mars und Jupiter bieten uns, mit Ausschluß der Pallas, in ihren so engverschlungenen Bahnen ein analoges Verhältniß dar. Ob Veränderungen in den Epochen, zu welchen der Strom uns sichtbar wird, ob Verspätungen der Erscheinungen, auf die ich schon lange aufmerksam gemacht habe, ein regelmäßiges Fortrücken oder Schwanken der Knoten (der Durchschnittspunkte der Erdbahn und der Ringe) andeuten; oder ob bei ungleicher Gruppirung und bei sehr ungleichen Abständen der kleinen Körper von einander die Zone eine so beträchtliche Breite hat, daß die Erde sie erst in mehreren Tagen durchschneiden kann: darüber ist jetzt noch nicht zu entscheiden. Das Mondsystem des Saturn zeigt uns ebenfalls eine Gruppe innigst mit einander verbundener Weltkörper von ungeheurer Breite. In dieser Saturns-Gruppe ist die Bahn des äußersten (siebenten) Mondes von einem so beträchtlichen Durchmesser, daß die Erde in ihrer Bahn um die Sonne einen gleichen Raum erst in drei Tagen zurücklegen würde. Wenn in einem der geschlossenen Ringe, welche wir uns als die Bahnen der periodischen *Ströme* bezeichnend denken, die Asteroiden dergestalt ungleich vertheilt sind, daß es nur wenige dicht gedrängte und *schwarm*-erregende Gruppen darin giebt; so begreift man, warum glänzende Phänomene wie die im November 1799 und 1833 überaus selten sind. Der scharfsinnige Olbers war geneigt die Wiederkehr der großen Erscheinung, in der Sternschnuppen mit Feuerkugeln gemengt wie Schneeflocken fielen, erst für den 12–14 November 1867 zu verkündigen.

Bisweilen ist der Strom der November-Asteroiden nur in einem schmalen Erdraume sichtbar geworden. So zeigte er sich z. B. im Jahre 1837 in England in großer Pracht als meteoric shower, während daß ein sehr aufmerksamer und geübter Beobachter zu Braunsberg in Preußen in derselben Nacht, die dort ununterbrochen heiter war, von 7 Uhr Abends bis Sonnenaufgang nur einige wenige, sporadisch fallende Sternschnuppen sah. Bessel schloß daraus: „daß eine wenig ausgedehnte Gruppe des großen mit jenen Körpern gefüllten Ringes in England bis zur Erde gelangt ist, während daß eine östlich gelegene

Länderstrecke durch eine verhältnißmäßig leere Gegend des Meteorringes ging." Erhält die Annahme eines regelmäßigen Fortrückens oder eines durch Perturbationen verursachten Schwankens der Knotenlinie mehr Wahrscheinlichkeit, so gewinnt das Auffinden älterer Beobachtungen ein besonderes Interesse. Die chinesischen Annalen, in denen neben der Erscheinung von Cometen auch große Sternschnuppenschwärme angegeben werden, reichen bis über die Zeiten des Tyrtäus oder des zweiten messenischen Krieges hinaus. Sie beschreiben zwei Ströme im März-Monat, deren einer 687 Jahre älter als unsere christliche Zeitrechnung ist. Eduard Biot hat schon bemerkt, daß unter den 52 Erscheinungen, welche er in den chinesischen Annalen gesammelt, die am häufigsten wiederkehrenden die wären, welche dem 20–22 Julius (a. St.) nahe liegen und daher wohl der, jetzt vorgerückte Strom des heil. Laurentius sein könnten. Ist der von Boguslawski dem Sohne in *Benessii de Horowic* Chronicon Ecclesiae Pragensis aufgefundene Sternschnuppenfall vom 21 October 1366 (a. St.) unser jetziges November-Phänomen, aber damals bei hellem Tage gesehen, so lehrt die Fortrückung in 477 Jahren, daß dies Sternschnuppen-System (d. i. sein gemeinschaftlicher Schwerpunkt) eine rückläufige Bahn um die Sonne beschreibt. Es folgt auch aus den hier entwickelten Ansichten, daß, wenn Jahre vergehen, in denen beide bisher erforschte Ströme (der November- und der Laurentius-Strom) in keinem Theile der Erde beobachtet würden; die Ursache davon entweder in der Unterbrechung des Ringes (d. h. in den Lücken, welche die auf einander folgenden Asteroiden-Gruppen lassen) oder, wie Poisson will, in der Einwirkung der größeren Planeten"Il paraît qu'un nombre, qui semble inépuisable, de corps trop petits pour être observés, se meuvent dans le ciel, soit autour du soleil, soit autour des planètes, soit peut-être même autour des satellites. On suppose que quand ces corps sont rencontrés par notre atmosphère, la différence entre leur vitesse et celle de notre planète est assez grande pour que le frottement qu'ils éprouvent contre l'air, les échauffe au point de les rendre incandescents, et quelquefois de les faire éclater. – Si le groupe des étoiles filantes forme un anneau continu autour du soleil, sa vitesse de circulation pourra être très différente de celle de la terre; et ses déplacements dans le ciel, par suite des actions planétaires, pourront encore rendre possible ou impossible, à différentes époques, le phénomène de la rencontre dans le plan de l'écliptique." *Poisson, recherches sur la Probabilité des jugements* p. 306–307. auf die Gestalt und Lage des Ringes liegt.

Die festen Massen, welche man bei Nacht aus Feuerkugeln, bei Tage, und meist bei heiterem Himmel, aus einem kleinen dunkeln Gewölk unter vielem Getöse und beträchtlich erhitzt (doch nicht rothglühend) zur Erde fallen sieht, zeigen *im ganzen*, ihrer äußeren Form, der Beschaffenheit ihrer Rinde und der chemischen Zusammensetzung ihrer Hauptbestandtheile nach, eine unverkennbare Uebereinstimmung. Sie zeigen dieselbe durch alle Jahrhunderte und in den verschiedensten Regionen der Erde, in denen man sie gesammelt hat. Aber eine so auffallende und früh behauptete physiognomische Gleichheit der dichten Meteormassen leidet im *einzelnen* mancherlei Ausnahmen. Wie verschieden sind die leicht schmiedbaren Eisenmassen von Hradschina im Agramer Comitate; oder die von den Ufern des Sisim in dem Jeniseisker Gouvernement, welche durch Pallas berühmt geworden sind; oder die, welche ich aus Mexico mitgebracht: Massen, die alle $^{96}/_{100}$ Eisen enthalten: von den Aërolithen von Siena, deren Eisengehalt kaum $^{2}/_{100}$ beträgt; von dem erdigen, in Wasser zerfallenden Meteoriten von Alais (im Dep. du Gard), und von Jonzac und Juvenas: die, ohne metallisches Eisen, ein Gemenge oryctognostisch unterscheidbarer, krystallinisch gesonderter Bestandtheile darbieten! Diese Verschiedenheiten haben auf die Eintheilung der kosmischen Massen in zwei Classen: nickelhaltiges *Meteor-Eisen* und fein- oder grobkörnige Meteorsteine, geführt. Sehr charakteristisch ist die, nur einige Zehntel einer Linie dicke, oft pechartig glänzende, bisweilen geäderte RindeSchon *Plinius* (II, 56 und 58) war auf die Farbe der Rinde aufmerksam: colore adusto; auch das lateribus pluisse deutet auf das gebrannte äußere Ansehen der Aërolithen.. Sie hat bisher, so viel ich weiß, nur im Meteorstein von Chantonnay in der Vendée gefehlt, der dagegen, was eben so selten ist, Poren und Blasenräume wie der Meteorstein von Juvenas zeigt. Ueberall ist die schwarze Rinde von der hellgrauen Masse eben so scharf abgeschnitten als der schwarze bleifarbene Ueberzug der weißen GranitblöckeHumb. *Rel. hist.* T. II. chap. XX p. 299–302, die ich aus den Cataracten des Orinoco mitgebracht und die auch vielen Cataracten anderer Erdtheile (z. B. dem Nil und dem Congo-Flusse) eigen sind. Im stärksten Feuer der Porzellan-Oefen kann man nichts hervorbringen, was der so rein von der unveränderten Grundmasse abgeschiedenen Rinde der Aërolithen ähnlich wäre. Man will zwar hier und da etwas bemerkt haben, was auf das Einkneten von Fragmenten könnte schließen lassen; aber im allgemeinen deuten die Beschaffenheit der Grundmasse, der Mangel von Abplattung durch den Fall, und die nicht sehr beträchtliche Erhitzung bei erster Berührung des eben gefallenen

Meteorsteins keinesweges auf das Geschmolzen-Sein des Inneren in dem schnell zurückgelegten Wege von der Grenze der Atmosphäre zur Erde hin.

Die chemischen Elemente, aus denen die Meteormassen bestehen und über welche Berzelius ein so großes Licht verbreitet hat, sind dieselben, welche wir zerstreut in der Erdrinde antreffen: 8 Metalle (Eisen, Nickel, Kobalt, Mangan, Chrom, Kupfer, Arsenik und Zinn), 5 Erdarten: Kali und Natron, Schwefel, Phosphor und Kohle; im ganzen ⅓ aller uns bisher bekannten sogenannten *einfachen* Stoffe. Trotz dieser Gleichheit der *letzten* Bestandtheile, in welche unorganische Körper chemisch zersetzt werden, hat das Ansehen der Meteormassen doch durch die Art der Zusammensetzung ihrer Bestandtheile im allgemeinen etwas fremdartiges, den irdischen Gebirgsarten und Felsmassen unähnliches. Das fast in allen eingesprengte *gediegene* Eisen giebt ihnen einen eigenthümlichen, aber deshalb nicht *selenitischen* Charakter: denn auch in anderen Welträumen und Weltkörpern, außerhalb des Mondes, kann Wasser ganz fehlen und können Oxydations-Processe selten sein.

Die *kosmischen Schleimblasen*, die organischen nostoc-ähnlichen Massen, welche den Sternschnuppen seit dem Mittelalter zugeschrieben werden, die Schwefelkiese von Sterlitamak (westlich vom Ural-Gebirge), die das Innere von Hagelkörnern sollen gebildet haben; gehören zu den Mythen der Meteorologie. Nur das feinkörnige Gewebe, nur die Einmengung von Olivin, Augit und LabradorDerselbe in *Poggend. Ann.* Bd. IV. 1825 S. 173–192; *Rammelsberg*, 1tes Suppl. zum *chem. Handwörterbuche der Mineralogie* 1843 S. 102. „Es ist", sagt der scharfsinnige Olbers, „eine denkwürdige und noch unbeachtete Thatsache, daß man nie *fossile Meteorsteine*, wie fossile Muscheln, in Secundär- und Tertiär-Formationen gefunden hat. Sollte man daraus schließen können, daß vor der jetzigen letzten Ausbildung der Oberfläche unserer Erde noch keine Meteorsteine auf dieselbe herabgefallen sind, da gegenwärtig nach Schreibers wahrscheinlich in jedem Jahre an 700 Aërolithenfälle statt finden?" (*Olbers* in *Schum. Jahrb.* für 1838 S. 329.) Problematische nickelhaltige Massen von *gediegenem Eisen* sind in Nord-Asien (Goldseifenwerk von Petropawlowsk, 20 Meilen in SO von Kusnezk) in 31 Fuß Tiefe, und neuerlichst in den westlichen Karpathen (Gebirge Magura bei Szlanicz) gefunden worden. Beide sind den Meteorsteinen sehr ähnlich. Vergl. *Erman, Archiv für wissenschaftliche Kunde von Rußland* Bd. I. S. 315 und *Haidinger's Bericht über die Szlaniczer Schürfe in Ungarn*. geben einigen Aërolithen (z. B. den dolerit-ähnlichen von Juvenas im Ardèche-Departement), wie Gustav Rose gezeigt hat, ein mehr heimisches

Ansehn. Diese enthalten nämlich krystallinische Substanzen, ganz denen unserer Erdrinde gleich; und in der sibirischen Meteor-Eisenmasse von Pallas zeichnet sich der Olivin nur durch Mangel von Nickel aus, der dort durch Zinn-Oxyd ersetzt ist*Berzelius, Jahresber. XV. S. 217 und 231; Rammelsberg, Handwörterb. Abth. II. S. 25–28.*. Da die Meteor-Olivine, wie die unsrer Basalte, 47 bis 49 Hundertheile Talkerde enthalten und in den Meteorsteinen nach Berzelius meist die Hälfte der erdigen Bestandtheile ausmachen, so muß man nicht über den großen Gehalt an Silicaten von Talkerde in diesen kosmischen Massen erstaunen. Wenn der Aërolith von Juvenas trennbare Krystalle von Augit und Labrador enthält, so wird es durch das numerische Verhältniß der Bestandtheile auf's wenigste wahrscheinlich, daß die Meteormassen von Chateau Renard ein aus Hornblende und Albit bestehender Diorit, die von Blansko und Chantonnay ein Gemenge von Hornblende und Labrador sind. Die Beweise, welche man von den eben berührten oryctognostischen Aehnlichkeiten für einen *tellurischen* und *atmosphärischen* Ursprung der Aërolithen hernehmen will, scheinen mir nicht von großer Stärke. Warum sollten, und ich könnte mich auf ein merkwürdiges Gespräch von Newton und Conduit in Kensington berufen", die Stoffe, welche zu Einer Gruppe von Weltkörpern, zu Einem Planetensysteme gehören, nicht großentheils dieselben sein können? warum sollten sie es nicht, wenn man vermuthen darf, daß diese Planeten, wie alle größeren und kleineren geballten um die Sonne kreisenden Massen, sich aus der einigen, einst weit ausgedehnteren Sonnen-Atmosphäre, wie aus dunstförmigen Ringen abgeschieden haben, die anfänglich um den Centralkörper ihren Kreislauf beschrieben? Wir sind, glaube ich, nicht mehr berechtigt Nickel und Eisen, Olivin und Pyroxen (Augit) in den Meteorsteinen ausschließlich irdisch zu nennen: als ich mir erlauben würde deutsche Pflanzen, die ich jenseits des Obi fand, als europäische Arten der nordasiatischen Flora zu bezeichnen. Sind in einer Gruppe von Weltkörpern verschiedenartiger Größe die Elementarstoffe dieselben, warum sollten sie nicht auch, ihrer gegenseitigen Anziehung folgend, sich nach bestimmten Mischungsverhältnissen gestalten können? in der Polarzone des Mars zu weißglänzendem Schnee und Eis; in anderen, kleineren kosmischen Massen zu Gebirgsarten, welche Olivin-, Augit- und Labrador-Krystalle einschließen? Auch in der Region des bloß Muthmaßlichen darf nicht eine ungeregelte, auf alle Induction verzichtende Willkühr der Meinungen herrschen.

Wundersame, nicht durch vulkanische Asche oder Höhenrauch (Moorrauch) erklärbare Verfinsterungen der Sonnenscheibe, während Sterne bei vollem Mittag zu sehen waren (wie die dreitägige Verfinsterung im Jahre 1547 um die Zeit der verhängnißvollen Schlacht bei Mühlberg), wurden von Kepler bald einer materia cometica, bald einem schwarzen Gewölk, das russige Ausdünstungen des Sonnenkörpers erzeugen, zugeschrieben. Kürzere, drei- und sechsstündige Verdunkelungen in den Jahren 1090 und 1203 erklärten Chladni und Schnurrer durch vorbeiziehende Meteormassen. Seitdem die Sternschnuppenströme, nach der Richtung ihrer Bahn, als ein geschlossener Ring betrachtet werden, sind die Epochen jener räthselhaften Himmelserscheinungen in einen merkwürdigen Zusammenhang mit den regelmäßig wiederkehrenden Sternschnuppenschwärmen gesetzt worden. Adolph Erman hat mit vielem Scharfsinn und genauer Zergliederung der bisher gesammelten Thatsachen auf das Zusammentreffen der Conjunction der Sonne sowohl mit den August-Asteroiden (7 Februar) als mit den November-Asteroiden (12 Mai: um die Zeit der im Volksglauben verrufenen kalten Tage Mamertus, Pancratius und Servatius) aufmerksam gemacht.

Die griechischen Naturphilosophen: der größeren Zahl nach wenig zum Beobachten geneigt, aber beharrlich und unerschöpflich in der vielfältigsten Deutung des Halb-Wahrgenommenen, haben über Sternschnuppen und Meteorsteine Ansichten hinterlassen, von denen einige mit den jetzt ziemlich allgemein angenommenen von dem kosmischen Vorgange der Erscheinungen auffallend übereinstimmen. „Sternschnuppen", sagt Plutarch*Plut. Vitae par.* in Lysando cap. 22. Die Erzählung des Damachos (Daïmachos), nach welcher 70 Tage lang ununterbrochen eine feurige Wolke am Himmel gesehen wurde, die Funken wie Sternschnuppen sprühte und endlich, sich senkend, den Stein von Aegos Potamoi, „welcher nur ein unbedeutender Theil der Wolke war", niederfallen ließ: ist sehr unwahrscheinlich, weil die Richtung und Geschwindigkeit der Feuerkugel so viele Tage lang der Erde hätte gleich bleiben müssen, was bei der von Halley (*Philos. Transact.* Vol. XXIX. p. 163) beschriebenen Feuerkugel vom 19 Juli 1686 doch nur Minuten dauerte. Ob übrigens Daïmachos, der Schriftsteller περὶ εὐσεβείας, Eine Person mit dem Daïmachos aus Platäa sei, der von Seleucus nach Indien an den Sohn des Androkottos geschickt wurde und den Strabo (p. 70, Casaub.) „einen Lügenredner" schimpft: bleibt ziemlich ungewiß. Man könnte es nach einer andern Stelle des *Plut.* (compar. *Solonis c. Pop.* cap. 4) fast glauben; auf jeden Fall haben wir hier nur die Erzählung eines sehr späten Schriftstellers, der 1½ Jahrhunderte nach dem berühmten Aërolithenfall in Thracien schrieb und dessen Wahrhaftigkeit Plutarch ebenfalls bezweifelt im Leben des Lysander, „sind nach der Meinung einiger Physiker nicht Auswürfe und Abflüsse des ätherischen Feuers, welches in der Luft unmittelbar nach der Entzündung erlösche: noch auch eine Entzündung und Entflammung der Luft, die in der oberen Region sich in Menge aufgelöst habe; sie sind vielmehr *ein Fall himmlischer Körper:* dergestalt, daß sie *durch eine gewisse Nachlassung der Schwungkraft* und durch den Wurf einer unregelmäßigen Bewegung herabgeschleudert werden, nicht bloß nach der bewohnten Erde, sondern auch außerhalb in das große Meer: weshalb man sie dann nicht findet." Noch deutlicher spricht sich Diogenes von Apollonia aus. Nach seiner Ansicht „bewegten sich, zusammen mit den sichtbaren, *unsichtbare Sterne,* die eben deshalb keine Namen haben. Diese fallen oft auf die Erde herab und erlöschen, wie der bei Aegos Potamoi feurig herabgefallene *steinerne Stern.*" Der Apolloniate, welcher auch alle übrigen Gestirne (die leuchtenden) für bimssteinartige Körper hält, gründete wahrscheinlich seine Meinung von Sternschnuppen und Meteormassen auf die Lehre des Anaxagoras von Klazomenä, der sich alle Gestirne (alle Körper im Weltraume) „als Felsstücke" dachte, „die der feurige Aether in der Stärke seines Umschwunges von der Erde abgerissen und, entzündet, zu Sternen gemacht habe". In der ionischen Schule fielen also, nach der Deutung des Diogenes von Apollonia, wie sie uns überliefert worden ist, Aërolithen und Gestirne in eine und dieselbe Classe. Beide sind *der ersten Entstehung nach* gleich tellurisch: aber nur in dem Sinne, als habe die Erde, als Centralkörper, einstDie merkwürdige Stelle bei *Plut. de plac. Philos.* II, 13 heißt also: „Anaxagoras lehrt, daß der umgebende Aether feurig sei der Substanz nach; und durch die Stärke des *Umschwunges* reiße er Felsstücke von der Erde ab, entzünde dieselben und habe sie zu Sternen gemacht." Einem solchen *Umschwunge* (Centrifugalkraft) soll der Klazomenier, eine alte Fabel zu einem physischen Dogma benutzend, auch das Herabfallen des Nemäischen Löwen *aus dem Monde* in den Peloponnes zugeschrieben haben (*Aelian.* XII, 7; *Plut. de facie in orbe Lunae* cap. 24; Schol. ex cod. Paris. in *Apoll. Argon.* lib. I. p. 498 ed. Schäf. T. I. p. 40; *Meineke, Annal. Alex.* 1843 p. 85). Wir haben demnach hier statt der *Mondsteine* ein *Mondthier!* Nach Böckh's scharfsinniger Bemerkung hat der alte Mythus des Nemäischen Mondlöwen einen astronomischen Ursprung und hängt symbolisch in der Chronologie mit den Schaltcyclen des Mondjahres, dem Mondcultus zu Nemea und den dortigen

Festspielen zusammen. um sich her alles so gebildet, wie, nach unsern heutigen Ideen, die Planeten eines Systems aus der erweiterten Atmosphäre eines andern Centralkörpers, der Sonne, entstehen. Diese Ansichten sind also nicht mit dem zu verwechseln, was man gemeinhin tellurischen oder atmosphärischen Ursprung der Meteorsteine nennt; oder gar mit der wunderbaren Vermuthung des Aristoteles, nach welcher die ungeheure Masse von Aegos Potamoi durch Sturmwinde gehoben worden sei.

Eine vornehm thuende Zweifelsucht, welche Thatsachen verwirft, ohne sie ergründen zu wollen, ist in einzelnen Fällen fast noch verderblicher als unkritische Leichtgläubigkeit. Beide hindern die Schärfe der Untersuchung. Obgleich seit drittehalbtausend Jahren die Annalen der Völker von Steinfällen erzählen, mehrere Beispiele derselben durch unverwerfliche Augenzeugen außer allem Zweifel gesetzt waren, die Bätylien einen wichtigen Theil des Meteor-Cultus der Alten ausmachten, und die Begleiter von Cortes in Cholula den Aërolithen sahen, welcher auf die nahe Pyramide gefallen war; obgleich Chalifen und mongolische Fürsten sich von frisch gefallenen Meteorsteinen hatten Schwerdter schmieden lassen, ja Menschen durch vom Himmel gefallene Steine erschlagen wurden (ein Frate zu Crema am 4 September 1511, ein anderer Mönch in Mailand 1650, zwei schwedische Matrosen auf einem Schiffe 1674): so ist doch bis auf Chladni, der schon durch die Entdeckung seiner Klangfiguren sich ein unsterbliches Verdienst um die Physik erworben hatte, ein so großes kosmisches Phänomen fast unbeachtet, in seinem innigen Zusammenhange mit dem übrigen Planetensysteme unerkannt geblieben. Wer aber durchdrungen ist von dem Glauben an diesen Zusammenhang: den kann, wenn er für geheimnißvolle Natureindrücke empfänglich ist, nicht etwa bloß die glänzende Erscheinung der Meteorschwärme, wie im November-Phänomen und in der Nacht des heil. Laurentius, sondern auch jeder einsame Sternenschuß mit ernsten Betrachtungen erfüllen. Hier tritt plötzlich Bewegung auf mitten in dem Schauplatz nächtlicher Ruhe. Es belebt und es regt sich auf Augenblicke in dem stillen Glanze des Firmaments. Wo mit mildem Lichte die Spur des fallenden Sternes aufglimmt, versinnlicht sie am Himmelsgewölbe das Bild einer meilenlangen Bahn; die brennenden Asteroiden erinnern uns an das Dasein eines überall stofferfüllten Weltraums. Vergleichen wir das Volum des innersten Saturnstrabanten oder das der Ceres mit dem ungeheuren Volum der Sonne, so verschwinden in unserer Einbildungskraft die Verhältnisse von groß und klein. Schon das Verlöschen plötzlich auflodernder Gestirne in der Cassiopea, im

Schwan und im Schlangenträger führt zu der Annahme dunkler Weltkörper. In kleine Massen geballt, kreisen die Sternschnuppen-Asteroiden um die Sonne, durchschneiden cometenartig die Bahnen der leuchtenden großen Planeten und entzünden sich, der Oberfläche unseres Dunstkreises nahe oder in den obersten Schichten desselben.

Mit allen andern Weltkörpern, mit der ganzen Natur jenseits unserer Atmosphäre stehen wir nur im Verkehr mittelst des Lichtes; mittelst der Wärmestrahlen, die kaum vom Lichte zu trennen sind und durch die geheimnißvollen Anziehungskräfte, welche ferne Massen nach der Quantität ihrer Körpertheile auf unsern Erdball, auf den Ocean und die Luftschichten ausüben. Eine ganz andere Art des kosmischen, recht eigentlich materiellen Verkehrs erkennen wir im Fall der Sternschnuppen und Meteorsteine, wenn wir sie für planetarische Asteroiden halten. Es sind nicht mehr Körper, die aus der Ferne bloß durch Erregung von Schwingungen leuchtend oder wärmend einwirken, oder durch Anziehung bewegen und bewegt werden: es sind materielle Theile selbst, welche aus dem Weltraume in unsere Atmosphäre gelangen und unserm Erdkörper verbleiben. Wir erhalten durch einen Meteorstein die einzig mögliche Berührung von etwas, das unserm Planeten fremd ist. Gewöhnt, alles Nicht-Tellurische nur durch Messung, durch Rechnung, durch Vernunftschlüsse zu kennen: sind wir erstaunt, zu betasten, zu wiegen, zu zersetzen, was der Außenwelt angehört. So wirkt auf unsere Einbildungskraft eine reflectirende, geistige Belebung der Gefühle: da, wo der gemeine Sinn nur verlöschende Funken am heitern Himmelsgewölbe; wo er im schwarzen Steine, der aus der krachenden Wolke herabstürzt, nur das rohe Product einer wilden Naturkraft sieht.

Wenn die Asteroiden-Schwärme, bei denen wir mit Vorliebe lange verweilt haben, durch ihre geringe Masse und die Mannigfaltigkeit ihrer Bahnen sich gewissermaßen den Cometen anschließen; so unterscheiden sie sich dagegen wesentlich dadurch, daß wir ihre Existenz fast nur in dem Augenblick ihrer Zerstörung kennen lernen: wenn sie, von der Erde gefesselt, leuchtend werden und sich entzünden. Um aber das Ganze von dem zu umfassen, was zu unserm, seit der Entdeckung der *kleinen* Planeten, der *inneren* Cometen von kurzem Umlaufe und der *Meteor-Asteroiden* so complicirt und formenreich erscheinenden Sonnensysteme gehört; bleibt uns der Ring des *Thierkreislichtes* übrig, dessen wir schon früher mehrmals erwähnt haben. Wer Jahre lang in der Palmen-Zone gelebt hat, dem bleibt eine liebliche

Erinnerung von dem milden Glanze, mit dem das Thierkreislicht, pyramidal aufsteigend, einen Theil der immer gleich langen Tropennächte erleuchtet. Ich habe es, und zwar nicht bloß in der dünnen und trockenen Atmosphäre der Andesgipfel auf zwölf- oder vierzehntausend Fuß Höhe, sondern auch in den grenzenlosen Grasfluren (Llanos) von Venezuela, wie am Meeresufer, unter dem ewig heiteren Himmel von Cumana, bisweilen intensiv leuchtender als die Milchstraße im Schützen gesehn. Von einer ganz besondern Schönheit war die Erscheinung, wenn kleines duftiges Gewölk sich auf dem Zodiacallichte projicirte und sich malerisch abhob von dem erleuchteten Hintergrunde. Eine Stelle meines Tagebuches auf der Schifffahrt von Lima nach der westlichen Küste von Mexico gedenkt dieses Luftbildes: „Seit 3 oder 4 Nächten (zwischen 10° und 14° nördlicher Breite) sehe ich das Zodiacallicht in einer Pracht, wie es mir nie noch erschienen ist. In diesem Theile der Südsee ist, auch nach dem Glanze der Gestirne und Nebelflecke zu urtheilen, die Durchsichtigkeit der Atmosphäre wundervoll groß. Vom 14 bis 19 März war sehr regelmäßig, ¾ Stunden nachdem die Sonnenscheibe sich in das Meer getaucht hatte, keine Spur vom Thierkreislichte zu sehen, obgleich es völlig finster war. Eine Stunde nach Sonnenuntergang wurde es auf einmal sichtbar, in großer Pracht zwischen Aldebaran und den Plejaden am 18 März 39° 5' Höhe erreichend. Schmale langgedehnte Wolken erscheinen zerstreuet in lieblichem Blau, tief am Horizont, wie vor einem gelben Teppich. Die oberen spielen von Zeit zu Zeit in bunten Farben. Man glaubt, es sei ein zweiter Untergang der Sonne. Gegen diese Seite des Himmelsgewölbes hin scheint uns dann die Helligkeit der Nacht zuzunehmen, fast wie im ersten Viertel des Mondes. Gegen 10 Uhr war das Zodiacallicht hier in der Südsee gewöhnlich schon sehr schwach, um Mitternacht sah ich nur eine Spur desselben. Wenn es den 16 März am stärksten leuchtete, so ward gegen Osten ein Gegenschein von mildem Lichte sichtbar." In unserer trüben, sogenannten gemäßigten, nördlichen Zone ist das Thierkreislicht freilich nur im Anfang des Frühlings nach der Abenddämmerung über dem westlichen, am Ende des Herbstes vor der Morgendämmerung über dem östlichen Horizonte deutlich sichtbar.

Es ist schwer zu begreifen, wie eine so auffallende Naturerscheinung erst um die Mitte des 17ten Jahrhunderts die Aufmerksamkeit der Physiker und Astronomen auf sich gezogen hat; wie dieselbe den vielbeobachtenden Arabern im alten Bactrien, am Euphrat und im südlichen Spanien hat entgehen können. Fast gleiche Verwunderung erregt die späte Beobachtung der erst von Simon

Marius und Huygens beschriebenen Nebelflecke in der Andromeda und im Orion. Die erste ganz deutliche Beschreibung des *Zodiacallichts* ist in Childrey's Britannia Baconica vom Jahr 1661 enthalten; die erste Beobachtung mag zwei oder drei Jahre früher gemacht worden sein; doch bleibt dem Dominicus Cassini das unbestreitbare Verdienst, zuerst (im Frühjahr 1683) das Phänomen in allen seinen räumlichen Verhältnissen er gründet zu haben. Was er 1668 in Bologna, und zu derselben Zeit der berühmte Reisende Chardin in Persien sahen (die Hof-Astrologen zu Ispahan nannten das von ihnen nie zuvor gesehene Licht nyzek, eine *kleine Lanze*); war nicht, wie man oft behauptet hatDominicus Cassini (*Mém. de l'Acad. des Sc.* T. VIII. 1730 p. 188) und Mairan (*Aurore bor.* p. 16) haben selbst die Behauptung aufgestellt, daß das 1668 in Persien gesehene Phänomen das Zodiacallicht gewesen sei. *Delambre* (*Hist. de l'Astron. moderne* T. II. p. 742) schreibt die Entdeckung dieses Lichtes bestimmt dem berühmten Reisenden *Chardin* zu; aber sowohl im *Couronnement de Soliman* als in mehreren Stellen seiner Reisebeschreibung (éd. de Langlès T. IV. p. 326, T. X. p. 97) erwähnt Chardin als *niazouk (nyzek)* oder petite lance nur: "la grande et fameuse comète qui parut presque par toute la terre en 1668 et dont la tête étoit cachée dans l'occident de sorte qu'on ne pouvoit en rien apercevoir sur l'horizon d'Ispahan." (*Atlas du Voyage de Chardin* Tab. IV, nach den Beobachtungen in Schiras.) Der Kopf oder Kern dieses Cometen ist aber in Brasilien und in Indien gesehen worden (Pingré, *Cométogr.* T. II., p. 22). Ueber die Vermuthung der Identität des letzten großen Cometen vom März 1813 mit dem, welchen Cassini für das Zodiacallicht hielt, s. *Schum. astr. Nachr.* 1843 No. 476 und 480. Im Persischen werden nîzehi âteschîn (feurige Spieße oder Lanzen) auch für die Strahlen der auf- oder untergehenden Sonne gebraucht, wie nayâzik nach Freytag's arabischem Lexicon stellae cadentes bedeutet. Die Vergleichung der Cometen mit Lanzen und Schwerdtern war übrigens besonders dem Mittelalter in allen Sprachen sehr gewöhnlich. Selbst der große Comet, welcher vom April bis Junius 1500 gesehen wurde, heißt bei den italiänischen Schriftstellern der Zeit immer Il Signor Astone (s. mein *Examen critique de l'hist. de la Géographie* T. V. p. 80). – Die vielfach geäußerten Vermuthungen, daß *Descartes* (*Cassini* p. 230, *Mairan* p. 16) oder gar *Kepler* (*Delambre* T. I. p. 601) das Zodiacallicht gekannt hätten, scheinen mir ganz unhaltbar. *Descartes* (*Principes de la Philos.* Partie III. art. 136 und 137) spricht auf eine sehr dunkle Weise, wie Cometenschweife entstehen: "par des rayons obliques qui, tombant sur diverses parties des orbes planétaires, viennent des parties latérales à notre oeil par une réfraction extraordinaire"; auch wie Morgens und Abends Cometenschweife "comme une longe *poutre*" gesehen werden könnten, wenn die Sonne zwischen dem Cometen und der Erde steht. Diese Stelle ist so wenig auf das Zodiacallicht zu deuten als das, was *Kepler* (*Epit. Astron. Copernicanae* T. I. p. 57 und T. II. p. 893) von der Existenz einer Sonnen-Atmosphäre (limbus circa solem, coma lucida) sagt, welche in totalen Sonnenfinsternissen hindert, „daß es ganz Nacht werde". Noch unsicherer oder vielmehr irriger ist die Behauptung, daß die "trabes quas δοκοὺς vocant (*Plin.* II. 26 und 27) eine Andeutung des zungenförmig aufsteigenden Zodiacallichts seien, wie *Cassini* (p. 231 art. XXXI) und *Mairan* (p. 15) vorgeben. Ueberall bei den Alten sind die trabes mit Boliden (ardores et faces) und anderen feurigen Meteoren in Verbindung gesetzt, auch wohl gar mit den langbärtigen Cometen. (Ueber δοκός, δοκίας, δοκίτης s. *Schäfer*, Schol. Par. ad *Apoll. Rhod.* 1813 T. II. p. 206; *Pseudo-Aristot. de Mundo* 2, 9; *Comment. Alex., Joh. Philop. et Olymp. in Aristot. Meteor.* lib. I. cap. VII, 3 p. 195, Ideler; *Seneca, Nat. Quaest.* I, 1.), das Thierkreislicht, sondern der ungeheure Schweif eines Cometen, dessen Kopf sich in den Dünsten des Horizonts verbarg, und der selbst der Lage und Erscheinung nach viel ähnliches mit dem großen Cometen von 1843 hatte. Mit nicht geringer Wahrscheinlichkeit kann man vermuthen, daß das merkwürdige, von der Erde pyramidal aufsteigende Licht, welches man auf der Hochebene von Mexico 1509, vierzig Nächte lang, am östlichen Himmel beobachtete und dessen Erwähnung ich in einem altaztekischen Manuscripte der königl. Pariser Bibliothek, im Codex Telleriano-Remensis, aufgefunden habe, das Thierkreislicht war.

Die in Europa von Childrey und Dominicus Cassini entdeckte und doch wohl uralte Erscheinung ist nicht die leuchtende Sonnen-Atmosphäre selbst, da diese nach mechanischen Gesetzen nicht abgeplatteter als im Verhältniß von 2 : 3, und demnach nicht ausgedehnter als bis $9/_{20}$ der Merkursweite sein könnte. Eben diese Gesetze bestimmen, daß bei einem rotirenden Weltkörper, über seinem Aequator, die Höhe der äußersten Grenze der Atmosphäre: der Punkt nämlich, wo Schwere und Schwungkraft im Gleichgewicht sind, nur die ist, in welcher ein Satellit gleichzeitig mit der Achsendrehung des Weltkörpers um diesen laufen würde *Laplace, expos. du Syst. du Monde* p. 270, *Mécanique céleste* T. II. p. 159 und 171; *Schubert, Astr.* Th. III. § 206.. Eine solche *Beschränktheit* der Sonnen-Atmosphäre in ihrem *jetzigen* concentrirten Zustande wird besonders auffallend, wenn man den Centralkörper unsers Systems mit dem Kern anderer Nebelsterne vergleicht. Herschel hat mehrere aufgefunden, in denen der Halbmesser des Nebels, welcher den Stern umgiebt, unter einem Winkel von

150" erscheint. Bei der Annahme einer Parallaxe, die nicht ganz 1" erreicht, findet man die äußerste Nebelschicht eines solchen Sternes 150mal weiter von seinem Centrum entfernt, als es die Erde von der Sonne ist. Stände der Nebelstern also an der Stelle unserer Sonne, so würde seine Atmosphäre nicht bloß die Uranusbahn einschließen, sondern sich noch achtmal weiter als diese erstrecken.

Unter der eben geschilderten engen Begrenzung der Sonnen-Atmosphäre, ist mit vieler Wahrscheinlichkeit als materielle Ursach des Zodiacallichtes die Existenz eines zwischen der Venus- und Marsbahn frei im Weltraume kreisenden, sehr abgeplatteten *Ringes*Schon *Dominicus Cassini* nahm, wie später Laplace, Schubert und Poisson, zur Erklärung der Gestalt des Zodiacallichtes die Hypothese eines abgesonderten Ringes an. Er sagt bestimmt: "si les orbites de Mercure et de Vénus étoient visibles (matériellement dans toute l'étendue de leur surface), nous les verrions habituellement de la même figure et dans la même disposition à l'égard du Soleil et aux mêmes tems de l'année que la lumière zodiacale." (*Mém. de l'Acad. des Sc.* T. VIII. 1730 p. 218 und *Biot* in den *Comptes rendus* T. III. 1836 p. 666.) Cassini glaubte, daß der dunstförmige Ring des Zodiacallichtes aus einer Unzahl kleiner planetenartiger Körper, die um die Sonne kreisen, zusammengesetzt sei. Er war selbst nicht abgeneigt zu glauben, daß der Fall von Feuerkugeln mit dem Durchgang der Erde durch den Zodiacal-Nebel-Ring zusammenhängen könne. *Olmsted* und vorzüglich *Biot* (a. a. O. p. 673) haben diesen Zusammenhang mit dem November-Phänomen zu ergründen gesucht: einen Zusammenhang, den *Olbers* bezweifelt (*Schum. Jahrbuch* für 1837 S. 281). Ueber die Frage, ob die Ebene des Zodiacallichts mit der Ebene des Sonnen-Aequators vollkommen zusammentrifft, s. *Houzeau* in *Schum. astr. Nachr.* 1843 No. 492 S. 190. dunstartiger Materie zu betrachten. Von seinen eigentlichen körperlichen Dimensionen; von seiner VergrößerungSir John *Herschel, Astron.* § 487. durch Ausströmung der Schweife vieler Myriaden von Cometen, die in die Sonnennähe kommen; von der sonderbaren Veränderlichkeit seiner Ausdehnung, da er bisweilen sich nicht über unsere Erdbahn hinaus zu erstrecken scheint; endlich von seinem muthmaßlichen inneren Zusammenhange mit dem in der Nähe der Sonne mehr condensirten Weltdunste ist wohl für jetzt nichts sicheres zu berichten. Die dunstförmigen Theilchen, aus welchen der Ring besteht und die nach planetarischen Gesetzen um die Sonne circuliren, können entweder selbstleuchtend oder von der Sonne erleuchtet sein. Selbst ein irdischer Nebel (und diese Thatsache ist sehr merkwürdig) hat sich 1743, zur Zeit des Neumondes, mitten in der Nacht so phosphorisch erwiesen, daß man Gegenstände in 600 Fuß Entfernung*Arago* im *Annuaire* pour 1832 p. 246. Mehrere physikalische Thatsachen scheinen anzudeuten, daß bei einer mechanischen Trennung der Materie in die kleinsten Theilchen, wenn die *Masse* sehr gering im Verhältniß zur *Oberfläche* wird, die electrische Spannung sich bis zur Licht- und Wärmestrahlung erhöhen kann. Versuche mit einem großen Hohlspiegel haben bisher nicht entscheidende Beweise von dem Dasein strahlender Wärme im Zodiacallichte gegeben. (Lettre de Mr. *Matthiessen* à Mr. Arago in den *Comptes rendus de l'Acad. des Sc.* T. XVI. 1843 p. 687.) deutlich erkennen konnte.

In dem Tropenklima von Südamerika hat mich bisweilen die veränderliche Lichtstärke des Zodiacalscheins in Erstaunen gesetzt. Da ich mehrere Monate lang, an den Flußufern und in den Grasebenen (Llanos), die heiteren Nächte in freier Luft zubrachte, so hatte ich Gelegenheit die Erscheinung mit Sorgfalt zu beobachten. Wenn das Zodiacallicht eben am stärksten gewesen war, so wurde es bisweilen wenige Minuten nachher merklich geschwächt: bis es plötzlich in seinem vollen Glanze wieder auftrat. In einzelnen Fällen glaubte ich, – nicht etwa eine röthliche Färbung, oder eine untere bogenförmige Verdunklung, oder gar ein Funkensprühen, wie es Mairan angiebt –, wohl aber eine Art von Zucken und Flimmern zu bemerken. Gehen dann Processe in dem Dunstringe selbst vor? oder ist es nicht wahrscheinlicher, daß, während ich an den meteorologischen Instrumenten, nahe am Boden in der unteren Luftregion, keine Veränderung der Wärme oder Feuchtigkeit wahrnahm, ja während mir kleine Sterne 5ter und 6ter Größe in gleicher ungeschwächter Lichtstärke zu leuchten schienen: in den obersten Luftschichten Verdichtungen vorgingen, welche die Durchsichtigkeit oder vielmehr die Licht-Reflexion auf eine eigenthümliche, uns unbekannte Weise modificirten? Für die Annahme solcher meteorologischen Ursachen an der Grenze unsres Luftkreises sprechen auch die von dem scharfsichtigen Olbers beobachteten „Auflodeungen und Pulsationen, welche einen ganzen Cometenschweif in wenigen Secunden durchzittern, und bei denen derselbe sich bald um mehrere Grade verlängert, bald darauf wieder verkürzt. Da die einzelnen Theile des, Millionen von Meilen langen Schweifes sehr ungleich von der Erde entfernt sind, so können nach den Gesetzen der Geschwindigkeit und Fortpflanzung des Lichts wirkliche Veränderungen in einem, ungeheure Räume ausfüllenden Weltkörper nicht von uns in so kurzen Intervallen gesehen werden." Diese Betrachtungen schließen keineswegs die Realität veränderter Ausströmung um die verdichteten Kernhüllen eines Cometen aus; nicht die Realität plötzlich eintretender Aufheiterungen des Zodiacallichts durch innere Molecular-Bewegung, durch vermehrte oder verminderte Licht-Reflexion in dem Weltdunste des Lichtringes: sie sollen nur aufmerksam machen auf den Unterschied von dem, was der *Himmelsluft* (dem Weltraume selbst) oder den irdischen Luftschichten zugehört, durch die wir sehen. Was an der, ohnedies mannigfaltig bestrittenen, oberen *Grenze* unserer Atmosphäre vorgeht, ist, wie wohl beobachtete Thatsachen zeigen, keinesweges vollständig zu erklären. Die wundersame Erhellung ganzer Nächte, in denen man in den Breiten von Italien und dem nördlichen Deutschlande im Jahr 1831 kleine Schrift um Mitternacht lesen konnte, steht in klarem Widerspruch mit allem, was wir nach den neuesten und schärfsten Untersuchungen über die Crepuscular-Theorie und über die Höhe der Atmosphäre wissen. Von noch unergründeten Bedingungen hangen Lichtphänomene ab, deren Veränderlichkeit in der Dämmerungsgrenze, wie in dem Zodiacallichte uns in Verwunderung setzt.

Wir haben bis hierher betrachtet, was zu unserer Sonne gehört; die Welt der Gestaltungen, welche von ihr regiert wird: *Haupt-* und *Nebenplaneten, Cometen* von kurzer und langer Umlaufszeit; *meteorförmige Asteroiden*, die sporadisch oder in geschlossenen Ringen, wie in Ströme zusammengedrängt sich bewegen; endlich einen leuchtenden *Nebelring*, welcher der Erdbahn nahe um die Sonne kreist und dem, seiner Lage wegen, der Name des *Zodiacallichtes* verbleiben kann. Ueberall herrscht das *Gesetz der Wiederkehr* in den Bewegungen, so verschieden auch das Maaß der Wurfgeschwindigkeit oder die Menge der zusammengeballten materiellen Theile ist; nur die Asteroiden, die aus dem Weltraume in unsern Dunstkreis fallen, werden in der Fortsetzung ihres planetarischen Umschwunges gehemmt und einem größeren Planeten angeeignet. In dem Sonnensystem, dessen Grenzen die anziehende Kraft des Centralkörpers bestimmt, werden Cometen bis zu einer Ferne von 44 Uranusweiten in ihrer elliptischen Laufbahn zur Wiederkehr umgelenkt; ja in diesen Cometen selbst, deren Kern uns, bei der geringen Masse, welche sie enthalten, wie ein hinziehendes *kosmisches Gewölk* erscheint, fesselt dieser Kern, durch seine Anziehung, noch die äußersten Theile des Schweifes in einer viele Millionen Meilen langen Ausströmung. So sind die Centralkräfte die bildenden, gestaltenden, aber auch die erhaltenden Kräfte eines Systems.

Unsere Sonne kann in Beziehung auf alle wiederkehrenden zu ihr gehörigen, großen und kleinen, dichten und fast nebelartigen Weltkörper als *ruhend* betrachtet werden: doch um den gemeinschaftlichen Schwerpunkt des ganzen Systemes kreisend: welcher bisweilen in sie selbst fällt, d. h. trotz der veränderlichen Stellung der Planeten bisweilen in ihrem körperlichen Umfange beharrt. Ganz verschieden von dieser Erscheinung ist die translatorische Bewegung der Sonne, die fortschreitende Bewegung des Schwerpunkts des ganzen Sonnensystems im Weltraume. Sie geschieht mit einer solchen Schnelligkeit, daß, nach Bessel, die relative Bewegung der Sonne und des 61ten Sterns im Schwan nicht minder, in einem Tage, als 834000 geographische Meilen beträgt. Dieser Ortsveränderung des ganzen Sonnensystems würden wir unbewußt bleiben, wenn nicht durch die bewundernswürdige Genauigkeit der jetzigen astronomischen Meßinstrumente und durch die Fortschritte der beobachtenden Astronomie unser Fortrücken an fernen Sternen, wie an Gegenständen eines scheinbar bewegten Ufers, merklich würde. Die eigene Bewegung des 61ten Sterns im Sternbild des Schwans z. B. ist so beträchtlich, daß sie in 700 Jahren schon bis zu einem ganzen Grade wird angewachsen sein.

Das Maaß oder die Quantität solcher Veränderungen am Fixsternhimmel (Veränderungen in der relativen Lage selbstleuchtender Gestirne gegen einander) ist mit mehr Sicherheit zu bestimmen als die Erscheinung selbst genetisch zu deuten. Wenn auch schon abgezogen worden, was dem Vorrücken der Nachtgleichen und der Nutation der Erdachse, als Folge der Einwirkung der Sonne und des Mondes auf die sphäroidische Gestalt der Erde; was der Fortpflanzung, d. i. Abirrung, des Lichtes, und der durch die diametral entgegengesetzte Stellung der Erde in ihrem Umlauf um die Sonne erzeugten Parallaxe zugehört, so ist in der übrig bleibenden jährlichen Bewegung der Fixsterne doch immer noch zugleich enthalten, was die Folge der Translation des ganzen Sonnensystems im Weltraume und die Folge der eigenen wirklichen Bewegung der Sterne ist. Die schwierige numerische Sondrung dieser beiden Elemente der eigenen und der scheinbaren Bewegung hat man durch die sorgfältige Angabe der Richtungen in der Bewegung der einzelnen Sterne und durch die Betrachtung möglich gemacht: daß, wenn alle Sterne in absoluter Ruhe wären, sie sich perspectivisch von dem Punkte entfernen würden, gegen den die Sonne ihren Lauf richtet. Das Endresultat der Untersuchung, welches die Wahrscheinlichkeits-Rechnung bestätigt, ist gewesen, daß beide, unser Sonnensystem und die Sterne, ihren Ort im Weltraum verändern. Nach der vortrefflichen Untersuchung von Argelander, der (in Abo) die von Wilhelm Herschel und Prevost unternommene Arbeit erweitert und ansehnlich vervollkommnet hat, bewegt sich die Sonne gegen das Sternbild des Hercules: und zwar sehr wahrscheinlich nach einem Punkte hin, welcher nach der Combination von 537 Sternen (für das Aequin. von 1792,5) in 257° 49',7 A. R.; +28° 49',7 Decl. liegt. Es bleibt in dieser Classe der Untersuchungen von großer Schwierigkeit, die absolute Bewegung von der relativen zu trennen, und zu bestimmen, was dem Sonnensystem allein zugehört.

Betrachtet man die nicht perspectivischen *eigenen* Bewegungen der Sterne, so scheinen viele gruppenweise in ihrer Richtung entgegengesetzt; und die bisher gesammelten Thatsachen machen es auf's wenigste nicht nothwendig, anzunehmen, daß alle Theile unserer Sternenschicht oder gar der gesammten Sterneninseln, welche den Weltraum füllen, sich um einen großen, unbekannten, leuchtenden oder dunkeln Centralkörper bewegen. Das Streben nach den letzten und höchsten Grundursachen macht freilich die reflectirende Thätigkeit des Menschen, wie seine Phantasie, zu einer solchen Annahme geneigt. Schon der Stagirite hatte ausgesprochen, daß „alles, was bewegt wird, auf ein Bewegendes zurückführe; und es nur ein unendliches Verschieben der Ursachen wäre, wenn es nicht ein erstes *unbeweglich Bewegendes*Aristot. de Coelo III, 2 p. 301 Bekker; *Phys.* VIII. 5 p. 256. gäbe."

Die gruppenweise so mannigfaltigen Ortsveränderungen der Gestirne: nicht die parallactischen, der Ortsveränderung des Beobachters unterworfenen, sondern die wirklichen, im Weltraum unausgesetzt fortschreitenden; offenbaren uns auf das unwidersprechlichste, durch eine Classe von Erscheinungen: durch die Bewegung der *Doppelsterne*, durch das Maaß ihrer langsameren oder schnelleren Bewegung in verschiedenen Theilen ihrer elliptischen Bahnen, das Walten der *Gravitations-Gesetze auch jenseits unsers Sonnensystems*, in den fernsten Regionen der Schöpfung. Die menschliche Neugier braucht nicht mehr auf diesem Felde in unbestimmten Vermuthungen, in der ungemessenen Ideenwelt der Analogien Befriedigung zu suchen. Sie ist durch die Fortschritte der beobachtenden und rechnenden Astronomie endlich auch hier auf sicheren Boden gelangt. Es ist nicht sowohl die Erstaunen erregende Zahl der bereits aufgefundenen, um einen *außer ihnen* liegenden Schwerpunkt kreisenden, doppelten und vielfachen Sterne (an 2800 bis zum Jahr 1837): es sind die Erweiterung unsers Wissens von den Grundkräften der ganzen Körperwelt, die Beweise von der allverbreiteten Herrschaft der Massen-Anziehung, welche zu den glänzendsten Entdeckungen unsrer Epoche gehören. Die Umlaufszeit zweifarbiger Doppelsterne bietet die mannigfaltigsten Unterschiede dar; sie erstrecken sich von 43 Jahren: wie in η der Krone, bis zu mehreren Tausenden: wie bei 66 des Wallfisches, 38 der Zwillinge und 100 der Fische. Seit Herschel's Messungen im Jahr 1782 hat in dem dreifachen Systeme von ζ des Krebses der nähere Begleiter nun schon mehr als einen vollen Umlauf zurückgelegt. Durch geschickte Combination der veränderten Distanzen und Positionswinkel werden die Elemente der Bahnen gefunden, ja Schlüsse über die absolute Entfernung der Doppelsterne von der Erde und die Vergleichung ihrer Masse mit der Masse der Sonne gezogen. Ob aber hier und in unserm Sonnensystem die Quantität der Materie das alleinige Maaß der anziehenden Kräfte sei; oder ob nicht zugleich *specifische*, nicht der Masse proportionale Attractionen wirksam sein *können*, wie Bessel zuerst erwiesen hat: ist eine Frage, deren factische Lösung der späteren Zukunft vorbehalten bleibt.

Wenn wir in der linsenförmigen Sternenschicht, zu der wir gehören, unsre Sonne mit den andern sogenannten Fixsternen, also mit anderen selbstleuchtenden Sonnen, vergleichen; so finden wir wenigstens bei einigen derselben Wege eröffnet, welche annäherungsweise, innerhalb gewisser äußersten Grenzen, zu der Kenntniß ihrer Entfernung, ihres Volums, ihrer Masse, und der Geschwindigkeit der Ortsveränderung leiten können. Nehmen wir die Entfernung des Uranus von der Sonne zu 19 Erdweiten, d. h. zu 19 Abständen der Sonne von der Erde an; so ist der Centralkörper unsres Planetensystems vom Sterne α im Sternbilde des Centauren 11900, von 61 im Sternbilde des Schwans fast 31300, von α im Sternbilde der Leier 41600 Uranusweiten entfernt. Die Vergleichung des Volums der Sonne mit dem Volum der Fixsterne erster Größe ist von einem äußerst unsichern optischen Elemente, dem scheinbaren Durchmesser der Fixsterne, abhängig. Nimmt man nun mit Herschel den scheinbaren Durchmesser des Arcturus auch nur zum zehnten Theil einer Secunde an, so ergiebt sich daraus doch der wirkliche *Durchmesser* dieses Sterns noch eilfmal größer als der der Sonne *Philos. Transact.* for 1803, p. 225, *Arago* im *Annuaire* pour 1842 p. 375. Will man sich die etwas früher im Texte bezeichnete Entfernung der Fixsterne bequemer versinnlichen, so erinnere man sich, daß, wenn die Erde von der Sonne in einem Fuß Entfernung angenommen wird, Uranus 19 Fuß und Wega der Leier 34½ geographische Meilen von der Sonne entfernt ist.. Die durch Bessel bekannt gewordene Entfernung des 61ten Sterns des Schwans hat annäherungsweise zu der Kenntniß der Menge von körperlichen Theilen geführt, welche derselbe als Doppelstern enthält. Ohnerachtet seit Bradley's Beobachtungen der durchlaufene Theil der scheinbaren Bahn noch nicht groß genug ist, um daraus mit Genauigkeit auf die wahre Bahn und den größten Halbmesser derselben schließen zu können; so ist es doch dem großen Königsberger Astronomen wahrscheinlich geworden, „daß die *Masse* jenes Doppelsterns nicht beträchtlich kleiner oder größer ist als die Hälfte der Masse unsrer Sonne". Dies ist das Resultat einer wirklichen Messung. Analogien, welche von der größeren Masse der mondenbegleiteten Planeten unsres Sonnensystems und von der Thatsache hergenommen werden, daß Struve sechsmal mehr Doppelsterne unter den helleren Fixsternen als unter den telescopischen findet, haben andere Astronomen vermuthen lassen, daß die Masse der größeren Zahl der Sternenpaare, im Durchschnitt*Mädler, Astr.* S. 476; ders. in *Schum. Jahrbuch* für 1839 S. 95., die Sonnenmasse übertrifft. Allgemeine Resultate sind hier noch lange nicht zu erlangen. In Bezug auf eigene Bewegung im Weltraume gehört unsere Sonne nach Argelander in die Classe der stark bewegten Fixsterne.

Der Anblick des gestirnten Himmels, die relative Lage der Sterne und Nebelflecke, wie die Vertheilung ihrer Lichtmassen, die *landschaftliche* Anmuth des ganzen Firmaments, wenn ich mich eines solchen Ausdrucks bedienen darf: hangen im Lauf der Jahrtausende gleichmäßig ab von der eigenen wirklichen Bewegung der Gestirne und Lichtnebel, von der Translation unsres Sonnensystems im Weltraume, von dem einzelnen Auflodern neuer Sterne und dem Verschwinden oder der plötzlich geschwächten Licht-Intensität der älteren; endlich und vorzüglich von den Veränderungen, welche die Erdachse durch die Anziehung der Sonne und des Mondes erleidet. Die schönen Sterne des Centauren und des südlichen Kreuzes werden einst in unseren nördlichen Breiten sichtbar werden, während andere Sterne (Sirius und der Gürtel des Orion) dann niedersinken. Der ruhende Nordpol wird nach und nach durch Sterne des Cepheus (β und α) und des Schwans (δ) bezeichnet werden, bis nach 12000 Jahren Wega der Leier als der prachtvollste aller möglichen Polarsterne erscheinen wird. Diese Angaben versinnlichen uns die Größe von Bewegungen, welche in unendlich kleinen Zeittheilen ununterbrochen, wie eine ewige Weltuhr, fortschreiten. Denken wir uns, als ein Traumbild der Phantasie, die Schärfe unserer Sinne übernatürlich bis zur äußersten Grenze des telescopischen Sehens erhöht: und zusammengedrängt, was durch große Zeitabschnitte getrennt ist; so verschwindet urplötzlich alle Ruhe des räumlichen Seins. Wir finden die zahllosen Fixsterne sich wimmelnd nach verschiedenen Richtungen gruppenweise bewegen; Nebelflecke wie kosmische Gewölke umherziehen, sich verdichten und lösen, die Milchstraße an einzelnen Punkten aufbrechen und ihren Schleier zerreißen; *Bewegung* eben so in jedem Punkte des Himmelsgewölbes walten wie auf der Oberfläche der Erde in den keimenden, blättertreibenden, Blüthen entfaltenden Organismen der Pflanzendecke. Der berühmte spanische Botaniker Cavanilles hat zuerst den Gedanken gehabt „Gras wachsen" zu sehen, indem er in einem stark vergrößernden Fernrohr den horizontalen Micrometer-Faden bald auf die Spitze des Schößlings einer Bambusa, bald auf die des so schnell sich entwickelnden Blüthenstengels einer amerikanischen Aloe (Agave americana) richtete: genau wie der Astronom den culminirenden Stern auf das Fadenkreuz setzt. In dem Gesammtleben der physischen Natur, der organischen wie der siderischen, sind an *Bewegung* zugleich das *Sein*, die *Erhaltung* und das *Werden* geknüpft.

Das *Aufbrechen* der Milchstraße, dessen ich oben erwähnte, bedarf hier noch einer besonderen Erläuterung. Wilhelm Herschel, der sichere und bewundernswürdige Führer in diesen Welträumen, hat durch seine Stern-Aichungen gefunden, daß die telescopische Breite der Milchstraße eine sechs bis sieben Grad größere Ausdehnung hat, als unsre Sternkarten und der dem unbewaffneten Auge sichtbare Sternschimmer verkündigen. Die zwei glänzenden *Knoten*, in welchen die beiden Zweige der Zone sich vereinigen: in der Gegend des Cepheus und der Cassiopea, wie um den Scorpion und Schützen, scheinen eine kräftige Anziehung auf die benachbarten Sterne auszuüben; zwischen β und γ des Schwans aber, in der glanzvollsten Region, zieht sich von 330000 Sternen, welche in 5° Breite gefunden werden, die eine Hälfte nach einer Seite, die andere nach der entgegengesetzten hin. Hier vermuthet Herschel den Aufbruch der Schicht*Arago* im *Annuaire* pour 1842 p. 459.. Die Zahl der unterscheidbaren, durch keinen Nebel unterbrochenen, telescopischen Sterne der Milchstraße wird auf 18 Millionen geschätzt. Um die Größe dieser Zahl, ich sage nicht zu fassen, aber mit etwas analogem zu vergleichen, erinnere ich, daß von erster bis sechster Größe am ganzen Himmel nur etwa 8000 Sterne mit bloßen Augen gesehen werden. In dem unfruchtbaren Erstaunen, das Zahl- und Raumgrößen ohne Beziehung auf die geistige Natur oder das Empfindungsvermögen des Menschen erregen, begegnen sich übrigens die Extreme des Räumlichen, die Weltkörper mit dem kleinsten Thierleben. Ein

Cubikzoll des Polirschiefers von Bilin enthält, nach Ehrenberg, 40000 Millionen von kieselartigen Panzern der Gallionellen.

Der *Milchstraße der Sterne*, welcher nach Argelander's scharfsinniger Bemerkung überhaupt die helleren Sterne des Firmaments merkwürdig genähert erscheinen, steht beinahe rechtwinklig eine *Milchstraße von Nebelflecken* entgegen. Die erstere bildet nach Sir John Herschel's Ansichten einen Ring: einen freistehenden, von der linsenförmigen Sterneninsel etwas fernen Gürtel, ähnlich dem Ring des Saturn. Unser Planetensystem liegt excentrisch, der Gegend des Kreuzes näher als dem diametral gegenüberliegenden Punkte, der Cassiopea. In einem von Messier 1771 entdeckten, aber unvollkommen gesehenen Nebelflecke scheint das Bild unserer Sternschicht und des getheilten Ringes unsrer Milchstraße mit wundervoller Aehnlichkeit gleichsam abgespiegelt*Sir John Herschel, Astron.* § 624; derselbe in den Observations of Nebulae and Clusters of Stars (*Philos. Transact.* for the year 1833 P. II. p. 479 fig. 25): „we have here a brother System bearing a real physical resemblance and strong analogy of structure of our own.". Die *Milchstraße der Nebelflecke* gehört nicht unserer Sternschicht selbst an; sie umgiebt dieselbe, ohne physischen Zusammenhang mit ihr, in großer Entfernung; und zieht sich hin, fast in der Gestalt eines größten Kreises, durch die dichten Nebel der Jungfrau (besonders am nördlichen Flügel), durch das Haupthaar der Berenice, den großen Bären, den Gürtel der Andromeda und den nördlichen Fisch. Sie durchschneidet wahrscheinlich in der Cassiopea die Milchstraße der Sterne: und verbindet ihre sternarmen, durch haufenbildende Kraft veröderten Pole*Sir William Herschel* in den *Philos. Transact.* for 185 P. I. p. 257; *Sir John Herschel, Astr.* § 616. („The *nebulous* region of the heavens forms a *nebulous milky way*, composed of distinct nebulae as the other of Stars." Derselbe in einem Briefe an mich vom März 1829.) da, wo die Sternschicht räumlich die mindere Dicke hat.

Es folgt aus diesen Betrachtungen, daß, während unser *Sternhaufe* in seinen auslaufenden Aesten Spuren großer, im Laufe der Zeit vorgefallener Umbildungen an sich trägt und, durch secundäre Anziehungspunkte, sich aufzulösen und zu zersetzen strebt; derselbe von zwei Ringen: einem sehr fernen, der *Nebel*, und einem näheren, der *Sterne*, umgeben wird. Dieser letztere Ring (unsere Milchstraße) ist ein Gemisch von nebellosen Sternen, im Durchschnitte von zehnter bis eilfter Größe, einzeln aber betrachtet sehr *verschiedenartiger* Größe, während isolirte Sternhaufen (*Sternschwärme*) fast immer den Charakter der *Gleichartigkeit* haben.

Ueberall wo mit mächtigen, raumdurchdringenden Fernröhren das Himmelsgewölbe durchforscht ist, werden Sterne, sei es auch nur telescopische 20ter bis 24ter Ordnung, oder leuchtende Nebel gesehen. Ein Theil dieser Nebel würde wahrscheinlich für noch kräftigere optische Werkzeuge sich in Sterne auflösen. Unsere Netzhaut erhält den Eindruck einzelner oder sehr zusammengedrängter Lichtpunkte: woraus, wie Arago neuerlichst gezeigt hat, ganz verschiedene photometrische Verhältnisse der Lichtempfindung*Arago* im *Annuaire du Bureau des Longit.* pour 1842 p. 282–285, 409–411 und 439–442. entstehen. Der *kosmische Nebel:* gestaltet oder formlos, allgemein verbreitet, durch Verdichtung Wärme erzeugend; modificirt wahrscheinlich die Durchsichtigkeit des Weltraums, und vermindert die gleichartige Intensität der Helligkeit, welche nach Halley und Olbers entstehen müßte, wenn jeder Punkt des Himmelsgewölbes, der Tiefe nach, von einer endlosen Reihe von Sternen bedeckt wäre*Olbers* über die Durchsichtigkeit des Weltraums in *Bode's astron. Jahrbuch* für das J. 1826 S. 110–121.. Die Annahme einer solchen Bedeckung widerspricht der Beobachtung. Diese zeigt große ganz sternleere Regionen, *Oeffnungen im Himmel*, wie Wilhelm Herschel sie nennt: eine im Scorpion, vier Grad breit, eine andere in der Lende des Schlangenträgers. In der Nähe beider, nahe an ihrem Rande, befinden sich auflösliche Nebelflecke. Der, welcher am westlichen Rande der Oeffnung im Scorpion steht, ist einer der reichsten und zusammengedrängtesten Haufen kleiner Sterne, welche den Himmel zieren. Auch schreibt Herschel der Anziehung und haufenbildenden Kraft dieser Randgruppen die Oeffnungen selbst als sternleere Regionen zu. „Es sind Theile unserer Sternschicht", sagt er in der schönen Lebendigkeit seines Styls, „die bereits große Verwüstung von der Zeit erlitten haben". Wenn man sich die hinter einander liegenden telescopischen Sterne wie einen *Sternenteppich* denkt, der das ganze scheinbare Himmelsgewölbe bedeckt, so sind, glaube ich, jene sternleeren Stellen des Scorpions und des Schlangenträgers wie Röhren zu betrachten, durch die wir in den fernsten Weltraum blicken. Die Schichten des Teppichs sind unterbrochen: andere Sterne mögen auch da vorliegen, aber sie sind unerreichbar für unsre Werkzeuge. Der Anblick feuriger Meteore hatte die Alten ebenfalls auf die Idee von Spalten und Rissen (chasmata) in der Himmelsdecke geleitet. Diese Spalten wurden aber nur als vorübergehend betrachtet. Statt dunkel zu sein, waren sie erleuchtet und feurig: wegen des hinterliegenden, durchscheinenden, entzündeten Aethers*Aristot. Meteor.*II. 5, 1; *Seneca, Natur. Quaest.* I. 14, 2. „Coelum discessisse" in *Cic. de Divin.* I, 43.. Derham und selbst Huygens schienen nicht abgeneigt, das milde Licht der Nebelflecke auf eine ähnliche Art zu erklären*Arago* im *Annuaire* pour 1842 p. 429..

Wenn man die, im Durchschnitt uns gewiß näheren Sterne erster Größe mit den nebellosen telescopischen, wenn man die *Nebelsterne* mit ganz *unauflöslichen Nebelflecken*, z. B. mit dem der Andromeda, oder gar mit den sogenannten *planetarischen Nebeln* vergleicht; so drängt sich uns bei Betrachtung so verschiedener Ferne, wie in die Schrankenlosigkeit des Raums versenkt, eine Thatsache auf, welche die Welt der Erscheinungen und das, was ihr ursachlich, als Realität, zum Grunde liegt, abhängig von der *Fortpflanzung des Lichtes* zeigt. Die Geschwindigkeit dieser Fortpflanzung ist nach Struve's neuesten Untersuchungen 41518 geographische Meilen in einer Secunde, also fast eine Million mal größer als die Geschwindigkeit des Schalles. Nach dem, was wir durch die Messungen von Maclear, Bessel und Struve von den Parallaxen und Entfernungen dreier Fixsterne sehr ungleicher Größe (α Centaur, 61 Schwan, α Leier) wissen, bedarf ein Lichtstrahl 3, 9¼ oder 12 Jahre, um von diesen Weltkörpern zu uns zu gelangen. In der kurzen denkwürdigen Periode von 1572 bis 1604, von Cornelius Gemma und Tycho bis Kepler, loderten plötzlich drei neue Sterne auf: in der Cassiopea, im Schwan und am Fuß des Schlangenträgers. Dieselbe Erscheinung, aber mehrfach wiederkehrend, zeigte sich 1670 im Sternbild des Fuchses. In der neuesten Zeit, seit 1837, hat Sir John Herschel am Vorgebirge der guten Hoffnung den Glanz des Sternes η im Schiffe von der zweiten Größe bis zur ersten prachtvoll anwachsen sehen. Solche *Begebenheiten* des *Weltraums* gehören aber in ihrer historischen Wirklichkeit anderen Zeiten an als denen, in welchen die Lichterscheinung den Erdbewohnern ihren Anfang verkündigt; sie sind wie Stimmen der Vergangenheit, die uns erreichen. Man hat mit Recht gesagt, daß wir mit unsern großen Fernröhren gleichzeitig vordringen in den Raum und in die Zeit. Wir messen jenen durch diese; eine Stunde Weges sind für den Lichtstrahl 148 Millionen Meilen. Während in der Hesiodischen Theogonie die Dimensionen des Weltalls durch den Fall der Körper ausgedrückt werden („nicht mehr als neun Tage und neun Nächte fällt der eherne Amboß vom Himmel zur Erde herab"); glaubte Herschel der Vater, daß das Licht fast zwei Millionen Jahre brauche, um von den fernsten Lichtnebeln, die sein 40füßiger Refractor erreichte, zu uns zu gelangen. Vieles ist also längst verschwunden, ehe es uns sichtbar wird; vieles war anders geordnet. Der Anblick des gestirnten Himmels bietet *Ungleichzeitiges* dar; und so viel man auch den milde leuchtenden Duft der Nebelflecke oder die dämmernd aufglimmenden Sternhaufen uns näher rücken und die Tausende von Jahren vermindern will, welche als Maaß der Entfernung gelten: immer bleibt es, nach der Kenntniß, die wir von der Geschwindigkeit des Lichts haben, mehr als wahrscheinlich, daß das Licht der fernen Weltkörper das älteste sinnliche Zeugniß von dem Dasein der Materie darbietet. So erhebt sich, auf einfache Prämissen gestützt, der reflectirende Mensch zu ernsten, höheren Ansichten der Naturgebilde, da wo in den tief vom Licht durchströmten Gefilden

> „Wie Gras der Nacht Myriaden Welten keimen"Aus dem schönen Sonette meines *Bruders: Freiheit und Gesetz* (*Wilhelm von Humboldt, gesammelte Werke* Bd. IV. S. 358 No. 25)..

Aus der Region der himmlischen Gestaltungen, von den Kindern des Uranos, steigen wir nun zu dem engeren Sitz der irdischen Kräfte: zu den Kindern der Gäa, herab. *Ein* geheimnißvolles Band umschlingt beide Classen der Erscheinungen. Nach der alten Deutung des *titanischen* Mythus sind die Potenzen des Weltlebens, ist die große Ordnung der Natur an das Zusammenwirken des Himmels und der Erde geknüpft. Gehört schon seinem Ursprunge nach der Erdball, wie jeder der andern Planeten, dem Centralkörper, der Sonne, und ihrer einst in Nebelringe getrennten Atmosphäre an; so besteht auch noch jetzt durch Licht und strahlende Wärme der Verkehr mit dieser nahen Sonne, wie mit allen fernen Sonnen, welche am Firmamente leuchten. Die Verschiedenheit des Maaßes dieser Einwirkungen darf den Physiker nicht abhalten, in einem Naturgemälde an den Zusammenhang und das Walten gemeinsamer, gleichartiger Kräfte zu erinnern. Eine kleine Fraction der tellurischen Wärme gehört dem Weltraume an, in welchem unser Planetensystem fortrückt: und dessen, der eisigen mittleren Polar-Wärme fast gleiche Temperatur, nach Fourier, das Product aller lichtstrahlenden Gestirne ist. Was aber kräftiger das Licht der Sonne im Luftkreise und in den oberen Erdschichten anregt; wie es wärmeerzeugend electrische und magnetische Strömungen veranlaßt, wie es zauberhaft den Lebensfunken in den organischen Gebilden an der Oberfläche der Erde erweckt und wohlthätig nährt: das wird der Gegenstand späterer Betrachtungen sein.

Indem wir uns hier der tellurischen Sphäre der Natur ausschlußweise zuwenden, werfen wir zuerst den Blick auf die Raumverhältnisse des Starren und Flüssigen; auf die *Gestalt der Erde*, ihre *mittlere Dichtigkeit* und die *partielle* Vertheilung dieser Dichtigkeit im Innern des Planeten; auf den *Wärmegehalt* und die *electromagnetische Ladung* der Erde. Diese Raumverhältnisse und die der Materie inwohnenden Kräfte führen auf die Reaction des Inneren gegen das Aeußere unseres Erdkörpers; sie führen durch specielle Betrachtung einer allverbreiteten Naturmacht, der *unterirdischen Wärme*, auf die, nicht immer bloß dynamischen, Erscheinungen des *Erdbebens* in ungleich ausgedehnten Erschütterungskreisen, auf den Ausbruch *heißer Quellen* und die mächtigeren Wirkungen *vulkanischer Processe*. Die von unten erschütterte, bald ruckweise und plötzlich, bald ununterbrochen und darum kaum bemerkbar gehobene Erdrinde verändert, im Lauf der Jahrhunderte, das Höhenverhältniß der Feste zur Oberfläche des Flüssigen, ja die Gestaltung des Meerbodens selbst. Es bilden sich gleichzeitig, seien es temporäre Spalten, seien es permanente Oeffnungen, durch welche das Innere der Erde mit dem Luftkreise in Verbindung tritt. Der unbekannten Tiefe entquollen, fließen geschmolzene Massen in schmalen Strömen längs dem Abhang der Berge hinab, bald ungestüm, bald langsam und sanft bewegt: bis die feurige *Erdquelle* versiegt und die Lava unter einer Decke, die sie sich selbst gebildet hat, Dämpfe ausstoßend, erstarrt. Neue Felsmassen entstehen dann unter unseren Augen, während daß die älteren, schon gebildeten durch plutonische Kräfte umgewandelt werden: seltener in unmittelbarer Berührung, öfter in wärmestrahlender Nähe. Auch da, wo keine Durchdringung statt findet, werden die krystallinischen Theilchen verschoben und zu einem dichteren Gewebe verbunden. Bildungen ganz anderer Natur bieten die Gewässer dar: Concretionen von Thier- und Pflanzenresten; von erdigen, kalk- und thonartigen Niederschlägen; Aggregate fein zerriebener Gebirgsarten, überdeckt mit Lagen kieselgepanzerter Infusorien und mit knochenhaltigem Schuttlande, dem Sitze urweltlicher Thierformen. Was auf so verschiedenen Wegen sich unter unseren Augen erzeugt und zu Schichten gestaltet; was durch gegenseitigen Druck und vulkanische Kräfte mannigfach gestürzt, gekrümmt oder aufgerichtet wird: führt den denkenden, einfachen Analogien sich hingebenden Beobachter auf die Vergleichung der gegenwärtigen und der längst vergangenen Zeit. Durch Combination der wirklichen Erscheinungen, durch ideale Vergrößerung der Raumverhältnisse wie des Maaßes wirkender Kräfte gelangen wir in das lange ersehnte, dunkel geahndete, erst seit einem halben Jahrhundert festbegründete Reich der Geognosie.

Man hat scharfsinnig bemerkt, „daß wir, trotz des Beschauens durch große Fernröhre, in Hinsicht der anderen Planeten (den Mond etwa abgerechnet) mehr von ihrem Inneren als von ihrem Aeußeren wissen." Man hat sie *gewogen* und ihr Volum *gemessen;* man kennt ihre *Masse* und ihre *Dichte:* beide (Dank sei es den Fortschritten der beobachtenden und der rechnenden Astronomie!) mit stets wachsender numerischer Genauigkeit. Ueber ihrer physischen Beschaffenheit schwebt ein tiefes Dunkel. Nur auf unserem Erdkörper setzt uns die unmittelbare Nähe in Contact mit allen Elementen der organischen und anorganischen Schöpfung. Die ganze Fülle der verschiedenartigsten Stoffe bietet in ihrer Mischung und Umbildung, in dem ewig wechselnden Spiel hervorgerufener Kräfte dem Geiste die Nahrung, die Freuden der Erforschung, das unermeßliche Feld der Beobachtung dar, welche der intellectuellen Sphäre der Menschheit, durch Ausbildung und Erstarkung des Denkvermögens, einen Theil ihrer erhabenen Größe verleiht. Die Welt sinnlicher Erscheinungen reflectirt sich in den Tiefen der Ideenwelt; der Reichthum der Natur, die Masse des Unterscheidbaren gehen allmälig in eine Vernunft-Erkenntniß über.

Hier berühre ich wieder einen Vorzug, auf welchen ich schon mehrmals hingewiesen habe: den Vorzug des Wissens, das einen heimathlichen Ursprung hat, dessen Möglichkeit recht eigentlich an unsere irdische Existenz geknüpft ist. Die *Himmelsbeschreibung,* von den fern schimmernden Nebelsternen (mit deren Sonnen) bis herab zu dem Centralkörper unsres Systemes, fanden wir auf die allgemeinen Begriffe von Volum und Quantität der Materie beschränkt. Keine Lebensregung offenbart sich da unseren Sinnen. Nur nach Aehnlichkeiten, oft nach phantasiereichen Combinationen hat man Vermuthungen über die specifische Natur der Stoffe, über ihre Abwesenheit in diesem oder jenem Weltkörper gewagt. Die Heterogeneität der Materie, ihre chemische Verschiedenheit, die regelmäßigen Gestalten, zu denen ihre Theile sich krystallinisch und körnig an einander reihen; ihr Verhalten zu den eindringenden, abgelenkten oder getheilten Lichtwellen; zur strahlenden, durchgeleiteten oder polarisirten Wärme; zu den glanzvollen oder unsichtbaren, aber darum nicht minder wirksamen Erscheinungen des Electro-Magnetismus: – diesen unermeßlichen, die Weltanschauung erhöhenden Schatz physischer Erkenntniß verdanken wir der Oberfläche des Planeten, den wir bewohnen;

mehr noch dem starren als dem flüssigen Theile derselben. Wie diese Erkenntniß der Naturdinge und Naturkräfte, wie die unermeßliche Mannigfaltigkeit objectiver Wahrnehmung die geistige Thätigkeit des Geschlechts und alle Fortschritte seiner Bildung gefördert haben, ist schon oben bemerkt worden. Diese Verhältnisse bedürfen hier eben so wenig einer weiteren Entwicklung als die Verkettung der Ursachen jener materiellen Macht, welche die Beherrschung eines Theils der Elemente einzelnen Völkern verliehen hat.

Wenn es mir oblag auf den Unterschied aufmerksam zu machen, der zwischen der Natur unseres tellurischen Wissens und unserer Kenntniß der Himmelsräume und ihres Inhalts statt findet; so ist es auf der andern Seite auch nöthig, hier die Beschränktheit des Raumes zu bezeichnen, von welchem unsere ganze Kenntniß von der Heterogeneität der Stoffe hergenommen ist. Dieser Raum wird ziemlich uneigentlich die *Rinde der Erde* genannt; es ist die Dicke der der Oberfläche unseres Planeten nächsten Schichten, welche durch tiefe spaltenartige Thäler oder durch die Arbeit der Menschen (Bohrlöcher und bergmännische Grubenbaue) aufgeschlossen sind. Diese Arbeiten erreichen in senkrechter Tiefe nicht viel mehr als zweitausend Fuß (weniger als $1/_{11}$ Meile) unter dem Niveau der Meere, also nur $1/_{9800}$ des Erd-Halbmessers. Die krystallinischen Massen, durch noch thätige Vulkane ausgeworfen, meist unsern Gebirgsarten der Oberfläche ähnlich, kommen aus unbestimmbaren, gewiß 6omal größeren, absoluten Tiefen, als die sind, welche die menschlichen Arbeiten erreicht haben. Auch da, wo Steinkohlen-Schichten sich einsenken, um in einer durch genaue Messung bestimmten Entfernung wieder aufzusteigen, kann man die Tiefe der *Mulde* in Zahlen angeben. Solche Einsenkungen erweisen, daß Steinkohlen-Flöze sammt den vorweltlichen organischen Ueberresten, die sie enthalten (in Belgien z. B.), mehrfach fünf- bis sechstausend Fuß unter dem jetzigen Meeresspiegel liegen, ja daß der Bergkalk und die devonischen muldenförmig gekrümmten Schichten wohl die doppelte Tiefe erreichen. Vergleicht man diese unterirdischen Mulden nun mit den Berggipfeln, welche bisher für die höchsten Theile der *gehobenen* Erdrinde gehalten werden, so erhält man einen Abstand von 37000 Fuß ($1^7/_{10}$ Meile), d. i. ungefähr $1/_{524}$ des Erd-Halbmessers. Dies wäre in der senkrechten Dimension und räumlichen Aufeinanderlagerung der Gebirgsschichten doch nur der Schauplatz geognostischer Forschung, wenn auch die ganze Oberfläche der Erde die Höhe des Dhawalagiri im Himalaya-Gebirge oder die des Sorata in Bolivia erreichte. Alles, was unter dem Seespiegel tiefer liegt als die oben angeführten Mulden, als die Arbeiten der Menschen, als der vom Senkblei an einzelnen Stellen erreichte Meeresgrund (noch nicht erreicht in 25400 Fuß von James Roß), ist uns eben so unbekannt wie das Innere der anderen Planeten unseres Sonnensystems. Wir kennen ebenfalls nur die *Masse* der ganzen Erde und ihre mittlere Dichtigkeit, verglichen mit der der oberen, uns allein zugänglichen Schichten. Wo alle Kenntniß chemischer und mineralogischer Naturbeschaffenheit im Inneren des Erdkörpers fehlt, sind wir wieder, wie bei den fernsten um die Sonne kreisenden Weltkörpern, auf bloße Vermuthungen beschränkt. Wir können nichts mit Sicherheit bestimmen über die Tiefe, in welcher die Gebirgsschichten als zäh-erweicht oder geschmolzen-flüssig betrachtet werden sollen; über die Höhlungen, welche elastische Dämpfe füllen; über den Zustand der Flüssigkeiten, wenn sie unter einem ungeheuern Drucke erglühen; über das Gesetz der zunehmenden Dichtigkeit von der Oberfläche der Erde bis zu ihrem Centrum hin.

Die Betrachtung der mit der Tiefe zunehmenden Wärme im Inneren unseres Planeten und der Reaction dieses Innern gegen die Oberfläche hat uns geleitet zu der langen Reihe vulkanischer Erscheinungen. Sie offenbaren sich als Erdbeben, Gas-Ausbrüche, heiße Quellen, Schlamm-Vulkane und Lavaströme aus Eruptions-Kratern; ja die Macht elastischer Kräfte äußert sich auch durch räumliche Veränderung in dem Niveau der Oberfläche. Große Flächen, mannigfaltig gegliederte Continente werden gehoben oder gesenkt, es scheidet sich das Starre von dem Flüssigen; aber der Ocean selbst, von warmen und kalten Strömungen flußartig durchschnitten, gerinnt an beiden Polen und wandelt das Wasser in dichte Felsmassen um: bald geschichtet und feststehend, bald in bewegliche Bänke zertrümmert. Die Grenzen von Meer und Land, vom Flüssigen und Starren wurden mannigfach und oft verändert. Es oscillirten die Ebenen aufwärts und abwärts. Nach der Hebung der Continente traten auf langen Spalten, meist parallel, und dann wahrscheinlich zu einerlei Zeitepochen, Gebirgsketten empor; salzige Lachen und große Binnenwasser, die lange von denselben Geschöpfen bewohnt waren, wurden gewaltsam geschieden. Die fossilen Reste von Muscheln und Zoophyten bezeugen ihren ursprünglichen Zusammenhang. So gelangen wir, der relativen Abhängigkeit der Erscheinungen folgend, von der Betrachtung schaffender, tief im Innern des Erdkörpers waltender Kräfte zu dem, was seine obere Rinde erschüttert und aufbricht, was durch Druck elastischer Dämpfe den geöffneten Spalten als glühender Erdstrom (Lava) entquillt.

Dieselben Mächte, welche die Andes- und Himalaya-Kette bis zur Schneeregion gehoben, haben neue Mischungen und neues Gewebe in den Felsmassen erzeugt; umgewandelt die Schichten, welche aus vielbelebten, mit organischen Stoffen geschwängerten Flüssigkeiten sich früher niedergeschlagen. Wir erkennen hier die Reihenfolge der Formationen, nach ihrem Alter geschieden und überlagert, in ihrer Abhängigkeit von den Gestalt-Veränderungen der Oberfläche, von den dynamischen Verhältnissen der hebenden Kräfte, von den chemischen Wirkungen auf Spalten ausbrechender Dämpfe.

Die Form und Gliederung der Continente: d. h. der trocken gelegenen, einer üppigen Entwicklung des vegetabilischen Lebens fähigen Theile der Erdrinde, steht in innigem Verkehr und thätiger Wechselwirkung mit dem alles umgrenzenden *Meere*. In diesem ist der Organismus fast auf die Thierwelt beschränkt. Das tropfbar-flüssige Element wird wiederum von dem *Dunstkreise* bedeckt: einem Luft-Ocean, in welchem die Bergketten und Hochebenen der Feste wie Untiefen aufsteigen, mannigfaltige Strömungen und Temperaturwechsel erzeugen, Feuchtigkeit aus der Wolkenregion sammeln, und so in ihrer geneigten Bodenfläche durch strömendes Wasser Bewegung und Leben verbreiten.

Wenn die *Geographie der Pflanzen und Thiere* von diesen verwickelten Contrasten der Meer- und Ländervertheilung, der Gestaltung der Oberfläche, der Richtung isothermer Linien (Zonen gleicher mittlerer Jahreswärme) abhängt; so sind dagegen die charakteristischen Unterschiede der Menschenstämme und ihre relative numerische Verbreitung über den Erdkörper (der letzte und edelste Gegenstand einer physischen Weltbeschreibung) nicht durch jene Naturverhältnisse allein: sondern zugleich und vorzüglich durch die Fortschritte der Gesittung, der geistigen Ausbildung, der die politische Uebermacht begründenden National-Cultur bedingt. Einige Racen, fest dem Boden anhangend, werden verdrängt und durch gefahrvolle Nähe der gebildeteren ihrem Untergange zugeführt: es bleibt von ihnen kaum eine schwache Spur geschichtlicher Kunde; andere Stämme, der Zahl nach nicht die stärkeren, durchschiffen das flüssige Element. Fast allgegenwärtig durch dieses, haben sie allein, obgleich spät erst, von einem Pole zum anderen, die räumliche, graphische Kenntniß der ganzen Oberfläche unsres Planeten, wenigstens fast aller Küstenländer, erlangt.

So ist denn hier, ehe ich in dem *Naturgemälde der tellurischen Sphäre der Erscheinungen* das Einzelne berühre, im allgemeinen gezeigt worden: wie, nach der Betrachtung der Gestalt des Erdkörpers, der von ihm perpetuirlich ausgehenden Kraftäußerung des Electro-Magnetismus und der unterirdischen Wärme, die Verhältnisse der Erdoberfläche in horizontaler Ausdehnung und Höhe, der geognostische Typus der Formationen, das Gebiet der Meere (des Tropfbar-Flüssigen) und des Luftkreises, mit seinen meteorologischen Processen, die geographische Verbreitung der Pflanzen und Thiere, endlich die physischen Abstufungen des einigen, überall geistiger Cultur fähigen Menschengeschlechts in Einer und derselben Anschauung vereinigt werden können. Diese *Einheit der Anschauung* setzt eine Verkettung der Erscheinungen nach ihrem inneren Zusammenhange voraus. Eine bloße tabellarische Aneinanderreihung derselben erfüllt nicht den Zweck, den ich nur vorgesetzt: sie befriedigt nicht das Bedürfniß einer kosmischen Darstellung, welches der Anblick der Natur auf Meer- und Land-Reisen, ein sorgfältiges Studium der Gebilde und Kräfte, der lebendige Eindruck eines Naturganzen unter den verschiedensten Erdstrichen in mir erregt haben. Vieles, das in diesem Versuche so überaus mangelhaft ist, wird bei der beschleunigten Zunahme des Wissens, deren sich alle Theile der physikalischen Wissenschaften erfreuen, vielleicht in naher Zukunft berichtigt und vervollständigt werden. Es liegt ja in dem Entwickelungsgange aller Disciplinen, daß das, was lange isolirt gestanden, sich allgemach verkettet und höheren Gesetzen untergeordnet wird. Ich bezeichne nur den *empirischen* Weg, auf dem ich und viele mir Gleichgesinnte fortschreiten: erwartungsvoll, daß man uns, wie einst, nach Plato's Ausspruch, Socrates es forderte, „die Natur nach der Vernunft auslege".

Die Schilderung der tellurischen Erscheinungen in ihren Hauptmomenten muß mit der Gestalt und den Raumverhältnissen unsres Planeten beginnen. Auch hier darf man sagen: nicht etwa bloß die mineralogische Beschaffenheit, die krystallinisch körnigen oder die dichten, mit Versteinerungen angefüllten Gebirgsarten; nein, die geometrische Gestalt der Erde selbst bezeugt die Art ihrer Entstehung, sie ist ihre Geschichte. Ein elliptisches Rotations-Sphäroid deutet auf eine einst weiche oder flüssige Masse. Zu den ältesten *geognostischen Begebenheiten*, allen Verständigen lesbar in dem Buch der Natur niedergeschrieben, gehört die Abplattung, wie auch (um ein anderes uns sehr nahes Beispiel anzuführen) die perpetuirliche Richtung der großen Axe des Mondsphäroids gegen die Erde: d. h. die vermehrte Anhäufung der Materie auf der Mondhälfte, welche wir sehen: eine Anhäufung, die das Verhältniß der Rotation zur Umlaufszeit bestimmt und bis zur ältesten Bildungs-Epoche des Satelliten hinaufreicht. „Die *mathematische* Figur der Erde ist die mit nicht strömendem Wasser bedeckte Oberfläche derselben"; auf sie beziehen sich alle geodätischen auf den Meeresspiegel reducirten Gradmessungen. Von dieser mathematischen Oberfläche der Erde ist die *physische*, mit allen Zufälligkeiten und Unebenheiten des *Starren*, verschieden. Die ganze Figur der Erde ist bestimmt, wenn man die Quantität der Abplattung und die Größe des Aequatorial-Durchmessers kennt. Um ein vollständiges Bild der Gestaltung zu erlangen, wären aber Messungen in zwei auf einander senkrechten Richtungen nöthig.

Eilf Gradmessungen (Bestimmungen der Krümmung der Erdoberfläche in verschiedenen Gegenden), von denen neun bloß unserem Jahrhundert angehören, haben uns die Größe des Erdkörpers, den schon Plinius*Plin. II, 68; Seneca, Nat. Quaest.* Praef. cap. II. El Mundo es poco, (die Erde ist klein und enge), schreibt Columbus aus Jamaica an die Königin Isabella den 7 Julius 1503: nicht etwa nach den philosophischen Ansichten der beiden Römer, sondern weil es ihm vortheilhaft schien zu behaupten, der Weg von Spanien sei nicht lang, wenn man, wie er sagte, „den Orient von Westen her suche". Vergl. mein *Examen crit. de l'hist. de la Géogr. au 15me siècle* T. I. p. 83 und T. II. p. 327: wo ich zugleich gezeigt habe, daß die von Delisle, Fréret und Gossellin vertheidigte Meinung, nach welcher die übermäßige Verschiedenheit in den Angaben des Erd-Perimeters bei den Griechen bloß scheinbar sei und auf Verschiedenheit der Stadien beruhe, schon im Jahr 1495 von Jaime Ferrer, in einem Vorschlag über die Bestimmung der päpstlichen Demarcations-Linie, vorgetragen wurde. „einen *Punkt* im unermeßlichen Weltall" nennt, kennen gelehrt. Wenn dieselben nicht übereinstimmen in der Krümmung verschiedener Meridiane unter gleichen Breitengraden, so spricht eben dieser Umstand für die Genauigkeit der angewandten Instrumente und der Methoden, für die Sicherheit naturgetreuer, partieller Resultate. Der Schluß selbst von der Zunahme der anziehenden Kraft (in der Richtung vom Aequator zu den Polen hin) auf die Figur eines Planeten ist abhängig von der Vertheilung der Dichtigkeit in seinem Inneren. Wenn Newton aus theoretischen Gründen, und wohl auch angeregt durch die von Cassini schon vor 1666 entdeckte Abplattung des

JupiterBrewster, *life of Sir Isaac Newton* 1831 p. 162: „The discovery of the spheroidal form of Jupiter by Cassini had probably directed the attention of Newton to the determination of its cause, and consequently to the investigation of the true figure of the earth." *Cassini* kündigte allerdings die Quantität der Abplattung des Jupiter ($^1/_{15}$) erst 1691 an (*Mémoires de l'Acad. des Sciences* 1666–1699 T. II. p. 108); aber wir wissen durch *Lalande* (*Astron.* 3me éd. T. III. p. 335) daß Maraldi einige gedruckte Bogen des von Cassini angefangenen lateinischen Werkes „über die Flecken der Planeten" besaß: aus welchem zu ersehen war, daß Cassini bereits vor 1666, also 21 Jahre vor dem Erscheinen von Newton's Principia, die Abplattung des Jupiter kannte., in seinem unsterblichen Werke *Philosophiae Naturalis Principia* die Abplattung der Erde bei einer *homogenen* Masse auf $^1/_{230}$ bestimmte; so haben dagegen wirkliche Messungen unter dem mächtigen Einflusse der neuen vervollkommneten Analyse erwiesen, daß die Abplattung des Erdsphäroids, in welchem die Dichtigkeit der Schichten als gegen das Centrum hin zunehmend betrachtet wird, sehr nahe $^1/_{300}$ ist.

Drei Methoden sind angewandt worden, um die Krümmung der Erdoberfläche zu ergründen: es ist dieselbe aus Gradmessungen, aus Pendelschwingungen und aus gewissen Ungleichheiten der Mondsbahn geschlossen. Die erste Methode ist eine unmittelbare geometrisch-astronomische; in den anderen zweien wird aus genau beobachteten Bewegungen auf die Kräfte geschlossen, welche diese Bewegungen erzeugen: und von diesen Kräften auf die Ursache derselben, nämlich auf die Abplattung der Erde. Ich habe hier, in dem allgemeinen Naturgemälde, ausnahmsweise der Anwendung von Methoden erwähnt, weil die Sicherheit derselben lebhaft an die innige Verkettung von Naturphänomenen in Gestalt und Kräften mahnt; und weil diese Anwendung selbst die glückliche Veranlassung geworden ist die Genauigkeit der Instrumente (der raummessenden, der optischen und zeitbestimmenden) zu schärfen, die Fundamente der Astronomie und Mechanik in Hinsicht auf Mondbewegung und auf Erörterung des Widerstandes, den die Pendelschwingungen erleiden, zu vervollkommnen, ja der Analysis eigene und unbetretene Wege zu eröffnen. Die Geschichte der Wissenschaften bietet neben der Untersuchung der Parallaxe der Fixsterne, die zur Aberration und Nutation geführt hat, kein Problem dar, in welchem in gleichem Grade das erlangte Resultat (die Kenntniß der mittleren Abplattung und die Gewißheit, daß die Figur der Erde keine regelmäßige ist) an Wichtigkeit dem nachsteht, was auf dem langen und mühevollen Wege zur

Erreichung des Zieles an allgemeiner Ausbildung und Vervollkommnung des mathematischen und astronomischen Wissens gewonnen worden ist. Die Vergleichung von eilf Gradmessungen, unter denen drei außereuropäische: die alte peruanische und zwei ostindische, begriffen sind, hat, nach den strengsten theoretischen Anforderungen von Bessel berechnet, eine Abplattung von $1/299$ gegeben. Danach ist der Polar-Halbmesser 10938 Toisen, fast $2\frac{7}{8}$ geographische Meilen, kürzer als der Aequatorial-Halbmesser des elliptischen Rotations-Sphäroids. Die Anschwellung unter dem Aequator in Folge der Krümmung der Oberfläche des Sphäroids beträgt also, der Richtung der Schwere nach, etwas mehr als $4^{3}/_{7}$mal die Höhe des Montblanc, nur $2\frac{1}{2}$mal die wahrscheinliche Höhe des Dhawalagiri-Gipfels in der Himalaya-Kette. Die Mondsgleichungen (Störungen in der Länge und Breite des Mondes) geben nach den letzten Untersuchungen von Laplace fast dasselbe Resultat der Abplattung ($1/299$) als die Gradmessungen. Aus den Pendel-Versuchen folgt im ganzenDie Pendelschwingungen gaben als allgemeines Resultat der großen Expedition von Sabine (1822 und 1823, vom Aequator bis 80° nördl. Breite) $1/288{,}7$; nach Freycinet, wenn man die Versuchsreihen von Ile de France, Guam und Mowi (Maui) ausschließt, $1/286{,}2$; nach Foster $1/289{,}5$; nach Duperrey $1/266{,}4$; nach Lütke (*Partie nautique* 1836 p. 232) aus 11 Stationen $1/269$. Dagegen folgt aus den Beobachtungen zwischen Formentera und Dünkirchen (*Connaiss. des tems* pour 1816 p. 330) nach Mathieu $1/298{,}2$, und zwischen Formentera bis Insel Unst nach Biot $1/304$. Vergl. *Baily*, report on Pendulum Experiments in den *Memoirs of the Toyal Astron. Society* Vol. VII. p. 96; auch *Borenius* im *Bulletin de l'Acad. de St.-Pétersbourg* T. I. 1843 p. 25. – Der erste Vorschlag, die Pendellänge zur Maaßbestimmung anzuwenden, und den dritten Theil des Secunden-Pendels (als wäre derselbe überall von gleicher Länge) wie einen pes horarius zum allgemeinen, von allen Völkern immer wiederzufindenden Maaße festzusetzen, findet sich in *Huygens Horologium oscillatorium* 1873 Prop. 25. Ein solcher Wunsch wurde 1742 in einem öffentlich unter dem Aequator aufgestellten Monumente von Bouguer, La Condamine und Godin auf's neue ausgesprochen. Es heißt in der schönen Marmortafel, die ich noch unversehrt in dem ehemaligen Jesuiter-Collegium in Quito gesehen habe: Penduli simplicis aequinoctialis unius minuti secundi archetypus, mensurae naturalis exemplar, utinam universalis! Aus dem, was *La Condamine* in seinem *Journal du Voyage à l'Équateur* 1751 p. 163 von unausgefüllten Stellen in der Inschrift und einem kleinen Hader über die Zahlen mit Bouguer sagt, vermuthete ich, beträchtliche

Unterschiede zwischen der Marmortafel und der in Paris bekannt gemachten Inschrift zu finden. Nach mehrmaliger Vergleichung bemerkte ich aber nur zwei ganz unerhebliche: ex arcu graduum 3½ statt ex arcu graduum plus quam trium, und statt 1742 die Jahrzahl 1745. Die letztere Angabe ist sonderbar: da La Condamine im November 1744, Bouguer im Junius desselben Jahres nach Europa zurückkamen, auch Godin Südamerika schon im Julius 1744 verlassen hatte. Die nothwendigste und nützlichste Verbesserung in den Zahlen der Inschrift würde die der astronomischen Länge der Stadt Quito gewesen sein (*Humboldt, Receuil d'Observ. astron.* T. II. p. 319–354). Nouet's an ägyptischen Monumenten eingegrabene Breiten geben uns ein neueres Beispiel von der Gefahr, welche eine feierliche Perpetuirung falscher oder unvorsichtig berechneter Resultate darbietet. eine weit größere Abplattung ($^1/_{288}$).

Galilei, der während des Gottesdienstes, wahrscheinlich etwas zerstreut, schon als Knabe erkannte, daß durch die Dauer der Schwingungen von Kronleuchtern, welche in ungleicher Höhe hingen, die ganze Höhe eines Kirchengewölbes zu messen sei; hatte freilich nicht geahndet, wie das Pendel einst von Pol zu Pol würde getragen werden, um die Gestalt der Erde zu bestimmen: oder vielmehr um die Ueberzeugung zu geben, daß die ungleiche Dichtigkeit der Erdschichten die Länge des Secunden-Pendels durch verwickelte, aber in großen Länderstrecken sich fast gleichmäßig äußernde Local-Attractionen afficire. Diese *geognostischen* Beziehungen eines zeitmessenden Instruments; diese Eigenschaft des Pendels, wie ein Senkblei die ungesehene Tiefe zu erspähen, ja in vulkanischen Inseln oder am Abhange *gehobener* continentaler BergkettenZahlreiche Beobachtungen zeigen auch mitten in den Continenten große Unregelmäßigkeiten der Pendellängen, die man Local-Anziehungen zuschreibt. (*Delambre, Mesure de la Méridienne* T. III. p. 548; *Biot* in den *Mém. de l'Académie des Sciences* T. VIII. 1829 p. 18 und 23.) Wenn man im südlichen Frankreich und in der Lombardei von Westen nach Osten fortschreitet, so findet man in Bordeaux die geringste Intensität der Schwerkraft; und diese Intensität nimmt schnell zu in den östlicher gelegenen Orten: Figeac, Clermont-Ferrand, Mailand und Padua. Die letzte Stadt bietet das Maximum der Anziehung dar. Der Einfluß des *südlichen Abhanges der Alpenkette* ist nicht bloß der allgemeinen Größe ihres Volums, sondern, wie *Élie de Beaumont* (*rech. sur les Révol. de la surface du Globe* 1830 p. 729) glaubt, am meisten den Melaphyr- und Serpentin-Gesteinen zuzuschreiben, welche die Kette gehoben haben. Am Abhange des Ararat: der, mit dem Caucasus, wie im Schwerpunkte des, aus

Europa, Asien und Afrika bestehenden, alten Continents liegt, zeigen Fedorow's so genaue Pendel-Versuche ebenfalls nicht Höhlungen, sondern dichte vulkanische Massen an (*Parrot, Reise zum Ararat* Th. II. S. 143). In den geodätischen Operationen von Carlini und Plana in der Lombardei haben sich Unterschiede zwischen den unmittelbaren Breiten-Beobachtungen und den Resultaten jener Operationen von 20" bis 47",8 gefunden. (S. die Beispiele von Andrate und Mondovi, Mailand und Padua in den *Opérations géodés. et astron. pour la mesure d'un arc du parallèle moyen* T. II. p. 347; *Effemeridi astron. di Milano* 1842 p. 57.) Mailand auf Bern reducirt, wie es aus der französischen Triangulation folgt, hat die Breite von 45° 27' 52", während daß die unmittelbaren astronomischen Beobachtungen die Breite zu 45° 27' 35" geben. Da die Perturbationen sich in der lombardischen Ebene bis Parma weit südlich vom Po erstrecken (*Plana, Opérat. géod.* T. II. p. 847) so kann man vermuthen, daß selbst in der *Bodenbeschaffenheit der Ebne* ablenkende Ursachen wirken. Aehnliche Erfahrungen hat *Struve* in den flächsten Theilen des östlichen Europa's gemacht (*Schumacher, astron. Nachrichten* 1830 No. 164 S. 399). Ueber den Einfluß von dichten Massen, welche man in einer geringen, der mittleren Höhe der Alpenkette gleichen Tiefe voraussetzt. s. die analytischen Ausdrücke (nach Hossard und Rozet) in den *Comptes rendus de l'Acad. des Sc.* T. XVIII. 1844 p. 292: welche zu vergleichen sind mit *Poisson, traité de Mécanique* (2. éd.) T. I. p. 482. Die frühesten Andeutungen von dem Einfluß der Gebirgsarten auf die Schwingungen des Pendels hat übrigens Thomas *Young* gegeben in den *Philosoph. Transactions* for 1819 p. 70–96. Bei den Schlüssen von der Pendellänge auf die Erdkrümmung ist wohl die Möglichkeit nicht zu übersehen, daß die Erdrinde kann früher erhärtet gewesen sein, als metallische und dichte basaltische Massen aus der Tiefe durch offene Gangklüfte eingedrungen und der Oberfläche nahe gekommen sind., statt der Höhlungen dichte Massen von Basalt und Melaphyr anzudeuten: erschweren (trotz der bewundernswürdigen Einfachheit der Methode) die Erlangung eines *allgemeinen* Resultats, die Herleitung der Figur der Erde aus Beobachtung von Pendelschwingungen. Auch in dem astronomischen Theile der Messung eines *Breitengrades* wirken ablenkend und nachtheilig, doch nicht in gleichem Maaße, Gebirgsketten oder dichtere Schichten des Bodens.

Da die Gestalt der Erde auf die Bewegung anderer Weltkörper, besonders auf die ihres nahen Satelliten, einen mächtigen Einfluß ausübt, so läßt die vervollkommnete Kenntniß der Bewegung des letzteren uns auch wiederum auf die Gestalt der Erde zurückschließen. Demnach hätte, wie Laplace sich sinnig ausdrückt*Laplace, expos. du Syst. du Monde* p. 231., ein Astronom, „ohne seine Sternwarte zu verlassen, durch Vergleichung der Mondtheorie mit den wirklichen Beobachtungen nicht nur die Gestalt und Größe der Erde, sondern auch ihre Entfernung von der Sonne und vom Monde bestimmen können: Resultate, die erst durch lange und mühevolle Unternehmungen nach den entlegensten Gegenden beider Hemisphären erlangt worden sind." Die Abplattung, welche aus den Ungleichheiten des Mondes geschlossen wird, gewährt den Vorzug, daß sie, was einzelne Gradmessungen und Pendel-Versuche nicht leisten, eine *mittlere*, dem ganzen Planeten zukommende ist. Mit der Rotations-Geschwindigkeit verglichen, beweist sie dazu die Zunahme der Dichtigkeit der Erdschichten von der Oberfläche gegen den Mittelpunkt hin: eine Zunahme, welche die Vergleichung der Achsen-Verhältnisse des Jupiter und Saturn mit ihrer Umdrehungzeit auch in diesen beiden großen Planeten offenbart. So berechtigt die Kenntniß *äußerer* Gestaltung zu Schlüssen über die *innere* Beschaffenheit der Weltkörper.

Die nördliche und südliche Erdhälfte scheinen unter gleichen Breitengraden ungefähr dieselbe Erdkrümmung darzubieten; aber Pendel-Versuche und Gradmessungen geben, wie schon oben bemerkt ist, für einzelne Theile der Oberfläche so verschiedene Resultate, daß man keine regelmäßige Figur angeben kann, welche allen auf diesen Wegen bisher erhaltenen Resultaten genügen würde. Die wirkliche Figur der Erde verhält sich zu einer regelmäßigen, „wie die unebene Oberfläche eines bewegten Wassers sich zu der ebenen Oberfläche eines ruhigen verhält".

Nachdem die Erde *gemessen* worden ist, mußte sie *gewogen* werden. Pendelschwingungen und Bleiloth haben ebenfalls dazu gedient die *mittlere Dichtigkeit* der Erde zu bestimmen: sei es, daß man in Vereinigung astronomischer und geodätischer Operationen die Ablenkung des Bleiloths von der Verticale in der Nähe eines Berges suchte, oder durch Vergleichung der Pendellänge in der Ebene und auf dem Gipfel einer Anhöhe, oder endlich durch Anwendung einer Drehwage, die man als ein horizontal schwingendes Pendel betrachten kann, die relative Dichtigkeit der nahen Erdschichten maß. Von diesen drei MethodenDie drei Beobachtungs-Methoden geben folgende Resultate: 1) durch Ablenkung des Senkbleis in der Nähe des Berges Shehallien (galisch Thichallin) in Pertshire 4,713 bei Maskelyne, Hutton und Playfair (1774–1776 und 1810) nach einer schon von Newton vorgeschlagenen Methode; 2) durch

Pendelschwingung auf Bergen 4,837 (Carlini's Beobachtungen auf dem Mont Cenis verglichen mit Biot's Beobachtungen in Bordeaux, *Effemer. astr. di Milano* 1824 p. 184); 3) durch die Drehwage von Cavendish, nach einem ursprünglich von Mitchell ersonnenen Apparate, 5,48 (nach Hutton's Revision der Rechnung 5,32; nach der Revision von Eduard Schmidt 5,52: *Lehrbuch der math. Geographie* Bd. I. S. 487); durch die Drehwage von Reich 5,44. In der Berechnung dieser, mit meisterhafter Genauigkeit von Prof. Reich angestellten Versuche war das ursprüngliche mittlere Resultat 5,43 (mit einem wahrscheinlichen Fehler von nur 0,0233): ein Resultat, das, um die Größe vermehrt, um welche die Schwungkraft der Erde die Schwerkraft vermindert, für die Breite von Freiberg (50° 55') in 5,44 zu verwandeln ist. Die Anwendung von Massen aus Gußeisen statt des Bleies hat keine merkliche, den Beobachtungsfehlern nicht mit vollem Rechte zuzuschreibende Verschiedenheit der Anziehung, keine Spuren magnetischer Wirkungen offenbart (*Reich, Versuche über die mittlere Dichtigkeit der Erde* 1838 S. 60, 62 und 66). Durch die Annahme einer zu kleinen Abplattung der Erde und durch die unsichere Schätzung der Gesteins-Dichtigkeit der Oberfläche hatte man früher die mittlere Dichtigkeit der Erde ebenfalls, wie in den Versuchen auf und an den Bergen, um $1/6$ zu klein gefunden: 4,761 (*Laplace, Mécan. cél.* T. V. p. 46) oder 4,785 (Eduard *Schmidt, Lehrb. der math. Geogr.* Bd. I. § 387 und 418). – Ueber die weiter unten angeführte Halley'sche Hypothese von der Erde als Hohlkugel (den Keim Franklin'scher Ideen über das Erdbeben) s. *Philos. Transact.* for the year 1693 Vol. XVII. p. 563 (on the structure of the internal parts of the Earth and the concave habitated arch of the shell). Halley hält es für des Schöpfers würdiger: „daß der Erdball wie ein Haus von mehreren Stockwerken, von innen und außen bewohnt sei. Für Licht in der Hohlkugel würde auch wohl (p. 576) auf irgend eine Weise gesorgt werden können." ist die letzte die sicherste, da sie unabhängig von der schwierigen Bestimmung der Dichtigkeit der Mineralien ist, aus welchen das sphärische Segment eines Berges besteht, in dessen Nähe man beobachtet. Sie giebt nach den neuesten Versuchen von Reich 5,44; d. h. sie zeigt, daß die mittlere Dichtigkeit der ganzen Erde so vielmal größer ist als die des reinen Wassers. Da nun nach der Natur der Gebirgsschichten, welche den trockenen, continentalen Theil der Erdoberfläche bilden, die Dichtigkeit dieses Theils kaum 2,7, die Dichtigkeit der trocknen und oceanischen Oberfläche zusammen kaum 1,6 beträgt; so folgt aus jener Angabe, wie sehr die elliptischen, ungleich abgeplatteten Schichten des Inneren durch Druck oder durch Heterogeneität der Stoffe gegen das Centrum zu an Dichtigkeit zunehmen. Hier zeigt sich wieder, daß das Pendel, das senkrechte wie das horizontal schwingende, mit Recht ein *geognostisches Instrument* genannt worden ist.

Aber die Schlüsse, zu welchen der Gebrauch eines solchen Instruments führt, hat berühmte Physiker, nach Verschiedenheit der Hypothesen, von denen man ausging, zu ganz entgegengesetzten Ansichten über die Naturbeschaffenheit des Inneren des Erdkörpers geleitet. Man hat berechnet, in welchen Tiefen tropfbar-flüssige, ja selbst *luftförmige* Stoffe durch den eigenen Druck ihrer auf einander gelagerten Schichten die Dichtigkeit der Platina oder selbst des Iridiums übertreffen würden; und um die innerhalb sehr enger Grenzen bekannte Abplattung mit der Annahme einer einfachen, bis ins unendliche compressibeln Substanz in Einklang zu bringen, hat der scharfsinnige Leslie den Kern der Erde als eine Hohlkugel beschrieben, die mit sogenannten „unwägbaren Stoffen von ungeheurer Repulsivkraft" erfüllt wäre. Diese gewagten und willkührlichen Vermuthungen haben in ganz unwissenschaftlichen Kreisen bald noch phantasiereichere Träume hervorgerufen. Die Hohlkugel ist nach und nach mit Pflanzen und Thieren bevölkert worden, über die zwei kleine unterirdisch kreisende Planeten, Pluto und Proserpina, ihr mildes Licht ausgießen. Immer gleiche Wärme herrscht in diesen inneren Erdräumen, und die durch Compression selbstleuchtende Luft könnte wohl die Planeten der Unterwelt entbehrlich machen. Nahe am Nordpol, unter 82° Breite, da wo das Polarlicht ausströmt, ist eine ungeheure Oeffnung, durch die man in die Hohlkugel hinabsteigen kann. Zu einer solchen unterirdischen Expedition sind Sir Humphry Davy und ich vom Capitän Symmes wiederholt und öffentlich aufgefordert worden. So mächtig ist die krankhafte Neigung der Menschen, unbekümmert um das widersprechende Zeugniß wohlbegründeter Thatsachen oder allgemein anerkannter Naturgesetze, ungesehene Räume mit Wundergestalten zu füllen. Schon der berühmte Halley hatte, am Ende des 17ten Jahrhunderts, in seinen magnetischen Speculationen die Erde ausgehöhlt. Ein unterirdisch frei rotirender Kern verursacht durch seine Stellung die tägliche und jährliche Veränderung der magnetischen Abweichung! Was bei dem geistreichen Holberg eine heitere Fiction war, hat man zu unserer Zeit mit langweiligem Ernste in ein wissenschaftliches Gewand zu kleiden versucht.

Die Figur der Erde und der Grad der Starrheit (Dichtigkeit), welchen die Erde erlangt hat, stehen in inniger Verbindung mit den Kräften, die sie beleben: sofern nämlich diese Kräfte nicht von außen her durch die planetarische Stellung gegen einen leuchtenden Centralkörper angeregt oder erweckt sind. Die

Abplattung, Folge der auf eine rotirende Masse einwirkenden Schwungkraft, offenbart den früheren Zustand der Flüssigkeit unsres Planeten. Bei dem Erstarren dieser Flüssigkeit, die man geneigt ist als eine dunstförmige, bereits ursprünglich zu einer sehr hohen Temperatur erhitzte anzunehmen, ist eine ungeheure Menge latenter Wärme frei geworden. Fing der Proceß der Erstarrung, wie Fourier will, von der zuerst durch Strahlung gegen den Himmelsraum erkaltenden Oberfläche an, so blieben die dem Mittelpunkt der Erde näheren Theile flüssig und glühend. Da nach langer Ausströmung der Wärme vom Mittelpunkt gegen die Oberfläche sich endlich ein Stabilitäts-Zustand in der Temperatur des Erdkörpers hergestellt hat, so wird angenommen, daß mit zunehmender Tiefe auch die unterirdische Wärme *ununterbrochen* zunehme. Die Wärme der Wasser, welche den Bohrlöchern (artesischen Brunnen) entquellen, unmittelbare Versuche über die Temperatur des Gesteins in den Bergwerken, vor allem aber die vulkanische Thätigkeit der Erde, d. i. der Erguß geschmolzener Massen aus geöffneten Spalten: bezeugen diese Zunahme auf das unwidersprechlichste für sehr beträchtliche Tiefen der oberen Erdschichten. Nach Schlüssen, die sich freilich nur auf Analogien gründen, wird dieselbe auch mehr als wahrscheinlich weiter gegen das Centrum hin.

Was ein kunstreicher, für diese Classe von Untersuchungen eigens vervollkommneter, analytischer Calcül über die Bewegung der Wärme in homogenen metallischen Sphäroiden gelehrt hat, ist: bei unserer Unkenntniß der Stoffe, aus denen die Erde zusammengesetzt sein kann, bei der Verschiedenheit der Wärme-Capacität und Leitungsfähigkeit auf einander geschichteter Massen, bei den chemischen Umwandlungen, welche feste und flüssige Materien durch einen ungeheuren Druck erleiden; nur sehr vorsichtig auf die wirkliche Naturbeschaffenheit unsres Planeten anzuwenden. Am schwierigsten für unsere Fassungskraft ist die Vorstellung von der Grenzlinie zwischen der flüssigen Masse des Inneren und den schon erhärteten Gebirgsarten der äußeren Erdrinde, von der allmäligen Zunahme der festen Schichten und dem Zustande der Halbflüssigkeit erdiger zäher Stoffe, für welche die bekannten Gesetze der Hydraulik nur unter beträchtlichen Modificationen gelten können. Sonne und Mond, welche das Meer in Ebbe und Fluth bewegen, wirken höchst wahrscheinlich auch bis zu jenen Erdtiefen. Unter dem Gewölbe schon erstarrter Gebirgsarten kann man allerdings periodische Hebungen und Senkungen der geschmolzenen Masse, Ungleichheiten des gegen das Gewölbe ausgeübten Druckes vermuthen. Das Maaß und die Wirkung solcher Oscillation kann aber nur gering sein; und wenn der relative Stand der anziehenden Weltkörper auch hier *Springfluthen* erregen muß, so ist doch gewiß nicht diesen, sondern mächtigeren inneren Kräften die Erschütterung der Erdoberfläche zuzuschreiben. Es giebt Gruppen von Erscheinungen, deren Existenz es nur darum nützlich ist hervorzuheben, um die Allgemeinheit des Einflusses der Attraction von Sonne und Mond auf das äußere und innere Leben der Erde zu bezeichnen, so wenig wir auch die Größe eines solchen Einflusses numerisch zu bestimmen vermögen.

Nach ziemlich übereinstimmenden Erfahrungen in den artesischen Brunnen nimmt in der oberen Erdrinde die Wärme im Durchschnitt mit einer senkrechten Tiefe von je 92 Pariser Fuß um 1° des hunderttheiligen Thermometers zu. Befolgte diese Zunahme ein arithmetisches Verhältniß, so würde demnach, wie ich bereits oben angegeben habe, eine Granitschicht in der Tiefe von 5²/₁₀ geographischen Meilen (vier bis fünfmal gleich dem höchsten Gipfel des Himalaya-Gebirges) geschmolzen sein.

In dem Erdkörper sind dreierlei Bewegungen der Wärme zu unterscheiden. Die erste ist periodisch und verändert die Temperatur der Erdschichten, indem nach Verschiedenheit des Sonnenstandes und der Jahreszeiten die Wärme von oben nach unten eindringt, oder auf demselben Wege von unten nach oben ausströmt. Die zweite Art der Bewegung ist ebenfalls eine Wirkung der Sonne und von außerordentlicher Langsamkeit. Ein Theil der Wärme, die in den Aequatorial-Gegenden eingedrungen ist, bewegt sich nämlich in dem Inneren der Erdrinde gegen die Pole hin, und ergießt sich an den Polen in den Luftkreis und den fernen Weltraum. Die dritte Art der Bewegung ist die langsamste von allen: sie besteht in der secularen Erkaltung des Erdkörpers: in dem Wenigen, was jetzt noch von der primitiven Wärme des Planeten an die Oberfläche abgegeben wird. Dieser Verlust, den die Centralwärme erleidet, ist in der Epoche der ältesten Erdrevolutionen sehr beträchtlich gewesen, seit den historischen Zeiten aber wird er für unsere Instrumente kaum meßbar. Die Oberfläche der Erde befindet sich demnach zwischen der Glühhitze der unteren Schichten und dem Weltraume, dessen Temperatur wahrscheinlich unter dem Gefrierpunkt des Quecksilbers ist.

Die periodischen Veränderungen der Temperatur, welche an der Oberfläche der Sonnenstand und die meteorologischen Processe hervorrufen, pflanzen sich im Inneren der Erde aber nur bis zu sehr geringen Tiefen fort. Diese Langsamkeit der Wärmeleitung des Bodens schwächt auch im Winter den Wärmeverlust und wird tiefwurzelnden Bäumen günstig. Punkte, welche in verschiedenen Tiefen in einer Verticallinie liegen, erreichen zu sehr verschiedenen Zeiten das Maximum und Minimum der mitgetheilten Temperatur. Je mehr sie sich von der Oberfläche entfernen, desto geringer sind die Unterschiede dieser Extreme. In unseren Breiten der gemäßigten Zone (Br. 48°–52°) liegt die Schicht invariabler Temperatur in 55–60 Fuß Tiefe; schon in der Hälfte dieser Tiefe erreichen die Oscillationen des Thermometers durch Einfluß der Jahreszeiten kaum noch einen halben Grad. Dagegen wird in dem Tropenklima die invariable Schicht schon einen Fuß tief unter der Oberfläche gefunden: und diese Thatsache ist von Boussingault auf eine scharfsinnige Weise zu einer bequemen und, wie er glaubt, sicheren Bestimmung der mittleren Luft-Temperatur des Ortes benutzt worden. Diese mittlere Luft-Temperatur an einem bestimmten Punkte oder in einer Gruppe nahe gelegener Punkte der Oberfläche ist gewissermaßen das Grundelement der klimatischen und Cultur-Verhältnisse einer Gegend: aber die mittlere Temperatur der ganzen Oberfläche ist von der des Erdkörpers selbst sehr verschieden. Die so oft angeregte Frage: ob jene im Lauf der Jahrhunderte beträchtliche Veränderungen erlitten, ob das Klima eines Landes sich verschlechtert hat, ob nicht etwa gleichzeitig die Winter milder und die Sommer kälter geworden sind? kann nur durch das Thermometer entschieden werden; und die Erfindung dieses Instruments ist kaum drittehalbhundert Jahre, seine verständige Anwendung kaum 120 Jahre alt. Die Natur und Neuheit des Mittels setzt also hier den Forschungen über die Luft-Temperatur sehr enge Grenzen. Ganz anders ist die Lösung des größeren Problems der inneren Wärme des ganzen Erdkörpers. Wie man aus der unveränderten Schwingungsdauer eines Pendels auf die bewahrte Gleichheit seiner Temperatur schließen kann, so belehrt uns die unveränderte Umdrehungs-Geschwindigkeit der Erde über das Maaß der Stabilität ihrer mittleren Temperatur. Diese Einsicht in das Verhältniß der *Tageslänge* zur *Wärme* gehört zu den glänzendsten Anwendungen einer langen Kenntniß der *Himmelsbewegungen* auf den *thermischen Zustand* unsres Planeten. Die Umdrehungs-Geschwindigkeit der Erde hängt nämlich von ihrem Volum ab. So wie in der durch Strahlung allmälig erkaltenden Masse die Rotations-Achse kürzer würde, müßten mit Abnahme der Temperatur die Umdrehungs-Geschwindigkeit vermehrt und die Tageslänge vermindert werden. Nun ergiebt die Vergleichung der secularen Ungleichheiten in den Bewegungen des Mondes mit den in älteren Zeiten beobachteten Finsternissen, daß seit Hipparchs Zeiten, also seit vollen 2000 Jahren, die Länge des Tages gewiß nicht um den hundertsten Theil einer Secunde abgenommen hat. Es ist demnach innerhalb der *äußersten* Grenze dieser Abnahme die mittlere Wärme des Erdkörpers seit 2000 Jahren nicht um $^1/_{170}$ eines Grades verändert worden.

Diese Unveränderlichkeit der Form setzt auch eine große Unveränderlichkeit in der Vertheilung der Dichtigkeits-Verhältnisse im Inneren des Erdkörpers voraus. Die translatorischen Bewegungen, welche die Ausbrüche der jetzigen Vulkane, das Hervordringen eisenhaltiger Laven, das Ausfüllen vorher leerer Spalten und Höhlungen mit dichten Steinmassen verursachen; sind demnach nur als kleine Oberflächen-Phänomene, als Ereignisse eines Theiles der Erdrinde zu betrachten, welcher der Dimension nach gegen die Größe des Erd-Halbmessers verschwindet.

Die innere Wärme des Planeten habe ich in ihrer Ursach und Vertheilung fast ausschließlich nach dem Resultate der schönen Untersuchungen Fourier's geschildert. Poisson bezweifelt die ununterbrochene Zunahme der Erdwärme von der Oberfläche der Erde zum Centrum. Er glaubt, daß alle Wärme von außen nach innen eingedrungen ist, und daß die Temperatur des Erdkörpers abhängig ist von der sehr hohen oder sehr niedrigen Temperatur der Welträume, durch welche sich das Sonnensystem bewegt hat. Diese Hypothese, von einem der tiefsinnigsten Mathematiker unserer Zeit ersonnen, hat fast nur ihn, wenig die Physiker und Geognosten befriedigt. Was aber auch die Ursache der inneren Wärme unsers Planeten und der begrenzten oder unbegrenzten Zunahme in den tieferen Schichten sein mag: immer führt sie uns in diesem Entwurfe eines allgemeinen Naturgemäldes, durch den inneren Zusammenhang aller primitiven Erscheinungen der Materie, durch das gemeinsame Band, welches die Molecular-Kräfte umschlingt, in das dunkle Gebiet des *Magnetismus*. Temperatur-Veränderungen bringen magnetische und electrische Ströme hervor. Der tellurische Magnetismus, dessen Hauptcharakter in der dreifachen Aeußerung seiner Kräfte eine ununterbrochene *periodische Veränderlichkeit* ist, wird entweder der ganzen, ungleich erwärmten Erdmasse selbst; oder jenen galvanischen Strömen zugeschrieben, die wir als *Electricität in Bewegung*, als Electricität in einem in sich selbst zurückkehrenden Kreislaufe betrachten*Gauß, allgemeine Theorie des Erdmagnetismus*, in den *Resultaten aus den Beob. des magnet. Vereins* im Jahr 1838 § 41 S. 56.. Der geheimnißvolle Gang der Magnetnadel ist von der Zeit und dem Raume, von dem Sonnenlaufe und der Veränderung des Orts auf der Erdoberfläche gleichmäßig bedingt. Man erkennt an der Nadel, wie an den Schwankungen des Barometers zwischen den

Wendekreisen, die Stunde des Tages. Sie wird durch das ferne Nordlicht, durch die Himmelsgluth, welche an einem der Pole farbig ausstrahlt, urplötzlich, doch nur vorübergehend, afficirt. Wenn die ruhige stündliche Bewegung der Nadel durch ein *magnetisches Ungewitter* gestört ist, so offenbart sich die *Perturbation* oftmals über Meer und Land, auf Hunderte und Tausende von Meilen im strengsten Sinne des Worts gleichzeitig, oder sie pflanzt sich in kurzen Zeiträumen allmälig in jeglicher Richtung über die Oberfläche der Erde fortEs giebt auch Perturbationen, die sich nicht weit fortpflanzen, mehr local sind, vielleicht einen weniger tiefen Sitz haben. Ein seltenes Beispiel solcher außerordentlichen Störung, welche in den Freiberger Gruben und nicht in Berlin gefühlt wurde, habe ich schon vor vielen Jahren bekannt gemacht (*Lettre de Mr. de Humboldt à S. A. R. le Duc de Sussex sur les moyens propres à perfectionner la connaissance du Magnétisme terrestre,* in Becquerel's *traité expérimental de l'Électricité* T. VII. p. 442). Magnetische Ungewitter, die gleichzeitig von Sicilien bis Upsala gefühlt wurden, gelangten nicht von Upsala nach Alten (*Gauß* und *Weber, Resultate des magnet. Vereins* 1839 S. 128; *Lloyd* in den *Comptes rendus de l'Académie des Sciences* T. XIII. 1843 p. 725 und 827). Unter den vielen in neuerer Zeit aufgefundenen gleichzeitigen und durch große Länderstrecken fortgepflanzten Perturbationen, welche in *Sabine's* wichtigem Werke (*observ. on days of unusual magnetic disturbance* 1843) gesammelt sind, ist eine der denkwürdigsten die vom 25 Sept. 1841: welche zu Toronto in Canada, am Vorgebirge der guten Hoffnung, in Prag und theilweise in Van Diemens Land beobachtet wurde. Die englische *Sonntagsfeier,* nach der es sündhaft ist nach Sonnabend Mitternacht eine Scale abzulesen und große Naturphänomene der Schöpfung in ihrer ganzen Entwicklung zu verfolgen, hat, da das magnetische Ungewitter wegen des Längen-Unterschieds in Van Diemens Land auf einen Sonntag fiel, die Beobachtung desselben unterbrochen! (*observ.* p. XIV, 78, 85 und 87.). Im ersteren Falle könnte die Gleichzeitigkeit des Ungewitters, wie Jupiterstrabanten, Feuersignale und wohl beachtete Sternschnuppen, innerhalb gewisser Grenzen zur geographischen Längen-Bestimmung dienen. Man erkennt mit Verwunderung, daß die Zuckungen zweier kleinen Magnetnadeln, und wären sie tief in unterirdischen Räumen aufgehangen, die Entfernung messen, welche sie von einander trennt; daß sie lehren, wie weit Kasan östlich von Göttingen oder von den Ufern der Seine liegt. Es giebt auch Gegenden der Erde, wo der Seefahrer, seit vielen Tagen in Nebel gehüllt, ohne Sonne und Sterne, ohne alle Mittel der Zeitbestimmung, durch die Neigungs-Veränderung der Nadel mit Sicherheit wissen kann, ob er sich nördlich oder südlich von einem Hafen befindet, in den er einlaufen soll.

Wenn die plötzlich in ihrem stündlichen Gange gestörte Nadel das Dasein eines magnetischen Ungewitters verkündigt, so bleibt der Sitz der Perturbations-Ursach: ob sie in der Erdrinde selbst oder im oberen Luftkreise zu suchen sei, leider für uns noch unentschieden. Betrachten wir die Erde als einen wirklichen Magnet, so sind wir genöthigt, nach dem Ausspruch des tiefsinnigen Gründers einer allgemeinen Theorie des Erd-Magnetismus, Friedrich Gauß, durchschnittlich *wenigstens* jedem Theile der Erde, der ein Achtel Cubikmeter, d. i. $3^7/_{10}$ Cubikfuß, groß ist, eine eben so starke Magnetisirung beizulegen, als ein einpfündiger Magnetstab enthält*Gauß* und *Weber, Resultate des magnetischen Vereins* im J. 1838 § 31 S. 46.. Wenn Eisen und Nickel, wahrscheinlich auch Kobalt (nicht ChromNach *Faraday's* Behauptung (*London and Edinburgh Philosophical Magazine* Vol. VII. 1836 p. 178) ist dem reinen Kobalt der Magnetismus ganz abzusprechen. Es ist nur nicht unbekannt, daß andre berühmte Chemiker (Heinrich Rose und Wöhler) diese Behauptung für nicht absolut entscheidend halten. Wenn von zwei mit Sorgfalt gereinigten Kobalt-Massen, welche man beide für nickelfrei hält, sich die eine als ganz unmagnetisch (im ruhenden Magnetismus) zeigt; so scheint mir der Verdacht, daß die andere ihre magnetische Eigenschaft einem Mangel von Reinheit verdanke, doch wahrscheinlich und für Faraday's Ansicht sprechend., wie man lange geglaubt hat), die alleinigen Substanzen sind, welche *dauernd* magnetisch werden und die Polarität durch eine gewisse Coercitivkraft zurückhalten; so beweisen dagegen die Erscheinungen von Arago's Rotations-Magnetismus und Faraday's inducirten Strömen, daß wahrscheinlich alle tellurischen Stoffe *vorübergehend* sich magnetisch verhalten können. Nach den Versuchen des ersteren der eben genannten großen Physiker wirken auf die Schwingungen einer Nadel Wasser, Eis*Arago* in den *Annales de Chimie* T. XXXII. p. 214; *Brewster, treatise on Magnetism* 1837 p. 111; *Baumgartner* in der *Zeitschrift für Phys. und Mathem.* Bd. II. S. 419., Glas und Kohle ganz wie Quecksilber in den Rotations-Versuchen. Fast alle Stoffe zeigen sich in einem gewissen Grade magnetisch, wenn sie leitend sind, d. h. von der Electricität durchströmt werden.

So uralt auch bei den westlichen Völkern die Kenntniß der *Ziehkraft* natürlicher Eisen-Magnete zu sein scheint, so war doch (und diese historisch sehr fest begründete Thatsache ist auffallend genug) die Kenntniß der *Richtkraft* einer Magnetnadel, ihre Beziehung auf den Erd-Magnetismus nur dem äußersten Osten von Asien, den Chinesen, eigenthümlich. Tausend und mehr Jahre vor unserer Zeitrechnung, zu der dunklen Epoche des Kodros und der Rückkehr der Herakliden nach dem Peloponnes hatten die Chinesen schon *magnetische Wagen*, auf denen der bewegliche Arm einer Menschengestalt unausgesetzt nach Süden wies, um sicher den Landweg durch die unermeßlichen Grasebenen der Tartarei zu finden; ja im dritten Jahrhundert nach unserer Zeitrechnung, also wenigstens 700 Jahre vor der Einführung des Schiffscompasses in den europäischen Meeren, segelten schon chinesische Fahrzeuge in dem indischen Ocean nach magnetischer *Süd-Weisung*. Ich habe in einem anderen Werke gezeigt, welche Vorzüge*Asie centrale* T. I. Introduction p. XXXVII–XLII. Die westlichen Völker, Griechen und Römer, wußten, daß Magnetismus dem Eisen langdauernd mitgetheilt werden kann („sola haec materia ferri vires a magnete lapide accipit *retinetque longo tempore*" Plin. XXXIV, 14). Die große Entdeckung der tellurischen Richtkraft hing also allein davon ab, daß man im Occident nicht durch Zufall ein längliches Fragment Magnetstein oder einen magnetisirten Eisenstab, mittelst Holz auf Wasser schwimmend oder an einem Faden hangend, in freier Bewegung beobachtet hatte. dieses Mittel topographischer Orientirung, diese frühe Kenntniß und Anwendung der dem Westen unbekannten Magnetnadel den chinesischen Geographen vor den griechischen und römischen gegeben hat, denen z. B. die wahre Richtung der Apenninen und Pyrenäen stets unbekannt blieb.

Die magnetische Kraft unsres Planeten offenbart sich an seiner Oberfläche in drei Classen von Erscheinungen, deren eine die veränderliche *Intensität* der Kraft, zwei andere die veränderliche Richtung in der *Neigung* und in der horizontalen *Abweichung* vom terrestrischen Meridiane des Orts darbieten. Die Gesammtwirkung nach außen wird also graphisch durch drei Systeme von Linien   bezeichnet: die der *isodynamischen, isoklinischen* und *isogonischen* (gleicher Kraft, gleicher Neigung und gleicher Abweichung). Der Abstand und die relative Lage dieser stets bewegten, oscillirend fortschreitenden Curven bleiben nicht immer dieselben. Die totale Abweichung (Variation oder Declination der Magnetnadel) verändert sich an gewissen Punkten der Erde, z. B. in dem westlichen Theil der Antillen und in Spitzbergen, in einem ganzen Jahrhundert gar nicht oder auf eine bisher kaum bemerkbare Weise. Eben so zeigt sich, daß die isogonischen Curven, wenn sie in ihrer secularen Bewegung von der Oberfläche des Meers auf einen Continent oder eine Insel von beträchtlichem Umfange gerathen, lange auf denselben verweilen und dann im Fortschreiten sich krümmen.

Diese allmälige Umwandlung der Gestaltungen, welche die Translation begleiten und die Gebiete der östlichen und westlichen Abweichung im Laufe der Zeiten so ungleich erweitern, macht es schwer, in den graphischen Darstellungen, welche verschiedenen Jahrhunderten angehören, die Uebergänge und Analogie der Formen aufzufinden. Jeder Zweig einer Curve hat seine Geschichte: aber diese Geschichte steigt bei den westlichen Völkern nirgends höher hinauf als bis zu der denkwürdigen Epoche (13 September 1492), wo der Wieder-Entdecker der Neuen Welt 3° westlich vom Meridian der azorischen Insel Flores eine Linie ohne Abweichung erkannteIch habe an einem andern Orte gezeigt, daß man in den auf uns gekommenen Documenten über die Schifffahrten von Christoph Columbus mit vieler Sicherheit drei Ortsbestimmungen der atlantischen Linie ohne Abweichung für den 13 September 1492, den 21 Mai 1496 und den 16 August 1498 erkennen kann. Die atlantische Curve ohne Abweichung war zu jenen Epochen NO–SW gerichtet. Sie berührte den südamerikanischen Continent etwas östlich vom Cap Codera, während jetzt die Berührung an der Nordküste von Brasilien beobachtet wird (*Humboldt, Examen critique de l'hist. de la Géogr.* T. III. p. 44-48). Aus *Gilbert's Physiologia nova de Magnete* sieht man deutlich (und diese Thatsache ist sehr auffallend), daß im Jahr 1600 die Abweichung noch null in der Gegend der Azoren war lib. IV cap. 1: ganz wie zu Columbus Zeit. Ich glaube in meinem *Examen critique* (T. III. p. 54) aus Documenten erwiesen zu haben, daß die berühmte Demarcations-Linie, durch welche der Pabst Alexander VI die westliche Hemisphäre zwischen Portugal und Spanien theilte, darum nicht durch die westlichste der Azoren gezogen wurde, weil Columbus eine *physische* Abtheilung in eine *politische* zu verwandeln wünschte. Er legte nämlich eine große Wichtigkeit auf die Zone (raya): „auf welcher die Bussole keine Variation mehr zeige; wo Luft und Meer, letzteres mit Tang wiesenartig bedeckt, sich anders gestalten; wo kühle Winde anfangen zu wehen, und (so lehrten es ihn irrige Beobachtungen des Polarsternes) die Gestalt (Sphäricität) der Erde nicht mehr dieselbe sei.". Ganz Europa hat jetzt, einen kleinen Theil von Rußland abgerechnet, eine westliche Abweichung: während daß am Ende des 17ten Jahrhunderts, erst in London 1657 und dann 1669 in Paris (also trotz der kleinen Entfernung mit einem Unterschiede von 12 Jahren), die Nadel gerade nach dem Nordpol wies. Im östlichen Rußland: im Osten von dem Ausfluß der

Wolga, von Saratow, Nischni-Nowgorod und Archangelsk, dringt von Asien her die östliche Abweichung zu uns ein. In dem weit ausgedehnten Gebiete des nördlichen Asiens haben uns zwei vortreffliche Beobachter, Hansteen und Adolph Erman, die wunderbare doppelte Krümmung der Abweichungslinien kennen gelehrt: concav gegen den Pol gerichtet zwischen Obdorsk am Obi und Turuchansk, convex zwischen dem Baikal-See und dem Ochotskischen Meerbusen. In diesem letzteren Theile der Erde, im nordöstlichen Asien, zwischen dem Werchojansker Gebirge, Jakutsk und dem nördlichen Korea, bilden die isogonischen Linien ein merkwürdiges in sich *geschlossenes* System. Diese *eiförmige* Gestaltung wiederholt sich regelmäßiger und in einem größeren Umfange in der Südsee, fast im Meridian von Pitcairn und der Inselgruppe der Marquesas, zwischen 20° nördlicher und 45° südlicher Breite. Man könnte geneigt sein eine so sonderbare Configuration in sich geschlossener, fast concentrischer Abweichungslinien für die Wirkung einer Localbeschaffenheit des Erdkörpers zu halten; sollten aber auch diese isolirt scheinenden Systeme sich in dem Lauf der Jahrhunderte fortbewegen, so muß man hier, wie bei allen großen Naturkräften, auf eine allgemeinere Ursach der Erscheinung schließen.

Die stündlichen Veränderungen der Abweichung: von der wahren Zeit abhängig, scheinbar von der Sonne beherrscht, so lange sie über dem Horizonte eines Orts ist, nehmen mit der magnetischen Breite in ihrem angularen Werthe ab. Nahe am Aequator, z. B. auf der Insel Rawak, sind sie kaum drei bis vier Minuten, wenn sie im mittleren Europa 13 bis 14 Minuten betragen. Da nun in der ganzen nördlichen Hemisphäre das Nord-Ende der Nadel im Durchschnitt von 8½ Uhr Morgens bis 1½ Uhr Mittags von Ost gen West, und in derselben Zeit in der südlichen Hemisphäre dasselbe Nord-Ende von West gen Ost fortschreitet; so hat man neuerlichst mit Recht darauf aufmerksam gemacht, daß es eine Region der Erde, wahrscheinlich zwischen dem terrestrischen und magnetischen Aequator, geben muß, in welcher keine stündliche Veränderung der Abweichung zu bemerken ist. Diese vierte Curve, die der Nicht-Bewegung oder vielmehr *Nicht-Veränderung der stündlichen Abweichung*, ist bis jetzt noch nicht aufgefunden worden.

Wie man *magnetische Pole* die Punkte der Erdoberfläche nennt, wo die horizontale Kraft verschwindet, und diesen Punkten mehr Wichtigkeit zuschreibt, als ihnen eigentlich zukommt*Gauß, allg. Theorie des Erdmagnetismus* § 31.: so wird der *magnetische Aequator* diejenige Curve genannt, auf welcher die Neigung der Nadel null ist. Die Lage dieser Linie und ihre seculare Gestalt-Veränderung ist in neueren Zeiten ein Gegenstand sorgfältiger Untersuchung gewesen. Nach der vortrefflichen Arbeit Duperrey's *Duperrey de la configuration de l'équateur magnétique* in den *Annales de Chimie* T. XLV. p. 371 und 379 (vergl. auch *Morlet* in den *Mémoires présentés par divers savans à l'Acad. roy. des Sciences* T. III. p. 132)., welcher den magnetischen Aequator zwischen den Jahren 1822 und 1825 sechsmal berührt hat, sind die Knoten der beiden Aequatoren: die zwei Punkte, in denen die *Linie ohne Neigung* den terrestrischen Aequator schneidet und demnach aus einer Hemisphäre in die andere übergeht, so ungleich vertheilt, daß im Jahr 1825 der Knoten bei der Insel St. Thomas an der Westküste von Afrika 188°½ von dem Knoten in der Südsee bei den kleinen Gilberts-Inseln (fast in dem Meridian der Viti-Gruppe) auf dem kürzesten Wege entfernt lag. Ich habe am Anfang dieses Jahrhunderts auf einer Höhe von 11200 Fuß über dem Meere den Punkt (7° 1' südl. Breite und 8° 54' westl. Länge) astronomisch bestimmen können, wo im Inneren des Neuen Continents die Andeskette zwischen Quito und Lima von dem magnetischen Aequator durchkreuzt wird. Von da in Westen verweilt dieser fast durch die ganze Südsee, dem terrestrischen Aequator sich langsam nähernd, in der südlichen Halbkugel. Er geht erst in die nördliche Halbkugel über kurz vor dem indischen Archipelagus, berührt nur die Südspitzen von Asien, und tritt in das afrikanische Festland ein westlich von Socotora, fast in der Meerenge von Bab-el-Mandeb: wo er sich dann am meisten von dem terrestrischen Aequator entfernt. Das unbekannte Land von Inner-Afrika durchschneidend in der Richtung nach Südwest, kehrt der magnetische Aequator in dem Golf von Guinea in die südliche Tropenzone zurück, und entfernt sich vom terrestrischen Aequator so sehr, daß er die brasilianische Küste bei os Ilheos nördlich von Porto Seguro in 15° südl. Breite berührt. Von da an bis zu der Hochebene der Cordilleren, zwischen den Silbergruben von Micuipampa und dem alten Inca-Sitze von Caxamarca, wo ich die Inclination beobachten konnte, durchläuft er ganz Südamerika: das für jetzt unter diesen südlichen Breiten eine magnetische Terra incognita, wie das Innere von Afrika, ist.

Neue von Sabine gesammelte Beobachtungen haben uns gelehrt, daß der Knoten der Insel St. Thomas von 1825 bis 1837 bereits 4° von Osten gegen Westen gewandert ist. Es wäre ungemein wichtig zu wissen, ob der entgegengesetzte Pol der Gilberts-Inseln in der Südsee eben so viel gegen Westen sich dem Meridian der Carolinen genähert hat. Die hier gegebene allgemeine Uebersicht muß genügen, um die verschiedenen Systeme nicht ganz paralleler isoklinischer Linien an die große Erscheinung des Gleichgewichts, welche sich im magnetischen Aequator offenbart, zu knüpfen. Für die Ergründung der Gesetze des tellurischen Magnetismus ist es kein geringer Vorzug, daß der magnetische Aequator, dessen oscillirender Gestaltenwechsel und dessen Knotenbewegung, mittelst der veränderten *magnetischen Breiten*, einen Einfluß auf die Neigung der Nadel in den fernsten Weltgegenden ausüben, in seiner ganzen Länge, bis auf $^1/_5$, oceanisch ist und daher, durch ein merkwürdiges Raumverhältniß zwischen Meer und Land, um so zugänglicher wird, als man gegenwärtig im Besitz von Mitteln ist beides, Abweichung und Inclination, während der Schifffahrt mit vieler Genauigkeit zu bestimmen.

Wir haben die Vertheilung des Magnetismus auf der Oberfläche unsers Planeten nach den zwei Formen der *Abweichung* und der *Neigung* geschildert. Es bleibt uns die dritte Form, die der *Intensität der Kraft*, übrig, welche graphisch durch isodynamische Curven (Linien gleicher Intensität) ausgedrückt wird. Die Ergründung und Messung dieser Kraft durch Schwingung einer verticalen oder horizontalen Nadel hat erst seit dem Anfange des neunzehnten Jahrhunderts in ihren tellurischen Beziehungen ein allgemeines und lebhaftes Interesse erregt. Die Messung der horizontalen Kraft ist, besonders durch Anwendung feiner optischer und chronometrischer Hülfsmittel, eines Grades der Genauigkeit fähig geworden, welcher die aller anderen magnetischen Bestimmungen weit übertrifft. Wenn für die unmittelbare Anwendung auf Schifffahrt und Steuerung die isogonischen Linien die wichtigeren sind: so zeigen sich nach den neuesten Ansichten die isodynamischen, vornehmlich die, welche die *Horizontal-Kraft* bezeichnen, als diejenigen, welche der Theorie des Erd-Magnetismus die fruchtbringendsten Elemente darbieten. Am frühesten ist durch Beobachtung die Thatsache erkanntFolgendes ist der historische Hergang der Auffindung des Gesetzes von der (im allgemeinen) mit der magnetischen Breite zunehmenden Intensität der Kräfte. Als ich mich 1798 der Expedition des Capitän Baudin zu einer Erdumseglung anschließen wollte, wurde ich von Borda, der einen warmen Antheil an der Ausführung meiner Entwürfe nahm, aufgefordert, unter verschiedenen Breiten in beiden Hemisphären eine senkrechte Nadel im magnetischen Meridian schwingen zu lassen: um zu ergründen, ob die Intensität der Kräfte dieselbe oder verschieden sei. Auf meiner Reise nach den amerikanischen Tropenländern machte ich diese Untersuchung zu einer der Hauptaufgaben meiner Unternehmung. Ich beobachtete, daß dieselbe Nadel, welche in 10 Minuten zu Paris 245, in der Havana 246, in Mexico 242 Schwingungen vollbrachte: innerhalb derselben Zeit zu San Carlos del Rio Negro (Breite 1° 53' N., Länge 80° 40' W.) 216; auf dem magnetischen Aequator: d. i. der Linie, auf der die Neigung = 0 ist, in Peru (Br. 7° 1' Süd, Länge 80° 54' W.) nur 211, in Lima (Br. 12° 2' S.) wieder 219 Schwingungen zeigte. Ich fand also in den Jahren 1799 bis 1803, daß die Totalkraft, wenn man dieselbe auf dem magnetischen Aequator in der peruanischen Andeskette zwischen Micuipampa und Caxamarca = 1,0000 setzt, in Paris durch 1,3482; in Mexico durch 1,3155; in San Carlos del Rio Negro durch 1,0480; in Lima durch 1,0773 ausgedrückt werde. Als ich in der Sitzung des Pariser Instituts am 26 Frimaire des Jahres XIII in einer Abhandlung, deren mathematischer Theil Herrn *Biot* zugehört, dies Gesetz der veränderlichen Intensität der tellurischen Magnetkraft entwickelte und durch den numerischen Werth der Beobachtungen in 104 verschiedenen Punkten erwies, wurde die Thatsache als vollkommen neu betrachtet. Erst *nach* der Lesung dieser Abhandlung, wie Biot in derselben (*Lamétherie, Journal de Physique* T. LIX. p. 446 note 2) sehr bestimmt sagt und ich in der *Relation hist.* T. I. p. 262 note 1 wiederholt habe, theilte Herr de *Rossel* seine sechs *früheren,* schon 1791–1794 auf Van Diemens Land, Java und Amboina gemachten Schwingungs-Beobachtungen an Biot mit. Aus denselben ergab sich ebenfalls das Gesetz abnehmender Kraft im indischen Archipelagus. Es ist fast zu vermuthen, daß dieser vortreffliche Mann, in seiner eigenen Arbeit, die Regelmäßigkeit der Zu- und Abnahme der Intensität nicht erkannt hatte: da er von diesem, gewiß nicht unwichtigen, physischen Gesetze vor der Lesung meiner Abhandlung unsern gemeinschaftlichen Freunden Laplace, Delambre, Prony und Biot nie etwas gesagt hatte. Erst im Jahr 1808, vier Jahre nach meiner Rückkunft aus Amerika, erschienen die von ihm angestellten Beobachtungen im *Voyage d'Entrecasteaux* T. II. p. 287, 291, 321, 480 und 644. Bis heute hat man die Gewohnheit beibehalten, in allen magnetischen Intensitäts-Tafeln, welche in Deutschland (*Hansteen, Magnet. der Erde* 1819 S. 71; *Gauß, Beob. des magnet. Vereins* 1838 S. 36–39; *Erman, physikal. Beob.* 1841 S. 529–579), in England (*Sabine, report on magnet. Intensity* 1838 p. 43–62, *contributions to terrestrial Magnetism* 1843) und in Frankreich (*Becquerel, traité d'Électr. et de Magnét.* T. VII. p. 354–367) erschienen sind, die irgend wo auf dem Erdkörper beobachteten Schwingungen auf das Maaß der Kraft zu reduciren, welches ich auf dem magnetischen Aequator im nördlichen Peru gefunden habe: so daß bei dieser willkührlich angenommenen Einheit die Intensität der magnetischen Kraft zu Paris 1,348 gesetzt wird. Noch älter aber als des Admirals Rossel

Beobachtungen sind die, welche auf der unglücklichen Expedition von *la Pérouse*, von dem Aufenthalt in Teneriffa (1785) an bis zur Ankunft in Macao (1787), durch *Lamanon* angestellt und an die Akademie der Wissenschaften geschickt wurden. Man weiß bestimmt (*Becquerel* T. VII. p. 320), daß sie schon im Julius 1787 in den Händen Condorcet's waren; sie sind aber trotz aller Bemühungen bis jetzt nicht wieder aufgefunden worden. Von einem sehr wichtigen Briefe Lamanon's an den damaligen perpetuirlichen Secretär der Akademie, den man vergessen in dem *Voyage de la Pérouse* abzudrucken, besitzt der Capitän Duperrey eine Abschrift. Es heißt darin ausdrücklich: "que la force attractive de l'aimant est moindre dans les tropiques qu'en avançant vers les pôles, et que l'intensité magnétique déduite du nombre des oscillations de l'aiguille de la boussole d'inclinaison change et augmente avec la latitude." Hätte die Akademie der Wissenschaften vor der damals gehofften Rückkunft des unglücklichen la Pérouse sich berechtigt geglaubt, im Lauf des Jahres 1787 eine Wahrheit zu publiciren, welche nach einander von drei Reisenden, deren keiner den anderen kannte, aufgefunden ward; so wäre die Theorie des tellurischen Magnetismus 18 Jahre früher durch die Kenntniß einer neuen Classe von Erscheinungen erweitert worden. Diese einfache Erzählung der Thatsachen kann vielleicht eine Behauptung rechtfertigen, welche der dritte Band meiner *Relation historique* (p. 615) enthält: "Les observations sur les variations du magnétisme terrestre auxquelles je me suis livré pendant 32 ans, au moyen d'instrumens comparables entre eux, en Amérique, en Europe et en Asie; embrassent, dans les deux hémisphères, depuis les frontières de la Dzoungarie chinoise jusque vers l'ouest à la Mer du Sud, qui baigne les côtes du Mexique et du Pérou, un espace de 188° de longitude, depuis les 60° de latitude nord jusqu' aux 12° de latitude sud. J'ai regardé la loi du décroissement des forces magnétiques, du pôle à l'équateur, comme le résultat le plus important de mon voyage américain." Es ist nicht gewiß, aber sehr wahrscheinlich, daß Condorcet den Brief Lamanon's vom Julius 1787 in einer Sitzung der Akademie der Wissenschaften zu Paris vorgelesen hat; und eine solche bloße Vorlesung halte ich für eine vollgültige Art der *Publication* (*Annuaire du Bureau des Longitudes* pour 1842 p. 463). Die *erste Erkennung des Gesetzes* gehört daher unstreitig dem Begleiter la Pérouse's an; aber, lange unbeachtet oder vergessen, hat, wie ich glauben darf, die Kenntniß des Gesetzes der mit der Breite veränderlichen Intensität der magnetischen Erdkraft erst in der Wissenschaft Leben gewonnen durch die Veröffentlichung meiner Beobachtungen von 1798 bis 1804. Der Gegenstand und die Länge dieser Note wird denen nicht auffallend sein, welche mit der neueren Geschichte des Magnetismus und dem durch dieselbe angeregten Zweifel vertraut sind; auch aus eigener Erfahrung wissen, daß man einigen Werth auf das legt, womit man sich fünf Jahre lang ununterbrochen unter den Beschwerden des Tropenklima's und gewagter Gebirgsreisen beschäftigt hat. worden, daß die Intensität der Totalkraft vom Aequator gegen die Pole hin zunimmt.

Die Kenntniß des Maaßes dieser Zunahme und die Ergründung aller numerischen, den ganzen Erdkörper umfassenden Verhältnisse des Intensitäts-Gesetzes verdankt man besonders seit dem Jahre 1819 der rastlosen Thätigkeit von Edward *Sabine:* welcher, nachdem er am amerikanischen Nordpol, in Grönland, in Spitzbergen, an den Küsten von Guinea und in Brasilien dieselben Nadeln hat schwingen lassen, fortwährend alles sammelt und ordnet, was die Richtung der *isodynamischen* Linien aufklären kann. Den ersten Entwurf eines isodynamischen Systems, in Zonen getheilt, habe ich selbst für einen kleinen Theil von Südamerika geliefert. Es sind diese Linien nicht den Linien gleicher Neigung parallel; die Intensität der Kraft ist nicht, wie man anfangs geglaubt hat, am schwächsten auf dem magnetischen Aequator, sie ist nicht einmal gleich auf allen Theilen desselben. Wenn man *Erman's* Beobachtungen im südlichen Theile des atlantischen Oceans, wo eine schwächende Zone sich von Angola über die Insel St. Helena bis an die brasilianische Küste (0,706) hinzieht, mit den neuesten Beobachtungen des großen Seefahrers James Clark *Roß* vergleicht: so findet man, daß an der Oberfläche unseres Planeten die Kraft gegen den magnetischen Südpol hin: da, wo das Victoria-Land sich vom Cap Crozier gegen den 11600 Fuß hohen, aus dem Eise aufsteigenden Vulkan Erebus verlängert, fast im Verhältniß wie 1 zu 3 zunimmt. Wenn die Intensität nahe bei dem magnetischen Südpol durch 2,052 ausgedrückt wird (man nimmt noch immer zur Einheit die Intensität, welche ich auf dem magnetischen Aequator im nördlichen Peru gefunden), so fand sie Sabine dem magnetischen Nordpol nahe in Melville's Insel (Br. 74° 27' N.) nur 1,624, während sie in den Vereinigten Staaten bei Neu-York (also fast unter Einer Breite mit Neapel) 1,803 ist.

Durch die glänzenden Entdeckungen von *Oersted, Arago* und *Faraday* ist die electrische Ladung des Luftkreises der magnetischen Ladung des Erdkörpers näher gerückt. Wenn durch Oersted aufgefunden worden ist, daß die Electricität in der Umgebung des sie fortleitenden Körpers Magnetismus erregt, so werden dagegen in Faraday's Versuchen durch den freigewordenen Magnetismus electrische Strömungen hervorgerufen. Magnetismus ist eine der vielfachen

Formen, unter denen sich die Electricität offenbart. Die uralte dunkle Ahndung von der Identität der electrischen und magnetischen Anziehung ist in unserer Zeit in Erfüllung gegangen. „Wenn das Electrum (der Bernstein)", sagt *Plinius*Vom Bernstein (succinum, glessum) sagt *Plinius* XXXVII, 3: "Genera ejus plura. Attritu digitorum accepta caloris anima trahunt in se paleas ac folia arida quae levia sunt, ac ut magnes lapis ferri ramenta quoque." (*Plato* in *Timaeo* p. 80; *Martin, études sur le Timée* T. UU. p. 343-346; *Strabo* XV p. 703 Casaub.; *Clemens Alex. Strom.* II. p. 370: wo sonderbar genug τὸ σούχιον und τὸ ἤλεκτρον unterschieden werden.) Wenn Thales in *Aristot. de Anima* I, 2 und Hippias in *Diog. Laertio* I, 24 dem Magnet und dem Bernstein eine Seele zuschreiben, so deutet diese Beseelung nur auf ein bewegendes Princip. im Sinne der ionischen Naturphilosophie des Thales, „durch Reibung und Wärme *beseelt* wird, so zieht es Bast und dürre Blätter an, ganz wie der Magnetstein das Eisen." Dieselben Worte finden wir in der Litteratur eines Volks, das den östlichsten Theil von Asien bewohnt, bei dem chinesischen Physiker *Kuopho* in der Lobrede des Magneten"Der Magnet zieht das Eisen, wie der Bernstein die kleinsten Senfkörner, an. Es ist wie ein Windeshauch, der beide geheimnißvoll durchwehet und pfeilschnell sich mittheilt." Diese Worte gehören dem *Kuopho*, einem chinesischen Lobredner des Magnets, Schriftsteller aus dem Anfang des 4ten Jahrhunderts (*Klaproth, Lettre à M. A. de Humboldt, sur l'invention de la Boussole*, 1834 p. 125).. Nicht ohne Ueberraschung bemerkte ich auch an den waldigen Ufern des Orinoco, bei den Kinderspielen der Wilden, unter Volksstämmen, welche auf der untersten Stufe der Roheit stehen, daß ihnen die Erregung der Electricität durch Reibung bekannt ist. Knaben rieben die trocknen, platten und glänzenden Saamen eines rankenden Schotengewächses (wahrscheinlich einer Negretia) so lange, bis sie Fasern von Baumwolle und Bambusrohr anzogen. Was die nackten kupferbraunen Eingebornen ergötzt, ist geeignet einen tiefen und ernsten Eindruck zu hinterlassen. Welche Kluft trennt nicht das electrische Spiel jener Wilden von der Erfindung eines gewitterentladenden metallischen Leiters, einer viele Stoffe chemisch zersetzenden Säule, eines lichterzeugenden magnetischen Apparats! In solcher Kluft liegen Jahrtausende der geistigen Entwickelungsgeschichte der Menschheit vergraben!

Der ewige Wechsel, die oscilatorische Bewegung, welche man in allen magnetischen Erscheinungen, denen der Neigung, der Abweichung, und der Intensität der Kräfte, wahrnimmt: nach den Stunden des Tages und auch der

Nacht, nach den Jahreszeiten und dem Verlauf der ganzen Jahre; läßt sehr verschiedenartige partielle Systeme von electrischen Strömen in der Erdrinde vermuthen. Sind diese Strömungen, wie in Seebeck's Versuchen, thermomagnetisch unmittelbar durch ungleiche Vertheilung der Wärme erregt? oder soll man sie nicht vielmehr als durch den Stand der Sonne, durch die Sonnenwärme inducirt betrachten? Hat die Rotation des Planeten und das Moment der Geschwindigkeit, welches die einzelnen Zonen nach ihrem Abstande vom Aequator erlangen, Einfluß auf die Vertheilung des Magnetismus? Soll man den Sitz der Strömungen, d. i. der bewegten Electricität, in dem Luftkreise, in den interplanetaren Räumen oder in der Polarität der Sonne und des Mondes suchen? Schon *Galilei* war in seinem berühmten *Dialogo* geneigt die parallele Richtung der Erdachse einem magnetischen Anziehungspunkt im Weltraume zuzuschreiben.

Wenn man sich das Innere des Erdkörpers als geschmolzen und einen ungeheuren *Druck* erleidend, als zu einer Temperatur erhoben denkt, für die wir kein Maaß haben; so muß man wohl auf einen magnetischen Kern der Erde verzichten. Allerdings geht erst bei der Weißglühhitze aller Magnetismus verloren; er äußert sich noch, wenn das Eisen dunkelrothglühend ist; und so verschieden auch die Modificationen sein mögen, welche der Molecular-Zustand und die davon abhängige Coercitivkraft der Stoffe in den Versuchen erzeugen: so bleibt immer noch eine beträchtliche Dicke der Erdschicht über, die man als Sitz der magnetischen Ströme annehmen möchte. Was die alte Erklärung der stündlichen Variationen der Abweichung durch die progressive Erwärmung der Erde im scheinbaren Sonnenlauf von Osten nach Westen anbetrifft, so muß man sich dabei freilich auf die äußerste Oberfläche beschränken: da die in den Erdboden eingesenkten, jetzt an so vielen Orten genau beobachteten Thermometer zeigen, wie langsam die Sonnenwärme selbst auf die geringe Tiefe von einigen Fußen eindringt. Dazu ist der thermische Zustand der Meeresfläche, welche ⅔ des Planeten bedeckt, solchen Erklärungen wenig günstig: wenn von unmittelbarer Einwirkung die Rede ist, nicht von *Induction* aus der Luft- und Dunsthülle des Planeten.

Auf alle Fragen nach den letzten *physischen Ursachen* so complicirter Erscheinungen ist in dem jetzigen Zustande unsers Wissens bisher keine befriedigende Antwort zu geben. Nur was in den dreifachen Manifestationen der Erdkraft sich als *meßbare* Verhältnisse des Raums und der Zeit, als das *Gesetzmäßige* im Veränderlichen darbietet, hat durch Bestimmung numerischer Mittelwerthe neuerdings die glänzendsten Fortschritte gemacht. Von Toronto in Ober-Canada an bis zum Vorgebirge der guten Hoffnung und zu Van Diemens Land, von Paris bis Peking ist die Erde seit dem Jahre 1828 mit *magnetischen Warten* bedeckt worden, in denen ununterbrochen durch gleichzeitige Beobachtungen jede regelmäßige oder unregelmäßige *Regung der Erdkraft* erspähet wird. Man mißt eine Abnahme von $^{1}/_{40000}$ der magnetischen Intensität, man beobachtet zu gewissen Epochen 24 Stunden lang alle 2½ Minuten. Ein großer englischer Astronom und Physiker hat berechnetAls die erste Aufforderung zur Errichtung dieser Warten (eines Netzes von Stationen, die mit gleichartigen Instrumenten versehen sind) von mir ausging, durfte ich nicht die Hoffnung hegen, daß ich selbst noch die Zeit erleben würde, wo durch die vereinte Thätigkeiten trefflicher Physiker und Astronomen, hauptsächlich aber durch die großartige und ausdauernde Unterstützung zweier Regierungen, der russischen und großbritannischen, beide Hemisphären mit *magnetischen Häusern* gleichsam bedeckt sein würden. Ich hatte in den Jahren 1806 und 1807 zu Berlin mit meinem Freunde und Mitarbeiter, Herrn *Oltmanns*, besonders zur Zeit der Solstitien und Aequinoctien, 5–6 Tage und eben so viel Nächte ununterbrochen von Stunde zu Stunde, oft von halber zu halber Stunde, den Gang der Nadel beobachtet. Ich hatte mich überzeugt, daß fortlaufende, ununterbrochene Beobachtungen (observatio perpetua) von mehreren Tagen und Nächten den vereinzelten Beobachtungen vieler Monate vorzuziehen seien. Der Apparat: ein Prony'sches *magnetisches Fernrohr*, in einem Glaskasten an einem Faden ohne Torsion aufgehangen, gab an einem fern aufgestellten, fein getheilten, bei Nacht durch Lampen erleuchteten Signale Winkel von 7 bis 8 Secunden. *Magnetische Perturbationen* (Ungewitter), die bisweilen in mehreren auf einander folgenden Nächten zu denselben Stunden wiederkehrten, ließen mich schon damals den lebhaften Wunsch äußern, ähnliche Apparate in Westen und Osten von Berlin benutzt zu sehen, um allgemeine tellurische Phänomene von dem zu unterscheiden, was localen Störungen im Innern des ungleich erwärmten Erdkörpers oder in der wolkenbildenden Atmosphäre zugehört. Meine Abreise nach Paris und die lange politische Unruhe im ganzen westlichen Europa hinderten damals die Erfüllung jenes Wunsches. Das Licht, welches (1820) die große Entdeckung *Oersted's* über den inneren Zusammenhang der Electricität und des Magnetismus verbreitete, erweckte endlich, nach langem Schlummer, ein allgemeines Interesse für den periodischen Wechsel der electromagnetischen Ladung des Erdkörpers. *Arago*, der mehrere Jahre früher auf der Sternwarte zu Paris, mit einem neuen vortrefflichen Gambey'schen Declinations-Instrumente, die längste ununterbrochene Reihe stündlicher Beobachtungen begonnen hatte, welche wir in Europa besitzen; zeigte durch Vergleichung mit gleichzeitigen Perturbations-Beobachtungen in Kasan, welchen Gewinn man aus correspondirenden Messungen der Abweichung ziehen könne. Als ich nach einem 18jährigen Aufenthalte in Frankreich nach Berlin zurückkehrte, ließ ich im Herbst 1828 ein kleines magnetisches Haus aufführen: nicht bloß, um die 1806 begonnene Arbeit fortzusetzen; sondern hauptsächlich, damit zu verabredeten Stunden gleichzeitig in Berlin, Paris und Freiberg (in einer Teufe von 35 Lachtern unter Tage) beobachtet werden könne. Die Gleichzeitigkeit der Perturbationen und der Parallelismus der Bewegungen für October und December 1829 wurde damals schon graphisch dargestellt (*Poggend. Annalen* Bd. XIX. S. 357 Tafel I–III). Eine auf Befehl des Kaisers von Rußland im Jahre 1829 unternommene Expedition im nördlichen Asien gab mir bald Gelegenheit meinen Plan in einem größeren Maaßstabe auszudehnen. Es wurde dieser Plan in einer von der kaiserlichen Akademie der Wissenschaften speciell ernannten Commission entwickelt; und unter dem Schutze des Chefs des Bergcorps, Grafen von *Cancrin*, und der vortrefflichen Leitung des Prof. *Kupffer* kamen magnetische Stationen von Nicolajeff an durch das ganze nördliche Asien über Catharinenburg, Barnaul und Nertschinsk bis Peking zu Stande. Das Jahr 1832 (*Göttingische gelehrte Anzeigen* St. 206, S. 2049–58) bezeichnet die große Epoche, in welcher der tiefsinnige Gründer einer allgemeinen Theorie des Erd-Magnetismus, Friedrich *Gauß*, auf der Göttinger Sternwarte die nach neuen Principien construirten Apparate aufstellte. Das magnetische Observatorium war 1834 vollendet; und in demselben Jahre (*Resultate der Beob. des magnetischen Vereins* im Jahr 1838 S. 135 und *Poggend. Annalen* Bd. XXXIII. S. 426) verbreitete Gauß seine Instrumente und Beobachtungs-Methode, an denen der sinnreiche Physiker Wilhelm *Weber* den lebhaftesten Antheil nahm, über einen großen Theil von Deutschland, Schweden und ganz Italien. In diesem nun von Göttingen wie von einem Centrum ausgehenden magnetischen Vereine wurden seit 1836 vier Jahrestermine von 24stündiger Dauer festgesetzt, welche mit denen der Aequinoctien und Solstitien, die ich befolgt und 1830 vorgeschlagen hatte, nicht übereinstimmten. Bis dahin hatte Großbritannien, im Besitz des größten Welthandels und der ausgedehntesten Schifffahrt, keinen Theil an der Bewegung genommen, welche seit 1828 wichtige Resultate für die ernstere Ergründung des tellurischen Magnetismus zu verheißen anfing. Ich war so glücklich, durch eine öffentliche Aufforderung, die ich von Berlin aus unmittelbar an den damaligen Präsidenten der Königl. Societät zu London, den Herzog von Sussex, im April 1836 richtete (Lettre de Mr. de Humboldt à S. A. R. le Duc de Sussex sur les moyens propres à perfectionner la connaissance du magnétisme terrestre par l'établissement de stations magnétiques et d'observations correspondantes), ein wohlwollendes Interesse für ein Unternehmen zu erregen, dessen Erweiterung längst das Ziel meiner heißesten Wünsche war. Ich drang in dem Briefe an den Herzog von Sussex auf permanente Stationen in Canada, auf St. Helena, dem Vorgebirge der guten Hoffnung, Ile de France, Ceylon und Neu-Holland: welche ich schon fünf Jahre früher als vortheilhaft bezeichnet hatte. Es wurde in dem Schooße der Royal Society ein joint Physical and Meteorological Committee ernannt, welches der Regierung neben den fixed magnetic Observatories in beiden Hemisphären ein equipment of a naval Expedition for magnetic observations in the Antarctic Seas vorschlug. Was die Wissenschaft in dieser Angelegenheit der großen Thätigkeit von Sir John Herschel, Sabine, Airy und Lloyd: wie der mächtigen Unterstützung der 1838 zu Newcastle versammelten British Association for the Advancement of Science verdankt; brauche ich hier nicht zu entwickeln. Im Junius 1839 wurde die magnetische antarctische Expedition unter dem Befehle des Capitäns James Clark *Roß* beschlossen; und jetzt, da sie ruhmvoll zurückgekehrt ist, genießen wir zwiefache Früchte: die der wichtigsten geographischen Entdeckungen am Südpole, und die gleichzeitiger Beobachtungen in 8 bis 10 magnetischen Stationen., daß die Masse der Beobachtungen, welche zu discutiren sind, in drei Jahren auf 1958000 anwachsen wird. Nie ist eine so großartige, so erfreuliche Anstrengung gezeigt worden, um das *Quantitative* der Gesetze in einer Naturerscheinung zu ergründen. Man darf daher wohl mit Recht hoffen, daß diese Gesetze, mit denen verglichen, welche im Luftkreise und in noch ferneren Räumen walten, uns allmälig dem *Genetischen* der magnetischen Erscheinungen selbst näher führen werden. Bis jetzt können wir uns nur rühmen, daß eine größere Zahl *möglicher*, zur Erklärung führender Wege eröffnet worden sind. In der *physischen* Lehre vom Erd-Magnetismus, welche mit der rein *mathematischen* nicht verwechselt werden darf, finden sich, wie in der Lehre von den meteorologischen Processen des Luftkreises, diejenigen vollkommen befriedigt, die in den Erscheinungen bequem alles Factische wegläugnen, was sie nicht nach ihren Ansichten erklären können.

Der tellurische Magnetismus, die *electro-dynamischen*, von dem geistreichen *Ampère* gemessenen Kräfte, stehen gleichzeitig in innigem Verkehr mit dem *Erd-* oder *Polar-Lichte*, wie mit der inneren und äußeren Wärme des Planeten, dessen Magnet-Pole als Kälte-PoleDer denkwürdige Zusammenhang zwischen der Krümmung der magnetischen Linien und der Krümmung meiner Isothermen ist zuerst von Sir David *Brewster* aufgefunden worden; s. *Transactions of the Royal Society of Edinburgh* Vol. IX. 1821 p. 318 und *treatise on Magnetism* 1837 p. 42, 44, 47 und 268. Dieser berühmte Physiker nimmt in der nördlichen Erdhälfte zwei *Kältepole* (poles of maximum cold) an: einen amerikanischen (Br. 73°, Länge 102° West, nahe bei Cap Walker) und einen asiatischen (Br. 73°; Länge 78° Ost); daraus entstehen nach ihm zwei Wärme- und zwei Kälte-Meridiane, d. h. Meridiane der größten Wärme und Kälte. Schon im 16ten Jahrhunderte lehrte *Acosta* (*Historia natural de las Indias* 1589 lib. I. cap. 17), indem er sich auf die Beobachtungen eines vielerfahrnen portugiesischen Piloten gründete, daß es *vier Linien* ohne Abweichung gebe. Diese Ansicht scheint durch die Streitigkeiten des Henry *Bond* (Verfassers der *Longitude found* 1676) mit Beckborrow auf Halley's Theorie der vier Magnetpole einigen Einfluß gehabt zu haben. S. mein *Examen critique de l'hist. de la Géographie* T. III. p. 60. betrachtet werden. Wenn HalleyHalley in den *Philosophical Transactions* Vol. XXIX. (for 1714–1716) No. 341. vor 128 Jahren nur als eine gewagte Vermuthung aussprach, daß das *Nordlicht* eine magnetische Erscheinung sei, so hat *Faraday's* glänzende Entdeckung (*Lichtentwickelung* durch magnetische Kräfte) jene Vermuthung zu einer empirischen Gewißheit erhoben. Es giebt Vorboten des Nordlichtes. Bereits am Morgen vor der nächtlichen Lichterscheinung verkündigt gewöhnlich der unregelmäßige stündliche Gang der Magnetnadel eine Störung des Gleichgewichts in der Vertheilung des Erd-Magnetismus. Wenn diese Störung eine große Stärke erreicht, so wird das Gleichgewicht der Vertheilung durch eine von Lichtentwickelung begleitete Entladung wiederhergestellt. „Das NordlichtDove in *Poggendorff's Annalen* Bd. XX. S. 341, Bd. XIX. S. 388: „Die Declinationsnadel verhält sich ungefähr wie ein atmosphärisches Electrometer: dessen Divergenz ebenfalls die gesteigerte Spannung der Electricität erzeugt, ehe diese so groß geworden ist, daß der Funken (Blitz) überschlagen kann." Vergl. auch die scharfsinnigen Betrachtungen des Prof. *Kämtz* in seinem *Lehrbuch der Meteorologie* Bd. III. S. 511–519; Sir David *Brewster, treatise on Magnetism* p. 280. Ueber die magnetischen Eigenschaften des galvanischen Flammen- oder Lichtbogens an einer Bunsen'schen Kohlenzinkbatterie s. *Casselmann's*

Beob. (Marburg 1844) S. 56–62. selbst ist dann nicht als eine äußere Ursache der Störung anzusehen, sondern vielmehr als eine bis zum leuchtenden Phänomen gesteigerte *tellurische Thätigkeit:* deren eine Seite jenes Leuchten, die andere die Schwingungen der Nadel sind." Die prachtvolle Erscheinung des farbigen Polarlichtes ist der Act der Entladung, das Ende eines *magnetischen Ungewitters:* wie in dem *electrischen Ungewitter* ebenfalls eine Lichtentwickelung, der Blitz, die Wiederherstellung des gestörten Gleichgewichts in der Vertheilung der Electricität bezeichnet. Das electrische Ungewitter ist gewöhnlich auf einen kleinen Raum eingeschränkt, und außerhalb desselben bleibt der Zustand der Luft-Electricität ungeändert. Das magnetische Ungewitter dagegen offenbart seine Wirkung auf den Gang der Nadel über große Theile der Continente; wie *Arago* zuerst entdeckt hat, fern von dem Orte, wo die Lichtentwickelung sichtbar wird. Es ist nicht unwahrscheinlich, daß, wie bei schwer geladenem, drohendem Gewölke und bei oftmaligem Uebergehen der Luft-Electricität in einen entgegengesetzten Zustand es doch nicht immer zur Entladung in Blitzen kommt: so auch magnetische Ungewitter große Störungen des stündlichen Ganges der Nadel in weitem Umkreise hervorrufen können, ohne daß das Gleichgewicht der Vertheilung *nothwendig* durch Explosion, durch leuchtendes Ueberströmen von einem Pol zum Aequator oder gar von Pol zu Pol erneuert werden müsse.

Wenn man alle Einzelheiten der Erscheinung in ein Bild zusammenfassen will, so sind die Entstehung und der Verlauf eines sich ganz ausbildenden *Nordlichtes* also zu bezeichnen: Tief am Horizont, ungefähr in der Gegend, wo dieser vom magnetischen Meridian durchschnitten wird, schwärzt sich der vorher heitere Himmel. Es bildet sich wie eine dicke Nebelwand, die allmälig aufsteigt und eine Höhe von 8 bis 10 Graden erreicht. Die Farbe des dunklen Segments geht ins Braune oder Violette über. Sterne sind sichtbar in dieser, wie durch einen dichten Rauch verfinsterten Himmelsgegend. Ein breiter, aber hellleuchtender Lichtbogen, erst weiß, dann gelb, begrenzt das dunkle Segment: da aber der glänzende Bogen später entsteht als das rauchgraue Segment, so kann man nach Argelander letzteres nicht einem bloßen Contraste mit dem helleren Lichtsaume zuschreiben. Der höchste Punkt des Lichtbogens ist, wo er genau gemessen worden ist, gewöhnlich nicht ganz im magnetischen Meridian, sondern 5°–18° abweichend nach der Seite, wohin die Magnet-Declination des Orts sich richtet. Im hohen Norden, dem Magnetpole sehr nahe, erscheint das rauchähnliche Kugelsegment weniger dunkel, bisweilen gar nicht.

Dort auch, wo die Horizontal-Kraft am schwächsten ist, sieht man die Mitte des Lichtbogens von dem magnetischen Meridian am weitesten entfernt.

Der Lichtbogen, in stetem Aufwallen und formveränderndem Schwanken, bleibt bisweilen stundenlang stehen, ehe Strahlen und Strahlenbündel aus demselben hervorschießen und bis zum Zenith hinaufsteigen. Je intensiver die Entladungen des Nordlichts sind, desto lebhafter spielen die Farben vom Violetten und bläulich Weißen durch alle Abstufungen bis in das Grüne und Purpurrothe. Auch bei der gewöhnlichen, durch Reibung erregten Electricität ist der Funke erst dann gefärbt, wenn nach großer Spannung die Explosion sehr heftig ist. Die magnetischen Feuersäulen steigen bald aus dem Lichtbogen allein hervor, selbst mit *schwarzen*, einem dicken Rauche ähnlichen Strahlen gemengt; bald erheben sie sich gleichzeitig an vielen entgegengesetzten Punkten des Horizontes und vereinigen sich in ein zuckendes Flammenmeer, dessen Pracht keine Schilderung erreichen kann, da es in jedem Augenblick seinen leuchtenden Wellen andere und andere Gestaltungen giebt. Die Intensität dieses Lichts ist zu Zeiten so groß, daß Lowenörn (29 Januar 1786) bei hellem Sonnenscheine Schwingungen des Polarlichtes erkannte. Die Bewegung vermehrt die Sichtbarkeit der Erscheinung. Um den Punkt des Himmelsgewölbes, welcher der Richtung der Neigungs-Nadel entspricht, schaaren sich endlich die Strahlen zusammen und bilden die sogenannte *Krone* des Nordlichts. Sie umgiebt wie den Gipfel eines *Himmelszeltes* mit einem milderen Glanze und ohne Wallung im ausströmenden Lichte. Nur in seltenen Fällen gelangt die Erscheinung bis zur vollständigen Bildung der Krone: mit derselben hat sie aber stets ihr Ende erreicht. Die Strahlungen werden nun seltener, kürzer und farbenloser. Die Krone und alle Lichtbögen brechen auf. Bald sieht man am ganzen Himmelsgewölbe unregelmäßig zerstreut nur breite, blasse, fast aschgrau leuchtende, unbewegliche Flecke; auch sie verschwinden früher als die Spur des dunklen rauchartigen Segments, das noch tief am Horizonte steht. Es bleibt oft zuletzt von dem ganzen Schauspiel nur ein weißes, zartes Gewölk übrig, an den Rändern gefiedert oder in kleine rundliche Häufchen (als cirrocumulus) mit gleichen Abständen getheilt.

Dieser Zusammenhang des Polarlichtes mit den feinsten Cirrus-Wölkchen verdient eine besondere Aufmerksamkeit, weil er uns die electro-magnetische Lichtentwickelung als Theil eines *meteorologischen* Processes zeigt. Der tellurische Magnetismus offenbart sich hier in seiner Wirkung auf den

Dunstkreis, auf die Condensation der Wasserdämpfe. Was Thienemann, welcher die sogenannten *Schäfchen* für das Substrat des Nordlichts hält, in Island gesehen, ist in neueren Zeiten von Franklin und Richardson nahe am amerikanischen Nordpole, vom Admiral Wrangel an den sibirischen Küsten des Eismeeres bestätigt worden. Alle bemerkten, „daß das Nordlicht die lebhaftesten Strahlen dann schoß, wenn in der hohen Luftregion Massen des Cirro-Stratus schwebten, und wenn diese so dünn waren, daß ihre Gegenwart nur durch die Entstehung eines Hofes um den Mond erkannt werden konnte." Die Wolken ordneten sich bisweilen schon bei Tage auf eine ähnliche Art als die Strahlen des Nordlichts, und beunruhigten dann wie diese die Magnetnadel. Nach einem großen nächtlichen Nordlichte erkannte man früh am Morgen dieselben an einander gereihten Wolkenstreifen, welche vorher leuchtend gewesen waren. Die scheinbar convergirenden *Polar-Zonen* (Wolkenstreifen in der Richtung des magnetischen Meridians), welche mich auf meinen Reisen auf der Hochebene von Mexico wie im nördlichen Asien anhaltend beschäftigt haben, gehören wahrscheinlich zu derselben Gruppe der Tages-ErscheinungenIch habe nach der Rückkunft von meiner amerikanischen Reise die aus zarten, wie durch die Wirkung abstoßender Kräfte sehr gleichmäßig unterbrochenen Wolken-Häufchen (cirrocumulus) als *Polarstreifen* (bandes polaires) beschrieben, weil ihre perspectivischen Convergenz-Punkte meist anfangs in den Magnetpolen liegen, so daß die parallelen Reihen der *Schäfchen* dem magnetischen Meridiane folgen. Eine Eigenthümlichkeit dieses räthselhaften Phänomens ist das Hin- und Herschwanken, oder zu anderer Zeit das allmälige regelmäßige Fortschreiten des Convergenz-Punktes. Gewöhnlich sind die Streifen nur nach Einer Weltgegend ganz ausgebildet; und in der Bewegung sieht man sie, erst von S nach N, und allmälig von O nach W gerichtet. Veränderten Luftströmen in der obersten Region der Atmosphäre möchte ich das Fortschreiten der Zonen nicht zuschreiben. Sie entstehen bei sehr ruhiger Luft und großer Heiterkeit des Himmels, und sind unter den Tropen viel häufiger als in der gemäßigten und kalten Zone. Ich habe das Phänomen in der Andeskette fast unter dem Aequator in 14000 Fuß Höhe, wie im nördlichen Asien in den Ebenen zu Krasnojarski, südlich von Buchtarminsk, sich so auffallend gleich entwickeln sehen, daß man es als einen weitverbreiteten, von allgemeinen Naturkräften abhängigen Proceß zu betrachten hat. S. die wichtigen Bemerkungen von *Kämtz* (*Vorlesungen über Meteorologie* 1840 S. 146), wie die neueren von *Martins* und *Bravais* (*Météorologie* 1843 p. 117). Bei Süd-Polarbanden, aus sehr leichtem Gewölk zusammengesetzt, welche Arago bei Tage den 23 Juni 1844 zu Paris bemerkte, schossen aus einem, von Osten gegen Westen gerichteten Bogen *dunkle* Strahlen aufwärts. Wir haben schon oben bei nächtlich leuchtenden Nord-Polarlichtern *schwarzer*, einem dunkeln Rauch ähnlicher Strahlen erwähnt..

Südlichter sind oft von dem scharfsinnigen und fleißigen Beobachter Dalton in England, Nordlichter in der südlichen Hemisphäre bis 45° Breite (14 Januar 1831) gesehen worden. In nicht sehr seltenen Fällen ist das Gleichgewicht an beiden Polen gleichzeitig gestört. Ich habe bestimmt ergründet, daß bis in die Tropenregion, selbst in Mexico und Peru, Nord-Polarlichter gesehen worden sind. Man muß unterscheiden zwischen der Sphäre gleichzeitiger Sichtbarkeit der Erscheinung und der Erdzone, in welcher die Erscheinung fast jede Nacht gesehen wird. Jeder Beobachter sieht gewiß, wie seinen eigenen Regenbogen, so auch sein eigenes Polarlicht. Ein großer Theil der Erde erzeugt zugleich das ausströmende Lichtphänomen. Man kann viele Nächte angeben, in denen es in England und in Pennsylvanien, in Rom und in Peking gleichzeitig beobachtet wurde. Wenn man behauptet, daß die Polarlichter mit der abnehmenden Breite abnehmen, so muß man die Breite als eine magnetische, durch den Abstand vom Magnetpole gemessene betrachten. In Island, in Grönland, in Terre Neuve, an den Ufern des Sklavensees oder zu Fort Enterprise in Nord-Canada entzünden sie sich zu gewissen Jahreszeiten fast jede Nacht und feiern, wie die Einwohner der Shetland-Inseln es nennen, in zuckenden Strahlen den „lustigen Himmelstanz". Während in Italien das Nordlicht eine große Seltenheit ist, sieht man es wegen der südlichen Lage des amerikanischen Magnetpols überaus häufig in der Breite von Philadelphia (39° 57'). Aber auch in den Gegenden, welche in dem Neuen Continent und an den sibirischen Küsten sich durch große Frequenz des Phänomens auszeichnen, giebt es so zu sagen besondere *Nordlichtstriche:* Längenzonen, in denen das Polarlicht vorzüglichSiehe die vortreffliche Arbeit von *Muncke* in der neuen Ausgabe von *Gehler's physik. Wörterbuch* Bd. VII. Abth. 1. S. 113–268, besonders S. 158. glänzend und prachtvoll ist. *Oertliche* Einflüsse sind also nicht zu verkennen. Wrangel sah den Glanz abnehmen, so wie er sich um Nishne-Kolymsk vom Littoral des Eismeers entfernte. Die auf der Nordpol-Expedition gesammelten Erfahrungen scheinen zu beweisen, daß ganz nahe um den Magnetpol die Licht-Entbindung auf das wenigste um nichts stärker und häufiger als in einiger Entfernung davon ist.

Was wir von der *Höhe* des Polarlichts wissen, gründet sich auf Messungen, die ihrer Natur nach wegen der beständigen Oscillation der Lichterscheinung und daraus entstehender Unsicherheit des parallactischen Winkels nicht viel Vertrauen einflößen können. Die erlangten Resultate schwanken, um nicht veralteter Angaben zu erwähnen, zwischen einigen Meilen und einer Höhe von drei- bis viertausend Fuß. Es ist nicht unwahrscheinlich, daß das Nordlicht zu verschiedenen Zeiten eine sehr verschiedene Entfernung habe. Die neuesten Beobachter sind geneigt das Phänomen nicht an die Grenze der Atmosphäre, sondern in die Wolkenregion selbst zu versetzen; sie glauben sogar, daß die Nordlichtstrahlen durch Winde und Luftströmungen bewegt werden können: wenn wirklich das Lichtphänomen, durch welches uns allein das Dasein einer electro-magnetischen Strömung bemerkbar wird, an materielle Gruppen beweglicher Dunstbläschen gebunden ist oder, besser zu sagen, dieselben durchdringt, von einem Bläschen zum anderen überspringend. Franklin hat am Bärensee ein strahlendes Nordlicht gesehen, von dem er glaubte, daß es die untere Seite der Wolkenschicht erleuchtete: während daß nur 4½ geogr. Meile davon Kendal, welcher die ganze Nacht über die Wache hatte und das Himmelsgewölbe keinen Augenblick aus den Augen verlor, gar keine Lichterscheinung bemerkte. Das neuerdings mehrfach behauptete Niederschießen von Nordlichtstrahlen nahe zur Erde, zwischen dem Beobachter und einem nahen Hügel, bietet, wie beim Blitze und bei dem Fall von Feuerkugeln, eine vielfache Gefahr optischer Täuschung dar.

Ob das *magnetische Gewitter*, von dem wir so eben ein merkwürdiges Beispiel großer örtlicher Beschränktheit angegeben, mit dem electrischen Gewitter außer dem Lichte auch das *Geräusch* gemein habe, ist überaus zweifelhaft geworden, da man nicht mehr unbedingt den Erzählungen der Grönlandfahrer und sibirischen Fuchsjäger traut. Die Nordlichter sind schweigsamer geworden, seitdem man sie genauer zu beobachten und zu belauschen versteht. Parry, Franklin und Richardson am Nordpol, Thienemann in Island, Gieseke in Grönland, Loztin und Bravais am Nordcap, Wrangel und Anjou an der Küste des Eismeeres haben zusammen an tausend Nordlichter gesehen, und nie irgend ein Geräusch vernommen. Will man diese negativen Zeugnisse gegen zwei positive von Hearne an der Mündung des Kupferflusses und von Henderson in Island nicht gelten lassen, so muß man in Erinnerung bringen, daß Hood dasselbe Geräusch wie von schnell bewegten Flintenkugeln und von leisem Krachen zwar während eines Nordlichts, aber dann auch am folgenden Tage ohne alles

Nordlicht vernahm; man muß nicht vergessen, wie Wrangel und Gieseke zur festen Ueberzeugung gelangten, daß das gehörte Geräusch dem Zusammenziehen des Eises und der Schneekruste, bei einer plötzlichen Erkaltung des Luftkreises, zuzuschreiben sei. Der Glaube an ein *knisterndes* Geräusch ist nicht in dem Volke, sondern bei gelehrten Reisenden wohl deshalb entstanden, weil man schon in früher Zeit, wegen des Leuchtens der Electricität in luftverdünnten Räumen, das Nordlicht für eine Wirkung atmosphärischer Electricität erklärte: und hörte, was man zu hören wünschte. Neue mit sehr empfindlichen Electrometern angestellte Versuche haben gegen alle Erwartung bisher nur negative Resultate gegeben. Der Zustand der Luft-Electricität ward während der stärksten Nordlichter nicht verändert gefunden.

Dagegen werden alle drei Kraftäußerungen des tellurischen Magnetismus: Abweichung, Inclination und Intensität, zugleich von dem Polarlichte verändert. In einer und derselben Nacht wirkt dasselbe auf das eine Ende der Nadel bald anziehend, bald abstoßend: in verschiedenen Stunden seiner Entwickelung. Die Behauptung, daß nach den von Parry in der Nähe des Magnetpols auf Melville's Insel gesammelten Thatsachen die Nordlichter die Magnetnadel nicht afficirten, sondern vielmehr als eine „beruhigende" Potenz wirkten: ist durch die genauere Untersuchung von Parry's eigenem Reisejournale und durch die schönen Beobachtungen von Richardson, Hood und Franklin in Nord-Canada, wie zuletzt von Bravais und Lottin in Lapland hinlänglich widerlegt worden. Der Proceß des Nordlichts ist, wie wir schon oben bemerkt, der Act der Wiederherstellung eines gestörten Gleichgewichts. Die Wirkung auf die Nadel ist nach dem Maaß der Stärke in der Explosion verschieden. Sie war in der nächtlichen Winterstation zu Bosekop nur dann unmerklich, wenn die Lichterscheinung sich sehr schwach und tief am Horizont zeigte. Die aufschießenden Strahlen-Cylinder hat man scharfsinnig mit der Flamme verglichen, welche in dem geschlossenen Kreise der Volta'schen Säule zwischen zwei weit von einander entfernten Kohlenspitzen, oder nach Fizeau zwischen einer Silber- und einer Kohlenspitze entsteht, und die von dem Magnete angezogen oder abgestoßen wird. Diese Analogie macht wenigstens die Annahme metallischer Dämpfe im Dunstkreise entbehrlich, welche berühmte Physiker als Substrat des Nordlichts betrachten.

Wenn das leuchtende Phänomen, das wir einem galvanischen Strome, d. h. einer Bewegung der Electricität in einem in sich selbst zurückkehrenden Kreislaufe, zuschreiben, durch den unbestimmten Namen des *Polarlichts* bezeichnet wird; so ist damit nur die örtliche Richtung angegeben, in welcher am häufigsten, keineswegs immer, der Anfang der Lichtentwickelung gesehen wird. Was diesem Naturphänomen seine größere Wichtigkeit giebt, ist die Thatsache: daß *die Erde leuchtend wird;* daß ein Planet, außer dem Lichte, welches er von dem Centralkörper, der Sonne, empfängt, sich eines eigenen *Lichtprocesses* fähig zeigt. Die Intensität des *Erdlichts,* oder vielmehr die Erhellung, welche dasselbe verbreiten kann, übertrifft bei dem höchsten Glanze farbiger und nach dem Zenith aufsteigender Strahlung um ein weniges das Licht des ersten Mondviertels. Bisweilen (7 Januar 1831) hat man ohne Anstrengung Gedrucktes lesen können. Dieser, in den Polargegenden fast ununterbrochene Lichtproceß der Erde leitet uns durch Analogien auf die denkwürdige Erscheinung, welche die Venus darbietet. Der von der Sonne nicht erleuchtete Theil dieses Planeten leuchtet bisweilen mit einem eigenen phosphorischen Scheine. Es ist nicht unwahrscheinlich, daß der Mond, Jupiter und die Cometen außer dem, durch Polariscope erkennbaren, reflectirten Sonnenlichte auch von ihnen selbst hervorgebrachtes Licht ausstrahlen. Ohne der problematischen, aber sehr gewöhnlichen Art des Wetterleuchtens zu erwähnen, in der ein ganzes, tiefstehendes Gewölk viele Minuten lang ununterbrochen flimmernd leuchtet: finden wir in unserm Dunstkreise selbst noch andere Beispiele *irdischer Lichterzeugung.* Dahin gehören der berühmte bei Nacht leuchtende trockene Nebel der Jahre 1783 und 1831; der stille, von Rozier und Beccaria beobachtete Lichtproceß großer Wolken, ohne alles Flimmern; ja, wie Arago scharfsinnig bemerkt, das schwache diffuse Licht, welches in tief bewölkten, mond- und sternlosen Herbst- und Winternächten, ohne Schnee, unter freiem Himmel unsere Schritte lenket. Wie im Polarlichte, im electro-magnetischen Ungewitter, in hohen Breiten die Fluth des bewegten, oft farbigen Lichtes den *Luftkreis* durchströmt: so sind in der heißen Zone der Tropen viele tausend Quadratmeilen des *Oceans* gleichzeitig lichterzeugend. Hier gehört der Zauber des Lichtes den organischen Kräften der Natur an. Lichtschäumend kräuselt sich die überschlagende Welle, Funken sprühet die weite Fläche, und jeder Funke ist die Lebensregung einer unsichtbaren Thierwelt. So mannigfaltig ist der Urquell des irdischen Lichtes. Soll man es sich gar noch verborgen, unentfesselt, in Dämpfen gebunden denken: zur Erklärung der *Moser'schen Bilder aus der Ferne?* einer Entdeckung, in welcher uns die Wirklichkeit bisher wie ein geheimnißschweres Traumbild erscheint.

So wie die *innere* Wärme unsers Planeten auf der einen Seite mit der Erregung *electro-magnetischer Strömungen* und dem *Lichtproceß der Erde* (einer Folge des Ausbruchs eines *magnetischen Ungewitters*) zusammenhängt, so offenbart sie sich auch auf der andern Seite als eine Hauptquelle *geognostischer Phänomene*. Wir betrachten diese in ihrer Verkettung und in ihrem Uebergange von einer bloß *dynamischen Erschütterung* und von der *Hebung* ganzer Continente und Gebirgsmassen zu der Erzeugung und zum Erguß von gasförmigen und tropfbaren Flüssigkeiten, von heißem Schlamme, von glühenden und geschmolzenen Erden, die sich als krystallinische *Gebirgsarten* erhärten. Es ist ein nicht geringer Fortschritt der neueren Geognosie (des mineralogischen Theils der *Physik der Erde*), die hier bezeichnete Verkettung der Erscheinungen ergründet zu haben. Die Einsicht derselben leitet von den spielenden Hypothesen ab, durch welche man vormals jede Kraftäußerung des alten Erdballs einzeln zu erklären suchte: sie zeigt die Verbindung von dem Hervortreten verschiedenartiger *Stoffe* mit dem, was nur der räumlichen Veränderung (*Erschütterung* oder *Hebung*) angehört; sie reiht Gruppen von Erscheinungen, welche auf den ersten Anblick sich als sehr heterogen darbieten: Thermalquellen, Ausströmungen von Kohlensäure- und Schwefeldämpfen, harmlose *Salsen* (Schlamm-Ausbrüche) und die furchtbaren Verheerungen feuerspeiender Berge, an einander. In einem großen Naturbilde schmilzt dies alles in den einigen Begriff der *Reaction des Inneren eines Planeten gegen seine Rinde und Oberfläche* zusammen. So erkennen wir in den Tiefen der Erde, in ihrer mit dem Abstand von der Oberfläche zunehmenden Temperatur gleichzeitig die Keime erschütternder Bewegung, allmäliger Hebung ganzer Continente (wie der Bergketten auf langen Spalten), vulkanischer Ausbrüche und mannigfaltiger Erzeugung von Mineralien und Gebirgsarten. Aber nicht die unorganische Natur allein ist unter dem Einflusse dieser Reaction des Inneren gegen das Aeußere geblieben. Es ist sehr wahrscheinlich, daß in der Urwelt mächtigere Ausströmungen von kohlensaurem Gas, dem Luftkreise beigemengt, den kohle-abscheidenden Proceß des *Pflanzenlebens* erhöhten, und daß so in waldzerstörenden Revolutionen ein unerschöpfliches Material von Brennstoff (Lignıten und Steinkohlen) in den oberen Erdschichten vergraben wurde. Auch die Schicksale der Menschheit erkennen wir als theilweise abhängig von der Gestaltung der äußeren Erdrinde, von der Richtung der Gebirgszüge und Hochländer, von der Gliederung der gehobenen Continente. Dem forschenden Geiste ist es gegeben, in der Kette der Erscheinungen von Glied zu Glied bis dahin aufzusteigen, wo bei Erstarrung des Planeten, bei dem ersten Uebergange der geballten Materie aus der Dunstform, sich die innere Erdwärme entwickelte, welche nicht der Wirkung der Sonne zugehört.

Um den Causalzusammenhang der geognostischen Erscheinungen übersichtlich zu schildern, beginnen wir mit denen, deren Hauptcharakter dynamisch ist, in Bewegung und räumlicher Veränderung besteht. *Erdbeben, Erderschütterungen* zeichnen sich aus durch schnell auf einander folgende senkrechte, oder horizontale, oder rotatorische Schwingungen. Bei der nicht unbeträchtlichen Zahl derselben, die ich in beiden Welttheilen, auf dem festen Lande und zur See erlebt, haben die zwei ersten Arten der Bewegung mir sehr oft gleichzeitig geschienen. Die minenartige Explosion, senkrechte Wirkung von unten nach oben, hat sich am auffallendsten bei dem Umsturze der Stadt Riobamba (1797) gezeigt, wo viele Leichname der Einwohner auf den mehrere hundert Fuß hohen Hügel la Cullca, jenseits des Flüßchens von Lican, geschleudert wurden. Die Fortpflanzung geschieht meist in linearer Richtung wellenförmig, mit einer Geschwindigkeit von 5 bis 7 geographischen Meilen in der Minute; theils in Erschütterungskreisen oder großen Ellipsen, in denen wie aus einem Centrum die Schwingungen sich mit abnehmender Stärke gegen den Umfang fortpflanzen. Es giebt Gegenden, die zu zwei sich schneidenden Erschütterungskreisen gehören. Im nördlichen Asien, in welchem der Vater der Geschichte, wie später Theophylactus Simocatta*Saint-Martin* in den gelehrten Noten zu *Lebeau, hist. du Bas Empire* T. IX. p. 401., die scythischen Länder frei von Erdbeben nannte, habe ich den südlichen metallreichen Theil des Altai-Gebirges unter dem zwiefachen Einflusse der Erschütterungsheerde vom Baikal-See und von den Vulkanen des Himmelsgebirges (Thian-schan) gefunden*Humboldt, Asie centrale* T. II. p. 110–118. Ueber den Unterschied der Erschütterung der Oberfläche und der darunter liegenden Erdschichten s. *Gay-Lussac* in den *Annales de Chimie et de Physique* T. XXII. p. 429.. Wenn die Erschütterungskreise sich durchschneiden, wenn z. B. eine Hochebene zwischen zwei gleichzeitig in Ausbruch begriffenen Vulkanen liegt, so können mehrere Wellensysteme gleichzeitig existiren und, wie in den Flüssigkeiten, sich gegenseitig nicht stören. Selbst *Interferenz* kann hier, wie bei den sich durchkreuzenden Schallwellen, gedacht werden. Die Größe der fortgepflanzten Erschütterungswellen wird an der *Oberfläche der Erde* nach dem allgemeinen Gesetze der Mechanik vermehrt, nach welchem bei der Mittheilung der Bewegung in elastischen Körpern die letzte, auf einer Seite frei liegende Schicht sich zu trennen strebt.

Die Erschütterungswellen werden durch Pendel und Sismometer-Becken ziemlich genau in ihrer Richtung und totalen Stärke, keineswegs aber in der inneren Natur ihrer Alternanz und periodischen Intumescenz untersucht. In der Stadt Quito, die am Fuß eines noch thätigen Vulkans (des Rucu-Pichincha) 8950 Fuß über der Meeresfläche liegt, und schöne Kuppeln, hohe Kirchengewölbe und massive Häuser von mehreren Stockwerken aufzuweisen hat; bin ich oft über die Heftigkeit nächtlicher Erdstöße in Verwunderung gerathen, welche so selten Risse in dem Gemäuer verursachen, während in den peruanischen Ebnen viel schwächer scheinende Oscillationen niedrigen Rohrhäusern schaden. Eingeborne, die viele hundert Erdbeben erlebt haben, glauben, daß der Unterschied weniger in der Länge oder Kürze der Wellen, in der Langsamkeit oder Schnelligkeit der horizontalen Schwingung, als in der Gleichmäßigkeit der Bewegung in entgegengesetzter Richtung liege. Die *kreisenden* (rotatorischen) Erschütterungen sind die seltensten, aber am meisten gefahrbringend. Umwenden von Gemäuer ohne Umsturz, Krümmung von vorher parallelen Baumpflanzungen, Verdrehung von Aeckern, die mit verschiedenen Getreidearten bedeckt waren: sind bei dem großen Erdbeben von Riobamba, in der Provinz Quito (4 Februar 1797), wie bei dem von Calabrien (5 Februar – 28 März 1783) beobachtet worden. Mit dem letzteren Phänomen des Verdrehens oder Verschiebens der Aecker und Culturstücke, von welchen gleichsam eines den Platz des andern angenommen, hängt eine *translatorische* Bewegung oder Durchdringung einzelner Erdschichten zusammen. Als ich den Plan der zerstörten Stadt Riobamba aufnahm, zeigte man mir die Stelle, wo das ganze Hausgeräth einer Wohnung unter den Ruinen einer andern gefunden worden war. Das lockere Erdreich hatte sich wie eine Flüssigkeit in Strömen bewegt: von denen man annehmen muß, daß sie erst niederwärts, dann horizontal und zuletzt wieder aufwärts gerichtet waren. Streitigkeiten über das Eigenthum solcher viele hundert Toisen weit fortgeführten Gegenstände sind von der Audiencia (dem Gerichtshofe) geschlichtet worden.

In Ländern, wo die Erdstöße vergleichungsweise seltener sind (z. B. im südlichen Europa), hat sich nach einer unvollständigen Induction der sehr allgemeine Glaube gebildet, daß Windstille, drückende Hitze, ein dunstiger Horizont immer Vorboten der Erscheinung seien. Das Irrthümliche dieses Volksglaubens ist aber nicht bloß durch meine eigene Erfahrung widerlegt: es ist es auch durch das Resultat der Beobachtungen aller derer, welche viele Jahre in

Gegenden gelebt haben, wo: wie in Cumana, Quito, Peru und Chili, der Boden häufig und gewaltsam erbebt. Ich habe Erdstöße gefühlt bei heiterer Luft und frischem Ostwinde, wie bei Regen und Donnerwetter. Auch die Regelmäßigkeit der *stündlichen Veränderungen* in der Abweichung der *Magnetnadel* und im *Luftdrucke*Beweise, daß der Gang der stündlichen Barometer-Veränderungen vor und nach den Erdstößen nicht gestört werde, habe ich gegeben in *Relat. hist.* T. I. p. 311 und 513. blieb zwischen den Wendekreisen an dem Tage der Erdstöße ungestört. Damit stimmen die Beobachtungen überein, welche Adolph Erman in der gemäßigten Zone bei einem Erdbeben in Irkutsk nahe am Baikal-See (8 März 1829) anstellte. Durch den starken Erdstoß von Cumana (4 November 1799) fand ich zwar Abweichung und Intensität der magnetischen Kraft gleich unverändert, aber die *Neigung* der Nadel war zu meinem Erstaunen um 48' gemindert*Humboldt, Rel. hist.* T. I. p. 515–517.. Es blieb mir kein Verdacht eines Irrthums; und doch bei so vielen anderen Erdstößen, die ich auf dem Hochlande von Quito und in Lima erlebte, war neben den anderen Elementen des tellurischen Magnetismus auch die Neigung stets unverändert. Wenn im allgemeinen, was tief in dem Erdkörper vorgeht, durch keinen meteorologischen Proceß, durch keinen besonderen Anblick des Himmelsgewölbes vorherverkündigt wird; so ist es dagegen, wie wir bald sehen werden, nicht unwahrscheinlich, daß in gewissen sehr heftigen Erderschütterungen der Atmosphäre etwas mitgetheilt werde, und daß daher diese nicht immer rein dynamisch wirken. Während des langen Erzitterns des Bodens in den piemontesischen Thälern von Pelis und Clusson wurden bei gewitterlosem Himmel die größten Veränderungen in der electrischen Spannung des Luftkreises bemerkt.

Die Stärke des dumpfen *Getöses*, welches das Erdbeben größtentheils begleitet, wächst keineswegs in gleichem Maaße als die Stärke der Oscillationen. Ich habe genau ergründet, daß der große Stoß im Erdbeben von Riobamba (4 Februar 1797) – einem der furchtbarsten Phänomene der physischen Geschichte unseres Erdkörpers – von gar keinem Getöse begleitet war. Das ungeheure Getöse (el gran ruido), welches unter dem Boden der Städte Quito und Ibarra, nicht aber dem Centrum der Bewegung näher in Tacunga und Hambato, vernommen wurde, entstand 18–20 Minuten nach der eigentlichen Catastrophe. Bei dem berühmten Erdbeben von Lima und Callao (28 October 1746) hörte man das Getöse wie einen unterirdischen Donnerschlag in Truxillo auch erst ¼ Stunde später und ohne Erzittern des Bodens. Eben so wurden lange nach dem großen von Boussingault beschriebenen Erdbeben von Neu-Granada (16 November 1827) im ganzen Cauca-Thale, ohne alle Bewegung, von 30 zu 30 Secunden mit großer Regelmäßigkeit unterirdische Detonationen gehört. Auch die Natur des Getöses ist sehr verschieden: rollend, rasselnd, klirrend wie bewegte Ketten, ja in der Stadt Quito bisweilen abgesetzt wie ein naher Donner; oder hell klingend, als würden Obsidian oder andre verglaste Massen in unterirdischen Höhlungen zerschlagen. Da feste Körper vortreffliche Leiter des Schalles sind, dieser z. B. in gebranntem Thon 10- bis 12mal schneller sich fortpflanzt als in der Luft, so kann das unterirdische Getöse in großer Ferne von dem Orte vernommen werden, wo es verursacht wird. In Caracas, in den Grasfluren von Calabozo und an den Ufern des Rio Apure, welcher in den Orinoco fällt: in einer Landstrecke von 2300 Quadratmeilen, hörte man überall am 30 April 1812, ohne alles Erdbeben, ein ungeheures donnerartiges Getöse, als 158 Meilen davon, in Nordosten, der Vulkan von St. Vincent in den Kleinen Antillen aus seinem Krater einen mächtigen Lavastrom ergoß. Es war also der Entfernung nach, als wenn man einen Ausbruch des Vesuvs im nördlichen Frankreich vernähme. Im Jahr 1744, bei dem großen Ausbruch des Vulkans Cotopaxi, hörte man in Honda am Magdalenenstrome unterirdischen Kanonendonner. Der Krater des Cotopaxi liegt aber nicht bloß 17000 Fuß höher als Honda: beide Punkte sind auch durch die colossalen Gebirgsmassen von Quito, Pasto und Popayan, wie durch zahllose Thäler und Klüfte, in 109 Meilen Entfernung getrennt. Der Schall ward bestimmt nicht durch die Luft, sondern durch die Erde aus großer Tiefe fortgepflanzt. Bei dem heftigen Erdbeben von Neu-Granada (Februar 1835) hörte man unterirdischen Donner gleichzeitig in Popayan, Bogota, Santa Marta und Caracas (hier 7 Stunden lang ohne alle Erschütterung); in Haiti, Jamaica und um den See von Nicaragua.

Diese Schall-Phänomene, wenn sie von gar keinen fühlbaren Erschütterungen (Erdstößen) begleitet sind, lassen einen besonders tiefen Eindruck selbst bei denen, die schon lange einen oft erbebenden Boden bewohnt haben. Man harrt mit Bangigkeit auf das, was nach dem unterirdischen Krachen folgen wird. Das auffallendste, mit nichts vergleichbare Beispiel von ununterbrochenem unterirdischem Getöse, ohne alle Spur von Erdbeben, bietet die Erscheinung dar, welche auf dem mexicanischen Hochlande unter dem Namen des *Gebrülles* und *unterirdischen Donners* (bramidos y truenos subterraneos) von Guanaxuato bekannt ist. Diese berühmte und reiche Bergstadt liegt fern von allen thätigen Vulkanen. Das Getöse dauerte seit Mitternacht des 9 Januar 1784 über einen Monat. Ich habe eine umständliche Beschreibung davon geben können, nach der Aussage vieler Zeugen und nach den Documenten der Municipalität, welche ich benutzen konnte. Es war (vom 13–16 Januar), als lägen unter den Füßen der Einwohner schwere Gewitterwolken, in denen langsam rollender Donner mit kurzen Donnerschlägen abwechselte. Das Getöse verzog sich, wie es gekommen war, mit abnehmender Stärke. Es fand sich auf einen kleinen Raum beschränkt: wenige Meilen davon, in einer basaltreichen Landstrecke, vernahm man es gar nicht. Fast alle Einwohner verließen vor Schrecken die Stadt, in der große Massen Silberbarren angehäuft waren; die muthigeren, an den unterirdischen Donner gewöhnt, kehrten zurück und kämpften mit der Räuberbande, welche sich der Schätze bemächtigt hatte. Weder an der Oberfläche der Erde noch in den 1500 Fuß tiefen Gruben war irgend ein leises Erdbeben bemerkbar. In dem ganzen mexicanischen Hochlande ist nie vorher ein ähnliches Getöse vernommen worden, auch hat in der folgenden Zeit die furchtbare Erscheinung sich nicht wiederholt. So öffnen und schließen sich Klüfte im Inneren der Erde; die Schallwellen gelangen zu uns oder werden in ihrer Fortpflanzung gehindert.

Die Wirkung eines feuerspeienden Berges, so furchtbar malerisch auch das Bild ist, welches sie den Sinnen darbietet, ist doch immer auf einen sehr kleinen Raum eingeschränkt. Ganz anders ist es mit den Erdstößen, die, dem Auge kaum bemerkbar, bisweilen gleichzeitig in tausend Meilen Entfernung ihre Wellen fortpflanzen. Das große Erdbeben, welches am 1 November 1755 Lissabon zerstörte und dessen Wirkungen der große Weltweise Immanuel Kant so trefflich nachgespürt hat: wurde in den Alpen, an den schwedischen Küsten, auf den antillischen Inseln (Antigua, Barbados und Martinique), in den großen Seen von Canada: wie in Thüringen und in dem nördlichen Flachlande von Deutschland, in kleinen Binnenwassern der baltischen Ebenen, empfunden. Ferne Quellen wurden in ihrem Lauf unterbrochen: eine Erscheinung bei Erdstößen, auf die im Alterthume schon Demetrius der Kallatianer aufmerksam gemacht hatte. Die Teplizer Thermen versiegten und kamen, alles überschwemmend, mit vielem Eisen-Ocher gefärbt, zurück. In Cadix erhob sich das Meer zu 60 Fuß Höhe, während in den Kleinen Antillen die, gewöhnlich nur 26 bis 28 Zoll hohe Fluth urplötzlich dintenschwarz 20 Fuß hoch stieg. Man hat berechnet, daß am 1 November 1755 ein Erdraum gleichzeitig erbebte, welcher an Größe viermal die Oberfläche von Europa übertraf. Auch ist noch keine andere Aeußerung einer Kraft bekannt geworden (die mörderischen

Erfindungen unsres eignen Geschlechts mit eingerechnet), durch welche in dem kurzen Zeitraum von wenigen Secunden oder Minuten eine größere Zahl von Menschen (sechzigtausend in Sicilien 1693, dreißig- bis vierzigtausend im Erdbeben von Riobamba 1797, vielleicht fünfmal so viel in Kleinasien und Syrien unter Tiber und Justin dem Aelteren um die Jahre 19 und 526) getödtet wurden.

Man hat Beispiele in der Andeskette von Südamerika, daß die Erde mehrere Tage hinter einander ununterbrochen erbebte; Erschütterungen aber, die fast zu jeder Stunde Monate lang gefühlt wurden, kenne ich nur *fern von allen Vulkanen:* am östlichen Abfall der Alpenkette des Mont Cenis bei Fenestrelles und Pignerol seit April 1808, in den Vereinigten Staaten von Nordamerika zwischen Neu-Madrid und Little Prairie (nördlich von Cincinnati) im December 1811 wie den ganzen Winter 1812, im Paschalik von Aleppo in den Monaten August und September 1822. Da der Volksglaube sich nie zu allgemeinen Ansichten erheben kann und daher immer große Erscheinungen localen Erd- und Luft-Processen zuschreibt, so entsteht *überall*, wo die Erschütterungen lange dauern, die Besorgniß vor dem Ausbrechen eines neuen Vulkans. In einzelnen, seltenen Fällen hat sich allerdings diese Besorgniß begründet gezeigt: so bei plötzlicher Erhebung vulkanischer Eilande; so in der Entstehung des Vulkans von Jorullo (eines neuen Berges von 1580 Fuß Höhe über der alten benachbarten Ebene) am 29 September 1759, nach 90 Tagen Erdbebens und unterirdischen Donners.

Wenn man Nachricht von dem täglichen Zustande der gesammten Erdoberfläche haben könnte, so würde man sich sehr wahrscheinlich davon überzeugen, daß fast immerdar, an irgend einem Punkte, diese Oberfläche erbebt, daß sie ununterbrochen der Reaction des Inneren gegen das Aeußere unterworfen ist. Diese Frequenz und Allverbreitung einer Erscheinung, die wahrscheinlich durch die erhöhte Temperatur der tiefsten geschmolzenen Schichten begründet wird, erklärt ihre Unabhängigkeit von der Natur der Gebirgsarten, in denen sie sich äußert. Selbst in den lockersten Alluvialschichten von Holland, um Middelburg und Vliessingen, sind (23 Februar 1828) Erdstöße empfunden worden. Granit und Glimmerschiefer werden wie Flözkalk und Sandstein, wie Trachyt und Mandelstein erschüttert. Es ist nicht die chemische Natur der Bestandtheile, sondern die mechanische Structur der Gebirgsarten, welche die Fortpflanzung der Bewegung (die *Erschütterungswelle*) modificirt. Wo letztere längs einer Küste oder an dem Fuß und in der Richtung einer Gebirgskette regelmäßig fortläuft, bemerkt man bisweilen, und dies seit

Jahrhunderten, eine Unterbrechung an gewissen Punkten. Die Undulation schreitet in der Tiefe fort, wird aber an jenen Punkten an der Oberfläche nie gefühlt. Die Peruaner sagen von diesen unbewegten oberen Schichten, „daß sie eine Brücke bilden". Da die Gebirgsketten auf Spalten erhoben scheinen, so mögen die Wände dieser Höhlungen die Richtung der den Ketten parallelen Undulationen begünstigen; bisweilen durchschneiden aber auch die Erschütterungswellen mehrere Ketten fast senkrecht. So sehen wir sie in Südamerika die Küstenkette von Venezuela und die Sierra Parime gleichzeitig durchbrechen. In Asien haben sich die Erdstöße von Lahore und vom Fuß des Himalaya (22 Januar 1832), queer durch die Kette des Hindu-Kho, bis Badakschan, bis zum Oberen Oxus, ja bis Bokhara fortgepflanzt. Leider erweitern sich auch die Erschütterungskreise in Folge eines einzigen sehr heftigen Erdbebens. Erst seit der Zerstörung von Cumana (14 December 1797) empfindet die, den Kalkhügeln der Festung gegenüberliegende Halbinsel Maniquarez in ihren Glimmerschiefer-Felsen jeden Erdstoß der südlichen Küste. Bei den fast ununterbrochenen Undulationen des Bodens in den Flußthälern des Missisippi, des Arkansas und des Ohio von 1811 bis 1813 war das Fortschreiten von Süden nach Norden sehr auffallend. Es ist, als würden unterirdische Hindernisse allmälig überwunden; und auf dem einmal geöffneten Wege pflanzt sich dann die Wellenbewegung jedesmal fort.

Wenn das Erdbeben dem ersten Anscheine nach ein bloßes dynamisches, räumliches Phänomen der Bewegung zu sein scheint; so erkennt man doch nach sehr wahrhaft bezeugten Erfahrungen, daß es nicht bloß ganze Landstrecken über ihr altes Niveau zu erheben vermag (z. B. *Ulla-Bund* nach dem Erdbeben von Cutsch im Juni 1819, östlich von dem Delta des Indus; oder längs der Küste von Chili im November 1822): sondern daß auch während der Erdstöße heißes Wasser (bei Catania 1818), heiße Dämpfe (im Missisippi-Thale bei Neu-Madrid 1812), Mofetten (irrespirable Gasarten), den weidenden Heerden in der Andeskette schädlich, Schlamm, schwarzer Rauch, und selbst Flammen (bei Messina 1783, bei Cumana 14 November 1797) ausgestoßen wurden. Während des großen Erdbebens von Lissabon am 1 November 1755 sah man nahe bei der Hauptstadt Flammen und eine Rauchsäule aus einer neugebildeten Spalte des Felsen von Alvidras aufsteigen. Der Rauch war jedesmal um so dicker, als das unterirdische Getöse an Stärke zunahm. Bei der Zerstörung von Riobamba im Jahr 1797, wo die Erdstöße von keinem Ausbruch der, sehr nahen Vulkane begleitet waren, wurde die *Moya:* eine sonderbare, mit Kohle, Augit-Krystallen und Kieselpanzern der Infusionsthiere gemengte Masse, in zahlreichen kleinen fortschreitenden Kegeln aus der Erde hervorgehoben. Der Ausbruch des kohlensauren Gases aus Spalten während des Erdbebens von Neu-Granada (16 November 1827) im Magdalena-Thale verursachte das Ersticken vieler Schlangen, Ratten und anderer in Höhlen lebender Thiere. Auch plötzliche Veränderungen der Witterung, plötzliches Eintreten der Regenzeit zu einer unter den Tropen ungewöhnlichen Epoche sind bisweilen in Quito und Peru auf große Erdbeben gefolgt. Werden gasförmige, aus dem Innern der Erde aufsteigende Flüssigkeiten der Atmosphäre beigemischt? oder sind diese meteorologischen Processe die Wirkung einer durch das Erdbeben gestörten Luft-Electricität? In den Gegenden des tropischen Amerika's, wo bisweilen in zehn Monaten kein Tropfen Regen fällt, halten die Eingebornen sich oft wiederholende Erdstöße, die den niedrigen Rohrhütten keine Gefahr bringen, für glückliche Vorboten der Fruchtbarkeit und der Regenmenge.

Der innere Zusammenhang aller hier geschilderten Erscheinungen ist noch in Dunkel gehüllt. Elastische Flüssigkeiten sind es gewiß, die sowohl das leise, ganz unschädliche, mehrere Tage dauernde Zittern der Erdrinde (wie 1816 zu Scaccia in Sicilien vor der vulkanischen Erhebung der neuen Insel Julia) als die, sich durch Getöse verkündigenden, furchtbareren Explosionen verursachen. Der Heerd des Uebels, der Sitz der bewegenden Kraft liegt tief unter der Erdrinde; wie tief: wissen wir eben so wenig als, welches die chemische Natur so hochgespannter Dämpfe sei. An zwei Kraterrändern gelagert: am Vesuv und auf dem thurmartigen Fels, welcher den ungeheuren Schlund des Pichincha bei Quito überragt: habe ich periodisch und sehr regelmäßig Erdstöße empfunden, jedesmal 20–30 Secunden früher als brennende Schlacken oder Dämpfe ausgestoßen wurden. Die Erschütterung war um so stärker, als die Explosionen später eintraten und also die Dämpfe länger angehäuft blieben. In dieser einfachen, von so vielen Reisenden bestätigten Erfahrung liegt die allgemeine Lösung des Phänomens. Die thätigen Vulkane sind als Schutz- und Sicherheits-Ventile für die nächste Umgegend zu betrachten. Die Gefahr des Erdbebens wächst, wenn die Oeffnungen der Vulkane verstopft, ohne freien Verkehr mit der Atmosphäre sind; doch lehrt der Umsturz von Lissabon, Caracas, Lima, Kaschmir (1554), und so vieler Städte von Calabrien, Syrien und Kleinasien: daß im ganzen doch nicht in der Nähe noch brennender Vulkane die Kraft der Erdstöße am größten ist.

Wie die gehemmte Thätigkeit der Vulkane auf die Erschütterung des Bodens wirkt, so reagirt diese wiederum auf die vulkanischen Erscheinungen selbst. Eröffnung von Spalten begünstigt das Aufsteigen der Eruptions-Kegel und die Processe, welche in diesen Kegeln in freiem Contact mit dem Luftkreise vorgehen. Eine Rauchsäule, die man Monate lang in Südamerika aus dem Vulkan von Pasto aufsteigen sah, verschwand plötzlich, als 48 Meilen weit in Süden (am 4 Februar 1797) die Provinz Quito das große Erdbeben von Riobamba erlitt. Nachdem lange in ganz Syrien, in den Cycladen und auf Euböa der Boden erbebt hatte, hörten die Erschütterungen plötzlich auf, als sich in der lelantischen Ebene bei Chalcis ein Strom „glühenden Schlammes" (Lava aus einer Spalte) ergoß. Der geistreiche Geograph von *Amasea*, der uns diese Nachricht aufbewahrt, setzt hinzu: „seitdem die Mündungen des Aetna geöffnet sind, durch welche das Feuer emporbläst, und seitdem Glühmassen und Wasser hervorstürzen können, wird das Land am Meeresstrande nicht mehr so oft erschüttert als zu der Zeit, wo, vor der Trennung Siciliens von Unteritalien, alle Ausgänge in der Oberfläche verstopft waren."

In dem Erdbeben offenbart sich demnach eine vulkanisch-vermittelnde Macht; aber eine solche Macht, allverbreitet wie die innere Wärme des Planeten, und überall sich selbst verkündend, wird selten und dann nur an einzelnen Punkten bis zu wirklichen Ausbruchs-Phänomenen gesteigert. Die Gangbildung, d. h. die Ausfüllung der Spalten mit krystallinischen, aus dem Inneren hervorquellenden Massen (Basalt, Melaphyr und Grünstein), stört allmälig die freie Communication der Dämpfe. Durch Spannung wirken diese dann auf dreierlei Weise: erschütternd; oder plötzlich, d. i. ruckweise, hebend; oder, wie zuerst in einem großen Theil von Schweden beobachtet worden ist, ununterbrochen, und nur in langen Perioden bemerkbar, das Niveau-Verhältniß von Meer und Land umändernd.

Ehe wir diese große Erscheinung verlassen, die hier nicht sowohl in ihren Einzelheiten als in ihren allgemeinen physikalischen und geognostischen Verhältnissen betrachtet worden ist; müssen wir noch die Ursach des unaussprechlich tiefen und ganz eigenthümlichen Eindrucks berühren, welchen das erste Erdbeben, das wir empfinden, sei es auch von keinem unterirdischen Getöse begleitet, in uns zurückläßt. Ein solcher Eindruck, glaube ich, ist nicht Folge der Erinnerung an die Schreckensbilder der Zerstörung, welche unsrer Einbildungskraft aus Erzählungen historischer Vergangenheit vorschweben. Was uns so wundersam ergreift, ist die Enttäuschung von dem angeborenen

Glauben an die Ruhe und Unbeweglichkeit des *Starren*, der festen Erdschichten. Von früher Kindheit sind wir an den Contrast zwischen dem beweglichen Element des Wassers und der Unbeweglichkeit des Bodens gewöhnt, auf dem wir stehen. Alle Zeugnisse unsrer Sinne haben diesen Glauben befestigt. Wenn nun urplötzlich der Boden erbebt, so tritt geheimnißvoll eine unbekannte Naturmacht als das Starre bewegend, als etwas Handelndes auf. Ein Augenblick vernichtet die Illusion des ganzen früheren Lebens. Enttäuscht sind wir über die Ruhe der Natur; wir fühlen uns in den Bereich zerstörender, unbekannter Kräfte versetzt. Jeder Schall, die leiseste Regung der Lüfte spannt unsre Aufmerksamkeit. Man traut gleichsam dem Boden nicht mehr, auf den man tritt. Das Ungewöhnliche der Erscheinung bringt dieselbe ängstliche Unruhe bei Thieren hervor. Schweine und Hunde sind besonders davon ergriffen. Die Crocodile im Orinoco, sonst so stumm als unsere kleinen Eidechsen, verlassen den erschütterten Boden des Flusses und laufen brüllend dem Walde zu.

Dem Menschen stellt sich das Erdbeben als etwas allgegenwärtiges, unbegrenztes dar. Von einem thätigen Ausbruch.Krater, von einem auf unsere Wohnung gerichteten Lavastrom kann man sich entfernen: bei dem Erdbeben glaubt man sich überall, wohin auch die Flucht gerichtet sei, über dem Heerd des Verderbens. Ein solcher Zustand des Gemüths, aus unserer innersten Natur hervorgerufen, ist aber nicht von langer Dauer. Folgt in einem Lande eine Reihe von schwachen Erdstößen auf einander, so verschwindet bei den Bewohnern fast jegliche Spur der Furcht. An den regenlosen Küsten von Peru kennt man weder Hagel, noch den rollenden Donner und die leuchtenden Explosionen im Luftkreise. Den Wolken-Donner ersetzt dort das unterirdische Getöse, welches die Erdstöße begleitet. Vieljährige Gewohnheit und die sehr verbreitete Meinung, als seien gefahrbringende Erschütterungen nur zwei- oder dreimal in einem Jahrhundert zu befürchten, machen, daß in Lima schwache Oscillationen des Bodens kaum mehr Aufmerksamkeit erregen als ein Hagelwetter in der gemäßigten Zone.

Nachdem wir so die Thätigkeit, gleichsam das innere Leben der Erde in ihrem Wärmegehalt, in ihrer electromagnetischen Spannung, in ihrer Licht-Ausströmung an den Polen, in ihren unregelmäßig wiederkehrenden Erscheinungen der Bewegung übersichtlich betrachtet haben; gelangen wir zu den *stoffartigen* Productionen (chemischen Veränderungen in der Erdrinde und in der Zusammensetzung des Dunstkreises), welche ebenfalls die Folge planetarischer Lebensthätigkeit sind. Wir sehen aus dem Boden ausströmen:

Wasserdämpfe und gasförmige Kohlensäure, meist frei von aller Beimengung von Stickstoff; gekohltes Wasserstoffgas (in der chinesischen Provinz Sse-tschuanUeber die artesischen Feuerbrunnen (Ho-tsing) in China und den alten Gebrauch von tragbarem Gas (in Bambusröhren) bei der Stadt Khiung-tscheu s. *Klaproth* in meiner *Asie centrale* T. II. p. 419–530. seit Jahrtausenden, in dem nordamerikanischen Staate von Neu-York im Dorfe Fredonia ganz neuerdings zum Kochen und zur Beleuchtung benutzt); Schwefel-Wasserstoffgas und Schwefeldampf, seltener schweflige und Hydrochlor-Säure. Solche Ausströmungen aus Erdspalten bezeichnen nicht bloß die Gebiete noch brennender oder längst erloschener Vulkane: man beobachtet sie auch ausnahmsweise in Gegenden, in denen nicht Trachyt und andere vulkanische Gesteine unbedeckt zu Tage ausstehen. In der Andeskette von Quindiu habe ich Schwefel in einer Höhe von 6410 Fuß über dem Meere sich im Glimmerschiefer aus warmen Schwefeldämpfen niederschlagen gesehen*Humboldt, Recueil d'Observ. astronomiques* Vol. I. p. 311 (*Nivellement barométrique de la Cordillère des Andes* No. 206)., während daß dieselbe, einst für uranfänglich gehaltene Gebirgsart in dem Cerro Cuello bei Ticsan (südlich von Quito) ein ungeheures Schwefellager in reinem Quarze zeigt.

Unter allen *Luftquellen* sind die Exhalationen der Kohlensäure (sogenannte Mofetten) noch heute, der Zahl und Quantität der Production nach, die wichtigsten. Unser deutsches Vaterland lehrt uns, wie in den tief eingeschnittenen Thälern der Eifel, in der Umgebung des Laacher Sees, im Kesselthal von Wehr und in dem westlichen Böhmen, gleichsam in den Brandstätten der Vorwelt, oder in ihrer Nähe, sich die Ausströmungen der Kohlensäure, als letzte Regungen der vulkanischen Thätigkeit, offenbaren. In den früheren Perioden, wo, bei erhöhter Erdwärme und bei der Häufigkeit noch unausgefüllter Erdspalten, die Processe, welche wir hier beschreiben, mächtiger wirkten; wo Kohlensäure und heiße Wasserdämpfe in größeren Massen sich der Atmosphäre beimischten: muß, wie Adolph BrongniartAdolph *Brongniart* in den *Annales des Sciences naturelles* T. XV. p. 225. scharfsinnig entwickelt hat, die junge Pflanzenwelt, fast überall und unabhängig von der geographischen Ortsbreite, zu der üppigsten Fülle und Entwickelung ihrer Organe gelangt sein. In den immer warmen, immer feuchten, mit Kohlensäure überschwängerten Luftschichten müssen die Gewächse in solchem Grade Lebenserregung und Ueberfluß an Nahrungsstoff gefunden haben, daß sie das Material zu den Steinkohlen- und Ligniten-Schichten hergeben konnten, welche in schwer zu erschöpfenden Massen die physischen Kräfte und den Wohlstand der Völker begründen. Solche Massen sind vorzugsweise, und wie in Becken vertheilt, gewissen Punkten Europa's eigen. Sie sind angehäuft in den britischen Inseln, in Belgien, in Frankreich, am Niederrhein und in Oberschlesien. In derselben Urzeit allverbreiteter vulkanischer Thätigkeit ist auch dem Schooße der Erde entquollen die ungeheure Menge Kohlenstoffes, welchen die Kalkgebirge in ihrer Zusammensetzung enthalten und welcher, vom Sauerstoff getrennt und in fester Substanz ausgeschieden, ungefähr den achten Theil der räumlichen Mächtigkeit jener Gebirge ausmachen würde. Was unaufgenommen von den alkalischen Erden dem Luftkreis an Kohlensäure noch beigemengt war, wurde allmälig durch die Vegetation der Vorwelt aufgezehrt: so daß davon der Atmosphäre, wenn sie der Proceß des Pflanzenlebens gereinigt, nur der so überaus geringe Gehalt übrig blieb, welcher der jetzigen Organisation der Thiere unschädlich ist. Auch häufiger ausbrechende schwefelsaure Dämpfe haben in den vielbelebten Binnenwassern der Urwelt den Untergang von Mollusken und Fischgattungen, wie die Bildung der vielgekrümmten, wahrscheinlich oft durch Erdbeben erschütterten Gypsflöze bewirkt.

Unter ganz ähnlichen physischen Verhältnissen steigen aus dem Schooße der Erde hervor: Luftarten, tropfbare Flüssigkeiten, Schlamm und durch den Ausbruch-Kegel der Vulkane, welche selbst nur eine Art *intermittirender Quellen* sind, geschmolzene Erden. Alle diese Stoffe verdanken ihre Temperatur und ihre chemische Naturbeschaffenheit dem Ort ihres Ursprungs. Die *mittlere* Wärme der Wasserquellen ist geringer als die des Luftkreises an dem Punkte, wo sie ausbrechen, wenn die Wasser von den Höhen herabkommen; ihre Wärme nimmt mit der Tiefe der Erdschichten zu, welche sie bei ihrem Ursprunge berühren. Das numerische Gesetz dieser Zunahme haben wir bereits oben angegeben. Das Gemisch der Wasser, welche aus der Höhe der Berge oder aus der Tiefe der Erde kommen, macht die Lage der *Isogeothermen*Ueber die Theorie der *Isogeothermen* (Chthonisothermen) s. die scharfsinnigen Arbeiten von *Kupffer* in *Poggend. Ann.* Bd. XV. S. 184 und Bd. XXXII. S. 270, im *Voyage dans l'Oural* p. 382–398 und im *Edinb. Journal of Science*, new Series Vol. IV. p. 355. Vergl. *Kämtz, Lehrb. der Meteor.* Bd. II. S. 217, und über das Aufsteigen der Chthonisothermen in Gebirgsgegenden *Bischof* S. 174–198. (Linien gleicher innerer Erdwärme) schwierig zu bestimmen: wenn nämlich diese Bestimmung aus der Temperatur der ausbrechenden Wasserquellen geschlossen werden soll. So haben es eigene Beobachtungen mich und meine Gefährten in dem nördlichen Asien gelehrt. Die Temperatur der *Quellen*, welche seit einem halben Jahrhundert ein so viel bearbeiteter Gegenstand der physikalischen Untersuchungen geworden ist, hängt, wie die Höhe des ewigen Schnees, von vielen, sehr verwickelten Ursachen gleichzeitig ab. Sie ist Function der Temperatur der Erdschicht, in der sie entspringen, der Wärme-Capacität des Bodens, der Menge und Temperatur der MeteorwasserLeop. von *Buch* in *Poggend. Ann.* Bd. XII. S. 405.: welche letztere selbst wiederum nach der Art ihrer Entstehung von der Luft-Temperatur der unteren Atmosphäre verschiedenUeber die Temperatur der Regentropfen in Cumana, welche bis 22°,3 herabsinkt, wenn die Luft-Temperatur kurz vorher 30°–31° gewesen war und während des Regens 23°,4 zeigte, s. meine *Rel. hist.* T. II. p. 22. Die Regentropfen verändern, indem sie herabfallen, die Normal-Temperatur ihrer Entstehung, welche von der Höhe der Wolkenschichten und deren Erwärmung an der oberen Fläche durch die Sonnenstrahlen abhängt. Nachdem nämlich die Regentropfen bei ihrer ersten Bildung, wegen der frei werdenden latenten Wärme, eine höhere Temperatur als das umgebende Medium in der obern Atmosphäre angenommen haben, erwärmen sie sich allerdings etwas mehr, indem sich im Fallen und bei dem Durchgange durch niedere, wärmere Luftschichten Wasserdampf auf sie niederschlägt und sie sich so vergrößern (*Bischof, Wärmelehre des innern Erdkörpers* S. 73); aber diese Erwärmung wird durch Verdampfung compensirt. Erkältung der Atmosphäre durch Regen wird (das abgerechnet, was wahrscheinlich dem electrischen Proceß bei Gewitterregen angehört) durch die Tropfen erregt, die, selbst von niedriger Temperatur wegen des Orts ihrer Entstehung, einen Theil der kalten höheren Luftschichten *herabdrängen* und, den Boden benetzend, Verdampfung hervorbringen. Dies sind die gewöhnlichen Verhältnisse der Erscheinung. Wenn in seltenen Fällen die Regentropfen wärmer (*Humboldt, Rel. hist.* T. III. p. 513) als die untere sie umgebende Luft sind, so kann vielleicht die Ursach in oberen warmen Strömungen oder in größerer Erwärmung langgedehnter, wenig dicker Wolken durch *Insolation* gesucht werden. Wie übrigens das Phänomen der *Supplementar-Regenbogen*, welche durch Interferenz des Lichtes erklärt werden, mit der Größe der fallenden Regentropfen und ihrer Zunahme zusammenhange; ja wie ein optisches Phänomen, wenn man es genau zu beobachten weiß, uns über einen meteorologischen Proceß nach Verschiedenheit der Zonen belehren kann: hat *Arago* mit vielem Scharfsinn entwickelt im *Annuaire* pour 1836 p. 300. ist.

Die sogenannten *kalten Quellen* können die mittlere Luft-Temperatur nur dann anzeigen, wenn sie, ungemischt mit den aus großer Tiefe aufsteigenden oder von beträchtlichen Berghöhen herabkommenden Wassern, einen sehr langen Weg (in unseren Breiten zwischen vierzig und sechzig Fuß, in der Aequinoctial-Zone nach Boussingault einen Fuß:

Stationen in der Tropenzone	1 Fuß unter der Oberfläche der Erde	mittlere Temperatur der Luft	Höhe über der Meeresfläche in Pariser Fuß
Guayaguil	26°,0	25°,6	0
Anserma nuevo	23°,7	23°,8	3231
Zupia	21°,5	21°,5	3770
Popayan	18°,2	18°,7	5564
Quito	15°,5	15°,5	8969

Die Zweifel über die Erdwärme zwischen den Wendekreisen, zu denen ich selbst vielleicht durch meine Beobachtungen in der Höhle von Caripe (Cueva del Guacharo) Anlaß gegeben habe (*Rel. hist.* T. III. p. 191–196), werden durch die Betrachtung gelöst, daß ich die vermuthete mittlere Luft-Temperatur des Klosters Caripe (18°,5) nicht mit der *Luft-Temperatur* in der Höhle (18°,7), sondern mit der *Temperatur des unterirdischen Baches* (16°,8) verglichen hatte: ob ich gleich selbst schon ausgesprochen (*Rel. hist.* T. III. p. 146 und 194), daß zu den Wassern der Höhle sich wohl höhere Bergwasser könnten gemischt haben.

Die hier bezeichneten Tiefen sind nämlich die der *Erdschicht*, in welcher, in der gemäßigten und in der heißen Zone, die Unveränderlichkeit der Temperatur *beginnt;* in der die stündlichen, täglichen oder monatlichen Wärme-Veränderungen der Luft nicht mehr gespürt werden.

Heiße Quellen brechen aus den allerverschiedenartigsten Gebirgsarten hervor; ja die heißesten unter den permanenten, die man bisher beobachtet und die ich selbst aufgefunden, zeigen sich *fern von allen Vulkanen.* Ich führe hier aus meinem Reiseberichte die Aguas calientes de las Trincheras in Südamerika, zwischen Porto Cabello und Nueva Valencia, und die Aguas de Comangillas im mexicanischen Gebiete bei Guanaxuato an; die ersten, aus Granit ausbrechend, hatten 90°,3: die zweiten aus Basalt ausbrechend, 96°,4. Die Tiefe des Heerdes, aus welchem Wasser von dieser Temperatur aufsteigen, ist nach dem, was wir von dem Gesetz der Wärme-Zunahme im Innern der Erde wissen, wahrscheinlich an 6700 Fuß (über ¼ einer geographischen Meile). Wenn die Ursach der Thermalquellen wie der thätigen Vulkane die allverbreitete Erdwärme ist, so wirken die Gebirgsarten nur durch ihre Wärme-Capacität und ihre wärmeleitende Kraft. Die heißesten aller permanenten Quellen (zwischen 95° und 97°) sind merkwürdigerweise die reinsten; die, welche am wenigsten Mineralstoffe aufgelöst enthalten. Ihre Temperatur scheint im ganzen auch minder beständig als die der Quellen zwischen 50° und 74°: deren *Unveränderlichkeit in Wärme und Mineralgehalt*, in Europa wenigstens, seit den funfzig bis sechzig Jahren, in denen man genaue Thermometer und genaue chemische Analysen angewandt, sich so wunderbar bewährt hat. Boussingault hat gefunden, daß die Therme von las Trincheras seit meiner Reise in 23 Jahren (zwischen 1800 und 1823) von 90°,3 auf 97° gestiegen ist. Diese überaus ruhig fließende Quelle ist also jetzt fast 7° heißer als die intermittirenden Springbrunnen des Geyser und des Strokr, deren Temperatur Krug von Nidda neuerlichst sorgfältiger bestimmt hat. Einen der auffallendsten Beweise von der Entstehung heißer Quellen durch das Herabsinken kalter Meteorwasser in das Innere der Erde und durch Berührung mit einem vulkanischen Heerde hat erst im vorigen Jahrhundert ein vor meiner amerikanischen Reise unbekannter Vulkan, der von Jorullo in Mexico, dargeboten. Als sich derselbe im September 1759 plötzlich als ein Berg von 1580 Fuß über die umliegende Ebene erhob, verschwanden die zwei kleinen Flüsse, Rios de Cuitimba y de San Pedro, und erschienen einige Zeit nachher unter furchtbaren Erdstößen als heiße Quellen. Ich fand im Jahr 1803 ihre Temperatur zu 65°,8.

Die Quellen in Griechenland fließen erweislich noch an denselben Orten wie in dem hellenischen Alterthume. Der Erasinos-Quelle, zwei Stunden Weges südlich von Argos am Abhange des Chaon, erwähnt schon Herodot. Bei Delphi sieht man noch die Kassotis (jetzt Brunnen des heil. Nikolaos), südlich von der Lesche entspringend und unter dem Apollotempel durchfließend; auch die Kastalia am Fuß der Phädriaden und die Pirene bei Akrokorinth, wie die heißen Bäder von Aedepsos auf Euböa, in denen Sulla während des Mithridatischen Krieges badete. Ich führe gern diese Einzelheiten an, weil sie lebhaft daran erinnern, wie in einem so häufigen und heftigen Erderschütterungen ausgesetzten Lande doch das Innere unsres Planeten in kleinen Verzweigungen offener und Wasser führender Spalten, wenigstens 2000 Jahre lang, seine alte Gestaltung hat bewahren können. Auch die Fontaine jaillissante von Lillers im

Departement des Pas de Calais ist bereits im Jahr 1126 erbohrt worden, und seitdem ununterbrochen zu derselben Höhe mit derselben Wassermenge gestiegen; ja der vortreffliche Geograph der caramanischen Küste, Capitän Beaufort, hat dieselbe Flamme, genährt von ausströmendem brennbarem Gas, im Gebiet des Phaselis leuchten sehen, welche Plinius*Plin.* II, 106; *Seneca, Epist.* 80 § 3 ed. Ruhkopf. (*Beaufort, Survey of the Coast of Karamania* 1820 Art. Yanar, bei Deliktasch, dem alten Phaselis, p. 24.) Vergl. auch *Ctesias Fragm.* cap. 10 p. 250 ed. Bähr: *Strabo* lib. XIV. p. 665 Casaub. als die Flamme der Chimära in Lycien beschreibt.

Die von Arago 1821 gemachte Beobachtung*Arago* im *Annuaire* pour 1835 p. 234., daß die tieferen artesischen Brunnen die wärmeren sind, hat zuerst ein großes Licht auf den Ursprung der Thermalquellen und auf die Auffindung des Gesetzes der mit der Tiefe zunehmenden Erdwärme verbreitet. Auffallend ist es und erst in sehr neuer Zeit beachtet, daß schon der heilige Patricius*Acta S. Patricii* p. 555 ed. Ruinart, T. II. p. 385 Mazochi. *Dureau de la Malle* hat zuerst auf diese merkwürdige Stelle aufmerksam gemacht in den *recherches sur la topographie de Carthage* 1835 p. 276. (Vergl. *Seneca, Nat. Quaest.* II, 24.), wahrscheinlich Bischof von Pertusa, durch die bei Carthago ausbrechenden heißen Quellen am Ende des dritten Jahrhunderts auf eine sehr richtige Ansicht der Erscheinungen geleitet wurde. Als man ihn nach der Ursach der siedenden, dem Erdschooß entquellenden Wasser befragte, antwortete er: „Feuer wird in den Wolken genährt und im Innern der Erde, wie der Aetna sammt einem anderen Berge in der Nähe von Neapel euch lehren. Die unterirdischen Wasser steigen wie durch Heber empor. Die Ursach der heißen Quellen ist diese: die Wasser, welche vom unterirdischen Feuer entfernter sind, zeigen sich kälter; die, welche dem Feuer näher entquellen, bringen, durch dasselbe erwärmt, eine unerträgliche Hitze an die Oberfläche, die wir bewohnen."

So wie die Erderschütterungen oft von Wasser- und Dampf-Ausbrüchen begleitet sind; so erkennt man in den *Salsen* oder kleinen Schlammvulkanen einen Uebergang von den wechselnden Erscheinungen, welche die Dampf-Ausbrüche und Thermalquellen darbieten, zu der mächtigen und grausenvollen Thätigkeit Lava speiender Berge. Wenn diese als *Quellen geschmolzener Erden* vulkanische Gebirgsarten hervorbringen: so erzeugen heiße, mit Kohlensäure und Schwefelgas geschwängerte *Quellwasser* ununterbrochen, durch Niederschlag, horizontal auf einander gelagerte Schichten von *Kalkstein* (Travertino); oder bauen conische Hügel auf: wie im nördlichen

Afrika (Algerien) und in den Baños von Caxamarca, an dem westlichen Abhange der peruanischen Andeskette. In dem Travertino von Van Diemens Land (unweit Hobarttown) sind nach Charles Darwin Reste einer untergegangenen Vegetation enthalten. Wir deuten hier durch Lava und Travertino (zwei Gebirgsarten, die fortfahren sich unter unseren Augen zu bilden) auf die Hauptgegensätze geognostischer Verhältnisse.

Die *Salsen* oder Schlammvulkane verdienen mehr Aufmerksamkeit, als die Geognosten ihnen bisher geschenkt haben. Man hat die Größe des Phänomens verkannt, weil von den zwei Zuständen, die es durchläuft, in den Beschreibungen gewöhnlich nur bei dem letzteren: dem friedlicheren Zustande, in dem sie Jahrhunderte lang beharren, verweilt wird. Die Entstehung der Salsen ist durch Erdbeben, unterirdischen Donner, Hebung einer ganzen Länderstrecke und einen hohen, aber auf eine kurze Dauer beschränkten Flammenausbruch bezeichnet. Als auf der Halbinsel Abscheron, am caspischen Meere, östlich von Baku, die Salse von Jokmali sich zu bilden anfing (27 November 1827), loderten die Flammen drei Stunden lang zu einer außerordentlichen Höhe empor; die nachfolgenden 20 Stunden erhoben sie sich kaum 3 Fuß über den schlammauswerfenden Krater. Bei dem Dorfe Baklichli, westlich von Baku, stieg die Feuersäule so hoch, daß man sie in sechs Meilen Entfernung sehen konnte. Große Felsblöcke, der Tiefe entrissen, wurden weit umhergeschleudert. Diese findet man auch um die gegenwärtig so friedlichen Schlammvulkane von Monte Zibio, nahe bei Sassuolo im nördlichen Italien. Der Zustand des zweiten Stadiums hat sich über 1½ Jahrtausende in den von den Alten beschriebenen Salsen von Girgenti (den Macalubi) auf Sicilien erhalten. Dort stehen, nahe an einander gereihet, viele kegelförmige Hügel von 8, 10, ja 30 Fuß Höhe: die veränderlich ist, wie ihre Gestaltung. Aus dem oberen, sehr kleinen und mit Wasser gefüllten Becken fließt, unter periodischer Entwickelung von Gas, lettiger Schlamm in Strömen herab. Dieser Schlamm ist gewöhnlich kalt, bisweilen (auf der Insel Java bei Damak in der Provinz Samarang) von hoher Temperatur. Auch die mit Geräusch ausströmenden Gas-Arten sind verschiedenartig: Wasserstoffgas mit Naphtha gemengt, Kohlensäure und, wie Parrot und ich erwiesen haben (auf der Halbinsel Taman und in den südamerikanischen Volcancitos de Turbaco), fast reines Stickgas.

Die *Schlammvulkane* bieten dem Beobachter, nach dem ersten gewaltsamen Feuerausbruch, der vielleicht in gleichem Maaße nicht einmal allen gemein ist, das Bild einer meist ununterbrochen fortwirkenden, aber schwachen Thätigkeit

174

des inneren Erdkörpers dar. Die Communication mit den tiefen Schichten, in denen eine hohe Temperatur herrscht, wird bald wieder in ihnen verstopft; und die kalten Ausströmungen der Salsen scheinen zu lehren, daß der Sitz des Phänomens im Beharrungszustande nicht sehr weit von der Oberfläche entfernt sein könne. Von ganz anderer Mächtigkeit zeigt sich die Reaction des inneren Erdkörpers auf die äußere Rinde in den *eigentlichen Vulkanen* oder *feuerspeienden Bergen:* d. i. in solchen Punkten der Erde, in welchen eine bleibende oder wenigstens von Zeit zu Zeit erneuerte Verbindung mit einem tiefen Heerde sich offenbart. Man muß sorgfältig unterscheiden zwischen mehr oder minder gesteigerten vulkanischen Erscheinungen, als da sind: *Erdbeben,* heiße *Wasser-* und *Dampfquellen, Schlammvulkane,* das Hervortreten von glocken- und domförmigen ungeöffneten *Trachytbergen,* die Oeffnung dieser Berge oder der emporgehobenen Basaltschichten als *Erhebungs-Krater,* endliches Aufsteigen eines permanenten *Vulkans* in dem Erhebungs-Krater selbst oder zwischen den Trümmern seiner ehemaligen Bildung. Zu verschiedenen Zeiten, bei verschiedenen Graden der Thätigkeit und Kraft, stoßen die permanenten Vulkane Wasserdämpfe, Säuren, weitleuchtende Schlacken oder, wenn der Widerstand überwunden werden kann, bandförmig schmale Feuerströme geschmolzener Erden aus.

Als Folge einer großen, aber localen Kraftäußerung im Inneren unsres Planeten heben elastische Dämpfe entweder einzelne Theile der Erdrinde zu domförmigen, ungeöffneten Massen feldspathreichen Trachyts und Dolerits (Puy de Dôme und Chimborazo) empor; oder es werden die gehobenen Schichten durchbrochen, und dergestalt nach außen geneigt, daß auf der entgegengesetzten inneren Seite ein steiler Felsrand entsteht. Dieser Rand wird dann die Umgebung eines Erhebungs-Kraters. Wenn derselbe, was keineswegs immer der Fall ist, von dem Meeresgrunde selbst aufgestiegen ist, so hat er die ganze physiognomische Gestaltung der gehobenen Insel bestimmt. Dies ist die Entstehung der zirkelrunden Form von Palma, die Leopold von Buch so genau und geistreich beschrieben, und von Nisyros im ägäischen Meere. Bisweilen ist die eine Hälfte des ringförmigen Randes zerstört, und in dem Busen, den das eingedrungene Meer gebildet, haben gesellige Corallenthiere ihre zelligen Wohnungen aufgebaut. Auch auf den Continenten sind die Erhebungs-Krater oft mit Wasser gefüllt und verschönern auf eine ganz eigenthümliche Weise den Charakter der Landschaft.

Ihre Entstehung ist nicht an eine bestimmte Gebirgsart gebunden; sie brechen aus in Basalt, Trachyt, Leucit-Porphyr (Somma), oder in doleritartigem Gemenge von Augit und Labrador. Daher die so verschiedene Natur und äußere Gestaltung dieser Art der Kraterränder. „Von solchen Umgebungen gehen keine Eruptions-Erscheinungen aus; es ist durch sie kein bleibender Verbindungscanal mit dem Inneren eröffnet, und nur selten findet man in der Nachbarschaft oder im Inneren eines solchen Kraters Spuren von noch wirkender vulkanischer Thätigkeit. Die Kraft, welche eine so bedeutende Wirkung hervorzubringen vermochte, muß sich lange im Inneren gesammelt und verstärkt haben, ehe sie den Widerstand der darauf drückenden Masse überwältigen konnte. Sie reißt bei Entstehung neuer Inseln körnige Gebirgsarten und Conglomerate (Tuffschichten voll Seepflanzen) über die Oberfläche des Meeres empor. Durch den Erhebungs-Krater entweichen die gespannten Dämpfe; eine so große erhobene Masse fällt aber wieder zurück und verschließt sofort die nur für solche Kraftäußerung gebildete Oeffnung. Es entsteht kein Vulkan."

Ein eigentlicher *Vulkan* entsteht nur da, wo eine bleibende Verbindung des inneren Erdkörpers mit dem Luftkreise errungen ist. In ihm ist die Reaction des Inneren gegen die Oberfläche in langen Epochen dauernd. Sie kann, wie einst beim Vesuv (FisoveOcre Fisove (Mons Vesuvius) in umbrischer Sprache (*Lassen, Deutung der Eugubinischen Tafeln*, im *Rhein. Museum* 1832 S. 387); das Wort ocre ist sehr wahrscheinlich ächt umbrisch: und bedeutet, selbst nach Festus, *Berg*. Aetna würde, wenn nach Voß Αἴτνη ein hellenischer Laut ist und mit αἴθω und αἴθινος zusammenhängt, ein *Brand-* und *Glanzberg* sein; aber der scharfsinnige Parthey bezweifelt diesen hellenischen Ursprung aus etymologischen Gründen: auch weil der Aetna keinesweges als ein leuchtendes Feuerzeichen für hellenische Schiffer und Wanderer dasteht, wie der rastlos arbeitende Stromboli (Strongyle): den Homer zu bezeichnen scheint (*Odyss.* XII, 68, 202 und 219), wenn auch die geographische Lage minder bestimmt angegeben ist. Ich vermuthe, daß der Name Aetna sich in der Sprache der Siculer finden würde, wenn man irgend erhebliche Reste derselben besäße. Nach *Diodor* (V, 6) wurden die Sicaner, d. i. die Eingebornen von Sicilien (Völker, die vor den Siculern die Insel bewohnten), durch Eruptionen des Aetna, welche mehrere Jahre dauerten, gezwungen sich in den westlichen Theil des Landes zu flüchten. Die älteste beschriebene Eruption des Aetna ist die von Pindar und Aeschylus erwähnte unter Hieron Ol. 75, 2. Es ist wahrscheinlich, daß *Hesiodus* schon verheerende Wirkungen des Aetna vor den griechischen

Niederlassungen gekannt habe; doch über den Namen Αἴτνη im Text des Hesiodus bleiben Zweifel, deren ich an einem anderen Orte umständlicher gedacht habe (Humboldt, *Examen crit. de l'hist. de la Géogr.* T. I. p. 168).), Jahrhunderte lang unterbrochen sein und dann doch wieder in erneuerter Thätigkeit sich darbieten. Zu Nero's Zeiten war man in Rom schon geneigt den Aetna in die Classe allmälig erlöschender FeuerbergeSeneca, *Epist.* 79. zu setzen; ja später behauptete AelianAelian, *var. hist.* VIII, 11. sogar, die Seefahrer fingen an den einsinkenden Gipfel weniger weit vom hohen Meere aus zu sehen. Wo die Zeugen des ersten Ausbruchs, ich möchte sagen, das alte Gerüste sich vollständig erhalten hat: da steigt der Vulkan aus einem Erhebungs-Krater empor; da umgiebt den isolirten Kegelberg circusartig eine hohe Felsmauer: ein Mantel, der aus stark aufgerichteten Schichten besteht. Bisweilen ist von dieser circusartigen Umgebung keine Spur mehr sichtbar: und der Vulkan, nicht immer ein Kegelberg, steigt auch als ein langgedehnter Rücken, wie der Pichincha, an dessen Fuß die Stadt Quito liegt, unmittelbar aus der Hochebene auf.

Wie die Natur der Gebirgsarten: d. h. die Verbindung (Gruppirung) einfacher Mineralien zu Granit, Gneiß und Glimmerschiefer, zu Trachyt, Basalt und Dolerit: unabhängig von den jetzigen Klimaten, unter den verschiedensten Himmelsstrichen dieselbe ist; so sehen wir auch überall in der anorganischen Natur gleiche Gesetze der Gestaltung sich enthüllen: Gesetze, nach welchen die Schichten der Erdrinde sich wechselseitig tragen, gangartig durchbrechen, durch elastische Kräfte sich heben. In den Vulkanen ist dieses Wiederkehren derselben Erscheinungen besonders auffallend. Wo dem Seefahrer nicht mehr die alten Sterne leuchten: auf Inseln ferner Meere, von Palmen und fremdartigen Gewächsen umgeben; sieht er in den Einzelheiten des landschaftlichen Charakters den Vesuv, die domförmigen Gipfel der Auvergne, die Erhebungs-Krater der canarischen und azorischen Inseln, die Ausbruchsspalten von Island wiederkehrend abgespiegelt; ja ein Blick auf den Begleiter unseres Planeten, den Erdmond, verallgemeinert die hier bemerkte Analogie der Gestaltung. In den, mittelst großer Fernröhre entworfenen Karten des luft- und wasserlosen Satelliten erkennt man mächtige Erhebungs-Krater, welche Kegelberge umgeben oder sie auf ihren Ringwällen tragen: unbestreitbare Wirkungen der Reaction des Inneren gegen die Oberfläche des Mondes, begünstigt von dem Einfluß einer geringeren Schwere.

Wenn in vielen Sprachen Vulkane mit Recht feuerspeiende *Berge* genannt werden, so ist ein solcher Berg darum keinesweges durch eine allmälige

Anhäufung von ausfließenden Lavaströmen gebildet; seine Entstehung scheint vielmehr allgemein die Folge eines plötzlichen Emporhebens zäher Massen von Trachyt oder labrador-haltigem Augitgesteine zu sein. Das Maaß der hebenden Kraft offenbart sich in der Höhe der Vulkane; und diese ist so verschieden, daß sie bald die Dimension eines Hügels (Vulkan von Cosima, einer der japanischen Kurilen), bald die eines 18000 Fuß hohen Kegels hat. Es hat mir geschienen, als sei das Höhenverhältniß von großem Einfluß auf die *Frequenz* der Ausbrüche, als wären diese weit häufiger in den niedrigeren als in den höheren Vulkanen. Ich erinnere an die Reihenfolge: *Stromboli* (2175 Fuß), der fast täglich donnernde *Guacamayo* in der Provinz Quixos (ich habe ihn oft in 22 Meilen Entfernung in Chillo bei Quito gehört), der *Vesuv* (3637 F.), *Aetna* (10200 F.), *Pic* von *Teneriffa* (11424 F.) und *Cotopaxi* (17892 F.). Ist der Heerd dieser Vulkane in gleicher Tiefe, so gehört eine größere Kraft dazu die geschmolzenen Massen zu einer 6- und 8mal größeren Höhe zu erheben. Während daß der niedrige Stromboli (Strongyle) rastlos arbeitet, wenigstens seit den Zeiten homerischer Sagen, und, ein Leuchtthurm des tyrrhenischen Meeres, den Seefahrern zum leitenden Feuerzeichen wird: sind die höheren Vulkane durch lange Zwischenzeiten von Ruhe charakterisirt. So sehen wir die Eruptionen der meisten Colosse, welche die Andeskette krönen, fast durch ein ganzes Jahrhundert von einander getrennt. Wo man Ausnahmen von diesem Gesetze bemerkt, auf welches ich längst schon aufmerksam gemacht habe, mögen sie in dem Umstande gegründet sein, daß die Verbindungen zwischen dem vulkanischen Heerde und dem Ausbruch-Krater nicht bei allen Vulkanen, die man vergleicht, in gleichem Maaße als permanent frei gedacht werden können. In den niedrigen mag eine Zeit lang der Verbindungscanal verschlossen sein, so daß ihre Ausbrüche seltener werden, ohne daß sie deshalb dem Erlöschen näher sind.

Mit den Betrachtungen über das Verhältniß der absoluten Höhe zur Frequenz der Entflammung des Vulkans, in so fern dieselbe äußerlich sichtbar ist, steht in genauem Zusammenhange der Ort, an welchem die Lava sich ergießt. Bei vielen Vulkanen sind die Ausbrüche aus dem Krater überaus selten; sie geschehen meist, wie am Aetna im sechzehnten Jahrhundert der berühmte Geschichtsschreiber Bembo schon als Jüngling bemerkte, aus Seitenspalten: da, wo die Wände des gehobenen Berges durch ihre Gestaltung und Lage am wenigsten Widerstand leisten. Auf diesen Spalten steigen bisweilen *Auswurfs-Kegel* auf: große, die man fälschlich durch den Namen *neuer Vulkane* bezeichnet und die an einander gereiht die Richtung einer, bald wieder geschlossenen Spalte bezeichnen; kleine, in Gruppen zusammengedrängt, eine ganze Bodenstrecke bedeckend, glocken- und bienenkorbartig. Zu den letzteren gehören die hornitos de JoruilloS. meine Zeichnung des Vulkans von Jorullo, seiner Hornitos und des gehobenen Malpays in den *Vues des Cordillères* Pl. XLIII. p. 239., und die Kegel des Vesuv-Ausbruchs im October 1822, des Vulkans von Awatscha nach Postels und des Lavenfeldes bei den Baidaren-Bergen nach Erman, auf der Halbinsel Kamtschatka.

Stehen die Vulkane nicht frei und isolirt in einer Ebene; sind sie, wie in der Doppelkette der Andes von Quito, von einem neun- bis zwölftausend Fuß hohen *Tafellande* umgeben: so kann dieser Umstand wohl dazu beitragen, daß sie bei den furchtbarsten Ausbrüchen feuriger Schlacken, unter Detonationen, die über hundert Meilen weit vernommen werden, *keine Lavaströme* erzeugen So die Vulkane von Popayan, der Hochebene von los Pastos, und der Andes von Quito: vielleicht unter den letzten den einzigen Vulkan von Antisana ausgenommen.

Die Höhe des *Aschenkegels* und die Größe und Form des *Kraters* sind Elemente der Gestaltung, welche vorzugsweise den Vulkanen einen individuellen Charakter geben; aber beide, Aschenkegel und Krater, sind von der Dimension des ganzen Berges völlig unabhängig. Der Vesuv ist mehr als dreimal niedriger als der Pic von Teneriffa: und sein Aschenkegel erhebt sich doch zu $\frac{1}{3}$ der ganzen Höhe des Berges, während der Aschenkegel des Pics nur $\frac{1}{22}$ derselben beträgt. Bei einem viel höheren Vulkan als dem von Teneriffa, bei dem Rucu-Pichincha, tritt dagegen ein Verhältniß ein, das wiederum dem des Vesuvs näher kommt. Unter allen Vulkanen, die ich in beiden Hemisphären gesehen, ist die *Kegelform* des Cotopaxi die schönste und regelmäßigste. Ein plötzliches Schmelzen des Schnees auf einem Aschenkegel verkündigt die Nähe des Ausbruchs. Ehe noch Rauch sichtbar wird in den dünnen Luftschichten, die den Gipfel und die Krater-Oeffnung umgeben, sind bisweilen die Wände des Aschenkegels von innen durchglüht: und der ganze Berg bietet dann den grausenvollsten, unheilverkündigenden Anblick der Schwärze dar.

Der Krater, welcher, sehr seltene Fälle ausgenommen, stets den *Gipfel* der Vulkane einnimmt, bildet ein tiefes, oft zugängliches *Kesselthal*, dessen Boden beständigen Veränderungen unterworfen ist. Die größere oder geringere Tiefe des Kraters ist bei vielen Vulkanen ebenfalls ein Zeichen des nahen oder fernen Bevorstehens einer Eruption. Es öffnen und schließen sich wechselweise in dem

Kesselthale langgedehnte dampfausströmende Spalten oder kleine rundliche Feuerschlünde, die mit geschmolzenen Massen gefüllt sind. Der Boden steigt und sinkt; in ihm entstehen Schlackenhügel und Auswurfs-Kegel, die sich bisweilen hoch über die Ränder des Kraters erheben, den Vulkanen ganze Jahre lang eine eigenthümliche Physiognomie verleihen, aber urplötzlich während einer neuen Eruption zusammenstürzen und verschwinden. Die Oeffnungen dieser Auswurfs-Kegel, die aus dem Kraterboden aufsteigen, dürfen nicht, wie nur zu oft geschieht, mit dem Krater selbst, der sie einschließt, verwechselt werden. Ist dieser unzugänglich durch ungeheure Tiefe und durch senkrechten Absturz der Ränder nach innen, wie auf dem Vulkan Rucu-Pichincha (14946 Fuß), so blickt man von jenen Rändern auf die Gipfel der Berge hinab, die aus dem theilweise mit Schwefeldampf gefüllten Kesselthal emporragen. Einen wunderbareren und großartigeren Naturanblick habe ich nie genossen. In der Zwischenzeit zweier Eruptionen bietet ein Krater entweder gar kein leuchtendes Phänomen, sondern bloß offene Spalten und aufsteigende Wasserdämpfe dar; oder man findet auf seinem kaum erhitzten Boden Schlackenhügel, denen man sich gefahrlos nähern kann. Sie ergötzen gefahrlos den wandernden Geognosten durch das Auswerfen feurigglühender Massen, die auf den Rand des Schlackenkegels herabfallen und deren Erscheinen kleine, ganz locale Erdstöße regelmäßig vorherverkündigen. Lava ergießt sich bisweilen aus offenen Spalten und kleinen Schlünden in den Krater selbst, ohne den Kraterrand zu durchbrechen und überzufließen. Geschieht aber ein solcher Durchbruch, so fließt die neu-eröffnete Erdquelle meist dergestalt ruhig und auf so bestimmten Wegen, daß das große Kesselthal, welches man Krater nennt, selbst in dieser Eruptions-Epoche besucht werden kann. Ohne eine genaue Darstellung von der Gestaltung, gleichsam dem Normalbau der feuerspeienden Berge können Erscheinungen nicht richtig aufgefaßt werden, die durch phantastische Beschreibungen und durch die Vieldeutigkeit oder vielmehr durch den so unbestimmten Sprachgebrauch der Wörter *Krater, Ausbruch-Kegel* und *Vulkan* lange verunstaltet worden sind. Die Ränder des Kraters zeigen sich theilweise weit weniger veränderlich, als man es vermuthen sollte. Saussure's Messungen, mit den meinigen verglichen, haben z. B. am Vesuv das merkwürdige Resultat gegeben, daß in 49 Jahren (1773–1822) der nordwestliche Rand des Vulkans (Rocca del Palo) in seiner Höhe über der Meeresfläche in den Grenzen der Genauigkeit unserer Messungen als fast unverändert betrachtet werden darf.

Vulkane, welche, wie die der Andeskette, ihren Gipfel hoch über die Grenze des ewigen Schnees erheben, bieten eigenthümliche Erscheinungen dar. Die Schneemassen erregen nicht bloß durch plötzliches Schmelzen während der Eruption furchtbare Ueberschwemmungen, Wasserströme, in denen dampfende Schlacken auf dicken Eismassen schwimmen; sie wirken auch ununterbrochen, während der Vulkan in vollkommener Ruhe ist, durch Infiltration in die Spalten des Trachyt-Gesteins. Höhlungen, welche sich an dem Abhange oder am Fuß der Feuerberge befinden, werden so allmälig in unterirdische Wasserbehälter verwandelt, die mit den Alpenbächen des Hochlandes von Quito durch enge Oeffnungen vielfach communiciren. Die Fische dieser Alpenbäche vermehren sich vorzugsweise im Dunkel der Höhlen; und wenn dann Erdstöße, die allen Eruptionen der Andeskette vorhergehen, die ganze Masse des Vulkans mächtig erschüttern, so öffnen sich auf einmal die unterirdischen Gewölbe: und es entstürzen ihnen gleichzeitig Wasser, Fische und tuffartiger Schlamm. Dies ist die sonderbare Erscheinung, welche der kleine Wels der Cyclopen, die Preñadilla der Bewohner der Hochebene von Quito, gewährt. Als in der Nacht vom 19 zum 20 Junius 1698 der Gipfel des 18000 Fuß hohen Berges Carguairazo zusammenstürzte, so daß vom Kraterrande nur zwei ungeheure Felshörner stehen blieben; da bedeckten flüssiger Tuff und Unfruchtbarkeit verbreitender Lettenschlamm (lodazales), todte Fische einhüllend, auf fast zwei Quadratmeilen die Felder umher. Eben so wurden, sieben Jahr früher, die Faulfieber in der Gebirgsstadt Ibarra, nördlich von Quito, einem Fisch-Auswurfe des Vulkans Imbaburu zugeschrieben.

Wasser und Schlamm, welche in der Andeskette nicht dem Krater selbst, sondern den Höhlen in der Trachytmasse des Berges entströmen, sind demnach im engeren Sinne des Worts nicht den eigentlichen vulkanischen Phänomenen beizuzählen. Sie stehen nur in mittelbarem Zusammenhange mit der Thätigkeit der Vulkane: fast in demselben Maaße wie der sonderbare meteorologische Proceß, welchen ich in meinen früheren Schriften mit der Benennung *vulkanischer Gewitter* bezeichnet habe. Der heiße Wasserdampf, welcher während der Eruption aus dem Krater aufsteigt und sich in den Luftkreis ergießt, bildet beim Erkalten ein *Gewölk*, von dem die, viele tausend Fuß hohe *Aschen-* und *Feuersäule* umgeben ist. Eine so plötzliche Condensation der Dämpfe und, wie Gay-Lussac gezeigt hat, die Entstehung einer Wolke von ungeheurer Oberfläche vermehren die electrische Spannung. Blitze fahren schlängelnd aus der Aschensäule hervor, und man unterscheidet dann (wie am

Ende des Ausbruchs des Vesuvs in den letzten Tagen des Octobers 1822) deutlichst den rollenden Donner des *vulkanischen Gewitters* von dem Krachen im Inneren des Vulkans. Die aus der vulkanischen Dampfwolke herabfahrenden Blitze haben einst auf Island (am Vulkan Katlagia 17 October 1755), nach Olassen's Bericht, 11 Pferde und 2 Menschen getödtet.

Nachdem wir so in dem Naturgemälde den Bau und die dynamische Thätigkeit der Vulkane geschildert haben, müssen wir noch einen Blick auf die *stoffartige* Verschiedenheit ihrer Erzeugnisse werfen. Die unterirdischen Kräfte trennen alte Verbindungen der Stoffe, um neue Verbindungen hervorzubringen; sie bewegen zugleich das Umgewandelte fort, so lange es, in Wärme aufgelöst, noch verschiebbar ist. Das Erstarren des Zähen oder des Beweglich-Flüssigen unter größerem oder geringerem Drucke scheint hauptsächlich den Unterschied der Bildung *plutonischer* und *vulkanischer* Gebirgsarten zu bestimmen. Eine Gebirgsart, in schmalen Längenzonen einer vulkanischen Mündung (einem Erde-Quell) entflossen, heißt *Lava*. Wo mehrere Lavaströme sich begegnen und in ihrem Laufe aufgehalten werden, dehnen sie sich in der Breite aus und füllen große Becken, in welchen sie zu auf einander gelagerten Schichten erstarren. Diese wenigen Sätze enthalten das Allgemeine der productiven Thätigkeit der Vulkane.

Gebirgsarten, welche die Vulkane bloß durchbrechen, bleiben oft in den Feuerproducten eingeschlossen. So habe ich feldspathreiche Syenit-Massen in den schwarzen Augit-Laven des mexicanischen Vulkans von Jorullo, als eckige Stücke eingewachsen, gefunden; die Massen von Dolomit und körnigem Kalkstein aber, welche prachtvolle Drusen krystallisirter Fossilien (Vesuviane und Granaten, von Mejonit, Nephelin und Sodalit bedeckt) enthalten, sind nicht *Auswürflinge des Vesuvs:* "sie gehören vielmehr einer sehr allgemein verbreiteten Formation, Tuffschichten an, welche älter als die Erhebung der Somma und des Vesuvs, wahrscheinlich Erzeugnisse einer submarinischen, tief im Inneren verborgenen, vulkanischen Wirkung sind." Unter den Producten der jetzigen Vulkane finden sich fünf Metalle: Eisen, Kupfer, Blei, Arsenik, und das von Stromeyer im Krater von Volcano entdeckte Selen. Durch dampfende Fumarolen sublimiren sich Chlor-Eisen, Chlorkupfer, Chlorblei und Chlor-Ammonium; EisenglanzUeber den chemischen Ursprung des Eisenglanzes in vulkanischen Massen s. *Mitscherlich* in *Poggend. Ann.* Bd. XV. S. 630. Ueber die Entbindung der Hydrochlor-Säure im Krater s. *Gay-Lussac* in den *Annales de*

Chimie et de Phys. T. XXII. p. 423. und Kochsalz (das letzte oft in großer Menge) erscheinen als Gangtrümmer in frischgeflossenen Lavaströmen oder auf neuen Spalten der Kraterränder.

Die mineralische Zusammensetzung der Laven ist verschieden nach der Natur des krystallinischen Gesteins, aus welchem der Vulkan besteht; nach der Höhe des Punktes, wo der Ausbruch geschieht (ob am Fuß des Berges oder in der Nähe des Kraters); nach dem Temperatur-Zustande des Inneren. Glasartige vulkanische Bildungen, Obsidian, Perlstein oder Bimsstein fehlen einigen Vulkanen ganz, wenn dieselben bei anderen nur aus dem Krater selbst oder wenigstens aus beträchtlichen Höhen entspringen. Diese wichtigen und verwickelten Verhältnisse können allein durch sehr genaue krystallographische und chemische Untersuchungen ergründet werden. Mein sibirischer Reisebegleiter Gustav Rose, wie später Hermann Abich haben mit vielem Glücke und Scharfsinn angefangen über das dichte Gewebe so verschiedenartiger vulkanischer Felsarten ein helles Licht zu verbreiten.

Von den aufsteigenden Dämpfen ist der größere Theil reiner Wasserdampf. Condensirt, wird derselbe als Quelle z. B. auf der Insel Pantellaria von Ziegenhirten benutzt. Was man, am Morgen des 26 October 1822, aus dem Krater des Vesuvs durch eine Seitenspalte sich ergießen sah und lange für siedendes Wasser hielt, war nach Monticelli's genauer Untersuchung trockne Asche, die wie Triebsand herabschoß; eine durch Reibung zu Staub zerfallene Lava. Das Erscheinen der *Asche* aber, welche Stunden, ja Tage lang die Luft verfinstert und durch ihren Fall, den Blättern anklebend, den Weingärten und Oelbäumen so verderblich wird; bezeichnet durch ihr säulenförmiges Emporsteigen, von Dämpfen getragen, jedes Ende einer großen Eruption. Das ist die prachtvolle Erscheinung, die am Vesuv schon der jüngere Plinius in dem berühmten Briefe an Cornelius Tacitus mit der Gestalt einer hochgezweigten, aber schattigen *Pinie* verglichen hat. Was man bei Schlacken-Ausbrüchen als Flammen beschreibt, ist, wie der Lichtglanz der rothen Gluthwolken, die über dem Krater schweben, gewiß nicht brennendem Wasserstoffgas zuzuschreiben. Es sind vielmehr Licht-Reflexe, die von den hochgeschleuderten geschmolzenen Massen ausgehen; theils auch Licht-Reflexe aus der Tiefe, welche die aufsteigenden Dämpfe erleuchten. Was aber die Flammen sein mögen, die man bisweilen während der Thätigkeit von Küsten-Vulkanen oder kurz vor der Hebung eines vulkanischen Eilandes seit Strabo's Zeiten aus dem tiefen Meere hat aufsteigen gesehn, entscheiden wir nicht.

Wenn die Frage aufgeworfen wird: was in den Vulkanen *brenne?* was die Wärme *errege*, welche Erden und Metalle schmelzend mischt, ja Lavaströmen von großer Dicke mehrere Jahre lang eine erhöhte Temperatur giebt? so liegt einer solchen Frage das Vorurtheil zum Grunde, Vulkane müßten nothwendig, wie die Erdbrände der Steinkohlen-Flöze, an das Dasein gewisser feuererhährender Stoffe gebunden sein. Nach den verschiedenen Phasen chemischer Ansichten wurden so bald Erdpech, bald Schwefelkies oder der feuchte Contact von fein zertheiltem Schwefel und Eisen; bald pyrophorartige Substanzen, bald die Metalle der Alkalien und Erden als die Ursach der vulkanischen Erscheinungen in ihrer intensiven Thätigkeit bezeichnet. Der große Chemiker, welchem wir die Kenntniß der brennbarsten metallischen Substanzen verdanken, Sir Humphry *Davy*, hat in seinem letzten, ein wehmüthiges Gefühl erregenden Werke (*Consolation in travcel and last days of a Philosopher*) seiner kühnen chemischen Hypothese selbst entsagt. Die große mittlere Dichtigkeit des Erdkörpers (5,44) verglichen mit dem specifischen Gewichte des Kalium (0,865) und Natrium (0,972) oder der Erd-Metalle (1,2); der Mangel von Wasserstoffgas in den luftförmigen Emanationen der Kraterspalten und der nicht erkalteten Lavaströme, viele chemische Betrachtungen endlichS. *Berzelius* und *Wöhler* in *Poggend. Annalen* Bd. I. S. 221 und Bd. XI. S. 146; *Gay-Lussac* in den *Annales de Chimie* T. XXII. p. 422; *Bischof*, reasons against the Chemical Theory of Volcanoes in der englischen Ausgabe seiner *Wärmelehre* p. 297–309. stehen im Widerspruch mit den früheren Vermuthungen von Davy und Ampère. Entwickelte sich Hydrogen bei dem Ausbruch der Lava: wie groß müßte nicht dessen Masse sein, wenn bei einer sehr niedrigen Lage des Eruptionspunktes die ausfließende Lava, wie in dem denkwürdigen von Mackenzie und Soemund Magnussen beschriebenen Ausbruch am Fuß des Skaptar-Jökul auf Island (11 Junius bis 3 August 1783), viele Quadratmeilen Landes bedeckt, und angedämmt mehrere hundert Fuß Dicke erreicht! Eben solche Schwierigkeiten zeigen sich bei der geringen Menge ausströmenden Stickgases, wenn man das Eindringen der atmosphärischen Luft in den Krater oder, wie man bildlich sich ausdrückt, ein Einathmen des Erdkörpers annimmt. Eine so allgemeine, so tief wirkende, sich im Inneren so weit fortpflanzende Thätigkeit als die der Vulkane kann wohl nicht ihren Urquell in der chemischen Verwandtschaft, in dem Contact einzelner, nur örtlich verbreiteter Stoffe haben. Die neuere Geognosie sucht diesen Urquell lieber in der unter jeglichem Breitengrade mit der Tiefe zunehmenden Temperatur; in der mächtigen inneren Wärme, welche der Planet seinem ersten Erstarren, seiner Bildung im Weltraume, der kugelförmigen Zusammenziehung dunstförmiger, elliptisch kreisender Stoffe verdankt. Neben dem sicheren *Wissen* steht das *Vermuthen* und *Meinen*. Eine philosophische Naturkunde strebt sich über das enge Bedürfniß einer bloßen Naturbeschreibung zu erheben. Sie besteht, wie wir mehrmals erinnert haben, nicht in der sterilen Anhäufung isolirter Thatsachen. Dem neugierig regsamen Geiste des Menschen muß es erlaubt sein aus der Gegenwart in die Vorzeit hinüberzuschweifen; zu ahnden, was noch nicht klar erkannt werden kann; und sich an den alten, unter so vielerlei Formen immer wiederkehrenden *Mythen der Geognosie* zu ergötzen. Wenn wir Vulkane als unregelmäßig *intermittirende Quellen* betrachten, die ein flüssiges Gemenge von oxydirten Metallen, Alkalien und Erden ausstoßen; sanft und stille fließen, wo dies Gemenge, durch den mächtigen Druck der Dämpfe gehoben, irgend wo einen Ausgang findet: so erinnern wir uns unwillkührlich an Platons geognostische Phantasien, nach denen die heißen Quellen, wie alle vulkanischen Feuerströme, Ausflüsse des Pyriphlegethon, einer im Inneren des Erdkörpers allgegenwärtigen Ursache, sind.

Die Art der Vertheilung der Vulkane auf der Erdfläche, unabhängig von allen klimatischen Verschiedenheiten, ist sehr scharfsinnig und charakteristisch auf zwei Classen zurückgeführt worden: auf *Central-* und *Reihen-Vulkane:* "je nachdem dieselben den Mittelpunkt vieler, fast gleichmäßig nach allen Seiten hin wirkender Ausbrüche bilden; oder in Einer Richtung, wenig von einander entfernt, liegen: gleichsam als Essen auf einer langgedehnten Spalte. Die Reihen-Vulkane sind wiederum zweierlei Art. Entweder erheben sie sich als einzelne Kegel-Inseln von dem Grunde des Meeres, und es läuft ihnen meist zur Seite, in derselben Richtung, ein primitives Gebirge, dessen Fuß sie zu bezeichnen scheinen; oder die Reihen-Vulkane stehen auf dem höchsten Rücken dieser Gebirgsreihe und bilden die Gipfel selbst." Der Pic von Teneriffa z. B. ist ein *Central-Vulkan:* der Mittelpunkt der vulkanischen Gruppe, von welchem die Ausbrüche von Palma und Lancerote herzuleiten sind. Die lange, mauerartig fortlaufende, bald einfache, bald in zwei und drei parallele Ketten getheilte und dann durch schmale Queerjöcher gegliederte Andeskette bietet vom südlichen Chili bis zur Nordwest-Küste von Amerika die großartigste Erscheinung des Auftretens von *Reihen-Vulkanen* in einem Festlande dar. In der Andeskette verkündigt sich die Nähe thätiger Vulkane durch das plötzliche Auftreten gewisser Gebirgsarten (Dolerit, Melaphyr, Trachyt, Andesit, Diorit-Porphyr), welche die sogenannten uranfänglichen, wie die schiefrigen und sandsteinartigen Uebergangsschichten und die Flözformationen trennen. Ein solches immer wiederkehrendes Phänomen hatte früh in mir die Ueberzeugung angeregt, daß jene sporadischen Gebirgsarten der Sitz vulkanischer Erscheinungen wären und daß sie die vulkanischen Ausbrüche bedingten. Am Fuß des mächtigen Tunguragua, bei Penipe (an den Ufern des Rio Puela), sah ich zum ersten Male und deutlich einen Glimmerschiefer, der auf Granit ruht, vom vulkanischen Gestein durchbrochen.

Auch die *Reihen-Vulkane* des Neuen Continents sind theilweise, wo sie nahe liegen, in gegenseitiger Abhängigkeit von einander; ja man sieht seit Jahrhunderten sich die vulkanische Thätigkeit in gewissen Richtungen (in der Provinz Quito von Norden nach Süden) allmälig fortbewegen. Der Heerd selbst liegt unter dem ganzen Hochlande dieser Provinz; die einzelnen Verbindungs-Oeffnungen mit der Atmosphäre sind die Berge, welche wir, mit besonderen Namen: als Vulkane von Pichincha, Cotopaxi oder Tunguragua bezeichnen: und die durch ihre Gruppirung, wie durch Höhe und Gestaltung den erhabensten und malerischsten Anblick darbieten, der irgend wo in einer vulkanischen Landschaft auf einem schmalen Raume zu finden ist. Da die äußersten Glieder solcher Gruppen von Reihen-Vulkanen durch unterirdische Communicationen mit einander verbunden sind, wie vielfache Erfahrungen lehren, so erinnert diese Thatsache an Seneca's alten und wahren Ausspruch., daß „der Feuerberg nur der *Weg* der tiefer liegenden vulkanischen Kräfte sei". Auch im mexicanischen Hochlande scheinen die Vulkane (Orizaba, Popocatepetl, Jorullo, Colima), von denen ich nachgewiesen*Humboldt, Essai polit. sur la Nouv. Espagne* T. II. p. 173–175., daß sie alle in Einer Richtung zwischen 18° 59' und 19° 12' nördl. Breite liegen, eine *Queerspalte* von Meer zu Meer und eine Abhängigkeit von einander anzudeuten. Der Vulkan von Jorullo ist den 29 September 1759 genau in dieser Richtung, aus derselben Queerspalte ausgebrochen, und zu einer Höhe von 1580 Fuß über der umherliegenden Ebene emporgestiegen. Der Berg gab nur einmal einen Erguß von Lava, genau wie der Epomeo auf Ischia im Jahr 1302.

Wenn aber auch der Jorullo, von jedem thätigen Vulkan zwanzig Meilen entfernt, im eigentlichsten Sinne des Worts ein *neuer Berg* ist; so darf man ihn doch nicht mit der Erscheinung des Monte Nuovo (19 September 1538) bei Pozzuolo verwechseln, welcher den *Erhebungs-Kratern* beigezählt wird. Naturgemäßer glaube ich schon ehemals den Ausbruch des neu entstandenen mexicanischen Vulkans mit der vulkanischen Hebung des *Hügels von Methone* (jetzt Methana) auf der trözenischen Halbinsel verglichen zu haben. Diese, von Strabo und Pausanias beschriebene Hebung hat einen der phantasiereichsten römischen Dichter veranlaßt Ansichten zu entwickeln, welche mit denen der neuern Geognosie auf eine merkwürdige Art übereinstimmen. „Einen Tumulus sieht man bei Trözene, schroff und baumlos: einst eine Ebne, jetzt einen Berg. Die in finstern Höhlen eingeschlossenen Dämpfe suchen vergebens eine Spalte als Ausweg. Da schwillt durch der eingezwängten Dämpfe Kraft der sich dehnende Boden wie eine luftgefüllte Blase empor; er schwillt wie das Fell eines zweigehörnten Bockes. Die Erhebung ist dem Orte geblieben, und der hoch emporragende Hügel hat sich im Laufe der Zeit zu einer nackten Felsmasse erhärtet." So malerisch und, wie analoge Erscheinungen uns zu glauben berechtigen, zugleich auch so wahr schildert *Ovidius* die große Naturbegebenheit, die sich zwischen Trözene und Epidaurus, da wo Rußegger noch Trachyt-Durchbrüche gefunden, 282 Jahre vor unserer Zeitrechnung, also 45 Jahre vor der vulkanischen Trennung von Thera (Santorin) und Therasia, ereignete.

> Est prope Pittheam tumulus Troezena sine ullis
> Arduus arboribus, quondam planissima campi
> Area, nunc tumulus; nam – res horrenda relatu –
> Vis fera ventorum, caecis inclusa cavernis,
> Exspirare aliqua cupiens, luctataque frustra
> Liberiore frui coelo, cum carcere rima
> Nulla foret toto nec pervia flatibus esset,
> Extentam tumefecit humum; ceu spiritus oris
> Tendere vesicam solet, aut direpta bicorni
> Terga capro. Tumor ille loci permansit, et alti
> Collis habet speciem, longoque induruit aevo.

Diese geognostisch so wichtige Schilderung einer glockenförmigen Hebung auf dem Continent stimmt merkwürdig mit dem überein, was *Aristoteles* (Meteor. II 8, 17–19) über die Hebung einer Eruptions-Insel berichtet. „Das Erbeben der Erde hört nicht eher auf, als bis jener Wind (ἄνεμος), welcher die Erschütterung verursacht, in der Erdrinde ausgebrochen ist. So ist es vor kurzem zu Heraclea in Pontus geschehen; und vormals auf Hiera, einer der Aeolischen Inseln. In dieser nämlich ist ein Theil der Erde aufgeschwollen und hat sich mit Getöse zu einem Hügel erhoben: so lange, bis der mächtig treibende Hauch (πνεῦμα) einen Ausweg fand, und Funken und Asche ausstieß, welche die nahe Stadt der Liparäer bedeckte und selbst bis zu einigen Städten Italiens gelangte." In dieser Beschreibung ist das blasenförmige Auftreiben der Erdrinde (ein Stadium, in welchem viele Trachytberge dauernd verbleiben) von dem Ausbruche selbst sehr wohl unterschieden. Auch *Strabo* (lib. I p. 59 Casaub.) beschreibt das Phänomen von Methone: „bei der Stadt im Hermionischen Busen geschah ein flammender Ausbruch; ein Feuerberg ward emporgehoben: sieben (?) Stadien hoch, am Tage unzugänglich vor Hitze und Schwefelgeruch, aber des Nachts wohlriechend (?); und so erhitzend, daß das Meer siedete fünf Stadien weit und trübe war wohl auf zwanzig Stadien, auch durch abgerissene Felsenstücke verschüttet wurde." Ueber die jetzige mineralogische Beschaffenheit der Halbinsel Methana s. *Fiedler, Reise durch Griechenland* Th. I. S. 257–263.

Unter den Eruptions-Inseln, welche den Reihen-Vulkanen zugehören, ist Santorin die wichtigste. „Sie vereinigt in sich die ganze Geschichte der Erhebungs-Inseln. Seit vollen 2000 Jahren, so weit Geschichte und Tradition reicht, haben die VersucheLeop. von *Buch, physic. Beschr. der canar. Inseln* S. 356–358, und besonders die französische Uebersetzung dieses trefflichen Werkes S. 402; auch in *Poggendorff's Annalen* Bd. XXXVII. S. 183. Eine submarine Insel war wieder in der neuesten Zeit im Erscheinen begriffen im Krater von Santorin. Um das Jahr 1810 war diese Insel noch 15 Brassen unter der Oberfläche des Meeres, aber 1830 nur 3–4 Brassen. Sie erhebt sich steil, wie ein großer Zapfen, aus dem Meeresgrund; und die fortdauernde unterirdische Thätigkeit des unterseeischen Kraters offenbart sich auch dadurch, daß, wie bei Methana zu Wromolimni, hier in der östlichen Bucht von Neo-Kammeni schwefelsaure Dämpfe sich dem Meerwasser beimischen. Mit Kupfer beschlagene Schiffe legen sich in der Bucht vor Anker, damit in kurzer Zeit auf natürlichem (d. i. vulkanischem) Wege der Kupferbeschlag gereinigt und wiederum glänzend werde. (*Virlet* im *Bulletin de la Société géologique de France* T. III. p. 109; und *Fiedler, Reise durch Griechenland* Th. II. S. 469 und 584.) der Natur nicht aufgehört, in der Mitte des Erhebungs-Kraters einen Vulkan zu bilden." Aehnliche insulare Hebungen, und dazu noch fast in regelmäßiger Wiederkehr von 80 oder 90 JahrenErscheinungen der neuen Insel bei der azorischen Insel San Miguel: 11 Jun. 1638, 31 Dec. 1719, 13 Jun. 1811., offenbaren sich bei der Insel San Miguel in der Gruppe der Azoren; doch ist der Meeresgrund hier nicht ganz an denselben Punkten gehoben worden. Die von

Capitän Tillard benannte Insel *Sabrina* ist leider zu einer Zeit erschienen (30 Januar 1811), wo der politische Zustand der seefahrenden Völker im Westen von Europa wissenschaftlichen Instituten nicht erlaubt hat diesem großen Ereigniß die Aufmerksamkeit zu schenken, welche später, in dem Meere von Sicilien (2 Juli 1831), der neuen und bald wieder zertrümmerten Feuerinsel Ferdinandea, zwischen der Kalkstein-Küste von Sciacca und der rein vulkanischen Pantellaria, zu Theil wurde.

Die geographische Vertheilung der Vulkane, welche in historischen Zeiten thätig geblieben sind, hat bei der großen Zahl von *Insel-* und *Küsten-Vulkanen,* wie bei den noch immer sich von Zeit zu Zeit, wenn auch nur ephemer, darbietenden Ausbrüchen im *Meeresgrunde,* früh den Glauben erzeugt: als stehe die vulkanische Thätigkeit in Verbindung mit der Nähe des Meeres, als könne sie ohne dieselbe nicht fortdauern. „Viele Jahrhunderte schon", sagt Justinus"Accedunt vicini et perpetui Aetnae montis ignes et insularum Aeolidum, veluti ipsis undis alatur incendium; neque enim aliter durare tot seculis tantus ignis potuisset, nisi humoris nutrimentis aleretur." (*Justin. hist. Philipp.* IV, 1.) Die vulkanische Theorie, mit welcher hier die physische Beschreibung von Sicilien anhebt, ist sehr verwickelt. Tiefe Lager von Schwefel und Harz; ein sehr dünner, höhlenreicher, leicht zerspaltener Boden; starke Bewegung der Meereswogen, welche, indem sie zusammenschlagen, die Luft (den Wind) mit *hinabziehen,* um das Feuer anzuschüren: sind die Elemente der Theorie des Trogus. Da er (*Plin.* XI, 52) als Physiognomiker auch die Gesichtszüge des Menschen deutete, so darf man vermuthen, daß er in seinen vielen, für uns verlorenen Schriften nicht bloß als Historiker auftrat. Die Ansicht, nach welcher Luft in das Innere der Erde hinabgedrängt wird, um dort auf die vulkanische Esse zu wirken, hing übrigens bei den Alten mit Betrachtungen über den Einfluß der verschiedenen Windesrichtung auf die Intensität des Feuers, das im Aetna, in Hiera und Stromboli lodert, zusammen (s. die merkwürdige Stelle des *Strabo* lib. VI. p. 275 und 276). Die Berginsel Stromboli (Strongyle) galt deshalb für den Sitz des Aeolus, „des Verwalters der Winde": da die Schiffenden nach der Heftigkeit der vulkanischen Ausbrüche von Stromboli das Wetter vorherverkündigten. Ein solcher Zusammenhang der Ausbrüche eines kleinen Vulkans mit dem Barometerstande und der Windrichtung (Leop. von *Buch, descr. phys. des Iles Canaries* p. 334; *Hoffmann* in *Poggend. Ann.* Bd. XXVI. S. 8) wird noch jetzt allgemein anerkannt: so wenig auch, nach unsrer jetzigen Kenntniß der vulkanischen Erscheinungen, und den so geringen

Veränderungen des Luftdruckes, die unsere Winde begleiten, eine genügende Erklärung gegeben werden kann. – *Bembo*, als Jüngling in Sicilien von geflüchteten Griechen erzogen, erzählt anmuthig seine Wanderungen, und stellt im *Aetna Dialogus* (in der Mitte des 16ten Jahrhunderts) die Theorie von dem Eindringen des Meerwassers in den Heerd der Vulkane und von der nothwendigen Meeresnähe der letzteren auf. Es wird bei Besteigung des Aetna folgende Frage aufgeworfen: "Explana potius nobis quae petimus, ea incendia unde oriantur et orta quomodo perdurent? In omni tellure nuspiam majores fistulae aut meatus ampliores sunt quam in locis, quae vel mari vicina sunt, vel a mari protinus alluuntur: mare erodit illa facillime pergitque in viscera terrae. Itaque cum in aliena regna sibi viam faciat, ventis etiam facit; ex quo fit, ut loca quaeque maritima maxime terraemotibus subjecta sint, parum mediterranea. Habes quum in sulfuris venas venti furentes inciderint, unde incendia oriantur Aetnae tuae. Vides, quae mare in radicibus habeat, quae sulfurea sit, quae cavernosa, quae a mari aliquando perforata ventos admiserit aestuantes, per quos idonea flammae materies incenderetur.", oder vielmehr Trogus Pompejus, dem er nachschreibt, „brennen der Aetna und die Aeolischen Inseln; und wie wäre diese lange Dauer möglich, wenn nicht das nahe Meer dem Feuer Nahrung gäbe?" Um die Nothwendigkeit der Meeresnähe zu erklären, hat man selbst in den neueren Zeiten die Hypothese des Eindringens des Meerwassers in den Heerd der Vulkane, d. h. in tiefliegende Erdschichten, aufgestellt. Wenn ich alles zusammenfasse, was ich der eignen Anschauung oder fleißig gesammelten Thatsachen entnehmen kann, so scheint mir in dieser verwickelten Untersuchung alles auf den Fragen zu beruhen: ob die unläugbar große Masse von Wasserdämpfen, welche die Vulkane, selbst im Zustande der Ruhe, aushauchen, dem mit Salzen geschwängerten Meerwasser oder nicht vielmehr den sogenannten *süßen Meteorwassern* ihren Ursprung verdanken; ob bei verschiedener Tiefe des vulkanischen Heerdes (z. B. bei einer Tiefe von 88000 Fuß, wo die Expansivkraft des Wasserdampfes an 2800 Atmosphären beträgt) die Expansivkraft der erzeugten Dämpfe dem hydrostatischen Drucke des Meeres das Gleichgewicht halten und den freien Zutritt des Meeres zu dem Heerde unter gewissen Bedingungen gestatten könne; ob die vielen metallischen Chlorüren, ja die Entstehung des Kochsalzes in den Kraterspalten, ob die oftmalige Beimischung von Hydrochlor-Säure in den Wasserdämpfen *nothwendig* auf jenen Zutritt des Meerwassers schließen lassen; ob die Ruhe der Vulkane (die temporäre, oder die endliche und völlige Ruhe) von der Verstopfung der Canäle abhange, welche vorher die Meer- oder

Meteorwasser zuführten: oder ob nicht vielmehr der Mangel von Flammen und von ausgehauchtem Hydrogen (das geschwefelte Wasserstoffgas ist mehr den Solfataren als den thätigen Vulkanen eigen) mit der Annahme großer Massen *zersetzten Wassers* in offenbarem Widerspruch stehe?

Die Erörterung so wichtiger physikalischer Fragen gehört nicht in den Entwurf eines *Naturgemäldes*. Wir verweilen hier bei der Angabe der Erscheinungen, bei dem Thatsächlichen in der geographischen Vertheilung der noch entzündeten Vulkane. Diese lehrt, daß in der Neuen Welt drei derselben: der Jorullo, der Popocatepetl und der Volcan de la Fragua, 20, 33 und 39 geographische Meilen von der Meeresküste entfernt sind; ja daß in Central-Asien, worauf Abel-Rémusat*Abel-Rémusat*, lettre à Mr. Cordier in den *Annales des Mines* T. V. p. 137. die Geognosten zuerst aufmerksam gemacht hat, eine große vulkanische Gebirgskette, der Thian-schan (Himmelsgebirge), mit dem lavaspeienden Pe-schan, der Solfatare von Urumtsi und dem noch brennenden Feuerberge (Ho-tscheu) von Tursan, fast in gleicher Entfernung (370–382 Meilen) von dem Littoral des Eismeeres und dem des indischen Oceans liege. Der Abstand des Pe-schan vom caspischen Meere ist auch noch volle 340 Meilen; von den großen Seen Issikul und Balkasch ist er 43 und 52 Meilen. Merkwürdig scheint dabei, daß sich von den vier großen parallelen Gebirgsketten: dem Altai, dem Thian-schan, dem Kuen-lün und dem Himalaya, welche den asiatischen Continent von Osten nach Westen durchstreichen, nicht die einem Ocean nähere Gebirgskette (der Himalaya), sondern die zwei inneren (der Thian-schan und Kuen-lün), in 400 und 180 Meilen Entfernung vom Meere, feuerspeiend: wie der Aetna und Vesuv, Ammoniak erzeugend: wie die Vulkane von Guatemala gezeigt haben. Die chinesischen Schriftsteller beschreiben auf das unverkennbarste in den Rauch- und Flammenausbrüchen des Pe-schan, welche im ersten und siebenten Jahrhunderte unserer Zeitrechnung die Umgegend verheerten, 10 Li lange *Lavaströme*. „Brennende Steinmassen", sagen sie, „flossen dünn wie geschmolzenes Fett." Die hier zusammengedrängten, bisher nicht genug beachteten Thatsachen machen es wahrscheinlich, daß Meeresnähe und das Eindringen von Meerwasser in den Heerd der Vulkane nicht unbedingt nothwendig zum Ausbrechen des unterirdischen Feuers sei; und daß das Littoral dieses Ausbrechen wohl nur deshalb befördere, weil es den Rand des tiefen Meerbeckens bildet: welches, von Wasserschichten bedeckt, einen geringeren Widerstand leistet und viele tausend Fuß tiefer liegt als das innere und höhere Festland.

Die jetzt thätigen, durch permanente Krater gleichzeitig mit dem Inneren des Erdkörpers und mit dem Luftkreise communicirenden Vulkane haben sich zu einer so späten Epoche eröffnet, daß damals die obersten Kreideschichten und alle Tertiär-Gebilde schon vorhanden waren. Dies bezeugen die Trachyt-Eruptionen, auch die Basalte, welche oft die Wände der Erhebungs-Krater bilden. Melaphyre reichen bis in die mittleren Tertiärschichten, fangen aber schon an sich zu zeigen unter der Jura-Formation, indem sie den bunten Sandstein durchbrechen. Mit den jetzt durch Krater thätigen Vulkanen sind die früheren Ergießungen von Granit, Quarz-Porphyr und Euphotide auf offnen, sich bald wieder schließenden Spalten (Gängen) im alten Uebergangs-Gebirge nicht zu verwechseln.

Das Erlöschen der vulkanischen Thätigkeit ist entweder ein nur *partielles:* so daß in derselben Gebirgskette das unterirdische Feuer einen anderen Ausweg sucht; oder ein *totales:* wie in der Auvergne; spätere Beispiele liefern, in ganz historischer Zeit: der Vulkan Mosychlos*Sophocl. Philoct.* v. 971 und 972. Ueber die muthmaßliche Epoche des Verlöschens des *Lemnischen Feuers* zur Zeit Alexanders vergl. *Buttmann* im *Museum der Alterthumswissenschaft* Bd. I. 1807 S. 295; *Dureau de la Malle* in *Malte-Brun, Annales des Voyages* T. IX. 1809 p. 5; *Ukert* in *Bertuch, geogr. Ephemeriden* Bd. XXXIX. 1812 S. 361; *Rhode, res Lemnicae* 1829 p. 8, und *Walter über Abnahme der vulkan. Thätigkeit in historischen Zeiten* 1844 S. 24. Die von Choiseul veranstaltete hydrographische Aufnahme von Lemnos macht es sehr wahrscheinlich, daß die ausgebrannte Grundfeste des Mosychlos sammt der Insel Chryse, Philoktets wüstem Aufenthalt (Otfried *Müller, Minyer* S. 300), längst vom Meere verschlungen sind. Felsenriffe und Klippen in Nordosten von Lemnos bezeichnen noch die Stelle, wo das ägäische Meer einst einen dauernd thätigen Vulkan besaß: gleich dem Aetna, dem Vesuv, dem Stromboli und dem Volcano der Liparen. auf der dem Hephästos geweihten Insel, dessen „emporwirbelnde Flammengluth" noch Sophocles kannte; und der Vulkan von Medina, welcher nach Burckhardt noch am 2 November 1276 einen Lavastrom ausstieß. Jedes Stadium der vulkanischen Thätigkeit, von ihrer ersten Regung bis zu ihrem Erlöschen, ist durch eigene Producte charakterisirt: zuerst durch feurige Schlacken, durch Trachyt-, Pyroxen- und Obsidian-Laven in Strömen, durch Rapilli und Tuff-Asche unter Entwickelung vieler, meist *reiner* Wasserdämpfe; später, als Solfatare, durch Wasserdämpfe, gemischt mit Schwefel-Wasserstoffgas und mit Kohlensäure; endlich bei völligem Erkalten durch kohlensaure Exhalationen allein. Ob die wunderbare Classe von Feuerbergen, die keine Lava, sondern nur furchtbar verheerende heiße Wasserströme, angeschwängert mit brennendem Schwefel und zu Pulver zerfallenem Gestein, ausstoßen (z. B. der Galunggung auf Java), einen Normal-Zustand oder nur eine gewisse vorübergehende Modification des vulkanischen Processes offenbaren; bleibt so lange unentschieden, als sie nicht von Geognosten besucht werden, welche zugleich mit den Kenntnissen der neueren Chemie ausgerüstet sind.

Dies ist die allgemeinste Schilderung der Vulkane, eines so wichtigen Theils des Erdenlebens, welche ich hier zu entwerfen versucht habe. Sie gründet sich theilweise auf meine eigenen Beobachtungen, in der Allgemeinheit ihrer Umrisse aber auf die Arbeiten meines vieljährigen Freundes, *Leopolds von Buch*: des größten Geognosten unseres Zeitalters, welcher zuerst den inneren Zusammenhang der vulkanischen Erscheinungen und ihre gegenseitige Abhängigkeit von einander nach ihren Wirkungen und räumlichen Verhältnissen erkannt hat.

Die *Vulcanicität*, d. h. die Reaction des Inneren eines Planeten auf seine äußere Rinde und Oberfläche, ist lange Zeit nur als ein isolirtes Phänomen, in der zerstörenden Wirkung ihrer finstern unterirdischen Gewalten betrachtet worden; erst in der neuesten Zeit hat man angefangen, zum größten Vortheil einer auf physikalische Analogien gegründeten Geognosie, die vulkanischen Kräfte als *neue Gebirgsarten bildend* oder als *ältere Gebirgsarten umwandelnd* zu betrachten. Hier ist der schon früher angedeutete Punkt, wo eine tiefer ergründete Lehre von der Thätigkeit brennender oder Dämpfe ausströmender Vulkane uns in dem allgemeinen Naturgemälde auf Doppelwegen: einmal zu dem mineralogischen Theile der Geognosie (Lehre vom *Gewebe* und von der *Folge* der *Erdschichten*), dann zu der Gestaltung der über dem Meeresspiegel gehobenen Continente und Inselgruppen (Lehre von der geographischen *Form* und den *Umrissen* der *Erdtheile*) leitet. Die erweiterte Einsicht in eine solche Verkettung von Erscheinungen ist eine Folge der philosophischen Richtung, welche die ernsten Studien der Geognosie so allgemein genommen haben. Größere Ausbildung der Wissenschaften leitet, wie die politische Ausbildung des Menschengeschlechts, zur Einigung dessen, was lange getrennt blieb.

Wenn wir die Gebirgsarten nicht nach Unterschieden der *Gestaltung* und *Reihung* in *geschichtete* und *ungeschichtete, schiefrige* und *massige, normale* und *abnorme* eintheilen: sondern den Erscheinungen der

Bildung und Umwandlung nachspüren, welche noch jetzt unter unseren Augen vorgehen; so finden wir einen vierfachen Entstehungs Proceß der Gebirgsarten: 1) *Eruptions-Gestein* aus dem Innern der Erde: *vulkanisch-geschmolzen*, oder in weichem, mehr oder minder *zähem* Zustande *plutonisch ausgebrochen;* 2) *Sediment-Gestein:* aus einer Flüssigkeit, in der die kleinsten Theile aufgelöst waren oder schwebten, an der Oberfläche der Erdrinde niedergeschlagen und abgesetzt (der größere Theil der Flöz- und Tertiär-Gruppe); 3) *umgewandeltes* (metamorphosirtes) Gestein: verändert in seinem inneren Gewebe und seiner Schichtenlage entweder durch Contact und Nähe eines plutonischen oder vulkanischen (*endogenen.*) Ausbruchs-Gesteins; oder, was wohl häufiger der Fall ist, verändert durch dampfartige Sublimation von Stoffen, welche das heißflüssige Hervortreten gewisser Eruptions-Massen begleitet; 4) *Conglomerate,* grob- oder feinkörnige Sandsteine, Trümmergesteine, aus mechanisch zertheilten Massen der drei vorigen Gattungen zusammengesetzt.

Die vierfachen Gestein-Bildungen, welche noch gegenwärtig fortschreiten: durch Erguß vulkanischer Massen als schmaler Lavaströme, durch Einwirkung dieser Massen auf früher erhärtete Gesteine, durch mechanische Abscheidung oder chemische Niederschläge aus den mit Kohlensäure geschwängerten tropfbaren Flüssigkeiten, endlich durch Verkittung zertrümmerter, oft ganz ungleichartiger Felsarten; sind Erscheinungen und Bildungsprocesse, die gleichsam nur als ein schwacher Abglanz von dem zu betrachten sein möchten, was bei intensiverer Thätigkeit des Erdenlebens in dem chaotischen Zustande der Urwelt, unter ganz andern Bedingungen des *Druckes* und einer erhöhten Temperatur, sowohl der ganzen Erdrinde als des mit Dämpfen überfüllten und weit ausgedehnteren Luftkreises, geschehen ist. Wenn jetzt: wo in der festeren Erdrinde vormals offene, mächtige Spalten durch gehobene, gleichsam herausgeschobene Gebirgsketten oder durch gangartig sich eindrängende Eruptions-Gesteine (Granit, Porphyr, Basalt, Melaphyr) mannigfach erfüllt und *verstopft* sind, auf Flächenräumen so groß als Europa kaum vier Oeffnungen (Vulkane) übrig geblieben sind, durch welche Feuer- und Gestein-Ausbrüche geschehen; so waren vormals in der vielgespaltenen, dünneren, auf- und abwärts wogenden Erdrinde fast überall Communicationswege zwischen dem geschmolznen Inneren und der Atmosphäre vorhanden. Gasartige Ausströmungen, aus sehr ungleichen Tiefen emporsteigend und deshalb chemisch verschiedene Stoffe führend, belebten die plutonischen

Bildungs- und Umwandlungs-Processe. Auch die Sediment-Formationen, Niederschläge aus tropfbaren Flüssigkeiten, die wir als *Travertino-Schichten* bei Rom wie bei Hobarttown in Australien aus kalten und warmen Quell- und Flußwassern sich täglich bilden sehen, geben nur ein schwaches Bild von dem Entstehen der Flözformationen. Unsre Meere, durch Processe, die noch nicht allgemein und genau genug untersucht worden sind, bauen allmälig durch Niederschlag, durch Anschwemmung und Verkittung (sicilische Küsten, Insel Ascension, König-Georgs-Sund in Australien) kleine Kalkstein-Bänke auf, deren Härte freilich an einzelnen Punkten fast der des Marmors von Carrara gleichkommt. An den Küsten der antillischen Inseln enthalten diese Bildungen des jetzigen Oceans Töpfe, Werkzeuge des menschlichen Kunstfleißes, ja (auf Guadeloupe) selbst menschliche Skelette vom Caraiben-Stamme. Die Neger der französischen Colonien bezeichnen diese Formation mit dem Ausdruck *Gottesmauerwerk:* maçonne-bon-Dieu*Moreau de Jonnès, hist. phys. des Antilles* T. I. p. 136, 138 und 543; *Humboldt, Relation historique* T. III. p. 367.. Eine kleine Oolithen- (Rogenstein-) Schicht, welche trotz ihrer Neuheit an Jura-Kalkstein erinnert, ist auf der canarischen Insel Lancerote für ein Erzeugniß des Meeres und der Seestürme erkannt worden.Bei Teguiza; Leop. von *Buch, canarische Inseln* S. 301.

Die zusammengesetzten *Gebirgsarten* sind bestimmte Associationen gewisser oryctognostisch einfacher Fossilien (Feldspathe, Glimmer, feste Kieselsäure, Augit, Nephelin). Sehr ähnliche, aus denselben Elementen bestehende, aber anders gruppirte Gebirgsarten werden durch vulkanische Processe unter unseren Augen wie in der Vorzeit erzeugt. Die Unabhängigkeit der Gebirgsarten von räumlichen, geographischen Verhältnissen ist so groß, daß, wie wir schon obenSiehe oben S. 9.bemerkt, nördlich und südlich vom Aequator, in den fernesten Zonen, der Geognost über ihr ganz heimisches Ansehen, über die Wiederholung der kleinsten Eigenheiten in der periodischen Reihenfolge silurischer Schichten, in der Wirkung des Contactes mit augitischen Eruptionsmassen erstaunt.

Treten wir nun der Ansicht von *vier Entstehungsformen* der Gebirgsarten (vier Phasen der *Bildungs-Zustände*) näher, in welchen sich uns die geschichteten und ungeschichteten Theile der Erdrinde zeigen; so nennen wir in dem *endogenen* oder *Eruptions-Gestein*,   dem sogenannten *massigen* und *abnormen* der   neueren   Geognosten,   als unmittelbare Erzeugnisse unterirdischer Thätigkeit folgende Hauptgruppen:

Granit und *Syenit* von sehr verschiedenem relativen Alter; doch häufig der Granit neueren Ursprunges, den Syenit gangartig durchsetzend: dann also die treibende, hebende Kraft. „Wo der Granit inselförmig als große Masse, als sanft gewölbtes Ellipsoid auftritt: sei es am Harz, oder in Mysore, oder im unteren Peru; da ist er mit in Blöcke zersprengten Schalen bedeckt. Ein solches *Felsen-Meer* verdankt wahrscheinlich seinen Ursprung einer Zusammenziehung der anfänglich mit großer Ausdehnung aufsteigenden Oberfläche des Granitgewölbes."Leop. von *Buch über Granit und Gneuß* in den *Abhandl. der Berl. Akad.* aus dem J. 1842 S. 60. Auch im nördlichen AsienIn dem mauerartig aufsteigenden und in parallele schmale Bänke getheilten Granit des Kolivaner Sees sind Feldspath und Albit vorherrschend, Titanit-Krystalle selten; *Humboldt, Asie centrale* T. I. p. 295; Gustav *Rose, Reise nach dem Ural* Bd. I. S. 524.: in der reizenden, romantischen Umgebung des Kolivan-Sees am nordwestlichen Abhange des Altai, wie am Abfall der Küstenkette von Caracas bei las Trincheras habe ich Abtheilung des Granits in Bänken gesehen, die wohl ähnlichen Zusammenziehungen ihren Ursprung verdanken, aber tief in das Innere einzudringen scheinen. Weiter im Süden vom See Kolivan, gegen die Grenze der chinesischen Provinz Ili hin (zwischen Buchtarminsk und dem Flusse Narym), sind die Gestaltungen des ganz *ohne Gneiß* auftretenden Eruptions-Gesteins auffallender, als ich sie in irgend einem Erdtheile gesehen. Der Granit, an der Oberfläche immer schalig und durch *tafelförmige Absonderung* charakterisirt, steigt in der Steppe bald in kleinen, kaum 6 bis 8 Fuß hohen, halbkugelförmigen Hügeln; bald in basalt-ähnlichen Kuppen auf, die am Fuße zu zwei entgegengesetzten Seiten wie in schmale mauerförmige *Ergießungen* ausgehen.S. die Abbildung des Biri-tau, den ich von der Südseite gezeichnet, wo Kirghisen-Zelte standen, in *Rose* Bd. I. S. 584. – Ueber Granitkugeln mit schalig abgesonderten Stücken s. *Humboldt, Rel. hist.* T. II. p. 597 und *Essai géogn. sur le Gisement des Roches* p. 78. In den Cataracten des Orinoco, wie am Fichtelgebirge (Seißen), in Galicien, und zwischen der Südsee und der Hochebene von Mexico (an dem Papagallo) habe ich den Granit in großen abgeplatteten Kugeln gesehen, die wie Basalt sich in concentrisch abgesonderte Stücke spalten. Im Irtysch-Thale zwischen Buchtarminsk und Ust-Kamenogorsk bedeckt der Granit eine Meile lang den Uebergangs-Thonschiefer*Humboldt, Asie centrale* T. I. p. 299–311, und die Zeichnungen in *Rose's Reise* Bd. I. S. 611: in welchen man die von Leopold von Buch als charakteristisch bezeichnete *Krümmung* der Granitschalen wiederfindet.; und dringt in denselben von oben in schmalen, vielgetheilten, sich auskeilenden

196

Gängen ein. Ich habe diese Einzelheiten beispielsweise nur deshalb angeführt, um an einer weit verbreiteten Gebirgsart den individuellen Charakter der Eruptions-Gesteine zu bezeichnen. So wie der Granit in Sibirien und im Departement de Finisterre (Ile de Mihau) den Schiefer, so bedeckt er in den Bergen von Oisons (Fermonts) den Jura-Kalkstein, in Sachsen bei Weinböhla den Syenit und mittelst dieses Gesteins die Kreide. Im Ural bei Mursinsk ist der Granit drusig; und diese Drusen sind, wie bei Spalten und Drusen neuer *vulkanischer* Erzeugnisse, der *plutonische* Sitz vieler prachtvollen Krystalle, besonders von Beryllen und Topasen.

Quarz-Porphyre, den Lagerungsverhältnissen nach oft gangförmiger Natur. Die sogenannte Grundmasse ist meist ein feinkörniges Gemenge derselben Elemente, welche als größere eingewachsene Krystalle auftreten. Im *granitartigen Porphyr*, der sehr arm an Quarz ist, wird die feldspathartige Grundmasse fast *körnig* blättrig.*Dufrénoy* et *Élie de Beaumont, Géologie de la France* T. I. p. 130.

Grünsteine, Diorite, körnige Gemenge von weißem Albit und schwärzlich-grüner Hornblende, zu *Diorit-Porphyren* gestaltet, wenn eine Grundmasse von dichterem Gewebe vorhanden ist, in der die Krystalle ausgeschieden liegen. Diese Grünsteine: bald rein, bald durch Diallage-Blätter, die sie einschließen (Fichtelgebirge), in Serpentin übergehend, sind bisweilen lagerartig auf den alten Schichtungsklüften des grünen Thonschiefers in diesen eingedrungen; öfters aber durchsetzen sie gangartig das Gestein, oder erscheinen als Grünstein-Kugeln, ganz den Basalt und Porphyr-Kugeln analog.Eine wichtige Rolle spielen diese eingelagerten Diorite bei Steben in dem Nailaer Bergrevier: in einer Gegend, an welche, so lange ich dort im vorigen Jahrhundert mit der Vorrichtung des Grubenbaues beschäftigt war, die frohesten Erinnerungen meines Jugendalters geknüpft sind. Vergl. Friedr. *Hoffmann* in *Poggendorff's Annalen* Bd. XVI. S. 558.

Hypersthen-Fels, ein körniges Gemenge von Labrador und Hypersthen.

Euphotid und Serpentin, statt des Diallags bisweilen Augit- und Uralit-Krystalle enthaltend und so einem anderen häufigeren, und ich möchte sagen noch thätigeren Eruptions-Gestein, dem Augit-Porphyr, nahe verwandt.

Melaphyr, Augit-, Uralit- und *Oligoklas-Porphyre*. Zu letzteren gehört der als Kunstmaterial so berühmte ächte Verde antico.

Basalt mit Olivin und in Säuren gelatinirenden Bestandtheilen, *Phonolith* (Porphyrschiefer), *Trachyt* und *Dolerit*; das zweite dieser Gesteine immer, das erste nur theilweise in dünne Tafeln gespalten: was beiden auf großen Strecken das Ansehen der Schichtung giebt. In der Zusammensetzung und dem innigen Gewebe des Basalts bilden, nach Girard, Mesotyp und Nephelin einen wichtigen Theil. Der Nephelin-Gehalt des Basaltes mahnt den Geognosten an den, mit Granit verwechselten, bisweilen zirkonhaltigen *Miascit* des Ilmen-Gebirges im UralG. *Rose, Reise nach dem Ural* Bd. II. S. 47–52. Ueber Identität des Eläoliths und Nephelins (in letzterem ist der Kalkgehalt etwas größer) s. *Scheerer* in *Poggend. Annalen* Bd. XLIX. S. 359–381., wie an den von Gumprecht aufgefundenen Pyroxen-Nephelin bei Löbau und Chemnitz.

Zu der *zweiten* Classe der *Entstehungsformen*, dem *Sediment-Gestein*, gehört der größere Theil der Formationen, welche man unter den alten, systematischen, aber nicht gar correcten Benennungen von *Uebergangs-*, *Flöz-* oder *Secundär-* und *Tertiär-Formationen* begreift. Wenn das Eruptions-Gestein nicht seinen *hebenden*, und bei gleichzeitigem Erbeben der Erde seinen *erschütternden* Einfluß auf diese Sedimentbildungen ausgeübt hätte, so würde die Oberfläche unsres Planeten aus gleichförmig horizontal über einander gelagerten Schichten bestehn. Von allen Gebirgszügen entblößt, an deren Abhang im Pflanzenwuchse und in den Abstufungen der Arten sich die Scale verminderter Luftwärme malerisch abspiegelt; nur hier und da durch *Erosionsthäler* gefurcht, oder durch kleine Anhäufungen von *Schuttland*, als Wirkung der schwach bewegten süßen Wasser, zu sanften Wellen geunebnet: würden die Continente von Pol zu Pol, unter allen Himmelsstrichen, das traurig einförmige Bild der südamerikanischen *Llanos* oder der nord-asiatischen *Steppen* darbieten. Wie in dem größeren Theile von diesen, würden wir das Himmelsgewölbe auf der Ebene ruhen, und die Gestirne aufsteigen sehen, als erhöben sie sich aus dem Schooße des Meeres. Ein solcher Zustand der Dinge kann aber auch in der Vorwelt wohl nie von beträchtlicher Dauer und von räumlicher Allgemeinheit gewesen sein, da die unterirdischen Mächte ihn in allen Natur-Epochen zu verändern strebten.

Sedimentschichten sind *niedergeschlagen* oder *abgesetzt* aus tropfbaren Flüssigkeiten, je nachdem die Stoffe vor der Bildung, sei es des Kalksteins, sei es des Thonschiefers, entweder als chemisch *aufgelöst* oder als *schwebend* und *beigemengt* gedacht werden. Auch wenn Erdarten aus kohlengesäuerten Flüssigkeiten sich niederschlagen, ist doch, während der Präcipitation, ihr *Niedersinken* und ihre Anhäufung in Schichten als ein mechanischer Hergang der Bildung zu betrachten. Diese Ansicht ist von einiger Wichtigkeit bei der Umhüllung organischer Körper in versteinerungsführenden Kalkflözen. Die ältesten Sedimente der Transitions- und Secundär-Formationen haben sich wahrscheinlich aus mehr oder minder heißen Wassern gebildet: zu einer Zeit, wo die Wärme der oberen Erdrinde noch sehr beträchtlich war. In dieser Hinsicht hat gewissermaßen auch bei den Sedimentschichten, besonders bei den ältesten, eine *plutonische* Einwirkung statt gefunden; aber diese Schichten scheinen schlammartig in schiefriger Structur und unter großem Drucke erhärtet: nicht, wie das dem Inneren entstiegene Gestein (Granit, Porphyr oder Basalt), durch Abkühlung *erstarrt* zu sein. Als die allmälig minder heißen Urwasser aus der mit Dämpfen und kohlensaurem Gas überschwängerten Atmosphäre das letztere Gas in reichlichem Maaße sich aneignen konnten, wurde die Flüssigkeit geeignet eine größere Masse von Kalkerde aufgelöst zu enthalten.

Die *Sedimentschichten*, von denen wir hier alle anderen exogenen, rein mechanischen Niederschläge von Sand- oder Trümmergestein trennen, sind:

Schiefer des unteren und oberen Uebergangs-Gebirges, aus den silurischen und devonischen Formationen zusammengesetzt: von den unteren silurischen Schichten an, die man einst cambrisch nannte, bis zu der obersten, an den Bergkalk grenzenden Schicht des alten rothen Sandsteins oder der devonischen Gebilde;

Steinkohlen-Ablagerungen;

Kalksteine, den Uebergangs-Formationen und dem Kohlen-Gebirge eingeschichtet; Zechstein, Muschelkalk, Jura-Formation und Kreide, auch der nicht als Sandstein und Agglomerat auftretende Theil der Tertiär-Gebilde;

Travertino, Süßwasser-Kalkstein, Kieselguhren heißer Quellen; Bildungen, nicht unter dem Druck großer pelagischer Wasserbedeckungen, sondern fast an der Luft in untiefen Sümpfen und Bächen erzeugt;

Infusorienlager: eine geognostische Erscheinung, deren große Bedeutung, den Einfluß der organischen Thätigkeit auf die Bildung der Erdfeste bezeichnend, erst in der neuesten Zeit von meinem geistreichen Freunde und Reisegefährten *Ehrenberg* entdeckt worden ist.

Wenn wir in dieser kurzen, aber übersichtlichen Betrachtung der mineralischen Bestandtheile der Erdrinde auf das einfache Sediment-Gestein nicht unmittelbar die, theilweise ebenfalls sedimentartig aus tropfbaren Flüssigkeiten abgesetzten und im Flöz- und Uebergangs-Gebirge sowohl dem Schiefer als dem Kalkstein mannigfaltig eingelagerten *Agglomerate* und *Sandstein-Bildungen* folgen lassen; so geschieht es nur, weil diese, neben den Trümmern des Eruptions- und Sediment-Gesteins, auch Trümmer von Gneiß, Glimmerschiefer und anderen *metamorphischen* Massen enthalten. Der dunkle Proceß und die Wirkung dieser *Umwandelung* (Metamorphose) müssen demnach schon die *dritte Classe* der Entstehungsformen bilden.

Das endogene oder Eruptions-Gestein (Granit, Porphyr und Melaphyr) wirkt, wie mehrmals bemerkt worden ist, nicht bloß dynamisch, erschütternd oder hebend, die Schichten aufrichtend und seitwärts schiebend; sein Hervortreten bewirkt auch Veränderungen in der chemischen Zusammensetzung der Stoffe wie in der Natur des inneren Gewebes. Es entstehen neue Gebirgsarten: Gneiß und Glimmerschiefer, und körniger Kalkstein (Marmor von Carrara und Paros). Die alten silurischen oder devonischen Transitions-Schiefer, der Belemniten-Kalkstein der Tarantaise, der seetang-haltige graue unscheinbare *Macigno* (Kreide-Sandstein) der nördlichen Apenninen sind, nach ihrer Umwandlung, in einem neuen, oft glänzenden Gewande schwer zu erkennen. Der Glaube an die Metamorphose hat sich erst befestigen können, seitdem es geglückt ist den einzelnen Phasen der Veränderung schrittweise zu folgen, und durch directe chemische Versuche, bei Verschiedenheit des Schmelzgrades, des Druckes und der Zeit des Erkaltens, den Inductionsschlüssen zu Hülfe zu kommen. Wo nach leitenden Ideen das Studium chemischer Verbindungen erweitert wird, kann auch aus den engen Räumen unsrer Laboratorien sich ein helles Licht über das weite Feld der Geognosie, über die große unterirdische, Gestein bildende und Gestein umwandelnde Werkstätte der Natur verbreiten. Der philosophische Forscher entgeht der Täuschung scheinbarer Analogien, einer kleinlichen Ansicht der Naturprocesse, wenn er ununterbrochen die Complication der Bedingungen im Auge hat, welche mit ihrer intensiven, ungemessenen Kraft in der Urwelt die gegenseitige Wirkung einzelner uns wohlbekannten Stoffe modificiren konnten. Die unzersetzten Körper haben gewiß zu allen Zeiten denselben Anziehungskräften gehorcht, und da, wo jetzt Widersprüche sich finden, wird (es ist meine innigste Ueberzeugung) die Chemie meist selbst den nicht in gleichem Maaße erfüllten Bedingungen auf die Spur kommen, welche jene Widersprüche erzeugten.

Genaue, große Gebirgsstrecken umfassende Beobachtungen erweisen, daß das Eruptions-Gestein nicht als eine wilde, gesetzlos wirkende Macht auftritt. In den entferntesten Weltgegenden sieht man oft Granit, Basalt oder das Diorit-Gestein bis in die einzelnsten Kraftäußerungen gleichmäßig auf die Schichten des Tonschiefers und des dichten Kalkes, auf die Quarzkörner des Sandsteins ihre umwandelnde Wirkung ausüben. Wie dieselbe endogene Gebirgsart fast überall dieselbe Art der Thätigkeit übt, so zeigen dagegen verschiedene Gebirgsarten, derselben Classe der endogenen oder Eruptions-Gebilde zugehörig, einen sehr verschiedenen Charakter. Intensive Wärme hat allerdings in allen diesen Erscheinungen gewirkt; aber die Grade der Flüssigkeit (vollkommnerer Verschiebbarkeit der Theile oder zäheren Zusammenhanges) sind im Granit und im Basalt sehr ungleich gewesen: ja in verschiedenen *geologischen Epochen* (Phasen der Umwandlungen der Erdrinde) sind auch gleichzeitig mit dem Ausbruche von Granit, Basalt, Grünstein-Porphyr oder Serpentin andere und andere im Dampf aufgelöste Stoffe aus dem eröffneten Innern aufgestiegen. Es ist hier der Ort, von neuem daran zu erinnern, daß nach den sinnigen Ansichten der neueren Geognosie die *Metamorphose* des Gesteins sich nicht auf ein bloßes *Contact-Phänomen*, auf eine Wirkung der Apposition zweier Gebirgsarten beschränkt, sondern daß sie genetisch alles umfaßt, was das Hervortreten einer bestimmten Eruptions-Masse *begleitet* hat. Da, wo nicht unmittelbare Berührung statt findet, bringt schon die Nähe einer solchen Masse Modificationen der Erhärtung, der Verkieselung, des Körnig-Werdens, der Krystallbildung hervor.

Alles Eruptions-Gestein dringt zu Gängen verästelt in die Sedimentschichten oder in andere, ebenfalls endogene Massen ein; aber der Unterschied, der sich zwischen *plutonischen* Gebirgsarten (Granit, Porphyr, Serpentin) und den im engeren Sinne *vulkanisch* genannten (Trachyt, Basalt, Lava) offenbart, ist von besonderer Wichtigkeit. Die Gebirgsarten, welche die dem Erdkörper übrig gebliebene Thätigkeit unsrer jetzigen Vulkane erzeugt, erscheinen in bandartigen Strömen: die da, wo mehrere in Becken zusammenfließen, allerdings ein weit ausgebreitetes Lager bilden können. Basalt-Ausbrüche, wo ihnen tief nachgespürt worden ist, hat man mehrmals in schmale Zapfen endigen sehen. Aus engen Oeffnungen emporgequollen: wie (um nur drei vaterländische

Beispiele anzuführen) in der Pflasterkante bei Marksuhl (2 Meilen von Eisenach), in der blauen Kuppe bei Eschwege (Werra-Ufer), und am Druidenstein auf dem Hollerter Zuge (Siegen): durchbricht der Basalt bunten Sandstein und Grauwacken-Schiefer; und breitet sich nach oben zu wie der Hut eines Pilzes in Kuppen aus, die bald gruppenweise in Säulen gespalten, bald dünn geschichtet sind. Nicht so Granit, Syenit, Quarzporphyr, Serpentinfels, und die ganze Reihe ungeschichteter massiger Gebirgsarten, welchen man aus Vorliebe zu einer *mythologischen* *Nomenclatur* den Namen der *plutonischen* gegeben hat. Diese sind, einige *Gesteingänge* abgerechnet, wohl nicht *geschmolzen*, sondern nur zäh und erweicht hervorgetreten; nicht aus engen Klüften, sondern aus weiten thalartigen Spalten, aus langgedehnten Schlünden ausgebrochen. Sie sind *hervorgeschoben*, nicht entflossen; sie zeigen sich nicht in Strömen, lavaartig, sondern als mächtige Massen verbreitet. In dem Dolerit- und Trachyt-Gestein deuten einige Gruppen auf einen Grad basaltartiger Fluidität; andere, zu mächtigen Glocken und kraterlosen Domen aufgetrieben, scheinen bei ihrem Hervortreten nur erweicht gewesen zu sein. Noch andere Trachyte, wie die der Andeskette, welche ich oft auffallend den silberreichen, und dann quarzlosen Grünstein- und Syenit-Porphyren verwandt gefunden habe, sind gelagert wie Granit und Quarzporphyr.

Versuche über die Veränderungen, welche das Gewebe und die chemische Beschaffenheit der Gebirgsarten durch Feuer erleiden, haben gelehrt, daß die vulkanischen Massen (Diorit, Augit-Porphyr, Basalt, und Lava vom Aetna) nach Verschiedenheit des Drucks, unter dem sie geschmolzen werden, oder der Dauer ihrer Abkühlung. entweder, bei schnellem Erkalten, ein schwarzes Glas von gleichartigem Bruche; oder, bei langsamer Abkühlung, eine steinichte Masse von körnigem, krystallinischem Gefüge geben. Die Krystalle haben sich dann theils in Höhlungen, theils von der Grundmasse umschlossen gebildet. Dasselbe Material (und diese Betrachtung ist für die Natur des Eruptions-Gesteins oder für die Umwandlungen, welche es erregt, von großer Wichtigkeit) liefert die verschiedenartigsten Bildungen. Kohlensaure Kalkerde, unter starkem Drucke geschmolzen, verliert ihren Gehalt an Kohlensäure nicht; die erkaltete Masse wird körniger Kalkstein, *salinischer* Marmor. So die Krystallisation auf trocknem Wege; auf nassem Wege entsteht sowohl Kalkspath als Aragonit: ersterer bei einem geringeren, letzterer bei einem höheren Wärmegrade.Gustav *Rose* in *Poggendorff's Annalen der Physik* Bd. XLII. S. 364. Nach Temperatur-Verschiedenheiten ordnen sich anders und anders die fest werdenden Theile in bestimmten Richtungen zur Krystallbildung an einander, ja es verändert sich die Form selbst der KrystalleUeber die Dimorphie des Schwefels in *Mitscherlich, Lehrbuch der Chemie* § 55–63.. Es giebt dabei, ohne daß ein flüssiger Zustand eintritt, unter gewissen Verhältnissen eine VerschiebbarkeitSiehe über Gyps als einaxigen Krystall, schwefelsaure Bittererde, Zink- und Nickel-Oxyde *Mitscherlich* in *Poggend. Ann.* Bd. XI. S. 328. der kleinsten Theile eines Körpers, die sich durch optische Wirkungen äußert. Die Erscheinungen, welche die Entglasung, die Erzeugung des Cement- und Gußstahls, der Uebergang des fasrigen Gewebes des Eisens in körniges durch erhöhte Temperatur, vielleicht selbst durch sehr kleine, aber gleichmäßige und lange fortgesetzte Erschütterungen, darbieten; werfen ebenfalls Licht auf die geologischen Processe der Metamorphose. Wärme kann in krystallisirten Körpern sogar entgegengesetzte Wirkungen gleichzeitig hervorrufen; denn nach Mitscherlich's schönen Versuchen*Mitscherlich über die Ausdehnung der krystallisirten Körper durch die Wärme* in *Poggend. Ann.* Bd. X. S. 151. ist es eine Thatsache, daß der Kalkspath, ohne seinen Aggregat-Zustand zu ändern, sich in Einer Achsenrichtung ausdehnt, in einer anderen zusammenzieht.

Wenn wir von diesen allgemeinen Betrachtungen zu einzelnen Beispielen übergehn, so sehen wir zuerst den Schiefer durch die Nähe plutonischer Eruptions-Gesteine in blauschwarz glänzenden Dachschiefer umgewandelt. Die Schichtungsklüfte sind dann, was eine spätere Einwirkung andeutetUeber doppelte Schichtungsklüfte s. *Élie de Beaumont, Géologie de la France* p. 41; *Credner, Geognosie Thüringens und des Harzes* S. 40; *Römer, das Rheinische Uebergangsgebirge* 1844 S. 5 und 9., durch ein anderes System von Klüften (Neben-Absonderungen), welche die ersteren fast senkrecht schneiden, unterbrochen. Durch Eindringen von Kieselsäure wird der Thonschiefer von Quarztrümmern durchsetzt, in Wetzschiefer und Kieselschiefer (letzteren bisweilen kohlenstoffhaltig und dann galvanisch nervenreizend) theilweise verändert. Der höchste Grad der *Verkieselung*Mit Zusatz von Thon, Kalkerde und Kali: nicht eine bloße durch Eisen-Oxyd gefärbte Kieselsäure: *Rose, Reise* Bd. II. S. 187. Ueber die Jaspis-Entstehung durch Diorit-Porphyr, Augitgestein und Hypersthen-Fels s. *Rose* Bd. II. S. 169, 187 und 192. Vergl. auch Bd. I. S. 427: wo die Porphyrkugeln abgebildet sind, zwischen denen der Jaspis im kalkhaltigen Grauwacken-Gebirge von Bogoslowsk ebenfalls als Folge der plutonischen Einwirkung des Augitgesteins auftritt: Bd. II. S. 545, wie *Humboldt, Asie centrale* T. I. p. 486. des Schiefers ist aber ein edles

Kunstmaterial, der *Band-Jaspis:* im Ural-Gebirge durch Berührung und Ausbruch des Augit-Porphyrs (Orsk), des Diorit-Porphyrs (Auschkul) oder eines in Kugeln geballten Hypersthen-Gesteins (Bogoslowsk) hervorgebracht; auf der Insel Elba (Monte Serrato) nach Friedrich Hoffmann und im Toscanischen nach Alexander Brongniart durch Contact mit Euphotid und Serpentin.

Die Berührung und plutonische Einwirkung des Granits machen (wie wir, Gustav Rose und ich, im Altai, innerhalb der Festung Buchtarminsk beobachtet haben) den Thonschiefer körnig und lassen ihn in eine granitähnliche Masse (in ein Gemenge von Feldspath und Glimmer, in welchem wieder größere GlimmerblätterFür die vulkanische Entstehung des Glimmers ist es wichtig zu erinnern, daß Glimmer-Krystalle sich finden: im Basalt des böhmischen Mittelgebirges, in der Lava des Vesuvs von 1822 (*Monticelli, storia del Vesuvio negli anni* 1821 e 1822 § 99); in Thonschiefer-Bruchstücken, die am Hohenfels unweit Gerolstein in der Eifel von schlackigem Basalt umwickelt sind (s. *Mitscherlich* in *Leonhard, Basalt-Gebilde* S. 244). Ueber ein Entstehen des Feldspaths im Thonschiefer durch Contact des Porphyrs zwischen Urval und Poïet (Forez) s. *Dufrénoy* in der *Géologie de la France* T. I. p. 137. Einem ähnlichen Contact sollen in der Bretagne bei Paimpol (T. I. p. 234) die Schiefer einen mandelsteinartigen und zelligen Charakter verdanken: dessen Ansicht bei einer geognostischen Fußreise mit Professor Knuth in diese interessante Gegend mich sehr in Erstaunen gesetzt hat. liegen) übergehen. „Daß zwischen dem Eismeere und dem finnischen Meerbusen aller Gneiß aus silurischen Schichten der Transitions-Formation durch Einwirkung des Granits entstanden und umgewandelt worden ist, kann jetzt", wie Leopold von Buch sich ausdrückt, „als eine allen Geognosten geläufige und von den meisten für bewährt angenommene Hypothese gelten. In den Alpen am Gotthard wird Kreide-Mergel ebenfalls durch Granit erst zu Glimmerschiefer, dann zu Gneiß umgewandelt."Leopold von *Buch* in den *Abhandlungen der Akad. der Wissensch. zu Berlin* aus dem J. 1842 S. 63 und in den *Jahrbüchern für wissenschaftliche Kritik* Jahrg. 1840 S. 196. Aehnliche Erscheinungen der Gneiß- und Glimmerschiefer-Bildung durch Granit bieten sich dar: in der Oolithen-Gruppe der Tarantaise*Élie de Beaumont* in den *Annales des Sciences naturelles* T. XV. p. 362–372: „En se rapprochant des masses primitives du Mont Rose et des montagnes situées à l'ouest de Coni, on voit les couches secondaires perdre de plus en plus les caractères inhérents à leur mode de dépôt. Souvent alors elles en prennent qui semblent provenir d'une toute autre cause, sans perdre pour cela leur stratification: rappelant par cette disposition la structure physique d'un tison à moitié charbonné, dans lequel on peut suivre les traces des fibres ligneuses, bien au-delà des points qui présentent encore les caractères mutuels du bois." (Vergl. auch *Annales des Sciences naturelles* T. XIV. p. 118–122 und H. von *Dechen, Geognosie* S. 553.) Zu den auffallendsten Beweisen der Umwandlung des Gesteins durch plutonische Einwirkung gehören die Belemniten in den *Schiefern von Nuffenen* (Alpenthal von Eginen und Gries-Gletscher); wie die Belemniten in sogenanntem uranfänglichen Kalkstein, welche Hr. von Charpentier am westlichen Abhange des Col de Seigne, zwischen der Enclove de Monjovet und der Alpenhütte de la Lanchette, gefunden (*Annales de Chimie* T. XXIII. p. 262) und mir in Bex im Herbst 1822 gezeigt hat.: wo Belemniten sich in Gesteinen gefunden haben, die selbst schon auf den Namen des Glimmerschiefers Anspruch machen können; in der Schiefergruppe des westlichen Theils der Insel Elba unfern dem Vorgebirge Calamita, und in dem Baireuther Fichtelgebirge*Hoffmann* in *Poggend. Annalen* Bd. XVI. S. 552. „Schichten von Transitions-Thonschiefer des Fichtelgebirges, die in einer Länge von 4 Meilen verfolgt werden können und nur an beiden Extremen, wo sie mit dem Granite in Berührung kommen, in Gneiß umgewandelt sind. Man verfolgt dort die allmälige Gneißbildung, die innere Entwicklung des Glimmers und der Feldspathmandeln im Thonschiefer, der ja ohnedies fast alle Elemente dieser Substanzen enthält." zwischen Lomitz und Markleiten.

So wie ein den Alten in großen Massen nicht zugängliches KunstmaterialIn dem, was uns von den Kunstwerken des griechischen und römischen Alterthums übrig geblieben ist, bemerkt man den Mangel von Jaspis-Säulen und großen Gefäßen aus Jaspis: die jetzt allein das Ural-Gebirge liefert. Was man als Jaspis von dem Rhabarber-Berge (Revennaja sopka) im Altai bearbeitet, gehört zu einem gestreiften prachtvollen Porphyr. Der Name Jaspis: aus den semitischen Sprachen übertragen, scheint sich nach den verwirrten Beschreibungen des *Theophrastus* (*de Lap.* 23 und 27) und *Plinius* (XXXVII, 8 und 9), welcher den Jaspis unter den undurchsichtigen *Gemmen* aufführt, auf Fragmente von Jaspachat und sogenanntem Opal-Jaspis zu beziehen, welche die Alten *Jasponyx* nannten. Daher glaubt Plinius schon als ein seltenes Beispiel der Größe ein 11zölliges Stück Jaspis ans eigener Ansicht anführen zu müssen: "magnitudinem jaspidis undecim unciarum vidimus, formatamque inde effigiem Neronia thoracatam." Nach Theophrastus ist der Stein, den er Smaragd nennt und aus dem große Obelisken geschnitten werden, nichts andres als ein unreifer Jaspis., der Jaspis, das Erzeugniß einer vulkanischen Einwirkung des Augit-Porphyrs ist; kann ein anderes, von ihnen so vielfach und glücklich angewandtes Kunstmaterial, der körnige (salinische) Marmor, ebenfalls nur als eine durch Erdwärme und Nähe eines heißen Eruptions-Gesteins veränderte Sedimentschicht betrachtet werden. Genaue Beobachtung der Contact-Phänomene und die merkwürdigen Schmelzversuche von Sir James Hall, die nun schon über ein halbes Jahrhundert alt sind und neben der ernsten Erforschung der Granitgänge am meisten zur frühen Begründung unsrer jetzigen Geognosie beigetragen haben, rechtfertigen eine solche Behauptung. Bisweilen hat das Eruptions-Gestein den dichten Kalk nur in einer gewissen, der Berührung nahen Zone in körnigen Kalkstein verwandelt. So zeigt sich eine partielle Umwandlung (wie ein Halbschatten) in Irland (Belfast), wo Basaltgänge die Kreide durchsetzen; so in dem dichten Flöz-Kalkstein, den ein syenitartiger Granit an der Brücke von Boscampo und in der durch den Grafen Marzari Pencati berühmt gewordenen Cascade von Canzocoli (Tyrol) in theilweis gebogenen Schichten berührt. Eine andere Art der Umwandlung ist die, wo alle Schichten des dichten Kalksteins durch Einwirkung von Granit, Syenit oder Diorit-Porphyr in körnigen Kalkstein umgeändert sindUeber die Umwandlung des dichten Kalksteins in körnigen durch Granit in den Pyrenäen (Montagne de Rancie) s. *Dufrénoy* in den *mémoires géologiques* T. II. p. 440, und in den Montagnes de l'Oisans s. *Élie de Beaumont, mém. géol.* T. II. p. 379–415; durch Diorit- und Pyroxen-Porphyre (*Ophite; Élie de Beaumont, Géol. de la France* T. I. p. 72) zwischen Tolosa und San Sebastian s. *Dufrénoy* in den *mém. géol.* T. II. p. 130; durch Syenit in der Insel Skye: wo in dem veränderten Kalkstein sogar noch Versteinerungen sichtbar geblieben sind, H. von *Dechen, Geognosie* S. 573. In der Umwandlung der Kreide durch Berührung mit Basalt ist die Verschiebung der kleinsten Theile, bei Entstehung der Krystalle und bei dem Körnig-Werden, um so merkwürdiger, als nach Ehrenberg's scharfsinnigen microscopischen Untersuchungen die Kreidetheilchen vorher gegliederte Ringe bilden. S. *Poggendorff's Annalen der Physik* Bd. XXXIX. S. 105, und über die Ringe des aus Auflösungen niedergeschlagenen Aragonits Gustav *Rose* daselbst Bd. XLII. S. 354..

Es sei hier erlaubt noch speciell des *parischen* und *carrarischen* Marmors zu erwähnen, welche für die edelsten Werke der Bildhauerkunst so wichtig geworden sind und unsern geognostischen Sammlungen nur zu lange als Haupttypen uranfänglichen Kalksteins gedient haben. Die Wirkungen des Granits offenbaren sich nämlich theils durch unmittelbare Berührung, wie in den

PyrenäenLager *körnigen* Kalksteins im Granit am Port d'Oo und in Mont de Labourd. S. *Charpentier, constitution géologique des Pyrénées* p. 144, 146.; theils, wie im Continent von Griechenland und in den Inselreihen des ägäischen Meeres, gleichsam durch die Zwischenschichten von Gneiß oder Glimmerschiefer hindurch. Beides setzt einen gleichzeitigen, aber verschiedenartigen Proceß der Gestein-Umwandlung voraus. In Attica, auf Euböa und im Peloponnes ist bemerkt worden, „daß der Regel nach der dem Glimmerschiefer aufgelagerte Kalkstein um so schöner und krystallinischer ist, als sich der Glimmerschiefer ausgezeichnet reiner, d. h. minder thonhaltig, zeigt". Diese letzte Gebirgsart, so wie auch Gneißschichten treten an vielen tiefen Punkten von Paros und Antiparos hervor. Wenn nach einer von Origenes erhaltenen Notiz des alten Eleaten Xenophanes von KolophonIch habe der merkwürdigen Stelle in Origenes *Philosophumena* cap. 14 (*Opera* ed. *Delarne* T. I. p. 893) schon an einem anderen Orte erwähnt. Nach dem ganzen Zusammenhange ist es sehr unwahrscheinlich, daß Xenophanes einen Lorbeer-Abdruck (τύπον δάφνης) statt eines Fisch-Abdrucks (τύπον ἀφύης) gemeint habe. Delarne tadelt mit Unrecht die Correction des Jacob Gronovius, welcher den *Lorbeer* in eine *Sardelle* umgewandelt hat. Die Fisch-Versteinerung ist doch wahrscheinlicher als das natürliche Silensbild, welches die Steinbrecher aus den parischen Marmorbrüchen (des Berges Marpessos, *Servius* ad *Virg. Aen.* VI, 471) wollen herausgespalten haben (*Plin.* XXXVI. 5)., der sich die ganze Erdrinde als einst vom Meere bedeckt vorstellte, in den Steinbrüchen von Syracus Versteinerungen von Seeproducten und in dem tiefsten der Felsen von Paros der „Abdruck von einem kleinen Fisch" (einer Sardelle) gefunden wurden; so könnte man an das Uebrigbleiben einer dort nicht ganz metamorphosirten Flözschicht glauben. Der, schon vor dem Augusteischen Zeitalter benutzte Marmor von Carrara (Luna), die Hauptquelle des statuarischen Kunstmaterials, so lange die Brüche von Paros nicht wieder eröffnet werden, ist eine durch plutonische Kräfte umgewandelte Schicht desselben Kreide-Sandsteins (macigno), welcher in der inselförmig aufsteigenden Alp Apuana zwischen gneißähnlichem Glimmer und Talkschiefer auftritt.Ueber die geognostischen Verhältnisse der *Mondstadt* Carrara (*Stadt Selene's, Strabo* lib. V p. 222) s. *Savi, osservazioni sui terreni antichi Toscani* in dem *nuovo Giornale de' Letterati di Pisa* No. 63; und *Hoffmann* in *Karsten's Archiv für Mineralogie* Bd. VI. S. 258–263, wie auch dessen *geogn. Reise durch Italien* S. 244–265. Ob an einzelnen Punkten auch in dem Innern der Erde körniger Kalk gebildet und, gangartig Spalten ausfüllend

(Auerbach an der Bergstraße), an die Oberfläche durch Gneiß und SyenitNach der Annahme eines vortrefflichen und sehr erfahrenen Beobachters, Carls von *Leonhard*; siehe dessen *Jahrbuch für Mineralogie* 1834 S. 329 und Bernhard *Cotta, Geognosie* S. 310. emporgedrungen ist, darüber darf ich mir, schon wegen des Mangels eigener Ansicht, kein Urtheil erlauben.

Unter aller Einwirkung eines massigen Eruptions-Gesteins auf dichte Kalkschichten bieten aber, nach Leopolds von Buch scharfsinnigen Beobachtungen, den merkwürdigsten Proceß der Metamorphose die *Dolomitmassen*, besonders im südlichen Tyrol und in dem italiänischen Abfall der Alpenkette, dar. Eine solche Umwandlung des Kalksteins geht von Klüften aus, welche denselben nach allen Richtungen durchsetzen. Die Höhlungen sind überall mit Rhomboiden von Bitterspath bedeckt; ja das ganze Gebilde, dann ohne Schichtung und ohne Spur der Versteinerungen, die es vorher enthielt, besteht nur aus einer körnigen Anhäufung von Dolomit-Rhomboiden. Talkblätter liegen hier und da vereinzelt in der neu-entstandenen Gebirgsart, Serpentintrümmer durchsetzen sie. Im Fassa-Thale steigt der Dolomit senkrecht in glatten Wänden von blendender Weiße zu mehreren tausend Fuß Höhe empor. Er bildet zugespitzte Kegelberge, die in großer Zahl neben einander stehen, ohne sich zu berühren. Ihre physiognomische Gestaltung erinnert an die lieblich-phantastische Berglandschaft, mit welcher Leonardo da Vinci das Bild der Mona Lisa als Hintergrund schmückte.

Die geognostischen Erscheinungen, welche wir hier schildern, regen die Einbildungskraft wie das Nachdenken an; sie sind das Werk eines Augit-Porphyrs, der hebend, zertrümmernd und umwandelnd einwirkt. Der Proceß der *Dolomitisirung* wird von dem geistreichen Forscher, der zuerst ihn angedeutet, keinesweges als eine Mittheilung der Talkerde aus dem schwarzen Porphyr, sondern als eine gleichzeitige, das Hervortreten dieses Ausbruchs-Gesteins auf weiten dampferfüllten Spalten begleitende Veränderung betrachtet. Künftigen Forschungen bleibt es übrig zu bestimmen, wie da, wo Dolomit in Schichten zwischen Kalkstein eingelagert ist, ohne Berührung mit endogenem Gesteine die Umwandlung erfolgt ist? wo dann die Zuführungscanäle plutonischer Einwirkung verborgen liegen? Vielleicht ist es auch hier noch nicht nothwendig, zu dem alten römischen Ausspruch seine Zuflucht zu nehmen, nach welchem „vieles Gleiche in der Natur auf ganz verschiedenen Wegen gebildet wird". Wenn in einem weit ausgedehnten Erdstriche zwei Erscheinungen, das Emportreten von Melaphyr, und die Krystall- und chemische

Mischungs-Veränderung eines dichten Kalkgesteins, einander immer begleiten; so darf man wohl da, wo die zweite Erscheinung ohne die erste *sichtbar* wird, mit einigem Rechte vermuthen, daß der scheinbare Widerspruch in der Nicht-Erfüllung gewisser die verborgene Hauptursach *begleitender* Bedingungen gegründet ist. Würde man darum die vulkanische Natur, die Feuerflüssigkeit des Basalts in Zweifel ziehen, weil sich einige seltene Fälle gezeigt haben, in denen Basaltgänge: Steinkohlen-Flöze, Sandstein oder Kreideschichten durchsetzend, weder die Kohle wesentlich ihres Brennstoffs beraubt, noch den Sandstein gefrittet und verschlackt, noch die Kreide in körnigen Marmor verwandelt haben? Wo in der dunkeln Region der Gesteinbildung ein Dämmerlicht, eine leitende Spur aufgefunden worden, muß man beide nicht darum gleich undankbar verlassen, weil in den Verhältnissen der Uebergänge und der isolirten Einlagerung zwischen unveränderten Schichten noch manches für jetzt unerklärt bleibt.

Nach der Veränderung des dichten kohlensauren Kalkes in körnigen Kalkstein und in Dolomit muß hier noch einer dritten Umwandlung desselben Gesteins erwähnt werden, welche den in der Urzeit vulkanisch ausgebrochenen schwefelsauren Dämpfen zuzuschreiben ist. Diese Umwandlung des Kalkes in *Gyps* ist mit dem Eindringen von *Steinsalz* und *Schwefel* (letzterem aus schwefelhaltigen Wasserdämpfen niedergeschlagen) verwandt. In der hohen Andeskette von Quindiu, fern von allen Vulkanen, habe ich auf Klüften im Gneiß diesen Niederschlag des Schwefels beobachtet, während Schwefel, Gyps und Steinsalz in Sicilien (Cattolica bei Girgenti) zu den neuesten Secundärschichten (der Kreide-Formation) gehören. Spalten mit Steinsalz gefüllt, in beträchtlichen, bisweilen einen unerlaubten Handel begünstigenden Massen, habe ich am Vesuv in dem Rande des Kraters selbst gesehen. An beiden Abhängen der Pyrenäen ist der Zusammenhang des Diorit- (und Pyroxen-?) Gesteins mit dem Auftreten der Dolomite, des Gypses und des Steinsalzes nicht zu bezweifeln.*Dufrénoy* in den *mémoires géologiques* T. II. p. 145 und 179. Alles verkündigt in den hier geschilderten Erscheinungen die Einwirkung unterirdischer Mächte auf Sedimentschichten des alten Meeres.

Die reinen Quarzlager von ungeheurer Mächtigkeit, welche für die Andeskette*Humboldt, Essai géogn. sur le Gisement des Roches* p. 93, *Asie centrale* T. III. p. 532. von Südamerika so charakteristisch sind (ich habe, von Caxamarca gegen Guangamarca hin nach der Südsee herabsteigend, Quarzmassen sieben- bis achttausend Fuß mächtig gefunden), sind von räthselhafter Entstehung; sie ruhen bald auf quarzlosem Porphyr, bald auf Diorit-Gestein. Wurden sie aus Sandstein *umgewandelt*, wie Élie de Beaumont es von den Quarzschichten am Col de la Poissonnière*Elie de Beaumont* in den *Annales des Sciences Naturelles* T. XV. p. 362; *Murchison, Silurian System* p. 286. (östlich von Briançon) vermuthet? In Brasilien, in den neuerlichst von Clausen so genau untersuchten Diamant-Districten von Minas Geraes und St. Paul, haben plutonische Kräfte aus Dioritgängen bald gewöhnlichen Glimmer, bald Eisenglimmer in dem *Quarz-Itacolumit* entwickelt. Die Diamanten von Grammagoa sind in Schichten fester Kieselsäure enthalten; bisweilen liegen sie von Glimmerblättchen umhüllt, ganz wie die im Glimmerschiefer entstandenen Granaten. Die nördlichsten aller Diamanten: die seit 1829 unter 58° Breite, am europäischen Abfall des Urals, entdeckten, stehen auch in geognostischen Verhältnissen zum schwarzen *kohlenstoffhaltigen* Dolomit von Adolfskoi, wie zum Augit-Porphyr, welche durch genaue Beobachtungen noch nicht hinlänglich aufgeklärt sind.

Unter die denkwürdigsten Contact-Phänomene gehört endlich noch die *Granatbildung* im Thonschiefer bei Berührung mit Basalt und Dolerit-Gestein (Northumberland und Insel Anglesea), wie die Erzeugung einer großen Menge schöner und sehr verschiedenartiger Krystalle (Granat, Vesuvian, Augit und Ceylanit), welche an den Berührungsflächen von Eruptions- und Sediment-Gestein, an der Grenze des Monzon-Syenits mit Dolomit und dichtem Kalkstein sich entwickelnLeop. von *Buch, Briefe* S. 109–129. Vergl. auch *Élie de Beaumont* über Contact des Granits mit Juraschichten in den *mém. géol.* T. II. p. 308.. Auf der Insel Elba haben Serpentinstein-Massen, welche vielleicht nirgends so deutlich als Eruptions-Gebirgsarten erscheinen, in den Klüften eines Kreide-Sandsteins die Sublimation von Eisenglanz und Roth-Eisenstein*Hoffmann, Reise* S. 30 und 37. bewirkt. Denselben Eisenglanz sehen wir noch täglich am Kraterrande und in frischen Lavaströmen des Vulkans von Stromboli, des Vesuvs und des Aetna sich aus der Dampfform an den Spaltwänden offner Gänge sublimiren.Ueber den chemischen Hergang eines Bildungsprocesses des Eisenglanzes s. *Gay-Lussac* in den *Annales de Chimie* T. XXII. p. 415 und *Mitscherlich* in *Poggend. Ann.* Bd. XV. S. 630. Auch in den Höhlungen des Obsidians vom Cerro del Jacal, den ich aus Mexico mitgebracht, haben sich (wahrscheinlich aus Dämpfen) Olivin-Krystalle niedergeschlagen (Gustav *Rose* in *Poggend. Ann.* Bd. X. S. 323). Es kommt demnach Olivin vor: in Basalt, in Lava, in Obsidian, in künstlichen Schlacken, in

Meteorsteinen, im Syenit von Elfdalen und (als Hyalosiderit) in der Wacke vom Kaiserstuhle. Wie hier durch vulkanische Kräfte sich *Gangmassen* unter unsern Augen bilden, da wo das Nebengestein schon zu einem Zustande der Starrheit gelangt ist; so haben auf eine ähnliche Weise in den früheren Revolutionen der Erdrinde *Gestein-* und *Erzgänge* überall entstehen können, wo die feste, aber noch dünne Rinde des Planeten, öfter durch Erdstöße erschüttert, bei Volum-Veränderung im Erkalten zerklüftet und gespalten, mehrfache Verbindungen mit dem Inneren, mehrfache Auswege für aufsteigende, mit Erd- und Metallstoffen geschwängerte Dämpfe darbot. Die den Sahlbändern parallele, lagenweise Anordnung der Gemengtheile, die regelmäßige Wiederholung gleichnamiger Lagen zu beiden Seiten (im Hangenden und Liegenden des Ganges), ja die drusenförmigen langgedehnten Höhlungen der Mitte bezeugen oft recht unmittelbar den plutonischen Proceß der Sublimation in den Erzgängen. Da die *durchsetzenden* neueren Ursprungs als die *durchsetzten* sind, so lehren die Lagerungsverhältnisse des Porphyrs zu den Silbererz-Formationen, daß diese in dem sächsischen Erzgebirge, also in dem wichtigsten und reichsten Erzgebirge Deutschlands, zum wenigsten jünger als die Baumstämme des Steinkohlen-Gebirges und des Rothliegenden sind.

Alles, was mit unsern geologischen Vermuthungen über die Bildung der Erdrinde und die Umwandlung der Gebirgsarten zusammenhängt, hat ein unerwartetes Licht dadurch gewonnen, daß man den glücklichen Gedanken*Mitscherlich über die künstliche Darstellung der Mineralien*, in den *Abhandlungen der Akademie der Wiss. zu Berlin* aus den Jahren 1822 und 1823 S. 25–41. gehabt hat die Schlackenbildung in unseren Schmelzöfen mit der Entstehung natürlicher Mineralien zu vergleichen, und künstlich diese aus ihren Elementen wiederum zusammenzusetzen. Bei allen diesen Operationen wirken dieselben Verwandtschaften, welche in unsern Laboratorien wie in dem Schooße der Erde die Zusammensetzung chemischer Verbindungen bestimmen. Der wichtigste Theil der einfachen Mineralien, welche sehr allgemein verbreitete plutonische und vulkanische Eruptions-Gesteine, wie die durch sie metamorphosirten Gebirgsarten charakterisiren, sind schon *krystallinisch* und in vollkommener Gleichheit unter den künstlichen Mineralbildungen aufgefunden worden. Wir unterscheiden die, welche in den Schlacken zufällig entstanden sind, und die, welche absichtlich von den Chemikern hervorgebracht wurden. Zu den ersteren gehören Feldspath, Glimmer, Augit, Olivin, Blende, krystallisirtes Eisen-Oxyd (Eisenglimmer),

Magneteisen-Octaeder und metallisches Titan; zu den zweiten: Granat, Idokras, Rubin (dem orientalischen an Härte gleich), Olivin und Augit Absichtlich hervorgebracht: Idokras und Granat (*Mitscherlich* in *Poggendorf's Annalen der Physik* Bd. XXXIII. S. 340), Rubin (Gaudin in den *Comptes rendus de l'Académie des Sciences* T. IV. 1837 p. 999), Olivin und Augit (*Mitscherlich* und *Berthier* in den *Annales de Chimie et de Physique* T. XXIV. p. 376). Ohnerachtet nach Gustav Rose Augit und Hornblende die größte Uebereinstimmung der Krystallform zeigen und ihre chemische Zusammensetzung auch fast dieselbe ist, so ist doch noch nie Hornblende neben dem Augit in Schlacken beobachtet worden; eben so wenig ist es den Chemikern geglückt Hornblende oder Feldspath absichtlich hervorzubringen (*Mitscherlich* in *Poggend. Annalen* Bd. XXXIII. S. 340 und *Rose, Reise nach dem Ural* Bd. II. S. 358 und 363). Man vergleiche auch *Beudant* in den *Mém. de l'Acad. des Sciences* T. VIII. p. 221 und Becquerel's scharfsinnige Versuche in seinem *traité de l'Électricité* T. I. p. 334, T. III. p. 218, T. V. 1. p. 148 und 185.. Die hier genannten Mineralien bilden die Hauptbestandtheile von Granit, Gneiß und Glimmerschiefer, von Basalt, Dolerit und vielen Porphyren. Die künstliche Erzeugung von Feldspath und Glimmer ist besonders von großer geognostischer Wichtigkeit für die Theorie der Gneißbildung durch Umwandlung des Thonschiefers. Dieser enthält die Bestandtheile des Granits, Kali nicht ausgeschlossen D'Aubuisson im *Journal de Physique* T. LXVIII. p. 128.. Es wäre demnach, bemerkt mit Recht ein scharfsinniger Geognost, Herr von Dechen, nicht sehr unerwartet, wenn wir an den Wänden eines Schmelzofens, der aus Thonschiefer und Grauwacke aufgeführt ist, einmal ein Gneiß-Fragment sich bilden sähen.

Es bleibt in diesen allgemeinen Betrachtungen über die feste Erdrinde nach Aufzählung von drei Entstehungsformen (dem Eruptions-, Sediment- und metamorphosirten Gestein) noch eine vierte Classe zu nennen übrig, die der *Agglomerat-Bildung* oder des *Trümmergesteins.* Dieser Name selbst erinnert an die Zerstörungen, welche die Oberfläche der Erde erlitten; er erinnert aber auch an die Processe der *Cämentirung* (Verkittung), welche durch Eisen-Oxyd, durch thon- und kalkartige Bindemittel die bald abgerundeten, bald eckig gebliebenen Theile wiederum mit einander verbunden hat. Agglomerate und Trümmergesteine im weitesten Sinne des Worts offenbaren den Charakter einer zwiefachen Entstehungsweise. Die Materialien, welche ihre mechanische Zusammensetzung bilden, sind nicht bloß von den fluthenden Meereswogen oder bewegten süßen Wassern herbeigeführt; es giebt Trümmergesteine, an deren Bildung der Stoß des Wassers keinen Antheil gehabt hat. „Wenn basaltische Inseln oder Trachytberge auf Spalten sich erheben, veranlaßt die Reibung des aufsteigenden Gesteins gegen die Wände der Spalten, daß Basalt und Trachyt sich mit Agglomeraten ihrer eigenen Massen umgeben. In den Sandsteinen vieler Formationen sind die Körner, aus denen sie zusammengesetzt sind, mehr losgerissen durch die Reibung des ausbrechenden (vulkanischen oder plutonischen) Gesteins als zertrümmert durch die Bewegung eines nachbarlichen Meeres. Das Dasein solcher *Reibungs-Conglomerate* (die in beiden Welttheilen in ungeheuren Massen gefunden werden) bezeugt die Intensität der Kraft, mit welcher die Eruptions-Massen gegen die Erdoberfläche gestoßen sind, als sie aus dem Innern emporgetrieben wurden. Die Wasser bemächtigen sich dann der ihres Zusammenhanges beraubten Körner und verbreiten sie in Lagen auf dem Grunde selbst, den sie überdecken." Sandstein-Gebilde findet man eingelagert durch alle Schichten von dem unteren silurischen Uebergangs-Gebirge an bis jenseits der Kreide in den Tertiär-Formationen. An den Rändern der unermeßlichen Ebenen des Neuen Welttheils, in und außerhalb der Tropen, sieht man sie mauerartig gleichsam das alte Ufer bezeichnen, an dem die mächtige Wellenbrandung schäumte.

Wenn man einen Blick wagen will auf die geographische Verbreitung der Gebirgsarten und ihre räumlichen Verhältnisse in dem Theile der Erdrinde, welcher unsern Beobachtungen zugänglich ist; so erkennt man, daß der am allgemeinsten verbreitete chemische Stoff die *Kieselsäure* ist: meist in undurchsichtigem Zustande und mannigfach gefärbt. Nach der festen Kieselsäure herrscht zunächst kohlensaurer Kalk; dann kommen die Verbindungen von Kieselsäure mit Thonerde, Kali und Natron, mit Kalkerde, Magnesia und Eisen-Oxyd. Wenn das, was wir *Gebirgsarten* nennen, bestimmte Associationen einer kleinen Zahl von Mineralien sind, denen sich, wie parasitisch, einige andere, aber auch nur bestimmte, anschließen: wenn in einem Eruptions-Gestein, dem Granit, die Association von Quarz (Kieselsäure), Feldspath und Glimmer das Wesentliche ist: so gehen diese Mineralien auch vereinzelt oder gepaart durch viele andere Schichten hindurch. Um nur beispielsweise zu zeigen, wie quantitative Verhältnisse ein Feldspath-Gestein von einem anderen, glimmerreichen unterscheiden; erinnere ich daran, daß, wenn, nach Mitscherlich, zum Feldspath dreimal mehr Thonerde und ⅓ mehr Kieselsäure, als demselben eigen ist, hinzugefügt wird, man die Zusammensetzung des Glimmers erhält. In beiden ist Kali enthalten: ein Stoff,

213

dessen Existenz in vielen Gebirgsarten wohl über den Anfang aller Vegetation auf dem Erdkörper hinaufsteigt.

Die Reihenfolge und mit ihr das Alter der Formationen wird durch die gegenseitige Auflagerung der Sedimente, der umgewandelten und der Aggregatschichten; durch die Natur der Gebilde, bis zu welcher die Eruptionsmassen hinaufsteigen; am sichersten aber durch die Anwesenheit organischer Reste und die Verschiedenartigkeit ihres Baues erkannt. Die Anwendung der botanischen und zoologischen Kennzeichen auf die Bestimmung des Alters der Felsmassen: die *Chronometrik* der Erdrinde, welche Hooke's großer Geist schon ahndete, bezeichnet eine der glänzendsten Epochen der neuen, den semitischen Einflüssen wenigstens auf dem Continent endlich entzogenen Geognosie. Paläontologische Studien haben der Lehre von den starren Gebilden der Erde, wie durch einen *belebenden* Hauch, Anmuth und Vielseitigkeit verliehen.

Die *versteinerungshaltigen* Schichten bieten uns, in ihren Grabstätten erhalten, die *Floren* und die *Faunen* der verflossenen Jahrtausende dar. Wir steigen aufwärts in die Zeit, indem wir, die räumlichen Lagerungsverhältnisse ergründend, von Schicht zu Schicht abwärts dringen. Ein hingeschwundenes Thier- und Pflanzenleben tritt vor unsere Augen. Weit verbreitete Erdrevolutionen, die Erhebung großer Bergketten, deren relatives Alter wir zu bestimmen vermögen, bezeichnen den Untergang alter Organismen, das Auftreten neuer. Einige wenige der älteren erscheinen noch einige Zeit lang unter den neueren. In der Eingeschränktheit unsres Wissens vom Werden, in der Bildersprache, welche diese Eingeschränktheit verbergen soll, nennen wir *neue Schöpfungen* die historischen Phänomene des Wechsels in den Organismen, wie in der Bewohnung der Urgewässer und des gehobenen trockenen Bodens. Bald sind diese untergegangenen organischen Gebilde ganz erhalten: vollständig bis in die kleinsten Gewebe, Hüllen und gegliederten Theile; bald hat das laufende Thier, auf feuchtem Thonletten fortschreitend, nur seine Fährte, in den Coprolithen die Reste unverdauter Nahrung hinterlassen. In der unteren Juraschicht (Lias von Lyme Regis) ist die Erhaltung des Dintenbeutels der Sepia so wunderbar vollkommen, daß dieselbe Materie, welche vor Myriaden von Jahren dem Thiere hat dienen können, um sich vor seinen Feinden zu verbergen, noch die Farbe hergegeben hat, mit der sein Bild entworfen wird. In anderen Schichten ist oft nur der schwache Abdruck einer Muschelschale übrig geblieben; und doch kann diese, von Reisenden aus einem fernen Lande mitgebracht, wenn sie eine *Leitmuschel*Leop. von *Buch* in den *Abhandlungen der Akad. der Wiss. zu Berlin* aus dem J. 1837 S. 64. ist, lehren, welche Gebirgs-Formation sich dort vorfindet, mit welchen anderen organischen Resten sie vergesellschaftet war. Sie erzählt die Geschichte des Landes.

Das zergliedernde Studium des alten Thier- und Pflanzenlebens hat eine zwiefache Richtung. Die eine ist eine rein morphologische, und vorzugsweise der Naturbeschreibung und Physiologie der Organismen zugewandt: sie füllt durch untergegangene Bildungen die Lücken in der Reihe der jetzt noch belebten aus. Die zweite Richtung ist eine geognostische, welche die fossilen Reste in ihrem Verhältniß zu dem Aufeinanderliegen und relativen Alter der Sediment-Formationen betrachtet. Lange ist die erstere die vorherrschende gewesen: und eine zu unvollständige und oberflächliche Vergleichung der *Versteinerungen* mit den jetzt existirenden Arten hatte auf Irrwege geleitet, deren Spuren noch in den wundersamen Benennungen gewisser Naturkörper zu entdecken sind. Man wollte in allen untergegangenen Arten die lebenden erkennen, wie nach falschen Analogien man im 16ten Jahrhunderte die Thiere des Alten und Neuen Continents mit einander verwechselte. Peter Camper, Sömmering und Blumenbach hatten das Verdienst, durch die wissenschaftliche Anwendung einer feineren vergleichenden Anatomie den osteologischen Theil der Paläontologie (Alterthumskunde des organischen Lebens), so weit derselbe die großen fossilen Wirbelthiere betrifft, zuerst aufzuklären; aber die eigentliche *geognostische Ansicht* der Versteinerungslehre, die glückliche Verbindung der zoologischen Charaktere mit der Alters- und Auflagerungsfolge der Schichten, verdankt man der großen Arbeit von Georg Cuvier und Alexander Brongniart.

Die ältesten Sediment-Formationen, die des Transitions-Gebirges, bieten in den organischen Resten, welche sie einschließen, ein Gemisch von Bildungen, die auf der Stufenleiter der sich allmälig vervollkommnenden Entwicklung einen sehr verschiedenen Platz einnehmen. Von Pflanzen enthalten sie freilich nur einigen Seetang, Lycopodiaceen, die vielleicht baumartig waren, Equisetaceen und tropische Farren; aber von den thierischen Organismen finden wir sonderbar zusammen: Crustaceen (Trilobiten mit Netzaugen und Calymenen), Brachiopoden (Spirifer, Orthis), die zierlichen Sphäroniten, welche den Crinoiden nahe stehen, Orthoceratiten aus den Cephalopoden, Stein-Corallen, und mit diesen niedern Organismen schon Fische von wunderbarer Gestalt in oberen silurischen Schichten. Die schwergepanzerte Familie der Cephalaspiden, aus welcher Fragmente der Gattung Pterichthys lange für Trilobiten gehalten wurden, gehören dem devonischen Gebilde (Old Red) ausschließlich an; und zeigen, nach Agassiz, in der Reihe der Fischformen einen so eigenthümlichen Typus als Ichthyosauren und Plesiosauren unter den Reptilien. Aus der Gruppe der Ammoniten beginnen die GoniatitenLeop. von *Buch* in den *Abhandl. der Berl. Akad.* 1838 S. 149–168; *Beyrich, Beitr. zur Kenntniß des Rheinischen Uebergangsgebirges* 1837 S. 45. ebenfalls in dem Uebergangskalk und der Grauwacke der devonischen Schichten, ja selbst in den letzten silurischen.

Die Abhängigkeit physiologischer Abstufung von dem Alter der Formationen, welche bisher in der Lagerung der *wirbellosen* Thiere wenig erkannt worden ist*Agassiz, recherches sur les Poissons fossiles* T. I. Introd. p. XVIII (*Davy, Consolations in Travel* Dial. III)., offenbart sich auf das regelmäßigste in den Vertebraten oder Wirbelthieren selbst. Die ältesten unter diesen sind, wie wir eben gesehen, die Fische; dann folgen nach der Reihe der Formationen, von den unteren zu den oberen übergehend, Reptilien und Säugethiere. Das erste Reptil (ein Saurier, Monitor nach Cuvier), das schon die Aufmerksamkeit von LeibnitzNach Hermann von Meyer ein *Protosaurus*. Die Rippe eines Sauriers, die angeblich dem Bergkalk (Kohlen-Kalkstein) von Northumberland angehörte (Herm. von *Meyer, Palaeologica* S. 299), ist nach *Lyell* (*Geology* 1832 Vol. I. p. 148) sehr zweifelhaft. Der Entdecker selbst schreibt sie Alluvialschichten zu, welche den Bergkalk bedecken. anregte, zeigt sich im Kupferschiefer-Flöz des Zechsteins in Thüringen; mit ihm von gleichem Alter, nach Murchison, Paläosaurus und Thecodontosaurus von Bristol. Die Saurier nehmen zu im MuschelkalkF. von *Alberti, Monographie des Bunten Sandsteins, Muschelkalks und Keupers* 1834 S. 119 und 314., im Keuper und in der Jura-Formation, wo sie ihr Maximum erreichen. Zur Zeit dieser Formation lebten: Plesiosauren mit 30 Wirbel langem Schwanenhalse, der Megalosaurus, ein crocodilartiges Ungeheuer von 45 Fuß Länge und mit Fußknochen wie ein schweres Landsäugethier, 8 Arten großäugiger Ichthyosauren, der Geosaurus oder Sömmering's Lacerta gigantea, endlich 7 scheußlich wunderbare PterodactylenSiehe die scharfsinnigen Betrachtungen von Hermann v. *Meyer* über die Organisation der fliegenden Saurier in *Palaeologica* S. 228–252. Auf dem versteinerten Exemplar des Pterodactylus crassirostris, welcher wie der länger berühmte P. longirostris (Ornithocephalus, Sömmering) zu Solenhofen im lithographischen Schiefer der oberen Jura-Formation gefunden worden ist, hat Professor Goldfuß selbst Spuren der Flughäute „mit den

Abdrücken der gekrümmten flockigen, hier und da zolllangen Haare des Felles"
entdeckt. oder Saurier mit einer *Flughaut*. In der Kreide nimmt die Zahl der
crocodilartigen Saurier schon ab; doch bezeichnen diese Epoche das
sogenannte *Crocodil von Mastricht* (Mososaurus von Conybeare) und das
colossale, vielleicht grasfressende Iguanodon. Thiere, die zum jetzigen
Geschlechte der Crocodile gehören, hat Cuvier bis in die Tertiär-Formation
aufsteigen sehen; ja Scheuchzer's *Sündfluth-Mensch* (homo diluvii testis), ein
großer Salamander, mit dem Axolotl verwandt, welchen ich aus den Seen um
Mexico mitgebracht, gehört der neuesten Süßwasser-Formation von Oeningen
an.

Das relative Alter der Organismen, durch die Auflagerung der
Gebirgsschichten bestimmt, hat zu wichtigen Resultaten über die Verhältnisse
geführt, welche zwischen den untergegangenen und noch lebenden
Geschlechtern und Arten (letzteren, den Arten, in sehr geringer Zahl) erkannt
werden. Alte und neue Beobachtungen erweisen, daß die Floren und Faunen um
so verschiedener von den jetzigen Gestalten der Pflanzen und Thiere sind, als
die Sediment-Formationen zu den unteren, d. h. älteren, gehören. Die
numerischen Verhältnisse, welche diese große, von Cuvier zuerst aufgeklärte
Wechselerscheinung des organischen Lebens darbietet, haben besonders in den
verschiedenen Gruppen der Tertiär-Formation, die eine beträchtliche Masse
genau untersuchter Gebilde enthalten, durch die verdienstvolle Arbeit von
Deshayes und Lyell zu entscheidenden Ergebnissen geleitet. Agassiz, der von
1700 Arten fossiler Fische Kenntniß genommen, und die Zahl der lebenden
Arten, welche beschrieben sind oder in Sammlungen aufbewahrt werden, auf
8000 schätzt, sagt mit Bestimmtheit in seinem Meisterwerke: „daß er mit
Ausnahme eines einzigen kleinen, den Thongeoden von Grönland
eigenthümlichen, fossilen Fisches, in allen Transitions-, Flöz- und
Tertiärschichten kein Thier dieser Classe gefunden habe, das specifisch identisch
mit einem jetzt noch lebenden Fische wäre"; er fügt die wichtige Bemerkung
hinzu: „daß in den unteren Tertiär-Gebilden, z. B. im Grobkalk und London
Clay, ⅓ der fossilen Fische bereits ganz
untergegangenen *Geschlechtern* zugehöre; unter der Kreide sei kein einziges
Fischgeschlecht der heutigen Zeit mehr zu finden: und die wunderbare Familie
der *Sauroiden* (Fische mit Schmelzschuppen, die in der Bildung sich fast den
Reptilien nähern und von der Kohlen-Formation, in welcher die größten Arten
liegen, bis zu der Kreide vereinzelt aufsteigen) verhalte sich zu den beiden

Geschlechtern (Lepidosteus und Polypterus), welche die amerikanischen Flüsse und den Nil bevölkern, wie unsre jetzigen Elephanten und Tapire zu den Mastodonten und Anaplotherien der Urwelt."

Kreideschichten aber, welche noch zwei dieser Sauroiden-Fische, und riesenhafte Reptilien, wie eine ganze bereits untergegangene Welt von Corallen und Muscheln darbieten, sind, nach Ehrenberg's schöner Entdeckung, aus microscopischen Polythalamien zusammengesetzt, deren viele noch heute in unseren Meeren, und zwar in mittleren Breiten, in der Nord- und Ostsee, leben. Die erste Gruppe der Tertiär-Formation *über* der Kreide, eine Gruppe, die man sich gewöhnt hatte durch den Namen: Schichten der *Eocän-Periode* zu bezeichnen, verdient also eigentlich diesen Namen nicht: „da die *Morgendämmerung* der mit uns lebenden Natur viel tiefer in die Geschichte der Erde reicht, als man bisher geglaubt hatte."*Ehrenberg über noch jetzt lebende Thierarten der Kreidebildung* in den *Abhandl. der Berliner Akad.* aus dem J. 1839 S. 164.

Wie die Fische, die ältesten aller Wirbelthiere, schon in silurischen Transitionsschichten sich zeigen und dann ununterbrochen durch alle Formationen durchgehn, bis in die Schichten der tertiären Zeit; wie wir die Saurier mit dem Zechstein haben beginnen sehn: so finden sich die ersten Säugethiere (Thylacotherium Prevostii und T. Bucklandi, nach Valenciennes mit den Beutelthieren nahe verwandt) in der Jura-Formation (dem Stonesfield-Schiefer), und der erste Vogel in den älteren KreidegebildenIm Weald-Clay; Beudant, *Géologie* p. 173. Die Ornitholithen nehmen zu im Gyps der Tertiär-Formation (*Cuvier, Ossemens fossiles* T. III. p. 302–328).. Das sind nach unserm jetzigen Wissen die *unteren Grenzen* der Fische, der Saurier, der Säugethiere und der Vögel.

Wenn aber auch von den wirbellosen Thieren in den ältesten Formationen Steincorallen und Serpuliten mit sehr ausgebildeten Cephalopoden und Crustaceen gleichzeitig, also die verschiedensten Ordnungen unabgesondert erscheinen, so sind dagegen in vielen einzelnen Gruppen derselben Ordnung sehr bestimmte Gesetze entdeckt worden. Muschel-Versteinerungen derselben Art, Goniatiten, Trilobiten und Nummuliten, bilden ganze Berge. Wo verschiedene Geschlechter gemengt sind, ist nicht bloß oft eine bestimmte Reihenfolge der Organismen nach Verhältniß der Auslagerung der Formationen erkannt worden; man hat auch in den untergeordneten Schichten derselben Formation die Association gewisser Geschlechter und Arten beobachtet. Durch die scharfsinnige Auffindung der Gesetze der Lobenstellung hat Leopold von Buch die Unzahl der Ammoniten in wohl gesonderte Familien getheilt: und erwiesen, wie die Ceratiten dem Muschelkalk, die Widder (Arietes) dem Lias, die Goniatiten dem Transitions-Kalkstein und der Grauwacke angehören.Leop. von *Buch* in den *Abhandl. der Berl. Akad.* aus dem J. 1830 S. 135–187. Belemniten haben ihre untere Grenze*Quenstedt, Flözgebirge Würtembergs* 1843 S. 135. im Keuper, den der Jura-Kalkstein bedeckt; ihre obere in der Kreide. Die Wasser sind zu denselben Epochen in weit von einander entfernten Weltgegenden durch Schalthiere belebt gewesen, die wenigstens theilweise, wie man heute bestimmt weiß, identisch mit den in Europa fossilen waren. Leopold von Buch hat aus der südlichen Hemisphäre (Vulkan Maypo in Chili) Exogyren und Trigonien, d'Orbigny hat aus dem Himalaya-Gebirge und den indischen Ebnen von Cutsch Ammoniten und Grypheen bezeichnet, der Art nach genau identisch mit denen, welche aus dem alten *Jurameer* in Deutschland und Frankreich abgesetzt worden sind.

Gebirgsschichten, ausgezeichnet durch bestimmte Arten der Petrefacte oder durch bestimmte Geschiebe, die sie enthalten, bilden einen *geognostischen Horizont:* nach welchem der forschende Geognost, wo er zweifelhaft bleibt, sich orientiren kann; und dessen Verfolgung sichere Aufschlüsse gewährt über die *Identität* oder das relative *Alter* der Formationen, über die periodische *Wiederkehr* gewisser Schichten, ihren *Parallelismus* oder ihre gänzliche Suppression (*Verkümmerung*). Wenn man so den Typus der Sediment-Gebilde in der größten Einfachheit seiner Verallgemeinerung auffassen will, so folgen von unten nach oben:

1. das sogenannte *Uebergangs-Gebirge* in den zwei Abtheilungen unterer und oberer Grauwacke (silurischer und devonischer Schichten), letzterer vormals als alter rother Sandstein bezeichnet;
2. die *untere Trias* Derselbe S. 13.: als Bergkalk, Steinkohlen-Gebirge sammt Todtliegendem, und Zechstein;
3. die *obere Trias:* als bunter Sandstein*Murchison* theilt den *bunten Sandstein* in zwei Abtheilungen: deren obere der *Trias* von Alberti verbleibt; während er aus der unteren, zu welcher der Vogesen-Sandstein von Élie de Beaumont gehört, aus dem Zechstein und Todtliegenden sein *permisches System* bildet. Mit der *oberen Trias*, d. h. mit der oberen Abtheilung unseres bunten Sandsteins, beginnen ihm

erst die *secundären Formationen*; das permische System, der Kohlenkalk oder Bergkalk, die devonischen und silurischen Schichten sind ihm *paläozoische Gebilde*. Nach diesen Ansichten heißen Kreide und Jura die oberen: Keuper, Muschelkalk und der bunte Sandstein die unteren secundären Formationen; das permische System und der Kohlenkalk heißen das obere, die devonischen und silurischen Schichten zusammen das untere paläozoische Gebilde. Die Fundamente dieser allgemeinen Classification finden sich in dem großen Werke entwickelt, in welchem der unermüdete britische Geognost einen großen Theil des ganzen östlichen Europa's darstellen wird., Muschelkalk und Keuper;

4. der *Jurakalk* (Lias und Oolithen);
5. *Quadersandstein*, untere und obere *Kreide*, als die letzte der Flözschichten, welche mit dem Bergkalk beginnen;
6. *Tertiär-Gebilde* in drei Abtheilungen: die durch Grobkalk, Braunkohle und Sub-Apenninen-Gerölle bezeichnet werden.

Im Schuttlande folgen dann die riesenmäßigen Knochen vorweltlicher Säugethiere: Mastodonten, Dinotherium, Missurium, und die Megatheriden, unter denen Owen's faulthierartiger Mylodon 11 Fuß Länge erreicht. Zu diesen vorweltlichen *Geschlechtern* gesellen sich die fossilen Reste jetzt lebender Thiere: Elephant, Rhinoceros, Ochs, Pferd und Hirsch. Das mit *Mastodonten-Knochen* überfüllte Feld bei Bogota (Campo de Gigantes), in dem ich sorgfältig graben ließ, liegt 8200 Fuß über dem Meeresspiegel; und in den Hochebenen von Mexico gehören die gefundenen Gebeine untergegangenen Arten *wahrer Elephanten* an. So wie die, gewiß zu sehr ungleichen Epochen gehobene Andeskette, enthalten auch die Vorgebirge des Himalaya (die Sewalik-Hügel, welche der Capitän Cautley und Dr. Falconer so eifrig durchsucht haben) neben den zahlreichen Mastodonten, dem Sivatherium und der riesenhaften, 12 Fuß langen und 6 Fuß hohen Landschildkröte der Vorwelt (Colossochelys) Geschlechter unserer Zeit: Elephanten, Rhinoceros und Giraffen; ja, was sehr zu beachten ist: in einer Zone, die heute noch dasselbe tropische Klima genießt, welches man zur Zeit der Mastodonten vermuthen darf. *Journal of the Asiatic Society of Bengal* 1844 p. 109.

Nachdem wir die anorganischen Bildungsstufen der Erdrinde mit den thierischen Resten verglichen haben, welche in derselben begraben liegen, bleibt uns noch übrig einen anderen Theil der *Geschichte des organischen Lebens* zu berühren: den der Vegetations-Epochen, der mit der zunehmenden Größe des trocknen Landes und den Modificationen der Atmosphäre wechselnden Floren. Die ältesten Transitionsschichten zeigen, wie schon oben bemerkt, nur zellige Landpflanzen des Meeres. Erst in den devonischen Schichten hat man von Gefäßpflanzen einige kryptogamische Formen (Calamiten und Lycopodiaceen) beobachtet. Nichts scheint zu beweisen, wie man aus theoretischen Ansichten über *Einfachheit der ersten Lebensformen* hat annehmen wollen, daß das vegetabilische Leben früher als das animalische auf der alten Erde erwacht sei, daß dieses durch jenes bedingt sei. Selbst die Existenz von Menschenstämmen, welche in die eisige Gegend der nordischen Polarländer zurückgedrängt worden sind und allein von Fischfang und Cetaceen leben, mahnt uns an die Möglichkeit der Entbehrung alles Pflanzenstoffes. Nach den devonischen Schichten und dem Bergkalk erscheint ein Gebilde, dessen botanische Zergliederung in der neuesten Zeit so glänzende Fortschritte gemacht hat. Durch die trefflichen Arbeiten vom Grafen Sternberg, von Adolph Brongniart, Göppert und Lindley. Die *Steinkohlen-Formation* umfaßt nicht bloß farnartige cryptogamische Gewächse und phanerogamische Monocotylen (Gräser, yucca-artige Liliengewächse und Palmen), sie enthält auch gymnosperme Dicotyledonen (Coniferen und Cycadeen). Fast 400 Arten sind schon aus der Flor der Steinkohlen-Gebilde bekannt. Wir nennen hier nur die baumartigen Calamiten und Lycopodiaceen, schuppige Lepidodendreen, Sigillarien: bis zu 60 Fuß Länge, und bisweilen aufwärts stehend eingewurzelt und ausgezeichnet durch ein doppeltes Gefäßbündel-System; cactus-ähnliche Stigmarien, eine Unzahl von Farnkräutern: theils als Stämme, theils als Wedel, und durch ihre Menge die noch ganz insulare Gestalt des trockenen Landes andeutend; CycadeenDahin gehören die vom Grafen Sternberg entdeckten und von Corda beschriebenen Cycadeen aus der alten Steinkohlen-Formation zu Radnitz in Böhmen (2 Arten Cycadites und Zamites Cordai; s. *Göppert, fossile Cycadeen* in den *Arbeiten der Schles. Gesellschaft für vaterl. Cultur* im J. 1843 S. 33, 37, 40 und 50). Auch in der oberschlesischen Steinkohlen-Formation zu Königshütte ist eine Cycadee, Pterophyllum gonorrhachis Goepp., gefunden worden., und besonders Palmen*Lindley, Fossil Flora* No. 15 p. 163., in geringer Zahl, Asterophylliten mit quirlförmigen Blättern, den Najaden verwandt, araucarienartige ConiferenFossil Coniferae in Buckland, *Geology* p. 483–490. Herr Witham hat das große Verdienst, die Existenz der *Coniferen* in der frühen Vegetation des alten Steinkohlen-Gebildes zuerst erkannt zu haben. Vormals wurden fast alle in dieser Formation vorkommenden Holzstämme als Palmen beschrieben. Die Arten des Geschlechts Araucarites sind aber nicht der Steinkohlen-Formation der britischen Inseln allein eigenthümlich, sie finden sich auch in Oberschlesien. mit schwachen Andeutungen von Jahresringen. Die Verschiedenartigkeit des Charakters einer Vegetation, welche auf den trockengelegten und gehobenen Theilen des alten rothen Sandsteins sich üppig entwickelt hat, von der Pflanzenwelt der jetzigen Zeit erhält sich auch in der späteren Vegetations-Periode bis zu den letzten Schichten der Kreide; aber bei großer Fremdartigkeit der Formen zeigt die Steinkohlen-Flora doch eine sehr auffallende einförmigeAdolph *Brongniart, Prodrome d'une hist. des Végétaux fossiles* p. 179; *Buckland, Geology* p. 479; *Endlicher* und *Unger, Grundzüge der Botanik* 1843 S. 455. Verbreitung derselben Geschlechter (wenn auch nicht immer derselben *Arten*) in allen Theilen der damaligen Erdoberfläche: in Neu-Holland, Canada, Grönland und Melville's Insel.

Die Vegetation der Vorwelt bietet vorzugsweise solche Gestalten dar, welche durch gleichzeitige Verwandtschaft mit mehreren Familien der jetzigen Welt daran erinnern, daß mit ihr viele Zwischenglieder organischer Entwickelungsstufen untergegangen sind. So stehen, um nur zwei Beispiele anzuführen, die Arten von Lepidodendron nach Lindley zwischen den Coniferen und den Lycopoditen"By means of Lepidodendron a better passage is established from Flowering to Flowerless Plants than by either Equisetum or Cycas or any other known genus." *Lindley* und *Hutton, Fossil Flora* Vol. II. p. 53., dahingegen die Araucariten und Piniten in der Vereinigung der Gefäßbündel etwas fremdartiges zeigen. Bleibt aber auch unsere Betrachtung allein auf die Jetztwelt beschränkt, so ist die Auffindung von Cycadeen und Zapfenbäumen (Coniferen) in der alten Steinkohlen-Flora neben den Sagenarien und dem Lepidodendron doch von großer Bedeutsamkeit. Die Coniferen haben nämlich nicht bloß Verwandtschaft mit den Cupuliferen und den Betulineen, welchen wir sie in der Braunkohlen-Formation beigesellt sehen: sie haben sie auch mit den Lycopoditen. Die Familie der sagu-artigen Cycadeen nähert sich im äußeren Ansehen den Palmen, während sie im Bau der Blüthen und Saamen wesentlich mit den Coniferen übereinstimmt. Wo mehrere Steinkohlen-Flöze über einander liegen, sind die Geschlechter und Arten nicht immer gemengt, sondern meist geschlechterweise geordnet: so daß Lycopoditen und gewisse Farnkräuter sich nur in Einem Flöze, und Stigmarien und Sigillarien in einem anderen finden. Um sich von der Ueppigkeit des Pflanzenwuchses der Vorwelt und von der durch

Strömungen angehäuften Masse des, gewißDaß Steinkohlen nicht durch Feuer verkohlte Pflanzenfasern sind, sondern sich wahrscheinlich auf nassem Wege, unter Mitwirkung von Schwefelsäure, gebildet haben: beweist auffallend, nach *Göppert's* scharfsinniger Beobachtung (*Karsten, Archiv für Mineralogie* Bd. XVIII. S. 530), ein Stück in schwarze Kohle verwandelten Bernsteinbaumes. Die Kohle liegt dicht neben dem ganz unzersetzten Bernstein. Ueber den Antheil, welchen niedrige Gewächse an der Bildung der Kohlenflöze haben können, s. *Link* in den *Abhandl. der Berliner Akademie der Wiss.* aus dem J. 1838 S. 38. auf nassem Wege in Kohle verwandelten, vegetabilischen Stoffes einen Begriff zu machen: muß man sich erinnern, daß in dem Saarbrücker Kohlen-Gebirge 120 Kohlenlagen über einander liegen: die vielen schwachen, bis gegen einen Fuß dicken, ungerechnet; daß es Kohlenflöze von 30, ja zu Johnstone (Schottland) und im Creuzot (Burgund) von mehr als 50 Fuß Mächtigkeit giebt: während in der Waldregion unserer gemäßigten Zone die Kohle, welche die Waldbäume eines gegebenen Flächenraumes enthalten, diesen Raum in 100 Jahren im Durchschnitt nur mit einer Schicht von 7 Linien Dicke bedecken würde.S. die genaue Arbeit von *Chevandier* in den *Comptes rendus de l'Acad. des Sciences* T. XVIII. 1844 p. 285. Um die 7 Linien dicke Schicht Kohlenstoff mit den Steinkohlen-Flözen zu vergleichen, muß man noch auf den ungeheuren Druck Rücksicht nehmen, welchen diese Flöze von dem darüber liegenden Gestein erleiden und welcher sich meist in der abgeplatteten Gestalt der unterirdischen Baumstämme offenbart. „Die sogenannten *hölzernen Berge* an dem südlichen Ufer der 1806 von Sirowatskoi entdeckten Insel Neu-Sibirien bestehen nach Hedenström in einer Höhe von 30 Faden aus horizontalen Schichten von Sandstein, die mit bituminösen Baumstämmen abwechseln. Auf dem Gipfel der Berge stehen die Stämme senkrecht. Die Schicht voll Treibholz ist 5 Werste lang sichtbar." S. *Wrangel, Reise längs der Nordküste von Sibirien* in den Jahren 1820–1824 Th. I. S. 102. Nahe der Mündung des Missisippi und in den vom Admiral Wrangel beschriebenen sogenannten *hölzernen Bergen* des sibirischen Eismeeres findet sich noch jetzt eine solche Zahl von Baumstämmen durch Flußverzweigungen und Meeresströme zusammengetrieben, daß die Schichten des *Treibholzes* an die Vorgänge mahnen können, welche in den Binnenwassern und Inselbuchten der Vorwelt die Erzeugung der Steinkohlen-Ablagerungen veranlaßten. Dazu verdanken diese Ablagerungen gewiß einen beträchtlichen Theil ihres Materials nicht den großen Baumstämmen, sondern kleinen Gräsern, Laubkräutern und niedrigen Cryptogamen.

Die Zusammengesellung von Palmen und Coniferen, die wir bereits in dem Steinkohlen-Gebilde bezeichnet haben, geht fort fast durch alle Formationen bis tief in die Tertiär-Periode. In der jetzigen Welt scheinen sie sich eher zu fliehen. Wir haben uns, wenn gleich mit Unrecht, so gewöhnt alle Coniferen als eine nordische Form zu betrachten: daß ich selbst, von den Küsten der Südsee nach Chilpanzingo und den Hochthälern von Mexico aufsteigend, in Erstaunen gerieth, als ich zwischen der Venta de la Moxonera und dem Alto de los Caxones (3800 Fuß über dem Meeresspiegel) einen ganzen Tag durch einen dichten Wald von Pinus occidentalis ritt, in welchem dieser, der Weimuthsfichte so ähnliche Zapfenbaum einer, mit vielfarbigen Papageien bedeckten Fächerpalme (Corypha dulcis) beigesellt war. Südamerika nährt Eichen, aber keine einzige Pinus-Art; und das erste Mal, als ich wieder die heimische Gestalt einer Tanne sah, erschien sie mir in der entfremdenden Nähe einer Fächerpalme. Auch im nordöstlichsten Ende der Insel CubaBei Baracoa und Cayos de Moa; s. Tagebuch des Admirals vom 25 und 27 November 1492 und *Humboldt, Examen critique de l'hist. de la Géogr. du Nouveau Continent* T. II. p. 252 und T. III. p. 23. Columbus ist so aufmerksam auf alle Naturgegenstände, daß er schon und zwar zuerst Podocarpus von Pinus unterscheidet. Ich finde, sagt er: "en la tierra aspera del Cibao pinos que no llevan piñas (Tannenzapfen), pero por tal orden compuestos por naturaleza, que (los frutos) parecen azeytunas del Axarafe de Sevilla." Der große Pflanzenkenner Richard, als er seine treffliche Abhandlung über Cycadeen und Coniferen herausgab, hatte nicht geahndet, daß vor L'Héritier schon am Ende des 15ten Jahrhunderts Podocarpus von den Abietineen durch einen Seefahrer getrennt worden sei.: ebenfalls unter den Tropen, doch kaum über dem Meeresspiegel erhoben, sah auf seiner ersten Entdeckungsreise Christoph Columbus Coniferen und Palmen zusammen wachsen. Der sinnige, alles beachtende Mann merkt es, als eine Sonderbarkeit, in seinem Reisejournale an; und sein Freund Anghiera, der Secretär Ferdinands des Catholischen, sagt mit Verwunderung, „daß in dem neu aufgefundenen Lande man palmeta und pineta beisammen fände". Es ist für die Geologie von großem Interesse, die jetzige Vertheilung der Pflanzen auf dem Erdboden mit der zu vergleichen, welche die Floren der Vorwelt offenbaren. Die temperirte Zone der wasser- und inselreichen südlichen Hemisphäre, in welcher Tropenformen sich wunderbar unter die Formen kälterer Erdstriche mischen, bietet nach Darwin's schönen, lebensfrischen Schilderungen die belehrendsten Beispiele für alte und neue, vorweltliche und dermalige Pflanzen-Geographie. Die vorweltliche ist im eigentlichen Sinne des Worts ein Theil der *Pflanzengeschichte.*

Die Cycadeen, welche der Zahl der Arten nach in der Vorwelt eine weit wichtigere Rolle als in der jetzigen spielten, begleiten die ihnen verwandten Coniferen von dem Steinkohlen-Gebilde aufwärts. Sie fehlen fast gänzlich in der Epoche des bunten Sandsteins, in welcher Coniferen von seltener Bildung (Voltzia, Haidingera, Albertia) üppig wachsen; die Cycadeen erlangen aber ihr Maximum in den Keuperschichten und dem Lias, wo an 20 verschiedene Formen auftreten. In der Kreide herrschen Meerespflanzen und Najaden. Die Cycadeen-Wälder der Jura-Formation sind dann längst erschöpft, und selbst in den älteren Tertiär-Gebilden bleiben sie tief hinter den Coniferen und Palmen zurück. *Göppert* beschreibt noch drei Cycadeen (Arten von Cycadites und Pterophyllum) aus dem Braunkohlen-Schieferthon von Altsattel und Commotau in Böhmen, vielleicht aus der Eocän-Periode (*Göppert* in der angeführten Schrift S. 61).

Die *Ligniten* oder *Braunkohlen*-Schichten, die in allen Abtheilungen der Tertiär-Periode vorhanden sind, zeigen in den frühesten kryptogamische Landpflanzen, einige Palmen, viel Coniferen mit deutlichen Jahresringen, und Laubhölzer von mehr oder minder tropischem Charakter. In der mittleren tertiären Periode bemerkt man das völlige Zurücktreten der Palmen und Cycadeen, in der letzten endlich eine große Aehnlichkeit mit der gegenwärtigen Flora. Es erscheinen plötzlich und in Fülle unsere Fichten und Tannen, unsere Cupuliferen, Ahorn und Pappeln. Die Dicotylen-Stämme der Braunkohle zeichnen sich bisweilen durch riesenmäßige Dicke und hohes Alter aus. Bei Bonn wurde ein Stamm gefunden, in dem Nöggerath 792 Jahresringe zählte. Im nördlichen Frankreich bei Yseux (unfern Abbeville) sind im Torfmoor der Somme Eichen von 14 Fuß Durchmesser entdeckt: eine Dicke, die im Alten Continent außerhalb der Wendekreise sehr auffallend ist. Nach Göppert's gründlichen Untersuchungen, welche hoffentlich bald durch Kupfertafeln erläutert erscheinen werden, „kommt aller baltische Bernstein von einer Conifere, die, wie die vorhandenen Reste des Holzes und der Rinde in verschiedenen Alterszuständen beweisen, unserer Weiß- und Rothtanne am nächsten kam, aber *eine eigene Art* bildete. Der *Bernsteinbaum* der Vorwelt (Pinites succifer) hatte einen Harzreichthum, welcher mit dem keiner Conifere der Jetztwelt zu vergleichen ist: da nicht bloß in und auf der Rinde, sondern auch im Holze nach dem Verlauf der Markstrahlen: die, wie die Holzzellen, unter dem

Microscope noch deutlich zu erkennen sind, wie peripherisch zwischen den Holzringen große Massen Bernsteinharz, bisweilen weißer und gelber Farbe zugleich, abgelagert sind. Unter den im Bernstein eingeschlossenen Vegetabilien finden sich männliche und weibliche Blüthen von heimischem Nadelholz und Cupuliferen; aber deutliche Fragmente von Wachholder und Tannen gemengt, deuten auf eine Vegetation, welche nicht die unsrer Ostseeküsten und der baltischen Ebene ist."

In dem geologischen Theile des Naturgemäldes sind wir nun die ganze Reihe der Bildungen von dem ältesten *Eruptions-Gestein* und den ältesten *Sedimentbildungen* an bis zu dem *Schuttlande* durchlaufen, auf welchem die großen *Felsblöcke* liegen, über deren Verbreitungs-Ursache noch lange gestritten werden wird, die wir aber geneigt sind minder tragenden Eisschollen als dem Durchbruch und Herabsturz zurückgehaltener Wassermassen bei Hebung der Gebirgsketten zuzuschreiben. Das älteste Gebilde der Transitions-Formation, das wir kennen gelernt, sind Schiefer und Grauwacke: welche einige Reste von Seetang einschließen aus dem silurischen, einst cambrischen Meere. Worauf ruhte dies sogenannte *älteste Gebilde*, wenn Gneiß und Glimmerschiefer nur als umgewandelte Sedimentschichten betrachtet werden müssen? Soll man eine Vermuthung wagen über das, was nicht Gegenstand einer wirklichen geognostischen Beobachtung sein kann? Nach einer indischen Urmythe trägt ein Elephant die Erde; er selbst, damit er nicht falle, wird wiederum von einer Riesen-Schildkröte getragen. Worauf die Schildkröte ruhe, ist den gläubigen Brahminen nicht zu fragen erlaubt. Wir wagen uns hier an ein ähnliches Problem, wenn auch mannigfaltigen Tadels der Lösung gewärtig. Bei der ersten Bildung der Planeten, wie wir sie in dem astronomischen Theile des Naturgemäldes wahrscheinlich gemacht, wurden dunstförmige, um die Sonne circulirende Ringe in Kugeln geballt, die von außen nach innen allmälig erstarrten. Was wir die älteren silurischen Schichten nennen, sind nur obere Theile der festen Erdrinde. Das Eruptions-Gestein, das wir diese durchbrechen und heben sehen, steigt aus uns unzugänglicher Tiefe empor; es existirt demnach schon unter den silurischen Schichten: aus derselben Association von Mineralien zusammengesetzt, die wir als Gebirgsarten, da wo sie durch den Ausbruch uns sichtbar werden, Granit, Augitfels oder Quarzporphyr nennen. Auf Analogien gestützt, dürfen wir annehmen, daß das, was weite Spalten gleichsam gangartig ausfüllt und die Sedimentschichten durchbricht, nur Zweige eines unteren Lagers sind. Aus den größten Tiefen wirken die noch thätigen Vulkane; und nach den seltenen Fragmenten zu urtheilen, die ich in sehr verschiedenen Erdstrichen in den Lavaströmen habe eingeschlossen gefunden, halte auch ich es für mehr als wahrscheinlich, daß ein uranfängliches Granitgestein die Unterlage des großen, mit so vielen organischen Resten angefüllten Schichtenbaues sei. Wenn olivinführende Basalte sich erst in der Kreide-Epoche, Trachyte noch später sich zeigen; so gehören die Ausbrüche des Granits dagegen, wie auch die Producte der Metamorphose es lehren, in die Epoche der ältesten Sedimentschichten der Transitions-Formation. Wo die Erkenntniß nicht aus der unmittelbaren Sinnesanschauung erwachsen kann, ist es wohl erlaubt auch nach bloßer Induction, wie nach sorgfältiger Vergleichung der Thatsachen eine Vermuthung aufzustellen, die dem alten *Granit* einen Theil der bedrohten Rechte und den Ruhm der *Uranfänglichkeit* wiedergiebt.

Die neueren Fortschritte der Geognosie: d. i. die erweiterte Kenntniß von den *geognostischen Epochen*, welche durch die mineralogische Verschiedenheit der Gebirgs-Formationen, durch die Eigenthümlichkeit und Reihenfolge der Organismen, die sie enthalten, durch die Lagerung (Aufrichtung oder ungestörte Horizontalität der Schichten) charakterisirt werden; leiten uns, dem inneren Causalzusammenhang der Erscheinungen folgend, auf die *räumliche Vertheilung der Feste und des Flüssigen:* der Continente und der Meere, welche die Oberfläche unsers Planeten bilden. Wir deuten hier auf einen Verbindungspunkt zwischen der erdgeschichtlichen und der geographischen Geognosie, auf die Total-Betrachtung der Gestalt und Gliederung der Continente. Die Umgrenzung des Starren durch das Flüssige, das Areal-Verhältniß des einen zum anderen ist sehr verschieden gewesen in der langen Reihenfolge der geognostischen Epochen: je nachdem Steinkohlen-Schichten sich horizontal an die aufgerichteten Schichten von Bergkalk und altem rothen Sandstein, Lias und Jura sich an das Gestade von Keuper und Muschelkalk, Kreide sich an die Abhänge von Grünsand und Jurakalk sedimentarisch angelehnt haben. Nennt man nun mit Élie de Beaumont *Jura-* und *Kreide-Meere* die Wasser, unter denen sich Jurakalk und Kreide schlammartig niederschlagen, so bezeichnen die Umrisse der eben genannten Formationen für zwei Epochen die Grenze zwischen dem noch steinbildenden Oceane und der schon trockengelegten Feste. Man hat den sinnreichen Gedanken gehabt Karten für diesen physischen Theil der *alten Geographie* zu entwerfen: Karten, die vielleicht sicherer sind als die der Wanderungen der Io oder der homerischen

Geographie. Die letzteren stellen Meinungen, mythische Gebilde graphisch dar; die ersteren Thatsachen der positiven Formationslehre.

Das Resultat der Untersuchungen über die Raumverhältnisse des trocknen Areals ist: daß in den frühesten Zeiten, in der silurischen und devonischen Transitions-Epoche, wie in der ersten Flözzeit, über die Trias hinaus, der continentale, mit Landpflanzen bedeckte Boden auf einzelne Inseln beschränkt war; daß diese Inseln sich in späteren Epochen mit einander vereinigten und längs tiefeingeschnittener Meerbusen viele Landseen umschlossen; daß endlich, als die Gebirgsketten der Pyrenäen, der Apenninen, und die Karpathen emporstiegen: also gegen die Zeit der älteren Tertiärschichten, große Continente fast schon in ihrer jetzigen Größe erschienen. In der silurischen Welt, wie in der Epoche der Cycadeen-Fülle und riesenartiger Saurier mochte, von Pol zu Pol, des trocknen Landes wohl weniger sein als zu unsrer Zeit in der Südsee und in dem indischen Meere. Wie diese überwiegende Wassermenge in Gemeinschaft mit anderen Ursachen zur Erhöhung der Temperatur und zu größerer Gleichmäßigkeit der Klimate beigetragen hat, wird später entwickelt werden. Hier muß nur noch in der Betrachtung der allmäligen Vergrößerung (Agglutination) der gehobenen trocknen Erdstriche bemerkt werden, daß kurz vor den Umwälzungen, welche, nach kürzeren oder längeren Pausen, in der *Diluvial-Periode* den plötzlichen Untergang so vieler riesenartigen Wirbelthiere herbeigeführt haben, ein Theil der jetzigen Continental-Massen doch schon vollkommen von einander getrennt waren. Es herrscht in Südamerika und in den Australländern eine große Aehnlichkeit zwischen den dort lebenden und den untergegangenen Thieren. In Neu-Holland hat man fossile Reste von Känguruh; in Neu-Seeland halbfossile Knochen eines ungeheuren straußartigen Vogels, Owen's Dinornis, entdeckt, welcher nahe mit der jetzigen Apteryx, wenig aber mit dem erst spät untergegangenen Dronte (Dodo) von der Insel Rodriguez verwandt ist.

Die derzeitige Gestaltung der Continente verdankt vielleicht großentheils ihre Hebung über dem umgebenden Wasserspiegel der Eruption der Quarzporphyre: einer Eruption, welche die erste große Landflor, das Material des Steinkohlen-Gebirges, so gewaltsam erschüttert hat. Was wir Flachland der Continente nennen, sind aber nur die breiten Rücken von Hügeln und Gebirgen, deren Fuß in dem Meeresboden liegt. Jedes *Flachland* ist nach seinen submarinischen Verhältnissen eine *Hochebene*, deren Unebenheiten durch neue Sediment-

Formationen, in horizontaler Lage abgesetzt, wie durch angeschwemmtes Schuttland verdeckt werden.

Unter den allgemeinen Betrachtungen, die in ein Naturgemälde gehören, nimmt den ersten Rang ein die *Quantität* der über dem Meeresspiegel hervorragenden und gehobenen Feste; dieser Bestimmung des räumlichen Maaßes folgt dann die Betrachtung der individuellen *Gestaltung in horizontaler Ausdehnnug* (Gliederungs-Verhältnisse) oder in *senkrechter Erhebung* (hypsometrische Verhältnisse der Gebirgsketten). Unser Planet hat zwei *Umhüllungen:* eine *allgemeine:* den *Luftkreis,* als elastische Flüssigkeit; und eine *particuläre,* nur local verbreitete, die Feste umgrenzende und dadurch ihre Figur bedingende: das *Meer.* Beide Umhüllungen des Planeten, Luft und Meer, bilden ein *Naturganzes,* welches der Erdoberfläche die Verschiedenheit der Klimate giebt: nach Maaßgabe der relativen Ausdehnung von Meer und Land, der Gliederung und Orientirung der Feste, der Richtung und Höhe der Gebirgsketten. Aus dieser Kenntniß der gegenseitigen Einwirkung von *Luft, Meer* und *Land* ergiebt sich, daß große meteorologische Phänomene, von geognostischen Betrachtungen getrennt, nicht verstanden werden können. Die Meteorologie, wie die Geographie der Pflanzen und Thiere haben erst begonnen einige Fortschritte zu machen, seitdem man sich von der gegenseitigen Abhängigkeit der zu ergründenden Erscheinungen überzeugt hat. Das Wort *Klima* bezeichnet allerdings zuerst eine specifische Beschaffenheit des Luftkreises; aber diese Beschaffenheit ist abhängig von dem perpetuirlichen *Zusammenwirken* einer all- und tiefbewegten, durch Strömungen von ganz entgegengesetzter Temperatur durchfurchten *Meeresfläche* mit der wärmestrahlenden *trocknen Erde:* die mannigfaltig gegliedert, erhöht, gefärbt, nackt oder mit Wald und Kräutern bedeckt ist.

In dem jetzigen Zustande der Oberfläche unsers Planeten verhält sich das Areal der Feste zu dem des Flüssigen wie 1 zu $2^4/_5$ (nach Rigaud wie 100 : 270). Die Inseln bilden dermalen kaum $^1/_{23}$ der Continental-Massen. Letztere sind so ungleich vertheilt, daß sie auf der nördlichen Halbkugel dreimal so viel Land darbieten als auf der südlichen. Die südliche Hemisphäre ist also recht eigentlich vorherrschend *oceanisch.* Von 40° südlicher Breite an gegen den antarctischen Pol hin ist die Erdrinde fast ganz mit Wasser bedeckt. Eben so vorherrschend, und nur von sparsamen Inselgruppen unterbrochen, ist das flüssige Element zwischen der Ostküste der Alten und der Westküste der Neuen Welt. Der

229

gelehrte Hydrograph Fleurieu hat dieses weite Meerbecken mit Recht zum Unterschiede aller anderen Meere den *Großen Ocean* genannt. Es nimmt derselbe unter den Wendekreisen einen Raum von 145 Längengraden ein. Die südliche und westliche Hemisphäre (westlich vom Meridian von Teneriffa aus gerechnet) sind also die wasserreichsten Regionen der ganzen Erdoberfläche.

Dies sind die Hauptmomente der Betrachtung über die relative *Quantität* des Festlandes und der Meere: ein Verhältniß, das auf die Vertheilung der Temperatur, den veränderten Luftdruck, die Windesrichtung und den, die Vegetationskraft wesentlich bestimmenden Feuchtigkeits-Gehalt der Atmosphäre so mächtig einwirkt. Wenn man bedenkt, daß fast ¾ der Oberfläche des Planeten mit Wasser bedeckt sind, so ist man minder verwundert über den unvollkommenen Zustand der Meteorologie bis zu dem Anfange des jetzigen Jahrhunderts: einer Epoche, in welcher zuerst eine beträchtliche Masse genauer Beobachtungen über die Temperatur des Meeres unter verschiedenen Breiten und in verschiedenen Jahreszeiten erlangt und numerisch mit einander verglichen wurden.

Die horizontale Gestaltung des Festlandes in seinen allgemeinsten Verhältnissen der Ausdehnung ist schon in frühen Zeiten des griechischen Alterthums ein Gegenstand sinnreicher Betrachtungen gewesen. Man suchte das Maximum der Ausdehnung von Westen nach Osten; und Dicäarchus nach dem Zeugniß des Agathemerus fand es in der Breite von Rhodos, in der Richtung von den Säulen des Hercules bis Thinä. Das ist die Linie, welche man den *Parallel des Diaphragma des Dicäarchus* nannte, und über deren astronomische Richtigkeit der Lage, die ich an einem andern Orte untersucht, man mit Recht erstaunen muß. Strabo, wahrscheinlich durch Eratosthenes geleitet, scheint so überzeugt gewesen zu sein, daß dieser Parallel von 36°, als Maximum der Ausdehnung in der ihm bekannten Welt, einen inneren Grund der Erdgestaltung habe: daß er das Festland, welches er prophetisch in der nördlichen Halbkugel zwischen Iberien und der Küste von Thinä vermuthete, ebenfalls unter diesem Breitengrade verkündigte.*Strabo* lib. I p. 65 Casaub. Vergl. *Humboldt, Examen critique* T. I. p. 152.

Wenn, wie wir schon oben bemerkt, auf der einen Halbkugel der Erde (man mag dieselbe durch den Aequator oder durch den Meridian von Teneriffa halbiren) beträchtlich mehr Land sich über den Meeresspiegel erhoben hat als auf der entgegengesetzten; so haben die beiden großen Ländermassen: wahre vom Ocean auf allen Seiten umgebene Inseln, welche wir die *östliche* und *westliche Feste,* den *alten und neuen Continent* nennen, neben dem auffallendsten Contraste der Total Gestaltung oder vielmehr der *Orientirung ihrer größten Axen* doch im einzelnen manche Aehnlichkeit der Configuration, besonders der räumlichen Beziehungen zwischen den einander gegenüberstehenden Küsten. In der östlichen Feste ist die vorherrschende Richtung, die Lage der *langen Axe,* von Osten gegen Westen (bestimmter von Südwest gen Nordost); in der westlichen Feste aber von Süden nach Norden, meridianartig (bestimmter von SSO nach NNW). Beide Ländermassen sind im Norden in der Richtung eines Breiten-Parallels (meist in dem von 70°) abgeschnitten; im Süden laufen sie in pyramidale Spitzen aus, meist mit submaritimer Verlängerung in Inseln und Bänken. Dies bezeugen der Archipel der Tierra del Fuego, die Lagullas-Bank südlich vom Vorgebirge der guten Hoffnung, Van Diemens Land: durch die Baß-Straße von Neu-Holland (Australien) getrennt. Das nördliche asiatische Gestade übersteigt im Cap Taimura (78° 16' nach Krusenstern) den obengenannten Parallel, während es von der Mündung des großen Tschukotschja-Flusses an östlich gegen die Berings-Straße hin im östlichsten Vorgebirge Asiens, in Cook's Ostcap, nur 66° 3' nach Beechey erreicht. Das nördliche Ufer des Neuen Continents folgt ziemlich genau dem Parallelkreis von 70°: da südlich und nördlich von der Barrow-Straße, von Boothia Felix und Victoria-Land alles Land nur abgesonderte Inseln sind.

Die pyramidale Gestaltung aller südlichen Endspitzen der Continente gehört unter die similitudines physicae in configuratione Mundi, auf welche schon *Baco* von Verulam im *Neuen Organon* aufmerksam machte und an die Cook's Begleiter auf der zweiten Weltumsegelung, Reinhold Forster, scharfsinnige Betrachtungen geknüpft hat. Wenn man von dem Meridian von Teneriffa sich gegen Osten wendet, so sieht man die Endspitzen der drei Continente: nämlich die Südspitzen von Afrika (als dem Extrem der ganzen Alten Welt), von Australien und von Südamerika, stufenweise sich dem Südpol mehr nähern. Das, volle 12 Breitengrade lange Neu-Seeland bildet sehr regelmäßig ein Zwischenglied zwischen Australien und Südamerika, ebenfalls mit einer Insel (Neu-Leinster) endigend. Eine merkwürdige Erscheinung ist noch, daß fast ganz unter denselben Meridianen, unter welchen in der Ländermasse des Alten Continents sich die größte Ausdehnung gegen Süden zeigt, auch die nördlichen Gestade am höchsten gegen den Nordpol vordringen. Dies ergiebt sich aus der Vergleichung des Vorgebirges der guten Hoffnung und der Bank Lagullas mit dem europäischen Nordcap, der Halbinsel Malacca mit dem sibirischen Cap Taimura. Ob festes Land die beiden Erdpole umgürtet; oder ob die Pole nur von einem Eismeere umflossen, mit Flözlagen von Eis (erstarrtem Wasser) bedeckt sind: wissen wir nicht. An dem Nordpol ist man bis 82° 55' Breite, an dem Südpol nur bis zu dem Parallel von 78° 10' gelangt.

So wie die großen Ländermassen pyramidal enden, so wiederholt sich diese Gestaltung auch mannigfaltig im kleinen: nicht bloß im indischen Ocean (Halbinseln von Arabien, Hindustan und Malacca); sondern auch, wie schon Eratosthenes und Polybius bemerkten, im Mittelmeer: wo sie die iberische, italische und hellenische mit einander sinnig verglichen haben*Strabo* lib. II p. 92 und 108 Casaub.. Europa, mit einem Areal fünfmal kleiner als das von Asien, ist gleichsam nur eine westliche vielgegliederte Halbinsel des asiatischen, fast ungegliederten Welttheils; auch beweisen die klimatischen Verhältnisse Europa's, daß es sich zu Asien verhält wie die peninsulare Bretagne zum übrigen Frankreich*Humboldt, Asie centrale* T. III. p. 25. Ich habe schon früh (1817) in meinem Werke: *de distributione geographica plantarum secundum coeli temperiem et altitudinem montium* auf jene, für Klimatologie und Menschengesittung gleich wichtigen Unterschiede gegliederter und ungegliederter Continente aufmerksam gemacht: "Regiones vel per sinus lunatos in longa cornua porrectae, angulosis littorum recessibus quasi membratim discerptae, vel spatia patentia in immensum, quorum littora nullis incisa angulis ambit sine anfractu Oceanus" (p. 81 und 182). Ueber das Verhältniß der Küstenlängen zum Areal eines Continents (gleichsam das Maaß der *Zugänglichkeit* des Inneren) s. die Untersuchungen in *Berghaus Annalen der Erdkunde* Bd. XII. 1835 S. 490 und *physikal. Atlas* 1839 No. III S. 69.. Wie die Gliederung eines Continents, die höhere Entwicklung seiner Form zugleich auf die Gesittung und den ganzen Culturzustand der Völker wirkt, bemerkt schon Strabo*Strabo* lib. II p. 126 Casaub., indem er unseres kleinen Welttheils „*vielgestaltete* Form" als einen besondern Vorzug preist. Afrika und Südamerika, die ohnedies so viel Aehnlichkeit in ihrer Configuration zeigen, sind unter allen großen Ländermassen diejenigen, welche die einfachste Küstenform haben. Nur das östliche Littoral von Asien bietet, wie von der östlichen Meeresströmung*Fleurieu* im *Voyage de Marchand autour du Monde* T. IV. p. 38–42. zertrümmert (fractas ex aequore terras), eine mannigfaltige, gestaltenreiche Form dar. Halbinseln und nahe Eilande wechseln dort mit einander vom Aequator an bis 60° Breite.

Unser atlantischer Ocean trägt alle Spuren einer *Thalbildung*. Es ist als hätten fluthende Wasser den Stoß erst gegen Nordost, dann gegen Nordwest, und dann wiederum nordöstlich gerichtet. Der Parallelismus der Küsten nördlich von 10° südl. Breite an, die vor- und einspringenden Winkel, die Convexität von Brasilien dem Golf von Guinea gegenüber, die Convexität von Afrika unter einerlei Breiten mit dem antillischen Meerbusen sprechen für diese gewagt scheinende Ansicht. *Humboldt* im *Journal de Physique* T. LIII. 1799 p. 33 und *Rel. hist.* T. II. p. 19, T. III. p. 189 und 198. Hier im atlantischen Thale, wie fast überall in der Gestaltung großer Ländermassen, stehen eingeschnittene und inselreiche Ufer den uneingeschnittenen entgegen. Ich habe längst darauf aufmerksam gemacht, wie geognostisch denkwürdig auch die Vergleichung der Westküsten von Afrika und Südamerika in der Tropenzone sei. Die busenförmige Einbeugung des afrikanischen Gestades bei Fernando Po (4°½ nördlicher Breite) wiederholt sich in dem Südsee-Gestade unter 18°¼ südlicher Breite in dem Wendepunkt bei Arica, wo (zwischen dem Valle de Arica und dem Morro de Juan Diaz) die peruanische Küste plötzlich ihre Richtung von Süden nach Norden in eine nordwestliche verwandelt. Diese Veränderung der Richtung erstreckt sich in gleichem Maaße auf die, in zwei Paralleljöcher getheilte, hohe Andeskette: nicht bloß auf die dem Littoral nahe, sondern auch auf die östliche, den frühesten Sitz menschlicher Cultur im südamerikanischen Hochlande, wo das kleine Alpenmeer von Titicaca von den Bergcolossen des Sorata und Illimani begrenzt wird. Weiter gegen Süden, von Valdivia und Chiloe an (40° bis 42° südl. Br.) durch den Archipel de los Chonos bis zum Feuerlande, findet sich die seltene *Fjordbildung* wiederholt (das Gewirre schmaler, tief eindringender Busen), welche in der nördlichen Hemisphäre die Westküsten von Norwegen und Schottland charakterisirt.

Dies sind die allgemeinsten Betrachtungen über die dermalige Gestaltung der Continente (die Ausdehnung des Festlandes in horizontaler Richtung), wie sie der Anblick der Oberfläche unsres Planeten veranlaßt. Wir haben hier Thatsachen zusammengestellt, Analogien der Form in entfernten Erdstrichen, die wir nicht *Gesetze der Form* zu nennen wagen. Wenn man an dem Abhange eines noch thätigen Vulkans, z. B. am Vesuv, die nicht ungewöhnliche Erscheinung partieller Hebungen beachtet, in denen kleine Theile des Bodens, vor einem Ausbruch oder während desselben, ihr Niveau um mehrere Fuße bleibend verändern und dachförmige Gräten oder flache Erhöhungen bilden; so erkennt der Wanderer, wie von geringfügigen Zufällen der Kraft-Intensität unterirdischer Dämpfe und der Größe des zu überwindenden Widerstandes es abhangen muß, daß die gehobenen Theile diese oder jene Form und Richtung annehmen. Eben so mögen geringe Störungen des Gleichgewichts im Inneren unsres Planeten die hebenden elastischen Kräfte bestimmt haben mehr gegen die nördliche als gegen die südliche Erdhälfte zu wirken; das Festland in der *östlichen* Erdhälfte als eine breite zusammenhangende Masse mit der Haupt-Achse fast dem Aequator parallel, in der *westlichen*, mehr oceanischen Hälfte schmal und meridianartig aufzutreiben.

Ueber den Causalzusammenhang solcher großen *Begebenheiten der Länderbildung*, der Aehnlichkeit und des Contrastes in der Gestaltung, ist wenig empirisch zu ergründen. Wir erkennen nur das Eine: daß die wirkende Ursach unterirdisch ist: daß die jetzige Länderform nicht auf einmal entstanden, sondern, wie wir schon oben bemerkt, von der Epoche der silurischen Formation (neptunischen Abscheidung) bis zu den Tertiärschichten nach mannigfaltigen oscillirenden Hebungen und Senkungen des Bodens sich allmälig vergrößert hat und aus einzelnen kleineren Continenten zusammengeschmolzen ist. Die dermalige Gestaltung ist das Product zweier Ursachen, die auf einander folgend gewirkt haben: einmal einer unterirdischen Kraftäußerung: deren Maaß und Richtung wir *zufällig* nennen, weil wir sie nicht zu bestimmen vermögen, weil sie sich für unsern Verstand dem Kreise der *Nothwendigkeit* entziehen: zweitens der auf der Oberfläche wirkenden Potenzen: unter denen vulkanische Ausbrüche, Erdbeben, Entstehung von Bergketten und Meeresströmungen die Hauptrolle gespielt haben. Wie ganz anders würde der Temperatur-Zustand der Erde, und mit ihm der Zustand der Vegetation, des Ackerbaues und der menschlichen Gesellschaft sein, wenn die Haupt-Achse des Neuen Continents einerlei Richtung mit der des Alten hätte; wenn die Andeskette, statt meridianartig, von Osten nach Westen aufgestiegen wäre; wenn südlich von Europa kein festes, wärmestrahlendes Tropenland (Afrika) läge; wenn das Mittelmeer, das einst mit dem caspischen und rothen Meere zusammenhing und ein so wesentliches Beförderungsmittel der Völkergesittung geworden ist, nicht existirte; wenn sein Boden zu gleicher Höhe mit der lombardischen und cyrenaischen Ebene gehoben worden wäre!

Die Veränderungen des gegenseitigen Höhen-Verhältnisses der flüssigen und starren Theile der Erdoberfläche (Veränderungen, welche zugleich die Umrisse der Continente bestimmen, mehr niedriges Land trocken legen oder dasselbe überfluthen) sind mannigfaltigen, ungleichzeitig wirkenden Ursachen zuzuschreiben. Die mächtigsten sind ohnstreitig gewesen: die Kraft der elastischen Dämpfe, welche das Innere der Erde einschließt; die plötzliche *Temperatur-Veränderung* mächtiger Gebirgsschichten; der ungleiche seculare Wärmeverlust der Erdrinde und des Erdkernes, welcher eine *Faltung* (Runzelung) der starren Oberfläche bewirkt; örtliche Modificationen der Anziehungskraft"Die (bisher so sicher scheinende) Voraussetzung des Gleichbleibens der Schwere an einem Messungspunkte ist durch die neuen Erfahrungen über die langsame Erhebung großer Theile der Erdoberfläche einigermaßen unsicher geworden." *Bessel über Maaß und Gewicht* in *Schumacher's Jahrbuch* für 1810 S. 134. und durch dieselben hervorgebrachte veränderte Krümmung einer Portion des flüssigen Elements. Daß die *Hebung der Continente* eine *wirkliche* Hebung, nicht bloß eine *scheinbare*, der Gestalt der Oberfläche des Meeres zugehörige sei: scheint, nach einer jetzt allgemein verbreiteten Ansicht der Geognosten, aus der langen Beobachtung zusammenhangender Thatsachen, wie aus der Analogie wichtiger vulkanischer Erscheinungen zu folgen. Auch das Verdienst dieser Ansicht gehört Leopold von Buch, der sie in seiner denkwürdigen, in den Jahren 1806 und 1807 vollbrachten *Reise durch Norwegen und Schweden* aussprach: wodurch sie zuerst in die Wissenschaft eingeführt ward. Während die ganze schwedische und finländische Küste von der Grenze des nördlichen Schonens (Sölvitsborg) über Gefle bis Torneo, und von Torneo bis Abo sich hebt (in einem Jahrhundert bis 4 Fuß), sinkt nach Nilson das südliche Schweden*Berzelius, Jahres-Bericht über die Fortschritte der physischen Wiss.* Jahrg. 13. 1834 S. 386–9, Jahrg. 17. 1838 S. 415. Die Inseln Saltholm, Kopenhagen gegenüber, und Bornholm steigen aber sehr wenig; Bornholm kaum 1 Fuß in einem Jahrhundert. S. *Forchhammer* im *Philos. Magazine* Series III. Vol. II. p. 309.. Das Maximum der hebenden Kraft scheint im nördlichen Lapland zu liegen. Die Hebung nimmt gegen Süden bis Calmar und Sölvitsborg allmälig ab. Linien des alten Meeres-Niveau's aus vorhistorischen Zeiten sind in ganz Norwegen*Keilhau* im *nyt Mag. for Naturvid.* 1832 Bd. I. p. 105–254, Bd. II. p. 57; *Bravais sur les lignes d'ancien niveau de la Mer* 1843 p. 15–40. Vergl. auch *Darwin* on the Parallel roads of Glen-Roy and Lochaber in den *Philos. Transact.* for 1839 p. 60. vom Cap Lindesnäs bis zum äußersten Nordcap durch Muschelbänke des jetzigen Meeres bezeichnet, und neuerlichst von Bravais während des langen winterlichen Aufenthalts in Bosekop auf das genaueste gemessen worden. Sie liegen bis 600 Fuß hoch über dem jetzigen mittleren Meeresstande, und erscheinen nach Keilhau und Eugen Robert auch dem Nordcap gegenüber (in NNW) an den Küsten von Spitzbergen.

Leopold von Buch, der am frühesten auf die hohe Muschelbank bei Tromsoe (Breite 69° 40') aufmerksam gemacht, hat aber schon gezeigt, daß die älteren Hebungen am nordischen Meere zu einer anderen Classe von Erscheinungen gehören als das sanfte (nicht plötzliche oder ruckweise) Aufsteigen des schwedischen Littorals im bothnischen Meerbusen. Die letztere, durch sichere historische Zeugnisse wohl bewährte Erscheinung darf ebenfalls nicht mit der Niveau-Veränderung des Bodens bei Erdbeben (wie an den Küsten von Chili und Cutsch) verwechselt werden. Sie hat ganz neuerlich zu ähnlichen Beobachtungen in anderen Ländern Veranlassung gegeben. Dem Aufsteigen entspricht bisweilen als Folge der *Faltung* der Erdschichten ein bemerkbares *Sinken:* so in West-Grönland (nach Pingel und Graah), in Dalmatien und in Schonen.

Wenn man es für überaus wahrscheinlich hält, daß im Jugendalter unseres Planeten die oscillirenden Bewegungen des Bodens, die Hebung und Senkung der Oberfläche intensiver als jetzt waren: so darf man weniger erstaunt sein im Inneren der Continente selbst noch einzelne Theile der Erdoberfläche zu finden, welche tiefer als der dermalige, überall gleiche Meeresspiegel liegen. Beispiele dieser Art bieten dar die vom General Andréossy beschriebenen Natron-Seen, die kleinen bitteren Seen auf der Landenge von Suez, das caspische Meer, der See Tiberias und vor allem das todte Meer. Das Niveau der Wasser in den beiden letzten Seen ist 625 und 1230 Fuß niedriger als der Wasserspiegel des mittelländischen Meeres. Wenn man das Schuttland, welches die Steinschichten in so vielen ebenen Gegenden der Erde bedeckt, plötzlich wegnehmen könnte, so würde sich offenbaren, wie viele Theile der felsigen Erdoberfläche auch dermalen tiefer liegen als der jetzige Meeresspiegel. Das periodische, wenn gleich unregelmäßig wechselnde Steigen und Fallen der Wasser des caspischen Meeres, wovon ich selbst in dem nördlichen Theile dieses Beckens deutliche Spuren gesehen, scheint zu beweisen*Sur la Mobilité du fond de la Mer Caspienne* in meiner *Asie centr.* T. II. p. 283–294. Auf meine Aufforderung hat die kaiserliche Akademie der Wissenschaften zu St. Petersburg 1830 bei Baku auf der Halbinsel Abscheron durch den gelehrten Physiker *Lenz* feste Marken (Zeichen, den mittleren Wasserstand zu einer bestimmten Epoche angebend) an verschiedenen Punkten eingraben lassen. Auch habe ich 1839 in einem der Nachträge zu der Instruction, welche dem Capitän Roß für die antarctische Expedition ertheilt ward, darauf gedrungen, daß überall an Felsen in der südlichen Hemisphäre, wo sich dazu Gelegenheit fände, *Marken*, wie in

Schweden und am caspischen Meere, eingegraben werden möchten. Wäre dies schon auf den ältesten Reisen von Bougainville und Cook geschehen, so würden wir jetzt wissen: ob die seculare relative Höhenveränderung von Meer und Land ein allgemeines oder nur ein örtliches Naturphänomen sei; ob ein Gesetz der Richtung in den Punkten erkannt werden kann, die gleichzeitig steigen oder sinken., wie die Beobachtungen von Darwin in den Corallen-MeerenUeber das Sinken und Steigen des Bodens der Südsee und die verschiedenen areas of alternate movements s. *Darwin's Journal* p. 557 und 561–566.: daß, ohne eigentliches Erbeben, der Erdboden noch jetzt derselben sanften und fortschreitenden Oscillationen fähig ist, welche in der Urzeit, als die Dicke der schon erhärteten Erdrinde geringer war, sehr allgemein gewesen sind.

Die Erscheinungen, auf welche wir hier die Aufmerksamkeit heften, mahnen an die Unbeständigkeit der gegenwärtigen Ordnung der Dinge; an die Veränderungen, denen nach langen Zeit-Intervallen der Umriß und die Gestaltung der Continente sehr wahrscheinlich unterworfen sind. Was für die nächsten Menschenalter kaum bemerkbar ist, häuft sich in Perioden an, von deren Länge uns die Bewegung ferner Himmelskörper das Maaß giebt. Seit 8000 Jahren ist vielleicht das östliche Ufer der scandinavischen Halbinsel um 320 Fuß gestiegen; in 12000 Jahren werden, wenn die Bewegung gleichmäßig ist, Theile des Meerbodens, welche dem Ufer der Halbinsel nahe liegen und heute noch mit einer Wasserschicht von beinahe 50 Brassen Dicke bedeckt sind, an die Oberfläche kommen und anfangen trocken zu liegen. Was ist aber die Kürze dieser Zeiten gegen die Länge der geognostischen Perioden, welche die Schichtenfolge der Formationen und die Schaaren untergegangener, ganz verschiedenartiger Organismen uns offenbaren! Wie wir hier nur das Phänomen der Hebung betrachten, so können wir, auf die Analogien beobachteter Thatsachen gestützt, in gleichem Maaße auch die Möglichkeit des Sinkens, der Depression ganzer Landstriche annehmen. Die *mittlere* Höhe des nicht gebirgigen Theils von Frankreich beträgt noch nicht volle 480 Fuß. Mit älteren *geognostischen Perioden* verglichen, in denen größere Veränderungen im Innern des Erdkörpers vorgingen, gehört also eben nicht eine sehr lange Zeit dazu, um sich beträchtliche Theile vom nordwestlichen Europa bleibend überschwemmt, in ihren Littoral-Umrissen wesentlich anders gestaltet zu denken, als sie es dermalen sind.

Sinken und Steigen des Festen oder des Flüssigen – in ihrem einseitigen Wirken so entgegengesetzt, daß das Steigen des einen das scheinbare Sinken des andern hervorruft – sind die Ursach aller Gestalt-Veränderungen der Continente. In einem allgemeinen Naturgemälde, bei einer freien, nicht einseitigen Begründung der Erscheinungen in der Natur muß daher wenigstens auch der *Möglichkeit* einer Wasser-Verminderung, eines wirklichen Sinkens des Meeresspiegels Erwähnung geschehen. Daß bei der ehemaligen erhöhten Temperatur der Erdoberfläche, bei der größeren, wasserverschluckenden Zerklüftung derselben, bei einer ganz anderen Beschaffenheit der Atmosphäre einst große Veränderungen im Niveau der Meere statt gefunden haben, welche von der Zu- oder Abnahme des Tropfbar-Flüssigen auf der Erde abhingen: ist wohl keinem Zweifel unterworfen. In dem dermaligen Zustande unsres Planeten fehlt es aber bisher gänzlich an directen Beweisen für eine reelle, fortdauernde Ab- oder Zunahme des Meeres; es fehlt auch an Beweisen für allmälige Veränderungen der *mittleren* Barometerhöhe im Niveau der Meere an denselben Beobachtungspunkten. Nach Daussy's und Antonio Nobile's Erfahrungen würde Vermehrung der Barometerhöhe ohnedies von selbst eine Erniedrigung des Wasserspiegels hervorbringen. Da aber der mittlere Druck der Atmosphäre im Niveau des Oceans aus meteorologischen Ursachen der Windesrichtung und Feuchtigkeit nicht unter allen Breiten derselbe ist, so würde das Barometer allein nicht einen *sicheren* Zeugen der Niveau-Veränderung des Tropfbar-Flüssigen abgeben. Die denkwürdigen Erfahrungen, nach denen im Anfange dieses Jahrhunderts wiederholt einige Häfen des Mittelmeeres viele Stunden lang ganz trocken lagen, scheinen zu beweisen, daß in ihrer Richtung und Stärke veränderte Meeresströmungen, ohne wirkliche Wasser-Vermindrung, ohne eine allgemeine Depression des ganzen Oceans, ein *örtliches* Zurücktreten des Meeres und ein permanentes Trockenlegen von einem kleinen Theile des Littorals veranlassen *können*. Bei den Kenntnissen, die wir neuerlichst von diesen verwickelten Erscheinungen erlangt haben, muß man sehr vorsichtig in ihrer Deutung sein: da leicht einem der „alten Elemente", dem Wasser, zugeschrieben wird, was zwei anderen, der Erde oder der Luft, angehört.

Wie die Gestaltung der Continente, die wir bisher in ihrer *horizontalen* Ausdehnung geschildert haben, durch *äußere Gliederung*, d. i. vielfach eingeschnittene Küsten-Umrisse, einen wohlthätigen Einfluß auf das Klima, den Handel und die Fortschritte der Cultur ausübt; so giebt es auch eine Art der *inneren Gliederung* durch senkrechte Erhebung des Bodens (Bergzüge und Hochebenen), welche nicht minder wichtige Folgen hat. Alles, was auf der Oberfläche des Planeten, dem Wohnsitze des Menschengeschlechts,

Abwechselung der Formen und *Vielgestaltung (Polymorphie)* erzeugt (neben den Bergketten große Seen, Grassteppen, selbst Wüsten, von Waldgegenden küstenartig umgeben): prägt dem Völkerleben einen eigenthümlichen Charakter ein. Schneebedeckte Hochmassen hindern den Verkehr; aber ein Gemisch von niedrigeren *abgesonderten Gebirgsgliedern* und Tiefländern, wie so glücklich sie das westliche und südliche Europa darbietet, vervielfältigt die meteorologischen Processe, wie die Producte des Pflanzenreichs; es erzeugt auch, weil dann jedem Erdstrich, selbst unter denselben Breitengraden, andre Culturen angehören, Bedürfnisse, deren Befriedigung die Thätigkeit der Einwohner anregt. So haben die furchtbaren Umwälzungen, welche in Folge einer Wirkung des *Inneren* gegen das Aeußere durch plötzliches Aufrichten eines Theils der oxydirten Erdrinde das Emporsteigen mächtiger Gebirgsketten veranlaßten, dazu gedient, nach Wiederherstellung der Ruhe, nach dem Wieder-Erwachen schlummernder Organismen den Festen beider Erdhälften einen schönen Reichthum individueller Bildungen zu verleihen; ihnen wenigstens dem größeren Theile nach die öde Einförmigkeit zu nehmen, welche verarmend auf die physischen und intellectuellen Kräfte der Menschheit einwirkt.

Jedem Systeme dieser Bergketten ist nach den großartigen Ansichten von Élie de Beaumont ein relatives Alter angewiesen: so daß das Aufsteigen der Bergkette nothwendig zwischen die Ablagerungszeiten der aufgerichteten und der bis zum Fuß der Berge sich horizontal erstreckenden Schichten fallen muß. Die *Faltungen* der Erdrinde (Aufrichtungen der Schichten), welche von gleichem geognostischen Alter sind, scheinen sich dazu einer und derselben Richtung anzuschließen. Die Streichungslinie der aufgerichteten Schichten ist nicht immer der Achse der Ketten parallel, sondern durchschneidet bisweilen dieselbe: so daß dann, meiner Ansicht nach*Humboldt, Asie centrale* T. I. p. 277–283. Siehe auch mein *Essai sur le Gisement des Roches* 1822 p. 57 und *Relat. hist.* T. III. p. 244–250., das Phänomen der Aufrichtung der Schichten, die man selbst in der angrenzenden Ebene wiederholt findet, älter sein muß als die Hebung der Kette. Die Hauptrichtung des ganzen Festlandes von Europa (Südwest gen Nordost) ist den großen Erdspalten entgegengesetzt, welche sich (Nordwest gen Südost) von den Mündungen des Rheins und der Elbe durch das adriatische und rothe Meer, wie durch das Bergsystem des Puschti-Koh in Luristan nach dem persischen Meerbusen und dem indischen Ocean hinziehen. Ein solches fast rechtwinkliges Durchkreuzen geodäsischer Linien hat einen mächtigen Einfluß ausgeübt auf die Handelsverhältnisse von Europa mit Asien und dem nordwestlichen Afrika, wie auf den Gang der Civilisation an den vormals glücklicheren Ufern des Mittelmeers.

Wenn mächtige und hohe Gebirgsketten als Zeugen großer Erdrevolutionen, als Grenzscheiden der Klimate, als Wasser-Vertheiler oder als Träger einer anderen Pflanzenwelt unsere Einbildungskraft beschäftigen; so ist es um so nothwendiger, durch eine richtige numerische Schätzung ihres Volums zu zeigen, wie gering im ganzen die Quantität der gehobenen Massen im Vergleich mit dem Areal ganzer Länder ist. Die Masse der Pyrenäen z. B.: einer Kette, von der die mittlere Höhe des Rückens und der Flächeninhalt der Basis, welche sie bedeckt, durch genaue Messungen bekannt sind; würde, auf das Areal von Frankreich gestreut, letzteres Land nur um 108 Fuß erhöhen. Die Masse der östlichen und westlichen Alpenkette würde in ähnlichem Sinne die Höhe des Flachlandes von Europa nur um 20 Fuß vermehren. Durch eine mühevolle Arbeit*De la hauteur moyenne des continents* in der *Asie centrale* T. I. p. 82–90 und 165–189. Die Resultate, welche ich erhalten, sind als Grenz-Zahlen (nombres-limites) zu betrachten. Laplace hat die mittlere Höhe der Continente zu 3078 Fuß, also wenigstens um das Dreifache zu hoch, angeschlagen. Der unsterbliche Geometer (*Mécanique céleste* T. V. p. 14) ward zu dieser Annahme durch Hypothesen über die mittlere Tiefe des Meeres veranlaßt. Ich habe gezeigt (*Asie centr.* T. I. p. 93), wie schon die Alexandrinischen Mathematiker nach dem Zeugniß des *Plutarchus* (*in Aemilio Paulo* cap. 15) diese Meerestiefe durch die Höhe der Berge bedingt glaubten. Die Höhe des Schwerpunkts des Volums der Continental-Massen ist in dem Lauf der Jahrtausende wahrscheinlich kleinen Veränderungen unterworfen., die aber ihrer Natur nach nur eine obere Grenze: d. i. eine Zahl giebt, welche wohl kleiner, aber nicht größer sein kann, habe ich gefunden, daß der *Schwerpunkt des Volums* der über dem jetzigen Meeresspiegel gehobenen Länder in Europa und Nordamerika 630 und 702, in Asien und Südamerika 1062 und 1080 Fuß hoch liegt. Diese Schätzungen bezeichnen die Niedrigkeit der nördlichen Regionen; die großen Steppen des Flachlandes von Sibirien werden durch die ungeheure Anschwellung des asiatischen Bodens zwischen den Breitengraden von 28°½ bis 40°: zwischen dem Himalaya, dem nord-tübetischen Kuen-lün und dem Himmelsgebirge, compensirt. Man liest gewissermaßen in den gefundenen Zahlen, wo die plutonischen Mächte des inneren Erdkörpers am stärksten in der Hebung der Continental-Massen gewirkt haben.

Nichts kann uns Sicherheit geben, daß jene plutonischen Mächte im Lauf kommender Jahrhunderte den von Élie de Beaumont bisher aufgezählten Bergsystemen verschiedenen Alters und verschiedener Richtung nicht neue hinzufügen werden. Warum sollte die Erdrinde schon die Eigenschaft sich zu *falten* verloren haben? Die fast zuletzt hervorgetretenen Gebirgssysteme der Alpen und der Andeskette haben im Montblanc und Monte Rosa, im Sorata, Illimani und Chimborazo Colosse gehoben, welche eben nicht auf eine Abnahme in der Intensität der unterirdischen Kräfte schließen lassen. Alle geognostische Phänomene deuten auf periodische Wechsel von Thätigkeit und Ruhe. Die Ruhe, die wir genießen, ist nur eine scheinbare. Das Erdbeben, welches die Oberfläche unter allen Himmelsstrichen, in jeglicher Art des Gesteins erschüttert: das aufsteigende Schweden, die Entstehung neuer Ausbruchs-Inseln zeugen eben nicht für ein stilles Erdenleben.

Die beiden Umhüllungen der starren Oberfläche unsres Planeten, die *tropfbar-flüssige* und die *luftförmige*, bieten, neben den Contrasten, welche aus der großen Verschiedenheit ihres Aggregat- und Elasticitäts-Zustandes entstehen, auch, wegen der Verschiebbarkeit der Theile, durch ihre Strömungen und ihre Temperatur-Verhältnisse mannigfaltige Analogien dar. Die Tiefe des Oceans und des Luftmeeres sind uns beide unbekannt. Im Ocean hat man an einigen Punkten, unter den Tropen, in einer Tiefe von 25300 Fuß (mehr als einer geographischen Meile) noch keinen Grund gefunden; im letzteren, falls es, wie Wollaston will, begrenzt und also wellenschlagend ist, läßt das Phänomen der *Dämmerung* auf eine wenigstens neunmal größere Tiefe schließen. Das *Luftmeer* ruht theils auf der festen Erde: deren *Bergketten* und Hochebenen, wie wir schon oben bemerkt, als grüne, waldbewachsene *Untiefen* aufsteigen; theils auf dem Ocean: dessen Oberfläche den beweglichen Boden bildet, auf dem die unteren dichteren, wassergetränkten Luftschichten gelagert sind.

Von der Grenze beider, des Luftmeeres und des Oceans, an aufwärts und abwärts sind Luft- und Wasserschichten bestimmten Gesetzen der *Wärme-Abnahme* unterworfen. In dem Luftmeer ist diese Wärme-Abnahme um vieles langsamer als im Ocean. Das Meer hat unter allen Zonen eine Tendenz die Wärme seiner Oberfläche in den der Luft nächsten Wasserschichten zu bewahren, da die erkalteten Theile als die schwereren hinabsteigen. Eine große Reihe sorgfältiger Temperatur-Beobachtungen lehrt, daß in dem gewöhnlichen und *mittleren* Zustande seiner Oberfläche der Ocean, vom Aequator an bis 48° nördlicher und südlicher Breite, etwas wärmer ist als die zunächst liegenden

Luftschichten. Wegen der mit der Tiefe abnehmenden Temperatur können Fische und andere Bewohner des Meeres, die vielleicht wegen der Natur ihrer Kiemen und Haut-Respiration tiefe Wasser lieben, selbst unter den Wendekreisen nach Willkühr die niedrige Temperatur, das kühle Klima finden, welche ihnen in höheren Breiten unter der gemäßigten und kalten Zone vorzugsweise zusagten. Dieser Umstand, analog der milden, ja selbst kalten Alpenluft auf den Hochebenen der heißen Zone, übt einen wesentlichen Einfluß aus auf die Migration und die geographische Verbreitung vieler Seethiere. Die Tiefe, in der die Fische leben, modificirt durch vermehrten Druck gleichmäßig ihre Haut-Respiration und den Sauer- und Stickstoff-Gehalt der Schwimmblase.

Da süßes und salziges Wasser nicht bei derselben Temperatur das Maximum ihrer Dichtigkeit erreichen und der Salzgehalt des Meeres den Thermometergrad der *größten Dichtigkeit* herabzieht, so hat man auf den Reisen von Kotzebue und Dupetit-Thouars aus den pelagischen Abgründen Wasser schöpfen können, welche die niedrige Temperatur von 2°,8 und 2°,5 hatten. Diese eisige Temperatur des Meerwassers herrscht auch in der Tiefe der Tropenmeere: und ihre Existenz hat zuerst auf die Kenntniß der unteren Polarströme geleitet, die von den beiden Polen gegen den Aequator hin gerichtet sind. Ohne diese *unterseeische* Zuströmung würden die Tropenmeere in jenen Abgründen nur diejenige Temperatur haben können, welche dem Maximum der Kälte gleich ist, die örtlich die herabsinkenden Wassertheilchen an der wärmestrahlenden und durch Luft-Contact erkälteten Oberfläche im Tropenklima erlangen. In dem mittelländischen Meere wird, wie Arago scharfsinnig bemerkt, die große Erkältung der unteren Wasserschichten bloß darum nicht gefunden, weil das Eindringen des tiefen Polarstromes in die Straße von Gibraltar, wo an der Oberfläche das atlantische Meer von Westen gen Osten einströmt, durch eine ostwestliche *untere Gegenströmung* des mittelländischen Meeres in den atlantischen Ocean gehindert wird.

Die, im allgemeinen die Klimate ausgleichende und mildernde tropfbar-flüssige Umhüllung unsers Planeten zeigt da, wo sie nicht von pelagischen Strömen kalter und warmer Wasser durchfurcht wird, fern von den Küsten in der Tropenzone, besonders zwischen 10° nördlicher und 10° südlicher Breite: in Strecken, die Tausende von Quadratmeilen einnehmen, eine bewundernswürdige Gleichheit und Beständigkeit der Temperatur. Man hat daher mit Recht gesagt"On pourra (par la température de l'Océan sous les tropiques) attaquer avec succès une question capitale restée jusqu'ici indécise, la question de la constance des températures terrestres, sans avoir à s'inquiéter des influences locales naturellement fort circonscrites, provenant du déboisement des plaines et des montagnes, du dessèchement des lacs et des marais. Chaque siècle, en léguant aux siècles futurs quelques chiffres bien faciles à obtenir, leur donnera le moyen peut-être le plus simple, le plus exact et le plus direct de décider si le soleil, aujourd'hui source première, à peu près exclusive de la chaleur de notre globe, change de constitution physique et d'éclat, comme la plupart des étoiles: ou si au contraire cet astre est arrivé à un état permanent." *Arago* in den *Comptes rendus des séances de l'Acad. des Sciences* T. XI. 1840 p. 309., daß eine genaue und lange fortgesetzte Ergründung dieser thermischen Verhältnisse der Tropenmeere uns auf die einfachste Weise über das große, vielfach bestrittene Problem der Constanz der Klimate und der Erdwärme unterrichten könne. Große Revolutionen auf der leuchtenden Sonnenscheibe würden sich demnach, wenn sie von langer Dauer wären, gleichsam in der veränderten mittleren Meereswärme, sicherer noch als in den mittleren Temperaturen der Feste, reflectiren. Die Zonen, in welchen die Maxima der Dichte (des Salzgehalts) und der Temperatur liegen, fallen nicht mit dem Aequator zusammen. Beide Maxima sind von einander getrennt, und die wärmsten Wasser scheinen zwei nicht ganz parallele Banden nördlich und südlich vom geographischen Aequator zu bilden. Das Maximum des Salzgehalts fand Lenz, auf seiner Reise um die Erde, im stillen Meere in 22° nördlicher und 17° südlicher Breite. Wenige Grade südlich von der Linie lag sogar die Zone des geringsten Salzgehaltes. In den Regionen der Windstille kann die Sonnenwärme wenig die Verdunstung befördern, weil eine mit Salzdunst geschwängerte Luftschicht dort unbewegt und unerneuert auf der Oberfläche des Meeres ruht.

Die Oberfläche aller mit einander zusammenhangenden Meere muß *im allgemeinen* hinsichtlich ihrer mittleren Höhe als vollkommen in Niveau stehend betrachtet werden. Oertliche Ursachen (wahrscheinlich herrschende Winde und Strömungen) haben aber in einzelnen tief-eingeschnittenen Busen, z. B. im rothen Meere, permanente, wenn gleich geringe Verschiedenheiten des Niveau's hervorgebracht. An der Landenge von Suez beträgt der höhere Stand der Wasser über denen des Mittelmeers zu verschiedener Tagesstunde 24 und 30 Fuß. Die Form des Canals (Bab-el-Mandeb), durch welchen die indischen Wasser leichter ein- als ausströmen können, scheint zu dieser merkwürdigen permanenten, schon im Alterthum bekannten Erhöhung der Oberfläche des rothen Meeres mit beizutragen. Die vortrefflichen geodätischen Operationen von Coraboeuf und Delcros zeigen längs der Kette der Pyrenäen wie zwischen den Küsten von Nord-Holland und Marseille keine bemerkbare Verschiedenheit der Gleichgewichts-Oberfläche des Oceans und des Mittelmeers.S. die numerischen Resultate a. a. O. T. II. p. 328–333. Durch das geodätische Nivellement, welches auf meine Bitte mein vieljähriger Freund, der General Bolivar, durch Lloyd und Falmarc hat in den Jahren 1828 und 1829 ausführen lassen, ist erwiesen, daß die Südsee höchstens $3^{\cdot}/_{5}$ Fuß höher als das antillische Meer liegt; so daß zu verschiedenen Stunden der relativen Ebbe- und Flutzeit bald das eine, bald das andere Meer das niedere ist. Wenn man bedenkt, daß in einer Länge von 16 Meilen und bei 933 Einstellungen des gebrauchten Niveau's in eben so vielen Stationen man sich leicht um eine halbe Toise habe irren können, so findet man hier einen neuen Beweis des Gleichgewichts der um das Cap Horn strömenden Wasser (*Arago* im *Annuaire du Bureau des Longitudes* pour 1831 p. 319). Ich hatte durch Barometer-Messungen, die ich in den Jahren 1799 und 1804 anstellte, schon zu erkennen geglaubt, daß, wenn ein Unterschied zwischen dem Niveau der Südsee und des antillischen Meeres vorhanden wäre, derselbe nicht über 3 Meter (9 Fuß 3 Zoll) betragen könne. S. meine *Relat. hist.* T. III. p. 555–557 und *Annales de Chimie* T. I. p. 55–64. Die Messungen, welche den *hohen* Stand der Wasser im Golf von Mexico und in dem nördlichsten Theile des adriatischen Meeres durch Verbindung der trigonometrischen Operationen von Delcros und Choppin mit denen der schweizerischen und östreichischen Ingenieure beweisen sollen, sind vielem Zweifel unterworfen. Es ist trotz der Form des adriatischen Meeres unwahrscheinlich, daß der Wasserspiegel in seinem nördlichsten Theile fast 26 Fuß höher als der Wasserspiegel des Mittelmeers bei Marseille und 23,4 höher als der atlantische Ocean sei. S. meine *Asie centr.* T. II. p. 332.

Störungen des Gleichgewichts und die dadurch erregte Bewegung der Wasser sind: theils unregelmäßig und vorübergehend vom Winde abhängig, und Wellen erzeugend, die fern von den Küsten im offenen Meere, im Sturm, über 35 Fuß Höhe ansteigen; theils regelmäßig und periodisch durch die Stellung und Anziehung der Sonne und des Monds bewirkt (Ebbe und Fluth); theils permanent, doch in ungleicher Stärke, als pelagische Strömung. Die Erscheinungen der Ebbe und Fluth, über alle Meere verbreitet (außer den kleinen und sehr eingeschlossenen, wo die Fluthwelle kaum oder gar nicht merklich wird), sind durch die Newton'sche Naturlehre *vollständig* erklärt, d. h. „in den Kreis des Nothwendigen zurückgeführt". Jede dieser periodisch wiederkehrenden Schwankungen des Meerwassers ist etwas länger als ein halber Tag. Wenn sie im offenen Weltmeer kaum die Höhe von einigen Fußen betragen, so steigen sie als Folge der Configuration der Küsten, die sich der kommenden Fluthwelle entgegensetzen, in St. Malo zu 50, in Acadien zu 65 bis 70 Fuß. „Unter der Voraussetzung, daß die Tiefe des Meeres vergleichungsweise mit dem Halbmesser der Erde nicht bedeutend sei: hat die Analyse des großen Geometers Laplace bewiesen, wie die *Stetigkeit* des Gleichgewichts des Meeres fordere, daß die Dichte seiner Flüssigkeit *kleiner* sei als die mittlere Dichte der Erde. In der That ist die letztere, wie wir oben gesehen, fünfmal so groß als die des Wassers. Das hohe Land kann also nie überfluthet werden, und die auf den Gebirgen gefundenen Ueberreste von Seethieren können keinesweges durch ehemals höhere Fluthen (durch die Stellung der Sonne und des Mondes veranlaßt) in diese Lage gekommen sein." Es ist kein geringes Verdienst der Analyse, die in den unwissenschaftlichen Kreisen des sogenannten bürgerlichen Lebens vornehm verschmäht wird, daß Laplace's vollendete Theorie der Ebbe und Fluth es möglich gemacht hat in unseren astronomischen Ephemeriden die Höhe der bei jedem Neu- und Vollmonde zu erwartenden Springfluthen vorherzuverkündigen und so die Küstenbewohner auf die eintretende, besonders bei der Mondnähe noch vermehrte Gefahr aufmerksam zu machen.

Oceanische *Strömungen*, welche einen so wichtigen Einfluß auf den Verkehr der Nationen und auf die klimatischen Verhältnisse der Küsten ausüben, sind fast gleichzeitig von einer Menge sehr verschiedenartiger, theils großer, theils scheinbar kleiner Ursachen abhängig. Dahin gehören: die um die Erde fortschreitende *Erscheinungszeit* der Ebbe und Fluth, die Dauer und Stärke der herrschenden Winde, die durch Wärme und Salzgehalt unter verschiedenen Breiten und Tiefen modificirte Dichte und specifische Schwere der Wassertheilchen, die von Osten nach Westen successiv eintretenden und unter den Tropen so regelmäßigen, *stündlichen* Variationen des Luftdruckes. Die Strömungen bieten das merkwürdige Schauspiel dar, daß sie von bestimmter Breite in verschiedenen Richtungen das Meer *flußartig* durchkreuzen, während daß nahe Wasserschichten unbewegt gleichsam das Ufer bilden. Dieser Unterschied der bewegten und ruhenden Theile ist am auffallendsten, wo lange Schichten von fortgeführtem Seetang die Schätzung der Geschwindigkeit der Strömung erleichtern. In den unteren Schichten der Atmosphäre bemerkt man bei Stürmen bisweilen ähnliche Erscheinungen der begrenzten Luftströmung.

Mitten im dichten Walde werden die Bäume nur in einem schmalen Längenstreifen umgeworfen.

Die allgemeine Bewegung der Meere zwischen den Wendekreisen von Osten nach Westen (*Aequatorial-* oder *Rotations-Strom* genannt) wird als eine Folge der fortschreitenden Fluthzeit und der Passatwinde betrachtet. Sie verändert ihre Richtung durch den Widerstand, welchen sie an den vorliegenden östlichen Küsten der Continente findet. Das neue Resultat, welches Daussy aus der Bewegung aufgefangener, von Reisenden absichtlich ausgeworfener Flaschen geschöpft hat, stimmt bis auf ¹/₁₈ mit der Schnelligkeit der Bewegung überein (10 französische milles marins, jedes zu 952 Toisen, alle 24 Stunden), welche ich nach der Vergleichung früherer Erfahrungen gefunden hatte. Schon in dem Schiffsjournal seiner dritten Reise (der ersten, in welcher er gleich im Meridian der canarischen Inseln in die Tropengegend zu gelangen suchte) sagt Christoph Columbus*Humboldt, Examen crit. de l'hist. de la Géogr.* T. III. p. 100. Columbus setzt bald hinzu (*Navarrete, coleccion de los Viages y Descubrimientos de los Españoles* T. I. p. 260), daß „in dem antillischen Meere die Bewegung am stärksten ist". In der That nennt jene Region *Rennell* (*investigation of Currents* p. 23) "not a current, but a sea in motion".: „ich halte es für ausgemacht, daß die Meereswasser sich von Osten gen Westen bewegen, wie der Himmel (las aguas van con los cielos)"; d. i. wie die scheinbare Bewegung von Sonne, Mond und allen Gestirnen.

Die schmalen Ströme, wahre *oceanische Flüsse*, welche die Weltmeere durchstreifen, führen warme Wasser in höhere, oder kalte Wasser in niedere Breiten. Zu der ersten Classe gehört der berühmte, von Anghiera*Petrus Martyr de Angleria de rebus Oceanicis et Orbe Novo*, Bas. 1523, Dec. III lib. VI p. 57. Vergl. *Humboldt, Examen critique* T. II. p. 254–257 und T. III. p. 108. und besonders von Sir Humfrey Gilbert bereits im sechzehnten Jahrhundert erkannte *atlantische Golfstrom*Humboldt, Examen crit. T. II. p. 250, *Relat. hist.* T. I. p. 66-74.: dessen erster Anfang und Impuls südlich vom Vorgebirge der guten Hoffnung zu suchen ist, und der in seinem großen Kreislaufe aus dem Meer der Antillen und dem mexicanischen Meerbusen durch die Bahama-Straße ausmündet; von Süd-Süd-West gen Nord-Nord-Ost gerichtet, sich immer mehr und mehr von dem Littoral der Vereinigten Staaten entfernt und, bei der Bank von Neufundland ostwärts abgelenkt, häufig tropische Saamen (Mimosa scandens, Guilandina bonduc, Dolichos urens) an die Küsten von Irland, von den Hebriden und von Norwegen wirft. Seine nordöstlichste Verlängerung trägt wohlthätig zu der minderen Kälte des Seewassers und des Klima's an dem nördlichsten Cap von Scandinavien bei. Wo der warme Golfstrom sich von der Bank von Neufundland gegen Osten wendet, sendet er unweit der Azoren einen Arm gegen Süden. Dort liegt das *Sargasso-Meer:* die große Fucus-Bank, welche so lebhaft die Einbildungskraft von Christoph Columbus beschäftigte und welche Oviedo die *Tang-Wiesen* (Praderias de yerva) nennt. Eine Unzahl kleiner Seethiere bewohnen diese ewig grünenden, von lauen Lüften hin und her bewegten Massen von Fucus natans, einer der verbreitetsten unter den *geselligen* Pflanzen des Meeres.

Das Gegenstück zu diesem, fast ganz der nördlichen Hemisphäre zugehörigen Strom im atlantischen *Meeresthale* zwischen Afrika, Amerika und Europa bildet eine Strömung in der Südsee, deren niedrige, auch auf das Klima des Littorals bemerkbar einwirkende Temperatur ich im Herbst 1802 zuerst aufgefunden habe. Sie bringt die kalten Wasser der hohen südlichen Breiten an die Küsten von Chili, folgt den Küsten dieses Landes und denen von Peru erst von Süden gegen Norden, dann (von der Bucht bei Arica an) von Süd-Süd-Ost gegen Nord-Nord-West. Mitten in der Tropengegend hat dieser kalte oceanische Strom zu gewissen Jahreszeiten nur 15°,6 (12°½ R.), während daß die ruhenden Wasser außerhalb des Stromes eine Temperatur von 27°,5 und 28°,7 (22–23° R.) zeigen. Wo das Littoral von Südamerika, südlich von Payta, am meisten gegen Westen vorspringt, beugt der Strom sich plötzlich in derselben Richtung von dem Lande ab, von Osten gegen Westen gewandt: so daß man, weiter nach Norden schiffend, von dem kalten Wasser plötzlich in das warme gelangt.

Man weiß nicht, wie weit die oceanischen Ströme, warme und kalte, gegen den Meeresboden hin ihre Bewegung fortpflanzen. Die Ablenkung der südafrikanischen Strömung durch die, volle 70–80 Brassen tiefe Lagullas-Bank scheint eine solche Fortpflanzung zu erweisen. Sandbänke und Untiefen, außerhalb der Strömungen gelegen, sind mehrentheils, nach der Entdeckung des edlen Benjamin Franklin, durch die Kälte der Wasser erkennbar, welche auf denselben ruhen. Diese Erniedrigung der Temperatur scheint mir in dem Umstande gegründet, daß durch Fortpflanzung der Bewegung des Meeres tiefe Wasser an den Rändern der Bänke aufsteigen und sich mit den oberen vermischen. Mein verewigter Freund Sir Humphry Davy dagegen schrieb die Erscheinung, von der die Seefahrer oft für die Sicherheit der Schifffahrt praktischen Nutzen ziehen könnten, dem Herabsinken der an der Oberfläche nächtlich erkalteten Wassertheilchen zu. Diese bleiben der Oberfläche näher, weil die Sandbank sie hindert in größere Tiefe herabzusinken. Das Thermometer ist durch Franklin in ein *Senkblei* umgewandelt. Auf den Untiefen entstehen häufig Nebel, da ihre kälteren Wasser den Dunst aus der Seeluft niederschlagen. Solche Nebel habe ich, im Süden von Jamaica und auch in der Südsee, den Umriß von Bänken scharf und fern erkennbar bezeichnen gesehen. Sie stellen sich dem Auge wie Luftbilder dar, in welchen sich die Gestaltungen des unterseeischen Bodens abspiegeln. Eine noch merkwürdigere Wirkung der wassererkältenden Untiefen ist die, daß sie, fast wie flache Corallen- oder Sandinseln, auch auf die höheren Luftschichten einen bemerkbaren Einfluß ausüben. Fern von allen Küsten, auf dem hohen Meere, bei sehr heiterer Luft: sieht man oft Wolken sich über die Punkte lagern, wo die Untiefen gelegen sind. Man kann dann, wie bei einem hohen Gebirge, bei einem isolirten Pic, ihre Richtung mit dem Compaß aufnehmen.

Aeußerlich minder gestaltenreich als die Oberfläche der Continente, bietet das Weltmeer bei tieferer Ergründung seines Innern vielleicht eine reichere Fülle des organischen Lebens dar, als irgendwo auf dem Erdraume zusammengedrängt ist. Mit Recht bemerkt in dem anmuthigen Journal seiner weiten Seereisen Charles Darwin, daß unsere Wälder nicht so viele Thiere bergen als die niedrige Waldregion des Oceans: wo die am Boden wurzelnden Tang-Gesträuche der Untiefen oder die frei schwimmenden, durch Wellenschlag und Strömung losgerissenen Fucus-Zweige ihr zartes, durch Luftzellen emporgehobenes Laub entfalten. Durch Anwendung des Microscops steigert sich noch mehr, und auf eine bewundernswürdige Weise, der Eindruck der Allbelebtheit des Oceans: das überraschende Bewußtsein, daß überall sich hier Empfindung regt. In Tiefen, welche die Höhe unserer mächtigsten Gebirgsketten übersteigen, ist jede der auf einander gelagerten Wasserschichten mit polygastrischen Seegewürmen, Cyclidien und Ophrydinen belebt. Hier schwärmen, jede Welle in einen Lichtsaum verwandelnd und durch eigene Witterungs-Verhältnisse an die Oberfläche gelockt, die zahllose Schaar kleiner, funkelnd-blitzender Leuchtthiere: Mammarien aus der Ordnung der Acalephen, Crustaceen, Peridinium und kreisende Nereidinen.

Die Fülle dieser kleinen Thiere und des animalischen Stoffes, den ihre schnelle Zerstörung liefert, ist so unermeßlich, daß das ganze Meerwasser für viele größere Seegeschöpfe eine nährende Flüssigkeit wird. Wenn schon der Reichthum an belebten Formen, die Unzahl der verschiedenartigsten microscopischen und doch theilweise sehr ausgebildeten Organismen die

Phantasie anmuthig beschäftigt; so wird diese noch auf eine ernstere, ich möchte sagen feierlichere Weise angeregt durch den Anblick des Grenzenlosen und Unermeßlichen, welchen jede Seefahrt darbietet. Wer, zu geistiger Selbstthätigkeit erweckt, sich gern eine eigene Welt im Innern bauet, den erfüllt der Schauplatz des freien, offenen Meeres mit dem erhabenen Bilde des *Unendlichen*. Sein Auge fesselt vorzugsweise der ferne Horizont: wo unbestimmt wie im Dufte Wasser und Luft an einander grenzen, in den die Gestirne hinabsteigen und aus dem sie sich erneuern vor dem Schiffenden. Zu dem ewigen Spiel dieses Wechsels mischt sich, wie überall bei der menschlichen Freude, ein Hauch wehmüthiger Sehnsucht.

Eigenthümliche Vorliebe für das Meer; dankbare Erinnerung an die Eindrücke, die mir das bewegliche Element, zwischen den Wendekreisen, in friedlicher, nächtlicher Ruhe oder aufgeregt im Kampf der Naturkräfte gelassen: haben allein mich bestimmen können den *individuellen* Genuß des Anblicks vor *dem* wohlthätigen Einflusse zu nennen, welchen unbestreitbar der Contact mit dem Weltmeer auf die Ausbildung der Intelligenz und des Charakters vieler Völkerstämme, auf die Vervielfältigung der Bande, die das ganze Menschengeschlecht umschlingen sollen, auf die Möglichkeit zur Kenntniß der Gestaltung des Erdraums zu gelangen, endlich auf die Vervollkommnung der Astronomie und aller mathematischen und physikalischen Wissenschaften ausgeübt hat. Ein Theil dieses Einflusses war anfangs auf das Mittelmeer und die Gestade des südwestlichen Asiens beschränkt; aber von dem sechzehnten Jahrhundert an hat er sich weit verbreitet, und auf Völker erstreckt, die fern vom Meere im Innern der Continente leben. Seitdem Columbus "den *Ocean zu entfesseln gesandt war*" (so rief ihm auf seinem Krankenlager, im Traumgesicht am Flusse Belen, eine unbekannte Stimme zu), hat auch der Mensch sich geistig freier in unbekannte Regionen gewagt.

Die zweite, und zwar äußerste und allgemein verbreitete Umhüllung unseres Planeten: das *Luftmeer*, auf dessen niederem Boden oder Untiefen (Hochebenen und Bergen) wir leben, bietet sechs Classen der Naturerscheinungen dar, welche den innigsten Zusammenhang mit einander zeigen: und aus der chemischen Zusammensetzung der Atmosphäre; aus den Veränderungen der Diaphanität, Polarisation und Färbung; aus denen der Dichtigkeit oder des Druckes, der Temperatur, der Feuchtigkeit und der Electricität entstehen. Enthält die Luft im Sauerstoff das erste Element des physischen Thierlebens, so muß in ihrem Dasein noch eine andere Wohlthat, man möchte sagen höherer Art, bezeichnet werden. Die Luft ist die „Trägerinn des Schalles": also auch die Trägerinn der Sprache, der Mittheilung der Ideen, der Geselligkeit unter den Völkern. Wäre der Erdball der Atmosphäre beraubt, wie unser Mond, so stellte er sich uns in der Phantasie als eine klanglose Einöde dar.

Das Verhältniß der Stoffe, welche den uns zugänglichen Schichten des Luftkreises angehören, ist seit dem Anfange des neunzehnten Jahrhunderts ein Gegenstand von Untersuchungen gewesen, an denen Gay-Lussac und ich einen thätigen Antheil genommen haben. Erst ganz neuerlich hat durch die vortrefflichen Arbeiten von Dumas und Boussingault auf neuen und sicheren Wegen die chemische Analyse der Atmosphäre einen hohen Grad der Vollkommenheit erreicht. Nach dieser Analyse enthält die trockene Luft im Volum 20,8 Sauerstoff und 79,2 Stickstoff; dazu 2 bis 5 Zehntausendtheile Kohlensäure, eine noch kleinere Quantität von gekohltem Wasserstoff, und nach den wichtigen Versuchen von Saussure und Liebig Spuren von Ammoniacal-Dämpfen*Liebig* in seinem wichtigen Werke: *die organische Chemie in ihrer Anwendung auf Agricultur und Physiologie* 1840 S. 64–72. Ueber Einfluß der Luft-Electricität auf Erzeugung des salpetersauren Ammoniaks, der sich bei Berührung mit Kalk in kohlensauren verwandelt, s. Boussingault, *Économie rurale considerée dans ses rapports avec la Chimie et la Météorologie* 1844 T. II. p. 247 und 697 (vergl. auch T. I. p. 84)., die den Pflanzen ihre stickstoffhaltige Bestandtheile liefern. Daß der Sauerstoff-Gehalt nach Verschiedenheit der Jahreszeiten oder der örtlichen Lage auf dem Meere und im Inneren eines Continents um eine kleine, aber bemerkbare Menge variire, ist durch einige Beobachtungen von Lewy wahrscheinlich geworden. Man begreift, daß Veränderungen, welche microscopische animalische Organismen in der in dem Wasser aufgelösten Sauerstoff-Menge hervorbringen, Veränderungen in den Luftschichten nach sich ziehen können, die zunächst auf dem Wasser ruhen.*Lewy* in den *Comptes rendus de l'Acad. des Sciences* T. XVII. 1843 p. 235–248. In einer Höhe von 8226 Fuß (Faulhorn) war die durch Martins gesammelte Luft nicht sauerstoffärmer als die Luft zu Paris.J. *Dumas* in den *Annales de Chimie* 3ème Série T. III. 1841 p. 257.

Die Beimischung des kohlensauren Ammoniaks in der Atmosphäre darf man wahrscheinlich für älter halten als das Dasein der organischen Wesen auf der Oberfläche der Erde. Die Quellen der KohlensäureIn dieser Aufzählung ist des nächtlichen Aushauchens der Kohlensäure durch die Pflanzen, indem sie Sauerstoff einhauchen, nicht gedacht, da diese Vermehrung der Kohlensäure reichlich durch den Respirationsproceß der Pflanzen während des Tages ersetzt wird. Vergl. *Boussingault, Écon. rurale* T. I. p. 53-68; *Liebig, organische Chemie* S. 16 und 21. in dem Luftkreise sind überaus mannigfaltig. Wir nennen hier zuerst die Respiration der Thiere, welche den ausgehauchten Kohlenstoff aus der vegetabilischen Nahrung, wie die Vegetabilien aus dem Luftkreise, empfangen; das Innere der Erde in der Gegend ausgebrannter Vulkane und die Thermalquellen; die Zersetzung einer kleinen Beimischung gekohlten Wasserstoffs in der Atmosphäre durch die in der Tropengegend so viel häufigere electrische Entladung der Wolken. Außer den Stoffen, die wir so eben als der Atmosphäre in allen uns zugänglichen Höhen eigenthümlich genannt haben, finden sich noch zufällig, besonders dem Boden nahe, andere ihr beigesellt, welche theilweise als *Miasmen* und *gasförmige Contagien* auf die thierische Organisation gefahrbringend wirken. Ihre chemische Natur ist uns bisher nicht durch unmittelbare Zerlegung erwiesen; wir können aber, durch Betrachtung der Verwesungs-Processe, welche perpetuirlich auf der mit Thier- und Pflanzenstoffen bedeckten Oberfläche unseres Planeten vorgehen, wie durch Combinationen und Analogien aus dem Gebiete der Pathologie geleitet, auf das Dasein solcher schädlichen örtlichen Beimischungen schließen. Ammoniacalische und andere stickstoffhaltige Dämpfe, Schwefel-Wasserstoff-Säure, ja Verbindungen, die den vielbasigen (ternären und quaternären) des Pflanzenreichs ähnlich sind: *können* Miasmen bilden, welche unter mannigfaltiger Gestaltung (keinesweges bloß auf nassem Sumpfboden oder am Meeresstrande, wo er mit faulenden Mollusken oder mit niedrigen Gebüschen von Rhizophora mangle und Avicennien bedeckt ist) Tertiärfieber, ja Typhus erregen. Nebel, welche einen eigenthümlichen Geruch verbreiten, erinnern uns in gewissen Jahreszeiten an jene zufälligen Beimischungen des unteren Luftkreises. Winde und der durch die Erwärmung des Bodens erregte aufsteigende Luftstrom erheben selbst feste, aber in seinen Staub zerfallene Substanzen zu beträchtlicher Höhe. Der die Luft auf einem weiten Areal trübende Staub, der um die capverdischen Inseln niederfällt und auf welchen Darwin mit Recht aufmerksam gemacht hat, enthält nach Ehrenberg's Entdeckung eine Unzahl kieselgepanzerter Infusorien.

Als Hauptzüge eines allgemeinen Naturgemäldes der Atmosphäre erkennen wir: 1) in den *Veränderungen des Luftdruckes* die regelmäßigen, zwischen den Tropen so leicht bemerkbaren stündlichen Schwankungen: eine Art Ebbe und Fluth der Atmosphäre, welche nicht der Massen-Anziehung des Mondes zugeschrieben werden darf, und nach der geographischen Breite, den Jahreszeiten und der Höhe des Beobachtungsortes über dem Meeresspiegel sehr verschieden ist; 2) in der *klimatischen Wärme-Vertheilung* die Wirkung der relativen Stellung der durchsichtigen und undurchsichtigen Massen (der flüssigen und festen Oberflächenräume), wie der hypsometrischen Configuration der Continente: Verhältnisse, welche die geographische Lage und Krümmung der Isothermen-Linien (Curven gleicher mittlerer jährlicher Temperatur) in horizontaler oder verticaler Richtung, in der Ebene oder in den über einander gelagerten Luftschichten bestimmen; 3) in der *Vertheilung der Luftfeuchtigkeit* die Betrachtung der quantitativen Verhältnisse nach Verschiedenheit der festen und der oceanischen Oberfläche, der Entfernung vom Aequator und von dem Niveau des Meeres; die Formen des niedergeschlagenen Wasserdampfes, und den Zusammenhang dieser Niederschläge mit den Veränderungen der Temperatur und der Richtung wie der Folge der Winde; 4) in den Verhältnissen der *Luft-Electricität*, deren erste Quelle bei heiterem Himmel noch sehr bestritten wird: das Verhältniß der aufsteigenden Dämpfe zur electrischen Ladung und Gestalt der Wolken nach Maaßgabe der Tages- und Jahreszeit, der kalten und warmen Erdzonen, der Tief- und Hochebenen; die Frequenz und Seltenheit der Gewitter, ihre Periodicität und Ausbildung im Sommer und Winter; den Causalzusammenhang der Electricität mit dem so überaus seltenen nächtlichen Hagel, wie mit den von Peltier so scharfsinnig untersuchten Wettersäulen (Wasser- und Sandhosen).

Die stündlichen Schwankungen des Barometers, in welchen dasselbe *unter den Tropen* zweimal (9 Uhr oder 9¼ Uhr Morgens und 10½ oder 10¾ Uhr Abends) am höchsten und zweimal (um 4 Uhr oder 4¼ Uhr Nachmittags und um 4 Uhr Morgens, also fast in der heißesten und kältesten Stunde, am niedrigsten steht, sind lange der Gegenstand meiner sorgfältigsten, täglichen und nächtlichen Beobachtungen gewesen. Ihre Regelmäßigkeit ist so groß, daß man, besonders in den Tagesstunden, die Zeit nach der Höhe der Quecksilbersäule bestimmen kann, ohne sich im Durchschnitt um 15 bis 17 Minuten zu irren. In der heißen Zone des Neuen Continents, an den Küsten, wie auf Höhen von mehr als 12000 Fuß über dem Meere, wo die *mittlere* Temperatur auf 7° herabsinkt, habe ich die Regelmäßigkeit der Ebbe und Fluth des Luftmeers weder durch Sturm, noch durch Gewitter, Regen und Erdbeben gestört gefunden. Die Größe der täglichen Oscillationen nimmt vom Aequator bis zu 70° nördlicher Breite, unter der wir die sehr genauen von Bravais zu Bosekop gemachten Beobachtungen besitzen*Bravais* in *Kaemtz* et *Martins, Météorologie* p. 263. Zu Halle (Br. 51° 29') ist die Größe der Oscillation noch 0,28 Linien. Auf den Bergen in der gemäßigten Zone scheint eine große Menge von Beobachtungen erforderlich zu sein, um zu einem sicheren Resultate über die Wendestunden zu gelangen. Vergl. die Beobachtungen stündlicher Variationen, welche auf dem Faulhorn 1832, 1841 und 1842 gesammelt wurden, in *Martins, Météorologie* p. 254., von 1,32 Lin. bis 0,18 Lin. ab. Daß dem Pole viel näher der mittlere Barometerstand wirklich um 10 Uhr Morgens geringer sei als um 4 Uhr Nachmittags, so daß die Wendestunden ihren Einfluß mit einander vertauschen, ist aus Parry's Beobachtungen im Hafen Bowen (73° 14') keinesweges zu schließen.

Die mittlere Barometerhöhe ist, wegen des aufsteigenden Luftstroms, unter dem Aequator und überhaupt unter den Wendekreisen etwas geringer als in der gemäßigten Zone; sie scheint ihr Maximum im westlichen Europa in den Parallelen von 40° und 45° zu erreichen. Wenn man mit Kämtz diejenigen Orte, welche denselben mittleren Unterschied zwischen den *monatlichen* Barometer-Extremen darbieten, durch *isobarometrische* Linien mit einander verbindet, so entstehen dadurch Curven, deren geographische Lage und Krümmungen wichtige Aufschlüsse über den Einfluß der Ländergestaltung und Meerverbreitung auf die Oscillationen der Atmosphäre gewähren. Hindustan mit seinen hohen Bergketten und triangularen Halbinseln, die Ostküste des Neuen Continents, da wo der warme Golfstrom bei Neufundland sich östlich wendet, zeigen größere isobarometrische Schwankungen als die Antillen und das westliche Europa. Die herrschenden Winde üben den hauptsächlichsten Einfluß auf die Verminderung des Luftdrucks aus; dazu nimmt mit derselben, wie wir schon oben erwähnt, nach Daussy, die mittlere Höhe des Meeres zu.*Daussy* in den *Comptes rendus* T. III. p. 136.

Da die wichtigsten sowohl, nach Stunden und Jahreszeiten regelmäßig wiederkehrenden, als die zufälligen, oft gewaltsamen und gefahrbringenden*Dove über die Stürme*, in *Poggend. Ann.* Bd. LII. S. 1. Veränderungen des Luftdrucks, wie alle sogenannten *Witterungs-Erscheinungen*, ihre Hauptursach in der wärmenden Kraft der Sonnenstrahlen haben; so hat man früh, zum Theil nach Lambert's Vorschlag, die Windrichtungen mit den Barometerständen, den Abwechselungen der Temperatur, der Zu- und Abnahme der Feuchtigkeit verglichen. Tafeln des Luftdrucks bei verschiedenen Winden, mit dem Namen *barometrischer Windrosen* bezeichnet, gewähren einen tieferen Blick in den Zusammenhang meteorologischer Phänomene. Mit bewundernswürdigem Scharfsinn erkannte Dove in dem *Drehungsgesetze der Winde* beider Hemisphären, das er aufstellte, die Ursach vieler großartigen Veränderungen (Processe) im Luft-OceanS. *Dove, meteorologische Untersuchungen* 1837 S. 99–343, und die scharfsinnigen Bemerkungen von *Kämtz* über das Herabsinken des Westwindes der oberen Luftschichten in höheren Breiten und die allgemeinen Phänomene der Windesrichtung in seinen *Vorlesungen über Meteorologie* 1840 S. 58–66, 196–200, 327–336, 353–364; *Kämtz* in *Schumacher's Jahrbuch* für 1838 S. 291–302. Eine sehr gelungene und lebendige Darstellung meteorologischer Ansichten hat *Dove* in seiner kleinen Schrift: *Witterungsverhältnisse von Berlin* 1842 gegeben. Ueber frühe Kenntniß der Seefahrer von der Drehung des Windes vergl. *Churruca, Viage al Magallanes* 1793 p. 15; und über einen denkwürdigen Ausspruch von Christoph Columbus, den uns sein Sohn *Don Fernando Colon* in der *Vida del Almirante* cap. 55 erhalten hat: *Humboldt, Examen critique de l'hist. de la Géographie* T. IV. p. 253.. Die Temperatur-Differenz zwischen den dem Aequator und den den Polen nahen Gegenden erzeugt zwei entgegengesetzte Strömungen in den oberen Regionen der Atmosphäre und an der Erdoberfläche. Wegen Verschiedenheit der Rotations-Geschwindigkeit der dem Pole oder dem Aequator näher liegenden Punkte wird die vom Pole herströmende Luft östlich, der Aequatorial-Strom aber westlich abgelenkt. Von dem Kampfe dieser beiden Ströme, dem Ort des Herabkommens des höheren, dem abwechselnden Verdrängen des einen durch den anderen hangen die größten Phänomene des Luftdrucks, der Erwärmung und Erkältung der Luftschichten, der wäßrigen Niederschläge, ja, wie Dove genau dargestellt hat, die Bildung der Wolken und ihre Gestaltung ab. Die Wolkenform, eine alles belebende Zierde der Landschaft, wird Verkündigerinn dessen, was in der oberen Luftregion vorgeht: ja bei ruhiger Luft, am heißen Sommerhimmel auch das „projicirte Bild" des wärmestrahlenden Bodens.

Wo dieser Einfluß der Wärmestrahlung durch die relative Stellung großer *continentaler* und *oceanischer* Flächen bedingt ist, wie zwischen der Ostküste von Afrika und der Westküste der indischen Halbinsel: mußte diese, sich mit der Declination der Sonne periodisch verändernde Windesrichtung in den indischen *Monsunen,* dem *Hippalos* der griechischen Seefahrer, am frühesten erkannt und benutzt werden. In einer, gewiß seit Jahrtausenden in Hindustan und China verbreiteten Kenntniß der Monsune, im arabischen östlichen und malayischen westlichen Meere, lag, wie in der noch älteren und allgemeineren Kenntniß der *Land-* und *Seewinde*, gleichsam verborgen und eingehüllt der Keim unseres jetzigen, so schnell fortschreitenden, meteorologischen Wissens. Die lange Reihe *magnetischer Stationen*, welche nun von Moskau bis Peking durch das ganze nördliche Asien gegründet sind, können, da sie auch die Erforschung anderer meteorologischer Verhältnisse zum Zwecke haben, für das *Gesetz der Winde* von großer Wichtigkeit werden. Die Vergleichung von Beobachtungsorten, die so viele hundert Meilen von einander entfernt liegen, wird entscheiden: ob z. B. ein gleicher Ostwind von der wüsten Hochebene Gobi bis in das Innere von Rußland wehe; oder ob die Richtung des Luftstromes erst mitten in der Stationskette, durch Herabsenkung der Luft aus den höheren Regionen, ihren Anfang genommen hat. Man wird dann im eigentlichsten Sinne lernen, *woher* der Wind komme. Wenn man das gesuchte Resultat nur auf solche Orte stützen will, in denen die Windesrichtungen länger als 20 Jahre beobachtet worden sind, so erkennt man (nach Wilhelm Mahlmann's neuester und sorgfältiger Berechnung), daß in den mittleren Breiten der gemäßigten Zone in beiden Continenten ein *west-süd-westlicher* Luftstrom der *herrschende* ist.

Die Einsicht in die *Wärme-Vertheilung* im Luftkreise hat einigermaßen an Klarheit gewonnen, seitdem man versucht hat die Punkte, in welchen die mittleren Temperaturen des Jahres, des Sommers und des Winters genau ergründet worden sind, durch Linien mit einander zu verbinden. Das System der *Isothermen*, *Isotheren* und *Isochimenen*, welches ich zuerst im Jahr 1817 aufgestellt, kann vielleicht, wenn es durch vereinte Bemühungen der Physiker allmälig vervollkommnet wird, eine der Hauptgrundlagen der *vergleichenden Klimatologie* abgeben. Auch die Ergründung des Erd-Magnetismus hat eine wissenschaftliche Form erst dadurch erlangt, daß man die zerstreuten partiellen Resultate in Linien *gleicher Abweichung*, *gleicher Neigung* und *gleicher Kraft-Intensität* mit einander graphisch verband.

Der Ausdruck *Klima* bezeichnet in seinem allgemeinsten Sinne alle Veränderungen in der Atmosphäre, die unsre Organe merklich afficiren: die Temperatur, die Feuchtigkeit, die Verändrungen des barometrischen Druckes, den ruhigen Luftzustand oder die Wirkungen ungleichnamiger Winde, die Größe der electrischen Spannung, die Reinheit der Atmosphäre oder die Vermengung mit mehr oder minder schädlichen gasförmigen Exhalationen, endlich den Grad habitueller Durchsichtigkeit und Heiterkeit des Himmels: welcher nicht bloß wichtig ist für die vermehrte Wärmestrahlung des Bodens, die organische Entwicklung der Gewächse und die Reifung der Früchte, sondern auch für die Gefühle und ganze Seelenstimmung des Menschen.

Wenn die Oberfläche der Erde aus einer und derselben homogenen flüssigen Masse; oder aus Gesteinschichten zusammengesetzt wäre, welche gleiche Farbe, gleiche Dichtigkeit, gleiche Glätte, gleiches Absorptions-Vermögen für die Sonnenstrahlen besäßen und auf gleiche Weise durch die Atmosphäre gegen den Weltraum ausstrahlten: so würden die Isothermen, Isotheren und Isochimenen sämmtlich dem Aequator parallel laufen. In diesem hypothetischen Zustande der Erdoberfläche wären dann, in gleichen Breiten, Absorptions- und Emissions-Vermögen für Licht und Wärme überall dieselben. Von diesem mittleren, gleichsam primitiven Zustande: welcher weder Strömungen der Wärme im Inneren und in der Hülle des Erdsphäroids, noch die Fortpflanzung der Wärme durch Luftströmungen ausschließt, geht die mathematische Betrachtung der Klimate aus. Alles, was das Absorptions- und Ausstrahlungs-Vermögen an einzelnen Theilen der Oberfläche, die auf gleichen Parallelkreisen liegen, verändert, bringt Inflexionen in den Isothermen hervor. Die Natur dieser Inflexionen, der Winkel, unter welchen die Isothermen, Isotheren oder Isochimenen die Parallelkreise schneiden: die Lage der *convexen* oder *concaven Scheitel* in Bezug auf den Pol der gleichnamigen Hemisphäre sind die Wirkung von wärme- oder kälteerregenden Ursachen, die unter verschiedenen geographischen Längen mehr oder minder mächtig auftreten.

Die Fortschritte der *Klimatologie* sind auf eine merkwürdige Weise dadurch begünstigt worden, daß die europäische Civilisation sich an zwei einander gegenüberstehenden Küsten verbreitet hat, daß sie von unserer westlichen Küste zu einer östlichen jenseits des atlantischen Thales übergegangen ist. Als die Briten, nach den von Island und Grönland ausgegangenen ephemeren Niederlassungen, die ersten bleibenden Ansiedlungen in dem Littoral der Vereinigten Staaten von Nordamerika gründeten; als religiöse Verfolgungen, Fanatismus und Freiheitsliebe die Colonialbevölkerung vergrößerten: mußten die Ansiedler (von Nord-Carolina und Virginien an bis zum St. Lorenz-Strome) über die Winterkälte erstaunen, die sie erlitten, wenn sie dieselbe mit der von Italien, Frankreich und Schottland unter denselben Breitengraden verglichen. Eine solche klimatische Betrachtung, so anregend sie auch hätte sein sollen, trug aber nur dann erst Früchte, als man sie auf numerische Resultate *mittlerer Jahreswärme* gründen konnte. Vergleicht man zwischen 58° und 30° nördlicher Breite Nain an der Küste von Labrador mit Gothenburg, Halifax mit Bordeaux,

Neu-York mit Neapel, San Augustin in Florida mit Cairo; so findet man unter gleichen Breitengraden die Unterschiede der mittleren Jahres-Temperatur zwischen Ost-Amerika und West-Europa, von Norden gegen Süden fortschreitend: 11°,5; 7°,7; 3°,8 und fast 0°. Die allmälige Abnahme der Unterschiede in der gegebenen Reihe von 28 Breitengraden ist auffallend. Noch südlicher, unter den Wendekreisen selbst, sind die Isothermen überall in beiden Welttheilen dem Aequator parallel. Man sieht aus den hier gegebenen Beispielen, daß die in gesellschaftlichen Kreisen so oft wiederholten Fragen: um wie viel Grade Amerika (ohne Ost- und Westküsten zu unterscheiden) kälter als Europa sei? um wie viel die mittleren Jahreswärmen in Canada und den Vereinigten nordamerikanischen Staaten niedriger als unter gleicher Breite in Europa seien? *allgemein ausgedrückt*, keinen Sinn haben. Der Unterschied ist unter jedem Parallel ein anderer; und ohne specielle Vergleichung der Winter- und Sommer-Temperatur an den gegenüberstehenden Küsten kann man sich von den eigentlichen klimatischen Verhältnissen, in so fern sie auf den Ackerbau, auf die Gewerbe und das Gefühl der Behaglichkeit oder Unbehaglichkeit Einfluß haben, keinen deutlichen Begriff machen.

Bei der Aufzählung der Ursachen, welche *Störungen* in der Gestalt der Isotherme hervorbringen, unterscheide ich die *temperatur-erhöhenden* und *temperatur-vermindernden* Ursachen. Zu der ersten Classe gehören: die Nähe einer Westküste in der gemäßigten Zone; die in Halbinseln zerschnittene Gestaltung eines Continents, seine tiefeintretenden Busen und Binnenmeere; die Orientirung, d. h. das Stellungsverhältniß eines Theils der Feste: entweder zu einem eisfreien Meere, das sich über den Polarkreis hinaus erstreckt, oder zu einer Masse continentalen Landes von beträchtlicher Ausdehnung, welches zwischen denselben Meridianen unter dem Aequator oder wenigstens in einem Theile der tropischen Zone liegt; ferner das Vorherrschen von Süd- und Westwinden an der westlichen Grenze eines Continents in der gemäßigten nördlichen Zone; Gebirgsketten, die gegen Winde aus kälteren Gegenden als Schutzmauern dienen; die Seltenheit von Sümpfen, die im Frühjahr und Anfang des Sommers lange mit Eis belegt bleiben, und der Mangel an Wäldern in einem trockenen Sandboden; endlich die stete Heiterkeit des Himmels in den Sommermonaten: und die Nähe eines pelagischen Stromes, wenn er Wasser von einer höheren Temperatur, als das umliegende Meer besitzt, herbeiführt.

Zu den, die mittlere Jahres-Temperatur verändernden, *kälteerregenden* Ursachen zähle ich: die Höhe eines Orts über dem Meeresspiegel, ohne daß bedeutende Hochebenen auftreten; die Nähe einer Ostküste in hohen und mittleren Breiten, die massenartige (compacte) Gestaltung eines Continents ohne Küstenkrümmung und Busen, die weite Ausdehnung der Feste nach den Polen hin bis zu der Region des ewigen Eises (ohne daß ein im Winter offen bleibendes Meer dazwischen liegt); eine Position geographischer Länge, in welcher der Aequator und die Tropenregion dem Meere zugehören: d. i. den Mangel eines festen, sich stark erwärmenden, wärmestrahlenden Tropenlandes zwischen denselben Meridianen als die Gegend, deren Klima ergründet werden soll; Gebirgsketten, deren mauerartige Form und Richtung den Zutritt warmer Winde verhindert: oder die Nähe isolirter Gipfel, welche längs ihren Abhängen herabsinkende kalte Luftströme verursachen; ausgedehnte Wälder: welche die Insolation des Bodens hindern, durch Lebensthätigkeit der appendiculären Organe (Blätter) große Verdunstung wäßriger Flüssigkeit hervorbringen, mittelst der Ausdehnung dieser Organe die durch Ausstrahlung sich abkühlende Oberfläche vergrößern, und also dreifach: durch Schattenkühle, Verdunstung und Strahlung, wirken; häufiges Vorkommen von Sümpfen, welche im Norden bis in die Mitte des Sommers eine Art unterirdischer Gletscher in der Ebene bilden; einen nebligen Sommerhimmel, der die Wirkung der Sonnenstrahlen auf ihrem Wege schwächt; endlich einen sehr heiteren Winterhimmel, durch welchen die Wärmestrahlung begünstigt wird.

Die *gleichzeitige* Thätigkeit der *störenden* (erwärmenden oder erkältenden) Ursachen bestimmt als *Total-Effect* (besonders durch Verhältnisse der Ausdehnung und Configuration zwischen den undurchsichtigen *continentalen* und den flüssigen *oceanischen* Massen) die Inflexionen der auf die Erdoberfläche projicirten Isothermen. Die Perturbationen erzeugen die *convexen* und *concaven* Scheitel der isothermen Curven. Es giebt aber störende Ursachen *verschiedener Ordnung*; jede derselben muß anfangs einzeln betrachtet werden; später, um den *Total-Effect* auf die Bewegung (Richtung, örtliche Krümmung) der Isothermen-Linie zu ergründen, muß gefunden werden, welche dieser Wirkungen, mit einander verbunden, sich *modificiren*, *vernichten* oder *aufhäufen* (verstärken): wie das bekanntlich bei kleinen Schwingungen geschieht, die sich begegnen und durchkreuzen. So ist der Geist der Methode, der es, wie ich mir schmeichle, einst möglich werden wird unermeßliche Reihen scheinbar isolirt stehender Thatsachen mit einander durch empirische, numerisch ausgedrückte Gesetze zu verbinden und die *Nothwendigkeit* ihrer gegenseitigen Abhängigkeit zu erweisen.

Da als Gegenwirkung der Passate (der Ostwinde der Tropenzone) in beiden gemäßigten Zonen West- oder West-Süd-West-Winde die herrschenden Luftströmungen sind und da diese für eine Ostküste Land, für eine Westküste Seewinde sind (d. h. über eine Fläche streichen, die wegen ihrer Masse und des Herabsinkens der erkalteten Wassertheilchen keiner großen Erkältung fähig ist); so zeigen sich, wo nicht oceanische Strömungen dem Littorale nahe auf die Temperatur einwirken, die *Ostküsten* der Continente kälter als die *Westküsten*. Cook's junger Begleiter auf der zweiten Erdumseglung, der geistreiche Georg Forster, welchem ich die lebhafteste Anregung zu weiten Unternehmungen verdanke, hat zuerst auf eine recht bestimmte Weise auf die Temperatur-Unterschiede der Ost- und Westküsten in beiden Continenten, wie auf die Temperatur-Aehnlichkeit der Westküste von Nordamerika in mittleren Breiten mit dem westlichen Europa aufmerksam gemacht.

Selbst in nördlichen Breiten geben sehr genaue Beobachtungen einen auffallenden Unterschied zwischen der *mittleren Jahres-Temperatur* der Ost- und Westküste von Amerika. Diese Temperatur ist zu Nain in Labrador (Br. 57° 10') volle 3°,8 *unter* dem Gefrierpunkte, während sie an der Nordwest-Küste in Neu-Archangelsk im russischen Amerika (Br. 57° 3') noch 6°,9 *über* dem Gefrierpunkte ist. An dem ersten Orte erreicht die mittlere *Sommer-Temperatur* kaum 6°,2, während sie am zweiten noch 13°,8 ist. Peking (39° 54') an der Ostküste von Asien hat eine *mittlere Jahres-Temperatur* (11°,3), die über 5° geringer ist als die des etwas nördlicher liegenden Neapels. Die mittlere Temperatur des *Winters* in Peking ist wenigstens 3° *unter* dem Gefrierpunkt, wenn sie im westlichen Europa, selbst zu Paris (48° 50'), volle 3°,3 *über* dem Gefrierpunkt erreicht. Peking hat also eine mittlere Winterkälte, die 2°½ größer ist als das 17 Breitengrade nördlichere Kopenhagen.

Wir haben schon oben der Langsamkeit gedacht, mit welcher die große Wassermasse des Oceans den Temperatur-Veränderungen der Atmosphäre folgt, und wie dadurch das Meer *temperatur-ausgleichend* wirkt. Es mäßigt dasselbe gleichzeitig die Rauheit des Winters und die Hitze des Sommers. Daraus entsteht ein zweiter wichtiger Gegensatz: der zwischen dem *Insel-* oder *Küsten-Klima*, welches alle *gegliederte*, busen- und halbinselreiche Continente genießen; und dem *Klima des Inneren* großer Massen festen Landes.

Dieser merkwürdige Gegensatz ist in seinen mannigfaltigen Erscheinungen, in seinem Einflusse auf die Kraft der Vegetation und das Gedeihen des Ackerbaues, auf die Durchsichtigkeit des Himmels, die Wärmestrahlung der Erdoberfläche und die Höhe der ewigen Schneegrenze zuerst in Leopolds von Buch Werken vollständig entwickelt worden. Im Inneren des asiatischen Continents haben Tobolsk, Barnaul am Obi und Irkutsk Sommer wie in Berlin, Münster und Cherbourg in der Normandie; aber diesen Sommern folgen Winter, in welchen der kälteste Monat die schreckhafte Mittel-Temperatnr von -18° bis -20° hat. In den Sommermonaten sieht man wochenlang das Thermometer auf 30° und 31°. Solche *Continental-Klimate* sind daher mit Recht von dem, auch in Mathematik und Physik so erfahrenen Buffon *excessive* genannt worden; und die Einwohner, welche in Ländern der excessiven Klimate leben, scheinen fast verdammt, wie Dante im Purgarorio singt,

a sofferir tormenti daldi e geli.

Ich habe in keinem Erdtheile, selbst nicht auf den canarischen Inseln oder in Spanien oder im südlichen Frankreich, herrlicheres Obst, besonders schönere Weintrauben, gesehen als in Astrachan nahe den Ufern des caspischen Meeres (46° 21'). Bei einer mittleren Temperatur des Jahres von etwa 9° steigt die mittlere Sommerwärme auf 21°,2, wie um Bordeaux: während nicht bloß dort, sondern noch weiter südlich, zu Kislar an der Terek-Mündung (in den Breiten von Avignon und Rimini), das Thermometer im Winter auf -25° und -30° herabsinkt.

Irland, Guernsey und Jersey, die Halbinsel Bretagne, die Küsten der Normandie und des südlichen Englands liefern durch die Milde ihrer Winter, die niedrige Temperatur und den nebelverschleierten Himmel ihrer Sommer den auffallendsten Contrast mit dem Continental-Klima des inneren östlichen Europa's. Im Nordosten Irlands (54° 56'), unter Einer Breite mit Königsberg in Preußen, vegetirt die Myrte üppig wie in Portugal. Der Monat August, welcher in Ungarn 21° erreicht, hat in Dublin (auf derselben Isotherme von 9°½) kaum 16°; die mittlere Winterwärme, die in Ofen zu -2°,4 herabsinkt, ist in Dublin (bei der geringen Jahreswärme von 9°,5) noch 4°,3 über dem Gefrierpunkt: d. i. noch 2° höher als in Mailand, Pavia, Padua und der ganzen Lombardei, wo die mittlere Jahreswärme volle 12°,7 erreicht. Auf den Orkney's-Inseln (Stromneß), keinen halben Grad südlicher als Stockholm, ist der Winter 4°: also wärmer als in Paris, fast so warm als in London. Selbst auf den Färöer-Inseln in 62° Breite gefrieren unter dem begünstigenden Einflusse der Westwinde und des Meeres die Binnenwasser nie. An der lieblichen Küste von Devonshire, wo der Hafen

Salcombe wegen seines milden Klima's das *Montpellier des Nordens* genannt worden ist, hat man Agave mexicana im Freien blühen; Orangen, die an Spalieren gezogen und kaum mit Matten geschützt wurden, Früchte tragen sehen. Dort, wie zu Penzance und Gosport und an der Küste der Normandie zu Cherbourg steigt die mittlere Winter-Temperatur über 5°,5: d. i. nur 1°,3 weniger hoch als die Winter von Montpellier und Florenz. Die hier angedeuteten Verhältnisse zeigen, wie wichtig für die Vegetation, den Ackerbau, die Obstcultur und das Gefühl klimatischer Behaglichkeit die so verschiedene Vertheilung einer und derselben mittleren Jahres-Temperatur unter die verschiedenen Jahreszeiten ist.

Die Linien, welche ich *Isochimenen* und *Isotheren* (Linien gleicher Winter- und Sommerwärme) nenne, sind keinesweges den Isothermen (Linien gleicher Jahres-Temperatur) parallel. Wenn da, wo Myrten wild wachsen und die Erde sich im Winter nie bleibend in Schnee einhüllt, die Temperatur des Sommers und Herbstes nur noch (man möchte fast sagen: kaum noch) hinlänglich ist Aepfel zur vollen Reife zu bringen; wenn die Weinrebe, um trinkbaren Wein zu geben, die Inseln und fast alle Küsten (selbst die westlichen) flieht: so liegt der Grund davon keinesweges allein in der geringeren Sommerwärme des Littorals, die unsere im Schatten der Luft ausgesetzten Thermometer anzeigen; er liegt in dem bisher so wenig beachteten und doch in anderen Erscheinungen (der Entzündung eines Gemisches von Chlor und Wasserstoffgas) so wirksamen Unterschiede des *directen* und *zerstreuten* Lichtes, bei heiterem oder durch Nebel verschleiertem Himmel. Ich habe seit langerZeit"Haec de temperie aeris, qui terram late circumfundit, ac in quo, longe a solo, instrumenta nostra meteorologica suspensa habemus. Sed alia est caloris vis, quem radii solis nullis nubibus velati, in foliis ipsis et fructibus maturescentibus, magis minusve coloratis, gignunt, quemque, ut egregia demonstrant experimenta amicissimorum Gay-Lussacii et Thenardi de combustione chlori et hydrogenis, ope thermometri metiri nequis. Etenim locis planis et montanis, vento libe spirante, circumfusi aeris temperies eadem esse potest coelo sudo vel nebuloso; ideoque ex observationibus solis thermometricis, nullo adhibito Photometro, haud cognosces, quam ob causam Galliae septentrionalis tractus Armoricanus et Nervicus, versus littora, coelo temperato sed sole raro utentia, Vitem fere non tolerant. Egent enim stirpes non solum caloris stimulo, sed et lucis, quae magis intensa locis excelsis quam planis, duplici modo plantas movet, vi sua tum propria, tum calorem in superficie earum excitante." (*Humboldt de distributione geographica Plantarum* 1817 p. 163–164.) die Aufmerksamkeit der Physiker und Pflanzen-Physiologen auf diese Unterschiede, auf die ungemessene örtlich in der belebten Pflanzenzelle durch directes Licht entwickelte Wärme zu leiten gesucht.

Wenn man in der *thermischen Scale* der *Culturarten Humboldt* a. a. O. p. 156–161; *Meyen* in seinem *Grundriß der Pflanzengeographie* 1836 S. 379–467; *Boussingault, Économie ruurale* T. II. p. 675. von denen anhebt, die das heißeste Klima erfordern: also von der Vanille, dem Cacao, dem Pisang und der Cocos-Palme zu Ananas, Zuckerrohr, Caffee, fruchttragenden Dattelbäumen, Baumwolle, Citronen, Oelbaum, ächten Kastanien, trinkbarem Weine herabsteigt; so lehrt die genaue geographische Betrachtung der *Culturgrenzen* gleichzeitig in der Ebene und an dem Abhange der Berge, daß hier andere klimatische Verhältnisse als die mittlere Temperatur des Jahres wirken. Um nur des einzigen Beispiels des Weinbaues zu erwähnen: so erinnere ich, daß, um *trinkbaren*

Orte	Breite	Höhe in Toisen	Jahr	Winter	Früh-jahr	Sommer	Herbst	Beobach-tungs-jahre
Bordeaux	44°50'	4	13°,9	6°,1	13°,4	21°,7	14°,4	10
Strasburg	48 35	75	9 ,8	1 ,2	10 ,0	18 ,1	10 ,0	35
Heidelberg	49 24	52	9 ,7	1 ,1	10 ,0	17 ,9	9 ,9	20
Manheim	49 29	47	10 ,3	1 ,5	10 ,4	19 ,5	9 ,8	12
Würzburg	49 48	88	10 ,1	1 ,6	10 ,2	18 ,7	9 ,7	27
Frankfurt a. M.	50 7	60	9 ,6	0 ,8	10 ,0	18 ,0	9 ,7	19
Berlin	52 31	16	8 ,6	-0 ,6	8 ,1	17 ,5	8 ,6	22
Cherbourg kein Wein	49 39	0	11 ,2	5 ,2	10 ,4	16 ,5	12 ,5	3
Dublin	53 23	0	9 ,5	4 ,6	8 ,4	15 ,3	9 ,8	13

Die große Uebereinstimmung in der Vertheilung der Jahreswärme unter die verschiedenen Jahreszeiten, welche die Angaben vom Rhein- und Mainthale darbieten, zeugt für die Genauigkeit der angewandten meteorologischen Beobachtungen. Als Winter sind, wie in meteorologischen Tabellen am vortheilhaftesten ist, die Monate December, Januar und Februar gerechnet. Die Thermometergrade sind, wie im ganzen *Kosmos*, in hunderttheiliger Scale. Wenn man die Qualität der Weine in Franken oder den baltischen Ländern mit der mittleren Temperatur der Sommer- und Herbstmonate um Würzburg und Berlin vergleicht, so ist man fast verwundert nur 1° bis 1°,2 Unterschied zu finden; aber die Frühlings-Temperaturen sind um 2° verschieden; und die *Blüthezeit* der Rebe bei späten Maifrösten, nach einem ebenfalls um 2° kälteren Winter, ist ein eben so wichtiges Element als die Zeit der späten Reife der Traube und die Wirkung des *directen*, nicht zerstreuten (*diffusen*) Lichtes bei unverdeckter Sonnenscheibe. Der im Text berührte Unterschied zwischen der wahren oberflächlichen Boden-Temperatur und den Angaben eines im Schatten beobachteten geschützten Thermometers ist von Dove durch funfzehnjährige Resultate aus dem Garten zu Chiswick bei London ergründet worden. (*Bericht über die Verhandl. der Berl. Akad. der Wiss.* August 1844 S. 285.)

Wein hervorzubringen, nicht bloß die Jahreswärme 9°½ übersteigen, sondern auch einer Wintermilde von mehr als +0°,5 eine mittlere Sommer-Temperatur von wenigstens 18° folgen muß. Bei Bordeaux am Flußthal der Garonne (Br. 44° 50') sind die Temperaturen des Jahres, des Winters, des Sommers und des Herbstes 13°,8; 6°,2; 21°,7 und 14°,4. In den baltischen Ebenen (Br. 52°½), wo ungenießbare Weine erzeugt, und doch getrunken werden, sind diese Zahlen 8°,6; -0°,7; 17°,6 und 8°,6. Wenn es befremdend scheinen kann, daß die großen Verschiedenheiten, welche die vom Klima begünstigte oder erschwerte *Weincultur* zeigt, sich nicht noch deutlicher in unseren Thermometer-Angaben offenbaren; so wird diese Befremdung durch die Betrachtung vermindert, daß ein im Schatten beobachtetes, gegen die Wirkungen der directen Insolation und nächtlichen Strahlung fast geschütztes Thermometer nicht in allen Theilen des Jahres bei periodischen Wärme-Veränderungen die wahre oberflächliche Temperatur des die ganze Insolation empfangenden Bodens anzeigt.

Wie das milde, jahrzeitengleichere Küsten-Klima der *Halbinsel* Bretagne sich zum winterkälteren und sommerheißeren Klima der übrigen compacten Ländermasse von Frankreich verhält, so verhält sich gewissermaßen Europa zum großen Festlande von Asien, dessen westliche Halbinsel es bildet. Europa verdankt sein sanfteres Klima der Existenz und Lage von Afrika, das in weiter Ausdehnung, den aufsteigenden Luftstrom begünstigend, einen festen wärmestrahlenden Boden der Tropenregion darbietet, während südlich von Asien die Aequatorial-Gegend meist ganz oceanisch ist; seiner Gliederung und Meeresnähe an der westlichen Küste der *alten* Feste; dem eisfreien Meere, da, wo es sich gegen Norden ausdehnt. Europa würde demnach kälter werden, wenn Afrika, vom Meere überfluthet, unterginge; wenn die mythische Atlantis aufstiege und Europa mit Nordamerika verbände; wenn der wärmende Golfstrom nicht in die nördlichen Meere sich ergösse; oder wenn ein anderes festes Land sich, vulkanisch gehoben, zwischen die scandinavische Halbinsel und Spitzbergen einschöbe. Sieht man in Europa die mittleren Jahres-Temperaturen sinken, indem man unter denselben Parallelkreisen von der atlantischen Küste, von Frankreich aus durch Deutschland, Polen und Rußland gegen die Uralkette, also von Westen nach Osten fortschreitet; so ist die Hauptursach dieses Erkältungs-Phänomens in der nach und nach minder gegliederten, compacteren, an Breite zunehmenden Form des Continents, in der Entfernung des kältemindernden Meeres, wie in dem schwächeren Einflusse der Westwinde zu suchen. Jenseits des Urals werden diese Westwinde schon erkältende *Landwinde*, wenn sie über weite mit Eis und Schnee bedeckte Länderstrecken fortwehen. Die Kälte des westlichen Sibiriens wird durch solche Verhältnisse der Ländergestaltung und Luftströmung: keineswegesDie sibirische Bodenfläche zwischen Tobolsk, Tomsk und Barnaul vom Altai zum Eismeere liegt nicht so hoch als Manheim und Dresden: ja selbst weit in Osten vom Jenisei liegt Irkutsk (208 Toisen) noch fast ⅓ niedriger als München. aber, wie schon Hippocrates und Trogus Pompejus annahmen und noch berühmte Reisende des 18ten Jahrhunderts fabelten, durch große Höhe des Bodens über dem Meeresspiegel, erzeugt.

Wenn wir von der Temperatur-Verschiedenheit in der Ebene zu den Unebenheiten der polyedrischen Gestalt der Oberfläche unsres Planeten übergehen: so betrachten wir die *Gebirge* entweder nach ihrem Einfluß auf das Klima der benachbarten Tiefländer; oder nach den Einwirkungen, die sie, in Folge der hypsometrischen Verhältnisse, auf ihre eigenen, oft in *Hochebenen* erweiterten Gipfel ausüben. Die Gruppirung der Berge in Bergketten theilt die Erdoberfläche in verschiedene Becken; in, oft eng umwallte Rundthäler, circusartige Kessel: die (wie in Griechenland und in einem Theile

264

von Kleinasien) das Klima *örtlich* in Hinsicht auf Wärme, Feuchtigkeit und Durchsichtigkeit der Luft, auf Häufigkeit der Winde und der Gewitter *individualisiren*. Diese Umstände haben von je her einen mächtigen Einfluß ausgeübt auf die Natur der Erzeugnisse und die Wahl der Culturen: auf Sitten, Verfassungsformen und Abneigung benachbarter Volksstämme gegen einander. Der Charakter der *geographischen Individualität* erreicht so zu sagen da sein Maximum, wo die Verschiedenheiten der Bodengestaltung in verticaler und horizontaler Richtung, im Relief und in der Gliederung der Continente die möglich größten sind. Mit solchen Bodenverhältnissen contrastiren die Steppen des nördlichen Asiens, die Grasebenen (*Savanen*, *Llanos* und *Pampas*) des Neuen Continents, die Heideländer (ericeta) Europa's, die Sand- und Steinwüsten von Afrika.

Das Gesetz der mit der Höhe abnehmenden Wärme unter verschiedenen Breiten ist einer der wichtigsten Gegenstände für die Kenntniß meteorologischer Processe, für die Geographie der Pflanzen, die Theorie der irdischen Strahlenbrechung und die verschiedenen Hypothesen, welche sich auf die Bestimmung der Höhe der Atmosphäre beziehen. Bei den vielen Bergreisen, die ich in und außerhalb der Tropen habe unternehmen können, ist die Ergründung dieses Gesetzes ein vorzüglicher Gegenstand meiner Untersuchungen gewesen.

Seitdem man die wahren Verhältnisse der Wärme-Vertheilung auf der Oberfläche der Erde, d. i. die *Inflexionen* der Isothermen und Isotheren und den ungleichen Abstand derselben von einander, in den verschiedenen östlichen und westlichen Temperatur-Systemen von Asien, Mittel-Europa und Nordamerika, etwas genauer kennt; darf man nicht mehr im allgemeinen die Frage aufwerfen, welcher Bruchtheil der mittleren Jahres- oder Sommerwärme einer Veränderung der geographischen Breite von 1° entspricht, wenn man auf demselben Meridian fortschreitet. In jedem *Systeme gleicher Krümmung der Isothermen* herrscht ein inniger und nothwendiger Zusammenhang zwischen drei Elementen: der Wärme-Abnahme in senkrechter Richtung von unten nach oben, der Temperatur-Verschiedenheit bei einer Aenderung von 1° in der geographischen Breite, der Gleichheit der mittleren Temperatur einer Bergstation und der Polar-Distanz eines im Meeresspiegel gelegenen Punktes.

In dem *ost-amerikanischen* Systeme verändert sich die mittlere Jahres-Temperatur von der Küste von Labrador bis Boston jeden Breitengrad um 0°,88, von Boston bis Charleston um 0°,95; von Charleston bis zum Wendekreise des Krebses in Cuba hin wird die Veränderung aber langsamer: sie ist dort nur 0°,66.

In der Tropenzone selbst nimmt die Langsamkeit dergestalt zu, daß von der Havana bis Cumana die einem Breitegrade zukommende Variation nur noch 0°,20 beträgt.

Ganz anders ist es in dem System der Isothermen von Mittel-Europa. Zwischen den Parallelen von 38° und 71° finde ich die Temperatur-Abnahme sehr übereinstimmend ½ Grad für einen Breitengrad. Da nun in demselben Mittel-Europa die Abnahme der Wärme 1° in 80 bis 87 Toisen (480 bis 522 Fuß) senkrechter Höhe beträgt, so ergiebt sich hieraus, daß 40–44 Toisen (240–264 Fuß) der Erhebung über dem Meeresspiegel dort einem Breitengrad entsprechen. Die mittlere Jahres-Temperatur des Bernhard-Klosters, das 1278 Toisen (7668 Fuß) hoch, in 45° 50' Breite, liegt, würde sich also in der Ebene bei einer Breite von 75° 50' wiederfinden.

In dem Theil der Andeskette, welcher in die Tropenzone fällt, haben meine bis zu 18000 Fuß Höhe angestellten Beobachtungen die Wärme-Abnahme von 1° auf 96 Toisen (576 Fuß) gegeben; mein Freund Boussingault hat 30 Jahre später als Mittelresultat 90 Toisen (540 Fuß) gefunden. Durch Vergleichung der Orte, welche in den Cordilleren in gleicher Höhe über dem Meere am *Abhange* selbst oder in weit ausgedehnten *Hochebenen* liegen, habe ich in den letzteren eine Zunahme der Jahres-Temperatur von 1°½ bis 2°,3 beobachtet. Ohne die nächtliche erkältende Wärmestrahlung würde der Unterschied noch größer sein. Da die Klimate schichtenweise über einander gelagert sind, von den Cacao-Wäldern des Tieflandes bis zum ewigen Schnee, und da die Wärme in der Tropenzone während des ganzen Jahres sich nur sehr wenig ändert; so kann man sich eine ziemlich genaue Vorstellung von den Temperatur-Verhältnissen machen, welchen die Bewohner der großen Städte in der Andeskette ausgesetzt sind, wenn man diese Verhältnisse mit der Temperatur gewisser Monate in den Ebenen von Frankreich und Italien vergleicht. Während daß an den Waldufern des Orinoco täglich eine Wärme herrscht, welche um 4° die des Monats August zu Palermo übertrifft; findet man, indem man die Andeskette ersteigt, zu Popayan (911ᵗ) die drei Sommermonate von Marseille, zu Quito (1492ᵗ) das Ende des Monats Mai zu Paris, und auf den mit krüpplichem Alpengesträuch bewachsenen, aber noch blüthenreichen Paramos (1800ᵗ) den Anfang des Monats April zu Paris.

Der scharfsinnige Peter Martyr de Anghiera, einer der Freunde von Christoph Columbus, ist wohl der Erste gewesen, welcher (nach der im October 1510 unternommenen Expedition von Rodrigo Enrique Colmenares) erkannt hat, daß die Schneegrenze immer höher steigt, je mehr man sich dem Aequator nähert. Ich lese in dem schönen Werke de rebus Oceanicis: „der Fluß Gaira kommt von einem Berge (in der Sierra Nevada de Santa Marta) herab, welcher nach Aussage der Reisegefährten des Colmenares höher ist als alle bisher entdeckten Berge. Er muß es ohne Zweifel sein, wenn er in einer Zone, die von der Aequinoctiallinie höchstens 10° absteht, *den Schnee dauernd behält.*" Die untere *Grenze des ewigen Schnees* in einer gegebenen Breite ist die Sommergrenze der Schneelinie: d. i. das Maximum der Höhe, bis zu welcher sich die Schneelinie im Laufe des ganzen Jahres zurückzieht. Man muß von dieser Höhe drei andere Phänomene unterscheiden: die *jährliche Schwankung* der Schneegrenze, das Phänomen des sporadischen Schneefalles, und das der Gletscher: welche der gemäßigten und kalten Zone eigenthümlich scheinen, und über welche, nach Saussure's unsterblichem Werke über die Alpen, in diesen letzten Jahren Venetz, Charpentier und mit ruhmwürdiger, gefahrentrotzender Ausdauer Agassiz neues Licht verbreitet haben.

Wir kennen nur die *untere*, nicht die *obere* Grenze des ewigen Schnees; denn die Berge der Erde steigen nicht hinauf bis zu der ätherisch-olympischen Höhe: zu den dünnen, trockenen Luftschichten, von welchen man mit Bouguer vermuthen kann, daß sie nicht mehr Dunstbläschen, in Eiskrystalle verwandelt, dem Auge sichtbar darbieten würden. *Die untere Schneegrenze* ist aber nicht bloß eine Function der geographischen Breite oder der mittleren Jahres-Temperatur: der Aequator, ja selbst die Tropen-Region, ist nicht, wie man lange gelehrt hat, der Ort, an welchem die Schneegrenze ihre größte Erhebung über dem Niveau des Oceans erreicht. Das Phänomen, das wir hier berühren, ist ein sehr zusammengesetztes: im allgemeinen von Verhältnissen der *Temperatur*, der *Feuchtigkeit* und der *Berggestaltung* abhängig. Unterwirft man diese Verhältnisse einer noch specielleren Analyse, wie eine große Menge neuerer Messungen es erlauben, so erkennt man als gleichzeitig bestimmende Ursachen: die Temperatur-Differenz der verschiedenen Jahreszeiten, die Richtung der herrschenden Winde und ihre Berührung mit Meer und Land, den Grad der Trockenheit oder Feuchtigkeit der oberen Luftschichten, die absolute Größe (Dicke) der gefallenen und aufgehäuften Schneemassen, das Verhältniß der Schneegrenze zur Gesammthöhe des Berges, die relative Stellung des letzteren in der Bergkette, die Schroffheit der Abhänge; die Nähe anderer, ebenfalls perpetuirlich mit Schnee bedeckter Gipfel; die Ausdehnung, Lage und Höhe der Ebene, aus welcher der Schneeberg isolirt oder als Theil einer Gruppe

(Kette) aufsteigt: und die eine Seeküste oder der innere Theil eines Continents, bewaldet oder eine Grasflur, sandig und dürr und mit nackten Felsplatten bedeckt, oder ein feuchter Moorboden sein kann.

Während daß die Schneegrenze in Südamerika unter dem Aequator eine Höhe erreicht, welche der des Gipfels des Montblanc in der Alpenkette gleich ist: und sie im Hochlande von Mexico gegen den nördlichen Wendekreis hin, in 19° Breite, nach neueren Messungen, sich ohngefähr um 960 Fuß senkt; *steigt* sie nach Pentland in der südlichen Tropenzone (Br. 14°½–18°): nicht in der östlichen, sondern in der meernahen westlichen Andeskette von Chili, mehr als 2500 Fuß höher als unter dem Aequator unfern Quito, am Chimborazo, am Cotopaxi und am Antisana. Der Dr. Gillies behauptet sogar noch weit südlicher, am Abhange des Vulkans von Peuquenes (Br. 33°), die Schneehöhe bis zwischen 2270 und 2350 Toisen Höhe gefunden zu haben. Die Verdunstung des Schnees bei der Strahlung in einer im Sommer überaus trockenen Luft gegen einen wolkenfreien Himmel ist so mächtig, daß der Vulkan von Aconcagua nordöstlich von Valparaiso (Br. 32°½), welchen die Expedition des Beagle noch um mehr als 1400 Fuß höher als den Chimborazo fand, einst ohne Schnee gesehen wurde.

In der fast gleichen nördlichen Breite (30°¾ bis 31°), am Himalaya, liegt die Schneegrenze am südlichen Abhange ohngefähr in der Höhe (2030 Toisen oder 12180 Fuß), in welcher man sie nach mehrfachen Combinationen und Vergleichungen mit andern Bergketten vermuthen konnte; am nördlichen Abhange aber, unter der Einwirkung des Hochlandes von Tübet, dessen mittlere Erhebung an 1800 Toisen (10800 Fuß) zu sein scheint, liegt die Schneegrenze 2600 Toisen (15600 Fuß) hoch. Diese, in Europa und Indien oft bestrittene Erscheinung, über deren Ursachen ich seit dem Jahre 1820 meine Ansichten in mehreren Schriften entwickelt habe, gewährt mehr als ein bloß physikalisches Interesse; sie hat einen wichtigen Einfluß auf das Leben zahlreicher Volksstämme ausgeübt. Meteorologische Processe des Luftkreises gestatten und entziehen dem Ackerbau oder dem Hirtenleben weite Erdstriche eines Continents.

Da mit der Temperatur die Dampfmenge des Luftkreises zunimmt, so ist dieses, für die ganze organische Schöpfung so wichtige Element nach Stunden des Tages, nach den Jahreszeiten, Breitengraden und Höhen verschieden. Das neuerlichst so allgemein verbreitete Verfahren, durch Anwendung von August's Psychrometer, nach Dalton's und Daniell's Ideen, vermittelst des Unterschiedes des *Thaupunkts* und der Luftwärme die relative Dampfmenge oder den

Feuchtigkeits-Zustand der Atmosphäre zu bestimmen, hat unsere Kenntniß der hygrometrischen Verhältnisse der Erdoberfläche ansehnlich vermehrt. Temperatur, Luftdruck und Windrichtung stehen im innigsten Zusammenhange mit der belebenden Feuchtigkeit der Luftschichten. Diese Belebung ist aber nicht sowohl Folge der unter verschiedenen Zonen aufgelösten Dampfmenge; sondern der Art und Frequenz der Niederschläge als Thau, Nebel, Regen und Schnee, welche den Boden benetzen. Nach der Ermittelung des Drehungsgesetzes von Dove und den Ansichten dieses ausgezeichneten Physikers ist in unsrer nördlichen Zone „die Elasticität des Dampfes am größten bei Südwest-Wind, am kleinsten bei Nordost-Wind. Auf der Westseite der Windrose vermindert sie sich, und steigt hingegen auf der Ostseite. Auf der Westseite nämlich verdrängt der kalte, schwere, trockene Luftstrom den warmen, leichten, viel Wasserdampf enthaltenden: während auf der Ostseite dieser durch jenen verdrängt wird. Der Südwest-Strom ist der durchgedrungene Aequatorial-Strom, der Nordost-Strom der allein herrschende Polarstrom.“

Das anmuthig frische Grün vieler Bäume, welches man in solchen Gegenden der Tropenländer bemerkt, wo fünf bis sieben Monate lang kein Gewölk am Himmelsgewölbe aufsteigt, wo bemerkbar *kein Thau* und Regen fallen; beweist, daß die appendiculären Theile (die Blätter) durch einen eigenen Lebensproceß, welcher vielleicht nicht bloß der einer kälteerregenden Ausstrahlung ist, die Fähigkeit haben Wasser der Luft zu entziehen. Mit den regenlosen, dürren Ebenen von Cumana, Coro und Ceara (Nord-Brasilien) contrastirt die Regenmenge, welche in anderen Tropengegenden fällt: z. B. in der Havana nach einem Durchschnitt von sechsjährigen Beobachtungen von Ramon de la Sagra im Mitteljahre 102 Pariser Zoll, vier bis fünfmal so viel als in Paris und GenfDie mittlere Regenmenge in Paris ist nach *Arago* von 1805 bis 1822 gewesen: 18 Zoll 9 Linien, in London (von 1812 bis 1827) nach Howard 23 Zoll 4 Linien, in Genf nach einem Mittel von 32 Jahren 28 Zoll 8 Linien. In der Küstengegend von Hindustan ist die Regenmenge 108 bis 120 Zoll, und auf der Insel Cuba fielen 1821 volle 133 Zoll. Vergl. über die Vertheilung der Regenmenge im mittleren Europa nach Jahreszeiten die vortrefflichen Beobachtungen von *Gasparin, Schouw* und *Bravais* in der *Bibliothèque universelle* T. XXXVIII. p. 54 und 264, *tableau du Climat de l'Italie* p. 76 und *Martins* Noten zu seiner sehr bereicherten französischen Uebersetzung von *Kämtz Vorlesungen über Meteorologie* p. 142.. An dem Abhange der Andeskette nimmt mit der Höhe, wie die Temperatur, so auch die RegenmengeNach *Boussingault (Économie rurale* T. II p. 693) war in Marmato (Breite 5° 27', Höhe 731ᵗ und mittlere Temperatur 20°,4) in den Jahren 1833 und 1834 die mittlere Regenmenge 60 Zoll 2 Linien, während in Santa Fé de Bogota (Breite 4° 36', Höhe 1358ᵗ und mittlere Temperatur 14°,5) sie nur 37 Zoll 1 Linie betrug. ab. Sie ist von meinem südamerikanischen Reisegefährten Caldas in Santa Fé de Bogota, auf einer Höhe von fast 8200 Fuß, nicht über 37 Zoll: also wenig größer wie an einigen westlichen Küsten von Europa, gefunden worden. Boussingault sah bisweilen in Quito bei einer Temperatur von 12°–13° das Saussure'sche Hygrometer auf 26° zurückgehn. In 6600 Fuß hohen Luftschichten (bei einer Temperatur von 4°) sah Gay-Lussac in seiner großen aërostatischen Ascension an demselben Feuchtigkeitsmesser auch 25°,3. Die größte Trockenheit, die man bisher auf der Erde in den Tiefländern beobachtet hat, ist wohl die, welche wir, Gustav Rose, Ehrenberg und ich, im nördlichen Asien fanden, zwischen den Flußthälern des Irtysch und Obi. In der Steppe Platowskaja, nachdem die Südwest-Winde lange aus dem Inneren des Continents geweht hatten, bei einer Temperatur von 23°,7, fanden wir den Thaupunkt 4°,3 unter dem Gefrierpunkt. Die Luft enthielt nur noch $^{16}/_{100}$ Wasserdampf. Gegen die größere Trockenheit der Bergluft, welche aus Saussure's und meinen Hygrometer-Messungen in der hohen Region der Alpen und der Cordilleren zu folgen scheint, haben in diesen letzten Jahren genaue Beobachter, Kämtz, Bravais und Martins, Zweifel erregt. Man verglich die Luftschichten in Zürich und auf dem, freilich nur in Europa hoch zu nennenden Faulhorn. *Kämtz, Vorlesungen über Meteorologie* S. 117. Die Nässe, durch welche in der Tropen-Region der Paramos (nahe der Gegend, wo Schnee zu fallen beginnt, zwischen 11000 und 12000 Fuß Höhe) einige Arten von großblüthigen, myrtenblättrigen Alpensträuchen fast perpetuirlich getränkt werden, zeugt nicht eigentlich für das Dasein einer großen absoluten Menge des Wasserdunstes in jener Höhe; diese Nässe beweist nur, wie der häufige Nebel auf dem schönen Plateau von Bogota, die Frequenz der Niederschläge. Nebelschichten in solchen Höhen entstehen und verschwinden bei ruhiger Luft mehrmals in einer Stunde. Solcher schnelle Wechsel charakterisirt die Hochebenen und Paramos der Andeskette.

Die *Electricität des Luftkreises:* man mag sie in den unteren Regionen oder in der hohen Wolkenhülle betrachten, problematisch in ihrem *stillen* periodischen täglichen Gange wie in den *Explosionen* des leuchtenden und krachenden Ungewitters; steht in vielfachem Verkehr mit allen Erscheinungen der Wärme-Vertheilung, des Drucks der Atmosphäre und ihrer Störungen, der

Hydrometeore, wahrscheinlich auch des Magnetismus der äußersten Erdrinde. Sie wirkt mächtig ein auf die ganze Thier- und Pflanzenwelt: nicht etwa bloß durch meteorologische Processe, durch Niederschläge von Wasserdämpfen, Säuren oder ammoniacalischen Verbindungen, die sie veranlaßt; sondern auch unmittelbar als electrische (nervenreizende oder Saftumlauf befördernde) Kraft. Es ist hier nicht der Ort den Streit über die eigentliche Quelle der Luft-Electricität bei heiterem Himmel zu erneuern: welche bald der Verdampfung unreiner (mit Erden und Salzen geschwängerter) Flüssigkeiten, bald dem Wachsthum der Pflanzen*Pouillet* in den *Annales de Chimie* T. XXXV. p. 405. oder andern chemischen Zersetzungen auf der Oberfläche der Erde, bald der ungleichen Wärme-Vertheilung in den Luftschichten*De la Rive* in seinem vortrefflichen *essai historique sur l'Électricité* p. 140., bald endlich, nach Peltier's scharfsinnigen Untersuchungen*Peltier* in den *Comptes rendus de l'Acad. des Sciences* T. XII. 1841 p. 307; *Becquerel, traité de l'Électricité et du Magnétisme* T. IV. p. 107., der Einwirkung einer stets negativen Ladung des Erdballs zugeschrieben worden ist. Auf die Resultate beschränkt, welche electrometrische Beobachtungen, besonders die zuerst von Colladon vorgeschlagene sinnreiche Anordnung eines electromagnetischen Apparats, gegeben haben: soll die physische Weltbeschreibung die mit der Höhe und der baumfreien Umgebung der Station unbestreitbar zunehmende Stärke der allgemeinen positiven Luft-Electricität, ihre tägliche Ebbe und Fluth (nach Clarke's Dubliner Versuchen in verwickelteren Perioden, als Saussure und ich sie gefunden), die Unterschiede der Jahreszeiten, des Abstandes vom Aequator, der continentalen und oceanischen Oberflächen angeben.

Wenn im ganzen da, wo das Luftmeer einen flüssigen Boden hat, das electrische Gleichgewicht seltener gestört ist als in der Landluft, so ist es um so auffallender, zu sehen, wie in weiten Meeren kleine Inselgruppen auf den Zustand der Atmosphäre einwirken und die Bildung der Gewitter veranlassen. Im Nebel und bei anfangendem Schneefall habe ich in langen Reihen von Versuchen die vorher permanente Glas-Electricität schnell in resinöse übergehen und mehrfach abwechseln sehn: sowohl in den Ebenen der kalten Zone als unter den Tropen in den Paramos der Cordilleren, zwischen 10000 und 14000 Fuß Höhe. Der wechselnde Uebergang war dem ganz gleich, welchen die Electrometer kurz vor und während des Gewitters angeben. *Humboldt, Relation historique* T. III. p. 318. Ich mache hier nur auf diejenigen meiner Versuche aufmerksam, in denen der 3 Fuß lange metallische Leiter des Saussure'schen

Electrometers weder auf- und abwärts bewegt, noch nach Volta's Vorschlag mit brennendem Schwamm armirt war. Denjenigen meiner Leser, welche die jetzt streitigen Punkte der Luft-Electricität genau kennen, wird der Grund dieser Beschränkung verständlich sein. Ueber die Bildung der Gewitter in den Tropen s. meine *Relat. hist.* T. II. p. 45 und 202–209. Haben die Dunstbläschen sich zu Wolken mit bestimmten Umrissen condensirt, so vermehrt sich nach Maaßgabe der Verdichtung die electrische Spannung der äußeren Hülle oder Oberfläche*Gay-Lussac* in den *Annales de Chimie et de Physique* T. VIII. p. 167. Nach den abweichenden Ansichten von Lamé, Becquerel und Peltier ist über die Ursach der specifischen Vertheilung der Electricität in Wolken, deren einige eine positive oder eine negative Spannung haben, bisher schwer zu entscheiden. Auffallend ist die, zuerst von Tralles aufgefundene, von mir oft in verschiedenen Breiten bestätigte, negative Electricität der Luft, die bei hohen Wasserfällen Zerstäubung der Wassertropfen veranlaßt und in drei- bis vierhundert Fuß Entfernung für sensible Electrometer bemerkbar ist., auf welche die Electricität der einzelnen Dunstbläschen überströmt. Die schiefergrauen Wolken haben, nach Peltier's zu Paris angestellten Versuchen, Harz-; die weißen, rosen- und orangefarbenen Wolken Glas-Electricität. Gewitterwolken umhüllen nicht bloß die höchsten Gipfel der Andeskette (ich selbst habe die verglasenden Wirkungen des Blitzes auf einem der Felsthürme gefunden, welche in einer Höhe von fast 14300 Fuß den Krater des Vulkans von Toluca überragen); auch über dem Tieflande, in der gemäßigten Zone, sind Gewitterwolken in einer verticalen Höhe von 25000 Fuß gemessen worden. Bisweilen senkt sich aber die donnernde Wolkenschicht bis zu fünf-, ja zu dreitausend Fuß Abstand über der Ebene herab.

Nach Arago's Untersuchungen, den umfassendsten, welche wir bisher über diesen schwierigen Theil der Meteorologie besitzen, sind die Licht-Entbindungen (Blitze) dreierlei Art: zickzackförmige, scharf an den Rändern begrenzte; Blitze, die das ganze, sich gleichsam *öffnende* Gewölk erleuchten; Blitze in Form von Feuerkugeln.A. a. O. p. 249–266 (vergl. p. 268–279). Wenn die ersteren beiden Arten kaum $^1/_{1000}$ der Secunde dauern, so bewegen sich dagegen die globulären Blitze weit langsamer; ihre Erscheinung hat eine Dauer von mehreren Secunden. Bisweilen (und neue Beobachtungen bestätigen das schon von Nicholson und Beccaria beschriebene Phänomen) werden ganz ohne vernehmbaren Donner, ohne Anzeige von Gewitter isolirte Wolken, welche hoch über dem Horizont stehn, ohne Unterbrechung auf lange Zeit leuchtend im

Innern und an den Rändern; auch hat man fallende Hagelkörner, Regentropfen und Schneeflocken ohne vorhergegangenen Donner leuchten gesehn. In der *geographischen Vertheilung der Gewitter* bietet das peruanische Küstenland, in dem es nie blitzt und donnert, den auffallendsten Contrast mit der ganzen übrigen Tropenzone dar: in welcher sich zu gewissen Jahreszeiten fast täglich, 4 bis 5 Stunden nach der Culmination der Sonne, Gewitter bilden. Nach den vielen von Arago gesammelten Zeugnissen der Seefahrer (Scoresby, Parry, Roß, Franklin) ist nicht zu bezweifeln, daß im allgemeinen im hohen Norden zwischen 70° und 75° Breite electrische Explosionen überaus selten sind.

Der *meteorologische Theil* des Naturgemäldes, welchen wir hier beschließen, zeigt, daß alle Processe der Licht-Absorption, der Wärme-Entbindung, der Elasticitäts-Veränderung, des hygrometrischen Zustandes und der electrischen Spannung, welche das unermeßliche Luftmeer darbietet: so innig mit einander zusammenhangen, daß jeder einzelne meteorologische Proceß durch alle anderen gleichzeitigen modificirt wird. Diese Mannigfaltigkeit der *Störungen*, die unwillkührlich an diejenigen erinnern, welche in den Himmelsräumen die nahen und besonders die kleinsten Weltkörper (Trabanten, Cometen, Sternschnuppen) in ihrem Laufe erleiden, erschwert die Deutung der verwickelten meteorologischen Erscheinungen; sie beschränkt und macht größtentheils unmöglich die *Vorherbestimmung* atmosphärischer Veränderungen: welche für den Garten- und Landbau, für die Schifffahrt, für den Genuß und die Freuden des Lebens so wichtig wäre. Diejenigen, welche den Werth der Meteorologie nicht in die Kenntniß der Phänomene selbst, sondern in jene problematische Vorherbestimmung setzen, sind von der festen Ueberzeugung durchdrungen: daß der Theil der Naturwissenschaft, um den so viele Reisen in ferne Berggegenden unternommen worden sind, die Meteorologie, sich seit Jahrhunderten keiner Fortschritte zu rühmen habe. Das Vertrauen, das sie den Physikern entziehen, schenken sie dem Mondwechsel und gewissen lange berufenen Calendertagen.

„Große Abweichungen von der mittleren Temperatur-Vertheilung treten selten local auf, sie sind meist über große Länderstrecken gleichmäßig vertheilt. Die Größe der Abweichung ist an einer bestimmten Stelle ein Maximum und nimmt dann nach den Grenzen hin ab. Werden diese Grenzen überschritten, so findet man starke Abweichungen *im entgegengesetzten Sinne*. Gleichartige Witterungs-Verhältnisse finden sich häufiger von Süden nach Norden als von Westen nach Osten. Am Ende des Jahres 1829 (als ich meine sibirische Reise vollendete) fiel das Maximum der Kälte nach Berlin, während Nordamerika sich einer ungewöhnlichen Wärme erfreute. Es ist eine ganz willkührliche Annahme, daß auf einen strengen Winter ein heißer Sommer, auf einen milden Winter ein kühler Sommer folge." Die so verschiedenartig entgegengesetzten Witterungs-Verhältnisse neben einander liegender Länder oder zweier kornbauenden Continente bringen eine wohlthätige Ausgleichung in den Preisen vieler Producte des Wein- und Ackerbaues hervor. Man hat mit Recht bemerkt, daß das Barometer allein uns andeute, was in allen Luftschichten über dem Beobachtungsorte bis zur äußersten Grenze der Atmosphäre in der Veränderung des Druckes vorgeht: während das Thermometer und Psychrometer uns nur über die örtliche Wärme und Feuchtigkeit der unteren, dem Boden nahen Schicht unterrichtet. Die gleichzeitigen thermischen und hygrometrischen Modificationen der oberen Luftregionen ergründen wir, wo unmittelbare Beobachtungen auf Bergen oder aërostatischen Reisen fehlen, nur aus hypothetischen Combinationen, da das Barometer allerdings auch als Thermometer und Feuchtigkeits-Bestimmer dienen kann. Wichtige Witterungs-Veränderungen haben nicht eine örtliche Ursach an dem Beobachtungsorte selbst; sie sind Folgen einer *Begebenheit*, die in weiter Ferne durch Störung des Gleichgewichts in den Luftströmungen begonnen hat, meist nicht an der Oberfläche der Erde, sondern in den höchsten Regionen: kalte oder warme, trockene oder feuchte Luft herbeiführend, die Durchsichtigkeit der Luft trübend oder aufheiternd, die *gethürmte Haufenwolke* in zartgefiederten *Cirrus* umwandelnd. Weil also Unzugänglichkeit der Erscheinungen sich zu der Vervielfältigung und Complication der Störungen gesellt, hat es mir immer geschienen, daß die Meteorologie ihr Heil und ihre Wurzel wohl zuerst in der heißen Zone suchen müsse: in jener glücklichen Region, wo stets dieselben Lüfte wehen, wo Ebbe und Fluth des atmosphärischen Druckes, wo der Gang der Hydrometeore, wo das Eintreten electrischer Explosionen *periodisch wiederkehrend* sind.

Nachdem wir, den ganzen Umfang des *anorganischen Erdenlebens* durchlaufend, den Planeten in seiner Gestaltung, seiner inneren Wärme, seiner electro-magnetischen Ladung, seinem Lichtprocesse an den Polen, seiner, *Vulcanismus* genannten Reaction gegen die starre, mannigfach zusammengesetzte, äußere Rinde, endlich in den Erscheinungen seiner zwiefachen äußeren Hüllen (des Oceans und des Luftmeers) in wenigen Zügen geschildert haben; könnte nach der älteren Behandlung der *physischen*

Erdbeschreibung das Naturbild als vollendet betrachtet werden. Wo aber die Weltansicht zu einem höheren Standpunkte sich zu erheben strebt, würde jenes Naturbild seines anmuthigsten Reizes beraubt erscheinen, wenn es uns nicht zugleich die Sphäre des *organischen Lebens* in den vielen Abstufungen seiner typischen Entwickelung darböte. Der Begriff der Belebtheit ist so an den Begriff von dem Dasein der treibenden, unablässig wirksamen, entmischend schaffenden Naturkräfte geknüpft, welche in dem Erdkörper sich regen: daß in den ältesten Mythen der Völker diesen Kräften die Erzeugung der Pflanzen und Thiere zugeschrieben, ja der Zustand einer unbelebten Oberfläche unsres Planeten in die chaotische Urzeit kämpfender Elemente hinaufgerückt wurde. In das empirische Gebiet objectiver sinnlicher Betrachtung, in die Schilderung des *Gewordenen*, des dermaligen Zustandes unsres Planeten, gehören nicht die geheimnißvollen und ungelösten Probleme des *Werdens*.

Die *Weltbeschreibung*, nüchtern an die Realität gefesselt, bleibt nicht aus Schüchternheit, sondern nach der Natur ihres Inhaltes und ihrer Begrenzung den dunkeln Anfängen einer *Geschichte der Organismen* fremd: wenn das Wort *Geschichte* hier in seinem gebräuchlichsten Sinne genommen wird. Aber die Weltbeschreibung darf auch daran mahnen, daß in der anorganischen Erdrinde dieselben Grundstoffe vorhanden sind, welche das Gerüste der Thier- und Pflanzen-Organe bilden. Sie lehrt, daß in diesen wie in jener dieselben Kräfte walten, welche Stoffe verbinden und trennen, welche gestalten und flüssig machen in den organischen Geweben: aber Bedingungen unterworfen, die noch unergründet unter der sehr unbestimmten Benennung von *Wirkungen der Lebenskräfte* nach mehr oder minder glücklich geahndeten Analogien systematisch gruppirt werden. Der naturbeschauenden Stimmung unsers Gemüthes ist es daher ein Bedürfniß, die physischen Erscheinungen auf der Erde bis zu ihrem äußersten Gipfel, bis zur Form-Entwickelung der Vegetabilien und der *sich selbst bestimmenden* Bewegung im thierischen Organismus zu verfolgen. So schließt sich die *Geographie des Organisch-Lebendigen* (*Geographie der Pflanzen und Thiere*) an die Schilderung der anorganischen Naturerscheinungen des Erdkörpers an.

Ohne hier die schwierige Frage zu erörtern über das „sich selbst Bewegende", d. h. über den Unterschied des vegetabilischen und thierischen Lebens: müssen wir zuerst nur darauf aufmerksam machen, daß, wenn wir von Natur mit microscopischer Sehkraft begabt, wenn die Integumente der Pflanzen vollkommen durchsichtig wären, das Gewächsreich uns nicht den Anblick von

Unbeweglichkeit und *Ruhe* darbieten würde, in welcher es jetzt unseren Sinnen erscheint. Die inneren Theile des Zellenbaues der Organe sind unaufhörlich durch die verschiedenartigsten Strömungen belebt. Es sind: Rotations-Strömungen: auf- und absteigend, sich verzweigend, ihre Richtungen verändernd, durch die Bewegung körnigen Schleims offenbart, in Wasserpflanzen (Najaden, Characeen, Hydrochariden) und in den Haaren phanerogamischer Landpflanzen; eine wimmelnde, von dem großen Botaniker Robert Brown entdeckte Molecular-Bewegung, welche freilich außerhalb der Organe bei jeder äußersten Theilung der Materie ebenfalls bemerkbar wird; die kreisende Strömung der Milchsaft-Kügelchen (*Cyclose*) in einem System eigener Gefäße; endlich die sonderbaren, sich entrollenden, gegliederten Fadengefäße in den Antheridien der Chara und den Reproductions-Organen der Lebermoose und Tang-Arten, in welchen der, der Wissenschaft zu früh entrissene Meyen ein Analogon der Spermatozoen der animalischen Schöpfung zu erkennen glaubte. Zählen wir zu diesen mannigfaltigen Regungen und Wirbeln noch hinzu, was der Endosmose, den Processen der Ernährung und des Wachsthums, was den inneren Luftströmen zugehört; so haben wir ein Bild von den Kräften, welche, uns fast unbewußt, in dem *stillen Pflanzenleben* thätig sind.

Seitdem ich in den *Ansichten der Natur* die Allbelebtheit der Erdoberfläche, die Verbreitung der organischen Formen nach Maaßgabe der Tiefe und Höhe geschildert habe, ist unsere Kenntniß auch in dieser Richtung durch Ehrenberg's glänzende Entdeckungen „über das Verhalten des *kleinsten Lebens* in dem Weltmeere wie in dem Eise der Polarländer" auf eine überraschende Weise: und zwar nicht durch combinatorische Schlüsse, sondern auf dem Wege genauer Beobachtung, vermehrt worden. Die Lebenssphäre, man möchte sagen der Horizont des Lebens, hat sich vor unseren Augen erweitert. „Es giebt nicht nur ein unsichtbar kleines, microscopisches, ununterbrochen thätiges Leben in der Nähe beider Pole, da wo längst das größere nicht mehr gedeiht; die microscopischen Lebensformen des Südpol-Meeres, auf der antarctischen Reise des Capitän James Roß gesammelt, enthalten sogar einen ganz besonderen Reichthum bisher ganz unbekannter, oft sehr zierlicher Bildungen. Selbst im Rückstande des geschmolzenen, in rundlichen Stücken umherschwimmenden Eises, unter einer Breite von 78° 10', wurden über funfzig Arten kieselschaliger Polygastern, ja Coscinodisken, mit ihren grünen Ovarien: also sicher lebend und gegen die Extreme strenger Kälte glücklich ankämpfend, gefunden. In dem Golf des Erebus wurden mit dem Senkblei in 1242 bis 1620 Fuß Tiefe 68 kieselschalige

276

Polygastern und Phytolitharien, und mit ihnen nur eine einzige kalkschalige Polythalamia, heraufgezogen."

Die bisher beobachteten oceanischen microscopischen Formen sind in weit überwiegender Menge die *kieselschaligen*, obgleich die Analyse des Meerwassers die Kieselerde nicht als wesentlichen Bestandtheil zeigt (und dieselbe wohl nur als schwebend gedacht werden kann). Der Ocean ist aber nicht bloß an einzelnen Punkten und in Binnenmeeren, oder den Küsten nahe, mit unsichtbaren, d. h. von nichtbewaffneten Augen ungesehenen Lebens-Atomen dicht bevölkert; man kann auch nach den von Schayer auf seiner Rückreise aus Van Diemens Land geschöpften Wasserproben (südlich vom Vorgebirge der guten Hoffnung in 57° Breite, wie mitten unter den Wendekreisen im atlantischen Meere) für erwiesen annehmen: daß der Ocean in seinem gewöhnlichen Zustande, ohne besondere Färbung, ohne fragmentarisch schwimmende, den Oscillatorien unserer süßen Wasser ähnliche Filze kieselschaliger Fäden der Gattung Chaetoceros, bei klarster Durchsichtigkeit zahlreiche microscopische selbstständige Organismen enthalte. Einige Polygastern von den Cockburn-Inseln, mit Pinguin-Excrementen und Sand gemengt, scheinen über die ganze Erde verbreitet; andere sind beiden Polen gemeinsam.

Es herrscht demnach, und die neuesten Beobachtungen bestätigen diese Ansicht, in der ewigen Nacht der oceanischen Tiefen vorzugsweise das *Thierleben:* während auf den Continenten, des periodischen Reizes der Sonnenstrahlen bedürftig, das *Pflanzenleben* am meisten verbreitet ist. Der *Masse* nach überwiegt im allgemeinen der vegetabilische Organismus bei weitem den thierischen auf der Erde. Was ist die Zahl großer Cetaceen und Pachydermen gegen das Volum dichtgedrängter, riesenmäßiger Baumstämme von 8–12 Fuß Durchmesser in dem einzigen Waldraum, welcher die Tropenzone von Südamerika zwischen dem Orinoco, dem Amazonenfluß und dem Rio da Madeira füllt. Wenn auch der Charakter der verschiedenen Erdräume von allen äußeren Erscheinungen zugleich abhängt; wenn Umriß der Gebirge, Physiognomie der Pflanzen und Thiere, wenn Himmelsbläue, Wolkengestalt und Durchsichtigkeit des Luftkreises den Total-Eindruck bewirken: so ist doch nicht zu läugnen, daß das Hauptbestimmende dieses Eindrucks die *Pflanzendecke* ist. Dem thierischen Organismus fehlt es an Masse, und die Beweglichkeit der Individuen entzieht sie oft unsern Blicken. Die Pflanzenschöpfung wirkt durch stetige Größe auf unsere Einbildungskraft; ihre

Masse bezeichnet ihr Alter, und in den Gewächsen allein sind Alter und Ausdruck der stets sich erneuernden Kraft mit einander gepaart. In dem Thierreiche (und auch diese Betrachtung ist das Resultat von Ehrenberg's Entdeckungen) ist es gerade das Leben, das man das kleinste im Raume zu nennen pflegt, welches durch seine Selbsttheilung und rasche VermehrungUeber Vermehrung durch Selbsttheilung des Mutterkörpers und durch Einschieben neuer Substanz s. *Ehrenberg von den jetzt lebenden Thierarten der Kreidebildung*, in den *Abhandl. der Berliner Akad. der Wiss.* 1839 S. 94. Die größte zeugende Kraft der Natur ist in den Vorticellen. Schätzungen der möglich raschesten Massenentwicklung finden sich in *Ehrenberg's* großem Werke: *die Infusionsthierchen als vollkommne Organismen* 1838 S. XIII., XIX und 244. „Die Milchstraße dieser Organismen geht durch die Gattungen Monas, Vibrio, Bacterium und Bodo." Die Allbelebtheit der Natur ist so groß, daß kleinere Infusionsthiere parasitisch auf größeren leben, ja daß die ersteren wiederum anderen zum Wohnsitz dienen (S. 194, 211 und 512). die wunderbarsten Massen-Verhältnisse darbietet. Die kleinsten der Infusorien, die Monadinen, erreichen nur einen Durchmesser von $^1/_{3000}$ einer Linie: und doch bilden die kieselschaligen Organismen in feuchten Gegenden unterirdische belebte Schichten von der Dicke mehrerer Lachter.

Der Eindruck der Allbelebtheit der Natur, anregend und wohlthätig dem fühlenden Menschen, gehört jeder Zone an; am mächtigsten wird er gegen den Aequator hin: in der eigentlichen Zone der Palmen, der Bambusen und der baumartigen Farn, da wo von dem mollusken und corallenreichen Meeresufer der Boden sich bis zur ewigen Schneegrenze erhebt. Die Ortsverhältnisse der Pflanzen und Thiere umfassen fast alle Höhen und Tiefen. Organische Gebilde steigen in das Innere der Erde herab; nicht bloß da, wo durch den Fleiß des Bergmannes große Weitungen entstanden sind: auch in natürlichen Höhlen, die zum ersten Male durch Sprengarbeit geöffnet wurden und in die nur meteorische Tagewasser auf Spalten eindringen konnten, habe ich schneeweiße Stalactiten-Wände mit dem zarten Geflechte einer Usnea bedeckt gefunden. Podurellen dringen in die Eisröhren der Gletscher am Mont Rose, im Grindelwald und dem Oberen Aargletscher; Chionaea araneoides, von Dalman beschrieben, und die microscopische Discerea nivalis (einst Protococcus) leben im Schnee der Polarländer wie in dem unserer hohen Gebirge. Das Rothwerden des alten Schnees war schon dem Aristoteles, wahrscheinlich in den macedonischen Gebirgen, bekannt geworden. Während auf hohen Gipfeln der schweizer Alpen nur Lecideen, Parmelien und Umbilicarien das von Schnee entblößte Gestein farbig, aber sparsam überziehen; blühen noch vereinzelt in der Tropengegend der Andeskette in 14000 und 14400 Fuß Höhe schöne Phanerogamen: das wollige Culcitium rufescens, Sida picchinchensis und Saxifraga Boussingaulti. Heiße Quellen enthalten kleine Insecten (Hydroporus thermalis), Gallionellen, Oscilatorien und Conferven; sie tränken selbst die Wurzelfasern phanerogamischer Gewächse. Wie Erde, Luft und Wasser bei den verschiedensten Temperaturen belebt sind; so ist es auch das Innre der verschiedensten Theile der Thierkörper. Es giebt Blutthiere in den Fröschen wie im Lachse; nach Nordmann sind oft alle Flüssigkeiten der Fischaugen mit einem Saugwurme (Diplostomum) gefüllt: ja in den Kiemen des Bleies lebt das wundersame Doppelthier (Diplozoon paradoxum), welches der ebengenannte Naturforscher entdeckt hat: ein Thier, kreuzförmig verwachsen, mit 2 Köpfen und 2 Schwanzenden versehen.

Wenn auch die Existenz von sogenannten *Meteor-Infusorien* mehr als zweifelhaft ist, so darf doch die Möglichkeit nicht geläugnet werden, daß, wie Fichten-Blüthenstaub jährlich aus der Atmosphäre herabfällt, auch kleine Infusionsthiere, mit dem Wasserdampf passiv gehoben, eine Zeit lang in den Luftschichten schweben können. Dieser Umstand ist bei dem uralten Zwiste über eine mutterlose ZeugungMan vergleiche über die vermeinte „primitive Umbildung" der organisirten oder unorganisirten Materie zu Pflanzen und Thieren *Ehrenberg* in *Poggendorff's Annalen der Physik* Bd. XXIV. S. 1–48 und desselben *Infusionsthierchen* S. 121 und 525 mit Joh. *Müller, Physiologie des Menschen* (4te Aufl. 1844) Bd. I. S. 8–17. Ueberaus merkwürdig scheint mir, daß *Augustinus* der Kirchenvater sich in seinen Fragen: wie möglicherweise die Inseln nach der großen Fluth haben auf's neue Pflanzen und Thiere empfangen können, der sogenannten „keim- und mutterlosen Zeugung" (generatio aequivoca, spontanea aut primaria) keinesweges abgeneigt bezeigt. „Haben", sagt er, „die Engel die Thiere nicht auf abgelegene Inseln gebracht oder etwa jagdlustige Bewohner der Continente, so müssen sie aus der Erde unmittelbar entstanden sein; wobei freilich die Frage entsteht, zu welchem Zwecke allerlei Thiere in der Arche versammelt worden waren." "Si e terra exortae sunt (bestiae) secundum originem primam, quando dixit Deus: *Producat terra animam vivam!* multo clarius apparet, non tam reparandorum animalium causa, quam figurandarum variarum gentium (?) propter ecclesiae sacramentum in Arca fuisse omnia genera, si in insulis, quo transire non possent, multa animalia terra produxit." *Augustinus de Civitate Dei* lib. XVI cap. 7 (*Opera* ed. Monach. Ordinis S. Benedicti T. VII. Venet. 1732 p. 422). – Schon 200 Jahre vor dem Bischof von Hippo finden wir in den Auszügen des *Trogus Pompeius* die generatio primaria mit der frühesten Abtrocknung der Urwelt und der *Hochebene* von Asien in Verbindung gesetzt, ganz wie in der paradiesischen Terrassen-Theorie des großen Linné und in den Atlantis-Träumen des achtzehnten Jahrhunderts: "Quodsi omnes quondam terrae submersae profundo fuerunt, profecto editissimam quamque partem decurrentibus aquis primum detectam; humillimo autem solo eandem aquam diutissime immoratam, et quanto prior quaeque pars terrarum siccata sit, tanto prius animalia generare coepisse. Porro Scythiam adeo editiorem omnibus terris esse, ut cuncta flumina ibi nata in Maeotim, tum deinde in Ponticum et Aegyptium mare decurrant." Justinus lib. II cap. 1. Die irrige Meinung, daß das Land der Scythen eine Hochebene bilde, ist so uralt, daß wir sie schon recht deutlich im Hippocrates (*de Aëre et Aquis* cap. 6 § 96 Coray) ausgedrückt finden. „Scythien", sagt er, „bildet hohe und nackte Ebenen, die, *ohne von Bergen gekrönt zu sein*, gegen Norden immer höher und höher ansteigen." (generatio spontanea) in ernste Betrachtung zu nehmen: um so mehr als Ehrenberg, wie schon oben bemerkt, entdeckt hat, daß der nebelartig die Luft trübende Staubregen, welchem Seefahrer häufig in der Nähe der capverdischen Inseln und bis in 380 Seemeilen Entfernung von der afrikanischen Küste ausgesetzt sind, Reste von 18 Arten kieselschaliger polygastrischer Thierchen enthält.

Die Fülle der Organismen, deren räumliche Vertheilung die *Geographie der Pflanzen und Thiere* verfolgt, wird entweder nach der Verschiedenheit und relativen Zahl der Bildungstypen, also nach der Gestaltung der vorhandenen Gattungen und Arten; oder nach der Zahl der Individuen betrachtet, welche auf einem gegebenen Flächenraume einer jeden Art zukommt. Bei den Pflanzen wie bei den Thieren ist es ein wichtiger Unterschied ihrer Lebensweise, ob sie isolirt (vereinzelt) oder gesellig lebend gefunden werden. Die Arten, welche ich *gesellige Pflanzen* genannt habe, bedecken einförmig große Strecken. Dahin gehören viele Tang-Arten des Meeres, Cladonien und Moose in den öden Flachländern des nördlichen Asiens, Gräser und orgelartig aufstrebende Cacteen, Avicennia und Manglesträucher in der Tropenwelt, Wälder von Coniferen und Birken in den baltischen und sibirischen Ebnen. Diese Art der geographischen Vertheilung bestimmt: neben der individuellen Form der Pflanzengestalt, neben ihrer Größe, Blatt- und Blüthenform, hauptsächlich den *physiognomischen Charakter*Ueber die Physiognomik der Gewächse in *Humboldt, Ansichten der Natur* Bd. II. S. 1–125. einer Gegend. Das bewegliche Bild des Thierlebens: so mannigfaltig und reizend, so mehr angeeignet es unseren Gefühlen der Zuneigung oder des Abscheues ist; bleibt fast demselben fremd, wirkt wenigstens minder mächtig auf ihn. Die ackerbauenden Völker vermehren künstlich die Herrschaft geselliger Pflanzen, und so an vielen Punkten der gemäßigten und nördlichen Zone den Anblick der Einförmigkeit der Natur; auch bereiten sie den Untergang wildwachsenden Pflanzen und siedeln andere, die dem Menschen auf fernen Wanderungen folgen, absichtslos an. Die üppige Zone der Tropenwelt widersteht kräftiger diesen gewaltsamen Umwandlungen der Schöpfung.

Beobachter, welche in kurzer Zeit große Landstrecken durchzogen, Gebirgsgruppen bestiegen hatten, in denen die Klimate schichtenweise über einander gelagert sind, mußten sich früh angeregt fühlen von einer gesetzmäßigen Vertheilung der Pflanzenformen. Sie sammelten rohe Materialien für eine Wissenschaft, deren Name noch nicht ausgesprochen war. Dieselben Zonen (Regionen) der Gewächse, welche als Jüngling der Cardinal Bembo am Abhange des Aetna im sechzehnten Jahrhundert beschrieb, fand Tournefort am Ararat wieder. Er verglich scharfsinnig die Alpenflor mit der Flor der Ebenen unter verschiednen Breiten; er bemerkte zuerst, daß die Erhöhung des Bodens über dem Meeresspiegel auf die Vertheilung der Gewächse wirke, wie die Entfernung vom Pole im Flachlande. Menzel in einer unedirten Flora von Japan sprach zufällig den *Namen der Geographie der Pflanzen* aus. Dieser Name findet sich wieder in den phantastischen, aber anmuthigen Studien der Natur von Bernardin de St. Pierre. Eine wissenschaftliche Behandlung des Gegenstandes hat erst angefangen, als man die Geographie der Pflanzen mit der Lehre von der Vertheilung der Wärme auf dem Erdkörper in innige Verbindung brachte; als man die Gewächse nach *natürlichen Familien* ordnen: und so *numerisch* unterscheiden konnte, welche Formen vom Aequator gegen die Pole ab- oder zunehmen, in welchem Zahlenverhältniß in verschiedenen Erdstrichen jede Familie zu der ganzen daselbst wachsenden Masse der Phanerogamen stehe. Es ist ein glücklicher Umstand meines Lebens gewesen, daß zu der Zeit, in welcher ich mich fast ausschließend mit Botanik beschäftigte, meine Studien, durch den Anblick einer großartigen, klimatisch contrastirten Natur begünstigt, sich auf die eben genannten Gegenstände der Untersuchung richten konnten.

Die geographische Verbreitung der Thierformen, über welche Buffon zuerst allgemeine und großentheils sehr richtige Ansichten aufgestellt, hat in neueren Zeiten aus den Fortschritten der Pflanzen-Geographie mannigfaltigen Nutzen gezogen. Die Krümmungen der Isothermen, besonders die der isochimenen, offenbaren sich in den Grenzen, welche gewisse Pflanzen- und nicht weit wandernde Thierarten gegen die Pole zu, wie gegen den Gipfel schneebedeckter Gebirge, selten übersteigen. Das Elennthier z. B. lebt auf der scandinavischen Halbinsel fast zehn Grad nördlicher als im Innern von Sibirien, wo die Linie gleicher Winterwärme so auffallend concav wird. Pflanzen *wandern* im Ei. Der Saamen vieler ist mit eigenen Organen zur weiten Luftreise versehen. Einmal angewurzelt, sind sie abhängiger vom Boden und von der Temperatur der Luftschicht, welche sie umgiebt. Thiere erweitern nach Willkühr ihren Verbreitungsbezirk von dem Aequator gegen die Pole hin: da vorzüglich, wo die Isotheren sich *wölben* und *heiße* Sommer auf eine strenge Winterkälte folgen. Der Königstiger, von dem ostindischen gar nicht verschieden, streift jeden Sommer im nördlichen Asien bis in die Breite von Berlin und Hamburg, wie Ehrenberg und ich an einem anderen Orte entwickelt haben.

Die Gruppirung oder Association der Gewächsarten, welche wir *Floren* (Vegetations-Gebiete) zu nennen gewohnt sind, scheint mir, nach dem, was ich von der Erde gesehen, keinesweges das *Vorherrschen* einzelner Familien so zu offenbaren, daß man berechtigt sein könnte Reiche der Umbellaten, Solidago-Arten, Labiaten oder Scitamineen geographisch aufzustellen. Meine individuelle Ansicht bleibt in diesem Punkte abweichend von der Ansicht mehrerer der ausgezeichnetsten und mir befreundeten Botaniker Deutschlands. Der Charakter der Floren in den Hochländern von Mexico, Neu-Granada und Quito, vom europäischen Rußland und von Nord-Asien liegt, wie ich glaube, nicht in der relativ größeren Zahl der Arten, welche eine oder zwei natürliche Familien bilden; er liegt in den viel complicirteren Verhältnissen des *Zusammenlebens vieler Familien* und der relativen Zahlenwerthe ihrer Arten. In einem Wiesen- und Steppenlande herrschen allerdings die Gramineen und Cyperaceen, in unsern nördlichen Wäldern die Zapfenbäume, Cupuliferen und Betulineen vor; aber dieses Vorherrschen der Formen ist nur scheinbar, und täuschend wegen des Anblickes, den *gesellige* Pflanzen gewähren. Der Norden von Europa, und Sibirien in der Zone nördlich vom Altai verdienen wohl nicht mehr den Namen eines *Reichs der Gramineen* oder der *Coniferen* als die endlosen Llanos zwischen dem Orinoco und der Bergkette von Caracas oder als die Fichtenwaldungen von Mexico. In dem Zusammenleben der Formen, die sich theilweise ersetzen, in ihrer relativen Menge und Gruppirung liegt der Gesammteindruck von Fülle und Mannigfaltigkeit oder von Armuth und Einförmigkeit der vegetabilischen Natur.

Ich bin in dieser fragmentaren Betrachtung der *Erscheinungen des Organismus* von den einfachsten Zellen, gleichsam dem ersten Hauche des Lebens, zu höheren und höheren Bildungen aufgestiegen. „Das Zusammenhäufen von Schleimkörnchen zu einem bestimmt geformten *Cytoblasten*, um den sich blasenförmig eine Membrane als geschlossene Zelle bildet", ist entweder durch eine schon vorhandene Zelle veranlaßt, so daß Zelle durch Zelle entsteht*Schleiden, Grundzüge der wissenschaftlichen Botanik* 1842 Th. I. S. 192–197.; oder der Zellenbildungsproceß ist wie bei den sogenannten *Gährungspilzen* in das Dunkel eines chemischen Vorgangs gehüllt. Die geheimnißvollste Art des *Werdens* durfte hier nur leise berührt werden. Die *Geographie der Organismen* (der Pflanzen und Thiere) behandelt die schon entwickelten Keime, ihre Ansiedelung durch willkührliche oder unwillkührliche Wanderung, ihr relatives Verhältniß, ihre Gesammtvertheilung auf dem Erdkörper.

Es würde das allgemeine Naturbild, das ich zu entwerfen strebe, unvollständig bleiben, wenn ich hier nicht auch den Muth hätte das *Menschengeschlecht* in seinen physischen Abstufungen, in der geographischen Verbreitung seiner gleichzeitig vorhandenen Typen; in dem Einfluß, welchen es von den Kräften der Erde empfangen und wechselseitig, wenn gleich schwächer, auf sie ausgeübt hat: mit wenigen Zügen zu schildern. Abhängig, wenn gleich in minderem Grade als Pflanzen und Thiere, von dem Boden und den meteorologischen Processen des Luftkreises; den Naturgewalten durch Geistesthätigkeit und stufenweise erhöhte Intelligenz, wie durch eine wunderbare, sich allen Klimaten aneignende Biegsamkeit des Organismus leichter entgehend: nimmt das Geschlecht wesentlich Theil an dem ganzen Erdenleben. Durch diese Beziehungen gehört demnach das dunkle und vielbestrittene Problem von der Möglichkeit gemeinsamer Abstammung in den Ideenkreis, welchen die physische Weltbeschreibung umfaßt. Es soll die Untersuchung dieses Problems, wenn ich mich so ausdrücken darf, durch ein edleres und rein menschliches Interesse das letzte Ziel meiner Arbeit bezeichnen. Das unermessene Reich der Sprachen, in deren verschiedenartigem Organismus sich die Geschicke der Völker ahndungsvoll abspiegeln, steht am nächsten dem Gebiet der

Stammverwandtschaft; und was selbst kleine Stammverschiedenheiten hervorzurufen vermögen, lehrt uns in der Blüthe geistiger Cultur die hellenische Welt. Die wichtigsten Fragen der Bildungsgeschichte der Menschheit knüpfen sich an die Ideen von Abstammung, Gemeinschaft der Sprache, Unwandelbarkeit in einer ursprünglichen Richtung des Geistes und des Gemüthes.

So lange man nur bei den Extremen in der Variation der Farbe und der Gestaltung verweilte, und sich der Lebhaftigkeit der ersten sinnlichen Eindrücke hingab, konnte man allerdings geneigt werden die *Racen* nicht als bloße *Abarten*, sondern als ursprünglich verschiedene Menschenstämme zu betrachten. Die Festigkeit gewisser Typen mitten unter der feindlichsten Einwirkung äußerer, besonders klimatischer Potenzen schien eine solche Annahme zu begünstigen: so kurz auch die Zeiträume sind, aus denen historische Kunde zu uns gelangt ist. Kräftiger aber sprechen, auch meiner Ansicht nach, für die *Einheit des Menschengeschlechts* die vielen MittelstufenVergl. über die amerikanische Race im allgemeinen das Prachtwerk: Samuel George *Morton, Crania americana* 1839 p. 62–86, wie über die von *Pentland* mitgebrachten Schädel des Hochlandes von Titicaca im *Dublin Journal of medical and chemical Science* Vol. V. 1834 p. 475; Alcide *d'Orbigny, l'homme américain considéré sous ses rapports physiol. et mor.* 1839 p. 221. S. auch die an seinen ethnographischen Beobachtungen so reiche *Reise in das innere Nord-America* von *Maximilian Prinz zu Wied* 1839. der Hautfarbe und des Schädelbaues, welche die raschen Fortschritte der Länderkenntniß uns in neueren Zeiten dargeboten haben; die Analogie der Abartung in anderen wilden und zahmen Thierclassen; die sicheren Erfahrungen, welche über die Grenzen fruchtbarer Bastard-ErzeugungRudolph *Wagner über Blendlinge und Bastarderzeugung* in seinen Anmerkungen zu *Prichard, Naturgesch. des Menschengeschlechts* Th. I. S. 174–188. haben gesammelt werden können. Der größere Theil der Contraste, die man ehemals hatte zu finden geglaubt, ist durch die fleißige Arbeit Tiedemann's über das Hirn der Neger und der Europäer, durch die anatomischen Untersuchungen Vrolik's und Weber's über die Gestalt des Beckens hinweggeräumt. Wenn man die dunkelfarbigen afrikanischen Nationen, über die Prichard's gründliches Werk so viel Licht verbreitet hat, in ihrer Allgemeinheit umfaßt: und sie dazu noch mit den Stämmen des südindischen und westaustralischen Archipels, mit den Papuas und Alfourous (Haraforen, Endamenen) vergleicht; so sieht man deutlich, daß schwarze Hautfarbe, wolliges Haar und negerartige Gesichtszüge keinesweges immer mit einander verbunden sind. So lange den westlichen Völkern nur ein kleiner Theil der Erde aufgeschlossen war, mußten einseitige Ansichten sich bilden. Sonnenhitze der Tropenwelt und schwarze Hautfarbe schienen unzertrennlich. „Die Aethiopen", sang der alte Tragiker Theodectes von   PhaselisOnesicritus im *Strabo* XV   p. 690 und 695 Casaub. – *Welcker* (*griechische Tragödien* Abth. III. S. 1078) glaubt, die von Strabo citirten Verse des *Theodectes* seien einer verlornen Tragödie entlehnt, die vielleicht den Titel *Memnon* führte., „färbt der nahe Sonnengott in seinem Laufe mit des Russes finsterem Glanz; die Sonnengluth kräuselt ihnen dörrend das Haar." Erst die Heerzüge Alexanders, welche so viele Ideen der physischen Erdbeschreibung anregten, fachten den Streit über den unsicheren Einfluß der Klimate auf die Volksstämme an. „Die Geschlechter der Thiere und Pflanzen", sagt einer der größten Anatomen unsres Zeitalters, *Johannes Müller*, in seiner alles umfassenden *Physiologie des Menschen*, „verändern sich während ihrer Ausbreitung über die Oberfläche der Erde innerhalb der den Arten und Gattungen vorgeschriebenen Grenzen. Sie pflanzen sich als Typen der Variation der Arten organisch fort. Aus dem Zusammenwirken verschiedener sowohl innerer als äußerer, im einzelnen nicht nachweisbarer Bedingungen sind die gegenwärtigen Racen der Thiere hervorgegangen: von welchen sich die auffallendsten Abarten bei denen finden, die der ausgedehntesten Verbreitung auf der Erde fähig sind. Die *Menschenracen* sind Formen einer *einzigen Art*, welche sich fruchtbar paaren und durch Zeugung fortpflanzen; sie sind nicht Arten eines Genus: wären sie das letztere, so würden ihre Bastarde unter sich unfruchtbar sein. Ob die gegebenen Menschenracen von mehreren oder Einem Urmenschen abstammen, kann nicht aus der Erfahrung ermittelt werden."

Die geographischen Forschungen über den alten Sitz, die sogenannte *Wiege des Menschengeschlechts* haben in der That einen rein mythischen Charakter. „Wir kennen", sagt *Wilhelm von Humboldt* in einer noch *ungedruckten* Arbeit über die Verschiedenheit der Sprachen und Völker, „geschichtlich oder auch nur durch irgend sichere Ueberlieferung keinen Zeitpunkt, in welchem das Menschengeschlecht nicht in Völkerhaufen getrennt gewesen wäre. Ob dieser Zustand der ursprüngliche war oder erst später entstand, läßt sich daher geschichtlich nicht entscheiden. Einzelne, an sehr verschiedenen Punkten der Erde, ohne irgend sichtbaren Zusammenhang, wiederkehrende Sagen verneinen die erstere Annahme, und lassen das ganze Menschengeschlecht von Einem

Menschenpaare abstammen. Die weite Verbreitung dieser Sage hat sie bisweilen für eine Urerinnerung der Menschheit halten lassen. Gerade dieser Umstand aber beweist vielmehr, daß ihr keine Ueberlieferung und nichts geschichtliches zum Grunde lag, sondern nur die Gleichheit der menschlichen Vorstellungsweise zu derselben Erklärung der gleichen Erscheinung führte: wie gewiß viele Mythen, ohne geschichtlichen Zusammenhang, bloß aus der Gleichheit des menschlichen Dichtens und Grübelns entstanden. Jene Sage trägt auch darin ganz das Gepräge menschlicher Erfindung, daß sie die außer aller Erfahrung liegende Erscheinung des ersten Entstehens des Menschengeschlechts auf eine innerhalb heutiger Erfahrung liegende Weise: und so erklären will, wie in Zeiten, wo das ganze Menschengeschlecht schon Jahrtausende hindurch bestanden hatte, eine wüste Insel oder ein abgesondertes Gebirgsthal mag bevölkert worden sein. Vergeblich würde sich das Nachdenken in das Problem jener ersten Entstehung vertieft haben: da der Mensch so an sein Geschlecht und an die Zeit gebunden ist, daß sich ein Einzelner ohne vorhandenes Geschlecht und ohne Vergangenheit gar nicht in menschlichem Dasein fassen läßt. Ob also in dieser, weder auf dem Wege der Gedanken noch der Erfahrung zu entscheidenden Frage wirklich jener angeblich traditionelle Zustand der geschichtliche war, oder ob das Menschengeschlecht von seinem Beginnen an völkerweise den Erdboden bewohnte? darf die Sprachkunde weder aus sich bestimmen noch, die Entscheidung anderswoher nehmend, zum Erklärungsgrunde für sich brauchen wollen."

Die Gliederung der Menschheit ist nur eine Gliederung in Abarten, die man mit dem, freilich etwas unbestimmten Worte *Racen* bezeichnet. Wie in dem Gewächsreiche, in der Naturgeschichte der Vögel und Fische die Gruppirung in viele kleine Familien sicherer als die in wenige, große Massen umfassende Abtheilungen ist: so scheint mir auch, bei der Bestimmung der Racen, die Aufstellung kleinerer Völkerfamilien vorzuziehen. Man mag die alte Classification meines Lehrers Blumenbach nach fünf Racen (der caucasischen, mongolischen, amerikanischen, äthiopischen und malayischen) befolgen oder mit Prichard sieben Racen (die iranische, turanische, amerikanische, die der Hottentotten und Buschmänner, der Neger, der Papuas und der Alfourous) annehmen: immer ist keine typische Schärfe, kein durchgeführtes natürliches Princip der Eintheilung in solchen Gruppirungen zu erkennen. Man sondert ab, was gleichsam die Extreme der Gestaltung und Farbe bildet: unbekümmert um die Völkerstämme, welche nicht in jene Classen einzuschalten sind, und welche man bald scythische, bald allophylische Racen hat nennen wollen. *Iranisch* ist allerdings für die europäischen Völker ein minder schlechter Name als *caucasisch*; aber im allgemeinen darf man behaupten, daß geographische Benennungen als Ausgangspunkt der Race sehr unbestimmt sind, wenn das Land, welches der Race den Namen geben soll, wie z. B. Turan (Mawerannahr), zu verschiedenen ZeitenDie späte Ankunft türkischer und mongolischer Stämme sowohl am Oxus als in der Kirghisen-Steppe steht der Annahme Niebuhr's, daß die Scythen des Herodot und Hippocrates Mongolen waren, entgegen. Es ist weit wahrscheinlicher, daß die Scythen (Scoloten) zu den indogermanischen Massa-Geten (Alanen) zu rechnen sind. Die Mongolen, eigentliche Tartaren (der letztere Name ist später fälschlich rein türkischen Stämmen in Rußland und Sibirien gegeben worden), saßen damals weit im Osten von Asien. Vergl. meine *Asie centr.* T. I. p. 239 und 400, *Examen critique de l'hist. de la Géogr.* T. II. p. 320. Ein ausgezeichneter Sprachforscher, Professor Buschmann, erinnert, daß Firdusi im Schahnameh, in seinen halb mythischen historischen Anfängen, „*einer Feste der Alanen*" am Meere erwähnt, in welche Selm, der älteste Sohn des Königs Feridun (gewiß ein paar Jahrhunderte vor Cyrus), sich flüchten wollte. Die Kirghisen der sogenannten scythischen Steppe sind ursprünglich ein finnischer Stamm; sie sind jetzt wahrscheinlich in ihren drei Horden das zahlreichste aller wandernden Völker, und lebten schon im sechsten Jahrhundert in der Steppe, in welcher ich sie gesehen. Der Byzantiner *Menander* (p. 380–382 ed. Nieb.) erzählt ausdrücklich, wie der Chakan der Türken (Thu-khiu) im Jahr 569 dem vom Kaiser Justinus II abgesandten Zemarchus eine Kirghisen-Sklavinn schenkte; er nennt sie eine χερχίς und auch bei *Abulgasi* (*historia Mongolorum et Tatarorum*) heißen die Kirghisen *Kirkiz*. Die Aehnlichkeit der Sitten ist, wo die Natur des Landes den Hauptcharakter der Sitten hervorruft, ein sehr unsicherer Beweis der Stamm-Aehnlichkeit. Das Leben in der Steppe erzeugt bei Türken (Ti, Tukiu), bei Baschkiren (Finnen), bei Kirghisen, bei Torgod und Dsungaren (Mongolen) dieselben Gewohnheiten des nomadischen Lebens, denselben Gebrauch von Filzzelten, die auf Wagen fortgeführt und bei den Viehheerden aufgeschlagen werden. von den verschiedensten Volksstämmen, – indo-germanischen und finnischen, nicht aber mongolischen Ursprungs –, bewohnt worden ist.

Die Sprachen als geistige Schöpfungen der Menschheit, als tief in ihre geistige Entwicklung verschlungen, haben, indem sie eine *nationelle* Form offenbaren, eine hohe Wichtigkeit für die zu erkennende Aehnlichkeit oder Verschiedenheit der Racen. Sie haben diese Wichtigkeit, weil Gemeinschaft der Abstammung in das geheimnißvolle Labyrinth führt, in welchem die Verknüpfung der physischen (körperlichen) Anlagen mit der geistigen Kraft in tausendfältig verschiedener Gestaltung sich darstellt. Die glänzenden Fortschritte, welche das philosophische Sprachstudium im deutschen Vaterlande seit noch nicht einem halben Jahrhundert gemacht hat, erleichtern die Untersuchungen über den *nationellen Charakter* der Sprachen: über das, was die Abstammung scheint herbeigeführt zu haben. Wie in allen Gebieten idealer Speculation, steht aber auch hier die Gefahr der Täuschung neben der Hoffnung einer reichen und sicheren Ausbeute.

Positive ethnographische Studien, durch gründliche Kenntniß der Geschichte unterstützt, lehren, daß eine große Vorsicht in dieser Vergleichung der Völker, und der Sprachen, welcher die Völker sich zu einer bestimmten Zeitepoche bedienten, anzuwenden sei. Unterjochung, langes Zusammenleben, Einfluß einer fremden Religion, Vermischung der Stämme, wenn auch oft nur bei geringer Zahl der mächtigeren und gebildeteren Einwanderer, haben ein in beiden Continenten sich gleichmäßig erneuerndes Phänomen hervorgerufen: daß ganz verschiedene Sprachfamilien sich bei einer und derselben Race, daß bei Völkern sehr verschiedener Abstammung sich Idiome desselben Sprachstammes finden. Asiatische Welteroberer haben am mächtigsten auf solche Erscheinungen eingewirkt.

Sprache ist aber ein Theil der *Naturkunde des Geistes;* und wenn auch die Freiheit, mit welcher der Geist in glücklicher Ungebundenheit die selbstgewählten Richtungen, unter ganz verschiedenartigen physischen Einflüssen, stetig verfolgt, ihn der Erdgewalt mächtig zu entziehen strebt: so wird die Entfesselung doch nie ganz vollbracht. Es bleibt etwas von dem, was den Naturanlagen aus Abstammung, dem Klima, der heiteren Himmelsbläue, oder einer trüben Dampf-Atmosphäre der Inselwelt zugehört. Da nun der Reichthum und die Anmuth des Sprachbaues sich aus dem Gedanken wie aus des Geistes zartester Blüthe entfalten; so wollen wir nicht, daß bei der Innigkeit des Bandes, welches beide Sphären, die physische und die Sphäre der Intelligenz und der Gefühle, mit einander verknüpft, unser Naturbild des freundlichen Lichtes und der Färbung entbehre, welche ihm die, hier freilich nur angedeuteten Betrachtungen über das Verhältniß der Abstammung zur Sprache verleihen können.

Indem wir die Einheit des Menschengeschlechtes behaupten, widerstreben wir auch jeder unerfreulichen Annahme von höheren und niederen Menschenracen. Es giebt bildsamere, höher gebildete, durch geistige Cultur veredelte: aber keine edleren Volksstämme. Alle sind gleichmäßig zur Freiheit bestimmt: zur Freiheit, welche in roheren Zuständen dem Einzelnen, in dem Staatenleben bei dem Genuß politischer Institutionen der Gesammtheit als Berechtigung zukommt. „Wenn wir eine Idee bezeichnen wollen, die durch die ganze Geschichte hindurch in immer mehr erweiterter Geltung sichtbar ist; wenn irgend eine die vielfach bestrittene, aber noch vielfacher mißverstandene Vervollkommnung des ganzen Geschlechtes beweist: so ist es die Idee der Menschlichkeit: das Bestreben, die Grenzen, welche Vorurtheile und einseitige Ansichten aller Art feindselig zwischen die Menschen gestellt, aufzuheben; und die gesammte Menschheit: ohne Rücksicht auf Religion, Nation und Farbe, als Einen großen, nahe verbrüderten Stamm, als ein zur Erreichung Eines Zweckes, der *freien Entwicklung innerlicher Kraft*, bestehendes Ganzes zu behandeln. Es ist dies das letzte, äußerste Ziel der Geselligkeit, und zugleich die durch seine Natur selbst in ihn gelegte Richtung des Menschen auf unbestimmte Erweiterung seines Daseins. Er sieht den Boden, so weit er sich ausdehnt; den Himmel, so weit, ihm entdeckbar, er von Gestirnen umflammt wird: als innerlich sein, als ihm zur Betrachtung und Wirksamkeit gegeben an. Schon das Kind sehnt sich über die Hügel, über die Seen hinaus, welche seine enge Heimath umschließen; es sehnt sich dann wieder pflanzenartig zurück: denn es ist das Rührende und Schöne im Menschen, daß Sehnsucht nach Erwünschtem und nach Verlorenem ihn immer bewahrt ausschließlich an dem Augenblicke zu haften. So festgewurzelt in der innersten Natur des Menschen, und zugleich geboten durch seine höchsten Bestrebungen, wird jene wohlwollend menschliche Verbindung des ganzen Geschlechts zu einer der großen leitenden Ideen in der Geschichte der Menschheit."

Mit diesen Worten, welche ihre Anmuth aus der Tiefe der Gefühle schöpfen, sei es dem Bruder erlaubt die allgemeine Darstellung der Naturerscheinungen im Weltall zu beschließen. Von den fernsten Nebelflecken und von kreisenden Doppelsternen sind wir zu den kleinsten Organismen der thierischen Schöpfung im Meer und Land, und zu den zarten Pflanzenkeimen herabgestiegen, welche die nackte Felsklippe am Abhang eisiger Berggipfel bekleiden. Nach theilweise erkannten Gesetzen konnten hier die Erscheinungen geordnet werden. Gesetze anderer, geheimnißvollerer Art walten in den höchsten Lebenskreisen der organischen Welt: in denen des vielfach gestalteten, mit schaffender *Geisteskraft* begabten, spracherzeugenden Menschengeschlechts. Ein *physisches* Naturgemälde bezeichnet die Grenze, wo die Sphäre der *Intelligenz* beginnt und der ferne Blick sich senkt in eine andere Welt. Es bezeichnet die Grenze und überschreitet sie nicht.

Die Temperatur-Angaben in diesem Werke sind, wo nicht das Gegentheil bestimmt ausgedrückt ist, in Graden des hunderttheiligen Thermometers; die Meilen sind geographische, 15 auf den Aequatorial-Grad. Das Fuß- und Zollmaaß ist das alt-französische, in dem die Toise 6 Pariser Fuß zählt. Die geographischen Längen sind immer von dem Meridian der Pariser Sternwarte an gerechnet.

Paris im März 1845.

CPSIA information can be obtained
at www.ICGtesting.com
Printed in the USA
LVHW060752251022
731487LV00010B/754